江南 / 著

黑月之潮・下

人民文学出版社

图书在版编目(CIP)数据

龙族.3,黑月之潮.下 / 江南著.—修订本.—北京:人民文学出版社,2021
(2025.10重印)
ISBN 978-7-02-015617-7

Ⅰ.①龙… Ⅱ.①江… Ⅲ.①幻想小说—中国—当代 Ⅳ.①I247.5

中国版本图书馆CIP数据核字(2021)第097328号

责任编辑	徐子茼　秦雪莹
装帧设计	李思安
责任校对	杨益民
责任印制	张　娜

出版发行	人民文学出版社
社　　址	北京市朝内大街166号
邮政编码	100705

印　　刷	中国电影出版社印刷厂
经　　销	全国新华书店等

字　　数	652千字
开　　本	710毫米×1000毫米　1/16
印　　张	33.5　插页1
印　　数	455001—475000
版　　次	2021年11月北京第1版
印　　次	2025年10月第25次印刷
书　　号	978-7-02-015617-7
定　　价	58.00元

如有印装质量问题,请与本社图书销售中心调换。电话:010-59905336

目录

第一章　源家次子　The Second Son of Minamoto Family　1

第二章　东京爱情故事　Tokyo Love Story　15

第三章　古事记　Old Stories　31

第四章　黑天鹅港的幽灵　The Ghost of Black Swan Port　41

第五章　井中枯鬼　Spirit in the Well　59

第六章　真红之土　Scarlet Soil　69

第七章　怪兽组合　Monster Couple　87

第八章　家庭晚宴　Family Dinner　97

第九章　我们都是小怪兽　We are All Little Monsters　139

第十章　迎着阳光盛大逃亡　Escape in the Sun　155

第十一章　来自北极的故人　Old Friend from the North Pole　179

第十二章	无天无地之所	Empty Place	195
第十三章	刺王杀驾之夜	The Night of Assassinating the King	205
第十四章	樱之坠	Falling Sakura	231
第十五章	鬼之路	Evil's way	251
第十六章	神殒	The Dying of Gods	269
第十七章	老板娘	Landlady	303
第十八章	风与潮之夜 II	The Night of Winds and Tide II	319
第十九章	达摩克利斯之剑	The Sword of Damoclēs	361
第二十章	漆黑之日	Dark Night	419
第二十一章	小丑	The Fool	453
第二十二章	樱怒之日	Sakura's Anger	473

第二十三章　天譴 —— The Wrath of Heaven

尾声　さようなら, **Friends** ——

第一章 源家次子
The Second Son of Minamoto Family

座头鲸人生中第一次想要告别他视为生命的牛郎事业，因为今天的麻烦实在是太大了，大到高天原可能得关张。

"你们还不知道我的厉害！我要拆掉这间店的招牌，叫你们滚出新宿区！"肥婆怒吼着，像头喷火的暴龙。

全体牛郎站成一排，鞠躬不起，座头鲸打头第一个。

都怪 Basara King 和他的朋友们。

昨晚肥婆和闺蜜们包下三楼的"夏月间"，点名要 Basara King 和右京陪酒，为了凑数还拖上了小樱花。座头鲸担心老板的禁脔被推倒，跑步前去汇报。

一周以来老板们始终住在秘密办公室里，岂止深居简出，简直足不出户，只靠座头鲸送到门口的方便食品为生。换作别人花费重金买下一间奢华的夜店，肯定要盛装登台跟客人们见见面，宣布自己对这间店的所有权，可老板们似乎不希望店里的人知道她们的存在，下到服务生上到牛郎，店里的人都以为座头鲸仍是这里的主人。座头鲸不清楚老板们的用意，也不敢打听。

推开门的时候座头鲸被那香艳的场面给镇住了，超大号行李箱摊开在地上，地板上铺满女装女鞋，从 Max Mara 的羊绒大衣到 Burberry Prorsum 的风衣，再到 Jimmy Choo 的罗马鞋，Wolford 的丝袜晾在椅背上，La Perla 的内衣晾在空调出风口……还在往下滴水。

苏恩曦穿着松松垮垮的 T 恤和沙滩裤，蓬松的头发里至少能藏几只喜鹊；酒德麻衣单手吊在屋顶上，穿着长长的白色丝绸睡衣，手拿一本侦探小说，活脱脱就是个贞子。

豪华办公室变成了大学女生宿舍，老板们已经闷得长出蘑菇来了。

座头鲸赶紧深鞠躬："真对不起没有敲门就闯进来，可有一群客人把 Basara

King 他们三个都给叫进包间里去了,我怕客人们喝醉了对他们动手动脚,特来请示该怎么办。"

"人生中重要的经历嘛,不是蛮好的么?"酒德麻衣低头读书,眉毛都不抬。

"不不!Basara King 和右京都是矜持的人!小樱花也是正派的男孩!"座头鲸肯定不能说老板们的宝贝是浪货。

"矜持和正派也得长大啊。"苏恩曦目不转睛地看电视,"如果他们被推倒了,你就开一瓶香槟送过去,说这是店里送的成年礼。"

"这样……真的可以么?"座头鲸惊骇了。

"那还能怎么样?我香槟都送了你还想让我怎样?再送果盘和小吃么?"苏恩曦懒洋洋地挥手,"无事退朝!"

座头鲸满头雾水地离开了秘密办公室。

既然老板都不关心"爱郎"们的贞操,座头鲸也不好多过问,他让侍者放了一瓶香槟在夏月间门口,自己去四楼睡觉了。

凌晨七点,杀猪般的吼声从三楼炸到四楼。座头鲸从梦中被炸醒,心说不会吧?莫非 Basara King 坚贞不屈不肯就范,把肥婆给揍了?

他三步并两步冲下楼去看究竟,才知道他的牛郎们把客人灌醉了扔在包间里,自己出去鬼混了,肥婆和闺蜜们睡了差不多十个小时,悠悠转醒,气得七窍生烟。

这在牛郎俱乐部算是犯了大忌,Basara King 他们这么做等于砸了高天原的招牌,按理应该扫地出门。但座头鲸虽有清理门户的心,却没有犯上作乱的胆,这三位是老板的宝贝,Basara King 和右京又都是很有潜力的花样男子,本着英雄相惜的原则,座头鲸必须保住他们。

想保住那三位爷和这间店,就得先把肥婆给安抚了。座头鲸把全体牛郎召集到舞池中来给客人道歉。藤原勘助查出了肥婆的身份,居然是东京都税务署一位要员的女儿,得罪了税务署的要员,高天原确实很难在新宿区立足。

肥婆猛拍大腿,白肉水波般震颤:"谁道歉都没有用!去把右京给我找来!让他跪下来亲我的脚面!"

"右京他们应该是临时有急事外出,他们回来我一定带他们向几位赔罪,您看这样可以么?昨夜您的消费全部免单,再赠送您终身贵宾卡。"座头鲸点头哈腰,"年轻人不懂事,您多包涵!"

"免单?贵宾卡?你在跟我谈钱的事么?"肥婆从坤包里抓出大把钞票扔在座头鲸脸上,"你是在跟我谈钱的事么?"

座头鲸心里暗暗叫苦,肥婆这么作态,看来是很难善罢甘休了。肥婆深深地迷恋右京,却因为右京犯错而不依不饶,看来是想一举打掉右京的傲气,叫他从此百

Chapter 1
The Second Son of Minamoto Family

依百顺。

肥婆大力地拍拍自己的左腿,"Basara King!"再拍拍自己的右腿,"右京!否则,我就去警视厅告你们迷奸!"

她晃晃封在塑料袋里的香槟酒杯:"就凭我的酒量,区区几杯香槟就能让我晕倒?你说我把这东西送去警视厅,会不会化验出迷药来?"

杀手锏终于亮出来了,如果那帮熊孩子真的傻到在酒里下药,高天原就全完了!

"诸位请息怒!诸位请息怒!这件事虽然是 Basara King 和右京的不对,但归根到底我是这间店的店长!是我管教不力!就由我这个犯下大错的男人代替他们亲吻诸位美人的脚面吧!"座头鲸横下一条心,准备自己吞下这奇耻大辱。

肥婆上下打量座头鲸,不由得缩了缩脚。自己这细嫩的脚背,光头佬那钢刷般的胡须,这真的能算作赔罪么?这是要行什么酷刑吧?

她斜眼瞅着座头鲸,在肚里编织着刻薄的言辞。什么男派花道,不过是靠着容貌和媚态混饭的贱男人,女人假意恭维他两句,他就觉得自己是用柔情救世的救世主了?

归根到底不过是金钱和色相的交易!而鲸已经老到没有色相可以拿出来交易了!

藤原勘助闪身拦在座头鲸面前。他知道下一刻从那张大嘴里会吐出什么样的话,那些话会把座头鲸几十年的自尊毁于一旦。

年轻牛郎们比座头鲸懂事,知道所谓"男派花道"不过是座头鲸用来美化自己的概念,好像自己确实从事着某个高端上档次的行业,就跟恺撒把牛郎店生涯描绘为女性心理咨询是一个意思。但恺撒大可不必为自己这段牛郎生涯自卑,他取悦这些女人不过是图一时的新鲜感和为了完成任务而忍辱负重,他回到意大利仍是一掷千金的贵公子。但座头鲸不一样,他是个真真正正的牛郎,他一生可以拿来炫耀的东西也就是自己的男性魅力,如果这层善意的谎言被揭穿……

牛郎们紧张地护在座头鲸左右,但在事实面前他们的保护就像纸一样不堪一击。肥婆冷眼看着这帮花枝招展的男人,觉得他们是如此的卑贱不堪,而自己则是宝刀在手,随时都能取座头鲸项上人头。

大门轰然洞开,雨后初晴,晨光斜斜地照进舞池。恺撒和楚子航扶着门气喘吁吁,湿透的衬衫紧紧贴在身上,水滴从发梢上坠落。

这个要命的时候,这俩不知好歹的家伙居然回来了。

"哟,大家都还没睡呐?昨晚店里的生意不错?"恺撒挥手致意。他从亮处看向暗处,看不太清楚,只觉得舞池里都是人。

他们只能藏在设备间里躲避搜索,天亮时分警视厅搜查组抵达源氏重工,大厦不得不打开大门欢迎。蛇岐八家用了整整一夜来清扫现场,染血的地面用高压水枪冲洗,死侍的尸体全部投入电梯井中,再投入大量冰块以免其腐烂,警员们乘坐电梯上到高层去搜查橘政宗的办公室，却没有想到电梯下方堆积着如山的尸骨。恺撒和楚子航偷偷躲进警车的后备厢，借此逃离了源氏重工。蛇岐八家可以封锁整座大厦，但还不敢搜查警视厅的车。所以他们一直折腾到早上才回来。

所有人都默默地看着这两个二百五。肥婆挥舞着菜刀要砍小鲜肉，小鲜肉真就跑回来了。

"Shit！①"恺撒看清了肥婆的脸，脱口而出。经过九死一生的一夜，他已经忘记肥婆这码事了。

座头鲸神色惊恐，心说你也不能回来就骂客人是大便啊！

楚子航用胳膊肘触了触恺撒的后腰，提醒他不要在这个时候真情流露。

恺撒立刻会意，走到肥婆面前优雅地致意："昨晚睡得怎么样？你的气色看起来好多了！"

"客人们，喝多了睡着了，我们，出去吃了点东西。"楚子航结结巴巴地说。

他是小组里日文最差的，反正他只靠酷就可以赚钱，所以没在日语上花大力气。

座头鲸心说鬼才信！你们浑身都是血啊！一副在外面怒杀了一百个人的架势啊！你手里的旅行袋正在往下滴血好么？

看起来老板们要养的男人根本不是什么可爱的猫猫狗狗而是一些狮子老虎啊！这黑道宗家的女孩喜欢养这种黑道杀手来玩么？座头鲸真觉得自己的脑袋跟鲸鱼脑袋一样大了。

"路上遇到一个受伤的人，送他，去医院了。"楚子航面无表情地说。

他觉察到旅行袋在滴血了，里面是他们的武器和风衣，风衣上沾满了死侍的血。他不擅长说谎，也没考虑提升这方面的修为。不擅长说谎可以硬撑，只要你手中提着刀就没问题。他手里虽然没刀，但滴血的旅行袋也是很有震慑力的，加上那张面瘫的脸，似乎写着"不相信就杀掉你"。

座头鲸心说鬼才信嘞！你就不能编一个在街头发现被车撞死的猫猫狗狗，因为你喜欢小动物所以带回来安葬之类的比较有逻辑性的谎话么？

"啊！右京你没事吧？"肥婆满脸关爱，"路边无关的人救助他干什么？没准他是黑道呢？也许是其他坏人也说不准，会牵连到右京你的！"

闺蜜在背后死掐肥婆。肥婆忽然清醒过来，这种时候务必以理止情，她恢复了愤怒的神态："你们居然在香槟里下药！你们知道不知道迷奸女性在日本是什么罪？"

"只是下药，真的没有迷奸，在日本给女性下药是什么罪？"恺撒满脸认真。

"看看法官信不信你们说的吧！"肥婆冷笑，"你们这种人大概连合法身份都没

---

① 作者注：Shit 原意指大便，但在俚语中是表示厌恶情绪的语气词。

Chapter 1
The Second Son of Minamoto Family

有吧？就算定不了迷奸罪，你们也会被驱逐出境！"

"太好了，我还以为得切腹或者化学阉割呐，这我可就放心了。"恺撒彬彬有礼地微笑。

肥婆被他死猪不怕开水烫的架势弄得哑口无言，她呆了几秒钟，杀猪一样大吼起来："混账！你们知道不知道自己在跟谁说话？你们知道我是谁？你们敢在我面前这么说话？别把客人不当回事！你们没资格！说到底你们在我们眼里不过是玩具！和狗没区别！我们在你们身上花钱摸摸你们的毛，不过是你们能讨我们喜欢！我们叫你们宝贝你们还以为自己真是宝贝了？我不喜欢一条狗就送它去韩国店里做狗肉火锅！我们不喜欢你们就……"

座头鲸身体微微颤抖，面无人色，但仍保持僵硬的鞠躬姿势。牛郎们有的脸色血红有的脸色惨白，也都深深地鞠躬。他们是牛郎，工作就是伺候客人，客人说了什么过分的话都得忍。

"我花钱买条狗狗还会对我摇尾巴和汪汪，我花钱买你们的时间你们只会惹我生气！我生气了后果是很严重的……"

肥婆忽然刹住了。长刀横在她的喉间，刀锋微微陷入皮肤，她如果再说话，喉部运动起来就会被刀锋切开。楚子航握刀的手背上，青筋迸起。

恺撒慢悠悠地转过身去："我最讨厌看见别人粗暴地对待女性了……所以只能不看。"

他们血战之后心气都有点浮躁，肥婆哔哔来哔哔去彻底摧毁了他们的耐心，红牌牛郎有红牌牛郎的骄傲，他们低声下气好言好语地跟这肥婆说了半天了，她居然不懂就坡下驴见好就收的道理。

座头鲸心说这下真的完蛋了！

"不好意思，请问这里是高天原么？Basara King、右京·橘和小樱花三位前辈在么？风间琉璃冒昧地前来拜访。"有人轻轻地敲了敲门。

牛郎们都惊讶地看向门边，座头鲸也不例外。

大门是开着的，俊秀的男孩站在薄薄的阳光中，白色衬衣黑色西装，一头清爽的直发，手捧一束含苞待放的郁金香。

大家的注视令男孩有点窘迫，他深鞠躬，双手递上名片。

"风间……琉璃大师？"有人用虔诚的声音说。

风间琉璃这个名字恺撒和楚子航也听说过，全日本每个牛郎都听说过，因为他是第一，是王座，是至尊。

牛郎从业协会中有一张排行榜，风间琉璃连续六年都是这张排行榜上的第一名。这张排行榜既不按美貌来也不按营业额来，而是本着艺术的原则，评选男派花道的大师。

没人知道风间琉璃在哪家店工作，他的行踪飘忽不定，有一阵子他每晚都出现在一间酒吧的固定座位上，于是数以千计的女孩去那间酒吧捧场，忽然有一天他又消失了，酒吧一夜之间门庭冷落。一个失意的女孩可能在富士山下的温泉旅馆或者爱媛县的跨海大桥上偶遇他，你只要给他不多的一点钱他就会陪你说几个小时的话，带你四处游览，就像在他乡偶遇旧情人那样温暖。有人说他精通歌舞伎，偶尔会唱歌给女孩听，以海潮声做他的伴奏，有人说他精通厨艺，如果你跟他共处一夜，早晨分别的时候会吃到世界上最好吃的日式早餐。

有人说风间琉璃其实是个亿万富翁，只是性格孤僻，跟偶遇的女孩在一起才会短暂地敞开心扉。他的随身用品都是顶尖名牌，但他向女孩们收取的费用只是区区一顿午餐的钱，他曾经收取了一个失恋的高中女生一碗拉面的钱，就带她游遍整个京都，还送她价值不菲的玫瑰和花瓶。赔本当牛郎，从小处说是有助人为乐的美德，从大处说甚至有赈灾的意义。

总之风间琉璃就是个传奇，他只为爱而存在。如果他继续将这个传奇保持十年，那他有希望成为牛郎界的神，会被供在神社里。

藤原勘助疾步过去，接过那张纯白的名片，高高捧过头顶，拿回来放在座头鲸手中。

名片散发着淡淡的菊花香，正面是墨笔勾勒的一朵风中摇曳的菊花，背面是楷书的四字，"风间琉璃"，此外没有地址没有电话没有头衔没有邮箱，什么都没有。

这张小纸片就是风间琉璃的身份证明，女性论坛里有大量"偶遇风间琉璃"的传说，只有能晒出名片的女孩才说了真话，其他人不过是编故事。风间琉璃的每张名片都是自己亲手写绘，没有任何两张名片是相同的，他赠予客人这张名片，与其说是介绍自己，不如说是作为曾经相逢的证据。曾经有个力捧恺撒的客人喝醉了之后得意地拿出风间琉璃的名片说，虽然 Basara King 是那么完美，可我见识过真正的日本第一！周围的客人全都被那张名片吸引，眼泛桃花地围观，把恺撒晾在那儿凉快了。

"果然是风间大师登门了。"座头鲸整理领结，疾步出迎。就冲这张名片淡定洒脱不着一物的风格，便能知道是业界的泰山北斗驾临了。

"今日是高天原光耀门楣的一天。"座头鲸深鞠躬。

"鲸前辈的大名也是久仰，初次见面，请您多多关照。"风间琉璃回礼。

风间琉璃的模样出乎所有人的预料，按常理能让女孩一见误终生的男人该是何等妖娆，容貌不输电影明星。可风间琉璃的长相很邻家，乍看倒像是个男装的女高中生。

风吹着他的衣摆，风间琉璃站在阳光里微微一笑。虽然那么邻家，可是无人能否认他的美好，清水那么淡的一个人，在阳光中却会折射出无穷的光彩。

牛郎们都有点自惭形秽，跟大师比，大家都是庸脂俗粉。

风间琉璃对着恺撒深鞠躬，一口流利的中文："是 Basara King 吧，真是刚岩般的男子。"

Chapter 1
The Second Son of Minamoto Family

他又向楚子航鞠躬："没猜错的话，这位就是右京老师了，说是刀客的形象，看起来却是温柔的人啊。"

他环顾四周："Sakura 老师不在么？"

"你怎么知道 Sakura 不在？我们见过面么？也许他就藏在这些人中间，但你没认出他来。"恺撒打量风间琉璃。

"虽然没见过 Sakura 老师，但我想来他有着狮子一样的眼神。"风间琉璃微笑。

"你最好问问狮子同意不同意你的评价。"恺撒挑眉，"找我们有事么？"

"确实有事，不过先解决眼下的怨气吧。"风间琉璃走到肥婆面前，深鞠躬，"请恕我直言，牛郎的生活并非像您说的那样，如果我们真的只是犬类，那么被犬类陪伴的您也会觉得身份被降低了吧？"

"我我我……"在这个清水一样的男孩面前，肥婆居然窘迫得像是怀春少女，这时她的肚子里咕唧一声，她从昨夜到现在就没吃过东西。

"看起来您是饿了，不嫌弃的话我先给您做点吃的，赔礼道歉的事我们之后再说好么？"

"太感动了！我去过您在大阪出现过的酒吧！一会儿可以给我一张名片么？"肥婆受宠若惊。

据说有机会偶遇风间大师的女性中，只有区区百分之十的人能够品尝他手制的早餐。

"当然可以，我们有幸在这里相遇。"风间琉璃微笑，"鲸先生是我们的证明。"

他从吧台旁的冰箱里找到了一些可可粉、牛奶、鸡蛋和泡面。

"食材太简陋了！快去地下室里的冰库，把昨天进的鲜鱼和越光米拿过来……不！把整个厨房都搬过来，风间大师要在这里演示厨艺！"座头鲸大喝。

"不用了，其实我并不会做什么像样的早餐，那些都是误传。我只会煎鸡蛋，"风间琉璃挽起袖子，"哥哥教过我煎鸡蛋。"

他熟练地打开电磁炉和咖啡机，煎鸡蛋的同时把牛奶和可可粉混合之后倒进了搅拌机里。他又在冰箱里找到了半颗新鲜松茸和两个香菇，切丁之后摊在鸡蛋表面。清水开锅之后他用漏勺捞着泡面在其中快煮，金黄色的面条倒进碗里，用海鲜酱油和葱花调味，松茸煎蛋铺在面上，这时可可热牛奶也准备就绪了。前后不到十分钟的时间，早餐已经端到了肥婆面前。

"配料不太全，请您将就一下。"风间琉璃歉意地说。

肥婆吃了一口煎蛋，心里默默地流下泪来。煎蛋的火候恰到好处，散发着淡淡的松茸香。其实也没有好吃到非得流泪的地步，但她吃到万千女性梦寐以求的、风间大师手制的早餐，这辈子都值了。她哪里还记得道歉的事情，怨气全抛到九霄云外去了，心里全被粉红色的情绪填满，只盼着风间琉璃跟她多说几句话，多笑笑，最好还能合照留念。

风间琉璃喝着一杯咖啡看她吃，笑容淡淡，晨光里他的脸侧有着绒绒的汗毛，肌肤仿佛透明。

恺撒满脸都是黑线，他在二十四小时里连受打击，又得承认存在比他更强的超级混血种，又得承认世间还有魅力超过他的传奇牛郎。

"风间大师光临本店，不知有什么教诲？"座头鲸搓着手。

"听说 Basara King、右京·橘和 Sakura 三位同道的风采，心里很想跟大家认识，这次来是想邀请大家观赏明晚我的歌舞伎表演。"风间琉璃将郁金香花束捧到恺撒面前。

花束中夹着一枚素色的信封，信封里是三张素色的请柬，每张请柬上各画了一个人物，一个是站在日轮中的女子，一个是在冷月中飞天的女子，另一个则是双手握着奇长利刃的男性，戴着骷髅面具。虽然只是用墨笔潦草勾勒，但人物的神采气韵都溢出纸面。请柬的落款不是风间琉璃，而是"源稚女"三个字，但显然是风间琉璃自己的笔迹。

恺撒觉得这三个形象有些眼熟，但想不起来在哪里见过，于是下意识地多看了几眼……他的瞳孔忽然放大了，猛地抬眼看向风间琉璃。是的，他见过这三个形象，就在昨夜，在那些古老的壁画上。其中有一幅画描绘了一场盛大的葬礼，背后呈现日轮和月轮的女性祭司在巨大的黄金骷髅的两边拜祭，戴骷髅面具的男性祭司将长刃刺入黄金骷髅的眉间。壁画是用五色矿石粉末和黄金绘制，透着古艳的气息，而风间琉璃的画风写意留白，但人物的气韵完全一致，没有看过那些壁画的人绝不可能画出这样的画来。

恺撒死死地盯着风间琉璃的眼睛，乍看起来那双眼睛清澈动人，细看却像两眼深潭。潭水虽然透明，可是太深了，看向深处是一片漆黑。

"初次见面，请您多多关照，"风间琉璃用只有恺撒能听清的声音说，"我的真名是源稚女，源家次子，源稚生是我的哥哥。"

"期待在演出中看见三位。"风间琉璃，或者说源稚女提高了声音，深鞠躬告辞。他转身走向门口，黑色的罗尔斯·罗伊斯轿车无声地滑行到门前，司机为他拉开车门。

恺撒把装请柬的信封翻了过来，信封角上钤着一枚小小的印章，印章由一条写意的龙和一个中文的"鬼"字组成。尽管对于日本黑道的组织结构还不很了解，但恺撒也知道那是神秘组织"猛鬼众"的徽章。如果说此刻的日本是一张混乱的棋盘，那么这盘棋中最隐秘的棋子终于现身了。猛鬼众居然会选择如此坦荡的出场方式，出乎恺撒的预料。他有很多问题想问风间琉璃，但此刻留他下来问话并不是最妥当的做法，问题大可以留到明晚的表演后再问。

风间琉璃敢孤身来访，那么恺撒和楚子航也就敢赴他的约。

Chapter 1
The Second Son of Minamoto Family

"有人电话找Basara King，听声音似乎是Sakura。"藤原勘助握着话筒说。

恺撒接过话筒："是我，你居然没死？"

"差一点点，不过先不说这个。"路明非贼兮兮地，"我给你个地址，你和师兄快打个车赶过来，别问为什么也别告诉任何人，过来看一眼你们就明白了！"

新宿区外围，一栋有些历史的五层小楼，招牌上写着Capsule Hotel。

这是所谓的胶囊旅馆，价格便宜，但房间比棺材大点也有限，基本上就只够一个人平躺，稍微高些的人起身都容易碰头，可此刻小小的胶囊房间里却挤了三个人，路明非、恺撒和楚子航。

他们三个并肩走到前台要求"一间房三个人"的时候，老板娘带着狐疑甚至惊恐的表情上下打量他们，然后长叹一声，把钥匙扔给了他们。

"喂喂喂！老大你胳膊肘拐着我了！看美女你就看美女，不至于这么激动吧？"

"两位可以别坐在我腿上么？"

"你以为我很舒服么？路明非一身骨头，你硬得跟钢板一样，你们觉得我会喜欢挨着你们么？可这不是唯一一个可以观察的位置么？"恺撒说，"闭嘴！"

他的姿势也很难受，为了把望远镜摆到合适的位置，他那张自命英俊的脸在窗玻璃上挤成了饼状。

目标在胶囊旅馆对面的小楼里，五楼最东头的那个房间。对面的小楼也是五层的老建筑，外面新刷了樱红色的漆，招牌周围又带一圈彩灯，看起来比胶囊旅馆略微高级那么一点。那间房间有一面巨大的落地窗，透过玻璃可以看见绢娃娃一样的女孩席地而坐，像老僧参禅，又像师太礼佛，满脸人畜无害。她保持这个姿势已经四个小时了，目光越过胶囊旅馆的屋顶，看向莫名其妙的远方。

"她在看什么？那边除了楼什么都没有。"恺撒踢了路明非一脚。

"看鸟。她能看见很远处的鸟，也能听见很远处的声音。所以我们才不能凑近观察她，会被她发现。"路明非说。

"鸟有什么好看的？东京这里没有什么珍贵鸟类，能看的不过是海鸥。"

"我怎么知道？她只是写了个条子给我说，'那边有很多鸟，鸟在天台上起落。'然后就从早晨一直看到现在。"

"除了看鸟她还做了什么？"

"喝茶，摆弄玩具，上过一次洗手间，再就没有了。"

女孩有一张大茶几，上面摆着一杯热气腾腾的茶，再就是各种玩偶。小怪兽和奥特曼并排坐在小汽车里，轻松熊和小黄鸡围着茶杯坐，芭比娃娃和尤达大师睡在格子布的床上，还盖着蕾丝边的小被子。

"姑娘你的排列组合有点奇怪啊，混搭也要有个限度，尤达大师和芭比娃娃搞在一起的世界真的没法要啊。"恺撒嘟囔,"这真是个怪物,你居然把这种怪物从蛇岐八家里拐带出来了。"

"这个说法值得商榷!是我被她挟持了才对!我是弱势的那一方!"路明非严正申明。

"可你为什么要带她去……那种旅馆?"楚子航满脸猜疑。

绘梨衣所在的房间装修得很有特色,红色纱幕,红色壁灯,天鹅绒圆床,床边摆放着意大利式青铜浴缸,水龙头是铸铁的维纳斯扛着银瓶。墙上挂着三套女装,赤裸裸地揭露了对面那家酒店的真相,一套透明的粉红色睡裙,一套是高筒皮靴配包臀短裙,一套是黑裙缎带白丝袜的女仆装,居然还配道具扫帚。

一街之隔,这边是胶囊旅馆,那边是情人旅馆。

"不是我带她来的!是她带我来的!我们被警察扔在东大医院的前门,凄风苦雨的也没个人来管我们,不得先找个地方安顿下来再说吗?旅馆也是她选的,进去之前我可不知道那是情人旅馆!"路明非大声抗议,"回学院了你们别乱说!"

"你想让我怎么说?我们在源氏重工里跟死侍群恶战的时候路明非被蛇岐八家的秘密兵器给劫持了,那兵器发育得蛮好,劫持了路明非之后把他强行带往情人旅馆?"恺撒耸耸肩,"你觉得谁会相信这种故事?你说自己被母龙强暴了还更合理一些。"

"我一夜没睡,好歹跟你们联系上了,不是召唤你们来吐槽的好么!"路明非很无奈,"我自己就是吐槽机好么?不需要你俩陪我练习槽艺。"

"如果美少女把我强行拖入情人旅馆,我也会一夜不睡!"恺撒露出"这是男人之间的对话"的表情。

这时绘梨衣忽然动了,解开大红色的腰带,褪去上身的白衣。

"她要干什么?"恺撒吃了一惊。

接下来半透明的白色内衬"肌襦袢"沿着身体的曲线滑落,露出圆润的肩膀和挺拔的蝴蝶骨……还有带蕾丝边的黑色内衣。

绘梨衣很淡定地对着窗外的东京城展示自己的好身材,因为常年不见阳光,她的肌肤素白,有冰晶般的质感。

"她这是要洗澡。"楚子航判断。

"废话,这点常识我们还是有的。"恺撒眼睛有点发直。

绘梨衣解散发髻,从绯裤中站起身来,身体纤细素白,只穿着蕾丝内衣。她把黄色的橡皮鸭子顶在头上,踮着脚在房间里小跑了一圈,最后跑向浴室。

楚子航默默地关闭了百叶窗:"再看下去加图索家的名誉就保不住了。"

"加图索家的名誉跟这件事没有任何关系,按照我们家的家风我就该继续看下去,要是种马老爹的话现在就会过去敲门要求一起洗。"恺撒神色凝重,"我看了不要紧，路明非可麻烦了，这孤男寡女共处一室，路明非怎么把持得住？"

"别拿我说事！看你满脸回味的表情！"

"没有接触过外界，也没有接受过系统的教育，所以她不会像同龄人那样有害羞的情绪，在她看来脱衣服就是洗澡前的一个准备工作而已。"楚子航也很凝重，"但对路明非来说刺激确实太大。"

"照着镜子说话！带着那种红苹果一样的脸色说这种话是没有说服力的！"路明非绝地反击。

楚子航下意识地摸自己的脸。

"心虚了吧！露馅了吧！切！"

三个人六只眼睛对转，表情都很有趣，恺撒用肩膀撞撞路明非，路明非也拿肩膀撞撞恺撒，楚子航说大家别玩这种小孩把戏行么？我们面临的是个很棘手的情况！恺撒和路明非同时拿肩膀去撞他，胶囊房间实在太小，大家坐在床上还挤成一团，倒像是罐头里塞得满满的沙丁鱼，随便动动就能撞到。

他们见过绘梨衣凭空制造出的巨大冰山，那种一击毁灭龙形尸首的暴力给人留下的印象与其说是"深刻"不如说是"恐怖"，他们从未听说过混血种能掌握如此高阶的言灵，所以观察绘梨衣的时候带着观察怪物的心理，可看到她只穿内衣的身体，很年轻很美好，恐怖的印象忽然被香艳的遐想冲淡了，他们开始把她作为女孩来欣赏。男生们一起看美女，就该评论她们的身材好坏，挑衅地冲她们吹口哨。

"她多大年纪？"恺撒问。

"二十一岁。"

"跟诺诺一样大。"恺撒说，"可是看起来比诺诺要小一些。"

"看她的表现，心理年龄也就是初中或者高中的程度，所以看起来偏小。"楚子航说，"同住一间房也是她要求的？"

"我哪有这么大的胆子啊，当然是她要求的，"路明非叹气，"他妈的那帮服务员看我带个浑身湿透的美女上楼，一个个比我都激动，可我就是陪公主玩了一晚上游戏。"

"这说明她心里不安，但她信任你。她初次接触外界，需要信任的人陪伴。"楚子航说。

"她为什么要信任我？我看起来正派体面像个好人？"路明非对自己这方面的优势没什么信心。

"不知道，这种信任感确实很奇怪。"楚子航说，"根据你的描述，我想她的心理状态很不稳定。源氏重工大约是十年前建造的，而她所住的那间屋子是老式的木质日本住宅，那种房子也只有在文物级别的老屋里面还有了。两个可能，要么那间屋子的全部内饰都是从一间老屋里拆出来的，运到源氏重工里重新组装出来，要么那间屋子就是模仿她以前所住的房子，仿古复制出来的。"

"搞得这么麻烦是什么意思？"路明非不解。

"她的心理状态不稳定，适应不同环境的能力很差，所以蛇岐八家尽量把她维持在一成不变的生活环境中，以免她失控。"

"那岂不是说她现在随时都会失控？"恺撒吃了一惊。

"她还没失控的原因大概是路明非，她信任路明非，但这种信任非常古怪。"

"她那个古怪的言灵到底是什么？"路明非问，"小龙女的言灵都不如她。"这句话出口他就后悔了。

楚子航没有流露出多余的表情："耶梦加得的力量在龙王中是最弱的，她的优势是学习和模仿，所以才会表现得那么像人类。单从力量上来说，她不过跟次代种相当，绘梨衣的能力应该也是次代种的水平。那个言灵名为'断罪'，威力巨大，就像是神站在云端审判人类，所以这么命名。但实际效果是剥夺领域中任意生命，是罕见的'杀人命令'型的言灵。"

"源稚生的能力似乎也远不如她。"恺撒说。

"皇应该是最强的白王血裔，但源稚生的能力跟绘梨衣相比仍有不小的差距。唯一的解释是上杉家主是个异数，她是鬼……最强的鬼。"楚子航缓缓地说。

"最强之鬼？"恺撒挑眉。

"这是我的猜测，皇是能够跨越临界血限但依然稳定的混血种，那么皇的反面呢？最强的鬼，力量应该还在皇之上吧？只是血统不够稳定。"

"这种危险的东西蛇岐八家居然敢把她监禁在自己家里？这跟你在车库里养一头嗜血的美洲狮没什么区别。"恺撒说。

"蛇岐八家需要她的力量，她虽然是鬼，但对蛇岐八家言听计从。在失控之前，她一直都是蛇岐八家的秘密武器，如果失控，那她就被放弃。"

"路明非等于把蛇岐八家的核武器偷出来了。"恺撒挠头。

"还有另一个可能，"楚子航缓缓地说，"她就是神，还未完全苏醒的神。"

三个人都沉默了，这个猜测实在太过惊悚，被人类囚禁了二十多年的神，想想都叫人战栗。

"不至于吧？"路明非说，"她要真是神，蛇岐八家还费什么工夫探索日本海沟呢？"

"你这在帮对面的美女说话？"恺撒拍拍路明非的肩膀，"不愧是曾经孤男寡女共处一室的人啊！"

路明非真受不了这个中文流利的意大利人了，照这个发展速度，恺撒老了一定是个穿着布鞋和丝绸裤子、打着蒲扇的京派大爷，还留着金色的板寸。

他真不是故意要为绘梨衣说话，虽说绘梨衣很好，漂亮听话身材好，能力敌一个机械化师——这可能不算什么优点——但人家白富美再怎么好跟他这个屌丝都没关系，他机缘巧合跟人家拥抱过一次，看过一眼人家穿得很少的样子，可这又不是中国古代，姑娘给你看到了半截白生生的臂膀就非死缠烂打地想要嫁给你。他只是有种古怪的担忧，进入卡塞尔学院以来，他身边的人一个接一个变成了龙王，时至今日他打开QQ的时候看到老唐的头像，那个再也不会亮起的头像，心里都会抽动着疼痛一下。

绘梨衣是什么东西他不关心，他就是不希望绘梨衣是那个要在故事结束时被杀死的东西。

"路明非说得对，她是神的可能性很小，如果她是神，那么蛇岐八家就没有必要再花时间在探索日本海沟上，蛇岐八家显然也不知道神已经离开了高天原。"楚子航说。

恺撒点了点头。

"上杉家主的心理状态不稳定，身体状态可能也不稳定，路明非在那间屋子外面看到了各种医疗设备和值班医生，那些设备都是用在重症监护室里的。这说明她的身体状况不好，随时需要医疗支援。"楚子航说，"如果想要确保她的生命安全，我们就应该尽早送她回家，回到有医疗条件的环境中。"

"那岂不是把核武器的发射钮递到别人手上请他按？"恺撒说，"我觉得源稚生勉强可以信赖，但我可不能确定蛇岐八家里都是可信的人。"

"是的，日本不是我们的主场，在这里没人是绝对可信的。在我们确定上杉绘梨衣的身份之前，把她交还给蛇岐八家太冒险了。"楚子航说。

"那就这样吧，"恺撒打了个响指，"短期内保存这件人形兵器应该不会有事，何况我们有路明非，既然她信任路明非，就由路明非看护她好了。"

"什么意思？这是在安排工作么？喂喂我已经熬夜加班了我还不能回去睡觉么？我要回高天原睡觉啊！"路明非大吃一惊，从昨夜到现在他一直提心吊胆，还以为恺撒和楚子航来了就好了。

"在情人旅馆也可以睡觉，而且是跟美少女睡觉！"

"报告组长我光棍二十年，在应付姑娘这方面没有经验，请把这项光荣伟大的任务安排给更加有才有德的人吧！请调我回高天原！"

"在情人旅馆你只要应付一个姑娘，在高天原你每晚得应付一百个姑娘，情人旅馆的工作你都完成不了，回高天原又能做好么？"

"高天原里的确实是姑娘，虽然有的丑点吧，可这只是怪兽啊！"

"怎么能说是怪兽呢？看上杉家主这身材，这相貌，哪里像怪兽？这是你的心理暗示，你只要心里把她看作美少女，那她就是美少女！"恺撒大力地拍着路明非的肩膀。

"可我已经快撑不下去了！我很努力地扮演礼貌可靠的知心哥哥，可要是她看出我猥琐的本质怎么办？'啊！Sakura哥哥原来是这么猥琐贱格的人，我对世界好绝望，让我毁掉它吧！'于是第三次冲击①爆发，世界毁灭，老大三思啊！我们要对世界和平负责啊！"

恺撒大力拥抱路明非："相信我，你行的！记得给她买足够多的零食，姑娘们都喜欢零食！"

楚子航也走到路明非面前。

"不要拥抱了！你们的表情好像在跟遗体告别！"路明非大声说。

"我没想跟你拥抱。"楚子航把一沓万元大钞塞进他手里，"这是我和恺撒手里目前所有的现金，大概有七十多万，跟女孩在一起总有花钱的地方，尽量让她高兴。"

"这感觉是要开始泡妞的节奏啊！"路明非目瞪口呆。

"说泡就庸俗了。"恺撒的表情严肃认真，"正常的男女交往！顺便提升一下你在高天原的修业，男人的花道，牢记男人的花道！"

"我我我我我……我去！"

"我就知道你会去的！现在赶快回去陪上杉家主打打游戏吧，别让她等急了！"恺撒体贴地为路明非披上外衣。

"那这任务能顶学分么？"路明非哭丧着脸。

"好说，回学院之后我会在报告中强调你在这个任务中的努力，用你们中国人的说法，说居功至伟都不为过！"

"老大我觉得你最近的做事风格越来越像副校长了，这是我的错觉么……欸对了，老大，你觉不觉得上杉家主长得有点像师姐？"路明非忽然觉得有点奇怪，即使是隔着一条街用望远镜观察，恺撒也应该能看出绘梨衣和诺诺的相似处，略带暗红的长发、罕见的红色瞳孔、有些男孩气的眉毛，世上如此相似的两个人并不多，所以路明非在光线昏暗的水下会把绘梨衣看作诺诺。在光线充足的地方看这两个女孩是有区别的，但金库门洞开的瞬间，面对那双眼睛的时候，路明非仍有一种莫名其妙的悸动，好像心底某个僵硬的部位轻轻跳动起来。

恺撒认真地想了想，摇头："你这么说的话确实有点像，可气质差得很大，诺诺虽说也是个神经病，可跟她是不同类型的神经病。"

"这样评价女友真的大丈夫么？神经病的类型跟像不像有关系么？"

"总之一个女孩像不像我的未婚妻我说了还是能算数的。"恺撒洒脱地下了结论，"顶多只是百分之五十的相似度。"

路明非沉默了，心说真是过硬的理由啊，人家的未婚妻人家做主。

不过为这种事郁闷也没意思。他得学会克制这种酸溜溜的心情，只是有点想不通，难道这个世界上只有他觉得绘梨衣和诺诺那么像？像得让人害怕。

---

① 作者注：第三次冲击是 EVA 中的世界末日和重生，需要亚当的胚胎接触作为复制自莉莉丝的初号机。

第二章 东京爱情故事
Tokyo Love Story

黑色直升机迎着狂风暴雨起飞，围绕源氏重工飞行一圈，然后掉头飞离新宿区，隐没在灯火通明的高楼大厦中，就像一条黑色的鱼游向星辰大海。天台上，荷枪实弹的执行局干部望着它的影子无可奈何……放映至此结束，乌鸦关闭了投影仪。

"天台上的监控摄像头拍下来的，一架有 MPD 标识的直升机接走了绘梨衣小姐，但我们查不到那架飞机的编号，从机型看也不像警视厅的救灾直升机。"乌鸦说。

"找一架民用直升机重新油漆而已，最简单的障眼法。"源稚生拔掉手背上的输液针。

皇血令他的恢复力十倍于常人，但重伤之后他仍需注射葡萄糖和抗生素来帮助恢复，并且应该卧床静养。可他没时间休息，刚处理完橘政宗的事他就收到了善后小组的汇报，上杉家主离家出走了。

源稚生不担心绘梨衣遭到劫持，世界上不存在能劫持她的人，而且她给源稚生留了字条："去外面玩玩，过几天回来。"

这是上杉家主的第十二次离家出走，这一次她终于成功了，因为有人协助他。

"那个跟绘梨衣在一起的人到底是谁？"源稚生问。

"没能拍到他的脸，他始终是背对着摄像头的。"乌鸦说。

"交通枢纽查过了么？"

"机场、车站、港口、地铁……都查过了，没有发现绘梨衣小姐，初步判断人还在东京。"夜叉说。

"已经二十个小时了！她一辈子都没有离家那么久！"源稚生缓缓地握拳，"其他事务都给我暂停！调用所有人力，就算把东京的每栋楼都连根拔起，也要把绘梨衣给我找回来！"

"是！执行局会全力以赴！关东关西两大支部的干部也已经加入搜索阵列！"樱站直了。

"不！还不够！向东京的各大帮派发出悬红，悬红十亿元，只要他能提供绘梨衣的准确消息！但如果有任何人伤害到绘梨衣……他的人头就值十亿元！"

"明白！"

"我知道你们非常疲倦，我也非常疲倦，"源稚生缓缓地靠在椅背上，"但在找到绘梨衣之前大家都不能休息，我们必须抓紧每一分每一秒，绘梨衣早点回到我面前我才能安心。"

夜叉和乌鸦对视一眼，又悄悄地瞥了一眼樱，都露出心领神会的表情。他们两个一直想不通源稚生为什么对樱这种性感美女无感，从脸蛋性格到办事效率樱都是第一流的，尤其是身材撩人，要是别的老板有这样美貌的女助理怎么也得泡上一泡。直到今天目睹源稚生为绘梨衣的离家出走而焦急，心中才恍然大悟，原来老大是个妹控。

"请放心！"夜叉深沉地回答，"在这个灯红酒绿的东京，单纯的绘梨衣小姐跟一个身份诡秘的男人在一起，太危险了！我们很理解老大你的心情，不会给那个男人机会！如果他敢对绘梨衣小姐有半点杂念，我就捏断他的脖子！"

源稚生无奈地看着这个头脑简单的属下，虽然不是开玩笑的时候，可他还是情不自禁地苦笑起来。

"你们还不明白我担心的是什么，我担心的不是绘梨衣的安危，而是这座城市的安危，二十个小时足够绘梨衣毁灭东京……如果她想的话。"源稚生幽幽地说。

黑云压城，暴雨将至。

东京都气象局的计算大厅里人来人往，超级计算机全速运转。这是加班的第三周，所有人的休假申请都被否决，重要人员不得关闭手机，随时待命。

三周前气象局向内阁官房长官递交了正式报告，东京都范围内的气候状况出现了剧烈变化。降雨几乎是往年的七倍，虽然已经过了樱花季，但是满城繁花依然盛开。气温上升比往年慢太多，樱花木误认为仍是适合开花的初春，在落花后长出了新的花芽，满城繁樱的壮观景象吸引了大量游客滞留在东京，但这种怪异的植物现象在气象学家看来令人毛骨悚然。地震频繁，大量火山喷出浓烟，海平面上涨，地面却每天都在下陷。

从地球物理学的计算来说，这样的变化需要十万年才能完成。十万年的变化却在三周之内完成了，这往往是大灾逼近的征兆，只是气象局无法断定这场灾害的原因。

东京都政府已经秘密地做了救灾准备，可他们还不敢公布消息。一旦公布消息，几百万人会从城市的核心区撤离，那本身就是一场大混乱，不知会导致多少死伤和财产损失。

Chapter 2
Tokyo Love Story

宫本泽站在窗前，眺望着这座灯红酒绿的城市。

计算中心就在新宿区边缘，窗外无数的霓虹灯招牌堆叠起来，歌舞伎町的长街上出没着各色人等，喝得烂醉的上班族这个时候才从酒吧里出来，沿街走了没几步又互相拉扯着走进下一间酒吧，衣着性感的少女蹬着高跟鞋在街边招揽客人，"无料案内所"的幌子在暴雨前的冷风中颤抖。

"东京还是座知道睡觉的城市，可新宿区却是不知疲倦的少年啊！"宫本泽自言自语。

他已经五十多岁了，只能远远地感慨一下年轻人燃烧青春的生活方式。某种危机正在逼近，可那些醉醺醺的年轻人还在舞场里搂着摇摆。

手机在口袋里响了一声，半分钟后，几百上千人从酒吧和舞厅里拥了出来，争先恐后地奔向各自的摩托车，几分钟后街头就出现了拥堵。每个人都轰着引擎，谁也不肯为对方让道。这不像是讲究礼让的日本人能干出来的事。不过在这条酒吧街上混迹的很多都是黑道底层的混混，这种人一旦急红了眼什么都做得出来，现在在街头对峙的就是这帮人。几分钟之前他们还在酒吧里摸着舞女的大腿喝酒讲笑话，井水不犯河水，现在他们为了抢先离开这条街，几乎能拔刀对砍。

宫本泽不由得诧异，混混都是些散漫无纪律的人，就算是警方突击搜查也不会让他们如此紧张，世上还有什么事情在半分钟里能把这群无法无天的醉汉从夜场里揪出来呢？

他摸出手机，打开刚进来的那条信息："本家发布紧急消息，悬红十亿元征集照片中女性的信息，令她遭到伤害者将被列入本家的报复名单。"

所附的照片是个红发红瞳的女孩，明艳照人，但双瞳中一片蒙眬。

"家族丢了这样重要的东西啊！"宫本泽明白了。

宫本泽是蛇岐八家中宫本家的人，家族的文职干部，专业是气象监测。家族安排他进入气象局，是要掌握气象局的技术资源，所以他的手机号码也在家族的群发列表上。

引动那些混混的是十亿日元，家族有史以来最高的悬红以短信的形式发给数十万人，这种悬红的方式比警方的通缉令还有效。今夜东京城里的每个黑帮成员都会为了十亿日元而不眠不休，他们会横扫这座城市搜寻照片上的女孩。

这时路明非正在吃火锅，锅里炖着肥牛片、金针菇、香菇、萝卜、白菜和大葱，肉香扑鼻。

如果他知道满城几十万人在找他，肯定没法这么悠闲地吃火锅了，但他不知道。几分钟前暴雨忽然降临，凄风苦雨的天气，在温暖的室内吃着火锅，对面坐着只穿睡衣的绝色妹子，还有一瓶上好的黑龙清酒，真是一个饱暖思淫欲的夜晚。两个人都不说话，两双筷子高起高落，吃得风卷残云。

黑龙清酒清冽醇厚，不知不觉就有了几分酒意。这瓶酒是路明非预订火锅外卖的时候送餐员赠的，说是店里搞活动，只要定特上牛肉锅套餐外卖就赠黑龙大吟酿一瓶。不过特上牛肉锅套餐只卖一万两千日元，黑龙大吟酿一瓶售价大概是十万日元，如果路明非知道这个价格差就会发现这赠品非常可疑，但他不知道，所以喝得格外开心。

无知总是让人分外欢乐。酒劲上来之后他对绘梨衣就没有那么畏惧了，饮酒之后绘梨衣素白的脸上略增几分酡红，看起来又漂亮了一些。

屋里只有火锅咕嘟嘟冒泡的声音和路明非咂巴嘴的声音，跟绘梨衣待久了路明非就习惯了这种不出声的交流方式，两个人都用小本子写字来说话，否则屋里只有一个人的说话声，会非常诡异。

对面胶囊旅馆的楼顶，黑影按下快门，咔嚓一声，路明非绘梨衣和火锅被定格为照片，通过网络发送出去。

"老板给废柴选的新娘子很漂亮嘛，"苏恩曦看着前线摄影师刚传过来的照片，"不比陈墨瞳差，就是衣服土了点儿。"

"新娘子是很漂亮，但迄今为止新娘子还没爱上新郎官，新郎官还在害怕新娘子，这两个白痴的注意力都在牛肉锅上，"酒德麻衣说，"你不觉得我俩就像是熊猫保护区的保育员么？"

"什么意思？"

"人工饲养的熊猫特别不容易对异性来电，可它们又濒危，所以保育员的重要责任就是让公熊猫和母熊猫交配生育。他们千方百计地给熊猫寻找配偶，把它们关在同一个笼子里，想办法让公熊猫对母熊猫发生性趣，甚至他们想出过给熊猫们放映别的熊猫交配的录像这种主意。但结果往往还是母熊猫为了抢吃竹子猛揍了公熊猫，或者反过来。现在我们就是保育员，而这两位就是公熊猫和母熊猫。"

"我们都把美少女给他抢出来了，他只需要禽兽就可以了，禽兽很难么？"

"老板的命令是把上杉家主配给路明非，不是单把人从蛇岐八家里抢出来就完了。还不是你惹事，闲着没事说什么要另外给路明非送个妞过去。"

"我哪知道呢？我就是开个玩笑嘛，谁知道老板就留心了，还指名道姓要上杉家主，妈的他怎么不要那个摩纳哥公主夏洛特呢？"

"你是说我们在Gucci发布会上见到的那个名模公主？名花有主了吧，对方好像是哪个欧洲皇室的公爵。"

"这些是老板会关注的问题么？只要他看上的女人，天涯海角他都会下令我们给路明非抢回来吧！"苏恩曦说，"不过这位黑道公主也不比摩纳哥公主好搞。"

"不不,摩纳哥公主好搞,那至少是个正常人类。而现在我们的公熊猫和母熊猫没有一点发情的迹象,只是认真努力地啃着竹子。"

"日久生情嘛,他们才刚刚认识,这么快就发情的话,是不是太淫荡了一点?"

"没法等着他们日久生情。从今夜开始,东京城内至少四十万人在找上杉家主,找不到他们是不会罢休的。今天他们没有外出,可明天后天呢?始终闷在那间情人酒店里直到把孩子都生出来?"

"以你的经验泡上一个妞得几天?"苏恩曦也觉得有点棘手。

"我都忘了这里还有你这个恋爱经验为零的奇葩。女孩接受一个男人,只需要某一刻动心,那个瞬间到来,就水到渠成。但同是等一个瞬间,恺撒也许只需要一天,路明非可能就得一辈子。"

"我去!你有什么资格说得头头是道?你也没男朋友!"

"至少有很多男人追我,而你只会在酒会上拍了帅哥的照片发微信给我。"

"打人不打脸骂人不揭短,那我们现在该怎么办?"

"一方是对社会一无所知的白痴少女,另一方是没有感情经历的废柴。他们就像两种惰性的化合物,放在一起不会自然发生反应,必须加催化剂。比如那瓶黑龙清酒,是我命令送餐公司送过去的。通常情况下酒能够消除男女之间的隔阂,香槟和红酒都能算是催情的圣药。不过看起来不太成功,酒只是缓解了路明非的不安,并没有壮他的色胆。"

"啧啧!真真禽兽不如!"苏恩曦怒其不争,"我要是男人我也会被上杉家主的美色迷倒啊!"

"如果是楚子航,我相信他对美女免疫,但路明非应该还做不到,他这是在害怕上杉家主,上杉家主在他眼里不是个漂亮女孩而是一件人形兵器,此外陈墨瞳在他心里的地位太稳固了。如果想让他克服对陈墨瞳的感情,就必须让他感觉到上杉家主作为女孩的美。相比起来上杉家主那边倒是容易解决,她接触过的年轻男人只有源稚生,所以我们只要让路明非看起来比源稚生更好就能俘虏她的心。"

"听起来好难。我们得在几天之内教会一个白痴少女什么是女性的魅力,而她要击败的竞争对手是魔女级别的陈墨瞳。我们还得把废柴培养成浪漫贵公子,让他超越男神级别的源稚生,对方天生超级血统,领袖日本黑道,帅得连我都想用他的照片当桌面……路明非那个废柴何德何能就能胜过男神?"

苏恩曦有本事掀起一场金融风暴,调动几百亿美元把某个国家逼到破产。可让榆木疙瘩和废柴相爱,这个任务超出了她的能力范围。可老板如此下令,她就得想办法实现。作为路明非人生的幕后编剧,老板一直在为这个废柴写一部拯救世界的宏大史诗,可编剧先生忽然宕开一笔要写儿女情长,还必须写出轰轰烈烈的爱情故事,真是要逼死她们两个狗腿子。

"所以我们需要专家，"酒德麻衣从浴桶中起身，从墙上摘下黑色的 Prada 职业套装，搭配纯黑丝袜和光可鉴人的黑色高跟鞋，"打扮起来吧妞儿，大学女生宿舍的生活结束了，开始工作了。"

十五分钟后座头鲸推开了秘密办公室的门："老板，客人都到了，正在外面的大厅等候。"

酒德麻衣缓缓地从高背沙发上起身，冷冷地顾盼，目光凌厉如刀，座头鲸惊得心里一颤。

昨天老板们还是邂逅的大学女生，今天她们已经重新武装起来，穿着笔挺的黑色套裙和同色高跟鞋，长发在头顶盘成高髻，描过的眼角修长锋利，这说明老板们进入了战斗状态。

御姐们在进入战斗状态的时候都会盛装出场，她们的鞋跟越高，就说明内心的压力越大，斗志也越强烈。座头鲸不知是什么大事件让老板们感觉到如此大的压力，只觉得杀气迫在眉睫。

大厅里坐着各式各样的怪人，有留长发的艺术家、新潮时尚的设计师、敦厚稳重的经理，器材箱在角落里堆得老高，所有人都在翘首等待。

大门敞开，酒德麻衣大步而入，裙脚带风。短暂的沉默后，全场响起了掌声。这不是酒德麻衣第一次享受掌声欢迎了，惊艳全场是她的家常便饭。

她走到环形鱼缸前方，举手示意掌声停止。掌声说停就停，酒德麻衣身上比美色更镇得住场子的是她的杀气，今天她就像一柄冷艳的妖刀，任何人在欣赏她的美丽时，也被她的气场压迫。

"诸位都是某些领域内的顶尖人才，很高兴大家接受了我们机构的邀约，共同来完成这档节目。首先自我介绍，我是导演酒德麻衣，这是副导演苏恩曦。接下来请大家自我介绍。"

"熊谷俊二，服装搭配师。"

"铃木良治，情感咨询师。"

"三间唯，模特。"

"武宫贤司，没什么工作，混日子。"那位留长发的艺术家笑笑，他笑起来潇洒倜傥，有种难以抗拒的魅力。

酒德麻衣轻轻击掌："感谢诸位，从现在起我们就是同事了。如诸位所知，本机构将制作一档真人秀。我们将跟踪拍摄两个普通人的恋爱，把它完整地呈献给观众。为了确保这是一场真正的爱情，不是编造出来的，我们的演员服用了一种可以令他们短期内失忆的药物，他们忘记了自己身在节目中。他们从宿醉中醒来，相遇在一间情人酒店。诸位是各行各业的专家，我们请大家来这里，是为这对情侣出谋划策，成就完美的爱情。我们是爱情的智囊团，我们也是维纳斯和丘比特，期待各位的最佳表现。"

"请问我们具体工作是……？"服装搭配师熊谷俊二举手。

"调度车会在前线工作，我们需要的是诸位的经验。如果男演员带女演员去购物，熊谷俊二先生，就请您给出服饰搭配的意见；三间唯小姐的身材恰恰和女演员相同，熊谷先生会在你身上试穿给女演员挑选的衣服；演员们的感情进入低潮期的时候，铃木良治先生，我们需要你给出解决方案；我们需要他们擦出最强爱情火花的时候……"

"随时待命！"武宫贤司举手。

"在我们的帮助下，演员们会经历世上最完美的婚恋，他们将在最合适的时间、最合适的地点，遇见最合适的人，当他们决定去向神圣的婚姻殿堂时……"

年轻男子骄傲地起身："诸位好，我是神婚事务所的羽田，本事务所代理各种顶级婚礼。根据剧本，我们会为新人在明治神宫举办皇室级别的日本婚礼。"

"包下整座明治神宫，宫内厅那边没问题吧？"酒德麻衣问。

"本事务所和宫内厅的关系一直融洽。我保证那是一场世纪婚礼，全世界的新人都会羡慕他们！"

"很好！还有什么问题么？在节目启动之前，诸位还有最后的提问时间。"酒德麻衣看了一眼腕表。

"请问这档节目播出时的名字。"漂亮的女模特三间唯说。

"Tokyo Love Story，东京爱情故事，"酒德麻衣缓缓地说，"这个世界上最完美的，东京爱情故事！"

路明非坐在落地窗前打饱嗝，绘梨衣趴在茶几上摆弄小玩偶。

暴雨打在窗上，沙沙声笼罩了整个世界，晚归的人们打着雨伞小跑而过，街面渐渐地空了，红绿灯单调地变化着。

房间里太安静了，让人有点心虚，路明非想跟怪物小姐聊聊，帮她排遣饭后的悠长时光。可他没有跟女孩搭讪的经验。

高中时有个外校的混混叫梁问道的，江湖上外号道哥，经常来路明非他们学校闹事。道哥非常欣赏路明非在游戏上的造诣和才情，曾经教导过他如何搭讪。道哥说，天下的搭讪无非软搭和硬搭两种，所谓软搭就是从"你跟我有个同学长得好像"或者"今天天气真不错啊"这样云淡风轻的话题开始，层层深入步步为营，敌进我退，敌驻我扰，敌疲我打，敌退我追，而硬搭就是如梁问道先生这样的好男儿，尾随漂亮妹子走在长长的巷子里，忽然拾起一块砖头冲上去拦住那妞儿，用睥睨的眼神看着她苹果般的脸蛋，掂着砖头说同学我刚才在你后面捡着一个东西，请问这是你丢的么?

路明非自忖没有梁问道先生的硬气,只好从软的开始。

"雨下得真大。"路明非在小本子上写给绘梨衣看。

"我去洗澡了。"绘梨衣在小本子上回答。

路明非心说喂喂喂! 女神和屌丝的经典对话你一个日本人怎么知道的? 留点面子行不行?

接下来绘梨衣就拉开了自己的腰带⋯⋯路明非赶紧转身闭眼,几分钟后地上留下一堆红白相间的巫女服,像是美貌妖精留下的蝉衣,浴室里响起了哗哗的水声,人形兵器还真是我爱洗澡乌龟跌倒。

路明非这才明白是自己屌丝当惯了,形成了屌丝特有的神经回路。回想当年他在QQ上等陈雯雯,一等就是好几个小时,然后借故说文学社的事情跟她聊上那么一小会儿,聊到没有可聊的就开始耍贱说笑话,发各处搜来的表情,这时陈雯雯就是发来一个标准的笑脸表情,然后说"我去帮妈妈做饭"、"我去热牛奶了"或者"我去洗澡了"。路明非就在QQ上等着,可十有八九陈雯雯的头像再也没有亮起来,一度路明非想陈雯雯睡得早,想必是洗完澡就去睡觉了⋯⋯直到后来他在网上看到"呵呵我去洗澡了"的笑话。

可绘梨衣不是陈雯雯,她说要去洗澡就真是要去洗澡,硬妹子就是如此直爽,一说洗澡,衣服都脱下来了。

路明非百无聊赖,只好打开电视机换台,好死不死,TBS台正在重播《东京爱情故事》,铃木保奈美大婶正在说她的经典台词:

"没可能一辈子都喜欢一个人的。喜欢的话,只是一瞬间的事。但是,我会好好珍惜我对你的爱,你对我的爱,我会时常在心里回味的。一想到这段爱情明天会怎样,我就不能喜欢其他人了,因为有那时的我,所以有现在的我,所以我能以自己陪伴自己啊,我很满足呢!"

这是一部很老的日剧,1991年上映,铃木保奈美大婶和织田裕二大叔主演,后来大名鼎鼎的帅哥江口洋介那时刚出道不久,在里面演男二号。在这部剧里铃木大婶演一个永远笑得阳光灿烂的女上班族赤名莉香,深爱着整天夙了吧唧的同事永尾完治,可完治大叔的心上人其实是高中同学关口里美。整部剧都在搞这个三角关系,搞得跌宕起伏,一时间完治大叔跟莉香大婶情深似海,转眼完治大叔又跟里美阿姨泪眼相对,江口洋介演的三上同志偶尔还插进来捣乱,跟莉香大婶和里美阿姨都眉来眼去过,资本主义的小情小调搞得淋漓尽致。

可这就是这么一部剧,当年还狠狠地感动过路明非一把,时至今日他还能记起主题歌的调子,那首歌名叫《突如其来的爱情》。

因为那部剧里有铃木保奈美大婶演的赤名莉香,那个永远笑得跟初夏阳光似的赤名莉香。永远都笑着给自己打气说完治最后一定爱上老娘的，老娘爱完治完治爱老娘，老娘的大背包里装满爱情和希望！

可故事的结局是赤名莉香累了放弃了离开了，她离开的时候坐着一辆火车，车窗外是坠落的夕阳。她无意中翻出包里的旧照片，那些过去的画面浮现在眼前，过去的声音再度回响，这个总是笑啊笑的女孩疲惫地靠在窗户上，泪如雨下。这是路明非第一次知道世界上还有没有结果的爱情故事，他心说这算什么？搞来搞去搞了半天，那么多感人的剧情都白费啦？莉香大婶还从北海道带小雪人给完治大叔当礼物嘞！他俩还在雪地里拥抱着对啃嘞！大家不是彼此说了很多我爱你么？不是说好的么即使我在喜马拉雅山顶召唤你你都会立刻出现的么？不是说好还要带热腾腾的黑轮给我吃么？

敢情那些都只是说说的么？

路明非一遍遍地听着片尾曲，网吧外面下着微冷的雨⋯⋯他忽然意识到这才是现实，世上的爱情故事不是都有结局的。

有些话只是说说而已⋯⋯比如我爱你⋯⋯比如我等你。

长夜漫漫，路明非浮想联翩。

记得有一天晚上路明非跟芬格尔吃宵夜，芬格尔吹牛皮说我混本科部的时候，跟许多学妹都有过感人至深的爱情，每段爱情都令我想要打破封建礼教的束缚⋯⋯可惜没有封建礼教束缚我。

路明非说就算我相信你泡过很多师姐，你也不过证明了自己是个人渣而已，情圣贵在能在一棵歪脖树上吊死！你跟新相好花前月下的时候，就不会想起跟老相好私定终身那晚的月色吗？

芬格尔说非也非也，先哲赫拉克利特说，"人不能两次踏进同一条河流。"这句话深刻地说明了事物不断变化的本质，昨天的我已经死去，今天的我还活着，明天的我正在孕育，昨天死掉的那个死鬼爱上了妹子A，今天的我正跟妹子B热恋，明天的我看你们年级那个叫零的俄罗斯妹子身材容貌都颇为不错！每天的我都是全新的，我爱每个妹子的时候都是全心全意的，但我没法阻止自己不断地死去。

路明非说你这番话只是进一步证明了你是个人渣。芬格尔说不不，是你拒绝承认将来的你跟现在的你不一样，你喜欢过几个女孩？

路明非心里一动想到陈雯雯，没好意思厚着脸皮说只喜欢过一个，于是说两个，就两个。

芬格尔冷冷一笑说，如果你喜欢过第二个女孩，有什么把握说自己不会喜欢第三个？第三个相对第二个，就像第二个相对第一个。爱情是个发生在现在的事，过去的爱情，我们情圣都管那叫回忆！

路明非的脑海里一片空白，他委实无法证明自己不会爱上别的女孩，就像暗恋陈雯雯的时候他不会知道自己将来会遇到诺诺，那个笑得很治愈很爱很爱完治的赤名莉香也会爱上其他人，慢慢地治好她在完治那里受的伤，仍旧笑得像初夏的阳光。大家都要长大都要寻找幸福，谁也不会停留在过去，只是偶尔想起曾经相遇的时候那么美，会有点黯然神伤。

他路明非也未必一辈子都那么衰，他是本科部现在唯一的Ｓ级，校长又那么器重他，看起来很有培养他当接班人的意思。没准很多年后校长驾鹤归西，那栋典雅的小楼就留给他当办公室了，傍晚的时候他跟德高望重的老校友恺撒·加图索、楚子航和芬格尔在阁楼上搓一桌麻将，气质高华的女人缓步上楼来说晚餐已经准备好啦，吃完继续打吧，路明非校长握着那气质高华的女人的手说，老婆再让我玩两盘，我现在手气正壮！诺诺，或者说加图索夫人却坐在恺撒校董的背后，不耐烦地推搡恺撒说让开让开我来玩几盘！你这么输下去裤子都输没了！

有点美好的感觉……可一想到那陌生的、气质高华的女人的脸，路明非就会心生恐惧……是的，他不想承认自己会变，会爱上诺诺以外的人……

他不想某些东西变成回忆。

手机在口袋里振动，打断了路明非的胡思乱想。路鸣泽又发信息过来。

"天气真好，我在里约热内卢的海滩上看美女，一个浪打过来，各种颜色的泳衣都掉下来啦！哥哥你在日本过得怎么样？"纯是唠嗑的架势。

"你说呢？你自己干了什么好事你自己不知道？"路明非正气不打一处来。

"我猜哥哥你也在跟美女花前月下！"

"是啊！我正心惊胆战地伺候美女！生怕美女不开心把东京给拆了！这种棘手的美女我担待不起！"

"为了人类的福祉，哥哥你担待不起也要担待啊！"

"这跟人类的福祉有屁关系？"

"要解开白王的秘密，有几把钥匙是必须的，可其他钥匙都掌握在对手的手里，只有美女这把钥匙掌握在你们手里。"

"可就这一把钥匙我们也还是解不开迷局对不对？就好比你家保险柜有三道锁，你只有一把钥匙，你照样打不开门。"

"可你换个思路，如果这把钥匙在你手里，那么别人也解不开迷局。你的对手也想攒够所有的钥匙，把复活的神放出来。"

"问题是这钥匙是个大活人！不是我串在钥匙串上可以带着四处跑的小东西！而且这把钥匙有本事把东京拆掉！"

"你太小看上杉家主了，以她的能力大可以毁灭整个东京都加上千叶、山梨、埼玉和神奈川四个县！你们还没有见识过上杉家主的愤怒状态。"

"别以为能吓到我！反正我都被捆在核弹上了，你告诉我说这核弹不是寻常原子弹乃是新型氢弹我就会害怕了？可笑！"

"听哥哥你这么说我就放心了！我现在准备下海去游泳了，没有别的问题本次聊天到此结束，祝你和上杉家主相处愉快！"

"喂喂喂喂！刚才只是扯淡好不好？关键问题还没来得及说呢！我怎么才能控制这姑娘？她是个人形兵器，可我手里又没有强制她服从的密码。"路明非急了。

"喔？你还想要强制上杉家主服从的密码？哥哥我先得申明一件事，上杉家主呢，虽然是个美少女，但是她是接触到神的关键之一，我把她送到你身边是让你掌握一张重要的牌，不是供你淫乐的！"

"说！正！事！"

"让她开心就好咯。"

"让她开心？怎么开心？让我彩衣娱亲膝前尽孝吗？"

"首先她相信你，你是为数不多的能令她相信的人，好好地利用这份信任就能控制住她。其次，让女孩开心很简单的，无非是带她买衣服、买好吃的、出去玩，如果她觉得孤单就陪她聊聊天，大姨妈来了就给她准备红糖水……我说作为一个屌丝你难道没有修过讨好女神的必修课么？"

"滚！没学过！"

"唉！看起来陈雯雯女神和诺诺女神都没有给你练手的机会。"

"滚滚滚！说正事！带她玩给她买衣服买吃的就能安抚她？你确定？"

"这我可就不知道了，我们魔鬼泡妞从来都只需要一个眼神，不需要这些小伎俩，如果你觉得搞不定，那就把她杀掉好咯。"

"你发烧了吧？说胡话？"路明非吃了一惊。

"如果控制不住这柄钥匙，又不愿这柄钥匙落在对手手里，那么最好的办法就是把它折断咯。为了人类的福祉嘛，折断一柄小钥匙有什么舍不得的呢？当然，如果你既想当英雄又想保全这柄漂亮的小钥匙，也不是没有办法，向我许愿就好咯，只需四分之一的生命，无论你面对的敌人是谁，我都为你杀死。我去给美女们抹防晒油了，最后一条免费的小提示，上杉家主每晚睡觉前都要喝一杯不加糖的热牛奶，这对稳定她的精神状态很有帮助，如果附近有便利店的话就赶紧出发吧。"

乌云里一道闪电落下，照亮了远处的东京天空树。路明非呆了几秒钟，冷汗悄无声息地浸透了衬衫。

路鸣泽在暗示一件事，绘梨衣不是杀不死的，必要的时候除掉绘梨衣才是最理智的做法。这么说来路鸣泽不是作弄他，他把绘梨衣送到路明非身边来，是要帮路明非一个忙。此刻他们面前有一条名为黄泉的古道，这条幽深的小路上有若干道坚不可摧的门，唯有掌握钥匙的人才能通过，所有的门打开之后，就会面见那位从沉睡中苏醒的神，你可以跪拜在地向它祈求，也可以拔出武器杀死它。路明非现在掌握了其中一把钥匙，幕后的那人想要接触到神就必须来他这里拿钥匙。

暴雷在几秒钟后才抵达情人旅馆，玻璃震动着发出濒临碎裂的巨响，屋里漆黑一片，此时浴室里传出绘梨衣的惊呼声。

路明非吓得魂飞魄散，一跃而起就往浴室里冲，女孩子都怕打雷，要是这记闷雷把绘梨衣吓出状态……那路明非就把雷公给咬死！

他冲到浴室门口才觉得不对劲，绘梨衣可是在里面冲澡，要是她没被闷雷吓出状况而被闯进来的色狼吓出状况，那毁灭东京的罪过就是他的了。

但为时已晚，他像炮弹一样撞开浴室的门，一脚踩在湿滑的地面上，平扑着倒地，沿着满是肥皂泡的地面一路向前，直到撞上对面的墙壁。他们住的是情人旅馆的顶级套间，房间未必有五星级酒店那么奢华，浴室却是总统套房的标准，大约情侣们喜欢在浴室里卿卿我我，所以浴室大到可以摆下一张斯诺克台球桌。

"ごめんなさい！ごめんなさい！①"路明非紧闭双眼，抱头高呼。

浴室里静悄悄的，很久之后路明非才听见轻轻的赞叹，不是任何语言，只是一声悠长的呼吸。

他小心翼翼地睁开一只眼睛，四下里扫瞄了一番，然后再把另一只眼睛也睁开。浴室的灯也熄灭了，只靠窗外透进来的灯光照亮，浴缸里的水轻轻地荡漾着，水面上堆满了肥皂泡沫，泡沫反射着五彩的光芒。绘梨衣坐在浴缸里，整个身体都埋在泡沫里，只露出半个脑袋，小黄鸭在她的脑袋边漂来漂去。她呆呆地望着窗外出神，根本没有理会有色狼闯进来。

按说这种时候路明非就该识相地退出去，可顺着绘梨衣的目光看出去，他也怔住了。

东京天空树亮了起来，就像被那道闪电点燃了。平日夜里东京天空树会亮起各色灯光，但在暴风雨之夜为了减少雷击的风险它通常都是关灯的。今夜这么大的暴风雨，东京天空树本来是漆黑的，可此刻这座电波塔自上而下亮起了粉紫色的灯光。头顶是黑云压城城欲摧，地下是灯火通明的巨大城市，摩天大楼像是一个个巨大的灯笼摆放在大地上。在无数灯笼中间，粉紫色的塔拔地而起，插入漆黑的云间。

这一幕美得让人恍惚。路明非并不信教，居然也想起了《圣经》里说的通天塔，人们把砖烧透了，用石漆当泥灰，在巴比伦建起了通天的巨塔，从此任何人都不会迷路了，在浩瀚的荒原上眺望，你总能看见那座灯火通明的塔，那里昼夜响着钉锤声。

"想去那里玩。"绘梨衣用手指蘸水在玻璃上写画。

城市映在她的眼瞳里，仿佛昏黄色的星海。

---

① 作者注：**ごめんなさい**，日语"抱歉"的意思，是比较口语化的说法。

路明非点了点头，也蘸水在玻璃上写字："好，明天带你出去玩，你先洗澡，我出去给你买牛奶。"

灯再度亮起来之前，路明非起身离开了浴室，抓起桌子上的雨伞出门。老板娘穿着和服木屐匆匆地跑上楼来，鞠躬跟客人们道歉说雷电导致这间老旅馆的变压器跳闸，路明非一言不发地穿过人群，拿纸巾捂着鼻子。

他当然得在灯光亮起之前绅士地离开浴室，否则绘梨衣就会发现他满鼻子都是血泡。绘梨衣在窗户上写字的时候从泡沫里坐了起来，露出天鹅般的脖颈和明晰的蝴蝶骨……被恺撒说中了，人形兵器发育得确实很好。

"前线导播车报告，新郎在街北侧的便利店购买了四袋低温奶，已经返回房间。"

"Roger[①]。从窗口观察到新娘已经结束沐浴，她在吹干头发和等待新郎返回。"

"新娘已经饮用了牛奶，上床睡觉，观察到熄灯。"

"Roger。旅店北侧的导播车观察到浴室熄灯了，看起来新郎今夜睡在浴缸里。"

酒德麻衣戴着耳麦站在窗前，聆听调度中心和前线导播车的通话。虽说所谓节目完全是个骗局，可前线导播车是真的派了七辆出去，每辆车标配一个五人小组，共计三十五人的前线团队，调度中心里的各种专家共计十七人，助理十一人，加上她和苏恩曦，足足六十五个幕后黑手。

这是世界上规模最大的木偶戏，戏台上的小木偶只有路明非和绘梨衣两个，戏台下六十五名木偶师手忙脚乱。

前线导播车的工作已经结束，调度中心里依旧繁忙。

"我需要男女演员的资料，教育程度、家庭状况、感情经历……越详细越好，没有资料的话很难分析他们的心理。"

"雨下得太大了，如果明天城里出现积水会影响他们出行，登录东京气象局的网站看看天气预报！"

"情人旅店门口需要调两辆出租车，二十四小时等候，这么糟糕的天气很难打到车，打不到车他们就会放弃外出。"

"定妆照！新娘的定妆照！快点！这边等着定妆照做服饰搭配！"

大厅里人声鼎沸。酒德麻衣支付了很有诱惑力的酬金，专家们都不遗余力地为这场好戏奔忙，以证明自己的存在是有价值的。大厅里还有摄像师，他们负责记录专家组的工作状态，侍者们端着香槟穿梭来往，导播们匆匆来去，每个人都大声说话，一派热火朝天的景象。这让酒德麻衣有种幻觉，好像她真是一位导演，在负责一档真人秀的节目，这里就是她的导播大厅。所有人齐心协力，为了做好一档幸福

---

① 作者注：Roger，英文"收到"的意思，多用于无线电通信。

有爱的电视节目,等到新郎新娘穿着传统的日式礼服走进明治神宫的那一刻,他们一定会觉得自己的辛劳是有价值的,流下感动的泪水,共同祝愿他们百年好合。

其实不过是神经病老板为了折腾人想出来的新招罢了。

"东京天空树在雨夜里忽然开灯是你们搞的花样?"苏恩曦凑过来问。

"嗯哼,TBS重播《东京爱情故事》也是我们做的。那位看起来像艺术家的武宫贤司说,爱情需要神启,我们需要制造一些能够点燃他们情愫的小细节。"酒德麻衣指了指留长发的英俊男子,"打开电视忽然看见纯情老片,或者雨夜中忽然看见漫天焰火,这些都会让人心里一动,这就是神启,能把爱情点燃的小细节。"

"那货到底是什么来路?听起来好像是没有工作的无业游民,不过倒是蛮帅的。"

"武宫贤司,号称日本第一情圣,在朝日电视台开了一档夜间节目叫'情感圣经',无数女人爱得他死去活来,非常善于洞察女性心理。路明非如果有他的三成应该就可以攻下上杉家主了。"

"为了帮路明非泡妞你可真下血本啊!"

"应该说老板真下血本,这种扯淡的事像是我的风格么?这些都是老板物色的各路精英,他们的名单直接发送到我的手机上,我负责以制作电视节目的名义出面邀请他们。"

"定妆照已经完成。"化妆师匆匆而来,把模拟照片送到酒德麻衣面前,"新娘的底子很好,但是看得出来全无化妆经验。我们考虑给她做出森系的感觉,在眼部和唇部做一些加强。"

"森系给人的感觉太冷了,新娘本身就是一座冰山了,不需要更加冷艳。要性感!要暖色调!"酒德麻衣直接打回了提案,"要唤醒新郎好色的本能!"

"新娘的服饰搭配出来了,"服装搭配师拿着草图过来,"既然是东京爱情故事,就以东京流行风尚为主,这些衣服在店里不难买到。"

"裙长减十厘米。"酒德麻衣扔回方案。

"出门度假会大幅度地提升感情,东京附近的温泉乡是个不错的考虑,"情感咨询师举手发言,"能给他们安排温泉旅行么?"

"方案驳回,新娘身体不好,白天可以出外活动,晚上必须回到旅馆住宿!"

方案不停地制定出来,又不停地被否决,只有少数能侥幸在酒德麻衣的魔爪下幸存。酒德麻衣制定了奖金制度,专家组花越少的时间让新郎新娘心心相印,他们能够获得的奖金就越高,所以专家们使出浑身解数,想出的招数有的旖旎浪漫,有的淫贱下流。那位神婚事务所的羽田经理还没有出手的机会,但在节目结束前又不能离开调度中心,苦闷之下只有以健身自娱,他带了一对哑铃,在大厅的角落里操练开来,借此消耗浑身上下使不完的劲儿,只等前线路明非表白绘梨衣说Yes,他就跑步入场,撒花护送新人去往婚姻殿堂。

路明非当年成绩不济，深深羡慕那些能保送上清华北大的优等生，如今却能享受这免见丈母娘免送聘礼免买婚房的三免婚姻直达车服务，可惜他还未意识到自己处在如此巨大的幸福中，正在情人旅馆的浴缸中鼾声大作。

"婚礼要在明治神宫办也是老板交代的吧？"苏恩曦缓缓地问，"跟恺撒选择的婚礼场地一模一样。"

"是。那间神婚事务所也是老板找的，全日本还真只有他们家能搞定明治神宫的婚礼。那座神宫是天皇家族的辖地，归宫内厅管理，神婚事务所其实就是宫内厅自己办的营利机构。"

"有时候我觉得老板是个浑蛋，可有时候我觉得他简直是路明非的亲爹。"

"怎么忽然这么说？"

"你不觉得他很在意路明非的感受么？"苏恩曦看了酒德麻衣一眼，"想想当路明非知道恺撒计划在明治神宫举办婚礼时的心情，应该很不好受吧？可自己是个没钱没势的衰仔，什么都做不到，只能看着喜欢的姑娘跟别人手拉手地念誓言交换戒指，在恢宏的明治神宫里把一生寄托给另外的男人。如果他真是个没钱没势的衰仔也就只有认命了，可他是老板要罩的人，老板这次处处都是针对恺撒，他要给路明非找更好的新娘，制造最完美的爱情，办更隆重的婚礼……就像一个要跟人斗气的小孩。"

酒德麻衣一愣。

"我也搞不懂。一直以来路明非都是老板操纵的傀儡，帮助老板一步步实现他的计划。但傀儡最终是要被抛弃的，这是常理。但这一次老板的表现很古怪，他好像是真的要给路明非找个女孩，而且想方设法要让那个女孩爱上路明非。他操纵着路明非去跟恺撒竞争，但他原本根本不需要这么做，恺撒和诺诺的婚约跟我们的计划完全无关。"苏恩曦压低了声音，"唯一的解释就是恺撒的高调激怒了老板，傀儡师不满于有人欺负他的傀儡……可在你心里老板是这么个多愁善感的人么？"

"不，从我和他见的第一面起，他一直都是暴君。"酒德麻衣声音极低，但说得斩钉截铁。

这时她的手机响了，没有来电显示。

"姑娘们辛苦了！我们的新郎新娘还好么？"老板的声音一如既往，活泼轻佻。

"事情正按您的计划发展，专家组都已经到齐。今天没什么进展，从明天开始，代号'Tokyo Love Story'正式启动。"

"有这样强大的专家组支持，几天内他们能爱上对方呢？"

"争取在半个月内。"

"七天。"

"七天？"酒德麻衣吃了一惊，即便是闪婚七天也太快了，况且上杉绘梨衣和路明非根本还没来电。

"我们只有七天时间，六天之内让他们相爱，第七天的落日时分，他们的婚礼将正式开始。"老板笑，"上杉家主是绝世美人，每个男人都该爱她。"

"可陈墨瞳对路明非的影响太大了。"

"我读过一本书，书上说这个世界上有两万个人是会跟你一见钟情的，可惜终你一生都未必能遇见她们中的任何一个。一见钟情不是个魔法，它是命运。陈墨瞳是路明非命运线上的第一个人，我希望上杉绘梨衣是第二个，第一次遭遇命运的时候我们措手不及，所以在命运面前惨败，第二次我们已经全副武装，我们不能在同一件事上失败两次。"老板缓缓地说。

"当然如果失败了也蛮好，这样我们的路明非小天使就会在绝望的深渊里跌得更深一点啦！"一瞬间老板又换了淫贱欢乐的调子。

"七天是死限？"酒德麻衣问。

她没听懂老板话里的意思，但命令已经完整地传达到了，忍者就像军人，只要命令是清晰的，就不用去问命令背后的原因。

"是，希望新娘能活到婚礼那天。"老板挂断了电话。

苏恩曦和酒德麻衣对视一眼，老板的话里透出明显的信息，上杉绘梨衣所剩的寿命可能并不多了。

酒德麻衣说得没错，老板从来都是位暴君，他从不会多愁善感不会在无聊的事情上浪费精力，这一次他送给路明非的，又是有毒的礼物。

第三章 古事记
Old Stories

难得一个阳光灿烂的早晨，路明非坐在美容店里，等绘梨衣剪头发。

昨晚一时冲动答应了带绘梨衣出来玩，今天就得起大早。他一个牛郎，在高天原的生活是晚睡晚起，每天晚上那帮客人都闹到两三点，夸张的时候通宵达旦，让他在太阳晒屁股的时候就起床真是太艰难了。可一睁眼绘梨衣已经站在浴缸边了，穿着巫女服，系着大红色的发带，腰间插着长刀，显然是要出去逛街的节奏。

路明非还不至于蠢到带这样装扮的绘梨衣上街转悠。他用大脚趾想也知道蛇岐八家的人在满城大搜，绘梨衣这一身看着像是江户年间某个神社走失的巫女，不被注意才怪了。好在恺撒和楚子航给他带了几件衣服过来，绘梨衣身材颀长，借来穿穿倒也合身。但绘梨衣还是很想带刀，以她的能力哪怕拿着一张纸都能杀尽一条街的人，带刀是出于好看这个目的。路明非在小本子上写画，跟绘梨衣说外面的世界装饰品繁多，譬如公主裙、高跟鞋、发箍、耳环和项链等等，高端大气上档次，一会儿就带您去采购，这刀还是搁在家里吧。绘梨衣想了想，勉强同意了。

麻烦的还是发型和发色，绘梨衣一头秀发纯出天然，基本没有修饰过，长及膝盖。留这种清水挂面长发的女孩子如今在街面上也不多见了，何况她的头发是罕见的暗红色。

路明非眼珠子转转，想起街对面有家美容店，如今美容业很发达，剪个刘海染个头发，连亲妈都认不出来！

他带着绘梨衣偷偷摸摸地来到美容店，还没来得及望风呢，就看见店长和店员排着队出来，鼓掌喝彩，挨个跟他和绘梨衣握手，还照相留念。

店长说今天是他们店庆的日子，他们早就想好要为第一位登门的顾客送出一份大礼，包管把您的妞儿收拾得成东京街头最潮的妹子！路明非讷讷地说我没想跟你们这儿花大钱，我只是想带朋友来剪个刘海，店长一把抓住他的手说，没问题！兄弟你这个活儿我们做了！就冲我们相识相遇相知的缘分！价格就按剪发来，补水护理、去角质、光子美白、睫毛熨烫、手部保养……能上的项目全给您上了！多余的项目都算我们店里送您的！

于是剪个刘海的小事儿忽然拓展到全面美容，绘梨衣被请到店中间的豪华座椅上，座椅咔咔两声翻成躺平的模式，洗头的洗头，洗脸的洗脸，一群人围绕她忙活，店长亲自端茶送水。路明非觉得有点怪，可又说不出到底哪里奇怪，似乎一夜之间他就变成了人人追捧的上等人，今天离开情人旅馆的时候那个满脸刻薄的老板娘特意追出来送了足足两百米，老板娘今天还特意化了浓妆穿了和服。难道说跟绘梨衣这种美女在一起他的级别也提升了么？果然大家都说姑娘才是成功人士的最好装饰品啊，管你秃头还是大腹便便，只要搂着裙短腿长脸盘靓的姑娘出场，就笼罩着光环了。

"真是漂亮的姑娘啊，兄弟你能有这样漂亮的女朋友大叔真心羡慕啊。"店长端来两杯咖啡，在路明非身边坐下。

"真不是我女朋友啊大叔！饭可以乱吃话不能乱说！"路明非赶紧否认。真他妈的见鬼了，从那个直升机上的特警开始，遇见的每个人都觉得绘梨衣是他女朋友。

"别骗大叔啦，哪有女孩子会跟自己男朋友以外的人去美容店的呢？只有最耐心的人会跟你去美容店啦，看着你慢慢变得好看起来。"大叔轻轻一吹咖啡的热气，"干杯！有这样的好姑娘就宁杀错莫放过啊！"

路明非心说你妹啊！不要端着咖啡说这种痛饮威士忌般的豪言壮语好么？

但他还是跟店长碰了杯，谁能拒绝那种赞美呢，你带着一个乖巧可爱的姑娘，全世界都对你赞美她的好。

两个小时之后店员把绘梨衣扶到路明非面前，在美容的过程中她睡着了，直到此时还睡眼蒙眬。店员在她头上罩了新娘般的轻纱，当着路明非的面缓缓地打开面纱。

路明非揉了揉眼睛，有点不敢相信自己的眼睛。绘梨衣仿佛笼罩在一层光里，有层次的斜刘海和长长的鬓发让这个看似乡下来的土妞一下子就亮了起来，染成淡褐色的长发披散在肩头，在阳光里被照成淡淡的金色。

"这个感觉怎么样？森系的头发，但彩妆用了点波西米亚的风格，唇色是亮点哦，是不是让人想起果冻冰块之类的质感？"店长非常自豪。

路明非分不清那妆容是波西米亚的或者蒙哥马利的，可绘梨衣的脸那么生动那么柔软，颊边有着浅浅的绯色，眉宇修长。她一个劲儿地打着哈欠，嘴唇真的有果冻和冰块的质感。

"如果不满意我们还有第二套方案！"店长死死地盯着路明非的眼睛。

"可以……可以……"路明非呆呆地点头，掏出剪发的两千七百日元交给店长，按照事前说好的条件，其他都是免费的。

店长把他们送到店门外，还附赠购物打折卡："这么漂亮的女朋友怎么能穿男式衬衫呢？附近有家不错的商场，拿我的卡去买点衣服，有七折哦！"

"美妆工作完成，发型工作完成。新郎新娘已经离开美容店前往二号目标，二号目标是位于南青山的购物中心。"

"Roger，购物中心正在清空人流，五分钟后可以进店。"

"Roger，一号出租车已经接上新郎新娘，交通状况正常，预计十分钟抵达二号目标。"

"Roger，购物中心清空工作已经提前完成，随时可以进店。"

"东京都气象局发布天气预报，晴好天气能维持到夜里十点，可以安排他们去迪士尼乐园，车程大约十公里。"

"Roger，把迪士尼乐园定为三号目标，以折扣券的方式引导他们前往迪士尼乐园，通知迪士尼乐园的导播车，我们需要迪士尼乐园开启贵宾通道。"

"Roger，迪士尼乐园贵宾通道准备开启，四号导播车会提前赶到负责引导。"

远程无线电设备发出沙沙的响声，各路人马通过无线电交换信息。两辆导播车跟随路明非和绘梨衣活动，另有五辆分布在东京各个区。三辆出租车组成的出租车队时刻准备着，如果路明非和绘梨衣有足够的反侦查经验，他们会发现总有那么一两辆空着的出租车在他们附近转悠，只要他们稍稍在街边停步，那些出租车就会靠近。

酒德麻衣黑色套裙黑丝袜黑高跟鞋，一身黑寡妇装，俨然是雷厉风行的女导演形象。她站在窗边眺望，戴着耳机听前线人员的汇报。情圣武宫贤司被火线提拔为副导演，占据了大厅中央的办公桌跟各位专家开会，各种粉红色的浪漫方案从他们笔下流出，服装搭配师瞬间就把草案画成草稿。至于原定的副导演苏恩曦，因为完全没有感情经验，所以在这种场合只有吃瘪的份儿，她坐在角落里吃着杯面，默默地打开iPad炒她的美股。

她是那种传说中每分钟千万美金上下的人，忙的时候一辆迈巴赫掉地下都不屑于去捡。可她不时地抬眼看看大厅里热火朝天的景象，心里很有点遗憾，恨不得自己也能加入进去。

"购物环节已经完成。他们拿到了店里提供的迪士尼贵宾优惠券，现在已经上了出租车，正往迪士尼乐园那边走。"武宫贤司把一沓照片递给酒德麻衣。

全都是店员拍的试衣照，照片上同一个女孩千变万化。

路明非摸进购物中心的时候，发现店里出奇地冷清，放眼一个客人都看不到。他猜测这间店正在歇业整顿什么的，正想退出去，就看见黑衣店员鱼贯而出，夹道列队，整齐地鞠躬。

接待不能说是热情，应该说是"伺候皇后般的殷勤周到"，据说这是因为美容店店长是这间购物中心的常客，经常大手笔地买衣服，他介绍来的客人都享受顶级 VIP 客户的服务。

六七米长的活动衣架从左右两侧推到绘梨衣身边，Chanel 的经典小黑裙、Burberry 新款风衣、Max Mara 的豹纹半身裙、Dior 的晚礼服裙……路明非暗捏口袋里的几十万日元，不知道够不够用。

他的待遇也非常不错，手里有薄荷冰水，屁股下面有真皮沙发，面前是 T 台，店员们拿各种各样的衣服在绘梨衣身上比画给他看，他只需点点头说 OK，摆摆手指说 NO，店员自然就把他点头的衣服记下来带绘梨衣进去试穿。

每隔几分钟绘梨衣从试衣间里出来，就完全变了一个人，一时她是《罗马假日》中的奥黛丽·赫本，一时又变成《变形金刚》里的梅根·福克斯，接着她又变成《闻香识女人》中的加布里埃尔·安瓦尔、《黑天鹅》里的娜塔莉·波特曼、《哈利·波特》里的艾玛·沃特森……

她在店员的鼓励下尝试着踩着高跟靴子走两步，店员们都鼓掌称赞这一身简直是为她设计的。经理的解释是如此完美的身材穿的就是标准码，店里的所有衣服都相当于给绘梨衣定制的。

当店员们把试衣镜抬到她面前的时候，绘梨衣的眼睛里跳动着小鹿般的欣喜，这是路明非第二次在她眼睛里看到"喜悦"这种表情，第一次是在海里，看着路明非笨拙地划水，她没来由地笑了。这一次不同，大概是她一生中第一次意识到自己是漂亮的，女孩天性里爱美的意识流露出来，看着她有些沾沾自喜地提着裙摆转圈，路明非忽然觉得松了口气，绘梨衣开始接近一个普通女孩了。

如果钱足够的话路明非倒不介意把选中的衣服都给买下来，这种投资显然是值得的，能让这位人形兵器少女状态稳定。不过他兜里只有区区几十万日元，折算下来不到一万美元，在这种档次的店里还是觉得囊中羞涩。经理看出了路明非的窘迫，慷慨地表示这些衣服中大部分都在打折，再加各种礼券，只需区区六十八万日元，内衣丝袜和小配件都算作赠品。缴纳全款之后路明非得到了大大小小十几个盒子，绘梨衣从这些衣服里选了白色的露肩裙换上，那条裙子用略带光泽的塔夫绸剪裁，裙带在腰后面打成一个蝴蝶结，穿上白色的高跟羊皮短靴后她跟路明非一样身高。

经理又赠送了迪士尼的贵宾优惠券，表示迪士尼乐园正在搞樱花庆典，正是去看看的好时候。

此时恰好有一辆出租车停在街边，路明非没有理由拒绝这完美的建议，带着绘梨衣和大大小小的盒子登上出租车，出租车司机盛赞他们是自己见过的最漂亮的情侣。

酒德麻衣一张张翻着照片，她这种总能惊艳全场的人也得感慨绘梨衣正处于女孩最青春耀眼的年纪，原本她的光泽被低调的巫女服掩盖，但在时装的衬托下她的肌肤润泽眸子闪亮，简直是位公主。穿上高跟鞋后她像小鸭子一样笨拙，店员在她背后一步不停地跟着生怕她摔跤，但那绷紧的小腿弧线美得叫人心动，蹒跚学步的表情中透着可爱。

酒德麻衣把照片收拢扔还给武宫贤司，扭头看着窗外。

"我看我看。"苏恩曦拿过那些照片来看了一眼，"原本也不是丑小鸭，可这下子真是变天鹅了，专家组不赖嘛。她买的这几身衣服我也要了！"

"原价一百七十八万日元，在你这种大富婆的眼里这不算什么。"酒德麻衣轻轻地叹了口气。

"叹什么气？觉得自己年纪大了人老珠黄么？放心吧在真正的男人眼里你才是性感美人，小姑娘的魅力和你不在一个档次。"苏恩曦说。

"我至于去和小毛丫头比魅力么？可你不觉得这姑娘越装扮越像陈墨瞳么？无论有意还是无意，路明非正在把她变成另外一个陈墨瞳。这样下去的话即使他爱上这个女孩，爱的也是陈墨瞳的影子。"

苏恩曦一怔："化妆和服饰的方案也是老板选过的吧？"

"是啊，老板正把绘梨衣变成另一个陈墨瞳，把这个陈墨瞳送给路明非，而这个陈墨瞳的寿命只剩几天了。"酒德麻衣幽幽地唱起一首和歌，"或许是不知梦的缘故，流离之人追逐幻影……"

歌声像是白鸟一样飞翔在阴沉的天空下，雨云在天空中堆积，仿佛崔鬼的群山。

银座，歌舞伎座。

这座歌舞伎剧场有一百多年的历史，堪称歌舞伎剧场中的王座。它曾经数次被焚毁，又数次被重建，如今的建筑有着明显的桃山时代风格，门前悬挂着紫色布缦。

曾有无数国宝级的歌舞伎演员在此登台，新人能在这里登台被看作至高的荣誉。

今天在歌舞伎座登台的就是一位新人，原本新人的上座率不会太高，可门票居然早早地售空了，售票窗口前挂着"感恩"的条幅。

来购票的都是年轻女性，衣着时尚火辣，完全不像是歌舞伎的传统观众，在售票窗口前挤得水泄不通。剧院经理十几年不曾见过如此空前的盛况，激动地感谢上苍，觉得这门古老艺术的生命力还没有断绝，居然能吸引如此众多的年轻观众。

识时务的职员苦笑着说经理您误会了，她们并不是冲着传统艺术来的，她们只是要看那个艳惊四座的男人而已。

登台的新人名为风间琉璃，剧目是《新编古事记》。

舞台上帘幕低垂，漆黑一片，客人们悄声耳语。她们都是夜店的常客，平日里都是推杯换盏大声说笑的，但今夜无人喧哗，观众们都穿着考究的和服或者长及脚面的晚礼服，淑女般矜持。虽说是牛郎出身，可风间琉璃的表演曾得到好几位歌舞伎大师的盛赞，他们毫不介意地在报纸上说自己为了听这位歌舞伎爱好者的表演曾经不惜放下身段光临喧闹的夜店。这绝非玩票，而是一场正统的歌舞伎表演，一场大师之作。

肥婆和她的闺蜜们坐在不远处摩拳擦掌，想来是知道风间琉璃将在歌舞伎座登台的消息后高价从别人手里买的票。恺撒和楚子航坐在二楼包厢里，穿着纯黑的"色无地"羽织，手持白纸折扇。他们持风间琉璃的请柬，是贵宾中的贵宾，享受皇室待遇，入场就有服务生伺候更衣，然后引入位置最好的包厢。路明非得陪人形兵器逛街散心，多余的一张请柬就给了座头鲸。座头鲸额系写着"风间命"字样的白布带子，胸前悬挂着望远镜，一脸粉丝的狂热表情。

"你看过歌舞伎表演么？看得懂么？"楚子航低声问。

"在纽约看过一场，日本领事馆的招待演出，演员们的脸色白得像是死人。"

"你只记住了这个？"

恺撒想了想："还有那天陪我去看演出的女孩穿了一件裸色的晚礼服，腰间镶满水钻，走起路来细腰非常晃眼。"

"就是说你也看不懂歌舞伎表演，对吧？"

"看舞台上方的译文屏幕就好了。刚才服务生说这是风间琉璃大师特意要求加装的，观众都是日本人，听不懂唱词的只有你我，那东西就是为我俩安装的。"

"看来风间琉璃真的很想我们看懂他的演出。"

"那我们就看好了。"恺撒轻轻摇着折扇，"作为朝生暮死的鬼，谁知道这是不是他的最后一场演出呢？"

灯忽然黑了，有人敲响了樱木的小鼓，鼓者在鼓面上一敲一抹，鼓声嘶哑低沉，像是鬼魂在遥远的古代低声诉说。幕布拉开,素白色的女人静静地站在舞台中央,披散漆黑的长发。

"世间一切幸福,皆月影中一现的昙花;唯有孤独与痛,常伴在黄泉深处。"女人清唱着,缓缓抬头,脸色苍白如纸,唯有眼角是凄厉的血红色。

她的扮相像是黄泉深处的厉鬼,可身形中透着婀娜妩媚,便如绝世艳女裹着薄纱,让人心里微微一荡。

"风间琉璃?"恺撒一惊。

那竟然是女装的风间琉璃。风间琉璃清秀如少女,演出女性角色恺撒倒也不会太过惊讶,可在一个男人身上看出女人的性感来,令他有股毛骨悚然的感觉。

但他无法嘲讽,他真的被风间琉璃的女性魅力所震撼,感觉是千年的女鬼附在风间琉璃身上,借着他的形体歌舞。①

风间琉璃且歌且舞,白色大袖像是白鸟的双翼那样展开,上面用墨笔写满了古老的文字,左袖象征太阳升起、万物生长和美梦般的人世,右袖则象征月亮升起、枯骨寒沙和永恒的黄泉。

舞着舞着他褪去了外面的白袍,露出灿烂的彩绘衣衫。观众们都生出毛骨悚然的感觉,那件斑斓的彩衫与其说是生者的华衣,不如说是死者的葬服,用刺绣的手法做出骷髅和蛆虫的纹路。

这时舞台上方的译文屏幕显示出这幕剧的背景资料,风间琉璃饰演的是日本的母神伊邪那美,这部新编神话剧是关于父神伊邪那岐和母神伊邪那美的神婚和后来的反目。

伊邪那岐和伊邪那美原本是一对兄妹,但在茫茫的世上就只有他们这对年轻人,他们找不到伴侣,只得彼此缔结了神婚,生育了日本诸神。但伊邪那美在生育火神的时候不幸被烧伤而死,伊邪那岐思念妻子,跋涉到黄泉深处去救她。他们隔着帷幕倾诉离愁,伊邪那美终于愿意跟伊邪那岐回到阳世,但是要求他在黄泉国大殿外等待自己整妆。伊邪那岐等了很久不见妻子出来,于是折下木梳上的一根齿点燃,这点火焰照亮了永世黑暗的黄泉国,伊邪那岐终于看到了妻子尚未复原的身体,那是一具爬满蛆虫的腐尸,穿着斑斓的尸衣。

---

① 作者注:歌舞伎演员其实都是男人,其中饰演美貌女性的男演员被称作"女形"。歌舞伎兴起之初,都是京都、大阪一带的妓女游动演出,称为"游女歌舞伎",这种表演往往伴随着卖淫,于是被幕府取缔了,女性被禁止演出歌舞伎。后来出现了由青年男子扮演女性的"若众歌舞伎",但因为女形太过妩媚,经常伴随着同性卖淫,于是又被取缔了。接着出现了"野郎歌舞伎",演员都是中年男子,剃着"野郎头"。在野郎歌舞伎中,女性已经不再靠美貌打动人,但顶尖的女形只靠歌舞和身段便能展现虚幻的女性美,日本人甚至认为这种美能超越真正的女性。

他惊恐地逃离黄泉国，伊邪那美痛恨他的毁约，带着黄泉鬼女们在后面追赶。伊邪那岐逃到名为黄泉比良坂的地方，用大石分隔了阳世和黄泉，伊邪那美终于追不到他了，于是两个人隔着大石愤恨地解除了婚约。从此伊邪那美变成杀人的恶神，每天要杀死一千个日本人，伊邪那岐却建立了一千五百个产房，每天孕育一千五百个婴儿，日本的人口才慢慢地增加。

温暖的金色灯光笼罩了舞台，这象征着舞台从幽暗的黄泉国切换到了人世间，穿着金色长袍的伊邪那岐登场。他戴着木雕面具，踏着"折足"，在舞池中走出完美的圆形，同时唱诵着诗歌，赞美自己的三个孩子。这三个孩子是他从黄泉国归来之后独自生育的，名为天照、月读和须佐之男，他们跟伊邪那美毫无关系。伊邪那岐命他们帮助自己守护世界，天照受命统治神之国高天原，月读则管理夜之国，海洋被赐给须佐之男管理。伊邪那岐把象征太阳的八咫镜赐给天照，把象征月亮的八尺琼勾玉赐给月读，然后把自己最锋利的宝剑天羽羽斩赐给了幼子须佐之男。

伊邪那岐在前台与孩子们欢快地舞蹈，伊邪那美却在黑色的纱幕后哭泣着歌唱，素白的人形反复折叠，可见那被遗弃的痛苦是何等锐利。

那层黑幕象征着被永远隔断的黄泉比良坂，永堕黄泉的伊邪那美歌舞着回忆那场神婚，那时日本刚刚从大海中浮起，在洪荒的大地上只有一根擎天的玉柱，他们询问命运，问作为兄妹他们能否结婚繁衍后代。命运说那你们便绕着柱子的两侧走吧，忘记你们的身份，当你们看到彼此的时候，就当作那是你们的初相遇。于是他们各绕着柱子行走，相遇时伊邪那岐表现得好像那只是一个偶然相遇的少女，惊讶地说："唉呀，好一个美丽的女子！"伊邪那美也回应说："唉呀，好一个英俊的男子！"于是他们便缔结了婚约，繁衍了无数的后代。

"后来怨恨那么深，只因为当初相遇那么美。"楚子航轻声点评。

歌声回荡在四周，不用闭上眼就能把风间琉璃想成一个悲伤的女人，她穿着尸衣在地狱中歌舞，围绕她的只有枯骨。观众席上寂静如死，有几位擅长品鉴歌舞伎的客人默默地流下泪来。座头鲸从口袋里抽出手帕蒙住泪如泉涌的大眼，原本恺撒心里也有些触动，可看到店长哭得梨花带雨，自己反倒不好意思感伤了。

中场休息的时候，休息厅内无人喧哗，大家都沉浸在刚才的表演中，有人怅然若失，有人悄声耳语。

下半场却是欢快雄壮的故事，讲述须佐之男杀死八岐大蛇的壮举。

译文屏幕上介绍说须佐之男是位勇武的少年，他孤身带着天羽羽斩，流浪到了名为"出云"的地方。在这里他遇到了名叫奇稻田姬的美丽女孩，奇稻田姬是一对老夫妇的最后一个女儿,她的七个姐姐都被山一样巨大且有八个头的妖怪八岐大蛇吞吃了。八岐大蛇每年都要吞吃一个少女,今年轮到了奇稻田姬。须佐之男喜欢奇稻田姬,决定杀死八岐大蛇为当地人除害。他准备了八坛烈酒,把奇稻田姬变作梳子插在头上,等待着八岐大蛇。八岐大蛇饮下烈酒后酣醉不醒,须佐之男趁机用天羽羽斩把大蛇砍作一截一截,砍到蛇尾的时候他发现天羽羽斩这样的神剑也崩开了一个缺口,这才发现八岐大蛇的尾巴里藏着比天羽羽斩更锋利的剑"天丛云"。须佐之男把天丛云献给姐姐天照,娶了奇稻田姬。

这一次风间琉璃扮演八岐大蛇,他在素衣外罩了一件鳞片状的长袍,舞姿跟扮演伊邪那美时一模一样,只是没有唱词。

台下议论纷纷,这在素来讲究礼仪的日本观众中是很罕见的,但下半场的表演委实太诡异了,屠蛇之战本该是场激烈的交锋,但观众看到的却是女人和男孩的对舞。须佐之男的利剑反复地砍在风间琉璃身上,鲜红的染料沿着鳞片流淌。最终风间琉璃倒在了舞台中央,须佐之男跪在他身边高举天羽羽斩,停滞一秒钟后刺穿了他的心脏。舞台四面都喷出了冷焰火,火树银花中须佐之男撕掉风间琉璃罩在外面的斑斓长袍,露出血色的女人,她静静地躺在舞台中央的灯光中,像是一片飘落的枫叶。

画外音响起风间琉璃的低唱,幽怨苍凉,便如孤魂在井中哭泣:

"倦兮倦兮,鬼骨面君;

来路已渺,回首成空;

断舟浮海,相望孤城;

犹记曰昔年恩重,恨水长东。"

短暂的沉默后,有身穿和服的老人起身,发出长啸般的赞叹声,接着全体观众起身鼓掌,掌声如雷。

结局匪夷所思,原来八岐大蛇就是伊邪那美的化身,多年之后她以蛇躯重返人世,就是要报当年被丈夫遗弃的仇,但须佐之男终结了她的复仇之路。所谓"新编古事记",创新就在结尾的地方,这是一个被抛弃的妻子对丈夫和他创造的整个世界的复仇,尽管复仇本身是邪恶的,可想到她曾经遭受的痛苦,又让人心有不忍。风间琉璃的扮相太美,歌声也太哀凉,愁云惨雾弥漫在歌舞伎座中,带着观众们瞬息穿梭于神话和现实之间。

激动的歌舞伎评论家走上舞台拥抱风间琉璃,赞叹说这是他有生以来看过的最完美的歌舞伎表演,全场观众泪如雨下,低低的抽泣声仿佛海潮般在观众席中回荡。

恺撒和楚子航悄无声息地离场，演出刚刚结束，侍者就把一枚白色的信封送进了包厢，信封里是一枚特别邀请卡，邀请恺撒和楚子航去后台参观。

第四章 黑天鹅港的幽灵
The Ghost of Black Swan Port

曲曲折折的走廊深入后台，穿黑西装的保镖夹道鞠躬，他们的胸口都钉着猛鬼众的"鬼"字徽章，这些黄铜徽章在灯下反射着明亮的光芒。

在输掉黑道战争之后猛鬼众依然残存着如此庞大的势力，可见蛇岐八家完全误判了猛鬼众的组织结构，被蛇岐八家击溃的只是依附于猛鬼众的帮会，他们真正的核心，精锐的"猛鬼"们已经渗透进东京了。猛鬼们并不狰狞凶狠，他们恭敬沉默，像是庄严的武士。

走廊尽头是一扇黑色的木门，穿着黑色和服的女人跪在门外，年轻美貌，明艳照人。她把门拉开，匍匐在地向恺撒和楚子航行礼，又在他们身后合上了拉门。

门背后是一间敞亮的和式大屋，窗外人声鼎沸，观众们仍在为这场激动人心的演出喝彩，屋里寂寥空旷。风间琉璃披着猩红色的袍子，正对镜卸妆，左半边脸的妆已经卸掉，镜中的人介乎素白的少年和惨白的艳女之间，扭曲的美惊心动魄。

"Sakura君没来么？"风间琉璃不像一般的日本人那样多礼，头也不回地问。

"他最近交了桃花运的样子，"恺撒盘膝坐在榻榻米上，"没空来看传统艺术。"

"请稍坐片刻，让我把妆卸完再陪两位聊天。"

"你真的是源稚生的弟弟？"恺撒审视着镜中的那张脸。

风间琉璃把头发拨弄了几下，转过身来："这样看着跟哥哥像么？"

此刻光从他背后照来，看不清那张浓妆的脸，恺撒这才意识到风间琉璃和源稚生的面部轮廓几乎一模一样。如果给风间琉璃披上黑色的长风衣，佩带森严的古刀，恺撒一定会误以为当今日本黑道的大家长就坐在对面。

风间琉璃微微一笑，瞬间回复成清秀的男孩。恺撒明白了，真正区分这两个人的是气质，哥哥凌厉挺拔，像是武士腰间的长刀，弟弟却婉约秀美，如同贵族少女藏在袖中的怀剑。风间琉璃又是个天生的演员，只要改变发型和装束，他就可以把自己变成另外一个人。

"更像兄妹。"恺撒说。

"小的时候哥哥也这么说，说我要是个女孩就漂亮了。"风间琉璃笑笑。

"我们该怎么看待你呢？源稚生的弟弟？猛鬼众的领袖？还是天才歌舞伎演员？或者日本第一牛郎？"楚子航问。

"这些都是我的身份，不过我在猛鬼众中的身份才是两位最感兴趣的吧？猛鬼众中的高级干部都以将棋的棋子为代号，我的代号是'龙王'，仅次于'王将'的二号人物。"风间琉璃咬着梳子扎头发，面对恺撒和楚子航的时候他格外地放松，好像大家都是老朋友了，没什么可避讳的。

"你的爱好很杂。"恺撒说。

"歌舞伎是让我沉迷的东西，牛郎是我的另一种生活，我喜欢跟陌生人偶遇，彼此的生活没有交集，却互相给对方讲自己的故事，然后再次分开。就像泰戈尔说的，飞鸟与鱼的相遇。"

"中国人说千金之子坐不垂堂，以你这样的身份当牛郎太屈才了。"

"加图索家选定的继承人不也是红透歌舞伎町的新人牛郎么？我们牛郎业真是人才济济。"风间琉璃笑，"我是个很容易寂寞的人，每当我寂寞得受不了，我就找一间牛郎店坐下，找那晚上最孤单的女孩。她们在人群里的眼神像是鹿那样美丽又警惕。我就忽然在她身边坐下，问她愿不愿意帮我买一杯喝的。"

同是笑，恺撒和楚子航顶多能笑出三五种味道来，风间琉璃却能笑出千百种。此刻他瞳光流转，明艳照人，很难想象有女孩会拒绝这样的男人。

"如果让我自由地选择人生，我宁愿当歌舞伎演员或者牛郎。可我不能，我是个错误的人，生在错误的家庭，拥有错误的身份。"风间琉璃淡淡地说，"说我本身就是个错误，大概没错吧。"

"你是鬼？"楚子航问。

风间琉璃点点头："不错，虽然是兄弟，但哥哥是皇而我是鬼，我不仅没有他高贵，而且是最卑贱的那种。若不是在这种情况下相遇，你们一定也会想办法把我抓起来，然后监禁在某个荒无人烟的海岛。根据秘党的《亚伯拉罕血统契》，我是那种生来就该从人类社会中隔离出去的危险分子。"

"那你还来找我们？虽然学院跟蛇岐八家有矛盾，但也不会因此就转而跟猛鬼众合作。"楚子航说。

风间琉璃笑笑，换了话题："喜欢我今晚的表演么？"

楚子航沉默了片刻："源氏重工里有一层楼，楼里保存了很多古代壁画，你的《新编古事记》就是取材于那些壁画。你也看过那些壁画。"

"当然，我是源家的次子，内三家为数不多的后裔，在我被判定为鬼之前，我也有幸看过那些壁画，并且听神官讲解。你们只是看过壁画，但没有听人讲解，只能算是一知半解。我想赠送各位的第一件大礼，就是对那些壁画的解读。"风间琉璃拿起乌木嵌银的细长烟袋，往里面填入生烟丝，"你们记得那幅用黄金描绘的大画吧？骷髅和人类组成了双鱼的形状，骷髅将一块骨骼交到了人类手中。"

"记得。那幅画很特别，看过的人不可能没有印象。"楚子航说。

"那就从那幅画开始吧，我们进入遥远的日本古代……骷髅代表着死去的白王，在日本神话中，它的名字是伊邪那美，伟大的母神，而人类代表白王血裔的始祖伊邪那岐。白王从自己身上拆下一块骸骨交给伊邪那岐，在蛇岐八家中那块骸骨被称作'圣骸'。"风间琉璃点燃烟袋深吸一口，吐出袅袅的白烟。

烟袋这种东西本该是老头子玩的，可他这样清秀的男人抽起来倒也有种意外的美感，散漫中透着妖娆。烟雾四下弥漫，凝聚不散，仿佛白色的帷幕包裹了他们。

"你们一定很好奇沉睡在高天原中的神是什么东西？这个世界上当然不存在真正的神，所谓的神与魔都是人类不能理解的东西。世界上有各种各样的东西被奉为神，而高天原里的神只是一块沉睡的枯骨，白王的枯骨。"风间琉璃幽幽地说。

"恐怕不是一块枯骨那么简单吧？"楚子航说。

"当然没那么简单。龙类是伟大的生物，白王又是龙类中的皇帝之一，即便它已经死去了上万年，枯骨中仍旧残留着它的血脉和基因。机会合适的时候枯骨能形成新的胚胎，白王将重现在这个世界上。"

恺撒吸了一口寒气："你们还留着这种危险的东西？你们早该毁掉它，把它捆在核弹上炸掉，或者把它用火箭发射到太空里去！"

"是啊，那是究极危险的东西，既是魔鬼之骨，也是神之骨，取决于我们把龙族看成神还是魔鬼。蛇岐八家中代代相传，白王复活之后将赐自己的血给后裔，帮我们进化为纯血龙族。当一条龙多好啊，有长久的生命，即便死亡也能以茧化的方法复活，有超越人类的力量，生来是王者，永恒地享乐和作战，没有悲哀。"风间琉璃幽幽地说，"那是究极生物留在这个世界上的唯一残骸，谁能忍心销毁它呢？幸运的是伊邪那岐并不这么想，他是直接和白王接触过的人类，他知道所谓究极生物有多可怕。他将圣骸封印在一口井里，从自己的后代中挑选了三个最优秀的孩子，授予他们祭司的身份，这就是内三家的起源。源氏对应天照，橘氏对应月读，上杉氏对应须佐之男。三大家族的继承者分别号称天照命、月读命和须佐之男命，'命'是对祭司们的尊称。我哥哥就是天照命，太阳一样君临世间的男子。"

"那口井在什么地方？"恺撒问。

"它被称作藏骸之井，在高天原之外的某个地方，但没人知道它的准确位置。你们知道蒙古贵族的葬礼吧，儿子带着父亲的尸骨深入茫茫草原，尸骨用两块木板夹好，上下用金圈箍好，垂直葬入地下，之后数千名骑兵策马踏过草原把土地踩平。贵族的儿子带着一匹母骆驼和它生的小骆驼，它当着母骆驼的面把小骆驼杀死在坟头上，这样只有母骆驼记得坟墓的位置。在母骆驼活着的时间里，后代可以跟随母骆驼去长满青草的坟地祭奠，等到那匹母骆驼死了，世上就再没有能找到埋骨之地的人。伊邪那岐用的就是这种办法，他并不希望自己的后人找到那口井。"风间琉璃顿了顿，"但圣骸还是苏醒了。"

"白王被孵化出来了？"楚子航问。

"不，圣骸只是一块枯骨，它自己是无法孵化的，它必须和鲜活的血肉融合。伊邪那岐把它封入深井，就是要避免它接触到任何混血种，因为那是白王的骨骸，白王是精神元素的控制者，它天生具备诱惑生物和它融合的能力。可伊邪那岐自己就是那匹母骆驼，他知道深井所在的位置，只要他不死，圣骸就仍有苏醒的机会。"风间琉璃掸了掸烟灰，"他是封印圣骸的英雄，但英雄也会衰老，老得神志模糊。在生命的最后时间里，他干枯皱缩得不成人形，只靠龙血支撑着活下去，他每夜都会梦到自己美丽的妻子伊邪那美，那是圣骸在他脑海里埋下的种子。这个种子在他很年轻的时候就种下了，直到他老得神志模糊才萌发。

"于是伊邪那岐又把圣骸挖了出来，他与圣骸融合，化身为畸形的龙类，在神话中它的名字是八岐大蛇，第一代八岐。它身躯巨大，性情凶暴，是贪婪的吞噬者。幸运的是它还没来得及把自己补完，在这种情况下它仍有可能被杀死。须佐之男命从神社中起出伊邪那岐铸造的天羽羽斩，在八岐大蛇饮水的河流中灌入大量水银，水银对龙来说是剧毒，八岐大蛇饮用了含水银的水，呈中毒的虚弱状态，须佐之男命趁机杀死了它。

"但须佐之男命的生命也走到了尽头，在他最虚弱的弥留状态下，圣骸又把种子种进了他的脑海里，第二个与圣骸融合的人就是须佐之男命。天照命和月读命以为圣骸已经和八岐大蛇一起被杀死了，他们把须佐之男命的遗体以英雄的名义葬入了高天原。圣骸借着须佐之男命的身体再度苏醒，这是第二代八岐。天照命和月读命牺牲自己锁住了那头怪物，并用高天原作为它的坟墓，古城带着地基滑向大海。超过八公里的海水阻隔了圣骸和任何混血种接触，断绝了它苏醒的机会，直到'彼得大帝'号沉入高天原。它像钥匙一样打开了葬神的墓地，古龙的血沿着锁孔流了进去，唤醒了那恐怖的东西。

"如今圣骸已经苏醒并离开了高天原，我们无法知道它的形态也不知道它觉醒到什么地步了，它就像一个巨大的鬼魂在日本大地上游荡。给它足够的时间，八岐大蛇会重生在这个世界上，再给八岐大蛇足够的时间，它会把自己补完为白王。那是白色的魔王，唯有黑色的魔王能制服它，可黑色的魔王尼德霍格已经死了，如果白王复活，那它就是不可战胜的。"风间琉璃结束了讲述。

"根据你们日本人的神话，八岐大蛇是身体像群山那么巨大的东西，这在生物学中是不可想象的，"恺撒说，"要是真有这么巨大的生物，那它的体重能把自己的骨骼压断。"

"它可能没有群山那么巨大，但确实是体型极其惊人的巨龙。它生来就是残缺的，是呆滞、残暴而且巨型的吞噬者。在壁画中它并没有被画成一条夭矫的巨龙，而是瘫在大地上不能动弹的怪兽，它的体重已经压断了自己的骨骼，只能把八个头颅探进八条河流中饮水。"风间琉璃说，"但这并非它的最终形态，它最终会破茧成蝶，以白王的身份君临世界。"

"如果历史上真的出现过这种超巨型龙类，那它的尸骸在哪儿呢？龙的骸骨远比人类的耐腐朽，如果它还保存在陆地上，这么庞大的物体很难不被发现。"楚子航说。

"这我不知道，有幸见到那东西我会跟它合影留念的。"风间琉璃笑笑。

"这种笑话真叫人笑不出来。"恺撒说。

"接下来容我送上另一份大礼，我们来讲第二个故事，不过在听故事之前，两位不妨先看看这份档案。"风间琉璃取出早已准备好的档案袋递给恺撒。

这是一个棕色的档案袋，陈旧破损，袋子上印着克格勃的徽章。虽然早已解散，但"克格勃"这个名字依然令人敬畏。它与英国军情六处、美国中央情报局和以色列摩萨德并称为世界四大情报机构，在极盛时期它的权限凌驾于苏联各机关之上，是当之无愧的超级机关，从情报搜集到政治暗杀都是克格勃的"业务范围"。在苏联内部曾经有过那么一段时间，提到克格勃的名字大家都会紧张地小声说话。

档案袋中是一份发黄的军官档案，照片上的人长着典型的俄罗斯人面孔，英俊挺拔。

"这个人名为邦达列夫，但今时今日他的名字是橘政宗。"风间琉璃说。

恺撒回忆起醒神寺中那场匆匆的会面，他听出橘政宗的口音中混杂着俄语的上腭音，而橘政宗也承认自己确实出生在俄罗斯。

"这虽然是个人类的故事，但惊险程度不逊于日本神话。人类凶残起来可是不亚于龙的。"风间琉璃添上新的烟丝，"几十年前，北极圈内，曾有一个只有破冰船能到达的无名港……"

他从容不迫地把听故事的人带回1991年的寒冬，北冰洋岸边、白垩色的雪原上，那座名叫黑天鹅港的孤独堡垒，龙骨、秘密研究所、孤儿院、照亮半个天空的大火。

开始恺撒和楚子航还打断他问几个问题，可渐渐地他们都沉默了，只剩风间琉璃的声音婉转低回，仿佛亲历那场惨剧的鬼魂，正娓娓地讲述自己的前生。

"最后邦达列夫带着古龙胚胎登上了'彼得大帝'号，那艘巨舰向东航行，去向日本，最后沉入了神国。如今日本的危机都开端于那一年，自始至终见证这场危机的人就是橘政宗。"

源稚女讲完了故事，这个故事果然比日本神话更令人惊惧。八岐大蛇的恐怖属于久远的古代，细节含混不清，而黑天鹅港的故事细节清楚，时间地点都可查，那件事仿佛就发生在昨天。

足足一分钟的时间里恺撒和楚子航都没有说话，直到雪茄的灰烬烧到了恺撒的手指，他才猛地从故事中惊醒。

"你们在源氏重工中遭遇的死侍群并不是从外界侵入的，它们原本就位于源氏重工内部，那是他们自己养的宠物暴走了。"风间琉璃把几张照片放在楚子航面前，"养殖池位于源氏重工的下方，利用下水道系统做好了水循环，形成一个完善的养殖系统。那里被称作'那落珈'，是血腥的地狱。"

有图有真相，没有什么比照片更有说服力了。这些照片记录了那个血腥养殖池的每个角落，人面鱼在透明的储水箱中游动，它们靠近玻璃墙时的清晰特写，用于解剖它们的铁床和束缚带，血腥的解剖刀具，墙上贴着的操作流程，最令人惊恐的是解剖后的死侍标本，有些是完整的死侍被掏空了内脏悬浮在福尔马林中，有些则是单独的腺体或者脑部，甚至怀着胎儿的雌性个体被纵向剖开。

"果真是地狱。"恺撒不想看下去了。原本他们的工作就是清除这些嗜血的凶兽，可看着它们被切碎了掏空了研究，活生生的躯体被电锯切开，又觉得不忍心。

"它们本来都是人类，在药物刺激下变成死侍，想清楚这些之后是不是更残忍？"风间琉璃面无表情。

"但你无法证明这个养殖池位于源氏重工内部，也许是你们建造了这个养殖池，也可能是你们制造了死侍而蛇岐八家在研究它们。"楚子航说。

"你们不愿相信我，我是没法说服你们的。"风间琉璃对楚子航的质疑很淡然，"不过接下来请听我来讲第三个故事，关于猛鬼众的王将。"

"王将是将棋中最大的棋子，那么代号王将的人应该就是猛鬼众中的大家长吧？"楚子航说。

"是的，"风间琉璃点了点头，"王将是我的老师，也是猛鬼众的最高领袖，是我需要效忠的人。但我从来没有见过王将的真面目，他终年戴着一张面具，没人知道他的名字。大约三十年前，那个男人出现在猛鬼众面前，当时猛鬼众被蛇岐八家逼得走投无路。是他挽救了猛鬼众，他既有智谋又有铁腕，赢得了所有人的信任。王将宣扬一种理论，他说基因技术已经足够发达，可以帮助混血种进化为纯血龙类。这个消息令我们欣喜若狂，有些人自愿服用王将提供的进化药物，开始他们尝到了甜头，血统大幅提升，神智也没有丧失。但好景不长，进化药的效果越来越不稳定，最终实验体还是变成了死侍。它们流窜在各大城市中，肆意杀人。为了不让公众知道真相，猛鬼众和执行局一样，都在清除失控的实验体，这个机构在猛鬼众中被称作'清道夫组'，他们负责抹掉暴走的实验体。"

"你们这是在人工制造魔鬼！"恺撒说。

"是的,可龙类的力量太诱人了,人类从古到今都在研究进化为龙的技术。我们本意是要制造神,可一再地造出魔鬼来。"风间琉璃说,"王将宣称进化药缺乏最重要的成分,神血,只有神血才能对混血种进行最终补完。于是王将暂停了进化药的研究,转而设法复活神。可越来越多的死侍凭空出现,日本的夜幕中妖物横行。我们这才意识到还有别人在制造死侍,从事这项研究的不只是猛鬼众。他们改进了王将研制的进化药,药性更加猛烈,但我们一直无法查出那些药剂的来路。"

"你在暗示是橘政宗暗地里制造死侍?"恺撒问。

"是的,在日本境内,除了我们还有哪个势力能制造死侍呢? 不要忘了,蛇岐八家掌握着所有鬼的档案,只有他们才知道如何找到一个又一个的鬼,诱使他们成为实验体。我猜橘政宗同时控制着两个组,一组人制造魔鬼,一组人收拾残局。我那个负责收拾残局的哥哥从来都不知道,他要清除的东西恰恰是由他的家族制造出来的。"风间琉璃幽幽地叹了口气,"这个世界上本不存在正义,所谓正义的朋友,也只是扑火的飞蛾。"

"你看不见光,并不代表光不存在;你看不到正义,也许因为你自己的眼睛瞎了。"恺撒反驳,"扑火的飞蛾,至少还会睁大眼睛寻找光。"

风间琉璃沉默几秒钟,笑了笑:"说得真好。三个故事都说完了,这是我知道的一切,根据这三个故事,每个人都会得到不同的推论,我想知道两位的看法。"

恺撒和楚子航都沉默了,风间琉璃的三个故事确实是三份大礼,但这些故事错综复杂,要从中推出真相并不容易。在今时今日的日本,每个人都怀着目的,每个人都像是阴谋家,为了争夺神的控制权和那足够统御世界的力量,他们什么都做得出来。

也许除了源稚生,那只象龟一心想要成为正义的朋友,但正义本身是否存在还存疑。

最后还是楚子航打破了沉默:"如果你的三个故事都是真实的,邦达列夫从黑天鹅港获得了繁殖死侍的技术,逃到日本,混入蛇岐八家,然后利用蛇岐八家的资源继续赫尔佐格的研究。因为在1991年的圣诞节,黑天鹅港被真空炸弹炸成灰烬,只有一个人活着离开了,那就是邦达列夫,他带走了赫尔佐格的研究资料,世上只有他知道如何利用基因技术培养混血种。但我有个疑问,1991年的往事是谁告诉你的呢? 如果黑天鹅港的爆炸案中只有邦达列夫一个幸存者,那也只有他知道前因后果,但他显然不会告诉你。"

"是王将告诉我的。"

"王将又是怎么知道的呢?"

"他没有说,我只是把他告诉我的事情原原本本地告诉你们了,"风间琉璃直视楚子航的眼睛,"我还想提醒你一件事,橘政宗和王将掌握的技术非常接近。"

楚子航忽然想通了什么，微微战栗："黑天鹅港的幸存者不止一人！王将也曾见过那场照亮北冰洋的大火！"

"是的！橘政宗只有不到三十年的履历，也是三十年前王将出现在日本。一切都要追溯到三十年前那个时间点，一切的因果都是从那时开始的！"风间琉璃一字一顿。

楚子航和恺撒对视一眼。虽说只是推论，但风间琉璃的推论完全合乎逻辑，一根宿命的线把当年的黑天鹅港和今天的日本东京联系在一起，因早已种下，果就要结出来了。

"为什么要把这些告诉我们？"恺撒问。

"我想跟你们合作。"风间琉璃说。

"我没听错吧？猛鬼众的高级干部要跟卡塞尔学院合作？"恺撒挑眉，"你们的目的是复活神，而我们这个组织是为了屠龙而存在的。我们之间没有任何合作基础，现在拔出刀来打上一场才是对的。"

"你们是跟我合作，不是跟猛鬼众合作，更不是跟王将合作，"风间琉璃扬起纤秀的眉宇，"你们想杀死神，我也想。在如今的日本你们找不到任何盟友，除了我。"

"你想杀了神？为什么？你是王将之下的二号人物，如果白王复活的结果是猛鬼众都进化成龙类，你就是新龙族的领袖。杀死神对你有什么好处？"楚子航问。

"首先我并不相信人类有能力控制神，其次，王将也不是值得信任的人，他培养我，唯一的原因是我的血统，我的血对他的研究有着重要的意义。可一旦找到神，我对于他就失去价值了，随时可以被牺牲掉。王将是个食尸鬼，所有人都是他的食物。我也是他储存的食物，只是还没有被摆上餐桌。几天前我喜欢的女孩被他吃掉了，我能想到他在面具后面舔着牙齿心里说真好吃，那一刻我很想杀了他。"风间琉璃的身旁摆放着刀架，刀架上横着樱红色鞘的长刀。

"食尸鬼？"楚子航问。

"这是王将的理论，他说这世界就是个人吃人的世界，只不过吃的不是肉体，而是对方的价值。街面上的混混向店铺、妓女和毒贩收取保护费，他们就是吃那些人的油膏活着，帮会的头目们从混混那里收钱，又是吃着混混们的油膏活着。黑道之外也一样，企业主招募工人，是吃工人的油膏来致富，财团吃企业主，银行吃财团，政治家是社会上最大的贪食者，他们谁都吃。他说世界就是这么残酷的，你不吃人人就吃你，所以你要想尽办法吃人来让自己变得壮大，爬到越高你能吃的也越多。"

"真是又恶心又疯狂的理论，这种理论家不如杀掉好了。你既然想到了为什么不做呢？你和你哥哥一样，是混血种里的皇族，你们想杀谁就杀谁。"恺撒说。

"我杀过，杀过几次，但从未成功，"风间琉璃的眼睛里竟然流露出一丝恐惧来，"最初我不愿服从他，激烈地反抗，我切断他的喉咙，他死了。我去摘他的面具，发现那张面具根本就是长在他脸上的，使劲摘的话，居然把皮肤都撕裂了，露出血淋淋的皮下组织。我害怕得逃走，可是第二天早晨，王将戴着一模一样的面具，微笑着出现在我面前，对我嘘寒问暖，好像什么都没有发生过。"

恺撒和楚子航都暗自打了个寒战，如果说橘政宗给人的感觉像是个阴谋家，那王将给人的感觉则是恶鬼……某个无法摧毁的鬼魂。

"你想怎么合作？"楚子航问，"想要杀死神，就得先找到神，可我们既不知道神的形态，也不知道它的孵化地，它可能是块骨头，也可能是畸形的八头龙胚胎，或者看起来像个人类。"

"何不从另一个角度出发呢？我们先杀掉想要复活神的人！"风间琉璃直视恺撒的眼睛，这个柔顺的男孩身上忽然生出凌厉的锋芒来。

"你想除掉橘政宗？"恺撒问。

"不，首先是王将。他想复活神，我们就得阻止他，但我没法抗拒王将的命令，猛鬼众中的绝大多数人都相信王将，在我和王将之间他们会选择王将。但如果王将死了，我就会成为猛鬼众的最高领袖，我可以挖出王将复活神的计划，顺着那些线索找到神，在它觉醒之前杀掉它。接下来我会和卡塞尔学院谈合作，猛鬼众要的东西很简单，由猛鬼众取代蛇岐八家在日本的地位，成为新的日本分部。我们会帮你们维护日本的混血种社会。而我会从猛鬼众领袖的位置上退下来，成为一个真正的歌舞伎演员，你们可以监视我，如果我失控就杀掉我。但不要把我弄到什么与人世隔绝的海岛监狱去。"

"听起来不错，但我们怎么能相信你？只是为了除掉王将继承猛鬼众，也许你继承猛鬼众后的第一件事就是复活神，独占神的力量。"恺撒说，"这种浑蛋的事情换了我家里人也会做的。"

"你们只能相信我，因为你们在日本别无盟友。"风间琉璃把一个文件夹递给楚子航，"这是王将研制进化药和人体实验的细节，这些资料送到法院也够判他死刑了吧？作为正义的朋友，我知道你们是不会对罪不至死的人动手的。"

"为什么要跟我们合作？你不是有门外的那些手下么？"楚子航问。

"我不相信这个世界上有杀不死的人，也不相信王将是什么幽灵，他应该是极其罕见的混血种，拥有极强的恢复能力，这种能力接近复活。我不清楚他的战斗力如何，但想要刺杀一个强大的混血种，必须有与之相当的杀手。我的手下虽然效率不错，但他们不够级别，你们不一样，你们是卡塞尔学院本科部中最精英的专员，你们甚至有过杀死龙王的经验。在如今的日本，我能找到的只有你们。"风间琉璃缓缓地说，"我们可能只有一次机会，蛇岐八家摧毁了猛鬼众的势力网，在这种情况下王将转为暗中行动，而且防备森严，连我也很难找到他。我必须设置一个陷阱来捕杀他，我不担心他的复活能力，我会守在他的尸体旁，他复活几次，我就杀他几次，直到他化作一堆再也不能组合起来的细胞。"

"这可真不像多愁善感的歌舞伎演员能说出来的话。"恺撒说。

"杀了他我就自由了。为了自由，神我都敢杀，何况黑天鹅港的鬼魂呢？"风间琉璃傲然起身，长眉下的瞳孔闪着业火般的光，"我跟哥哥不一样，我不清楚这个世界上有没有正义，但我要自由，我要自由地歌舞在这个天下，我是为了这个东西而生的！我也可以为之去死！"

仍是那张温润如好女的脸，但此刻的风间琉璃坚若金刚，沛然的威严从他的身体中迸发出来，甚至凌驾于他那位掌握整个日本黑道的兄长之上。

"虽然还没有想清楚要不要跟你合作，不过不由得想鼓个掌。"恺撒的语气里带着一半赞叹一半揶揄。

"那我就告辞了，希望下次再见面的时候能和两位握手，也希望能见一下Sakura，狮子般的眼神真是让人期待。"风间琉璃深鞠躬，"告辞！"

"这么急着走？"恺撒有点讶异，"我还有很多问题没问完呢。"

"不得不留到下次再问了，过不了多久蛇岐八家的执行局就会包围歌舞伎座，我尊敬的哥哥也会亲自加入围捕的团队。再待下去我们就得在蛇岐八家私设的监狱里聊天了。"风间琉璃的语速很快，看起来确实是要赶时间。

"猛鬼众的情报工作有这么差么？你作为猛鬼众的二号人物，那么轻易就被人摸到了藏身地？"恺撒吃了一惊。

学院跟蛇岐八家之间的关系，他们跟源稚生之间的关系，都介乎对立和微妙的合作之间，这种时候如果被源稚生发现他们密会猛鬼众的二号人物，可不是轻易能解释清楚的。而且源稚生源稚女这对兄弟之间的关系想必也不那么美好，源稚生从未提及自己有那么一个弟弟，而源稚女虽然没说过兄长一句坏话，但言下之意源稚生显然是把他看作危险的鬼，所以他不去找源稚生合作，而来找恺撒楚子航合作。

"在有媒体记者的情况下，一切保密工作都无从谈起啊。"风间琉璃笑。

"媒体记者？哪来的媒体记者？"恺撒目瞪口呆。

"一位令评论家和前辈们同声赞美的新人在歌舞伎座登台，演出自己新编排的神话剧，这是轰动歌舞伎界的大事啊，怎么会没有记者到场呢？今天到场的文化记者包括了《朝日新闻》《读卖新闻》《文艺春秋》和CNN，明天早晨我的照片会出现在各大报文化版面的头条，而CNN网站今夜就会把新闻放上去。"风间琉璃拿出早已准备好的iPad，刷新CNN新闻网站，然后把它递给恺撒，"看起来不仅有我的照片，还有VIP嘉宾认真观赏的照片呢。"

CNN新闻网果然把《新编古事记》的新闻放到了头条，标题是"歌舞伎之华"，第一张配图是女装的风间琉璃，紧跟着第二张配图就是包厢中的恺撒和楚子航，他们身穿和服手持白纸扇，俨然是外国来的歌舞伎爱好者，图片说明也是这么说的，同在一间包厢里的座头鲸却没有被拍进去。

恺撒只觉得脑袋嗡的一声,风间琉璃的扮相再怎么千变万化,源稚生总不至于认不出自己的亲弟弟。这则新闻的言外之意就是卡塞尔学院赴日专员和猛鬼众高级干部在歌舞伎座秘密勾搭,现在他们浑身是嘴也说不清了。

"CNN的新闻记者是你们找来的吧?"恺撒瞪着风间琉璃。

"这倒不是,不过在表演过程中是禁止拍照的,能够拍照的是歌舞伎座授权的摄影师,由他提供照片给各家媒体。"风间琉璃微笑,"那位摄影师跟我倒是蛮熟悉的。"

"同是兄弟性格差别未免太大了吧? 跟你比起来你哥哥简直是天真无瑕的小天使啊!"恺撒想要怒吼,却又无可奈何。

"总得想办法促成我们之间的合作嘛,否则你们怎么有勇气上我这条贼船呢?"风间琉璃笑着把一把车钥匙扔给恺撒,"地下车库里给你们留了一辆墨绿色的路虎越野车,如果我是你就赶快往地下车库跑,这个时候估计哥哥的车已经在半路上了,蛇岐八家有专门的人盯着各大新闻网站,他们的嗅觉比狗都灵。"

话音未落外面已经传来刺耳的刹车声,听起来是一辆大马力越野车在歌舞伎座前急刹车,一辆改装过的悍马,同时上方传来直升机的轰鸣声,有人从天而降落在歌舞伎座的屋顶。

不愧是全世界效率最高的日本黑道,十几分钟前CNN发布新闻,此刻天上地下的包围圈就要成形了。恺撒想也不想抓过路虎的钥匙就往外跑,楚子航抓起榻榻米上的档案袋和文件夹跟上。他们必须抓紧时间在源稚生冲进走廊前拐入地下车库,否则以这间大屋的地势他们等于被瓮中捉鳖。风间琉璃站在大屋的中央,看着他们的背影,无声地笑着。

不久之前走廊里还站满了身穿黑色西装的警卫,此刻却空无一人,猛鬼众的人在恺撒没有觉察的时候全部撤空,像是水银无声地渗进地面的缝隙里。连带着一切跟猛鬼众有关的东西都从歌舞伎座中消失了,包括舞台装饰、道具,还有休息室里喝着香槟庆祝演出成功的剧组人员,只剩下一座空荡荡的剧院,看起来今天的演出跟往日的任何一场演出没有区别,那场令人感动得涕泪交零的演出只是一场幻梦。

"LSD! 见鬼! 那是LSD的效果!"恺撒边跑边说。

楚子航立刻明白了,这场演出之所以感人至深是因为空气中添加了微量的致幻剂,吸入微量LSD之后再听风间琉璃那如泣如诉的歌唱,人的心绪容易被挑动,而他和恺撒是混血种,抗药性要远比普通人强。这场演出从头至尾都被猛鬼众控制着,其他观众都是摆设,风间琉璃只是为他们两人表演。

他们刚踏上去往地下车库的楼梯,就听见上方传来利刃斩开木门的声音,那么凌厉的一刀,想必出自精通古流刀术的好手,蛇岐八家的大家长亲自到了。

木门在源稚生面前倒塌，他提着"蜘蛛切"踏入走廊尽头的房间，房间里空无一人。

袅袅的白烟还未散去，日本烟丝的清淡味道充斥着每寸空间，屋子中央立着唐风的化妆台，上面架着黄铜边的圆镜，还有一个衣架，挂着一袭血红色的素衣。晚风从窗外吹来，素衣在风中颤动，好像有个身材单薄的人穿着它跳舞，唱着哀凉的古调。

那个人已经走了，但屋里无处不是那个人留下的痕迹。

榻榻米上还有一台 iPad，iPad 上是两个人的合影，两个十三四岁的孩子靠在轻型直升机上，夕阳在他们背后落山，一个孩子的表情骄傲，一个孩子的表情羞怯。

源稚生站在那身素衣面前，久久地沉默。

乌鸦和樱跟着冲进房间，四下警戒。他们是十几分钟前得到消息的，看到那则网络新闻的时候源稚生的脸色就变了，二话不说冲上天台，乘坐蛇岐八家的直升机出发，樱只能开车带着乌鸦和夜叉在地上追赶。他们不知道为什么那则新闻会让源稚生这么失态，那则新闻被提交给源稚生过目的唯一原因就是舞台上装饰着猛鬼众的"鬼"字徽章，这场表演被猜测和猛鬼众有关。

"附近没有发现可疑的人，散场后观众都已经离开，剧院经理说是一家公司租用这个场地，付了高额费用，他们什么都不知道。演出结束后剧组立刻就乘大巴走了。"樱说，"再有十五分钟我们就能彻底包围这里，全面地搜索。"

"不用搜索了，他是不会给我留下机会的，他一直都比我聪明，本该是他来继承这个家族的。"源稚生轻声说。

樱和乌鸦都大吃一惊。

"他的名字叫稚女，是我的亲弟弟，他从地狱里回来找我了。"源稚生挥刀横斩，半截素衣飘落在地。

黑云在天空里堆了整整一天，深夜十二点，暴雨终于降了下来。

街面上涨起水来，浊浪汹涌，水深没到了小腿肚。长街上的路灯不多，胶囊旅馆和情人旅馆的招牌相互照亮。

恺撒躺在床上吃着紫菜饭团，楚子航手持望远镜瞄准对面的情人旅馆。有了风间琉璃提供的路虎，他们没费多大力气就逃离了歌舞伎座，他们离开之后不久，蛇岐八家的车队就赶来了，把歌舞伎座围得水泄不通。风间琉璃算时间算得极其精准，如果再晚几分钟，他们一定会被堵在歌舞伎座里面，当场被蛇岐八家拿下。

不过这也说明这个身为鬼的弟弟比他身为皇的哥哥要可怕得多，源稚生的血统虽然优秀，但委实说不上是深谋远虑的领袖，会犯错误，但源稚女从露面到现在没有犯过任何错误，恺撒有种被对方玩弄于股掌之上的挫败感，偏偏那还是个女孩般清秀、满脸人畜无害的家伙。

Chapter 4
The Ghost of Black Swan Port

他们刚返回高天原后就接到了路明非的电话，电话是从迪士尼乐园打来的，路明非刚刚陪绘梨衣参加了晚间的花车游行，还被米老鼠邀请登上花车手拉着手一起跳舞。

路明非打这个电话是因为他没钱了，一天下来楚子航给他的几十万日元他都花光了，他想让恺撒和楚子航再帮他搞点钱。绘梨衣翘家的目的就是出来玩，出来玩就得花钱，路明非生怕这位黑道公主心情不爽毁灭世界，所以吃穿用度都是最高标准，照这么下去每天都得十几万日元打底，买衣服鞋子的话更是花钱如流水。这种事情要换了别的时候无论是加图索少爷还是楚少爷都能轻松解决，可如今这两位赚钱也得靠卖酒提成，穷得叮当作响。情急之下恺撒想到把从风间琉璃那里得来的路虎越野车转让给座头鲸，座头鲸慷慨地支付了不错的价格，才算解了燃眉之急。

他们这是带钱出来跟路明非接头。

如今他们是黑户，没有身份证明还被警方通缉，没法买手机，也就无法随时联络路明非，只好在胶囊旅馆里干等。

"你相信那个风间琉璃么？"楚子航问。

"他给的材料已经看过一遍了，看起来都是真的，分析也合情合理，橘政宗非常可疑，王将更加可疑。"恺撒说，"但是最可疑的还是风间琉璃自己。"

"是啊，他给出的一切都很可信，唯独他这个人可疑。"楚子航说，"但眼下的情况如果我们不能和源稚生联手，就只能和风间琉璃联手，我们联系不上学院，在日本孤身作战，我们需要盟友。"

"跟他结盟就会被卷入黑道仇杀。"

"按照校规，我们只能对龙类、死侍或者犯杀人罪的混血种使用暴力。风间琉璃必须向我们提供更多的证据，证明王将的罪行。只要我们坚持这个原则就不会被卷入黑道仇杀。"

"你想什么呢？"恺撒耸耸肩，"我的意思是卷入黑道仇杀还蛮有意思的！"

"加图索家果然是疯子家族。"

"一个月之前要是听你这么说我会勃然大怒吧？"恺撒扔了一听啤酒给楚子航，"现在我听着怎么觉得你是在称赞我呢？也许我可以邀请你担任我的伴郎。"

"邀请路明非当你的伴娘么？"楚子航打开啤酒随口说。

"恭喜，你的幽默感也上升了。"

楚子航看了一眼墙上的钟："已经过午夜了，他们也玩得太晚了。"

"行啦你又不是他父母，带着姑娘出门玩就该这样，在巨大的城市里随心所欲地疯跑，玩到昏天黑地。"恺撒点燃雪茄，慢悠悠地吐出一口青烟，"直到你们两个都累了，跑到湖边或者海边忽然停下，望着水面上的浮灯，你觉得那灯光真美，感谢在这么美好的时刻有这么一个女孩站在你身边跟你一起分享美景。这是你们两个共同的记忆，即便后来你们没有走到一起，可那个时刻是不朽的。"

"你跟诺诺在一起的时候也是这样？"

"嗯，她是个小疯子嘛。"

楚子航心里一动，听起来恺撒和诺诺真的有过很好很好的时光。也许打断车轴也没用吧？打断车轴诺诺也可以跳上拉车的马奔向婚礼现场，她为什么不嫁给恺撒？她就该嫁给恺撒。

你爱上某人，愿意牺牲一切，像是火炬那样熊熊燃烧直到烧成灰烬，可那又怎样？你毁天灭地屠龙降魔浴血归来，你很牛逼，可那又怎样？你能给她什么样的生活？你牛逼你就有权得到她的爱么？

你的爱很沉重，可还得看她想不想要。

长街尽头传来了引擎声。两人迅速挤到窗边，窗户是个直径大约一英尺的圆形小窗，就像海船的舷窗。两个人都急着向外张望，就只能以别扭的姿势将脑袋对顶在一起，像是船舱里的两头熊争看船舷上溅起的浪花。楚子航天生一颗八婆的心，否则他如今跟路明非的关系也不会那么好，而恺撒关注这件事的理由很微妙，他觉得作为情场圣手，他应该首先嘲笑一番路明非跟女孩相处时的窘态，然后把多年积攒的心得传授一些给他。

亮着黄灯的出租车在街口停下，再往前就是能淹到底盘的积水。路明非跳下车来，撑开一柄大伞，后排车门被人推开，伸出女孩的小腿来，小腿的线条纤长美好，肤色素白耀眼，脚上穿着白色的高跟短靴。那只脚在积水中一踩就缩了回去，片刻之后再伸出来，只剩赤脚踩在水里。穿塔夫绸露肩白裙的女孩钻到伞下，爱惜地把新靴子抱在怀里。两人顶着一柄伞跑向旅馆，男孩拎着大大小小的盒子。雨水在街面上浩荡奔流，浑浊的水花在腿肚上跳荡，女孩轻盈得像是涉水过河的白鹿，脚踝上的金色链子哗哗作响。

随着裙摆起落，一直迟到的夏天仿佛忽然间降临了。雷声在刹那间远去，雨中的长街像是被长焦镜头拉得很长很长。

恺撒觉得自己无课可教了，而楚子航一直绷紧的心弦忽然放松下来。

他们忽然意识到这是个不错的季节，仲春未完初夏将至，这个季节的日本最美，樱花绽放，黑金枪鱼肥美。虽说黑道战争打得你死我活，被称作"神"的危险生物正在某处悄悄孕育，每夜暴雨如注火山喷烟，可在游客们眼里东京是座那么美的城市，城里的各处景点各种食肆敞开了门接待游客，雨后南青山和银座的游客稠密如织，看樱花买衣服，去神社里请御守。也许世界还远未到要完蛋的地步，这场危机终能解决，而他们幸运地在这个好季节滞留在日本，既不用交作业，也不用写论文，更不必为考试发愁。

路明非和绘梨衣并肩冲进情人旅馆的大门，老板娘殷勤地递上擦头发的毛巾，他们一起上楼，五楼窗口亮起了灯光。

十分钟后，路明非鬼鬼祟祟地出门，穿过长街，溜进胶囊旅馆的后门。

他刚推开门，几扎钞票就砸在脑门上，都是一万日元的大钞，一扎一百张。虽说眼下暂时落魄，可恺撒还是贵公子的范儿，出手就是几百万日元的现钞。

"谢天谢地你们搞到钱了，没钱可真要亲命了！"路明非喜形于色，赶紧把钞票往怀里揣。

"我很理解在没钱的状态下约会起来很不方便，所以我和楚子航一人卖了个肾，赞助你泡妞！"恺撒满脸严肃。

"太感动了！你有没有告诉他们是加图索家的肾，让他们开价高点？"路明非一屁股坐在床上，在塑料袋里翻吃的。

"这么饥渴？"恺撒表现得很震惊。

"错！是饥饿！"

"约会回来饿成这副模样？你的约会是发生在东京围海造田的工地么？你的约会项目是搬砖么？"恺撒扔了一罐啤酒给他。

"不是说了么？今天的项目是迪士尼乐园！可我哪有吃饭的工夫，我就顾着给公主服务了。你们不知道她多能吃，三张比萨饼、两杯霸王装的可乐，炸洋葱圈、炸薯条和炸鸡翅无数。"

"感觉怎么样？"楚子航问。

"还行，购物中心的经理送了我们贵宾套票，所有项目都不另收钱了，东京迪士尼还是蛮好玩的，我们玩了灰姑娘城堡、加勒比海盗……"

"我不关心你的游乐项目，我是问上杉家主还满意么？她的状态还正常么？"楚子航无奈地打断他。

"越来越正常了……嗝。"路明非吃噎着了，"不像刚开始的时候冷着脸见谁灭谁的模样了，在灰姑娘城堡里玩的时候还能给扮怪物的工作人员吓到。"

"那你有没有好好地把姑娘搂在怀里啊？"恺撒微笑。

"我有那么禽兽么？我有那么禽兽我也没那个胆子啊！工作人员扮的怪物是假的，她可是真的！"

"不至于吧？就算对方是怪兽，可在怪兽仍旧保持可爱少女形态的时候，我们优雅的贵族都该跟她虚与委蛇，要用对少女的心态来应对。"

"You can you up!"

"明天什么计划？别总带她出去玩，虽然换了装束和发型，可还是有可能在街头被认出来。"楚子航说。

"可她翘家的目的就是要出去玩，我不带她出去玩她能满意么？"路明非说，"回来的路上她已经要求明天去台场的调色板城乐园。"

"她怎么会知道那种地方？她不是从来没有离开过家么？"

"每个旅游景点都有各种各样的宣传页啊，她把东京所有景点的宣传页都拿了，然后把什么浅草寺、皇居、明治神宫这类有品位的景点全都扔掉了，留下的就是各种商业街、各种游乐场……还有歌舞伎町的色情宣传页。总之她就是喜欢那种五光十色的地方，不喜欢有气质有格调的地方。"

"翘家少女不就该这么做么？就是要体验成人社会的无聊和放纵啊！去浅草寺求签的翘家少女丝毫没有人格魅力。"恺撒赞赏绘梨衣的选择。

"体验成人社会的放纵？那需要我带她去看脱衣舞么？夜游红灯区？老大您发话，我没问题！"路明非也觉得在这个行动中他居功至伟，跟恺撒说起话来也硬气许多。

"脱衣舞和红灯区我们三个去就可以了，带着女孩要去高级饭馆啊朋友，香槟红酒松露烩饭鱼子酱，在烛光下窃窃私语，你需要的是这种氛围。记得我帮你订的那家 Aspasia 么？"

"怎么？东京也有这家的分店？"

"有家情调更好的，Chateau Joel Robuchon，在惠比寿附近，餐馆设在一座 1936 年建造的洋楼里，明天法国总店的主厨乔尔·侯布匈会抵达日本在那间店里主持一个月，我给你和上杉家主订了座位。"恺撒把一张小卡片扔给路明非，"周六的晚餐，主厨特选菜单，必须正装前往。"

"犯得着去那么暧昧的地方么？"路明非停止了咀嚼，"我又不是真的要泡黑道公主。我看脱衣舞俱乐部和红灯区就蛮好！我和公主都会很喜欢！"

"我和恺撒商量过这件事。"楚子航按住路明非的双肩，"我们希望你和上杉家主建立更加……友善的双边关系！"

"双边关系你妹啊！用外交术语也没法掩盖你们的淫荡下贱好么？你们是想要我搞定她么？可我搞定她对你们有什么好处？"路明非惊呆了，而他的小伙伴们神色凝重。

"我们得想办法把她带出日本。"恺撒说，"不能把她还给蛇岐八家。无论她是不是鬼，她都是我们迄今为止所知的最强混血种，是极其难得的研究对象，也是潜在的危险，她如果失控，必然造成次代种级别的危机。由学院来接手她是最好的，但这不仅要过蛇岐八家这一关，还得上杉家主自己同意，她不愿意的话谁也带不走她。所以就必须……增进双边关系。"

"我去！臣妾做不到啊！"

"并不是要她爱上你，只是要增进你们之间的信任程度，产生某种……模糊的感情。"恺撒尽量说得冠冕堂皇。

"就是搞暧昧对不对？"

"好吧好吧！她已经成年了对不对？如果她喜欢你愿意跟你去美国也不算我们拐卖未成年少女对不对？"恺撒最终只得放弃了外交辞令，"我们又不是强迫你们结婚你怕什么？你的工作就是让她放松警惕和你一起登上回美国的飞机，飞机落地你就自由了。如果不是她对我不感兴趣，我早就亲自出马了，我们加图索家'西西里种马'的口碑不是浪得虚名的！"

"你不怕回到学院师姐把你剁了喂芬格尔？"

"为大义总得有人牺牲。"

"继副校长化之后老大你又出现了废柴师兄化的趋势……"

"行了就这样我是组长我说了算！会议结束！"恺撒打了个响指，"楚子航，把东西给他。"

楚子航把床头的塑料袋递给路明非："低温奶、罐装橙汁和鲑鱼饭团，快回去吧别让她产生怀疑。里面还有几件女式内衣和几双袜子，女士洗面奶……卫生棉什么的，我不太懂日本药妆店里的牌子，随便买的，如果她觉得不好就告诉我。"

"如果我的人生是一部小说的话，想来从我们来了日本，出版社就换了作者……"路明非面孔抽搐。

"拿出你在 Aspasia 特训的成果，周六晚上在 Chateau Joel Robuchon 跟上杉家主吃一次浪漫的烛光晚餐，建议她跟你去美国度个长假。"恺撒拍着路明非的肩膀送他出门，"你能行的，对方是个没有感情经验的纯情少女，而你手里有大把的现钞以及我和楚子航作为后援，你一定会在她眼里闪闪发光，相信自己，秀出你最闪耀的一面……"

路明非的脚步声消失在走廊尽头，恺撒满脸教唆犯的神情退去，他回到窗边，拿起喝了几口的啤酒，仰头一饮而尽。

"你想把路明非和上杉家主先弄出日本去？"楚子航也喝着啤酒，望着外面无尽的大雨。

"最好的情况和最坏的情况都得考虑到。我们现在没有任何关于神的线索，唯一的盟友是个神经质的歌舞伎爱好者兼天才牛郎，如果风间琉璃说的都是真的，我们的运气也够好，解决了日本的危机，我们就在日本好好地玩上几个星期然后回学院交差，如果在这个过程中我们失手了，东京没准就得完蛋。"恺撒缓缓地说，"这种情况下路明非留在东京对我们一点用都没有。至于那个女孩，我不知道她是什么东西，但橘政宗抚养她那么多年，令她不见天日，必然有不可告人的原因。如果风间琉璃是对的，橘政宗和王将都在试图复活神，那上杉绘梨衣很可能是橘政宗手中不可或缺的一枚棋子，把她送出日本，也许就能打断橘政宗的计划。"

"所以你想先把路明非和上杉家主送出风暴中心，我俩留下来解决这件事？"

"是，一个组里总要有人做不同的事，小组不能团灭在日本。"

"怎么送他们走？"

"我们去不了机场，我们没有护照，上杉家主也没有。但人蛇船是不看护照的，只要给他们足够的钱，他们就会把人带出去。"恺撒抽出一张名片递给楚子航，"这个船主其实是个蛇头，给他七十万日元他会把一个人送出日本，我跟他谈了一笔交易，我要租他一整个集装箱，把上杉家主和路明非送出日本。三百万日元，钱已经付掉了。"

"怎么找到这个蛇头的？"楚子航很诧异。

"店里有人是通过蛇头偷渡到日本来的，没有合法身份只有一张漂亮面孔，所以才在牛郎店里工作。"恺撒耸耸肩，"多跟他们套套话就会得到消息，跟打游戏差不多。"

"有整个集装箱的话，我们可以和他们一起撤离日本。"

"无论是王将还是橘政宗，有人做错了事，他就得支付代价，在那之前我是不会离开日本的。"恺撒吐出青蓝色的雪茄烟雾，"否则我会认为这是溃逃而不是什么撤离，会是我一生洗不掉的耻辱。至于你，骄傲的狮心会长，著名狂徒和神经病，从不放过任何坏人的冷面人斩，我猜你会很高兴留在日本跟我并肩作战，虽然没问过你本人的意见。"

"你猜得没错，组长。"楚子航拿起易拉罐。两人碰了一下，喝干了罐中的残酒。

天地幽蓝，大雨滂沱。

第五章 井中枯鬼
Spirit in the Well

深夜，大雨滂沱，悍马在名神高速公路上疾驰，车灯撕开无边的黑幕，车轮两侧溅起一道人高的水墙。

源稚生开车，橘政宗坐在副驾驶座上，车中再没有别人。这在平时是不可想象的，现任大家长和前任大家长一起外出，却不带任何随从，如果有人成功地伏击这辆车，日本黑道的局面就要改写了。

但源稚生坚持这么做，橘政宗也没有异议，没有人敢阻止。

因为断指的伤，橘政宗一直住院治疗。深夜十一点，源稚生忽然推开了单人病房的门，浑身湿透，雨水沿着风衣哗哗地流。

"老爹，回山里去看看吧。"他盯着橘政宗的眼睛。

橘政宗愣了片刻，似乎明白了他的意思，掀开被子起床，披上黑色羽织。两个人一前一后离开医院，钻进停在楼下的越野车，沿着名神高速公路驶向神户方向。源稚生拆掉了车上的GPS和移动电话模块，连辉夜姬也无法追踪他们。

车灯短暂地照亮了"鹿取神社"的路牌，源稚生沿着一条不显眼的辅道驶离了高速公路，拐上曲折的山道。路面极度泥泞，好在悍马有着顶级的越野能力，并不费力地驶过弯道和涨水的山溪。越往山里开道路越狭窄，路面上随处可见碎石，看得出这里年久失修，很久没有车辆从这里经过了。

"才几年怎么都破败成这个样子了？"橘政宗叹息。

"原本神社的经营状况就不好，游客一年比一年少，主持神社的宫司在我离开后的第二年去世了，没找到合适的人继承神社，神社没落了，镇子上的人渐渐搬走了。"源稚生说，"后来一场地震把老房子震塌了一大半，政府在神户南面提供了安置房，剩下的人都搬到那边去了。"

"你一直关注着这个镇子啊。"

"是啊，这是我长大的地方，"源稚生轻声说，"我把很多东西埋在这里了。"

悍马在一条白浪滔滔的河边停下了，这原本也是一条山溪，但大雨在几天里就把山溪变成了大河，河里满是从山上冲下来的树木。

"没法开车了，涉水过去吧。"源稚生把悍马熄了火，从后座上拿来两柄黑伞，递了一柄给橘政宗。

在这种伸手不见五指的黑夜里，要越过一条正在涨水的山溪，无疑是极其危险的，但橘政宗看起来并不介意。两个人挽起裤脚，换上早已准备好的雨靴，踏入冰冷刺骨的溪水，悍马的大灯照在他们的背后。源稚生扶着橘政宗跋涉在齐膝深的水中。对岸的山坳里矗立着黑色的建筑群，但看不见一丝光，被暴雨淋湿的鸦群被意外的来客惊醒，嘎嘎地叫着起飞。

穿越已经开始变色的鸟居，他们终于到达了这座寂静的山中小镇，树木和杂草恣意地生长，倒塌的建筑像是平躺在战场上的巨人尸骸，朽烂的大梁和椽子是巨人的脊椎和肋骨。

"怎么忽然想起要回山里来看看？"橘政宗问。

他们站在一座废弃的学校前，这座水泥建筑还很结实，当年它是小镇上最新派的建筑，跟不远处耄耋老僧般的鹿取神社形成鲜明的对比。

"忽然想看看多年前的自己。"源稚生轻声说，"老爹你还记得么？"

"当然咯，怎么会记不得呢？那时你是这个样子的。"橘政宗把伞交给源稚生，从和服袖子里摸出钱包来，给源稚生看里面的照片。

那是一张合照，十二岁的源稚生穿着藏青色的校服，敞开领口露出里面的圆领衫，中年的橘政宗穿着一身花呢西装，戴着鸭舌帽，看起来并无黑道领袖的霸气，倒更像大城市里平庸的上班族，背景是夕阳里的鹿取神社。橘政宗和源稚生从未带任何人来这座山中小镇，甚至从不提起它的名字，因为这里埋藏了太多的秘密，那些秘密不该再被挖出来。

从有记忆开始源稚生就在这个山中小镇里生活，镇子围绕着有八百年历史的鹿取神社建造，镇子的一半人都为鹿取神社工作，镇子主要靠向进山的游客售卖纪念品为生。

源稚生也打开自己的钱包给橘政宗看，那是另一张照片，背景里也有鹿取神社，但更明显的是一架轻型直升机，两个男孩并肩靠在直升机上，穿着麻布缝制的白色"狩衣"。①

"你还留着这张照片，这是你和稚女在鹿取神社中学习时照的吧？"橘政宗说，"我记得那时候镇子上的男孩都要轮流去鹿取神社学习，宫司说学得好的孩子将来可

---

① 作者注：从镰仓时代起，狩衣就是神官在祭祀中穿的衣服，跟日本公卿所穿的服装相似，搭配"乌帽子"和蝙蝠扇。

以当下一任宫司。"

"是啊，本来他是很看好稚女当下一任宫司的。可是他死了，所以就没有人继承鹿取神社了。"源稚生说，"我也觉得稚女很适合当宫司，他学什么都很快，神社里的舞蹈和礼仪，他看一遍就都记住了。可是他死了。"

他连续说了两次"可是他死了"，自己都没有觉察。

没有人知道源稚生有个弟弟，除了橘政宗。有时候源稚生也会跟夜叉乌鸦他们讲起自己小时候在山里上学的事，除了刻意不提小镇的名字，他还会自然而然地省掉一个人，在他的故事里他从小到大都是一个人，从山里来到东京，最后成为日本黑道中最大的权力者。那个名叫源稚女的弟弟被他从自己的往事里抹掉了，只剩下这张藏在钱夹深处的照片，只有这张照片能证明那个男孩存在过，直到多年以后这张照片出现在那个 iPad 上。

在 CNN 新闻网上看到风间琉璃的演出照片时，源稚生还没有绝对的把握说那是源稚女，但当他踏入那间空无一人的屋子时，他就知道源稚女回来了，便如鬼魂逃离了地狱。

他分明记得自己杀死了弟弟，把他的尸骨扔在一口废水井里，盖上铸铁的井盖，还扣上沉重的铁锁。

"稚女回来了？"橘政宗忽然明白了，握伞的手不由自主地颤抖起来，显然是有巨大的恐惧在他心里炸开。

"是的，如今他是猛鬼众中的高级干部。就在几个小时前，一场精彩的歌舞伎表演在银座的歌舞伎座举行，那部剧的名字是《新编古事记》，稚女在其中出演伊邪那美。那件事上了 CNN 新闻网，恺撒·加图索和楚子航亲临现场，坐在贵宾包厢里。"

"他是龙王？"

"应该是，我们没能将猛鬼众的势力连根拔起，最精锐的猛鬼们都活下来了，他们正在暗中集结，其中包括了你的故人王将，和我的故人龙王。"源稚生低声说。

"他们把所有的赌注都下在神身上了，他们要赌八岐的觉醒和白王的重临，那会开启属于他们的时代。"橘政宗脸色惨白。

"是的，被我们杀死的鬼魂重新找上了我们，要跟我们赌最后一把。"源稚生抽出早已准备好的铁锹，打开照明灯交到橘政宗手中，"老爹你只剩一只手了不方便，但还得麻烦你拿着灯，是时候把以前埋在这里的东西挖出来了。"

他沿着学校大门向西走了一百二十步，然后向南走了三十五步，在那片开阔的空地上用铁锹画了一个十字。橘政宗打着伞，尽量把照明灯举高，照出一个惨白发亮的圈子。源稚生把湿透的浮土挖开，往下挖了大约半米深，铁锹碰到了坚硬的东西。源稚生毫不吝惜脚上昂贵的手工皮鞋，直接跳进了泥坑里，把淤泥清理干净，露出了圆形的铸铁件。那是一个井盖，铁链十字形交叉把井盖锁死，那把老式挂锁已经锈成了一块废铁。源稚生把锁翻了过来，检查锁表面的花纹。

"怎么样？"橘政宗紧张地问。

"跟我多年前锁住这口井的时候一模一样。"源稚生拔出"蜘蛛切"，"看起来从没打开过。"

他一刀将锁削断，把铁链从孔洞里抽出，揭开沉重的井盖。井中一片漆黑，腐臭而湿润的腥气弥漫上来，呛得人没法呼吸。源稚生用风衣腰带系着照明灯，吊入井中，照亮了井底的水面。废水井不过四五米深，雨水从泥土中渗透下去积在井底，水色漆黑，不知这些死水沉淀了多少年。隐约可见水面上浮着什么血红色的东西，像是人形。橘政宗神色惊诧，什么东西在死去多年后还能有如此鲜亮的红色？就像是新流出的血。

源稚生摸出打火机，点燃之后任它自由下落。火苗即将接触水面的时候，两人终于看清了那血红色的东西，那是一件血色的狩衣，用一根木棍支起在井底，仿佛一个人站在黑色的水中。打火机落入水中，火苗不但没有熄灭反而猛地蹿了上来，废水井熊熊燃烧起来。

狩衣在火中扬起了双袖，仿佛舞蹈起来，就像一场残酷的火刑，穿狩衣的少年要被活活地烧死在井中。

橘政宗丢掉雨伞，拉着源稚生往后退，源稚生却将他拨开，站在井边看着那件狩衣舞着舞着化为灰烬。

"小心火里有毒！"橘政宗提醒。

"没事，这是他的小伎俩，井底的水被换成了燃料。他回来过这里，把那件狩衣放进了井里。"源稚生说，"他也知道我会回来。"

"是你们当年在神社里学习时穿的狩衣么？"

"看起来像，背后有鹿取神社的标记，只是被染红了。"源稚生说，"他在告诉我一件事，当年我毁掉了他，现在他回来复仇了。"

"稚生，那不是你的错。稚女是个鬼，他无法控制自己，龙血会自内而外逐步地侵蚀他，把他变成最可怕的死侍，他是赫尔佐格刻意制造出来的恶鬼，连赫尔佐格自己都无法控制。"橘政宗用残废的手按着源稚生的肩膀，"你杀了他是没错的，他已经控制不住自己了，他游荡在这个镇子里杀人，跟嗜血的狂龙没有任何区别。除了抹掉他你还能做什么？从小到大你都是正义的朋友，可正义是有代价的，这是我们必须付出的代价！"

"可那些年陪我一起长大的就是这个恶鬼啊……直到最后一刻他都不信我会杀他，这个恶鬼从没把我看作他要猎杀的目标，他浑身是血脸上也是血，他从黑暗里向我走来，说哥哥你回来啦，就像欢迎我回家那样。"源稚生的面孔微微抽动，那是巨大的悲伤在他心里刮起了风暴，"一只欢迎你回家的恶鬼。"

Chapter 5
Spirit in the Well

  他闭上眼睛,往事浮现于眼前,血腥的气息仿佛还在周围浮动,也是狂风暴雨之夜,"蜘蛛切"的刀刃泛着青色的微光,照亮了赤红色的舞台。

  让这座山中小镇在几年间变成鬼镇的,不仅是鹿取神社的衰败和那场地震,还有震惊整个日本的"鹿取连环杀人案"。在短短的三个月里,小镇中有十三个女孩神秘失踪,有些失踪案匪夷所思,一条没有岔道的巷子,两侧都是没有窗的高墙,同学们看着女孩从这边走进巷子,可她没有从另一边走出来,进去找的时候人已经不见了,前后不过两分钟的时间。巷子中间留下她的书包,好像她是由肥皂泡组成的,走着走着就碎掉了。

  情报迅速地汇集到日本分部执行局,执行局立刻认定这是死侍在猎杀幼女,整个猎杀过程可能只有十几秒,然后那东西带着体重四十公斤的女孩沿着高墙攀缘而上。那名死侍被判定为雄性,因为它只袭击女孩,雄性死侍往往对异性有着狂暴的欲望。当时源稚生刚刚加入执行局,是年纪最小的实习执行官,夏天过去之后就要被送往卡塞尔学院进修,他最了解这个镇子,于是被派往山中完成他的第一个任务,橘政宗以大家长的身份将"蜘蛛切"递到他手中。

  在新干线上,源稚生读到了完整的失踪者名单,每个人他都认识,因为小镇上只有一所小学一所中学,每个人都是他的同学,源稚生短暂地暗恋过她们中的几个,还有几个喜欢着源稚生,会守在篮球场边看他打篮球。这像是一场为"正义的朋友"量身打造的战争,源稚生有足够的理由愤怒,然后以正义之名去终结那名死侍。源稚生没有告诉任何人他回了小镇,下火车后他像潜行的猎豹那样穿越熟悉的山间捷径,在日落时分到达了小镇,守候在屋顶,等待夜幕降临。

  入夜之后暴雨降了下来,成群结队的女孩提着白灯笼打着纸伞穿越鸟居走向鹿取神社,她们穿着实习巫女的白衣和绯裤,踩着高齿木屐,走起路来腰肢款款摆动。

  源稚生想起来了,这是每年鹿取神社"巫女祭"的日子,也是鹿取神社最赚钱的事。

  鹿取神社的建立者据说是一位白鹿化成的巫女,猎人在山中猎到了一头白鹿,正准备杀掉它吃肉的时候白鹿开口说了人话,说请您解开我的捆绑,待我化身为女子服侍您,猎人于是解开了白鹿的捆绑,白鹿真的化身为明艳照人的女子。猎人被女子的美貌诱惑,想娶她为妻。白鹿化成的女子又说我以女身报答你终究只是这一世的欢愉,你愿意与我一起建造神社的话,我不但嫁给你为妻,还可保你今后十世的平安喜乐。猎人被她感召,花费二十年跟她一起建造神社。神社建成的那天,依然年轻美貌的白鹿女踏入火堆中自焚,她说我是这山中的精灵,感谢猎人和这个镇子上的人友善地对我,我愿意保这个镇子十世的安宁,只是那需要以我为殉,很抱歉未能成为您的妻子。后来猎人成了鹿取神社的第一任宫司,鹿取神社繁荣至今。

因为有这样美丽的故事，鹿取神社又有一整套培训巫女的课程，很多希望女儿学习传统文化的父母会送孩子进山参加一个星期的巫女课，这一周里她们就像古代巫女那样起居，晚间持灯笼绕着镇子行走祈福也是课程之一。

为了避免造成恐慌，警视厅还没有公布女孩失踪的消息，只有镇子里的家庭人人自危，这些刚到镇上的女孩还不清楚小镇里隐藏的危机。

源稚生意识到麻烦了，虽然增强了巡逻的警力，但可能的受害者也增加了许多，这种情况下他无法跟踪每个目标。

他轻声轻脚地在屋顶上行走，让听觉和嗅觉都提升到极致，龙血在他的身体里奔流，他的五感都比人类敏感几倍甚至几十倍，但暴雨影响了他的探索范围，静夜里最清晰的就是鹿取神社里实习巫女们嘻哈打闹的声音。

宫司把神社后面的大屋腾了出来，在地上整齐地铺好几十套被褥，让这些在家只睡床的女孩体会一下古代巫女睡榻榻米的感觉，女孩们却趁机在屋里打打闹闹。这是一群城里来的高中女孩，还不适应山中的寂静。

源稚生回想那份失踪者名单，惊讶地发现失踪者都是学校里容貌排名靠前的女生，它只对千娇百媚的漂亮女孩下手！他忽然意识到今夜那名死侍必然动手，因为今夜镇上来了那么多城里女孩。在它捕猎完镇上的漂亮女孩之后，它怎么可能放过外来的盛宴呢？龙血带来的贪欲会瓦解它的警觉，它的目标必然是那些实习巫女！但那也是防备最森严的地方，警视厅在神社前后都加派了荷枪实弹的特警。

源稚生避过警察的耳目，登上大屋的屋顶，趴在瓦片上，用执行局的黑色风衣覆盖自己，亲自镇守这最核心的区域。如果死侍出现，会遭到他和警察的两面夹击。

满世界都是落雨的沙沙声，还有女孩们的尖声欢叫，这些城里女孩也太闹腾了，源稚生觉得有点不对。他揭开一片瓦往下看去，发现所有的实习巫女都围着一个女孩，兴奋地攥着拳头尖叫。

女孩极美，虽然只是孩子的身高，身段却像青春少女那么妖娆，她穿着红白两色的巫女服，挺胸送臀，折叠起舞，入骨的艳媚让源稚生都不由得失神了片刻。

她在清唱一首古歌，歌声仿佛麻药的迷烟，缥缈地一转三折。源稚生依稀记得那首古歌出自歌舞伎的名剧《鸣神》，是传世名剧中最妖艳的作品之一，说北山岩洞里的僧侣"鸣神上人"锁住了龙神，所以天下大旱，于是天庭就派出了绝世美女"云中绝间姬"去色诱鸣神上人，云中绝间姬将下过媚药的酒给鸣神上人喝，并用女色去勾引鸣神上人，身为僧侣的鸣神上人也情不自禁地触摸她的身体，堕落在酒色中。堕落失身的鸣神上人功力消退，云中绝间姬乘机割断了封锁龙神的绳子，龙神脱闸而去，暴雨从天而降。

这幕剧之所以是歌舞伎名篇倒不是因为故事多么精彩，而是这幕剧全靠"女形"的魅力。扮演云中绝间姬的是男演员，但他必须表演出女人的魅惑，那是一种凌驾

Chapter 5
Spirit in the Well

于真实女人之上的、无与伦比的虚幻之美，是人世间最绚烂的妖艳。

轻歌曼舞的女孩拥抱和亲吻身边的其他女孩，每个被她亲吻的女孩都目光迷离，仿佛沉浸在美梦中。源稚生不明白这是怎么了，如今的女孩们都是这么开放的么？玩这种假凤虚凰的游戏，但他又忍不住要看下去，艳媚的气氛中透着说不清道不明的诡异，女孩们对云中绝间姬太着迷了，让他想起欧洲童话中那个吹笛子的男人。黑衣人吹起笛子的时候，镇子上的小孩都不由自主地跟着笛声起舞，排着队跳着舞离开镇子，怎么唤都唤不回，最后山裂开了缝隙，吹笛人带着孩子们走入山中，山壁在他们背后合拢，从此父母们再也没有见过他们的孩子。

女孩们拉着手，围绕着云中绝间姬跳起舞来，彼此亲吻，神态亲昵。云中绝间姬旋转着唱诵，女孩们伸手去抓她的衣服和头发，云中绝间姬的发髻被抓散了，白衣被扯了下来，只穿着绯红色的裙裤。她的身体莹白如玉，披散的长发亮如生漆，她把身边最漂亮的实习巫女搂在怀里亲吻，向她嘴里喷出袅袅的白烟。源稚生大惊，他忽然发觉那艳绝天下的云中绝间姬竟然是个男子！他的身躯挺拔骨肉匀亭，却有着男性的肌肉！一个比女孩们更妩媚的男人混进了鹿取神社！

云中绝间姬怀抱着女孩俯身，女孩在他的怀抱中微微颤抖，鲜红的血滴在榻榻米上。

云中绝间姬杀了那女孩，他嘴里咬着锋利的刀片！

尖叫声刺破了雨声，满嘴鲜血的云中绝间姬眼波流转，烟视媚行，这一刻源稚生看清了他的脸……

有人对空鸣枪，警察们吹着哨子赶了过来。神社中的灯一时间全都亮起，但转瞬间又全都熄灭。警察切断了电闸，以免凶犯携带了枪支之类的武器，可他们并不知道对手是黑暗中仍能视物的怪物。

黑暗的大屋中，一双赤金色的瞳孔亮了起来，怪物忽然警觉地仰望，青色的长光从天而降。

从有人开始尖叫到源稚生突破屋顶下坠，只不过区区一秒钟之间，心形刀流·四番八相，源稚生出手没有任何保留。

"蜘蛛切"切断了人体，鲜血汹涌而出，沿着风衣往下流。源稚生没能砍中云中绝间姬，云中绝间姬随手抓过一个女孩当作剑挥向了源稚生，两剑相格……

云中绝间姬的黄金瞳消失了，源稚生站在满地鲜血中，控制不住地颤抖，他失手杀了人，他很难过，但不至于害怕成这样。他恐惧是因为和云中绝间姬照面的那个瞬间，他觉得在镜中看见了自己，女装的自己，眉宇修长，眼角绯红，眉心里绘着樱花的图案。他终于明白自己要猎杀的是什么东西了，难怪第一批受害者是曾在镇上那间高中上学的班花校花们，那些是他的同学，也是他弟弟的同学。

他早该想明白这一点，这个镇子上曾有两个流着龙血的孩子，一个被带去了东京，还剩下一个。为免心怀叵测的人加害最后的源家子嗣，橘政宗对外只宣布了源稚生的存在，把源稚女留在了山中，等到合适的时机再公开露面。

可源稚生根本没往这个方面去想，他想的只是任务结束之后他会去看弟弟，带着从东京给他买的礼物，一台游戏机。

那天晚上满镇都是警察，人声和警哨声响成一片，手电的光柱交织起来，只有学校里静悄悄的，因为女孩失踪的缘故，学校早就封闭了。

源稚生沿着幽深曲折的走廊下行，一层层地到达那间废弃的器械储藏室，只有他和弟弟知道这间储藏室，里面堆满了陈旧的体育设施，这里太深又太湿润，永远见不到阳光，霉菌沿着一切东西的表面生长，当作储藏室用都不合格，建成不久就被弃用了。可源稚生在这里住过好几个月，有那么几个月他无家可归。这是他和弟弟的秘密基地，十二岁那年源稚生发现了这里，他说这是正义的朋友们的基地，以这个基地为中心我们要维护世界和平，当我们受伤了我们就回这个基地来治疗。弟弟什么都没说，跟着他默默地把灰尘扫掉，把霉菌擦拭干净。

有人已经帮他把灯打开了，那些失踪的女孩就站在他左右，穿着华美的和服，浓妆艳抹，素白的皮肤呈现出蜡一样的古怪质感，但她们再也不能呼吸和说话。

源稚生听说过这种令人恐惧的工艺，尸体塑化工艺，在尸体还柔软的时候把液态聚合物注入其中，聚合物凝固之后，尸体会一直保持着生前的容貌。

他在这些女孩里看到了《鸣神》中的云中绝间姬、《源氏物语》中的藤壶和浮舟、《助六由缘江户樱》中的扬卷、《笼钓瓶花街醉醒》中的八桥……她们眉目生春，但是瞳仁枯槁。

储藏室的深处有人歌唱，歌声寂寥而舒缓，让人想到古代的女人们在河水里浣洗衣衫，伴着流水声放歌。源稚生绕过锈迹斑斑的双杠和跳马，越来越接近储藏室的中央，龙血在他体内横冲直撞，每个关节都处在一触即发的状态，可他偏偏觉得自己的身体僵硬，身体里什么都没有，像是一具空壳。道路两旁的美丽女孩们的眉眼变得灵动起来，她们涂着白粉的脸似乎是在娇笑，可发出的却是鬼魂的哀哭。

他想掉头逃走，可他是正义的朋友，他在心里唱着《正义大朋友》的歌，歌声支撑着他走到终点。

终点是泛着浓郁化学药品气味的浴缸，清秀的男孩正从浴缸里捞起一具素白的人形，那是实习巫女中最美的一个，云中绝间姬选中了她。现在她已经经过了简单的处理，男孩用棉布把她的身体擦拭干净，放她坐在旁边的椅子上晾干。他唱着动听的歌，用蜡染的棉布在女孩身上比画，应该是想为她裁剪一件合身的衣服。他还围着女孩跳舞，模仿她被自己拥吻时的羞怯神情。源稚生从不知道自己的弟弟是这样天才的演员，他仿佛吸取了女孩的精魂，那个女孩的美完整地在他身上复现出来，放到舞台上去足以感染任何一个观众。

此刻他像是个学戏的稚子，认真努力，婉约动人，可他还穿着行凶时的绯裤，赤着上身，淋漓的血迹像是某种狰狞的图腾。

"稚女。"源稚生呼唤他。

沉浸在表演中的源稚女猛地惊醒，扭头看向源稚生所在的方向，面容如同一个将要搏人而噬的恶鬼。但在看清源稚生的瞬间，他脸上的神情迅速地变化，一时如同恶鬼，一时如同稚子，像是要从一场古怪的梦中醒来。

最终稚子的一面战胜了恶鬼的一面，他笑了起来，很惊喜，那是源稚生熟悉的眼神。他走向源稚生，然后小跑起来，他张开双臂，他说……

"蜘蛛切"贯穿了他的胸膛，他全未想到这是他的结局，他喷出满嘴的血，眼泪无意识地涌了出来。

他根本没有时间适应这巨大的变化，还来不及改变台词，于是茫然地说出了那句本想说的话："哥哥你……回来啦？"

源稚生死死地搂着他，用力拧转刀柄，把他的内脏破坏掉。握刀的手那么用力，搂着源稚女的手也那么用力，不许他在血流尽之前逃脱，可源稚生号啕大哭。

不知何时那个羞涩沉默的弟弟变成了魔鬼，或者魔鬼早已藏在他的身体里，时间到了就苏醒过来……而他成了斩鬼的人。

他把弟弟扔进了那口废水井，永远地把恶鬼锁在了地狱里，放火烧掉了那间地下室，然后趁着雨夜逃离，不仅是逃离警察的追捕，还有逃离自己的记忆。

那一夜之后，他就把源稚女从往事中抹掉了。

"直到最后一刻，他都没想到我是去杀他的。"源稚生看着燃烧的废水井，"他想要拥抱我，完全就是一个弟弟忽然看见哥哥回家来看自己了，一脸高兴的样子。如果不是他放松了警惕，我未必杀得了他吧？"

"可他现在还是回来找你复仇了，这是决死的作战！稚生，不要被感情迷惑了！"橘政宗的话掷地有声。

"我是个斩鬼人，可我这一生杀死的第一个鬼是我的亲弟弟，我和他一起在山中长大，在最苦的时候只有我们互相依靠。从那以后我斩鬼再也不会觉得罪孽，因为我已经为正义付出了最高的代价。"源稚生自顾自地说话，完全不理会橘政宗，"但我永远无法忘记稚女在废水井里看着天空的眼神，我一次次地做噩梦，梦见自己在伸手不见五指的井里，无论怎么爬都看不到光。所以我想离开这个国家，无论多大的权力多高的地位都无法帮我摆脱那个噩梦，我只能逃得远远的。"

"稚生，对不起，是我把你培养成斩鬼人，要你承担那么多的悲伤。"橘政宗长叹。

"你以为我后悔了是么？"源稚生扭头看着橘政宗，目光冷冽，仿佛出鞘的名刀，"不，我从来没有后悔过，我只是为他难过，我弟弟生来就是极恶之鬼，这是他和我都不能改变的。我能为他做的只有一件事，结束他作为鬼的人生。我会再杀他一次，用他结束我斩鬼人的生涯！"

"听你这么说我就欣慰了，你带我跑这么远来山里看故居，我真怕你犹疑，可现在我看到了皇的决意！"橘政宗惊喜。

"不，不是皇的决意，"源稚生轻声说，"是兄长的决意。"

暴雨如注雷声隆隆，橘政宗和源稚生打着伞对视，雨水顺着伞缘奔流不息。

"你长大了稚生。"橘政宗轻声说，"像个家长的样子了。"

蜂鸣声从袖子里传出，橘政宗摸出手机看了一眼，脸色变了："多摩川那边的钻探队发现了地底的异常反应，我们得立刻派直升机过去！"

第六章 真红之土
Scarlet Soil

东京大学后街，昂热在屋台车边坐下，把伞和手提箱放在一边："酱油拉面，外加两个卤蛋。"

"你怎么又来了？我以为我们说好从此以后不见面的！你每晚准时来吃宵夜这算怎么一回事？"上杉越愤愤然，"从今晚开始拉面收钱了！盛惠八百块一碗，加卤蛋另加一百块！"

昂热自顾自地斟满清酒，听着雨打在棚子上噼里啪啦地响："你上次不是拒绝我参加你的葬礼么？我向你保证我不会出席的。可你看起来一时半会儿不会死，我来你这里吃碗拉面不会导致你下地狱的。"

"别废话！先买单！"

昂热把一沓万元大钞放在案板上："一百万日元，不用找，从今天起我在你这里挂账，吃了多少你从这笔钱里扣。别忘了，我们学院很有钱。"

"你这浑蛋是把我这里当食堂了么？"

"委实说你这种拉面档可进不了我的食堂列表，我的食堂主要集中在巴黎，比如L'Arpège、L'Ambroisie和Le Pré Catelan，日本的餐馆里大概只有东京的Ishikawa和神奈川县的Koan才够格。"

上杉越没好气地把面扔进锅里，"就算我做的是猪食，可您这种只吃米其林三星的上流贵客还不是冒着雨来吃么？吃着猪食有没有想昂昂叫两声的冲动？"

"没问题，昂昂。"昂热把玩着折刀，熟门熟路地打开瓦罐，从里面掏出黄萝卜来。

"你放过我好不好？你怎么能保证没有人能跟踪你？你这样会给我带来麻烦的。"上杉越无可奈何。

"别那么紧张好么？作为一个言灵是'时间零'的人，有能力跟踪我的人在这个世界上屈指可数，能跟踪我而不被我发现的，一个都没有。我在东京没什么别的朋友了，以前的朋友们一个个都老死了，他们的儿女也差不多都老死了，只剩下你这个流着皇血的老怪物。老怪物和老怪物之间难道不该有共同语言么？"

"你不是还有拯救世界的重要使命么？不是说神就要苏醒么？我拜托你敬业一点，去找找神藏在哪里孵化好不好？要是东京毁灭了我这个拉面摊也开不下去了，算我求你了好么？"

"现在该忙的不是我，是藏在幕后的那个人。有人想要从神的苏醒中获益，他就得去搜索神的孵化场，高天原是第一个孵化场，那么第二个孵化场在哪里呢？那个人比我着急得多，我在等着他动起来。"

"听起来你已经在日本布下了情报网。"上杉越把碗放在昂热面前。

"虽然很老了，可轮到我出手的时候，局面就归我掌控。"昂热低头吃面。

"你这种深更半夜来拉面摊上吃八百块一碗拉面的家伙，却号称自己掌握着东京的局面？真叫人没什么信心。神可不是你们曾经屠掉的那几位龙王，补完之后的神是黑王级别的东西，我不知道世界上有没有杀死它的办法。"上杉越望着铺天盖地的大雨，"实话说我已经订了去巴黎的机票，准备歇业几天出去避避风头，我会在遥远的法国关注你的，通过电视为你加油鼓劲！"

"通过电视？"昂热一愣。

"如果我在新闻频道中看到东京因为无法解释的自然灾害忽然沉入大海或者巨大怪兽入侵东京，我就会跟酒保要一杯加冰的威士忌一口喝干然后说，昂热君！干巴爹！"

"要说蛇岐八家历史上最渣的皇，我觉得你是实至名归……"

"最渣的太上皇，谢谢！"

"既然你都准备跑路了，那不介意再多提供点消息给我吧？"昂热打开自己的手提箱，戴上眼镜，"我今天在东京大学图书馆里查到一些有趣的文件……"

"我就说你这个老浑蛋来找我不是只为了吃面。"上杉越叹了口气，"我知道的不都告诉你了么？我甚至跟你八卦了我那不幸的家庭，你说我还能有什么事情瞒着你？"

"你没告诉我近一百年来蛇岐八家一直在资助各大地质机构。"

"这对你来说重要么？蛇岐八家资助的科研机构很多，地质机构确实也有很多，最初我们想通过地质勘探来搜寻神代遗迹，不过这件事完全没有进展。"

"没有进展是因为你们的钻探深度不够，日本的神代遗迹可能埋在三百米以下的地层中。"

上杉越愣住："你又不是地质专家，你哪来的把握？蛇岐八家资助地质机构资助了一百年，连个天然气井都没挖出来，别说神代遗迹了。"

"我确实不是，但我们的某位校董是地球物理学的博士，在我上飞机之前，他给我发了一封邮件，说了他关于神代遗迹的猜测。他说任何文明都不可能限制在一座孤城里，既然白王血裔曾在日本建起了高天原那样的古城，那就该有道路、墓地、水渠这类的配套措施，甚至其他城市，但这一切被一万年前那场几乎淹没整个日本的大洪水抹掉了。海潮把日本洗成了一个干干净净、没有任何龙族痕迹的国家。"昂热说，"但某些神代遗迹应该还保留在地层深处。"

"这不废话么？古城不就该埋在地里么？就像庞贝城淹没在火山灰下面。"上杉越耸耸肩，"但埋不了那么深，我听过地质专家的报告，他们说在自然情况下，古代城市每年都会下沉几毫米，这么推算下来，神代遗迹应该在五十米到一百米深的地层里埋着，我们可以通过地下水文来探索神代遗迹。"

"地下水文？"昂热问。

"一种听起来很奇妙的勘探方法。地质学家说钻洞是很难的，每钻一个洞都要很高的成本，就算我们打上几万个钻洞，也不能保证恰好有一个钻洞落在遗迹的上方。但如果研究地下水文就可以不用钻那么多洞。所谓研究地下水文就是分析地下水的流向和成分，如果地下河流经一座青铜质地的古代城市，水里就会带有铜和锡的成分，如果地下河突然改道，那就是地层中有某个巨大的东西挡了它的路。我听那家伙说得蛮有道理，就批了一笔预算给他，结果直到那家伙1983年病故，也没能摸到神代遗迹的毛。"上杉越鄙夷地啐了一口，"专家靠得住，母猪能上树！"

"那你听说过中国开封的地下叠城么？"昂热问。

"没有，我没去过中国，虽然我有四分之一的中国血统。"

"开封是一座叠城，除了地面的城市，地层中还有五座城市，一层摞着一层，宫殿和道路从上到下都是重叠着的，一共六座城市叠在一起。那是因为黄河泛滥，泥沙常常把旧城掩埋，后人就在上面重建新城。日本的情况跟这个类似，在人类历史之前，日本的海拔比今天要低，曾经几次被上涨的海水淹没，地面下陷，海水带来的砂砾沉降，神代遗迹以几倍的速度沉入地层深处，推算下来大概是三百米深。也许日本的地层深处藏着一个白王血裔建造的古代国家，而神正在暗无天日的废墟中行走，边走边回忆自己前世的身份。"昂热慢悠悠地说，"何等的寂寞啊。"

"不，它不会到处乱走，它应该返回藏骸之井才对。那是最与世隔绝的地方，也是最安全的孵化场。"

"藏骸之井到底是什么东西？你的神官们描述过那东西么？"昂热问。

"描述过啊，有从古代传下来的描述，不过恐怕对你没有什么用处。非常玄妙，说那是一口通天彻地的井，从寒水之海通往烈焰之海，上半截是寒水而下半截是烈焰，伊邪那岐把圣骸用紫色的麻布包裹，黄金的绳子捆扎，潜到寒水之海的底部把圣骸投入井中，看着圣骸沉向烈焰之海，然后在井口覆盖了一块沉重的玄武岩。这就是神话里伊邪那岐封锁黄泉比良坂的事件。"

"完全听不懂。"昂热摇头，"其实我是想问你，近一百年来你们钻探的位置都在哪些区域？四国？九州？还是北海道？"

"这个我倒是知道的，所有的钻探都是沿着地下河的流向进行的，地下河总是从高山流向大海，钻探的方向跟水流的方向相逆，从东京开始，沿着赤石山脉向西，最后会到达出云，整个过程需要接近一百年的时间，共计一万两千个钻孔，累积到今天他们也该钻满一万了。"上杉越说，"我可以给你画个简图，告诉你那些钻孔的分布，但我不能保证我画得对，那张图是我七十年前看的⋯⋯钻探的路线是这样的，第一个钻孔在八王子市打下⋯⋯"

"就算是拉面师傅也请专业一些好么？不要用筷子蘸着面汤在案板上画这种专业的东西啊！"昂热拍了纸笔在上杉越面前。

多摩川附近的山中，液压钻机发出震耳欲聋的吼声，钻杆向着地层深处推进。

樱井雅彦站在帐篷下，眺望着汽灯笼罩的工地。沉重的雨点打在遮雨棚上发出闷响，山中像是响着成百上千面小鼓。作为山梨县环境科学研究所的高级研究员，樱井雅彦负责监督这次钻探。

多摩川是一条大河，发源于山梨县境内两千米的高山上，浩浩荡荡地流向东京。

山梨县中山脉纵横，除了号称日本阿尔卑斯山的赤石山脉，还有富士山这座日本最高峰。大约一万年前，山梨县是火山活动非常频繁的地方，岩浆从通道中涌出之后一层层凝聚，最后竟然能够形成三千多米高的富士山，可想而知地壳活动有多剧烈。古人认为通往地狱的道路就位于山梨县，神话学家说那是因为古人曾目睹明亮的熔岩从火山口流出，以为岩浆就是所谓黄泉之水，所以山梨县下方就该是地狱。至今附近还有为了镇压"地狱之门"而建的神社，定期举行祭祀阎魔的仪式，阻止黄泉之水带着亡魂涌入人间。

山梨县环境科学研究所就是专门成立来研究休眠火山的科研机构。看似沉寂的火山群其实仍有爆发的可能，连富士山这座火山之父也未熄灭，不时地冒出危险的黑烟。如今还活着的火山没有任何一座像富士山这样巨大，它下方的裂缝直通往地幔层，那里是岩浆的海洋。如果它喷发，将再度唤醒人类记忆中对远古火山的恐惧，人类的祖先曾经目睹过这些超级火山的喷发，火柱连接天地，密集的火山灰在某个大洲的上空飘浮数年而不散，难见阳光。漫长的黑夜中气温越来越低，无数的动物死去，黑色的天幕下，金红色的黏稠液体从山顶缓缓地向下奔流。

富士山就是一枚巨型哑弹，日本的繁荣却建设在这枚巨型哑弹上。

山梨县环境科学研究所在富士山周围开凿了大量的钻孔，长长的探杆直插钻洞底部来监测地层的变化，一旦他们判断富士山将要喷发，那么"东京冷却"计划就将启动，这个计划的最终步骤是把东京全城撤空，把皇室和内阁送往海外避难，内阁官房长官曾经戏称"这样的话跟亡国也没什么区别了"。

　　樱井雅彦已经在山梨县环境科学研究所工作了六年，就像宫本泽是家族在东京都气象局的内线，他是家族在这个研究所的内线。通过各种各样的内线，家族暗中掌控着这个国家。

　　他们眼下勘探的山谷距离多摩川不远，山谷正下方是一条汹涌的地下河，名为赤鬼川。这条河的发源地和多摩川一模一样，流经的区域也差不多，多摩川在地面上浩浩荡荡，赤鬼川在地层深处无声地流动。赤鬼川由两股水流交汇而成，一股是流经富士山、经过岩浆加热的滚水，另一股则是寒冷的地下水，冷热水混合的时候发出巨大的声响，像是地下在炸雷，所以这里被称作雷鸣谷。当地人说八岐大蛇的八个头饮用八条河的水源，其中有一条就是多摩川，八岐大蛇被杀之后，它的血浸透了方圆几十里的土地。浸泡过蛇血的土地在上千年中都是赤红色的，于是又有"真红之土"这个名字，附近还有一座奈良时期的八岐神社。

　　樱井雅彦一点都不喜欢那个传说，因为他知道八岐大蛇不是神话也不是童话，它的出现是以无数人的鲜血为代价的。

　　他们来雷鸣谷钻探，表面上是受"灾害对策委员会"的委托，最近地壳变动频繁，东京周边的气候很诡异，内阁官房长官听取了首席科学家的汇报，担心近期日本会有大规模的地震和火山喷发，这种情况下必须尽快确认富士山的状态是否稳定，所以派出了山梨县环境科学研究所的精锐，而家族则想借机探索地层中的神代遗迹，他们被授权调用最先进的高速钻机，几天内就能穿透地层抵达赤鬼川。

　　樱井雅彦有种隐隐的不安。液压钻机已经连续工作了二十四个小时，这样下去随时可能因为过热而停机，这是当下最尖端的设备，出问题的话会很难维修。

　　他真正担心的还不是液压钻机，而是今夜的雨下得太大了……大得令人心惊胆战。

　　这么想着钻机的轰鸣声真就停下了，施工人员奔跑着聚集到钻机旁。

　　樱井雅彦也撑着一把伞来到钻机旁，钻机正把长达几百米的钻杆从钻洞中抽出来。钻杆是一截一截驳接起来的，每根钻杆都长达十几米，几十根钻杆首尾相连，最顶部的钻杆装载了金刚石钻头。钻洞中冒出黏稠的黄色泥浆，溅了施工人员一身。钻探的过程中会注水进行冷却，但不至于产生那么多的泥浆，看起来钻洞已经到达了含水的岩层，甚至接触了赤鬼川，可偏巧这时钻机出问题了。

　　"出了什么问题？"樱井雅彦问。

　　工程指挥抹了一把脸上的泥浆："似乎碰到了非常坚硬的岩层，钻杆打不下去了。强行钻下去的话怕把钻头磨坏，先提上来看看。"

　　"硅质岩么？"樱井雅彦思索。

　　眼下钻探深度已经超过三百米，按说应该是柔软的多孔火山岩，却遭遇了比石英岩还要坚硬的东西，这种情况不多见。

"设立警戒区，除了操作钻机的人，其他人都撤到警戒区外。别太靠近钻洞，以免有沸水涌出。"樱井雅彦提醒。

没人知道赤鬼川的水温是多少，地下河经过岩浆的加热，甚至能达到一百度以上的高温，樱井雅彦曾在黄石公园见过超高温喷泉的喷发。

"放心吧，我们带了防护服过来。"工程指挥挥手示意，身穿白色防护服的施工人员上前接管钻机，其他人则撤出警戒区。

防护服重达三十公斤，用石棉、橡胶、碳纤维和金属丝网一层层压制而成，不仅隔热而且非常坚韧，即使在油井燃烧的高温火焰中也没事。

施工人员将钻杆一截一截卸下来送到警戒圈外，樱井雅彦从钻杆上取样。钻杆每隔几米就会有取样孔，土壤挤入取样孔中，通过分析土壤样本就会得到不同深度的地层信息。取样孔中填满了湿润的黑泥，樱井雅彦试着用打火机去烧黑泥，黑泥上立刻腾起了火苗。

"当心，钻洞里可能有沼气！"樱井雅彦警告警戒圈内的施工人员。

话音未落，黑色的高压气体就冲出了钻洞，气体流速极高，发出火车汽笛般的声响。悬挂在高处的汽灯碎了，黑色气体接触到蓝紫色的电弧，立刻化为熊熊的焰柱。

果然是个沼气钻洞，易燃的黑泥就是富含沼气的土壤。沼气是岩石中的细菌长年累月无氧酵解的产物，在地层积累了几百万年，数量非常巨大。好在施工人员穿上了防护服，并不畏惧这种程度的火焰，他们很专业地用高压水枪压制火焰，继续提升钻杆。到了最后几截钻杆，黑泥开始转为暗红色。

樱井雅彦捻了捻暗红色的泥，非常黏稠，放到鼻端闻闻，有淡淡的腥味。他皱起了眉头，腥味通常是蛋白质降解的味道，可地层里哪来的蛋白质？只有生物才能产生蛋白质。

最后一根钻杆离开钻洞，火柱熄灭，暗红色液体从钻洞中喷涌出来，形成十几米高的红色喷泉。所有人都看呆了，他们都是资深的地质人员，却从未见过这样的奇景。红色喷泉化为赤红色的大雨，洒在矿洞周围，落在防护服上黏黏地往下流。积水很快就漫过了施工人员的小腿，樱井雅彦心里有种诡异的错觉，他觉得……警戒圈里的同事们正站在血池里。

有防护服的支持施工人员并不畏惧，他们用试管提取了水样，封装好之后和最后一根钻杆一起送出警戒圈外，送到樱井雅彦手中。

"富含铁质的水？"樱井雅彦摇晃着试管沉思。

常见的矿石中只有赤铁矿是红色的，南美洲就有一条赤红色的河流，河水里都是赤铁矿的矿渣……可与其说是铁质的红色，更像是黏稠的血。

他转而去检查钻头，这下他真的被吓到了。钻头扭曲变形，满是伤痕，什么样的东西能伤到硬质合金钻头？而且这种损伤不像是磨损，倒像是……被什么东西疯狂地咬过！地下有什么东西把钻头咬坏了？

恐惧涌入了樱井雅彦的脑海，这时他听见了惊叹声。

银蓝色的光点随着红色水流冲出了地面，成百上千，成千上万，它们在黑色的夜空中分散，如同繁星般美丽。光点落在防护头盔的面罩上，每个光点都是一条银蓝色的小鱼，它们身躯短小而尾部细长，嶙峋的尾椎骨在薄薄的鳞片下清晰可见。小鱼的鳞片上带有胶水般的黏液，贴在面罩上笨拙地扭动。地下河中有生物并不奇怪，有名的"盲鱼"就是典型的地下河生物，它们终生不见阳光，所以眼睛慢慢地退化掉了。可赤鬼川的深度大约有三百米，如此深的地下河中生活着如此大量的鱼类，绝对可以用"奇迹"来形容。

施工人员从面罩上抓下小鱼塞进玻璃瓶里，想留作标本，这时小鱼们张开了嘴……巨大的嘴，嘴里吐出冰晶般的利齿，它们在一瞬间化为狂怒的小蛇！

一名施工人员被它恶心的外表吓到了，刚想撒手，掌心忽然剧痛，再看手心里就只剩下摇摆的长尾了，小鱼咬破防护服钻进了他的手掌。另一条小鱼隔着钢化玻璃的面罩跟施工人员对视了几秒钟，忽然从面罩上方开始撕咬，钻进了头盔，接着钻进施工人员的鼻孔。十几秒钟里，几十条小鱼钻进了防护服，还有些细长的尾巴在裂缝外抖动。

"救救我！救救我！"施工人员惨叫着，跌跌撞撞地奔跑。

更多光点从天而降，血红色的水里积满了小鱼，每一条都在疯狂地跳动。

"急救箱！急救箱在哪里？"工程指挥声嘶力竭。

"急救箱已经没用了，你看不出他们已经是死人了么？"樱井雅彦冷冷地说，"那东西跟瘟疫一样，只要沾上就是死人。我们能做的只是烧尸体，拿燃油来！"

"樱井君你这么做是杀人！他们可都是我们的同事！"工程指挥大惊。

眼看一名施工人员就要逃出警戒圈外，队医冲上去想要搀扶他。樱井雅彦忽然从工作服中抽出格洛克手枪，一枪打中施工人员的额心，施工人员跌跌撞撞地蹿前两步，扑倒在队医脚下。

所有人都惊呆了，谁也不敢相信温文尔雅的樱井博士竟然会带着手枪，枪法更是凌厉。

樱井雅彦用枪指着工程指挥的太阳穴："照我说的做！拿燃油来！快！"

倒在血泊中的施工人员忽然抽动起来。

"闪开！"樱井雅彦大吼。

他是在提醒那名吓傻了的队医，但已经来不及了。银蓝色的光点从尸体的后脑上弹跳起来，钻进了队医嘴里，队医倒在地上痛苦地打滚，却发不出任何声音。

更多小鱼摆着尾巴从防护服里钻了出来，像是归巢的蜂群那样进入队医体内，队医全身上下都是细小的伤口。樱井雅彦抬手一枪，打穿了队医的太阳穴。这是最慈悲的做法，减少痛苦，任何人只要沾上这种小鱼就是死人，因为它们是鬼齿龙蛭……

龙之行刑者，鬼齿龙蛭。

这种生物本该在上万年之前就灭绝了。但"迪里亚斯特"号潜入高天原，发现了鬼齿龙蛭在海沟深处的巢穴。赤鬼川应该成了它们新的栖息地，毁掉钻头的就是这些小东西，虽说只是体形微小的龙族亚种，可它们锋利的牙齿能咬碎钢铁。钻进猎物的身体之后它们尽情地撕咬猎物的脏器，在猎物身体里打出纵横的通道，猎物的皮囊依旧完好，可皮囊里填充的都是这种嗜血的小鱼。

这种东西必须被毁灭，哪怕有一条流入人类世界也会导致可怕的后果。

值得庆幸的是钻洞在一块洼地的中央，越来越多的龙蛭在钻洞周围堆积，但暂时还无法离开那处洼地，它们在猩红色的水中弹跳，洼地好像变成了鳝鱼养殖池。

在樱井雅彦的逼迫下，施工人员扛来一桶桶的燃油。燃油被倒进洼地里，有人负责用长柄工具把靠近警戒圈的"被感染者"推回洼地里。

警戒圈里的人们一直哀号，却始终没有断气。这是龙蛭最可怕的地方，它们嗜吃含有大量血液的内脏，而且一边吞吃内脏一边分泌类似肾上腺素的东西保持猎物活着。它们不喜欢吃死的东西，所以被感染者虽然千疮百孔，可就是没法立刻死去。樱井雅彦瞄准那些人连续开枪，枪枪爆头。一旦猎物死了龙蛭群就从猎物身体里撤离，鱼群像是银蓝色的水那样，从防护服的缝隙里"流"了出来。

"更多的燃油！燃油必须把它们浸没！"樱井雅彦大喊。

龙蛭的弱点和尸守类似，它们的脂肪都是极好的燃料，一旦脂肪被点燃，就会烧到骨骼灰化，但如果燃油不能把它们浸透，那么被压在下面的龙蛭就会因为缺氧而不能烧着。如果有雌雄成对的龙蛭进入日本的大小河流，那会是有史以来最恐怖的生物灾难，这些小东西会高速地繁殖，最后把一切东西都吃掉，包括堤坝。只有龙族知道克制它们的办法，但如今那个办法和龙族文明一起被遗忘了。

"鱼跳上来了！"工程指挥大吼。

龙蛭群正弹跳着跃向高处，它们的身体细小，但肌肉极其强劲，弹跳起来就像是银蓝色的弹珠。无数的银蓝色弹珠在岩石上跃动，美丽至极，但看到的人只觉得恐惧。

工程指挥刚把一桶燃油倒进洼地，忽然丢下油桶往回跑。樱井雅彦想也不想一枪打穿了他的眉心，跟上去一脚把尸体踢进洼地里，这时一条银蓝色的尾巴在工程指挥的嘴里一闪而没。

工程指挥是个四十多岁的男人，算是樱井雅彦的前辈，自樱井雅彦进入研究所以来一直很照顾他，雅彦管他叫大哥。他本不至于漠视这样一位前辈的生命，但樱井雅彦不能允许龙蛭借助工程指挥的身体逃离。这是人龙战争的一个战场，就是眼下，就在这个洼地里，战场上不容任何软弱和犹疑。本家的每个干部都受过类似的训练，有朝一日对上了龙族，他们会一改平日的温和，变得不择手段，不惜任何暴力。因为那是龙族，你不尽全力，不以最大的残忍，根本无法战胜它们，你的背后就是人类，你必须守住这一关！

银蓝色的小鱼已经跳到了洼地边缘，好似银蓝色的酒要溢出杯口。

"点火！"樱井雅彦下令，再不点火就来不及了。

没人敢上前点火，仅剩的几名施工人员远远地点燃打火机向洼地里扔，但在狂风暴雨里火种瞬间就熄灭了。没时间去找防风喷枪了，樱井雅彦扛起一桶汽油，笔直地冲向洼地。同事眼里这位年轻的研究员一直都彬彬有礼温文尔雅，手无缚鸡之力，可今晚他先是掏出手枪变成了暴徒，又变身为彪悍的运动健将。樱井雅彦迈着大步踩踏那些跳出洼地的龙蛭，银蓝色的血浆四溅。龙蛭最可怕的武器是坚硬的牙齿和强大的咬合力，可它们自己的身体却没有多坚韧。

这一刻樱井雅彦的背影如此高大，同事们都忘了他开枪杀人的时候是何等残忍，现在就只有樱井雅彦能力挽狂澜。

樱井雅彦确实能，因为他是混血种！他身体里同样流着龙的血液！

他把油桶举过头顶，用尽全力投掷出去。油桶划过一道弧线坠向洼地中央，那里积了数百吨猩红色的水，水面上浮着厚厚的一层燃油，成千上万的小鱼在水面上跳跃。

樱井雅彦举起手枪连续发射，这桶油凌空化作熊熊烈焰，烈焰和水面碰撞，熊熊大火冲天而起。

"樱井君！快回来！"同事中有人高呼。

此刻他们对樱井雅彦的恐惧已经荡然无存了。樱井雅彦用行动证明了自己绝非用枪逼着别人卖命的懦夫，而是敢于顶着箭雨往上冲的战士。

樱井雅彦没有回答，他扭头看了一眼自己的同事们，嘴里银蓝色的尾巴一闪而没……他已经说不出话来了，鬼齿龙蛭在瞬间就吃掉了他的舌头，包括舌头里的软骨。

他并没有回来的打算，他不是战斗型，做这种英雄的事本非他所长。但他仍旧是蛇岐八家的人，他们骄傲地自认是日本的守护者，这里是他们的家园。他一步步地走向洼地，鲜血滴在岩石上，吸引了越来越多的龙蛭，小鱼蹦跳着落到他的身上，很快就消失在他的身体里，上百条小鱼在他身体里咬噬，把他咬得千疮百孔，在疼痛摧毁他的意志之前，他跃入了燃烧的洼地，以自己的身体为囚笼，把逃离洼地的龙蛭们带回了地狱。

巨大的风声从天而降，直升机悬停在洼地上方，黑衣人扛着火焰喷射器带着速降索跳了下来，落地就喷出七八米长的火流，把跳出洼地的龙蛭们往回赶，另一些人则持枪控制了施工人员。

钻洞中涌出赤红色水流的时候樱井雅彦就向本家汇报了，橘政宗下令出动直升机，夜叉紧急受命带队赶往多摩川，他们赶上了处理现场，但已经来不及救樱井雅彦了，樱井雅彦尽到了他作为樱井家子弟的责任，以一个文职人员的身份守住了地狱的出口，守了十五分钟。

樱井雅彦的身体已经化作了骸骨，在火海中烧得像铜那样发亮，夜叉在胸前画了一个十字："安息吧我的兄弟！你已经找到了我们想要的东西！"

宫本志雄推开厚重的大门，踏入醒神寺。

名为醒神寺，其实是隐藏在源氏重工大厦高处的一处露台，头顶是阴云密布的天空，脚下是粗糙的青石地板，四周围绕着潺潺流水，朱红色的鸟居下摆着一张黑色石桌，除了离家出走的上杉绘梨衣，蛇岐八家诸姓家主尽数在此。

时间是早晨六点半，距离宫本志雄接到开会的消息只有十五分钟，他在地下船坞中彻夜工作，研究那些死侍的尸骸，忽然秘书的电话进来，通知他级别最高的家族会议将在醒神寺中召开，只有极少数人有资格出席，而且必须出席。

已经过了日出时间，但是阳光照不透厚重的积雨云，天空发出微弱的惨白色光芒，浩荡的风从东京湾上吹来，空气中有浓重的海腥味。

除了身穿实验服的宫本志雄，其他人都穿着西装，美貌的女家主樱井七海穿着考究的和服，新任大家长源稚生坐在首座，他的亲信臣属夜叉、乌鸦和樱穿着执行局的黑色长风衣站在他身后。宫本志雄为自己的迟到道歉之后，迅速地坐在空位上。

他预感到这个会议的意义非比寻常，家主们无声地交换着眼神，神情介乎惊惧和欣喜之间。

源稚生点燃一支柔和七星，缓缓地吐出烟雾，环顾众人："我想我们找到了神。"

宫本志雄震惊了。作为最高技术负责人，他知道家族一直在日本各地进行勘探，试图发掘出深埋在地下的神代遗迹，但这项工作几十年都没有进展，难道忽然间传回了好消息？

夜叉把黑漆盒子放在每位家主的面前，每个盒子里都是三件东西，两个石英瓶子和一枚信封。一个石英瓶子中盛着深红色的水，宫本志雄晃了晃那个瓶子，发现瓶中的液体颇为黏稠。另一个石英瓶子里则是银蓝色的小鱼，它处在脱水的状态，但仍旧未死，偶尔剧烈地挣扎几下，露出冰晶般的利齿。

龙之行刑者，鬼齿龙蟒。如果不是隔着高硬度的石英玻璃，这条小鱼已经钻进宫本志雄的身体里恣意撕咬了。

"昨天夜里，在多摩川附近工作的钻探队传来了消息，他们在赤鬼川中发现了数量惊人的鬼齿龙蟒，那天地下河的河水赤红如血。"源稚生轻声说，"信封里是水样的分析报告，赤鬼川中确实含有血液成分，宫本家主可以详细地看一下。根据检测结果，多摩川的下方流淌着一条血河，而这条河的化学成分，类似胎血，龙的胎血。"

"我的……天呐！"宫本志雄快速地查看那份检测报告，声音扭曲变形。

任何生物在胚胎状态下的血液跟出生后的血液都是不同的，胚胎消耗巨量的养分快速生长，血液要为它输送更多的养分和激素，在胚胎阶段血液的活性也最高。胎血的出现意味着某个胚胎位于多摩川的地下，而胎血的数量之大甚至混入一条河流都能被检测出来，可想而知那是多大的一个胚胎，一枚孕育在血河中的巨型胚胎！

"难道神呈现出的身躯……真的是神话中八岐大蛇那种超巨型生物？"樱井七海努力克制，但声音仍微微颤抖。

"没人知道，但神话似乎被进一步证实了。"源稚生说。

"家族从近百年前就开始资助地质机构，希望通过地质勘探找到龙族遗迹，却始终一无所获，忽然获得如此巨大的突破，直接定位了神的胚胎，这未免太过巧合了。"宫本志雄说。

"这件事政宗先生想必可以解释。"源稚生看向右手边的橘政宗。

橘政宗裹着纱布的手放在桌上，任谁都能看出纱布下的那只手已经失去了所有手指。切指是家族从古至今都在使用的谢罪方式，可一次性切去五指的情况非常罕见，那意味着何等大罪，没有人清楚。众所周知橘政宗在跟源稚生单独面谈之后失去了五根手指，被迅速送往医院止血治疗，由此看来前任大家长有重大的错误被现任大家长觉察，施以毫不留情的处罚。通过这件事更可以看出源稚生已经掌握了家族的大权，谁也没有想到这位刚从执行局局长升上来的年轻人迅速地展现出作为强权者的一面，对刻意栽培自己的政宗先生都施以狠手。

不愧是皇，看起来是人类，身体里却流动着近乎纯粹的龙血，龙的暴戾在他身上展现无遗。此前对他的质疑全都消散了，即便各家家主在他面前也是战战兢兢。

"我只是修改了钻探的深度，在那之前我们通常认为龙族遗迹位于几十米深的地层中，但根据最新的研究成果，在一万年中，日本四岛曾经几次被海水淹没，海水带来了大量砂砾。据此推测神代遗迹位于很深的地层中，所以我们把钻探深度从一百米增加到了三百米，终于获得了巨大的突破。"橘政宗说。

"请问这项深度钻探的工作进行了多久？"宫本志雄问。

"十年。十年来我们找到了各种各样的证据，比如富含铜和锡的地下河，神秘改道的地下河，我们还曾在地下河中找到骨殖碎片，经过分析那确实是混血种的遗骨。这些证据都在说明一件事，日本的地层中掩埋着一个辉煌的古代文明，从今天的东京都到岛根县，都有这个文明的遗迹，那是我们的祖先建造的。他们用石粉和金属混合烧制的砖块建造城市，用青铜制品装饰它，用含铁的特殊金属来制造巨塔。如今那些遗迹在地层深处被地下河冲刷，河水在昔日的街道上奔流。综合这些情报我们绘制了一份地图，神代文明的地图。"橘政宗向乌鸦示意。

乌鸦在桌上展开一轴长卷，用细铅笔绘制的地图，一个沿着赤石山脉延伸的古国，如一条黑色的龙俯卧在山中。

"这就是我们猜想出来的古国，昨晚我们终于得到了确凿的消息，不仅神代遗迹埋藏在那个地层里，神的孵化场也位于那里。"橘政宗在地图上指点，"赤鬼川从山梨县流往东京，这是神代文明分布很密集的区域，藏骸之井很可能跟赤鬼川相通，神从高天原返回，经过地下河抵达藏骸之井，在那里进行最终的孵化。鬼齿龙蛭原本只在海洋深处有，它们可能是寄居在神的鳞片中，跟着神一起回归的。"

"赤鬼川距离东京有多远？"风魔小太郎问。

"不到四十公里。"源稚生说，"如果神在那里觉醒，首先威胁的目标就是东京。"

"我们根本无从防御，甚至来不及调动空军阻击。"龙马弦一郎说。

家主们的神色都异常凝重。

"这不全然是坏消息，"风魔小太郎打破了沉默，"我们在神觉醒前找到了它，顺带我们还找到了失落的神代文明。如果挖开一处神代文明的遗迹，我们能从中获得的技术不可估量，失传的炼金术、龙族的工程学和建造学，甚至开启尼伯龙根的方法。掌握这些技术的我们将毫无疑问地成为世界的统治者！"

"是的，也正是因此我们不能把这些技术与秘党分享，错误的人掌握了跨时代技术，结局必然是灾难。"橘政宗说，"我希望那些技术能令我们的家族重回极盛的巅峰。"

"跟统治世界相比，杀死神才是当下最紧要的事。"源稚生说，"我们不知道神目前的状态，不知它何时会觉醒，我们必须抓紧每一分一秒！岩流研究所有探索赤鬼川的方案么？"

宫本志雄思索了一会儿："没有，赤鬼川位于雷鸣谷地下三百米深处，长度可能不亚于多摩川，钻一个直径十五厘米的圆洞抵达那条地下河都要几天时间，即使给我一年时间我也无法完整地探索那条河。更糟糕的是赤鬼川中隐藏着无数的危险，从水样的检测报告看,水中有血液成分,还有大量的含氮含磷化合物,那应该是大群生物的排泄物。这说明赤鬼川中的生物密度极高,一个我们无法想象的生态系统已经在地下河中建立起来了。"

"一个由龙类和龙族亚种构成的生态系统?"源稚生问。

"是,"宫本志雄点头,"我可以想象龙蜓群尾随着神的胚胎游动。在地下暗无天日的地方,龙族亚种高速繁衍,都成为神的食物。龙蜓群在古龙面前被恐惧彻底压制,它们只配分享神吃剩的残渣。"

"由大型龙类和龙族亚种组成的龙类生态圈,养分从哪里来?"樱井七海问,"以我想来维持一个生态圈需要很多养分,对吧?"

"岩浆,"宫本志雄缓缓地说,"你们还记得'迪里亚斯特'号在日本海沟中发现的那个龙类生态圈么?数以亿计的磷虾和肺螺以岩浆中的含磷和含氮物质为食,小型食肉动物以磷虾和肺螺为食,大型猎食动物又以小型食肉动物为食。而这个生态圈最终孕育出来的,是凌驾于一切之上的终极猎食者,也就是神。"

"难怪神的觉醒总是伴随着海水的上涨和火山的爆发,它需要海水来浸润土地,需要岩浆来提供养料!"龙马弦一郎恍然大悟。

"是的,如果我们探索那个孵化场,要面对的不只是尚未完全孵化的神,还有它的随从们。"

"气候变化和地壳变化都意味着神的孵化已经进入尾声,我们的时间很有限,可在有限的时间里我们束手无策?"源稚生皱眉。

"探索孵化场的可能性极小,但把它们引出来决战的方案是有的。"宫本志雄缓缓地说。

"说来听听。"

"古人就知道赤鬼川的存在,古书中说雷鸣谷地下有一条赤红色的河流,它蜿蜒流淌到达东京附近,最后流出地面,和地表河流交汇。在平常年代地下河是清澈的,而在地震多发的年代,地下河就是红色的。既然我们知道赤鬼川的出口位置,我们就可以挖掘一条隧道,在隧道口展开屠神的计划。"宫本志雄缓缓地说,"但这需要最先进的挖掘设备和庞大的资金支持。"

"什么样的设备?"

"我需要挖掘英法海底隧道用的那台超级掘进机。"

家主们对视一眼。宫本志雄要求的那台设备实在太过惊人了,英法海底隧道是贯穿英吉利海峡的伟大工程,在那个工程中施工人员创造性地动用了超级掘进机这种设备,这种设备形如一枚巨大的炮弹,直径接近六米,锥形的头部全部由高硬度合金制造,布满粗大的螺纹,外面覆盖金刚石颗粒。它用强劲的履带系统前进,高速旋转的头部像是切削豆腐那样切割着岩石,在地层深处轰鸣着推进,背后留下直径六米的巨大隧道。这台设备跟"迪里亚斯特"号一样属于"传奇设备",没有一年时间恐怕无法造出一台全新的超级掘进机。

"讲讲你的计划。"源稚生不动声色。

宫本志雄打开随身携带的笔记本,把屏幕转向源稚生:"赤鬼川的出水口位于东京西边,在那里它渗出地面和多摩川混合,大约二十年前,东京都政府委托丸山建造所修建新的东京地下排水设施,岩流研究所也参与设计,项目名为G-Cans,代号铁穹神殿。铁穹神殿系统一直延伸到赤鬼川的出水口,为了容纳赤鬼川和多摩川的多余水流,我们在出水口附近修建了13号储水井,它是一口巨型储水井,水质经常是深红色的,又称为红井。"

屏幕上显示出铁穹神殿的图纸,直径十二米的巨型排水管中分出了一根去往红井,那座深井在山中,距离东京市中心只有不到二十公里。

"我会把超级掘进机沉入红井,然后挖掘一条直通赤鬼川的隧道,这条隧道的直径为六米,长度大约是一点五公里。超级掘进机每周能掘进一千米,如果昼夜施工,我能在十天之内把隧道打到赤鬼川。"宫本志雄接着说,"隧道打通之后赤鬼川的水流会在几个小时之内排入红井,龙族亚种群也会被排入红井,屠神的工作就在隧道和红井中开展。"

"你用什么手段杀死神?在隧道口布置枪手或者高爆炸弹?那些武器对龙王级别的目标不会有效。"风魔小太郎说。

"不,我会使用水银,"宫本志雄缓缓地说,"国际市场上水银的价格大约是每吨三万美元,我需要五千吨水银,重演须佐之男杀死八岐大蛇的故事,我要在红井中灌入五千吨水银,即便是神的幼体泡在水银中也会被剧烈地腐蚀。我还会往红井里扔铝热剂燃烧弹,那种燃烧弹能够产生三千摄氏度的高温,它不但能瞬间把液态水银蒸发为对龙类更危险的水银蒸汽,高温也能对龙王级的目标造成杀伤。但铝热剂燃烧弹和这么大量的水银都不是便宜货,所以我需要庞大的资金支持。"

"我们需要从英国或者法国空运那架掘进机么?"

"不,它现在就在东京,准备用于新的海底隧道的挖掘。租赁它我还需要五百亿日元的押金,外加每天的使用费十八亿日元。"

"最后一个问题,如果水银和铝热剂燃烧弹都没有奏效呢?"源稚生盯着宫本志雄的眼睛。

"那我就失败了。我会拔刀跳进红井跟神搏斗,除此之外我还有什么选择呢?我要为我的失职谢罪。"宫本志雄淡淡地说。

源稚生伸手,夜叉立刻将一柄长刀递到他手中。源稚生隔着长桌把刀扔给宫本志雄,宫本志雄愣住。

"乌鸦,我们能搞到铝热剂燃烧弹和水银么?"源稚生问。

"铝热剂燃烧弹的话我知道去哪儿弄,东京湾那边有个叫'武藏'的组,是帮跨国贩卖武器的高手,这种东西在东京湾的仓库里就有库存。"

"水银的话我去想办法,请给我三天时间。"樱微微躬身。

"从家族的准备金中提取一千亿日元,开成支票交给宫本家主。"源稚生仍旧看着宫本志雄的眼睛。

"没问题,三个小时之内现金即可动用。"樱说。

宫本志雄拔刀出鞘,刀铭是十六瓣菊花。

菊一文字则宗,这是一柄为皇室打造的礼仪刀,在蛇岐八家的名刀收藏中也是地位超然的宝物。通常这柄刀都由家主佩带,而且只用在严肃的仪式上,源稚生却随手把这么贵重的宝物当作武器交给了他。他刚想推辞,却见源稚生端坐在长桌尽头,背后的黑云像是平铺的潮水那样漫过天空,年轻人坐在即将降临的暴雨中,便如雄峰峻岭。

宫本志雄忽然意识到自己正在跟日本黑道中的皇帝说话,如果说今天的日本还有一个男人能够对抗那位为了灭世而生的神,那就是源稚生。战争已经开始了,在座的都是士兵,士兵不能拒绝自己的将军。

宫本志雄双手捧刀,起身,深鞠躬:"必尽全力!"

会议结束,只剩下源稚生枯坐在桌前,樱站在他身后,警觉地扫视着周围的楼宇,以免某扇窗后面藏着狙击手。

如今整个日本黑道都知道本家的负责人已经换掉了,源稚生瞬间变成天下的焦点。大部分人会争先恐后地献媚于他,但也有人会试图伤害他,猛鬼众的余党更会把他看作最大的敌人,而源稚生的保镖队伍只有樱一个人,兼特别助理。大家长的特别助理是个很高的职位,在历史上这个职位从未由一个杀手出身的干部来担任,但源稚生坚持这么做,不听任何反对意见。

有人说源稚生任人唯亲,但樱心里清楚,这只是源稚生的性格问题,他跟这个黑道家族格格不入。身为源家之子,他当然是大家长这个职位强有力的竞争者,但多年来源稚生始终都是一个游离在家族边缘的斩鬼人,若论权术方面的天赋,他甚至说得上有点白痴。可就是这样的一个人,却决定要承担起大家长的责任。樱不知道昨夜源稚生和橘政宗去了哪里,只觉得那一夜后源稚生像是变了一个人。

源稚生坐在惨白的天空下,眺望着汹涌而来的积雨云,整个人呈现出一种苍白如纸的状态。他已经连续三天没休息了。

"还没有绘梨衣的消息么?"源稚生问。

"暂时没有,不过这世上没有人能伤害她,请您放心,我们会继续搜索。"

"你知道么? 这是她第十二次尝试离家出走,前十一次中最长的出走纪录是两个小时。"

"看起来她真的是很讨厌待在家里。"

"有一次她趁着体检的机会偷偷地跑出了家,我们出动了所有人,满城找她。最后是我在一个街口以外的红绿灯下找到了她,她正对着空无一人的街道流眼泪。那时她还没有现在这么高,我从背后走过去把她抱起来,她写字给我看,说'世界好大'。"

"虽然不知道世界有多大,可还是固执地想到外面去。"樱说。

"是啊,那个走到第一个十字路口就会流着眼泪不知道往哪边走的女孩,居然已经四十六个小时都没有回家了。"源稚生说,"也不知道是习惯了还是麻木了,我渐渐地没那么着急了。也许女孩子长大了总是要出远门的,谁也不想作为别人的武器过一辈子……把悬红金额提高到三十亿日元,在电视台和电台播寻人启事,去警视厅报警。"

"是。要下雨了,我们还是回去吧。"樱轻声说。

"我就是在等着雨落下来,这样我反而觉得能放松一点。"源稚生说,"你先回去休息吧,别担心,这座城市里能杀死我的人不多。"

樱静静地站在他背后,没有移动。

"怎么? 有事要问我?"源稚生给自己斟上一杯威士忌,酒也是能让他略微放松的东西。

"水银和铝热剂燃烧弹真的能杀死神么?"

源稚生一怔:"为什么忽然想起问这个?"

"从既往的屠龙案例来看,能对龙王级目标产生致命伤害的往往不是科学能解释的东西,比如昂热校长那柄来历不明的折刀,还有号称由青铜与火之王亲手制造的炼金武器'七宗罪'。只有恺撒·加图索曾用暴风鱼雷杀死过龙王,那确实是人类制造的武器,但那个屠龙案例疑问重重,最终也没能找到龙王诺顿的骸骨。"樱说,"即便按照神话中所说的,水银也只是让八岐大蛇变得虚弱,最终杀死它的是须佐之男命手中的天羽羽斩,那也是超乎人类理解的武器。"

源稚生沉默了许久:"你比我想的还聪明。"

"但你还是同意了这个方案。"

"是的,如你所说能对龙王级目标造成致命伤害的从来都是科学不能解释的东西，所谓混血种，就是用龙族的力量去灭杀龙族的一群人。传说中的天羽羽斩早已消失了，我们甚至无法知道那是什么东西，水银和铝热剂能否代替天羽羽斩，我不知道。但我们手中仍有其他武器可以使用，如果宫本家主的计划失败，该跳进红井的不是他，而是我。"

"我已经猜到了。"樱轻声说。

"我的出现会让神很兴奋吧？我们都是神给自己准备的食物，我的血液里有它想要的东西，高纯度的龙族基因。它想吃我，那么很好，就把铝热剂燃烧弹跟五千吨水银一起吃下去吧。"

"没有别的办法了么？"

"如果我也失败了，就只有把绘梨衣扔进那口井了。"源稚生幽幽地说，"她是我们最终的武器，如果她也失败了，那么世界上再也没有能制服神的人。"

"没猜错的话，绘梨衣小姐其实是个鬼，对吧？"

"是的，她是鬼，有史以来最强的鬼。她的言灵'断罪'是现今人类所能掌握的最强言灵，家族需要她的能力。她被作为武器来养育，随时准备牺牲掉。"

"难怪一直以来您和政宗先生都对绘梨衣小姐那么关心。"

"那种关心是很虚伪的，就像武士精心地养护佩刀，但是当武士需要挥刀来杀敌的时候，即使刀会被砍断也不得不出鞘。"

樱点点头："如果想看雨的话，我去给你拿一把雨伞。"

"不想发表什么意见么？说我卑鄙残忍什么的？"源稚生倒是有些好奇。

知道了残酷的真相，可樱既不惊讶也不惶恐，神色淡淡的，好像她就是想问几个问题，如愿得到了答案，没什么出乎意料的。

"没觉得，我们都是武器，挥断了就挥断了，再拔出下一把来，你是把自己也看作武器吧？"樱顿了顿，"大家都是凶器，同病相怜就好了。我去拿伞了。"

"如果这件事顺利解决，我想去法国的蒙塔利维过一阵子，那是个很小的海滨城市，离马赛不远，是个很放松的地方。"源稚生望着远方的云层，"想不想一起去休个假？"

这话脱口而出，似乎没有经过大脑。夜叉、乌鸦和樱都知道他对大家长的位置兴趣索然，一直想离开这个国家去过自由自在的生活，可源稚生从未跟他们讲自己的目的地是蒙塔利维，他不想太多人知道自己去了哪里，这样才能摆脱日本黑道，完全以另一个人的面目出现。他走之后樱会负责管理他的财产，赚的钱足够夜叉和乌鸦混日子，大家从此天各一方，源稚生从未想过要带他们中的任何一个人走……可樱说"大家都是凶器，同病相怜就好了"的时候，他心里微微一动，便如沉寂的琴弦被拨动，浮灰飞扬起来。

夜叉说的好像也有道理，去那么远的地方，他又不懂法语，也许应该带个漂亮女人。如果是他和樱的话，会坐在海边很久很久都不说话吧？只是看海和互相涂防晒油。

"荣幸之至。"樱说。

雨终于落了下来，源稚生趴在桌子上睡着了，樱举着伞跪坐在一旁。

第七章 怪兽组合
Monster Couple

"今天雨太大了，还是在宾馆里待着吧？"

"好，午餐要吃五目炒饭。"

"可我们现在就在吃五目炒饭当早餐欸！你是五目炒饭之神么每餐都要吃五目炒饭？"

"不是五目炒饭之神，晚餐要吃鬼金棒的北海道拉面，夜宵要吃有肉粒的比萨饼。"

"你果然不是五目炒饭之神你是碳水化合物之神，还有什么别的需要么公主？"

"要看今晚的《Fate》，还有夜间重播的《高达OO》。"

"你居然会追番了？"

"想在回家之前看到结局，在家里不能看电视。"

路明非心说公主啊你可不知道啊，新番是每周更新一集，您想看到《Fate》的结局就得在外面待到七月份，可你翘家的时间是以天算的啊！可这种话只会增加绘梨衣的精神波动，肯定是不能写在小本子上的，不如多聊聊五目炒饭和有肉粒的比萨饼。

时间是早晨九点，两个人刷牙洗脸之后在落地窗前闲坐，用纸笔聊天，都是些没什么营养的对话。

狂风暴雨席卷了整个东京城，雨季已经持续了一个多月，而今天的降雨是最夸张的，沉重的水滴砸在玻璃上，发出清脆的爆响，雨幕中不时出现扭曲的水柱，像是白色的群龙从云层里探身到大地上饮水。

一夜之间东京变成了威尼斯那样的水城，大街小巷流水不绝。电视上记者正在东京湾附近的防波堤上播报，海水正在快速上涨，即将接近防波堤的上限，大潮拍打在防波堤上，水花溅到几人高，女记者一手持着话筒，另一只手不得不紧紧地捂着裙子，以免裙子在狂风中翻开以致春光乍泄。接受采访的市政厅发言人还算镇静，表示这种程度的水灾不会威胁到东京的安全，强大的排水设施已经全力运转起来，几个小时内就能排空市内的积水，请没必要出门上班的市民留在家中避雨，还请滞留在机场的旅客耐心等待天气好转。

绘梨衣本来已经换上了蓝紫色镶黑色蕾丝边的公主裙和她最喜欢的高跟短靴，显然是期待着今天的出行，听路明非说在家躲雨，不由得有些黯然，不过还是顺从地接受了。路明非穿着邋遢的睡袍，发型介乎莫西干头和鸡窝之间。他躺在地毯上头枕一个靠垫脚踩一个靠垫，绘梨衣拿着遥控器不断地换台。

三天过去了他俩的关系已经发展到了一种相当稳定的程度，路明非不再像侍奉公主那样赔着小心，绘梨衣也会跟他耍一些性子，比如她想吃五目炒饭，就会固执地在路明非面前晃五目炒饭的纸条，直到路明非买来给她，除此之外她还是很乖巧的，路明非叫她走就走，叫她坐就坐。

一开始路明非生怕一扭头公主殿下就不见了，从此消失在茫茫人海再也找不回来，于是连排队买个饮料都不时地回头确认一下她的位置。直到在乐园玩的时候绘梨衣要吃冰淇淋，路明非不得不去给她买，可流动冰淇淋车摇晃着铜铃越跑越远，等到路明非追上它的时候它已经跑出了快有五百米。路明非一头大汗地拿着草莓甜筒跑了回来，只见人流的缝隙中，绘梨衣老老实实地坐在长椅上，双手交叠放在膝盖上，风来裙摆和发梢飞动，像是出自某部动漫的少女手办。那以后路明非才放心在公共场合稍微离开绘梨衣去做点什么，绘梨衣会一直留在原地等他，似乎完全感觉不到时间流逝。

照这么下去路明非觉得忽悠绘梨衣去美国没问题，绘梨衣对美国完全没概念，她所知道的世界就是这座城市，她大概会把美国想象成又一个迪士尼乐园，路明非说走她就走。

这种和谐融洽的关系真是奇怪，好像大家已经认识了很久很久，久到白发苍苍。

"Tokyo Love Story，倒数第四天，现在是早晨9∶30，我作为导演的工作即将开始。"酒德麻衣把录音笔收到口袋里，整理身上的Prada套裙，带着隐约的煞气踏入导播大厅。

专家组正在会议桌旁等她。

"先生们女士们，今天是节目的第三天，在过去的三天里新郎和新娘之间的进展几乎为零。他们一起游览了东京迪士尼乐园、调色板城乐园、惠比寿和皇宫，但他们并没有意识到对方是一个潜在的情人。他们是什么？小型双人旅行团么？请问你们让他们在东京四处转悠的目的到底是什么？"酒德麻衣把文件夹扔在桌上，声色俱厉，"情感咨询师，我首先需要你的解释！"

专家们沉默地对视，最后情感咨询师铃木良治清了清嗓子，尴尬地说："我不得不承认这是我从事情感咨询工作十二年来遇到的最大挫折之一……"

铃木良治毕业于东京大学心理学系,他用心理学分析男女相处时的感情变化,取得了巨大的成功,跟他咨询过的客人中百分之九十五以上都声称自己的感情经历变得更加顺畅了,铃木良治在时尚杂志上开专栏讲两性心理,赢得万千读者的崇拜。他的感情专栏、武宫贤司的情感夜话还有苏珊·米勒的星座运势,是日本女性的三大桃花圣经,这次他和武宫贤司并肩作战,原本以为手到擒来,结果却遭遇了极大的阻力。

无论是爱情还是欲望,他们都无法从新郎新娘身上唤醒,这些天来他们相处最融洽的时候就是吃饭的时候,看起来他们唯一的相似点就是对食物的爱。

"怪兽对怪兽,这是最麻烦的组合。"铃木良治沉重地说。

酒德麻衣骤然警觉,铃木良治只是个外聘的专家,何以知道这么高级别的秘密?

"我们可以把男性分为四种动物,攻击动物、领地动物、寄生动物和怪兽,把女性也分为四种,欲望动物、物质动物、通灵动物和怪兽,我曾在专栏里分别讲述四种男性搭配四种女性时可能遭遇的感情问题,其中最棘手的问题就是怪兽对怪兽。"铃木良治自顾自地讲述着自己的感情理论,完全没有意识到自己刚才已经走进了酒德麻衣的禁区——私闯禁区的人原本该被一枪爆头。

酒德麻衣松了一口气:"符合什么心理特征的算是怪兽?"

"什么心理特征都不符合的就丢进怪兽那一类。"铃木良治苦笑,"多数人的心理特征是从众的,比如说年轻女孩看到朋友们都购买了高级服装,也会想要,于是渐渐演化为物质动物,但总有些人是独立于人群之外的,他们的心理特征错综复杂,很难摸到内在逻辑,这种人我们就称为怪兽。根据我这几天的观察,新郎和新娘都是怪兽性格,我得说选角导演给了我们很大的挑战啊!"

"就算是怪兽也是漂亮得让人心软的小怪兽啊。"副导演武宫贤司打圆场,"双怪兽组合最麻烦,是因为双方的心理特征完全不同调,找不到点燃爱情的契机,是不是?"

"武宫君说得不错,怪兽们都很孤独,但他们的孤独各不相同,他们根本就活在不同的世界。"

"那么我需要打破世界边界的方法!"酒德麻衣沉声说。

她也知道要在短短的一周内让这样一对男女产生感情根本就是个 mission impossible,但她并非是能够接受失败的人,何况还有这样庞大的团队在背后支撑。老板非常关注这桩"婚事",每天夜里都来电话或者发信息询问。但现实给了他们迎头痛击,时间稳步地流逝而计划毫无进展,酒德麻衣是忍者,是那种可以让毒蛇在自己的脸上爬过而纹丝不动的人,可这时候也不由得心浮气躁,怎么也忍不下去了。老板的任务再见鬼她都必须完成,如果用刀逼着这两位参加婚礼能算完成任务,酒德麻衣早就把刀拔出来扔桌上了。

"那还是……施加更强烈的诱惑吧！现代社会的男女，好些人结婚不就是怀上了孩子么？"服装搭配师还是那套"啥样男人好，买单靠谱敢推倒"的思路。

"是哟，说起来我有个朋友就是奉子成婚，如今已经当上了有钱人家的太太呢！"试衣模特三间唯小姐语气里满是羡慕。

"想办法让他们去逛逛内衣商店吧？试穿性感内衣什么的，是男人就忍不住！"

"还是温泉之旅好，让服务员把他们的被褥铺在同一间屋子里，两张床之间放一个瓷瓶，瓷瓶中插一朵红茶……越过界限的瞬间，瓷瓶和红茶花一起碎裂！"

专家们讨论起这个话题都很激动，在过去的三天里他们不止一次地跟酒德麻衣提出说撮合两个人大可不必什么两情相悦，最简单的办法就是设法让他们"作了一处"。

酒德麻衣满脸黑线，她开始怀疑这个所谓的专家团其实就是淫贼的废柴团，就在她想要拍案怒吼的时候，桌上的手机响了，收到一条新的信息。

"如果两情相悦的话，也许见见家里人就能把事情定下来呢。"跟以往一样没有发信人信息。

跟着发来的是一张全家福，酒德麻衣吃惊地睁大了眼睛，她委实没有想到在眼下的东京城中，居然还有这么一组千里迢迢跑来凑热闹的群众演员。

"你说你这个败家老爷们，你住这么贵的酒店干什么？找青年旅社凑合一下不行么？"婶婶一边抱怨，一边哼哧哼哧地把大号旅行箱丢到行李架上去。

"四星酒店都没空房间了，青年旅社还能有地方？"叔叔进门就冲进了卫生间，双脚八字迈开，嘴里嘘嘘着，"威斯汀就是威斯汀，一分钱一分货，就这大理石的浴缸就值回房价了！"

路鸣泽一屁股抢占了沙发，打开酒店赠送的矿泉水就喝，抓着遥控器换台。

"鸣泽你看清楚了么？那水收钱不收钱？我跟你说屋里的吃喝不要乱碰，比外面贵很多的！"婶婶急得好像路鸣泽拉开了手榴弹的保险栓。

"唉！喝瓶矿泉水嘛，有什么大不了的？难得出国来玩，我们也潇洒潇洒！"叔叔把自己摊平在床上，舒服地扭动几下，"威斯汀就是威斯汀，这床就是不一样！"

惠比寿的威斯汀酒店，叔叔婶婶一家在狂风暴雨中入住，前台现金价三万二千日元一天，心痛得婶婶扭头就要出门，愣是被叔叔拉住了，开了这间双床房。

按照他们原本的计划，今天旅程结束飞离东京，但暴风雨导致机场关闭，航班无限延期。眼下正值樱花季，东京游客爆满，各处酒店都客满，只剩威斯汀这种房费不菲的高级酒店还有几个空房间，但是临时入住比在网上订酒店贵出几倍，婶婶

Chapter 7
Monster Couple

心里一千个一万个不愿意，可又实在太累，没法继续拖着大小箱子在东京城里四处乱碰运气。难得来一趟日本，婶婶提前几个月就跟同事和亲戚们说了，大家都托婶婶带东西，资生堂的化妆品、特色工艺品、明治巧克力、解酒药头疼药……帮人带的自家用的，婶婶是能买尽量买，哪怕箱子里还有能伸进一只手去的空隙，婶婶都要塞一包丝袜进去。

这些东西要是在中国买就得多花不少钱，婶婶指着多背东西回家能把旅费给省出来，可如今这些都成了累赘。

"早知道去泰国好了，你们单位在泰国不是有个办事处么？还能叫他们来个车接我们。"婶婶还在心痛房钱。

"泰国跟日本怎么比？而且泰国也不便宜。"叔叔压低声音指了指隔壁，"而且这不是跟佳佳他们家一起出来么？当然也得给人家看看我们家的实力了！"

婶婶看了一眼路鸣泽，终于没声了，为自家儿子花钱，当妈的都有过人之勇。

这个时候路鸣泽本该在美国奥斯丁大学读书，去年路鸣泽拿到了奥斯丁大学的录取通知书，这事情让婶婶足足光荣了几个月。可该死的美国签证官不开眼，非说路鸣泽看起来有移民倾向，不给他美国签证，这时候回头再考国内大学已经不及了，拖到九月大家都入学了，路鸣泽还窝在家里玩游戏。婶婶用国骂问候了美国签证官全家老少，但仍无济于事，只能再去找留学机构咨询。留学机构说录取通知书倒不会因为你没能报到而作废，明年依然是有效的，可是被拒签之后再拿签证可不容易，最好花钱送路鸣泽去某个西方国家旅行一趟，有了出国记录再去申美国签证就有把握了。

这才有了樱花季的日本行，婶婶多方盘算下来，还是日本便宜方便。

而且这次还有佳佳一家同行。佳佳大名陈佳薇，比路鸣泽小一岁，也在仕兰中学读书，也拿到了美国大学的录取通知书。婶婶看佳佳这女孩子不错，相貌性格都过得去，而且家世不错。佳佳爸爸是叔叔他们单位的人事处处长，是实权人物，两家在学校见面的时候婶婶自始至终握着佳佳的手没松开，生怕这女孩背生双翼飞走了。婶婶一迭声地赞美佳佳的好，各种暗示说我们家鸣泽要是能找到佳佳这样的女朋友我就放心了，就怕他去了奥斯丁大学后再也接触不到高素质的中国女孩，我这心里真是愁得慌。

佳佳爸爸一拍大腿说可不是么？我们家佳佳也要去美国读书，我就怕她在美国找不到合适的中国男朋友，给我找个洋人回家，我们老陈家好不容易养出这棵好白菜，就怕给外国猪拱了！

佳佳妈妈察言观色，明白婶婶在动什么心思，虽说叔叔的职位比佳佳爸爸低了不少，可两家孩子都要去美国读书，要是真能谈上恋爱，能互相有个照应。佳佳妈妈比较开明，清楚女儿一出国就像小鸟飞上了青天，三令五申不准谈恋爱也没用，与其这样不如家里给指定一个，看路鸣泽的样子倒也不敢欺负佳佳。

就这样陈家和路家这几个月经常往来，路鸣泽和佳佳还被父母带着去看新上映的大片，他俩坐在中间"培养感情"，爹妈坐在两边保驾护航。

路鸣泽自己对佳佳不太上心，佳佳虽然相貌端正但是并不妩媚，不像校花级人物苏晓嫱那样，站在哪里都是动人的风景，让人恨不得跪拜高呼女王殿下，而且佳佳从小养尊处优，说话细声细气四平八稳，不如当年QQ上那个让他念念不忘的"夕阳的刻痕"那般忧郁伤感。叔叔对佳佳当然非常满意，但觉得自己的升迁还得走儿子的裙带关系，对他男子汉的自尊心是个损伤，所以经常帮着路鸣泽说话，说年轻人自由恋爱，我们不能搞包办婚姻这一套。婶婶愤愤地说佳佳哪点不好你们父子俩那么看不上人家？陈处长家要是跟我们家结亲是我们高攀！你们父子俩想清楚！你有种你也混个实权的处长啊，你混个实权处长想跟我们家结亲的人也是一把一把的！叔叔这才厌掉了。

看着佳佳和路鸣泽窃窃私语，婶婶就从心里甜出蜜来，心说我儿子终于争气了！

她心里一直有个结子，那个结子名叫路明非。其实她最初对路明非没那么多恶感，虽说家里多了一口人吃饭，可是每月都有抚养费从海外寄来，除去路明非的花销还有盈余，虽说路明非这家伙不讨人喜欢，可婶婶也没必要跟这么一个小屁孩儿剑拔弩张。她是对路明非的老娘乔薇尼有点不满，老路家就这么俩媳妇，乔薇尼给大家的感觉就是社会精英，端庄大气上档次，婶婶给人的感觉就是一个家庭妇女，婶婶一直咽不下这口气。看着路明非没出息，婶婶反倒有点扳回一城的感觉，什么叫笑到最后？自家儿子盖过乔薇尼的儿子就是笑到最后，所以她做梦都想路鸣泽争气。

原本一切都顺顺利利的，直到那个名叫古德里安的老神经病登场，号称来自什么私立贵族学院，千里迢迢跑来中国面试路明非，可那哪是面试哟，古德里安那副谄媚的嘴脸，恨不得一见面就给路明非跪下了，赞颂他是电是光是唯一的神话，是上天派来拯救人类的Super Hero，捧着奖学金求路明非去他们学院上学。一衰衰六年的路明非一下子就抖起来了，不仅全面收复失地，更对路鸣泽形成了"碾压"的态势。

至于婶婶的心情，套用某知名漫画的台词，"那一天，婶婶终于回想起，曾经一度被乔薇尼支配的恐怖，还有那被囚禁于锅台边当家庭主妇的耻辱。"

从那以后路明非一发不可收拾，毕业告别有开法拉利的富家少女接送，同学聚会有开保时捷的校草师兄接送，请客吃饭在城里的顶级馆子，婶婶叫他切个萝卜他都会召集校工来帮忙。婶婶在路明非身上清楚地看到了乔薇尼的恶意，终于有一天她忍无可忍地和路明非闹翻了，快一年了婶婶再没给路明非打过电话，路明非打电话回来她也不接，但凡是国外号码打进来的电话婶婶都不接，而且严禁叔叔接。夜阑人静之时婶婶想着路明非一家没准已经在美国团聚，住着窗明几净的豪宅，出入都开豪车，看时间都用豪表，乔薇尼穿着纽约买的名牌衣服花蝴蝶一样翩翩飞舞，再回忆自己的一生，不禁泪湿了半边枕头，又恨不得仰天长啸。

直到佳佳出现在婶婶面前，婶婶才重新找回了生活的信心。乔薇尼再牛也未必能找到这般贤惠的媳妇吧？所以婶婶对佳佳穷追猛打，最后在一个月前发动了决定性的进攻，借着带路鸣泽混签证的机会，邀请陈处长一家来日本旅行，共赏樱花季。按婶婶的话说，这是临门一脚，自家儿子配佳佳是有那么点点高攀，但在樱花树下捅破这层窗户纸，想来佳佳爹妈也不会拒绝。

原本好端端的旅行，没承想碰上东京百年来罕见的强降雨，东京城里的樱花树都在狂风中零落，每天大家都湿漉漉的，不像是度假的，倒像是逃难的。

叔叔和路鸣泽这俩败家老爷们倒是不介意，狂风暴雨中的东京也很美，每天河面上都漂浮着一层粉色的花瓣，形成绚烂的樱涛。佳佳爹妈也不介意，反正婶婶大包大揽地付了全部旅费。

那边两父子在床上打盹，这边婶婶双腿分立站在威斯汀酒店的窗前看雨，这一刻婶婶的背影和情怀都仿佛一位将军站在敌军的箭岚之下。

这临门一脚还是得踢！这最后一层窗户纸还是得捅破！佳佳这女娃子一定要拿下！婶婶以家庭妇女屡败屡战的韧性，在心中暗暗发誓。

直升机群在暴雨中飞行，头顶是阴云密布的天空，下方是嶙峋的赤石山脉。

清一色的CH-47运输直升机，黑色涂装，机身上有日本自卫队的太阳旗标志。机身下方用高强度钢缆悬挂着超大型集装箱，八架CH-47合力才能把这庞然大物吊起，从机师到负责警戒的特种部队，无人知道集装箱里的货物是什么。他们受命从北海道的自卫队机场起飞，先飞到本州岛最北端的青森县，在白神山基地装载了货物，再飞往东京西边的多摩川山地。他们尽量避开大城市，选择人迹稀少的山地和旷野，但偶尔飞过高速公路的时候还是引发了巨大的惊叹声，巨大的集装箱在距离地面不过一百米的低空掠过，仿佛太空母舰缓缓地巡航在大气层中，如果在晴天那绝对是遮天蔽日的。

父母们心惊胆战地猜测那是某种绝密武器，小孩子却兴奋地指着雨幕中的巨大黑影："高达！"

源稚生端坐在机舱中最重要的位置，全身黑色西装，一柄黑鞘的长刀。这个位置是属于发号施令者的，身穿自卫队军服的军官们围绕着日本黑道的最高领袖奔走。

"司令官，我们已经接近东京都军事警戒区，本中队没有进入东京都的许可，请指示接下来的行动。"少校走到源稚生面前行军礼。

"这是坐标，交给机师，在坐标位置把货物降下去。"源稚生把一张卡片递了过去。

少校迟疑了片刻，扭头望向下方郁郁葱葱的群山，连绵几百万公顷的森林沿着山势起伏，浓密的青桦、赤松和五针松密不透风地交错生长，修长的垂枝山樱生长在地势最高的地方。

从地图上看这片山林是政府圈定的环境保护区，过于浓密的森林使得修造山中小路都很困难，所以连山民也不愿意居住在附近，更别提什么公共设施，根本就是个无人区，司令官却下令把货物卸在这种地方。

"司令官，我们已经到达坐标附近，但附近似乎没有机场可供降落。"少校说。

"目标是正前方那片山湖。"源稚生说，"命令直升机群悬停在山湖正上方。"

山湖位于两道山梁之间，想必是山谷中有什么泉眼，大量地下水涌出地面，形成了这个远远高出地面的山湖。湖面只有不到一平方公里，湖水平静无波，呈炫目的碧绿色，湖边满是野生植物，花瓣落叶轻盈地坠在湖面上。

"已经抵达山湖正上方，请司令官指示下一步行动。"少校说。

"准备卸货。"源稚生起身走到舱门边。

"可下方是水面……要把货物扔进湖里么？"少校没听懂这条命令。

"水面？"源稚生拍了拍他的肩膀，"少校，你难道没有觉得奇怪么？在狂风暴雨的天气里，湖面却那么平静，它本该像大海那样波涛起伏啊。"

轰隆隆的巨响从山湖深处传来，不可思议的事情发生在他们下方，山湖竟然裂开了，漂着樱花和桦叶的湖面一分为二，缝隙越来越宽，仿佛红海被摩西劈开。

直径几十米的巨型涡轮出现在山湖下方，十几个巨型涡轮沿着圆周排列，漫天大雨落在水轮机的叶片上，水轮机缓缓地旋转着。红色的航标灯亮了起来，一个足够卸货用的大型工程平台就位于涡轮组的中央。少校惊讶地瞪大了眼睛。

"项目名 G-Cans，开发时的秘密代号'铁穹神殿'，对外公布的名称是新东京都水务系统。这是它的核心组成部件，13号储水井，它在两山之间建造，深度一百二十米，能容纳的水量相当于一个中型地下湖。它的用途是调节山区的地下水位，以免过多的地下水流向东京造成首都经济圈的涝灾。你所看见的水面是伪装物，真正的水面在地底深处，涡轮组下方二十米处。这是东京不沦为一座水城的重要保障。"源稚生说。

"真是……奇迹啊！"少校叹息。

Chapter 7
Monster Couple

"我们是铁穹神殿设计者岩流研究所和建造者丸山建造所，鉴于最近气候异常连续暴雨，我们要对13号储水井进行紧急施工，提升它的效能。请查验内阁官房长官的签字，然后把货物卸载在工程平台上。"源稚生把官方文件递给少校。

"是是！"少校大声说。

超级掘进机位于青森县的白神山空军基地，距离红井有几百公里。掘进机重达一百二十吨，任何工程平板车都没法整体拖动它，如果拆开运输、到地方再组装起来又会耗费几天时间，所以源稚生决定动用在自卫队中的影响力，调动军方所有大型运输直升机，把超级掘进机整体运到红井中去，那里已经铺设好了工作用的轨道，超级掘进机到位后的几个小时就能开始挖掘工作。军方的手续是合法的，内阁官房长官的签名也是真的，蛇岐八家是个黑道社团，但绝不仅仅是个黑道社团，当它全速转动起来的时候，会带动整个国家跟随它一起运转。

大家长的命令一旦下达，蛇岐八家就如一支训练有素的军队那样行动起来，橘政宗四方拜会政界和商界的要人，为红井的挖掘工作申请许可证；樱井七海出面筹措物资，这位以美貌著称的女性在商界一直如鱼得水；宫本志雄负责监督挖掘工程；忍者家族的领袖风魔小太郎秘密地召集了风魔家的军队，这支训练有素的忍者队伍就隐藏在下方的山林中，如果残余的猛鬼众试图对红井发起攻击，那么他们会在密林中被悄无声息地割喉。

龙马家的当家龙马弦一郎负责了最特殊的一项工作，他通过特殊流程被日本自卫队临时征召，成为自卫队预备役的"一等空佐"，这个军衔相当于其他国家的上校。此刻这名预备役上校正指挥着一个航空兵联队在东京附近的空军基地驻防演习，必要的情况下他可以出动攻击机对红井执行轰炸。这步棋是橘政宗早在十年前就布下的，龙马弦一郎在家族中特别低调，因为他是一名军人，他一直就是自卫队预备役的一等空佐，随时可以被征召入伍。

为了杀死神，一切的力量都可以被动用，连自卫队的武力也在蛇岐八家的计划中。

不负担任何工作的家主只有源稚生，他只需等待，等待决战开启。他是大将，大将起身的时候，便是决定胜负的时候。

直升机上的绞盘转动起来，超大型集装箱缓缓下降，准确地落向航标灯标记出来的巨大矩形，宫本志雄站在旋翼下方，狂风掀起他的白色实验服。

他戴着防毒面具，配着修长的菊一文字则宗。他下方的深井里传来液体倾泻的巨大回声，那是五千吨水银正被倒入井中，这些水银会沉淀在井底，表面被地下水封住。隧道开挖完毕之后，赤鬼川中的水和数以万计的龙类亚种，还有正在孵化中的神都会坠入这口井，接触到井底水银的时候，就是它们的死期。

宫本志雄高举起菊一文字则宗，向着直升机致意，他清楚直升机上的那个人必然也正举起名为"蜘蛛切"的古刀向他致意，这是武士之间的礼敬。

　　集装箱沉沉地落在工程平台上，直升机群甩脱了挂钩，掉头飞返北海道的空军基地，红井上方的巨型井盖轰隆隆地恢复原状，最后一线天空在井盖的缝隙中消失时，宫本志雄看见零落的山樱从那道缝隙中飘入。

第八章 家庭晚宴
Family Dinner

路明非察觉到自己的生活不对劲了。

太多的好事情发生在他跟绘梨衣身上，好像全东京的人都在撮合他跟绘梨衣。

他带绘梨衣去逛浅草寺，经过路边画摊的时候画家虎跳过来把他们俩拦住，目光灼灼地说我能为你俩画张画么？你们俩走在一起简直是道风景！我有幸遇到两位就像凡·高有幸遇到那朵令他名垂千古的向日葵，我很想为两位画张画，你们能答应我这小小的请求么？路明非心说你这套把戏老子他妈的见得多了，我们中国的街头艺术家也是这么揽生意的，不过看在这兄弟满脸诚恳的分上，加上他兜里又有钱，他也不介意帮衬一下对方的生意。

原本以为只是画一幅漫画小像，可画家把画布打开的瞬间路明非就给镇住了，两米高一米宽的巨幅画布，简直是皇家肖像的待遇。画家嘴里咬着一根画笔，两手各持一根，走笔如飞，满街的人都聚过来围观，对着路明非和绘梨衣指指点点，搞得绘梨衣很有点紧张，路明非也颇为窘迫。两小时后大画完工，路明非一看，这幅画应该命名为"奥地利皇帝弗兰茨·约瑟夫一世和他的皇后茜茜公主殿下"。画中他穿着德国贵族般的军礼服，绘梨衣穿着低胸带裙撑的宫裙，背景是伦敦的圣保罗大教堂，他俩俨然是刚刚举办完婚礼接受了万千臣民的祝福从教堂里走出来。

路明非心说你他妈的这是讹诈啊！这么大一幅画要收我多少钱啊！于是他怒指画家说你画得不写实，我长得没那么帅！我不能付钱！

画家微微一笑说没想收您钱，这是艺术，我们搞艺术的就是要为艺术献身，讲钱就俗了，这画太大了您也不方便随身携带，我给您寄家里去，您的地址留一个？

这回轮到路明非不好意思了，只得留了学院的地址。画家把画像收纳在一个看起来颇为高级的铝合金筒里，助手贴上地址标签飞奔着跑向邮局。路明非和绘梨衣走出好远才想起连邮费都没付，日本街头艺术家为艺术献身的精神到了包邮的程度，让他这个天朝上国的来客也有点钦佩。

在浅草寺里转了两圈，又有日本和尚诡秘地凑上来说施主您求个签么？免费的。路明非心说连日本和尚也玩这种骗钱的小把戏？

　　这种事儿叔叔婶婶有过切身体验，有一年叔叔婶婶去云南旅游。导游领叔叔婶婶去了一处寺庙，导游说我是特虔诚的佛教徒，诸位进我们的寺庙是不收钱的，但请大家遵循我们佛教的礼仪，要带着虔诚的心。叔叔婶婶一听说不收钱就觉得欠了人家的，于是见佛便拜十分礼敬，果然一路都不收钱。直到最后的观音殿里，和尚淡淡地说，本地的签那是很灵验的，求签十块，爱求不求。叔叔婶婶心说门票都免了，这十块钱还不出么？况且人家和尚眉眼高贵，并不似在乎这十块钱的样子，于是一人求了一支签。

　　婶婶的签文是，"郎君何事勿心聪，鱼在深渊鹤在松，因甚两般皆不就，鱼无罗网鹤无弓。"

　　叔叔的签文是，"堪叹缘分不为良，打猎因何到此方，几日山中无鸟叫，劝君移网别山岗。"

　　婶婶傻眼了，说忒深奥了大师我读不懂啊，和尚说不妨，今日恰好有法会，可以请法师为您解签。立刻就有小沙弥自左右闪出，分别领着叔叔婶婶进禅房里解签。

　　解签的阵势就把婶婶给吓着了，明黄色绣着佛像的帷幕围绕着婶婶，帷幕中香烟缥缈，老和尚坐在香烟里，淡淡地说你与佛有缘啊。婶婶一时激动说哇噻那我儿能出国留学么？和尚说大富大贵何止出国留学这么简单？婶婶正待叩头感恩，和尚递来一本经书说，你要对佛有所礼敬，我出家人手不捉金钱，不要经过我手。婶婶这才明白大富大贵是要钱的，家庭妇女的吝啬心立刻发作，撒谎说我在前殿已经捐钱啦。和尚微微一笑说那就罢了，你去烧三支香拜佛吧。

　　婶婶一轻松，赶紧跟着小沙弥来到禅房出口，小沙弥递上本子问您烧哪种？我们有普通高香三百块，祖师高香五百块，今天您运气好，撞上我们盘龙祖师生日，可以请盘龙大香一千二百，打折收您一千整！婶婶这才知道烧香也不是三块钱五块钱的事儿，可是为了路鸣泽能出国留学，咬牙烧了个五百的祖师高香。

　　她扛着一米多高的高香——用她自己的话说跟扛棒子的孙悟空似的——跟小沙弥一起走向露台香炉，小沙弥一路还赞美她有眼光，这祖师高香不贵又很灵验，正是有缘人该求的。婶婶正在努力做心理建设说我没被骗没被骗祖师高香就值这个价的时候，只听对面传来两声豪笑，有人大声说："我这个人就是喜欢顶级的东西，顶级的就是顶级的，一分钱一分货！"再看叔叔扛着三根顶级的盘龙大香过来，跟扛钉耙的猪八戒似的。

　　有了这种经验路明非自然不会上当，正待要走，日本和尚双肩一晃拦在他面前，说施主！真是免费的！路明非歪嘴问求签免费解签也免么？日本和尚被问住了，挠着光头说我们有中文签，不用解。

路明非说不会吧？你们日本庙里有中文签？那我抽一支看看。日本和尚欢天喜地地抱来签筒，路明非随手抽了一支出来，果然是中文签，而且签文特别简洁明了："白云初晴，幽鸟相逐。"

旁边还印着解文，也是简洁明了："春地萌情，挺挺祥云，人情孚合，快意称心。"

最上方的三个字最是简洁明了，"上上签"！

路明非心说我去这什么路数？太直白了吧！能含蓄一点么？含蓄一点比较有味道啊！这签确实不用解啊，一样一目了然啊！

日本和尚这才委屈地说您看看，您看看，这签用解么？这签是人就能看懂对不对？我真不是骗子，我就是看两位走在一起像是一道风景……路明非说你跟外面那个画家是一伙的吧？这台词他已经说过了，日本和尚不不我们分属两个不同的组……路明非说你看你看露怯了吧！说！谁派你来的？日本和尚说出家人不打诳语。路明非说不打诳语是什么意思？日本和尚说我不能说谎，但我不能告诉你那人是谁，所以我怎么都不会招供的！

路明非当场就摸出手机给路鸣泽发信息说："你又耍我？"

路鸣泽贱兮兮地回复说："哪能呢？我是怕你和上杉家主相处起来比较无聊，给你们找点乐子嘛。"

路明非说："你这是给我找乐子还是给你自己找乐子呢？你要是真想我过得好点你就给我送点好吃的。"

路鸣泽说："天日可鉴天地良心，昨晚你怎么吃上鬼金棒的鲍鱼拉面？昨晚那么大雨送餐公司都停业了，还不是我派人给你送过去的？我们最优秀的客户经理都在暗中关怀着客户的成长！"

"别玩了行么？这样有朝一日我会给你玩死的！"

"作为魔鬼客户经理我的目标就是要交换你的全部灵魂，可以说我的工作就是玩死你，哥哥你不让我玩是要我失业么嘤嘤嘤嘤。"

"嘤嘤你妹啊！给我把这些鬼花样收起来！送餐服务可以有，别的滚远点儿！"

"那出租车叫车服务和商店打折服务也都取消？"

"这些倒可以有。"

"那就没什么可以取消的了，我就是帮你叫叫车、给你送点外卖，再就是让商店给你搞点折扣，别的我什么也没有干啊，我有强迫你追求上杉家主么？我有派彪形大汉把你们绑起来逼着你们拜堂么？哥哥你以前没妞可泡，经常跟我打苦情牌，现在我千方百计地送妞上门，你又嫌我多管闲事，唉唉我们魔鬼真难做。"

路明非被他说得有点傻眼了，这么说来路鸣泽也没做错什么，可这种感觉就像是被摄像机锁定的公企鹅，当你迈着笨拙的步子走过去讨好母企鹅的时候，在远方的屏幕上，解说员正深情地说看呀看呀我们可爱的Penpen君向着茜茜公主展开了进攻！它走过去了！它勇敢地走过去了！让我们为它加油！

这种感觉让人不由得愤怒，讨厌那种被围观的感觉，在你用尽最大努力的时候，在别人眼里只是一场秀。

"听好了！让你的和尚道士艺术家都从我旁边滚开！所有人都滚开！包括你在内！"路明非真的发怒了。

"记住啦，和尚和艺术家服务取消，服务团队立刻撤回，您的要求即刻生效，亲爱的客户请问我还有什么可以帮你的么？"路鸣泽一如既往地涎皮赖脸。

路明非深吸了一口气："等我许最后一个愿的时候，我的愿望会是让你跟我一起完蛋！"

"没问题，天堂地狱我都会陪伴你，这是我们早就约好的事啊。那就容我圆润地从你的生活里滚开，让你享受两人世界的宁静。"

这则信息到达之后的几秒钟，路明非注意到周围开始发生变化了，一直停靠在路边不拉客的几辆出租车离开了；那个始终专注于古建筑拍摄的摄影师也收起相机，悄无声息地融入了人流；烧果子店的老板娘也关门歇业了，不久之前她刚刚赠送了烧果子给绘梨衣品尝；最夸张的是始终在他们头顶悬浮的那只索尼电子的广告飞艇也掉头飞走了……路明非这才意识到这些天来自己始终被包围着，不管他如何逃窜如何隐瞒身份，都有一群忠勇的侍者以他为中心形成铁桶般的包围圈。

这个包围圈从什么时候开始存在的？路明非不知道，也许从很久很久以前，也许从他诞生的那天开始魔鬼就等待着收买他的灵魂。也许他从未自由过，他所以为的自由，只是魔鬼给他制造的幻觉。

这种感觉让他不寒而栗，他拉起绘梨衣的手想赶紧离开这里，可绘梨衣却没有动，因为日本和尚正为她制作御守——一种日本特有的护身符。和尚把签文拓印下来，细心地卷在一枚刻有神名的小铁片外面，再放进织锦袋子里，用红色丝线封好递给绘梨衣。绘梨衣把这枚东西合在掌心里向和尚道谢。

"它会给你们带来好运气。"和尚忽然变得道貌岸然起来。

"你的队友们都已经收队了，你还玩呢？"路明非皱眉看着这位高僧。

"雇主的命令是让我们各自回家，"和尚挠挠光头，"可我就是浅草寺的和尚啊，我就住在这里。"

"那你也不用继续骗我玩吧？"

"我只是受雇来拉你们抽签而已，签是你们自己抽的。出家人不打诳语，我们和尚不骗人的。"和尚把整把签交到路明非手里，果然每根签的签文都不同，有的是"鬼爻持世福神祥，谋事占之百事昌"，有的是"一片灵台明似镜，恰如明月正当空"，只有路明非抽出的这根简洁明了。

"你们抽到了一根好签，会有好运气的。"和尚貌似诚恳。

Chapter 8
Family Dinner

"这签到底什么意思?"路明非听他这么说心里反而没底了。

"签文不能看明面,要看你求问的是什么,求姻缘求事业求学业,解读起来各不相同,我不会解签。"和尚合十行礼,"但既然是上上签,我想终究还是好的吧?"

高天原顶层的秘密办公室里,酒德麻衣正跟老板通话。

"按照您的意思,前线导播车已经尽数撤下来了,只留了一个摄影师小组保持监视,这种情况下要解散专家组么?"

"不必解散,还用得着他们。Tokyo Love Story 项目并没有取消,迄今为止你们都做得很好,新郎和新娘正沿着我们给他们设定好的轨道前进。"老板的声音有些懒散。

"路明非已经意识到这件事是有人在幕后安排,他会变得特别警觉,我们已经没法近距离接触他了,可迄今为止他还未对上杉家主产生感情……这能算顺利么?"酒德麻衣有些诧异。

老板轻轻地笑了:"我们这么玩他,他总会觉察的,他是个敏感的人啊。但Tokyo Love Story 不是针对路明非的,而是针对我们可爱的小姑娘。在小姑娘心里这可是一趟粉色的旅行,你看她收到那个御守的时候有多开心。在她的世界里路明非就是个英雄,路明非带她去哪里,哪里就是好玩的,一路上各种有趣的事情陆续发生,全世界都围着他们转。在你十六岁的时候如果有这么一个男人出现在你面前,你也会爱上他的。"

"但路明非知道这一切都是伪造出来的,他不会相信。"

"当谎言重复一千遍的时候,你就会相信它,只要那个谎言足够美好。就好比一位年迈的贵妇听年轻人赞美她的美貌,心里清楚是谎言,可还是会满心欢喜。"老板顿了顿,"只要绘梨衣爱路明非,路明非就会回报这份爱,不由自主。他是个缺爱的家伙,别人给他一点点的温暖,他就会回报以熊熊烈火,我期待着他为着绘梨衣而燃烧起来。"

"明白了,我们会保持监视,专家组和导播车都会二十四小时准备。今天是第五天,距离项目结束只剩不到六十个小时了,预计在第七天举行婚礼的计划不需要改动么?"

"我没有改动剧本的习惯,在我的剧本里他们将在第七天举行婚礼,那么婚礼就一定会按时发生。我让你准备的东西你准备好了么?"

酒德麻衣打开面前的长形盒子,沉重的武器上流动着狰狞的铁光。这是一支AS50重型狙击步枪,装备美国海豹突击队,射程超过两公里,弹匣内的五发子弹可以在不到两秒钟内全部发射出去,形成致命的弹幕,目标将无从躲闪。

它搭配足足五枚红色晶体弹头的子弹,酒德麻衣曾用这种贤者之石磨制的子弹狙击重伤的龙王诺顿，只消耗了一发。这是真正的致命武器，即使对上纯血龙类。

"它现在就在我手里。"酒德麻衣说。

"我还需要一位王牌狙击手。"

"我自己就是王牌狙击手，这边的工作可以交代给薯片，您只需告诉我目标是谁就可以了。"

"目标是我们可爱的新娘子。"

酒德麻衣摸着枪身的手忽然颤抖了一下。

"别害怕别害怕，我不是那么丧心病狂的人，不会随心所欲地派你去射杀一位美少女。"老板笑着说，"但新娘的状态已经开始变得不稳定了，她随时都可能失去控制，你肯定也不想让失控的恶鬼在东京城里肆意杀戮对不对？所以在最极端的状况下，我们得抹杀她。或者另一种可能，蛇岐八家或者猛鬼众找到他们，我们可能失去对绘梨衣小姐的控制权，这时也要抹杀她。她是打开神之封印的钥匙之一，如果放任她落到别人手里，将会危及东京的上千万人，乃至整个日本。在这种情况下，你会发挥你王牌狙击手的稳定，完美地执行任务对吧？"

酒德麻衣深吸一口气："您不用对我解释这些，只要下达命令就可以了，服从命令对忍者来说是第一要义。"

"很好，我一直对你有信心，我们之间的信任牢不可破。接下来的时间里始终用你的瞄准镜锁定我们的新娘。即便在婚礼进行中。"

"明白，关于在什么情况下我可以抹杀上杉家主，我有决定权么？"

老板沉默了片刻："处决之前告诉我一声。哦对了，今晚他们应该会去那间Chateau Joel Robuchon 吃晚饭，恺撒在那里为他们预订了座位。趁着晚高峰到来前，带着这支狙击步枪出发吧。"

"我知道那间餐馆的位置，我会找到合适的狙击位置。"

"希望你不要用到那些子弹。"老板挂断了电话。

几分钟后，一身黑色紧身衣的酒德麻衣走出了高天原的后门。卷闸门打开，那辆蓝色阳光般的兰博基尼跑车就停在车库里。酒德麻衣把枪箱扔在副驾驶座上，驾车驶出小巷，在蒙蒙细雨中汇入晚高峰的滚滚车流。

这时路明非和绘梨衣的出租车正堵在滚滚的车流中，这是路明非第一次见识东京的晚高峰，他这才想起作为一个大都会，东京跟北京一样是会堵车的。

连日来的降雨把好些低洼的路段淹没了，就算是紧急排水路面也非常湿滑，细雨中大小车辆都小心翼翼地慢行，连着几起交通事故更加重了堵塞。

在此之前路明非觉得东京真是棒极了，城市干净，道路宽阔，不嘈杂，不堵车，大家都彬彬有礼，进店不管消费不消费店员都会把你作为上宾对待。如今他堵在车流里无计可施，那个年老的出租车驾驶员处于半睡半醒之间，还有些耳背。路明非拿着地图反复给他讲解他都不知道 Chateau Joel Robuchon 在哪里，只知道大概位置，可以把他们送到那附近让他们自己找。眼看预约的时间要到了，路明非几次问驾驶员说您能不能找别的更快点的路？驾驶员耸耸肩说孩子这就是东京，在这座大城市里谁都想快点，可不能人人都如意。

前几天可不是这样，出租车驾驶员都是龙精虎猛的小伙子，制服笔挺手套雪白，路明非在后座上坐好，操着他的二把刀日语报出地名，出租车就风驰电掣般前往，距离前方堵车的路段还有两公里就有人打电话让司机绕道，东京地图就刻在司机脑海里，一打方向盘就拐上小路，三兜两转之后出来，又是一条宽阔平坦的大道。路明非要说您快点儿，驾驶员就激动起来了，油门猛踩引擎轰响，冒着被警察开罚单的危险超速行驶，贴地飞行般，而且平稳舒适。

如今想来那些出租车驾驶员都是路鸣泽雇来的顶级行政司机，路明非坐的是出租车，享受的是私家豪车的待遇。

有了路鸣泽的加持他就是都市里的大人物，要风得风要雨得雨，离开路鸣泽他就是个废柴，这座人海茫茫的大城市里足有一千三百万人，凭什么要这路上心急火燎的人们为他让路？

他感觉到这座城市的压力了，在这座城市里他渺小得跟尘埃似的，他的师兄们在忙着拯救世界，但那跟他没什么关系，他只是不幸被卷进大事件里来了，他的能力充其量只是给黑道公主当个保姆。

下午他发信息跟路鸣泽发飙，后来心里也有点歉意，这些天里路鸣泽为他忙前忙后，很事儿妈地伺候他和绘梨衣，虽说这种伺候让他觉得很不舒服，可发飙是有点冲动了。但他再给路鸣泽发信息，却收不到任何回音了，原来魔鬼真是一种很较真的物种，说圆润地滚开就真的圆润地滚开了，从那一刻开始，魔法消失，他恢复成那个一事无成的废柴。

绘梨衣倒没有为堵车发愁，坐车的时候她总是扒着车窗往外看，这座雨蒙蒙略显阴郁的城市在她眼里显然是新鲜活泼五光十色的，每当有巨大的霓虹灯牌出现她都会拧着脖子追看，就像初次见识世界的孩子。

"外面的世界好大！"她写字条给路明非看，她总是写这样的字条路明非看，哪怕只是在迪士尼里看到白雪公主城堡她也会发出类似的惊叹。

路明非看着她扒在车窗上的背影，想起香港"春天花花幼儿园"里的麦兜小朋友，[①]麦太太独立抚养麦兜，没有什么钱，生活过得紧巴巴。麦兜在幼儿园的同学去了马尔代夫，回来之后讲起马尔代夫的见闻，很骄傲，麦兜小朋友听信了广告里

---

① 作者注：这个故事出自系列漫画《麦兜的故事》，麦兜是头粉红色的小猪。

的话说马尔代夫是"蓝天白云椰林树影水清沙白坐落于印度洋的世外桃源",最大的梦想就是去马尔代夫旅行。有一次麦兜生病了病得很重,麦太太怕他活不过来了,鼓励他说等你病好了我就带你去马尔代夫。于是麦兜很努力很努力地和病痛作斗争,等到他病好的那一天,麦太太却没有钱带他去马尔代夫。于是麦太太带他去了太平山山顶,告诉麦兜说这就是马尔代夫。麦兜小朋友坐了缆车看了海湾,见识了山顶的鸟语花香,那是他人生里最快乐的一天。

看这个故事的时候路明非很难过,难过得几乎看不下去。此时此刻他看着绘梨衣的背影,忽然又难过起来,这个地位尊崇的家主很少走出那间屋子,她的屋子里连窗户都没有,所以她才会觉得鸟儿起落都那么好看。在她看来东京是好大的世界,她根本无法想象世界上真正的壮阔景象是什么,白鲸成群地穿越白令海峡、数以万计的角马践踏着鳄鱼渡过马拉河、日出时呈粉红色的喜马拉雅山、格陵兰天空里的极光……路明非随口骗骗她说迪士尼是世界上最大的游乐场她就欢欣鼓舞,说浅草寺是世界上最灵验的寺庙她就觉得很神圣,经过浅草寺的"雷门"时有种天主教徒觐见教皇的惶恐。

今天路明非说要带她去很高级的地方吃饭,她足足花了两个半小时来挑选衣服,白色塔夫绸的高腰裙子、奥黛丽·赫本式的小黑裙、米色短风衣配高跟靴子……反复地试,满地都是她的裙子鞋子袜子,路明非只能睡在浴缸里看电视——浴缸对面的墙上挂着一台液晶电视——只有在绘梨衣来敲门的时候他才探头出去对她的搭配发表点意见。难怪无论平时多么矜持的姑娘,第一次出去参加社交活动都又扭捏又激动,把柜子里几件不值钱的衣服搭配来搭配去,好像能搭配出一朵花来似的。连黑道公主也跳不出这个怪圈。

最后绘梨衣还是选了昨天那套蓝紫色镶黑色蕾丝边的公主裙,配她最喜欢的羊皮短靴,长发上扎了蓝色的缎带头饰。说实话她自己搭配的衣服怪怪的,好看但不合潮流,就像18世纪肖像画里走出来的公主,在21世纪的东京是个异类。不过路明非也懒得纠正她,姑娘们小时候都想扮公主,当年陈雯雯不也超爱蕾丝边的白色短袜么,被人赞说好公主好公主。

几天下来他觉得照顾这位黑道公主并不困难,确切地说她根本就是握在路明非手心里的一个小人儿,路明非叫她去哪儿她就去哪儿,说什么她信什么,叫干啥就干啥。

路明非要是告诉她情人旅馆的规矩就是大家都得睡一个被窝否则就有人冲进来罚款,没准绘梨衣也会照办。

可是掌握了那么漂亮那么强大的东西路明非并不觉得高兴。这趟见识世界的旅行并不会维持很久,从他和绘梨衣的飞机在海外落地开始,绘梨衣就会成为被秘党监控的危险目标,也许待遇还不如她被蛇岐八家监控的时候。路明非把她从牢笼里

Chapter 8
Family Dinner

带了出来,又要把她送进新的牢笼。这么想着路明非不由地伸手摸了摸她的头发,他的心里一点绮念都没有,只觉得那是个小小小小的女孩子……绘梨衣的长发柔软光滑,让人有些爱不释手……

路明非忽然惊醒,触电般地把手缩了回来。抚摸绘梨衣头发的半分钟里他模糊了自己和绘梨衣之间的关系,他们之间是怪兽和驯兽人之间的关系,真正的绘梨衣绝不是脆弱的小女孩。

她可能是这个世界上最凶残的杀戮者之一。

绘梨衣依然扒在车窗上聚精会神地看向外面,路明非呆呆地看着自己的手,他意识到在那半分钟里绘梨衣丝毫没有抗拒的想法,就像一只习惯于被摸脑袋的猫。

猫只愿意被自己最亲近的人摸脑袋。

"是这个地方吧?真是奢华的餐馆啊!"出租车司机说。

车停在白色的法式小楼前,草坪上插着的牌子上写着 Chateau Joel Robuchon,穿黑衣戴白手套的侍者恭恭敬敬地拉开车门,绘梨衣的脚尖轻盈地踏在地面上,立刻有伞遮挡在她的头顶。

她仰望这座古雅华美的建筑,眼睛里忽然透出几分迷惑。

"Sakura Lu 先生?"侍者反复念着路明非的化名,大概是被一个名叫樱花的男人给吓到了。

路明非满脸窘,但也没办法,他告诉绘梨衣自己叫 Sakura,从此在绘梨衣面前就只能叫 Sakura,恺撒也是用这个名字给他订的位。

"路先生,很抱歉,您可能没有预订座位。"侍者皱着眉说,"Chateau Joel Robuchon 能容纳的客人数量有限,通常我们只接受一周以上的预订,没有预订恕我们无法为您提供服务。"

如今路明非已经不是初次去米其林餐馆吃饭的土狗了,他也是曾在 Aspasia 包场吃饭的大爷,知道在这里出入的客人非富即贵,侍者是不敢轻易得罪的,这个侍者看起来恭敬,但这种皱着眉头说话的语气显然是把他们当成不懂规矩的人了。他今天穿着一身笔挺的正装,带着极品的姑娘,这时候不横行什么时候横行?而且这顿饭是要劝说绘梨衣跟他去海那边一个名叫美国的地方旅行,务必光鲜体面,难道扭头带绘梨衣去吃关东煮不成?

他也皱起了眉头:"你再查一下,我确定我有预订,这是我预订座位时那位经理留给我的名片。"

他递上恺撒给他的名片。恺撒是自己上门预订的,当时 Chateau Joel Robuchon 只剩最后一张桌子了。餐馆通常都会保留一两张桌子提供给最重要的VIP,譬如久负盛名的美食家忽然来访,不能没有饭吃。经理原本还想婉言谢绝这个二十出头的年轻人,可恺撒以他西西里名门少主的风范在沙发里坐下,点燃雪茄瞥了一眼柜中的藏酒,敏锐地发现了那瓶藏在角落的1976年伊贡·米勒产的TBA级冰酒,神采立刻飞扬起来,跟经理侃侃而谈伊贡·米勒不同年份的美酒,经理当时就震惊了。伊贡·米勒号称世界冰酒的皇帝,在好的年份也不过出产三百瓶TBA级冰酒,只能在拍卖会上看到这种酒的身影,一般客人甚至不认识它的酒标,而听恺撒的口气,这玩意儿常喝,喝起来还挺下饭的。恺撒立刻被奉为年轻的神级美食家,于是成功地订到了座位……但他自己并不清楚这是怎么回事,只觉得日本人还可以,订座蛮容易的。

持有经理的名片,侍者谨慎起来,说我再去核实一下今晚座位的情况。几分钟之后他回来了,以不太确定的语气说:"确实有一位路先生在此定了位置,但他早就到了,前两道菜都上了,他说一共就六个人,没有别人再来了。"

路明非心说我去,哪个王八蛋也姓路占了老子的座位!怒说我怕你们是搞错了客人的身份,带我去看看那位路先生!

"陈处长对西餐感兴趣么?"叔叔矜持地用叉子从沙拉中卷出伊比利亚火腿的薄片,塞进嘴里之后慢悠悠地喝上一口温度合适的香槟,觉得自己的一举一动都散发着强大的气场。

"你这话说的!人家陈处长比你官做得大,什么世面没见过?吃西餐对陈处长来说小意思,陈处长就是喜欢吃夫人做的饭,所以才不太吃西餐的。"婶婶喝了几口香槟脸上通红,嘴里说着谦逊的话,心里也觉得自己熠熠生辉。

叔叔是个非常讲究体面的人,而这又是个让叔叔觉得非常体面的场合。在这种地方请陈处长一家吃饭,叔叔顿时觉得自己和陈处长之间的差距缩小了,甚至隐隐有凌驾于陈处长之上的架势。

婶婶则是暗暗钦佩自己的英明决定,昨天下午她闲极无聊在酒店大堂里坐着打扇,忽然有位侍者模样的人走近,恭恭敬敬地递来一张考究的请柬,说他是Chateau Joel Robuchon餐厅的经理,这间餐厅就在威斯汀酒店附近,诚邀婶婶一家前往鉴赏。婶婶听不懂那个拗口的法语名,把"Robuchon"听成了"萝卜唱",不屑地撇撇嘴说萝卜唱餐厅?你们是家素菜餐厅么?婶婶是个很会居家过日子的人,从不理会街头发小传单的,她相信物美价廉的好东西始终藏在无人知道的地方,凡是吆喝着出来卖的都是想从你这里骗钱。

经理窘了一下,但还是耐心地解释说Chateau Joel Robuchon是东京老牌的米其林三星餐厅,总店开在法国巴黎,擅长的菜系是法国菜。通常餐厅是不会邀请客人莅临品鉴的,但是最近餐厅在跟威斯汀酒店联合搞活动,会随机邀请一位外国游客,并且提供五折优惠,他看婶婶是位风度典雅的中国贵妇,想来会对法国菜有兴趣，所以才冒昧地前来邀请。

婶婶虽然是个家庭主妇，但叔叔热爱时尚经常出外潇洒，回家也跟婶婶普及一些上流社会的知识，婶婶也知道米其林三星餐厅乃是全世界餐厅中的皇冠，上等人云集的地方，偌大中国如今还只有米其林三星餐馆的分店。婶婶的心思动了动，说那你就给我留张六个人的桌子吧，可我不保证自己去不去。经理说那没问题，不过我们就只有明晚还有一张空余的桌子了，那就暂定在明晚吧。他在请柬上写明了时间地点，注明是路先生明日订位之后递给婶婶，风度翩翩地离开了威斯汀大堂。

婶婶看他走远了，一溜烟跑回房间跟叔叔商量，说我们该踢临门一脚了！我们明天请陈处长一家在萝卜唱餐厅吃饭怎么样？我有五折卡！在高级餐馆里吃着西餐喝着香槟酒，我们跟陈处长说说佳佳和鸣泽的事，先当个男女朋友嘛！过两年再订婚！大家知根知底，不比鸣泽一个人去了美国再瞎找女朋友好么？

叔叔素闻米其林餐厅之名，但别说三星，连一星都不曾去吃过，非常高兴借着给儿子谈大事的机会去品鉴一下，又听说有五折卡，那就是它了！

叔叔一家三口和陈处长一家三口都是盛装出席，叔叔揣上了自己引以为豪的三件套，都彭重型打火机、iPhone 手机和浪琴手表，西装熨得不见褶子，婶婶也难得地穿上了高跟凉鞋。可到达 Chateau Joel Robuchon 的时候大家还是被这间餐馆的气势给镇住了，一切都是那么井然有序，不像中国餐馆那样有人大声说话招呼小妹上菜，装着葡萄酒和甜点的黄铜小车在桌子之间无声地穿梭，侍者们穿着燕尾服为你服务，他们身上厚实雪白的衬衫似乎比叔叔身上的还要优质，服务生中甚至还有法国人。

侍者确定说今晚路先生订的座位已经准备好了的时候，叔叔心里大大地松了一口气，他生怕老婆是被什么人骗了，这样他在陈处长面前就下不来台了。

侍者安排他们在二楼大厅的桌边坐下，并未按照中国餐馆的规矩让他们点菜，只是给每人一份菜单说行政主厨已经为他们安排了"厨师长菜单"，他们只需看看里面是否有自己忌口的菜肴即可。这可帮叔叔免了一场大麻烦，因为他非但不懂法文而且英文也勉强，如果侍者真让他点菜可就要了他的命了。连餐前香槟和几支酒也是安排好的，叔叔看不懂那些酒标，只觉得入口都是舶来的味道，每一口喝的都是优雅，虽说是餐厅给配的佐餐酒，可不比他喝过的十五年茅台差。

衣香鬓影烛光温暖，陈处长开始有些拘谨，喝了几杯酒也放开了，跟叔叔像是兄弟般聊天，陈夫人跟婶婶也有了姐妹间的亲昵，连一贯寡言少语的佳佳也能跟路鸣泽聊聊那些精美但不知用什么食材制作的菜肴了，婶婶看在眼里美在心里，越看越觉得儿子和"媳妇"乃是一对璧人。她开始跟陈夫人讲些美国生活蛮不容易，小孩子一个人去了那里无依无靠，大人心里很是忧愁，要是有个伴儿就好了之类的话。陈夫人也很配合地叹气说佳佳要是有个男朋友什么的我也放心一点，可你看我女儿那么老实，就怕在美国给人骗了。

　　陈夫人不是不知道婶婶一直以来的心思，但陈夫人对路鸣泽不能说全然满意，担心攀了这个亲家之后将来不好反悔，可今晚她被叔叔婶婶请客的气派镇住了，感觉到了对方家里的实力，看路鸣泽也顺眼起来。婶婶的临门一脚即将建功，心里正琢磨着怎么开口把最后一层窗户纸捅破……

　　这时侍者引了一男一女过来，很谨慎地询问说："请问你们跟这位路先生是一起的么？这位路先生说你们占了他的座位。"

　　所有人都愣住了。

　　路明非全没想到会在东京遇上叔叔婶婶，他本来心怀不满说谁他妈的抢老子的座位？可他跟叔叔婶婶生活了足足六年，习惯了婶婶的威风凛凛，婶婶一声吼他就厌半边。所以一看见婶婶那张薄施脂粉的脸，雄起起的他就像冰淇淋见阳光那样化掉了。

　　婶婶也没料到有这么个出来搅局的，她一心要让儿子超过这个阴坏阴坏的侄子，让自己超过侄子背后的乔薇尼，可就在大功告成之前，这家伙索命鬼一样找上门来了。

　　叔叔知道老婆对侄子去美国留学满心怨念，生怕两个人当众闹起来，在陈处长面前就下不来台了。他对路明非没什么怨念，再怎么也是他老路家的种，只不过他素来怕老婆，老婆不许他给路明非打电话他就不敢。

　　陈处长一家是觉得莫非自己这伙人占了别人订的座位，正主儿找上门来了？

　　路鸣泽的目光牢牢地黏在绘梨衣身上，那个女孩被华贵的蕾丝和缎带簇拥着，高挑冰冷，好似一位波旁王朝的公主，却小心翼翼地挽着堂兄的胳膊，把半个身子藏在他后面。

　　大家大眼瞪小眼，尴尬的沉默维持了足足半分钟，最后还是路明非打破了沉默，干巴巴地说："这么巧啊……"

　　这时经理疾步走了过来，低声呵斥侍者说怎么搞出这种乌龙来？分明是这位路先生订了两个人用餐，结果那位路先生一行六个人来用餐你们也安排？人数差异没看出来么？

　　婶婶一下子就不干了，猛地起身说分明是你们的销售经理在酒店大堂给我塞的打折卡！要不我们才不来你们餐厅吃饭！现在却说是我们搞错了？

　　经理再三检查婶婶手里的请柬，无奈地说这确实是张非常漂亮的请柬，但是Chateau Joel Robuchon东京店从开业到如今就没有促销和打折一说，我们的食客遍及世界各地，通常都是提前一个月预订餐位，我们安排都安排不过来，怎么会跟酒店联合推销呢？订座的确实是这位路先生，是他的朋友亲自来跟我订座的，今天的菜单和酒类也是他朋友指定的。我为我们的工作失误表示歉意，但是这张桌子是这位路先生订的，很遗憾我们今晚没法为您提供服务，如您不弃我们会在附近另外安排一间餐馆供您就餐。"

婶婶脸都气绿了，横眉立目要跟经理理论，完全把站在旁边的路明非当空气。她想不明白眼下的状况，但怎么都咽不下这口气，在她自尊心高涨到顶的时候，这个侄子又出来捣乱，衣冠楚楚好似功成名就的样子，还假模假式地带着女孩，号称这张桌子是他订的，餐馆的人还都站在他那边说话。老路家一切的风光都给路麟城乔薇尼他们那一支占了，连一张餐桌他们都要占！

陈处长一家尴尬地起身，叔叔拦在婶婶面前，生怕老婆的大嗓门把整个餐馆的人都惊动了。

在整个场面一团糟的时候路明非说："对……对不起，都是我的错……"

经理不解地看着这位客人，心说你说我们餐馆错了或者说那位路先生错了都有道理，你有什么错？你错在堵车迟到么？

"是我搞错了，不是我订的座位，是婶婶叫我来吃饭，我又迟到了，都是我的错。"路明非低声说。

经理蒙掉了，不明白场面怎么会有这么大的转折。

"老路这是你侄子啊？"陈处长露出恍然大悟的神情。

"是是！是我侄子！"叔叔很高兴路明非及时找到了台阶给大家下，亲切地搂着路明非的肩膀，"我侄子在美国上学……"他有点语塞，没法解释为何一个在美国上学的侄儿忽然出现在东京并且要出席两家联姻的重要宴会。

"我来日本勤工俭学，来看叔叔婶婶。"路明非说。

"对！"叔叔豁然开朗，"我侄子上的可是贵族大学，拿奖学金还勤工俭学，很努力啊，哈哈哈哈，这位是……"叔叔热情洋溢地向着绘梨衣伸出手去。

"我同学。"路明非心惊胆战，他愿意给婶婶找台阶下不代表黑道公主也愿意，绘梨衣很忌讳别人触碰她，又怎么会跟叔叔握手？

出乎他的意料，绘梨衣乖乖地把手放进了叔叔的手心里，顺着叔叔的意思轻轻地握了握，拘谨地笑了笑。冰山瞬间解冻，又瞬间冻上了。

"既然两位是认识的，那我们就安排加两个座位吧，祝各位用餐愉快。"经理也巴不得这件事顺利解决，否则对餐馆的口碑也是个影响。

本来只能坐六个人的餐桌被强行塞进了两张餐椅，坐得有点挤挤巴巴，大家你看看我我看看你，神情都很微妙。

要不是形势所迫婶婶才不会坐下来跟路明非吃饭，但陈处长一家既然知道了自己有这么个侄子，侄子也没做出什么失礼的事情来，自己拒绝跟他一桌吃饭会被看作将来的恶婆婆，那佳佳怎么会愿意跟路鸣泽在一起？路明非压根不敢跟婶婶对视，说起来也怪，他也参加过拯救世界的大事件，可面对这么一个家庭妇女他就是紧张。

任你在外面擒龙伏虎，当你回到"家"这个小小的环境里，你就还是以前那个孩子。

他察言观色很快就明白了这顿家宴的意义，佳佳和路鸣泽的座位被很微妙地安排比邻着，佳佳特意穿了玫红色的裙子，路鸣泽则穿着西装衬衫，这场面太相亲了。

婶婶一口一个陈处长，显然对方老爹的官比叔叔大些，叔叔只是个调研员，综合这些情报的结果就是……他出现得太不合时宜了。

这种状况下他显然不能过度表现，否则就像姑娘把腰勒得巨细胸垫得巨大裙子穿得巨短般出席婚礼……必然是跟新娘有仇……偏偏陈处长的老婆对他还很有兴趣。

"哎呀以前都没有听你说过这个侄子，很有出息嘛，年纪轻轻的就在国外到处跑，自理能力很强啊。"陈夫人的话题三句两句离不开路明非。

"他爸爸妈妈忙，以前一直住在我家，小孩子一直很自立的。"婶婶也只好顺着说了下去，这时候她说路明非的坏话，只会显得她心眼太小。

"以前婶婶很照顾我，要不然我咋能长这么大呢？"路明非赶紧给婶婶倒酒。

"在美国上哪个大学啊？"

"一个私立学院，规模比较小，没什么名的。"

"哎哟哎哟还很谦虚，佳佳申请出国的时候我们都研究啦，"陈夫人说，"美国的私立学院，规模越小的越好，都是贵族学院，很少招收外国人的。你爸爸妈妈也在美国？"

"他们搞考古学的，满世界跑，我也好几年没见到他们了。"

"哎哟全家都是精英呀。"

路明非心说阿姨你是龙王派来黑我的吧？你想叫我死你就继续称赞我吧！我做鬼也不会放过你的！请把目光左偏四十五度好吗？那边坐的才是你未来的女婿！我只是路过打酱油的！

"是啊，很精英啊。"婶婶幽幽地说，趁着陈夫人把目光转开，冷冷地看了路明非一眼，又冷冷地看了绘梨衣一眼。

绘梨衣用贝壳勺慢慢地吃着鱼子酱，长长的睫毛低垂下来，遮住深红色的眼睛。她是这张餐桌上最沉默的人，却像是宴会的主人，每个人都会不自觉地多看她几眼，又迅速地把目光移开。

因为她吃饭的姿势太像一位真正的公主了，腰挺得笔直，无声地咀嚼，名目繁多的餐具在她手里都显得那么顺手，握住高脚杯的手势都带着美感。

路明非本来想这不曾见过世面的土丫头进入 Chateau Joel Robuchon 的时候一定会像看见白雪公主城堡那样瞪大眼睛，流露出很幸福很惊喜的神色，然后路明非再教教她如何使用餐具，给她讲解不同的菜肴，跟她说更外面的世界还有很多像这样好吃好玩的东西，五目炒饭绝非天下第一等的美食，顺理成章地跟她提出去美国玩。可这个土丫头居然对于法餐非常熟悉，这间餐馆就像是她家的餐厅，分明是围着圆桌吃饭，可好像是一张十米长的条形餐桌，公主殿下孤高地正坐在长桌尽头。

路明非想起魔鬼版路鸣泽跟他说过的"权力位置理论"，可绘梨衣的气场似乎能够改变整层楼的格局，她坐在哪里哪里就是"权力的位置"。

这对婶婶来说是种很糟糕的感觉，她心里腾腾地往上冒火，心说不仅侄子欺负她，连侄子泡的妞都欺负她，完全压制了佳佳，进一步还要压制她。

"你这个同学不喜欢说话啊？"婶婶冷冷地问。

"她是天生的，她天生……"路明非口不择言。

绘梨衣拿出小本子和笔，写了句话给路明非看，所有人都看到了那句话："这就是普通人家的家宴么？"

婶婶的怒火立刻就要爆表，路明非心里惊呼说公主是我前几天伺候得不周到你现在来报复我么？好一个"普通人家"，你这是拿着盐往婶婶的伤口上抹啊！日本人果然都歹毒！

瞄准镜挨个圈过餐桌上的每个人，把他们的表情看得清清楚楚。酒德麻衣藏身在餐馆对面的老楼顶上，披着一件雨披，端着 AS 50 重型狙击步枪。

看眼下的状况没有任何开枪的必要，她只是把瞄准镜当望远镜用，欣赏这场由老板安排的奇妙家宴，餐桌上的人各怀鬼胎。她不清楚老板这么安排的用意，怎么看这场宴会都没法让绘梨衣喜欢上路明非。

她从口袋里摸出录音笔，轻声记录这个时刻："这是东京爱情故事的第五天晚上，他们在 Chateau Joel Robuchon 吃家庭晚餐，席上的气氛尴尬，我看不到爱情发生的机会。"

路明非好不容易用"日语的普通跟中文的普通不是一个意思"在婶婶那里蒙混过关，转身又投入称赞路鸣泽的重要作战中去。

在他的描述中路鸣泽堪称人生楷模，是仕兰中学有口皆碑的好学生，尊敬师长爱护同学，每天放学过马路都左看右看，等着有老奶奶过马路的时候再过，以便上前搀扶助人为乐。各科成绩和体育都很出色，班里的人都觉得他是大哥一样可靠的人，女生跟他说话都会脸红。要说缺点就是做人太死板了，不知变通。

路明非擅长胡说八道而且相当鸡贼，知道若是只称赞路鸣泽的好是不够的，陈处长一家会觉得他是个托儿，可他以兄长的身份惋惜地说路鸣泽做人死板不知变通就很有可信度了，对于未来的丈母娘来说，这甚至可以说是优点。在他的拼命煽乎之下家宴的话题终于回到路鸣泽和佳佳身上，陈夫人看着路鸣泽频频点头，说想不到鸣泽人缘这么好。路明非心说人缘当然好，我现在跟你描述的其实是仕兰中学一枝花的楚子航同学，最偶像派的欧尼酱，大家都恨不得跪下来亲吻他的鞋面呀！

婶婶见他如此有眼色会来事儿，不禁有些欣喜，略微抵消了对他的厌恶之情，也摆出长辈应有的态度问问路明非在美国的生活，好像连着一年没通过电话那事儿并不存在。

绘梨衣不会说话这件事让婶婶心里略微平衡了些。原来是个残疾孩子，否则以她的样貌，怎么看得上路明非？

尽管这样佳佳在绘梨衣旁边坐着还是有种被光芒淹没的感觉，婶婶不由得猜度路明非最近怎么混得这么好，搭上了日本白富美，来这么贵的餐厅吃饭，勤工俭学可能只是个幌子，莫非是来日本入赘？又莫非乔薇尼又找路子帮儿子搭上了有钱人家的女孩？她这辈子步步都比乔薇尼慢半拍，连帮儿子找媳妇都落在乔薇尼之后，不禁又很沮丧。

"你这个同学家里很有钱吧？"婶婶不阴不阳地问路明非。

路明非闻弦歌而知雅意，立刻体察出婶婶对绘梨衣的敌意，婶婶显然是觉得绘梨衣高贵冷艳，又觉得她跟自己这么亲近，纯属好白菜被猪啃了。

"对对，我就是在她家打一阵子工，算是社会实习。"路明非想也不想就胡说八道，反正绘梨衣也不会揭穿他。

"哦，小姑娘有点病需要人照顾是吧？"婶婶更舒服了点儿，绘梨衣看起来确实不像是正常的女孩，眉眼间缺乏灵动之气。

路明非正待继续胡说八道，忽然觉得绘梨衣在桌子下面戳他的腿。

小本子悄无声息地递到他眼皮底下："今晚是不是要好好地招待大家？"

路明非在下面写了"是的"给绘梨衣看，绘梨衣点点头，又写："我会听话。"

路明非心里微微一动，心说你是看出了婶婶不喜欢你么？可这跟你没关系啊，你如果只是一个有钱人家的高傲小姐，婶婶最多只是觉得你有架子，但会说有钱人家的女孩有架子是正常的，可你坐在我旁边婶婶才会看你不爽，你已经很乖了你不用更听话，你是朵莲花呀你的问题只是你开在我这个茅坑的旁边……

他扭过头又加入到吹捧路鸣泽的对话中去了，充当婶婶进攻佳佳的先锋军，这边绘梨衣居然向着叔叔端起了酒杯，她开始敬酒了！虽说脸上的表情仍旧像是女王把手伸给臣下，赐他吻手礼一般。

还真的很听话啊，路明非心里悄悄说。

他确实想好好地招待叔叔婶婶一家，也许能借着这个机会跟婶婶和解。婶婶确实说不上好女人，但也未必是个坏女人，就是个有点自私的、整天围着灶台转的家庭妇女。可路鸣泽是她儿子，她偏心路明非也没什么可抱怨的，要是路明非嘴甜一点婶婶没准会对他好些，可他就是个不讨人喜欢的熊孩子，学校里的人也都不喜欢他。毕竟他在叔叔家住了六年啊，六年里婶婶围着灶台给他做了不少饭吃，如果不跟叔叔婶婶和解他暑假寒假都无处可去，只能在宿舍里独自发呆，连芬格尔那种败狗假期都要回德国乡下的老宅。

这是天赐良机，他帮婶婶攻下佳佳，想必婶婶念他的功劳，便可重新接纳他。

叔叔一眼看见路明非放在桌上的最新款iPhone，不禁拿起来好一顿把玩说："明非在用新iPhone呀！这是美国版的么？"

"对对，美国版，签合约就送。"路明非心说不能显得自己用的手机比叔叔的还高级。

他一眼看到叔叔手边的旧iPhone，忽然想到应该趁机用叔叔的电话给学院打个电话，没准叔叔的电话能打通……随即他微微打了个寒战，他想到恺撒说每个人的社会关系其实整理出来不过是几页纸的表格，那么叔叔婶婶小胖子版的路鸣泽也都在那张列表上，叔叔的电话必然也被辉夜姬监控着，他如果打电话就是害了叔叔，这里是日本，黑道可以做到任何事。他坐立不安起来，想要尽快离开，如果叔叔婶婶的电话被监控了，也许在他跟叔叔婶婶见面的那一刻开始辉夜姬已经追踪到他了，也许蛇岐八家的人正在赶来的路上。

这时经理过来特别歉意地说："对不起各位客人，今晚我们可能没法为各位提供厨师长菜单上的主菜了，请问能否换成普通菜单？"

婶婶一下子就不乐意了，她本来就对这位经理有意见，这时候抓住经理的把柄更要借机发发威，怒说你们这么高级的餐馆怎么搞得这么不专业？我分明要的是高级套菜你非要把我换成普通套菜，你觉得我吃不起还是不愿意给我们中国游客提供服务？我给你说中国现在很强大，我们在国际上已经站起来了！

经理心中苦不堪言，原本恺撒订的确实是顶级的厨师长套菜，还指定由行政主厨亲自烹调，但用餐的人就两个，准备的顶级食材就只够两人份的，如今赫然变成八个人的大家宴，行政主厨摊摊手说我实在没法做出那么多份厨师长套菜，只能换普通套菜。可这话说给婶婶听大概是没用的，婶婶坚信就是自己订的位。

婶婶的声音渐渐高起来的时候，一个小本子抵到经理的鼻尖下，绘梨衣在小本子上写："叫总经理过来。"

经理刚想说这件事只是后厨的食材不够了，没有歧视你们外国游客的意思，忽然一抬头，对上了绘梨衣的眼睛。那双深玫瑰红色的眼睛透出极其坚定不容否定的神色，一瞬间仿佛有一道命令在经理的脑海中下达，他不由自主地说："是！"然后带着绘梨衣的小本子匆匆离开。

几分钟后Chateau Joel Robuchon的总经理，那位在东京美食界很有名气的前任大厨出现在桌边，他是飞奔而来的，虽然努力保持风度，但路明非听见他喘着粗气,他的身后还跟着行政主厨。

总经理、经理和行政主厨排成一排向绘梨衣深鞠躬,总经理说:"上杉小姐您忽然大驾光临,令小店蓬荜生辉,这次没有让家臣提前通知,我们的招待太草率了,恳请您的原谅!"

他用敬语并用到了"家臣"这样很有古意的词汇,路明非几乎听不懂,但阵仗他是看得出来的,难怪Chateau Joel Robuchon的奢华没有让绘梨衣吃惊,因为她根本就是这间店的常客。

"用我平时吃的菜单。"绘梨衣面无表情地写给总经理看。

"可是不知道您的驾临,后厨没有足够级别和数量的食材。"总经理低声说,"只有低一级的食材,我们用能找到的最好食材为您和您的客人准备,可以么?"

"可以,不要通知哥哥。"

几分钟后屏风把这张桌子围了起来,八名黑衣侍者分别站在八张餐椅后面为客人们服务,他们的餐具全部换成带家徽的,刀叉入手沉重了许多,是纯银打造的。绘梨衣默默地坐着,听任经理亲自为她倒酒、切牛骨和铺餐巾,她显然非常熟悉这种服务,就像女王习惯于被内臣服侍着用餐一样。面如寒霜之外,她的眉间眼角又带上了一股威严之气,这才是她的真实身份,她是上杉家的主人,日本黑道中地位最尊崇的公主。几天相处下来路明非已经把她看成没见过世面的土丫头了,可她笨笨的一面其实只会暴露在极少数人面前。

"你经常来这里吃饭?"路明非悄悄在小本子上写给她看。

"食堂。"绘梨衣只回答了两个字。

她再次向着叔叔端起酒杯,亮出小本子:"叔叔喝酒。"

电梯到达一楼。门刚刚打开,源稚生就带着夜叉和乌鸦扑向停车场,樱已经提前到达停车场,一辆红色的法拉利599GTB已经发动了,发出震耳的吼声。

"提供线索的人是谁?"源稚生面无表情。

"Chateau Joel Robuchon的总经理东城步,就是我们以前经常带绘梨衣小姐去吃饭的那间餐馆。今晚有位姓路的客人在那里订位,是一个八人的家庭聚餐,带绘梨衣小姐到场的是个大约二十岁出头的中国男人。"夜叉说,"虽然绘梨衣小姐叮嘱说不准打电话给您,但东城先生担心她是被人拐带,所以悄悄打来电话。他正想办法稳住那伙人。"

"路明非?"源稚生问。

"照片还没有入手,但姓路的中国人,这个时候在东京出现,和绘梨衣小姐在一起,不是路明非的可能性极小。"乌鸦说。

"那剩下的六个人是什么人? 家庭聚餐是怎么回事?"源稚生又问。

Chapter 8
Family Dinner

"也许路明非家有什么亲戚在东京？带绘梨衣小姐跟家长见见面？"乌鸦心里也没底，只好乱搭。

"有这个必要么？"源稚生扭头盯着乌鸦，目光森冷。

乌鸦一缩脑袋，心说东城总经理在电话里说绘梨衣小姐和那个路姓男人非常两情相悦的样子，我还没敢告诉您呐大家长。他跟夜叉对着眼色，看源稚生这么紧张，这俩货又开始猜测起绘梨衣和源稚生的关系来。源稚生跳进樱驾驶的法拉利，乌鸦和夜叉还是如以往那样豕突狼奔地跑向那辆悍马。

"开车！"源稚生说。

他知道夜叉和乌鸦私下里八卦他和绘梨衣的关系，确实他们并非有血缘关系的兄妹，他又是绘梨衣最信赖的人。在外人看来，两人身份地位容貌都相当，如果能结婚那是家族的幸事，没准能生育出更优秀的后代来。可源稚生非常清楚，家族是不会允许绘梨衣爱上任何人的，作为被龙血污染的、非常罕见的半进化体，她是极恶之鬼，比任何天生的鬼都更危险。她的所有后代都该被直接处死！

他愤怒只是因为那三个神经病居然想出美男计这么损的招数来。原来他们潜入源氏重工是要拐带绘梨衣，然后带着绘梨衣衣冠楚楚地去高级餐馆吃饭，绘梨衣显然十分信任对方，居然不让餐馆通知自己……某人在绘梨衣心里的地位居然在几天里超过了源稚生。这真是太荒诞了……他们难道不该派出恺撒或楚子航来执行色诱么？

"情况很糟糕，"樱驾驶着法拉利化作红色的电光，"消息泄露出去了。"

"什么意思？"源稚生一愣。

"不光是我们知道绘梨衣小姐在 Chateau Joel Robuchon，似乎家族旗下的帮会都知道了，现在这条消息正通过手机不断地转发，您发布的悬赏是三十亿日元，那笔巨大的悬红会令全东京的暴走族、讨债人和打手都拥向那间餐馆。那笔钱能让一个大家庭一辈子过上富豪的生活，会烧红所有人的眼睛。东城步总经理不也是被那笔悬红给吸引了么？否则他怎么敢违背绘梨衣小姐的意思偷偷给夜叉打电话？违背上杉家主人可能受的惩罚他又不是不知道。"樱面无表情，开启导航。

"你不认识路么？"源稚生有些不解。

"不，我只是在查看交通路况，"樱指着屏幕，"您看一眼地图就明白了，Chateau Joel Robuchon 附近是一片红色，现在还差十五分钟八点，这时候晚高峰已经过去，路面应该已经清空。可那边聚集了无数的车辆，如果我没猜错的话，有几百个人已经先到了。更多的人正向惠比寿花园靠近，很快那里就会聚集成千上万的车辆，各种人为了高额悬红而不惜动武。情况很棘手。"

"见鬼！"源稚生大惊，"撤销悬红是不可能的，那会造成更大的冲突。动用我们在警视厅的关系，让他们把惠比寿附近的路都封锁了！"

"已经打电话过去了,现在惠比寿地区至少集中了两百名交通警察,如果不是警察在场那些人已经冲进餐馆了。"

"不能让他们进入餐馆。"源稚生的脸色泛白,"如果他们惊吓到绘梨衣……后果不堪设想!"

电话响了,酒德麻衣看了一眼来电提示,接起电话来:"他们的消息被泄露出去了,现在从我的位置能看见几百辆机动车在餐馆附近聚集,如果不是警察封路他们已经冲进去了。"

酒德麻衣居高临下,餐馆附近的路口都在她的监控之中。Chateau Joel Robuchon 位于惠比寿花园的南侧,这是一个人流密集的商业区,以惠比寿花园为中心,交通警察在四方的路口设置了路障,将来往的车流强行切断。这时赶往惠比寿花园的多数人显然都有问题,他们染发烫头,有的骑着改装过的摩托车,有的四五个人拼一辆小车,来得都很匆忙。他们中有人穿着夹克有人穿着黑色的西装,甚至有人穿着高中校服,但都紧紧地按着衣服的下摆——这意味着腰间藏有武器。

黑道对警察还是敬畏的,但巨额悬红会让人失去理智,有些人开始跟封路的警察争吵,偶尔发生了推搡。

蛇岐八家在警视厅的内线还是相当有力的,在短短的时间里就给交通警察调来了防暴头盔和防暴盾牌,警察把盾牌并成墙,年轻人们就用身体去撞警察的盾牌,警察们在盾牌的缝隙里挥舞塑胶警棍试图威慑他们,但效果并不明显。这一幕本该发生在某个动荡的国家,示威民众和防暴警察之间的冲突就该是这样的,但这里是东京,警察和黑道都该是彬彬有礼的。

机动车的头灯和尾灯汇成了光海,四面八方都是这样的光海,叫人不安。

"我们的新郎和新娘在干什么?"老板问。

"吃饭,他们的窗口距离我大约八十米,我能很清楚地看见他们。这道菜是和牛、黑松露和鹅肝烹调的烟熏宽面,这家餐馆居然还能做意大利菜式。他们吃得似乎很开心。"

"外面乱成这样新郎和新娘还能在里面享受美食?"老板难得地透出惊讶的语气,"你也很镇静。"

"不是您安排他们在这里举行家庭聚餐的么?我只是负责瞄准新娘以免她暴走而已。其他的我听从您的命令就好了。"

"确实是我安排他们在这里聚餐的,我也确实是个神经病,但我还不至于神经到把他们的行踪泄露给日本黑道的所有帮会啊!"老板苦笑,"计划出了问题,我打电话给你就是要你想办法把他们从餐馆里平安地送出去。"

酒德麻衣变了脸色。她有点怀疑自己听错了,从她效命于老板开始,老板永远都是运筹帷幄料敌先机的，没有出现过任何失误。有些时候看起来老板的计划出了大问题，但其实只是老板没有把全部的计划告诉她们，最后事情的结局还是会如老板期待的那样。所以无论她、苏恩曦还是三无少女都习惯了百分百遵从老板的命令，就在一分钟前她还在思考老板到底为什么要把黑道吸引过来，可现在老板直接承认自己的计划出了问题，他原本是个绝对不会犯错误的人才对。

"好吧，我得承认我也是会犯错误的，世界上不会犯错误的只有上帝，可你们私下里不都说我是个魔鬼么？"老板无奈地说，"魔鬼犯错误的几率很小，但还是会有。我很庆幸我还会犯错误，否则我不就变成神那种不好玩的东西了么？"

"现在不是讨论这个的时候，现在惠比寿花园附近已经聚集了上千人！东京黑道足有四十万人知道蛇岐八家在悬赏寻找上杉家主，最后这里聚集十万人我都不奇怪！"酒德麻衣的语气很急，心里更急，"我怎么能把他们从十万人的包围圈里弄出去？呼叫直升机已经来不及了！"

奶妈组也不是万能的，奶妈组也有黔驴技穷的时候，酒德麻衣这次是真的傻了。

"尽快通知他们，趁着堵路的人还不够多，也许还能沿着某条小路悄悄离开。快，剩下的时间不多了，源稚生正在赶往这里的路上。我们绝对不能失去对上杉家主的控制权，她是能够打开神的牢门的钥匙，我们不能冒失去她的危险！"老板挂断了电话。

叔叔有漂亮小姑娘敬酒，很有酒兴，陈处长也频频举杯，这边路明非和婶婶围着陈夫人缠斗。

四面窗户都是关着的，大厅里回荡着轻柔的音乐，路明非隐约听见外面传来骚动声，但没太注意。他的全副精力都在佳佳身上。

他深知这是他立功的好机会，婶婶对他各种比眼色，暗示总攻的时刻就要到来，路明非已经做好了准备，只要婶婶摔杯为号他就毅然决然地说："我看堂弟和佳佳倒是很合适的一对！"

婶婶是一家之主，深谙当领导的道理。如果领导特别想做一件事情，这项建议一定要由手下的马仔当众提出，既能显得领导和群众心意相通，又能在提案被大家否定的时候保住领导的面子。

"上杉同学这么漂亮有没有男朋友啊？"叔叔满脸笑容。

"什么是男朋友？"绘梨衣在小本子上写给叔叔看。

"就是比未婚夫低一级的东西，男朋友晋级就是未婚夫，未婚夫晋级就是老公。"陈处长诲人不倦。

"晋级要考试么？"

"哈哈哈哈！当然要考试咯，是要由家长来考试，所以要见家长嘛。"叔叔豪爽地笑,"上杉同学来中国要来家里吃饭啊,我做湘派红烧肉给你吃!"

"看你看你,这就往自己家里拉人了,喝酒喝酒。"陈处长也说。

绘梨衣面无表情地举杯,三个人一饮而尽,叔叔又喊侍者说同样的酒再来一瓶。路明非并不担心绘梨衣喝多少酒,他跟绘梨衣喝过酒,知道她最多就是脸红但绝对不会醉倒,龙血体质帮她高速地分解酒精。他只是没想到绘梨衣连笑都不太会却能哄得叔叔和陈处长那么开心,明艳照人又酒到杯干的萝莉是大叔们梦寐以求的好酒友。

"明非你们同学里有找外国女朋友的么?"婶婶问得很有言外之意。

"有啊,在美国中国人少,互相看上的机会不多,找不到中国女朋友就只能找外国女朋友。"路明非顺着婶婶的意思往下说。

"找外国女朋友还是不好吧? 找外国男朋友也不好,"婶婶又说,"外国人臭臭的,而且离婚率很高。"

"对对,我室友就是,经常不洗澡,一身味儿!"路明非想起芬格尔来,觉得自己倒也没有出卖兄弟,芬格尔的同一件衬衫上能闻出从番茄酱到勃艮第红酒的全套味道,不亚于一间厨房的丰富感。

"所以我就想要是鸣泽能在国内找个女朋友,然后一起去美国就好了。"婶婶的意思已经相当明白了。

路明非看向路鸣泽和佳佳,摆出端详一对璧人的架势,正想把那句早已准备好的话抛出来,侍者忽然托着银盘来到路明非身边,轻声耳语:"先生,有人送了一封信给您。"

银盘里是一枚素色的信封,信封上没有任何署名。路明非抽出信笺来,同样没有署名,只是几个娟秀但潦草的钢笔字:"快走! 源稚生还有五分钟到达!"

路明非心里一阵恶寒,混血种中至高无上的皇正在逼近,那位东京黑道最大的权力者,他显然是不会容忍任何人带走他重视的妹妹般的女孩的,谁都可以想见他此刻的怒火。

虽然不知是谁用这种方式发出警告,但路明非并不怀疑,任何人这么做都只能是出于好意,有人在暗中保护着他。接着他从信封里倒出了一枚带金色蛮牛标志的车钥匙,那是一辆兰博基尼跑车的钥匙!

他把信笺翻过来,信笺背面画了一幅简单的地图,那是惠比寿花园附近的交通图,图上用红色墨水标出了逃生道路,旁边潦草地写着:"车在后门外!"

"哎哟! 你侄子开的车都是兰博基尼啊!"陈处长被震惊了,"你侄子有大出息啊!"

路明非却根本没时间担心这句赞美对婶婶带来的精神冲击。他坐立不安,起身来到窗边往外望去,看到了远方路口那片由车灯组成的光海。

Chapter 8
Family Dinner

他们被黑道包围了。他见识过曼波网吧的事件,知道黑道残暴起来可以到什么样的地步。

他本想拉起绘梨衣就跑,可这样的话跟叔叔婶婶的关系又崩掉了,他们这奇怪的一家像是个被摔碎的陶瓷扑满,他好不容易才黏起来一点点。他得想个理由离席逃走,还必须合情合理。

他的腿微微打着摆子,谁都能看出他的脸色怪异。

温软的小手按在他的大腿上,止住了他的颤抖,小本子抵到了他眼皮底下:"还有时间,哥哥还没到。"

路明非呆呆地看着绘梨衣,绘梨衣完全不看他,小脸完美又坚硬,她再度向着叔叔和陈处长举杯,不容他们分说。叔叔和陈处长也觉得气氛有点不对劲,可美少女举杯不能不应。

酒杯一撞,桌上的气氛再度活跃起来,绘梨衣喝完了杯中的酒,指了指自己的耳朵。路明非明白她的意思了,她有常人不能及的听力,只要源稚生进入她的警戒范围,她会立刻察觉。她其实早就知道黑道帮会包围了惠比寿,但她居然一直端坐饮酒……只因为她要做个家庭聚餐中的乖女孩么?

看见那把兰博基尼的车钥匙,婶婶心里又有些不是味儿了。她原本猜测路明非是给这个漂亮的日本豪门小姐当侍从,所以才能出入如此高级的餐厅,可哪有开着兰博基尼跑车带着雇主出外单独用餐的侍从呢? 路明非在她心里越来越遥远了,原来不知什么时候这个侄儿已经变成了对她来说高不可攀的人。

她努力驱散心头的不甘,把话题拉回路鸣泽和佳佳的事情上来。这顿饭她花了大本钱,怎么也得帮儿子把将来的媳妇谈妥,否则这一去上万里,她还不得愁死?

"我们鸣泽啊,啥都好,就是不太懂讨女孩喜欢……"婶婶说。

"对啊,慢慢学学就会了,这个不能算是缺点。"路明非的语速明显加快,他得抓紧所剩不多的时间,帮路鸣泽一把,然后体面地告辞。

"明非你也上大学一年半了吧? 还没有女朋友么? 美国大学里不是很开放么? 大学一年级就有女朋友什么的。"陈夫人问。

路明非审时度势,坚定地回答:"有的!"

现在他就代表了去美国留学的中国学生,他要说自己有女朋友,那么路鸣泽也就应该有,他是哥哥,哥哥带头。他要是说没有,那陈夫人就会觉得小孩子先认真读书再谈恋爱不迟,别影响学业。

"那是个什么样的女孩啊?"陈夫人对他的事情蛮好奇的样子。

路明非心说阿姨你还真打破砂锅问到底啊,可又不能不回答,只好说:"一个蛮活泼的女孩,中国女孩,性格挺不靠谱的,学习很好,对我也很好……"

"明非的女朋友很漂亮吧?"

"是挺漂亮的……"路明非不由自主地回答。

他这么说的时候眼前都是诺诺的影子，他甚至想要恶搞几句把恺撒和楚子航的性格糅进去，可说来说去好像还是诺诺，中国女孩、挺漂亮、蛮活泼、性格不靠谱……

"明非一定很喜欢人家吧？我看明非说着说着都脸红了。"陈夫人跟婶婶开玩笑。

路明非心说脸红你妹啊，我那是喝酒喝的好么？可陈夫人误打误撞地说中了啊，他是很喜欢诺诺，也许未必是喜欢，而是忘不掉。

"也不是喜欢啦，就是忘不掉。"路明非有点语无伦次。

陈夫人忽然叹了口气："唉，我们家佳佳啊，笨得很，要是嫁给聪明男孩呢，肯定要给人家欺负，就该找个老老实实认认真真的男孩……"

婶婶刚要说我们家鸣泽老老实实认认真真啊！你看他心宽体胖！陈夫人接着说："明非就是老实孩子，跟那么漂亮的同学面前，却不乱跟女孩子献殷勤。心思特别真，阿姨是过来人，最懂这种心情了，真正喜欢一个人就是老想着人家，两个人在一起了反倒不知道该说点什么了。"她摸摸佳佳的脑袋，"要是明非没有女朋友就把我们家佳佳介绍给明非。"

路明非呆住了，觉得自己就像一具石膏像在缓缓地开裂。他心说陈阿姨，你也是龙王派来黑我的！我他妈的哪里心思特别真？我蔫坏之名全仕兰中学都知道啊！我也不是不跟漂亮姑娘献殷勤，而是这位虽然外形没得挑可是内在是条巨龙啊！要不然我绝不至于跟她同房睡了那么多天心如止水啊！我老想着人家是因为那不是我女朋友那是老大的女朋友啊，不是我的我才想着的！我就是这么个废柴、二货和贱人，我没什么好的我比不上路鸣泽啊！

陈夫人收回目光，低头认认真真地吃起宽面来，心里冷冷地一哼。

婶婶一直小看了这位处长夫人，觉得人家跟着自己的指挥棒走，却不知陈夫人早就把路明非和婶婶的二人转看得清清楚楚。在路明非登场之前陈夫人还对路鸣泽有点兴趣，但之后的一些事情让陈夫人觉得在美国的中国学生中藏龙卧虎，绝对有一些风度翩翩、家世显赫而且没那么胖的男孩。路明非自己就是个例子，开兰博基尼跑车，在贵族学院上学，说是来东京实习，却出入高级餐馆，显然路明非家的财力要比叔叔婶婶家高出很多。陈夫人和婶婶一样是要面子的，有路明非这样的堂兄珠玉在前，她凭什么要把女儿许给路鸣泽？佳佳去了美国，有更多的好男孩让她选。

其实陈夫人也不是真的那么看好路明非，不过是拿路明非来当作回绝的理由，要是今晚在座的是恺撒或者楚子航，相比起来路明非又只能用来垫桌脚了。

真正崩溃掉的还不是路明非而是婶婶，这一晚乔薇尼那巨大的阴影重又笼罩了婶婶，让她意识到自己仍只是个家庭妇女。她也看得出路明非在努力帮她打边鼓，可最后陈夫人看中的倒是这个贱贱的侄子。这天晚上侄子看着真的比路鸣泽要好，穿着体面的衣服，挽着漂亮女孩，开着兰博基尼，总之就是过着上等人的生活。婶婶也很想过上等人的生活，她只在电视上见识过。她没有上过大学，一辈子也没法像乔薇尼那样光鲜有面子，就希望儿子能补上自己的遗憾，好好混出个人样，接她去美国过有钱人家老太太的生活。

冥冥中似乎有种命运在操纵着这一切，她使劲地想压住路明非，可这家伙还是冒了头，她把儿子捧在手心里托得老高老高，可儿子还是没能出人头地。

其实奥斯丁大学真的不如那个什么卡塞尔学院吧，就像她不如乔薇尼一样。

"每样菜都上这么多我可真吃不下去了，鸣泽你帮妈妈吃一点吧。"婶婶想把盘子里的菜分给路鸣泽，借此掩盖自己的神情。

她想路鸣泽没能跟佳佳谈上恋爱也会很失望，她这个当妈的应该给孩子点鼓励。可路鸣泽似乎没听见她说话，双眼直愣愣地看着桌子底下。婶婶心说这孩子莫不是难过得不行头都抬不起来？可顺着他的目光往桌布下面一看，气得火冒三丈。路鸣泽的座位恰好和绘梨衣相对，而绘梨衣的裙子只到膝盖，露出穿着透明丝袜的修长小腿，膝盖并拢脚腕纤细骨肉匀亭。路鸣泽是一门心思地偷看着绘梨衣的裙下，根本没有关注佳佳，也没有理会老娘为了自己的终身大事正在跟陈夫人智斗，自然也就没有功亏一篑的遗憾。

婶婶气不打一处来，一巴掌扇在路鸣泽的脑袋上。自己被路明非压制了也就罢了，可儿子居然输得那么猥琐，心思全都在人家带来的女孩身上。

所有人都被婶婶的失态惊到了，只有路明非清楚这是怎么一回事，他赶紧一撩桌布把绘梨衣的小腿遮上了，以免这个罪证外流。

事到如此婶婶也顾不得面子了，这种让她委屈难过的家宴不吃也罢，再吃下去她不知道什么时候绷不住，反而把陈处长和陈夫人给彻底得罪了。

"小孩子没出息！陪大人吃个饭只顾自己走神！"婶婶粗声大气地吼着路鸣泽，又扭头冲叔叔下令，"结账吧结账吧，吃差不多了，那种小甜点什么的腻死人了，不吃了！雨下那么大，陈处长一家也好早点回去休息。"

叔叔刚开了一瓶新的红酒，正慢悠悠地等着红酒在醒酒器中氧化，还想叫两根雪茄来跟陈处长潇洒潇洒，不明白老婆为什么忽然发火儿，正要说话，却被老婆眼睛里汪汪的眼泪吓到了。

他不清楚这是怎么了，但这顿饭看起来是吃不下去了，于是打了个响指招呼侍者："也对也对，雨太大了，一会儿回去路上不好走。买单。"

"上杉小姐是这边的常客，不用现场买单的。"经理恭恭敬敬地说。

"不用她请客！我们请陈处长一家吃饭我们自己买单！"婶婶在这种心情下不肯领路明非的任何人情。

经理见绘梨衣不发话，只好拿来了账单。叔叔还不忘展示一下他那张白金卡，两指捻着潇洒地递给侍者:"多少钱?"

"加上百分之十五的服务费,共计一百五十四万七千日元。"经理说。

叔叔捏着白金卡的手忽然就僵硬了,然后缩了回来。一百五十四万七千日元,按照眼下的汇率大概是十万元人民币,他们居然一顿饭吃掉了十万元人民币。叔叔本以为这么一顿饭顶多两三万块钱,他的卡里还有这笔钱。他扭过头尴尬地看着婶婶:"老婆欸,卡里的钱不够了……"

"怎么会不够? 不是还有好几万块钱么?"婶婶惊得瞪大了眼睛,"你们餐馆不能讹人啊,吃个饭怎么会那么贵?"

"平时确实没有那么贵,但今晚诸位的料理是高一级的,此外诸位饮用的冰酒是伊贡·米勒酒庄的TBA级冰酒,红酒分别是1990年的玛歌和1998年的帕图斯,都是顶尖酒庄的顶尖年份,是这位路先生订位的时候指定的。所以总价比通常情况下贵了大概五倍。"经理偷眼看着路明非。

路明非傻眼了,心说他妈的你看我干什么? 我怎么知道啊? 你说的那些名字我也是第一次听说! 要让我点我就点大瓶可乐和青岛啤酒来配菜了好么?

此时此刻,恺撒和楚子航正在五颜六色的灯光中豪饮香槟王,身旁环绕着五颜六色的女人。恺撒每灌下一大杯香槟她们就娇笑着鼓掌,再为他斟满。

路明非可以请假但恺撒和楚子航不能,而且带绘梨衣四处享受的金钱都是师兄们挣来的,师兄们不干活他就没有给养了。今夜一位好酒量的客人跟恺撒打赌,如果她赢了她就有资格坐在恺撒的膝盖上,如果恺撒赢了她就奉上一百万日元买酒请大家一起喝。这笔钱里的百分之二十五会变成恺撒的奖金,他现在人穷志短,于是为了奖金不惜下海。

楚子航充当裁判,他对这种无聊的比试全然没有兴趣。

"希望路明非那边能顺利,你跟人蛇船那边谈好了么? 什么时候启航?"他用中文问恺撒,周围那些欢呼雀跃的女人听不懂。

"明天夜里启航,七天后怪物小姐就进入学院的控制了,我们的情报也通过那艘船传递。"恺撒吐出满口酒气,"路明非能搞定,那个小姑娘看起来对他有点意思,而且没有女孩能拒绝烛光晚餐中的邀约,何况还有伊贡·米勒、玛歌和帕图斯的帮忙!"说起这些名酒庄恺撒显得神采飞扬,"那些可不是这种大众型香槟能比的!"

"那是些什么东西?"以楚子航的见识仍旧觉得这些酒中的绝顶奢侈品很陌生。

"总之就是很贵的东西,极品的东西,我安排的晚宴素来都是极品,完美无缺,没有人能拒绝。"恺撒又端起一杯香槟咕咚咕咚地灌了下去。

"要不我们来吧,真没想到这么多钱。"陈夫人嘴里说着客气的话,脸上却绝不好看。

她心里暗自庆幸借着一顿饭看出了叔叔家的家底来,十万块吃顿饭虽然太奢侈了,可是付不出十万块的家庭哪里配得上他们家女儿呢?

婶婶呆呆地坐在那里,忽然嗷呜一声抹着眼泪哭了起来。她输了,彻彻底底地输了,面子里子都输了。她特别难过特别伤心,觉得自己就像一个刚刚嫁人被婆家看不起的小姑娘,所有人都变着法儿地欺负她,可她欺负不到任何人。

"哎哟哎哟,这是怎么了这是? 忽然想起什么伤心事了?"陈夫人很尴尬地打圆场。

"都是这个死小子! 都是这个死小子! 他就是老天派来整我的冤家!"婶婶像头发怒的母狮子那样抬起头来,抓起桌上的盐罐和胡椒罐投向路明非。

那些金属罐子砸在他身上有些痛,可他没有躲避,也没有说话。他比任何人都更能明白婶婶的伤心,他不怨婶婶,反倒有点同情她,谁也不愿意一辈子当家庭主妇对不对? 家庭主妇也有颗要强的心,就好比当年他是个没有丝毫前途的衰仔,仕兰中学垫底的人,他也不甘心,他也想有一天闪着光出现在陈雯雯面前。他明白在婶婶眼里自己是个在外面混世混出名堂的人了,婶婶打不过他,就只有讨厌他。

曾经婶婶比他有力量,掌握家政大权,趾高气扬地对他发号施令。如今强弱颠倒过来,他如魔鬼版路鸣泽所说获得了权力和地位,可他再也回不到叔叔婶婶的那个家里去。

权力和地位就是这样的东西,在你得到它们的时候,就会有人失去它们。

他想要那么一点点权力和地位,其实不是想跟婶婶炫耀,就是不想在她的世界里扮演一个没用的孩子,专门用来陪衬路鸣泽的高大英俊。但婶婶不需要这样的路明非,他不是婶婶的儿子,他不需要出人头地带婶婶去美国过有钱人家老太太的日子,他就是用来做陪衬的。今晚他努力想要做陪衬,可还是锋芒毕露了,所以他在婶婶家出局了。

他还是不怨婶婶,这个世界上大家都蛮难的,都有很伤心很伤心的时候。

他知道不能让陈处长一家来买单,那会对叔叔在单位里的名声有影响,可他摸摸口袋,发现自己只带了八十万日元。他只带了两个人的餐费,不够付八个人的钱。

这时绘梨衣抓起经理手中的笔在账单上签了名字,她果然不用付现金,东京的餐馆谁不乐意接受黑道公主挂个小账呢?

绘梨衣眼中露出警惕的神色,悄悄把小本子给路明非看,上面写着:"哥哥来了!"她听见了那辆法拉利599GTB在远处吼叫的声音,白王血裔中的皇正以极速逼近。

"我有点事我先走了……我放暑假再回去看你们。"路明非干涩地说。

事到如今他说什么已经不重要了，其实他想跟婶婶搞好关系是枉费心机的，就算今天给他蒙混过关了，总有一天婶婶会发现他背后还隐藏着更大的势力。他强过婶婶的儿子，这就是他的原罪。

他拉起绘梨衣的手匆匆往外走，不知道后门那辆兰博基尼能不能跑过法拉利599GTB。

绘梨衣显然很熟悉这间餐馆的地形，拉着路明非在走廊上奔跑。她忽然又止住步伐，拿出小本子给路明非看，上面是她早就写好的字条："是我不乖么？做错了么？"

路明非默默地看着这个不通世情的小姑娘，心里说乖有什么用啊，在这个世界上混要聪明狡诈顺着别人的心意，你乖乖的，在别人眼里还是碍事。

"绘梨衣很乖的，跟绘梨衣没关系。"他摸摸绘梨衣的头发。

"喂！路明非！你给我站住！"叔叔追了出来，在走廊尽头冲他低吼。

路明非实在没时间让他兴师问罪了，只好说："叔叔我真有事得先走，什么事以后再说！"

叔叔可不听他说，跑过来一把抓住他的手："你小子给我说老实话！是不是在外面惹事了？我看外面都是警车还有流氓，他们都是冲你来的？"

"没……没有……"路明非想辩解。

"你小子真不是骗我们说上学其实跑日本来混黑道了吧？"叔叔瞪着他。

"真不是，这事儿一时没法解释……"

叔叔从屁股后面摸出金利来的钱包，打开来夹层里有几张日元钞票，大概一万多的样子。他把那张万元大钞塞进路明非手里："叔叔不知道你惹了什么麻烦，你们年轻人见的世面大，有些事不愿告诉我们大人，我问也没用。我以前也惹过事跑过路，跑路身上千万得有现金！银行卡信用卡跑车都没用！"

路明非呆呆地看着手里的一万日元，他口袋里这样的大钞有大概八十张。叔叔大概是看他刚才掏了半天没掏出来觉得他也没钱，所以特意跑出来给他送钱。

这个无所事事爱显摆的男人从来都不敢得罪老婆，外面风光钱包里只有老婆施舍的几个零花钱，这点钱大概还是他自己私房攒的，想来也是大不容易。

路明非低着头，一瞬间泫然欲泣。

叔叔犹豫了几秒钟，把剩下那点日元零票也塞在路明非手里，推推他："快走快走！日本黑社会可惹不得，躲过这阵子去大使馆，我们中国现在强大了，还能任他们日本人欺负？"

他又看了一眼绘梨衣："也别欺负人家日本姑娘，这姑娘我看行！你小子有眼光！叔叔看女孩最准了！"

"别跟你婶婶计较，她算什么？娘们儿！家里我做主，完事儿了一定得回家，

Chapter 8
Family Dinner

你婶婶那边我给你做工作！"叔叔扭头往回跑。

这个男人就是这么啰唆和自以为是，说是来质问他，可自始至终都没给路明非回答的机会。

法拉利的吼声在一条街外停下，源稚生自己也被警视厅的路障拦住了。交通警察可不直接听命于蛇岐八家，他们只是接到高层的命令封锁惠比寿花园附近的所有道路。他们不买黑道大家长的账。

这给路明非和绘梨衣的逃跑制造了机会，他们手拉着手在走廊上奔跑，绘梨衣的高跟小靴子在地板上敲出急促的连声。

路明非手里攥着叔叔给的那些钱，忽然觉得没什么可怕的。是的，他正像野狗一样在逃亡，可家里还有人等他回去，这个世界上还有一个人承认他是老路家的种，他还带着听话的黑道公主，她漂亮的裙摆飞扬着，有双精致绝伦的小腿。这种逃亡简直是罗曼蒂克的典范，就像"说走就走的旅行"和"奋不顾身的爱情"。

只要还有人等你，只要还有人跟你在一起，无论天涯海角你都不是野狗，保持着家犬的幸福感。

细长的走廊笔直地通向电梯，墙上挂着葛饰北斋的《富岳三十六景》的复制版，黑衣侍者走出电梯，站在那幅画前，披散黑发，手中捧着带保温罩的银盘。

"先生，小姐。"侍者冲他们微微鞠躬，揭开保温罩，露出盘中黑色棒状看起来像是甜点的东西，"两位还没有用甜点吧？"

路明非心说老子已经结完账了，现在正要跑路，大礼可以免了，你快点跪安把路给我让出来就好了！

绘梨衣却死死地站住了，路明非再也拉不动她。他扭头看向绘梨衣，想要催促她，却忽然发现绘梨衣的眼睛活过来了。跟无可挑剔的容貌身材相比，绘梨衣的眼神总是一个弱点，绝大多数时候她的眼睛里都像是浮着一层雾气，蒙蒙眬眬的缺乏神采。可这时那层雾气荡尽，绘梨衣的眼睛呈现出灼眼的赤金色，令人望而生畏。

她死死地盯着那个侍者，手在微微颤抖。路明非心里凛然，他忽然意识到绘梨衣眼里的神色并非杀机或者怒气，而是畏惧……作为极恶之鬼，世界上也许最强的混血种，她竟然在畏惧那名侍者！

绘梨衣一步步往回退，侍者却并未逼近。他遥遥地把银盘递向绘梨衣和路明非，似乎是在邀请他们品尝那道精美的甜点。

不知何处来的风吹起了侍者那头披散的黑发，路明非也战栗起来，因为他看清了侍者的脸！侍者的脸上扣着一张惨白的面具，面具上画着日本古代公卿的脸，朱红色的嘴唇铁黑色的牙齿，唇边带着端庄的笑容。路明非越看越觉得那根本就不是一张面具，那就是侍者的脸！或者那张面具根本就长在侍者的皮肤里！路明非亲眼看见他的嘴角向上挑起。

他跟绘梨衣一起颤抖起来，止不住地要往后退。他不知道自己在害怕什么，他身边就是能够使用"断罪"的超级混血种，即使那侍者真的是敌人，绘梨衣也有抹杀他的能力。

可路明非还是害怕，恐惧从心底深处幽幽地爬出来。

银盘坠落在地，甜点留在了侍者手中，那是一对黑色的木梆子。侍者轻轻地敲起那对梆子，并摩擦它们发出沙沙的声音。

这些声音落到路明非耳朵里，他仿佛听见一座早已不再转动的古董大钟重新运转起来，正在报时，正发出震耳欲聋的巨响。

眼前有破碎的画面闪过，白色……白色的土地，一望无际的澄净大地，白色的骑兵团……铺天盖地的白色骑兵团，从世界的最东方一直延伸到最西方，他们冲锋而来，要用他们的白色把整个世界都吞没……不！不对！那不是白色的骑兵，那是白色骑兵般汹涌的狂潮！不！还不对！那也不是狂潮，那也不是白色的，那是世界最深的黑色，那些东西所之处，天地间再无一丝的光！

好像是一柄巨斧把他的大脑劈开，把另外一个人的记忆塞了进去。

接下来是幽深的地道，破碎的画面带着他在一条幽深的地道中爬行，他的腿似乎断了，像蛇那样蠕动，可他又觉得自己爬得飞快。

他以为爬到地道的尽头就能查出这错误记忆的真相了，可他爬进了一团耀眼的白光中，他似乎躺在手术台上，人声环绕着他，像是幽灵们在窃窃私语。

金属器械的闪光，暗绿色和血红色的液体在细长的玻璃管中冒泡……疼痛，不可思议的疼痛，他不顾一切地挣扎，但他好像变成了一条蚕，被茧壳死死地束缚住了。

他觉得自己要死了，他会被这个茧壳活活地闷死。他伸手出去希望绘梨衣能扶他一把，可他根本看不见绘梨衣，他并不知道绘梨衣正像一具没有生机的木偶那样呆呆地站着，但眼里流下血一般鲜红的泪水来。

木材摩擦的声音像是千万条蚕在咬噬桑叶，梆子敲击的声音像是古钟报时，这些本该平常的声音在他们的脑海里回荡，完全地压制了他们。

侍者缓步向他们走来，路明非似乎听见他说："对的，还是我的乖孩子。"

他们只能束手就擒……这时路明非的手机响了，铃声短暂地刺破了闷闷的梆子声，让他的脑海恢复了一丝清明，他的眼前一片血红，那是眼球充血的症状。

他一边后退一边用尽全力摸出手机，没有来电显示。他狠狠地按下接听键，力量之大令按键处的屏幕玻璃出现了一道裂缝。

电话接通，对方含笑说："去你妈的！谁是你的乖孩子？"

Chapter 8
Family Dinner

这句粗俗的喝骂在路明非而言像是一句咒言一声清唱,脑海中的混沌和破碎的画面被它震开,眼前只剩下银色的花海,女孩站在白色的天光下,向他伸出手来。

"这一路上我们将不彼此抛弃,不彼此出卖,直到死的尽头。"她说。

路明非骤然回复了体力。不知何处生出的愤怒,他凶暴如龙。他伸手从墙上抓下镶嵌在沉重画框中的另一幅《富岳三十六景》,向着那名诡异的侍者投掷过去,然后搂着绘梨衣的肩膀往回撤。这个拥有至高血统的女孩变得孱弱无力,在路明非怀里瑟瑟发抖。电话已经挂断,路明非没听清那句话是不是路鸣泽的声音,但那句话镇住了那名侍者,他似乎畏惧着什么,停下了脚步。

路明非搂着绘梨衣跌跌撞撞地返回大厅,在一桌又一桌用餐的客人间穿过。

梆子声引起的幻觉并未完全消失,在他眼里整座餐馆正在熊熊燃烧,四面八方无处不是火焰,这栋古老的建筑在火焰中发出呻吟,支架和墙壁渐渐弯曲。

这种事曾经发生在某个人的身上……什么时候?什么地方?谁在燃烧的走廊中奔跑?四面八方都是黑烟,他们需要清新的空气,可吸进肺里的都是火焰,他们就要死了,可男孩和女孩相依相偎。

瘦弱的女孩把男孩扛在肩膀上,无论走得多艰难她都没有放弃,她支撑着他们两个人摇摇欲坠的世界。

真实和虚幻在路明非的脑海里渐渐地混淆起来,他似乎听见婶婶在高喊说叫医生叫医生!这个女孩有病!他又觉得那些用餐的人好奇地看着他们,自己却在熊熊燃烧,渐渐地化为闪亮的骨骼。

他找不到路,他又回到了那座燃烧的迷宫,这回轮到他用力来撑住他和女孩摇摇欲坠的世界。

他不能放弃,以前每一次他都能放弃但这一次例外,妈的他要活下去!他要离开这座燃烧的迷宫!他还要复仇!这个世界上还有个人是他要杀的!

他不知道那人是谁……但他要杀了那个人!

从未有过的凌厉意志支撑着路明非的脊椎,他用尽全力拖着绘梨衣穿越大厅,一脚踢开通往一楼厨房的门,两人紧紧地搂在一起滚下楼梯。

源稚生正在跟封路的交通警察交涉,忽然发现前方出现了骚乱。几百名暴走族聚集在一个路口,那个路口被路障封堵了。但暴走族们忽然发出高亢的欢呼声,把维持秩序的警察们抓起来扔在一旁,十几个人合力抬开了路障。跟着摩托车群和跑车都冲进了惠比寿花园,惠比寿花园是个不太大的商区,Chateau Joel Robuchon 位于它的中间。

那些黑道青年的手中要么握着利刃要么握着球棒,通常在警察面前他们不敢这么肆无忌惮地亮出武器,但他们好像被某种情绪点燃了,像野兽般躁动。

"怎么回事？"源稚生惊呆了。

橘政宗还在路上，源稚生比在场的任何人都更了解绘梨衣。这个女孩的情绪处在极不稳定的状态，她是一颗一触即发的炸弹，这些黑道青年的行动会令她失去心理平衡，如果她暴走，结果不堪设想。

樱把自己的手机递到源稚生面前，那是一条刚刚收到的短信："本家发布紧急消息，悬红增加到五十亿日元，优先把照片中的女性交给家族的人享受这笔悬红。因捕获该名女性导致的一切违法行为都由本家承担后果。"

"谁敢发布这样的信息？"源稚生震怒了，也明白了为何那些黑道青年会欢呼雀跃。

樱收到这样的消息，其他人也都收到了。有人冒充蛇岐八家向整个东京黑道下达命令，悬红进一步增加，而且免除法律责任。

五十亿日元相当于大约四千万美元，这是一笔会让人发疯的巨款。今夜的惠比寿花园会变成违法者狂欢的乐园，局面已经彻底失控了。

此刻追究责任已经没有意义了，源稚生一把抓起面前的警察把他扔向后方，魁梧的夜叉凌空接住落地的警察，轻松到只用一只手。源稚生一脚踢在路障上，把这件带倒刺的、沉重的金属设备踢开。

这种东西本就拦不住皇血的继承者，只要源稚生无视法律、人命和社会准则，一个连的兵力在他面前都是摆设。

樱已经跳上了悍马，这辆越野车发出巨大的声响从源稚生身边驶过，源稚生一闪就出现在副驾驶座上，后排的乌鸦已经递上了装好子弹的柯尔特手枪。

如果有人伤害绘梨衣，源稚生就会无视法律、人命和社会准则。

路明非和绘梨衣冲出餐馆后门，冰冷的大雨淋在他身上，一直纠缠着他的幻觉渐渐消失。

他双手按在那辆蓝色的兰博基尼跑车上，剧烈地喘息。

真的有一辆兰博基尼在餐馆后门口等他，不是停在停车位上，而是紧贴着门。显然有人给他准备好了这件逃生设备，此时此刻除了直升机，那就只有一辆超级快车能带他和绘梨衣脱困。

兰博基尼Aventador，极速能达到三百五十公里的昂贵玩具，形如鬼怪的速度机器，但底盘很低非常不适合在路面有积水的暴雨天驾驶。看起来事发突然那个警告他的人也来不及准备更合适的交通工具，这辆车是敞篷的，连遮雨的尼龙车篷都没有盖上，座椅上湿漉漉的都是水。绘梨衣仍未从极度的恐惧中回复，靠在路明非身上眼神呆滞，路明非跟她说话她好像听不见，路明非只能横着抱起她把她放在副驾驶座上。

Chapter 8
Family Dinner

"快！快！你妈的倒是快啊！"路明非跳上驾驶座，手颤抖着发动引擎。

距离他不到五十米的楼顶天台上，酒德麻衣正在给狙击步枪更换普通弹匣。

"希望你在卡塞尔学院好歹学过一点驾驶技术。"她冷冷地说着，忽然转身，枪口扫过长街，锁定冲在最前面的黑帮青年。

狙击步枪闷响，那人的摩托车前轮忽然开裂，他连人带车翻滚着滑向路边。

连续三枪呈品字形打在路边的路灯杆上，半截灯杆带着路灯坠落在路面上，暂时地阻止了人群的推进。

除了直接对人开枪，酒德麻衣已经用上了一切手段。她也没法直接对人开枪，AS50的威力太过恐怖，即使只是擦伤手臂也会导致整条手臂被撕裂。

四面八方都有人奔向 Chateau Joel Robuchon，兰博基尼最后的机会就是在人群没有聚拢之前闯出一条路来，以它的速度能追上它的车极少。

狞亮的车灯刺破雨幕，野兽般的吼声贯穿小街，路明非终于把兰博基尼给发动起来了。

就在这一刻那名长着能剧面具般面孔的侍者撞开餐馆后门冲了出来，他的眼睛是次代种般的赤金色，这种发红的黄金瞳仅次于龙王们的瞳色，楚子航在三度爆血的时候也曾拥有这样的瞳色。

那个人是炽热的，雨淋在他身上腾起袅袅的白烟。他徒手抓住兰博基尼的后保险杠，竟然想凭人的力量拉住这辆超级跑车，接着大概就会跳到后面的发动机舱上来。

换作别的时候路明非一定会嘲笑这家伙的脑子进水了，但经过走廊里的事情他根本笑不出来，他不知道这名侍者是个什么东西，但他相信侍者能做到！

侍者的目标是绘梨衣，而绘梨衣绝对不能落在这种危险的人手里！路明非挂上倒挡，一脚把油门踩到底，兰博基尼顶着那名侍者退后，把他重新撞进餐馆里去，连带着把坚实的后门撞得粉碎。

路明非切换到前进挡，低挡位高转速，又是油门到底，兰博基尼如离弦的利箭那样向前射出。

酒德麻衣原本还有点担心他的驾驶技术，此刻这家伙看起来却是个玩车的老油子。上学期他刚刚选修了驾驶课，而且还难得地拿了个A，那么努力的原因是他还惦记着哪天修好那台布加迪威龙爽上一把。

路明非从后视镜里看着那对发红的黄金瞳在门里缓缓地亮起，浑身冒着袅袅白烟的侍者再度冲出餐馆。

那种程度的撞击就算是一头马熊脊椎也该断掉了，可侍者丝毫没有受伤的样子。他站在瓢泼大雨中，盯着兰博基尼的尾灯。

路明非不是个迷信的人，而且卡塞尔学院的人都相信世界上一切超自然的现象都可以用龙族来解释，可看着后视镜中那对灯笼一样的瞳孔，他觉得车后方站着一只恶鬼！

那是比龙王更棘手的东西！如果不在这里杀死他，后果不堪设想！这种东西……绝对不能允许他活在这个世界上！绝对！绝对！

凌厉的意志在他脑海中爆开，似乎有某个阴冷刚强的灵魂降临在他的身体里，他抖开衣襟，抽出藏在腰侧的伯莱塔92FS。恺撒要求他务必随身携带武器的时候他还拒绝过，担心在街头被警察拦住搜身。没有恺撒和楚子航在场他就是个纯良的小白兔，给他武器他也没有使用的胆量。但面对那名黑衣侍者的时候，小白兔也露出了铁齿钢牙。

兰博基尼加速逃逸，枪火照亮黑夜，钝金破甲弹向着车尾发射。就像入学的那一天，他目睹苏茜一刀插入诺诺的喉间，下意识地就端起了狙击步枪。

身体呼应他的意志，自动调整到完美的射击姿势，伯莱塔像是成了他身体的一部分。他精密地控制着每一条弹道，每一枚子弹都准确地命中黑衣侍者，在最要害的地方炸出血花。如果恺撒在场也会被路明非此刻的射击精度震惊，那些子弹上似乎附加着"必须命中"的命令。

黑衣侍者顶着弹雨奔跑起来，速度跟兰博基尼不相上下！分明路明非的每一颗子弹都命中了他，子弹钻进生物肌体的声音清楚无误，内部填汞的弹头对龙类和混血种都是致命的，可黑衣侍者似乎根本没有受伤。高处警戒的酒德麻衣目睹了这不可思议的一幕，蓝牙耳机中传来森严的命令："狙击那个人，绝不能允许他接近路明非！"

她换上新的弹匣，居高临下地连续射击。她自称为王牌狙击手并非自夸，操纵着这种后坐力巨大的枪支，她只用三秒钟就把弹匣打空了。

AS50的大口径子弹威力惊人，每一次命中都让奔跑中的黑衣侍者打个趔趄。兰博基尼终于加速到他追不上的地步了，他缓缓地抬起头来，看向天台高处，被那双赤金色瞳孔锁定的瞬间，酒德麻衣狠狠地打了个哆嗦。她换上了用贤者之石磨制的子弹，这种子弹极其珍贵，但这种情况下她也意识到狙杀那个目标是第一优先，支付一切代价都是值得的。

但黑衣侍者消失在她的视野中了，他似乎猜到酒德麻衣接下来的举措，藏身在她无法瞄准的射击死角里。

兰博基尼冲过一片积水拐上小路，酒德麻衣跃上天台边沿。狂风暴雨中她的枪口纹丝不动，瞄准镜直指黑衣侍者藏身的地方。黑衣侍者敢从藏身处闪出来，她会立刻开枪。

"你无法消灭那个目标，任务的第一优先是保证路明非安全撤离，第二目标才是狙击我的那位老朋友。"耳机里传来老板的声音，不再是那种嘻哈欢乐的调子，异常低沉，仿佛牙齿间咬着钢铁。

Chapter 8
Family Dinner

> **血统档案·黄金瞳**
>
> 金色瞳孔是龙类以及混血种的身份标识之一，但就像中国人所谓的"龙生九子"，不同世代不同血脉源流的龙类和混血种的瞳色有着很明显的不同。
>
> 四大王座上的至尊们被认为拥有太阳般耀眼的纯金色瞳孔，他们不但瞳色纯正，而且目光如炬，强烈到普通人无法直视，甚至有着直视其双眼就会被其目光烧死的传闻。
>
> 神话时代流传下来的、觐见神的故事中往往不会直接描述神的尊荣，据猜测是在人类和龙类共存的世代里，人类中的觐见者根本不敢看或者看不清龙王们的面容。
>
> 也有一些记载说龙王在面对人类的时候通常都是闭着眼睛的，但当他们睁眼的时候，人类会觉得整个视野都被他们巨大的瞳孔占据，仿佛面对着通天彻地的金色镜子。
>
> 《山海经》中记述，名为"烛阴"的巨龙"其瞑乃晦，其视乃明"，意为其闭眼就是黑夜，睁眼就是天明，可以想见其瞳光的强烈。
>
> 次代种的瞳孔颜色则是金色中带着赤红，历史上的目击者通常称之为"熔岩的颜色"，这种瞳色给人带来的感受往往是黑暗和恐怖，神话时代关于魔鬼眼睛的描述很多可能源于此。
>
> 三代种以下，因为血统力量的衰减，瞳色和瞳光都进一步减弱，他们往往有着暗金色、蜜金色或者砂金色的眼睛。当他们兴奋、恐惧或者愤怒的时候，血统会短暂地被提升到次代种的程度，瞳色和瞳光也会接近次代种。
>
> 混血种的瞳色远不如高阶龙类来得纯正，因为瞳光更暗，所以原本的瞳色得以保留，观察起来更像眼睛的底部有金色的光源。
>
> 对于瞳色原本就比较淡的混血种来说，仍旧可能呈现出比较纯正的金色瞳孔，尤其是原本瞳色就是琥珀色的人。但如果瞳色是墨绿色，看起来就只是墨绿色的眼底里透出金色的微光。
>
> 在龙血爆沸的情况下，混血种和纯血龙类都可能出现眼睛充血的情况，这时候黄金瞳会带上诡异的血色，看起来和次代种的瞳色接近，但瞳光的强度严重不足。

黑色的直升机出现在惠比寿花园上空，光柱锁定了奔逃中的兰博基尼。在出发的时候源稚生就呼叫了直升机支援，现在终于赶上了。

"上杉家主和一名男性正驾车在惠比寿花园西面的小路上行驶，大量机动车正尾随和堵截他们。"直升机驾驶员的通话频道直接接入源稚生的耳机。

"向家族旗下的所有帮会发送消息！任何人胆敢伤及目标，都会被列入家族的黑名单！"源稚生看着手机屏幕上刚刚刷出来的照片，路明非的侧脸很清晰。

"绘梨衣，让你信任的男人居然是他么？"源稚生轻声说。

悍马急转弯，溅起大片的雨水，樱也驶上了惠比寿花园西面的小路。这是一片高档住宅区，颇有些历史了，那时人们还习惯于徒步出行，所以这里都是蛛网般的步行小道，两边是幽静的日式小院，道路宽度仅够两辆小车勉强错车，宽大的悍马把整条道路都给占据了。直升机驾驶员正把地图传输到悍马的导航屏幕上，蓝色的光点高速地向着西北方逃窜。

所有人的手机同时嘀了一声，他们同时接收到一条新的信息。源稚生抓起手机一看，"本家再度提高悬红，目前的悬红为一百亿日元，奖励给优先把照片中的女性带给家族的人。"

这根本不是源稚生想发布的信息，家族的信息系统彻底被外人入侵了，入侵者不断地提高悬红，刺激黑道青年们的贪欲，引诱他们不择手段地捕猎绘梨衣。

局面失控了，源稚生身为蛇岐八家的大家长，却无力控制这些帮会。此刻的惠比寿花园变成了猎场，猎物是绘梨衣，东京的黑道都参与到这场围猎中来了，还有更多的人正往这边赶。

源稚生很清楚帮会成员能做出什么样的事情来。人类的贪欲是比龙王还要可怕的东西，在巨大的利益面前，很多人都会变成龙那样嗜血的东西。

他想到了死去的真，浑身都是冷汗。

路明非根本没时间为摆脱了黑衣侍者庆幸，黑道就已经追了上来。不断地有摩托车从小巷中驶出，加入围猎队伍，偶尔还有轿车正面直撞过来，想把他们逼停。

兰博基尼并不适合在这种曲折的小路上行驶，它设计出来是对付高速赛道的，但现在路明非能依赖的只有这辆车，他竭尽所能地加速减速，甩尾转弯，像只没头苍蝇那样钻来钻去。

一旦停车就全完了，他心里非常清楚。

那种怪异的梆子声似乎还残留在他的脑海里，不时有一两个破碎的画面在他眼前闪过……男孩和女孩拉着手在冰原上逃亡，黑色的鸦群在天空中追逐，天空里降下致命的飞火，火焰把冰雪炸上天空，云层底部被照得通红，男孩捧着冰雪盖在女孩的脸上，她死了，鲜血从冰雪下面慢慢地渗了上来。

还有各种没来由的情绪，没来由的愤怒、没来由的不甘、没来由的想要怒吼，怒吼说你们想要把我逼到哪里去？你们难道不怕……死么？

没有人能把狮子逼下悬崖！那种尊荣骄傲的动物不会允许自己卑微地死去，它会在悬崖边愤而转身，哪怕是扑向猎枪的枪口！

枪里只有那一匣子弹，全都用在黑衣侍者身上了。路明非从未像今夜这样气恼，这样暴跳如雷，以前无论多少侮辱多少打击多少难过的事情发生在他身上，他都忍了，今夜他只恨自己的枪里没有更多的子弹。

摩托车的轰鸣声从背后传来，那台摩托车的功率很大，而且骑手的技术非常高超。他趁着路明非拐弯前减速的机会逼到兰博基尼边上，冷月般的长刀砍向路明非的脊椎。反正家族已经许诺为了捕获目标，任何违法的事情都由家族来买单，这种情况下死一两个人不算什么。

差着少许距离，长刀没能砍进路明非的脊椎里，在他的肩膀上豁开了一道血口。忽如其来的剧痛让路明非眼前一黑，但他挺住了，还用手中的空枪去砸那名刀手的脸。

几乎同时，有人从另一侧靠近，伸手想把绘梨衣从副驾驶座上抓出去。但路明非比那人快了一秒钟，他抓住绘梨衣的衣襟，把她狠狠地拉进自己怀里，带着巨大的恶意狠狠地往左打方向盘。

兰博基尼把那辆重型摩托车挤在道边的墙上，蹭出了一长串火花。十几米之后兰博基尼骤然加速，把挤成废铁的摩托车丢在路边，那名骑手抱着被压断的大腿打着滚哀号。

哀号声入耳，路明非的心情居然是欢欣鼓舞，他不断地左右打着方向盘，把追上来的摩托车挤到墙上去。

又一刀砍在他背后，猎手们已经明白，要想夺取绘梨衣这娇贵的猎物就必须先解决掉开车的这小子，于是纷纷拔出了藏在衣服里或者捆在车后的长刀。

路明非没有手枪可以投掷了，于是他把口袋里的八十万日元现金扔了出去，纷纷扬扬的纸币遮挡了那名骑手的视线，摩托车的前轮歪斜，翻倒在路边。

路明非已经不记得自己中了多少刀了，托这辆兰博基尼的福，每次有人逼近他就狠踩油门，加速拉开距离，有些刀就会砍空，砍中的几刀也没有造成致命伤。他的后背痛得像是被烙铁烙着，鲜血混合雨水染红了白色的真皮座椅。可大量的失血不但没有让他恐惧，反而令他有股子凶狠的喜悦。他想起蒙古人的叼羊会，他在电视上看过那场面，最矫健的骑手把羊死死地抓在自己的手心里，其他人怎么抢都抢不走。

直到现在为止，那美丽的、温软的猎物还在他的控制之中，直到现在他还是赢家！

他完全没有意识到自己的变化，血液的温度似乎在不断地提升，力量随着血液源源不断地到达每一块肌肉。不知什么时候他已经跟黑衣侍者一样热了，雨水淋在他身上化作白色的水汽。

"任何人，想从你的身边夺走任何东西，都是我们的敌人！"

"没有人会记得死的东西，所以要活下去，咬牙切齿地活下去！"

"我最恨有人抢走……属于我的东西。"

"我重临世界之日，诸逆臣皆当死去！"

路鸣泽的声音在他脑海中回荡，像是发疯的诗人或者戏子在朗诵台词。不知什么时候那个魔鬼对世界的仇恨已经侵入了他的脑海，在听见梆子声的那一刻，这种恶毒被激发出来，牢牢地控制了他。

他正下意识地践行着路鸣泽的意志。他操纵了这台兰博基尼，等于掌握着暴力，任何人敢靠过来，他就碾过去。

只要驶离这片道路狭窄来回转弯的区域他就赢了，以兰博基尼的速度，没有几个人能跟他在宽阔的路面上玩追逐，他又把一台摩托车在墙上碾成废铁，扭头寻找出口。

怀里的绘梨衣忽然动了起来，紧紧地搂着他的脖子。她身体冰冷，目光呆滞，止不住地哆嗦。

路明非想要甩开她，动作粗暴，之前他为了控制绘梨衣不让她乱动，狠狠地掐着她的脖子强迫她躺在自己的腿上，她的脖子上还有明显的瘀青。但绘梨衣倒不怕他，抱他抱得很紧，她身材修长，并非小鸟依人型的女孩，这时却缩成小小的一团，在路明非怀里像是个婴儿。

那些破碎的画面又一次侵入他的脑海，冰天雪地里，男孩背着女孩，沿着乌黑的铁路行走，女孩蜷缩在男孩背上，靠着男孩的体温取暖，也像是小小的婴儿。

撕裂般的痛苦后，路明非的意识被哭声唤回。绘梨衣在低低地哭，路明非一直以为这女孩是个天生的哑巴，可现在她居然在哭，哭得那么伤心，让人心里酸楚。

兰博基尼一头撞上了对面驶来的丰田轿车，路明非的头撞在方向盘上，血黏糊糊地沿着额头往下流，流进眼睛里。

在他失神的几秒钟里，那辆车忽然出现在前方，笔直地撞了过来，车里的年轻人们为成功地截住了兰博基尼而击掌庆祝。

绘梨衣还在哭，哭声低得只有路明非一个人能听到。他摸索着抱紧女孩，意识到她也看到了类似的幻象，应该是同样恐怖的经历吧？梆子声对他们造成了精神污染，他们一起在幻觉的地狱里往外挣扎。

他忽然想起来了，他来这里并不是为了跟暴徒们抢夺猎物，绘梨衣也不是猎物，她是个活生生的女孩。

他是来保护她的，这是他的任务。他必须勇敢，就像真遇到危险的时候，恺撒不顾一切地驾驶着"蝰蛇"撞向那堵墙。绘梨衣是解决白王事件的重要钥匙，这是他们在东京战场上浴血杀到如今才掌握到的线索，唯一的线索。他现在可以停车，把女孩献出去，说我什么也没干，姑娘我原样带出来原样还给你们，你们不要杀我，大家中日友好。

可废柴也是有尊严的，那样的话师兄们的命不是白拼了么？还有怀里的女孩，她害怕得搂紧你分明是想你保护她、带她离开这个地狱般的地方。

一个漂亮的女孩对你说"带我走"，你说"对不起那边几位带刀的大哥似乎也想带你走我实在不便夺人之美我还有点事先走了祝你和大哥们今晚过得开心"？

有些事情如果你做了的话，自己也会厌弃自己的啊！

他腾出一只手抱紧绘梨衣，转头看向后视镜，看着镜子里那张好像有点愚蠢的脸，深深地吸了口气，清晰地吐字："路明非！ 不要死！"

镜中的人缓缓地睁开了眼睛。这是种很奇怪的感觉，他分明是睁着眼睛的，可他居然看见镜中的自己睁眼了，睁开了另一双眼睛……古奥、森严、幽远、高贵的黄金瞳！

镜中的人以古代皇帝般的威严声音对他说："路明非，不要死。"

他无法分辨镜中的人是自己还是路鸣泽，但他能感觉到君王的威严和钢铁般的意志通过镜子反射，反过来施加在自己身上，一条命令被强行写入他的脑海。

不要死，他命令自己不能死去！

兰博基尼再度吼了起来。超级跑车的发动机舱不像普通轿车在前面，而是在后方，撞击并未摧毁兰博基尼的发动机，现在这台暴力机器再次启动，顶着丰田车往外面冲。

丰田车里的家伙们刚想从车里冲出来，却被怒吼的兰博基尼撞得晕头转向。丰田车的引擎是没法跟兰博基尼比的，对撞的话必输无疑，司机只能拉起手刹，不让路明非轻易地撞开自己。

路明非把车往后倒了几米，又一次撞了上去，撞得碎片飞溅。

之前被甩开的摩托车群追了上来。摩托车手们判断眼前的局面，多亏那辆丰田车及时出现挡住了兰博基尼，一旦让路明非撞开丰田车驶出路口他们就再也没有机会。这种情况下他们必须帮丰田车里的竞争对手。他们接二连三地从兰博基尼旁驶过，过高的速度和湿滑的路面让他们不敢刹车，他们只有砍一刀的机会，每一刀都砍在路明非的后背上。

"我真没想过……要当英雄啊。"路明非艰难地自语。

那条被强行写入脑海的命令正在发挥作用，他的肌体正以惊人的速度恢复，被砍断的肌腱和骨骼发出轻微的声音，以肉眼可见的速度止血和愈合。那不该称作"愈合"，应该称作"缝补"，他千疮百孔的身体被超自然的力量一再地缝补起来，接着又被切开。这种不可思议的能力并不是免费的，他的体力被迅速地抽干，好像连灵魂也干涸了似的。他的五感渐渐地钝化，他听不见声音闻不到味道，甚至触觉也在丧失，他承受着火烧般的剧痛，把所有注意力集中在前方，看着那辆丰田车的车灯，把所有的力量集中在抓着方向盘的手上。

无论多少刀砍在他背上他都只看前方，顶着那辆丰田车玩命撞。撞出这条路他就赢了，他希望绘梨衣也学过一点驾驶，这样他倒下之后绘梨衣能接过方向盘。

因为失血过多，神志开始模糊，他反复地想起那个外校混混道哥跟他说打架的真理不在于打人在于扛打，你要是被一群人围殴，管他多少人打你你就是要盯着那个为首的照死里打，你一定会伤得比对方重得多，因为在你打他的时候好多人在打你，但你只要扛住了，他就没法全身而退。你不能让他得意洋洋毫发无伤地打完收工，这就是打架的气节。

他把绘梨衣的脸紧紧地按在自己胸前，不让她看到雨中飞溅的血。他不想这女孩被吓到，她的精神状态处在将要崩溃的边缘。

有人从摩托车上跃起，落在兰博基尼的发动机舱上，甩动手中的球棒打在路明非的后脑上。

路明非觉得整个颅腔像是被撞击的铁钟那样震动，鲜血同时从鼻子和嘴里喷出。那记漂亮的甩棍几乎令他的颈椎折断，但蛮横的愈合能力迅速地发挥作用，下一秒钟骨缝就被新生的软骨细胞弥补上，撕裂的颈部肌肉止血，大脑分泌巨量的肾上腺素和内啡肽帮助他克服痛苦。接着是从后方袭来的稳准有力的一刀，他努力闪避，但那一刀还是切断了他肩胛上的整条肌肉。骑手带着沾血的短刀，就要从车边掠过，但路明非已经推开了车门。铝合金车门被撞断，燃烧的摩托车贴地滑动，骑手翻滚着去往天空。

发动机舱上的那个年轻人惊讶地发现自己那一棍竟然没能把路明非打晕，这家伙还死死地握着方向盘。他挥舞球棒连续地击打在路明非的脖颈上，想着干脆打断这小子的脖子算了。

路明非的脑袋被球棒打得左歪右斜，颈椎似乎已经断掉了，只剩下肌肉连着这个可怜的、沙包一样的脑袋。

他努力地睁大眼睛，可什么都看不清，四面八方都有人在高声喊话，他听不清那些人在喊什么，只觉得那是毒蛇的声音。他如此清晰地感受着这个世界的恶意，所有人都要杀了他，所有人都为那个挥棒的家伙叫好，他是全世界的敌人……如果全世界都把你看作敌人，你是不是也曾想过要毁掉这个世界？

他又一次撞上了丰田车，挥棒的家伙立足不稳摔了下去。后方飞来一根套索，套住路明非的脖子之后抽紧。这是得克萨斯牛仔用来套野马的招数，日本黑道中居然也有人擅长。那名骑手抛出套索之后立刻掉转车头，路明非再也握不住方向盘，被拉得向后飞起，再重重地落在积水中。

骑手拖着路明非去向小路的另一头，他的同伴们一拥而上来抢绘梨衣。

超强的愈合力还在修补路明非快要被勒断的喉骨，但严重缺氧令他四肢无力眼前发黑，视野迅速地变窄。他用尽最后的力量看着目光呆滞的绘梨衣，他们之间的距离越来越远，七八个人正扑向绘梨衣，去争抢这只价值一百亿日元的美丽羊羔，又像是要撕碎她，拿着她的碎片去领赏。

Chapter 8
Family Dinner

路明非的最后一缕意识居然是歉意，为什么绘梨衣信任的人是他呢？要是信任杀坏师兄的话就好办多了，这时只要"君焰"燃起，整条长街都会化为火海。

你也不会那么害怕了……

清澈的声音回荡在整条长街上，那是一个女孩在说话，她说着太古洪荒的语言，路明非从未听过那个词，但他竟然能理解那个词的意思。

那个词的意思是，"死"！

绘梨衣挥手，五指在空气中留下平行的五条弧线，她手指末端所经之处，一切都被撕碎。靠近她的所有人都在她挥手的一瞬间分崩离析，他们感觉到了胸部或者颈部传来剧烈的疼痛，但还没有明白怎么一回事，刹那之后他们沿着伤痕开裂，巨量的血浆迸射，仿佛巨大的血色鲜花围绕着绘梨衣盛开。她的四肢同时发力，像是野兽那样腾空跃起，落下的时候她抓住了兰博基尼的后保险杠。

她竟然把这辆超级跑车生生地抓了起来，高举过顶，向着越来越近的骑手们投掷出去。

那辆车在半空中翻滚燃烧，火光照亮了绘梨衣那桀骜的身影，她如王一般伟岸又如鬼一般狰狞，她再度说出了那个古老的词语，用金属般的声音："死！"

命令被下达给这条街上所有的人，除了路明非和她自己。兰博基尼翻滚着解体，锋利的碎片上沾染了燃料，熊熊地燃烧着，这些明亮的、箭一样的碎片如横着下的暴雨，席卷了整条街。数十辆摩托车连同它们的骑手被这场钢铁和火焰的风暴波及，密集的爆炸声响彻了惠比寿花园的西北角，每一辆燃烧的摩托车都是一朵巨大的火花，这些火花沿着长街排成长队，路明非亲眼看着那些骑手在火焰中痛苦地扭动，他们中幸运的那些在几秒钟之后因油箱爆炸而死，不幸的则在火焰中挣扎翻滚，如同遭受地狱的酷刑。

血和火之中，那头角狰狞的人形向着路明非走来，随手把那些将死未死的人切开。她的裙裾翻飞，那双曾令路鸣泽神不守舍的修长小腿上覆盖着苍白色的鳞片，肌肉在鳞片下缓缓地起伏。

他们对视，路明非仰面躺在积水中，绘梨衣头顶着纯黑的天空，整个世界被狂风暴雨湮没。

这是怪物与怪物之间的凝视，路明非身上的伤口正高速愈合，绘梨衣身上那些紧贴身体的鳞片逐一扣紧，发出清脆的声音，雨滴落在这两个炽热的身体上，蒸发之后变成白色的雾，随风散去。

她还穿着那身蓝紫色外罩黑纱的漂亮裙子，可在路明非的眼睛里她已经化身为身披血色长袍的女皇，璀璨的黄金瞳中再没有对世界的警惕，而是充满了杀戮的喜悦。

她委实不必害怕，她本就是可以用暴力君临天下的物种。

　　也许她是要杀了自己吧？这个念头在路明非脑中一闪而灭，因为那血腥的女皇已经俯下身来，紧紧地把他抱在怀里。

　　路明非呆住了，曾几何时你是不是也曾有过这种感觉……唯有抱紧那个人，你才能确知自己活着。

第九章 我们都是小怪兽
We are All Little Monsters

路明非在温暖的河中跋涉，水面上笼罩着绵密的雾，莲花自上游漂往下游，倒像是无根的浮萍。

河并不深，水很清，河底都是圆润的卵石，赤脚踩在卵石上非常舒服，低头就能看见小鱼围着自己的脚踝游动。他不知道这是哪里，但不像是陌生的地方，记忆中他曾经来过，可他什么时候来过这种远离尘世又很有禅意的地方？

河对面传来短促但悠扬的乐声，钢琴、小提琴和大提琴互相应和，路明非知道这是演出开始之前的试音，听起来一场露天音乐会即将开始。

他加紧步伐向对岸走去，忽然想起自己来这里就是要赴一场盛大的聚会。他在河水中看见了自己的影子，穿着简陋而奇怪的白色衣服，衣服上钉满了坚固的皮带，这种衣服大概是为了束缚一个人而设计的，他怎么会穿着这身衣服？穿着这种衣服怎么去参加音乐会？但他还是踏上了对面的河岸。前方是茸茸的青草地，草间盛开着黄色小花，花在风中摇曳，女孩们在草地上奔跑嬉戏，宽大的白袍遮不住她们灵动诱人的曲线，她们的头发像是黄金或者白金那样灿烂，皮肤素白得像是冰雪。

在她们面前路明非有点自惭形秽。

一个女孩看见了他，惊喜地喊了起来："新郎来啦新郎来啦！"

她们都向着路明非跑了过来，围绕着他，用某种他从未听过的语言跟他说话，但很奇怪的是路明非能听懂她们的话，她们说着祝福的话，跟路明非行贴面礼。

只有一个女孩没有靠近，她仍旧站在浓雾中，长发在风中漫漫飞舞。路明非看不清她的脸，但他知道她正隔着浓雾注视着自己。

女孩们给路明非戴上猩红的绶带，绶带上别着金色和银色的勋章，在绶带的衬托下他身上那件奇怪的白衣也显得体面起来，像是将军的制服。女孩们为他梳理头发，给他穿上漆黑发亮的皮鞋，为他系上月桂花枝条编制的腰带，他被涂脂抹粉，镜子递到面前，镜中的人竟然有点剑眉星目的感觉。

风大了起来，浓雾顺着雾中女孩的衣褶流走，暗红色的长发在风中漫卷，洁白的长裙也在风中漫卷，露出笔直秀气的双腿，脚上穿着白色的高跟羊皮短靴，脚腕上系着金色的链子，铃铛在风中叮叮作响。

素白的头纱遮住了女孩的脸，但路明非还是把她认了出来，那是绘梨衣，那双短靴和那根脚链是他们一起在南青山的名品店里买的，在婚纱和头纱的衬托下，绘梨衣越发像个精美的娃娃。

路明非好像想起来了，他来这里就是要参加自己的婚礼。

女孩们簇拥着他来到绘梨衣面前，围绕着他们唱歌跳舞，抛撒花瓣，不知道藏身在何处的交响乐队开始演奏瓦格纳的《婚礼进行曲》，雄浑的开场像是一位君王的婚礼。

路明非小心地伸出手，绘梨衣把戴着白色蕾丝手套的手放在他的手心里。

雾开始散了，周围出现了建筑物，白垩色的高楼围绕着他们，小小的窗户像是成排的眼睛，居高临下地看着他们。高天里的风速很高，乌云瞬息万变，但风被四周的高楼挡住了，这块小小的草坪上和煦温暖。女孩们簇拥着他和绘梨衣来到月桂花枝扎成的花门下，穿着白色法袍的牧师在那里等候，花门前摆着一张桌子充当圣台，这居然是一场东正教的婚礼。圣台上放着一部圣福音书、两顶婚礼冠冕、一杯红葡萄酒和两支点燃的蜡烛，牧师把一枚金制的结婚戒指和一枚银制的结婚戒指放在圣台两端，让路明非和绘梨衣站在圣台的两端。

乐声暂时地低落下去，牧师在新郎和新娘的头顶各画了三个十字，递给路明非和绘梨衣各一支点燃的蜡烛。

圣台旁的助理牧师用诗歌般的声音说："君宰，请祝福。"

司祭也用诗歌般的声音说："赞颂常归于我们的上帝，从今日到永远，世世无尽。"

女孩们和乐手们齐声说："阿门。"

助理牧师说："在平安中让我们向主祈祷。"

大家齐声说："求主怜悯。"

别说路明非没见识过东正教的婚礼，他甚至没怎么去过教堂，可现在跟着大家一起念诵这些古老的证言，却像是烂熟于心。

他心里很是平安喜乐，这种感觉很好，对面那个漂亮的女孩是属于你的，你即将按照规定的流程念出对她的誓词，你把戒指套在她的无名指上，你的婚礼被所有的亲朋好友见证。

牧师从碟子里拿起金质戒指，用它在路明非的额头上画了三个十字，朗声询问："路明非，你是否愿意接受上杉绘梨衣为你的合法妻子，并尽你的一生去关爱她，珍惜她？"

"我愿意。"路明非说。

"上杉绘梨衣,你是否愿意接受路明非为你的合法丈夫,并尽你的一生去关爱他,珍惜他?"牧师把银质戒指放在绘梨衣掌心。

"我愿意。"绘梨衣说。

"那么现在你们可以交换戒指了。"

路明非一手拿着戒指,一手拿起绘梨衣的手,那是一只很柔软很温暖的小手,暖得让人握住了就不想松开。就在路明非将要把那枚戒指套上绘梨衣的无名指时,牧师忽然问了一个奇怪的问题。

"你确定么?"牧师问。

路明非忽然发觉从头到尾他都看不清牧师的脸,草坪上的雾气都散去了,但始终有雾气缠绕在牧师身边,雾中的男人轻声地问他:"你确定么?"

"我确定么?"路明非呆呆地问自己。

见鬼,他为什么会忽然来参加一场婚礼?还是自己的婚礼?他忽然发觉这是个非常荒唐的事情,他从未把绘梨衣看作可追求的女孩,那是一个怪物,他是这个怪物的看守者,他们之间的关系怎么忽然成了这样?他想不起前因后果了,觉得这件事又荒谬又自然,他站在亲朋好友中,被祝福的目光包围着,美丽的女孩愿意嫁给他,他已经念出了誓词……这样不就可以了么?为什么还要问我?让我好好地完成这场婚礼我就幸福了啊,为什么还要来问我的……心?

心里空空如也,好像敲敲胸口就会发出空洞的响声。

分明感觉不到难过,可他知道自己很难过,分明很想把戒指套上那根纤长的手指,可是动不了,身体像是锈住了的铁皮人。

他使劲使劲又使劲,他想这样拖着新娘子该多伤心啊,在宾客们面前该多难堪啊。宾客们骚动起来,尤其是那些女孩,那是伴娘们,伴娘们发出恍然大悟的声音说:"对了!忘记了!还要把傀儡烧死!"

她们欢喜地点燃了火把,从路明非和绘梨衣身边跑过,提着长袍的摆,露出炫目的腿,像是成群的小鹿。她们从教堂的水泥大门下跑过,沿着曲折的楼梯登上钟楼,路明非往高处看去,风旋转着直上天空,那座浇筑在教堂顶部的水泥十字架从雾气中显现出来,穿着素白婚纱的人偶被人用铁丝捆绑在十字架上,她做得非常简陋,四肢跟被人打断了关节似的,无力地下垂,脸用白色的麻布缝成,因为手工太粗糙了,所以那张脸看起来支离破碎,像是什么邪恶的傀儡娃娃。

难道是某些地方的婚礼有把傀儡娃娃烧掉以示烧死魔鬼祈求吉祥的意思?路明非茫然地望着高处的傀儡娃娃,他抓着绘梨衣的手,暗地里为自己鼓劲,烧完傀儡娃娃后继续仪式时可千万别再犯尿了。

风吹起傀儡娃娃的面纱,她的耳边银光跳跃。怎么会有这种看起来很贵重的首饰挂在这么难看的傀儡耳边？路明非眯起眼睛去辨认那东西。

那是一对银色的四叶草耳坠。

"诺……诺。"路明非轻声说。又像是那颗原本死寂的心脏搏动起来了，它跳着跳着念出了某人的名字。

绘梨衣紧紧地拉着他的手，可他无意识地松开了绘梨衣，戒指从他手中坠落，他慌慌张张地向着钟楼跑去。他惊慌失措了，他怕那些女孩就这么烧掉了傀儡，怕得要死。

背后传来幽幽的叹息声，似乎是牧师发出的。路明非忽然惊醒，这是他的婚礼，他距离幸福只剩一步了，他这一走婚礼该怎么办？

他猛地回头，绘梨衣站在烈焰中，仍旧穿着白色的长裙和高跟靴子，脚踝上的金色链子闪着光。头纱和白裙化为黑烟，黑烟中他的新娘以木枝为骨，用麻布缝出脸来，用墨笔点出呆滞的眼睛。

原来他的新娘也是傀儡，他松开了她的手，所以傀儡失去了生命。世界熊熊地燃烧着，他站在世界的中央。

路明非猛地坐起，浑身都是冷汗。窗外是漆黑的夜和漫天大雨，他从噩梦中醒来，仍在春末夏初的东京。圆床的四面垂下红色的纱帘，身上盖着轻软的羽绒被。

他忽然想起深夜长街中的那场杀戮，以他所受的伤，本该躺在医院的急救室里，可现在他却躺在情人旅馆的房间里，第一次享受了睡床的待遇——之前的几天里他一直睡在浴缸中。

他的头很痛，身上也很痛，他记不得怎么回到情人旅馆里来的了，他最后的记忆就是血腥女皇般的绘梨衣站在他面前，居高临下地看着他，黄金瞳中不带一丝怜悯。

他摸摸身上，被砍伤的地方都已经结痂了，这说明那场杀戮是真实存在的，并非他的另一个噩梦。他记得曾对自己用过那个"不要死"的言灵，通常这条言灵只能让被苍蝇拍子打过的苍蝇重新飞起来，不过在关键时刻还是救了他一次。他试着回忆那些不可思议的经历，黑衣侍者、幻觉中燃烧起来的餐馆，还有刚才那个诡异的梦，这一切似乎都是有所关联的，但他想不明白。

脑海里似乎多了些不属于他的记忆，他确定那些事情不曾发生在自己身上，可他真真切切地回忆起来了。

他呆呆地看着屋顶。他好久都不想诺诺了，他正学着适应她的新身份，老大夫人，江湖上俗称大嫂。《古惑仔》里说勾引大嫂要受三刀六洞之刑，可见勾引大嫂是何等淫贱下流的事，绝非一部书的主角该做的。可当他已经渐渐习惯了没有诺诺的生活时，诺诺却以一个丑陋傀儡的形象出现在梦里。这个梦仿佛在暗示什么，可他也想不明白。

诺诺已经失踪很久了,说是出外实习,可怎么会有这么秘密的实习,连恺撒都不知道她的去向。路明非隐隐地担心起来。

他摸索着起身,想去接一杯水喝,忽然惊得蹦了起来,他这才想起一件要命的事情来,绘梨衣不见了!

那不是普通状态的绘梨衣,而是血统处在爆发状态下堪比巨龙的杀戮者!

他看了一眼床头柜上的电子闹钟,时间是凌晨四点,他们被黑道阻截是昨晚九点前后的事,这么说来绘梨衣已经消失了七个小时! 七个小时里这个危险的杀戮者在东京的雨夜中游荡?

他忍痛抓起椅子上的衣服,想出门去找她,却发现浴室的门缝里有微弱的光。

他慢慢地推开门,浴室里黑着灯,电视里正在重播奥特曼系列中颇为有名的那部《迪迦·奥特曼》。这部特摄片是1996年上映的,算是元祖级的特摄片了。

剧情一如既往地毫无变化可言,外星怪兽在虐过迪迦·奥特曼之后,迪迦·奥特曼反过来压制了怪兽,大家笨拙地扭打在一起。浴缸里放满了水,绘梨衣蜷缩在浴缸的一角,目不转睛地盯着屏幕。

路明非松了一口气,赶紧用手遮脸。他不是第一次在绘梨衣洗澡的时候闯进来了,比前一次镇静了许多,他没有立刻退出去是想确认一下绘梨衣的状态。

"我马上就出去,你没事吧? 我已经好了我没事了。"他说得杂乱无章。

绘梨衣仍旧缩在浴缸的角落里,黑暗里她的瞳孔亮得慑人。但那不是进攻前的凶相,而是恐惧,她像是一只受惊的小动物,蜷缩在浴缸的角落里瑟瑟发抖。

路明非又紧张起来,他本以为绘梨衣还有心情看特摄片,应该处在比较稳定的状态下,可情况跟他想的不太一样。绘梨衣把自己更深地泡进水里,水溢了出来,带着微微的血红色。

水面上浮着那件被鲜血浸透的、蓝紫色罩黑纱的公主裙。

她显然是受了惊吓,所以返回旅馆后立刻把自己泡在了浴缸里,放水清洗身体。她是杀戮者,但她所受的惊吓跟那些人临死前感受到的恐惧是同等程度的。当时她处在非常不稳定的状态中,但她还是把路明非带回了情人旅馆。

"没事了没事了,都过去了。"路明非小心翼翼地向她伸出手去,但浴缸实在太大了,他伸手也够不到绘梨衣。

他还不敢把手伸得太长,一则怕触碰到绘梨衣的身体,二则绘梨衣的神情有如炸毛的小猫,猫温顺的时候可爱,但受惊时是会连主人都咬的。

绘梨衣警觉地看着他,怀里抱着一个湿透的枕头。

路明非知道自己必须要说些话让她安心,可他刚做了那样诡异的梦,他看绘梨衣一时像是受惊的小女孩一时像是燃烧的丑陋傀儡,他的手也有点抖。

"别怕,这里只有我们两个……我不会伤害你的……如果有人要伤害你……我会保护你,别怕。"他干巴巴地说。

他拿起浴缸边上的小黄鸭,放进水里轻轻地推向绘梨衣。两个人的目光都跟着小黄鸭走,最终在浴缸中间相遇,绘梨衣呆呆地看着他,好像刚刚从噩梦中醒来,渐渐地认清了现实中的人。

就像在海下七百米的那次,黑暗中只有一点光源,随着凝视她眼睛里的杀机渐渐消弭,最后忽然笑了起来。

她慢慢慢慢地靠近浴缸边,慢慢慢慢地搂住路明非的脖子,她跟诺诺一样高挑纤长,但蜷缩起来是很小很小的一团。路明非只能拥抱她,无论这是赤裸的少女还是危险的怪兽。他们隔着浴缸的边缘拥抱,在黑暗中像是僵硬的雕塑。窗外雨幕中,东京天空树忽然亮了起来,那座矗立在大地中央的高塔,通体亮着粉红色的灯,那光让人渐渐地恢复温暖。这一刻仿佛神从高天里俯视,怜悯这两个惊恐的孩子,点燃一束光照亮他们的眼睛。

路明非轻轻地摸了摸绘梨衣的头发。

这一集《迪迦·奥特曼》进行到了结尾,奥特曼用一个蠢萌蠢萌的姿势把蓝紫色的怪兽扔向天空里,然后竖起小臂,以招牌姿势发出他的必杀技"ゼペリオン光线",怪兽挣扎了几下炸裂了。

"我们都是小怪兽,有一天会被正义的奥特曼杀死!"绘梨衣用极小极小的声音凑在路明非耳边说,仿佛要告诉他这个世界上最大的秘密。

路明非的心里猛地一寒,全世界有多少人看过《迪迦·奥特曼》?也许有十亿吧?其中只有绘梨衣在用那些被奥特曼杀死的怪兽的视角在看这部蠢萌的剧,所以她看这部剧的时候从来都不会笑。

她清楚自己是跟别人不一样的东西,《迪迦·奥特曼》对她而言其实是部恐怖片,这部片子一再地告诉她世界的真理,怪兽必然被正义的奥特曼杀死,这是命中注定。

AS50重型狙击步枪的瞄准镜里,男孩和女孩久久地拥抱,夜雨中的东京城被忽然亮起的电波塔照成粉红色。

耳机里不知多少人在欢呼,专家组封闭工作了那么久终于见到了曙光,酒德麻衣可以想象他们互相拥抱甚至一起亲吻漂亮的三间唯小姐。这个拥抱意味着他们确实是恋爱达人,有能力促成一段美满的爱情,他们也会因此获得高额的报酬。可他们并不知道昨晚发生在惠比寿花园中的爆炸案和这对年轻人有关,只是通过屏幕看见他们紧紧地拥抱在一起。

酒德麻衣揭开防雨布,从口袋里掏出录音笔,"现在是Tokyo Love Story的第六天凌晨四点,他们可能相爱了,也可能是同病相怜……"

Chapter 9
We are All Little Monsters

"你到底要什么时候才能改掉记录音日志这个毛病？别人的私事你也记？"苏恩曦打着一柄黑伞登上天台。

"东京天空树亮灯是你安排的？"酒德麻衣问。

"还不是武宫贤司想出来的那套老招数。神启嘛，在双方心动的时候给他们些神启，让他们觉得这是命中注定的相逢。"苏恩曦撇撇嘴，"那帮专家组也就提了这么一条有价值的意见，钱倒是花了不少。"

"你应该在高天原坐镇，来这里干什么？"

"红豆大福饼，趁热吃咯。"苏恩曦把手中的便当盒递给酒德麻衣。

"对我这么好？"

"关心你嘛！"苏恩曦耸耸肩，"去屋檐下躲着吃吧，不用守着你那支狙击步枪，人家正在拥抱，情意绵绵，不会忽然化身怪物毁灭东京的。"

两个人躲在短短的屋檐下吃红豆大福饼，雨滴落在她们考究的靴子前。

"刚才的问题你还没回答我呢，为什么那么喜欢记录音日志？"苏恩曦问。

"薯片你有没有怀疑过一件事……自己是不是真的活过？"酒德麻衣望着外面千丝万线的雨。

"我得指出你这种唯心主义的怀疑在尼采和斯宾塞的著作中已经有过非常详尽的批驳，如果你需要参考书的话我可以借你几本书看。"

"我有没有给你讲过忍者的生活？"酒德麻衣忽然转向另一个完全无关的话题。

"没有，不过在我想来忍者不都是你这种样子的对吧？开兰博基尼跑车，穿Christian Louboutin的高跟鞋、二号Prada礼服，坐着公务机全世界泡帅哥。"

"真实的忍者是一群疯子。"酒德麻衣咬着红豆大福饼缓缓地说，"忍术这门技巧被发明出来的时候，是日本历史上最混乱的年代。那时在伊贺和甲贺这两个小地方，几百个人就是一个小国，小国之间相互战争，因为不相互战争粮食就不够吃，赢家吃输家的粮食才能活下去。因为人数少，所以单兵实力被特别地看重，于是大家都不惜一切地开发人体的潜能。忍术的入门练习是用手把自己吊在房梁上，我做这个练习的时候，老师在我下面放了一块钉板就走了，我吊了整整一天，累得失去意识了都不敢松手。"

"我去，这是练习么？这是肉刑吧？你们日本人能要点脸么？"

"可这就是忍术的真谛，与恐惧为伴，恐惧把你的潜能激发出来。古代忍者相信自己生活在神秘的世界里，召唤式神，与妖鬼战斗，但这些都是恐惧带来的幻觉。"

"怎么忽然想起说这个？"

"其实传说中那些伟大的忍者并没有活过，活过的只是战乱年代的一些可怜人。所谓伟大的忍术传统，本来就是一场骗局。"酒德麻衣说，"相信这个的忍者就是一群疯子。"

"那你也是疯子咯？"

"是啊，我也是个忍者，与恐惧为伴。我有时候觉得自己可能生活在一场骗局里但自己不知道，我担心自己的记忆出偏差，就用录音笔把我做过的事情记下来。有一天我疯掉了或者死掉了，能证明我活过的东西就只是这些录音带而已。"

"长腿你忽然变得很忧郁，忧郁得很感人，你是立志要当作家么？"苏恩曦笑。

"别笑，每个人可能都生活在骗局中，你也不例外。我们在这里看着路明非，知道他生活在一场虚假的爱情里，可谁知道我们的生活之外没有人正悄悄地看着我们呢？"酒德麻衣幽幽地说。

"只要不是个咸湿大叔我就没意见！"苏恩曦满脸不在乎。

酒德麻衣笑笑："以前有个剧作家追我，跟我约会了三四次。有一次我问他说你刚开始写一个故事的时候，知道结局是悲剧还是喜剧么？他说我知道，悲剧还是喜剧通常在开篇的时候就已经决定了，即便结尾还未确定，我已经知道我想表达的是什么样的情感。我说那如果你要写一幕让人流泪的悲剧，你又是抱着什么样的心情去写悲剧发生前的欢乐呢？他说喜剧中欢乐是为了让人笑，而悲剧中的欢乐是为了让人在结尾时的悲伤加倍，你曾有多快乐，就得用双倍的悲伤来买单，所以一个好的剧作家必须学会写欢乐，即使他们根本不相信世界上存在欢乐这种东西。"

"你的意思是说我们给路明非制造了一场爱情，但因为剧作家是老板，是标准的浑蛋，所以他一定会想办法把这个故事写成悲剧？"

酒德麻衣点了点头："老板不像是个能写出喜剧结局的人，这不取决于他想不想。那个剧作家说，当他开始写一幕真正的好剧时，即便他自己都无法改变结局……你可以挣扎，但无济于事。"

苏恩曦沉默了片刻："如果是我，会在悲剧结局到来之前开开心心地过。"

"多年之后路明非会记得这个世界上曾有一个深爱过他的女孩，名叫绘梨衣，但那只是骗局。那几天的欢乐是剧作家为了映衬结尾的悲剧而写出来的桥段。如果你是他，你会喜欢那种开心么？"

"别傻了长腿，你以为你是谁？你没办法操纵爱情，你能做的只是加速那件事的发生。我的意思是说如果路明非真的爱上了上杉家主，那是他原本就有这个可能性，你只是加速了事情的发生。"苏恩曦说，"你还记得那位从迪拜追你追到纽约的年轻伯爵么？你永远都不会爱上他，即使伯爵风骚靓丽地向你走来的时候，天上降下天使来对你咏唱说啊酒德麻衣，张开双臂接受你宿命的爱人吧……想象一下，如果真有天使告诉你你宿命中的爱人是那位伯爵，你会怎么样？"

酒德麻衣认真地想了想："应该会一脚踹在天使脸上，叫他别烦。"

"我就知道你会这么做，不因为别的，就因为伯爵不是你的菜。只有当你对伯爵动了心，再出现神启，你才会顺势倒在伯爵的怀抱里。同理你也没法强迫路明非爱上上杉家主，你只能试着给本来没有机会的爱情一个机会。如果上杉家主确实只剩很短的生命了，那她至少能在生命结束前体会一下爱情。我们做了好事。"苏恩曦打了个响指，"就算结局是个悲剧，也该是了无遗憾的悲剧！"

酒德麻衣歪着头审视苏恩曦："薯片，你的情商比我想的要高。"

"废话！ 我在哈佛上学的时候测情商是全商学院第一名！"苏恩曦神采飞扬。

"你情商这么高怎么一直找不到男朋友？"

苏恩曦一口老血淤在心里，气得半天说不出话来："如果我是红豆大福饼，会哭着说为什么会被酒德麻衣这张刻薄的嘴吃下去呢？"

"就算是个悲剧，也该是了无遗憾的悲剧。"酒德麻衣笑笑，"薯片你说得真好。"

"绘梨衣已经失控，但情况还没有严重到无可挽回的地步。昨晚在惠比寿花园西北的长街上她杀死了七十六个人，没有伤者，她下达的是必死命令，所以不会留下伤者。但她并未肆意地屠杀后面赶来的人，只是带着路明非迅速地脱离了现场。"源稚生缓缓地说，"所以她还残留着神志。"

源稚生和橘政宗各打一把伞，站在醒神寺露台上。

夜叉、乌鸦和樱都等在楼里，被排除在这场对话之外。绘梨衣的血统是蛇岐八家的最高秘密，只有源稚生和橘政宗知道，这个秘密的级别甚至超过了源稚女的存在。

"街边的摄像头无意中拍到了一个人，昨晚这个人也在惠比寿花园附近活动，还有人看见他穿着侍者的衣服走进 Chateau Joel Robuchon。"源稚生把一沓模糊的黑白照片递给橘政宗，照片上面孔惨白的男人对着镜头微笑，嘴唇朱红牙齿铁黑。看起来他已经觉察到摄像头在拍他，特意抬头摆了个打招呼的姿势。

"王将。"橘政宗幽幽地说，"是他。"

"在没有见到这张照片之前我对你所说的话还不是绝对相信，但王将终于现身了，局面就要明朗起来了吧？"

"在我们对猛鬼众的战争中，依附猛鬼众的帮会都遭到了致命打击，绝大部分拥有鬼之血统的干部也被我们监禁起来了。他们的实力有所减弱是必然的，但未必没有隐藏起来的精锐。王将这时候出马，想必是要带着最后的精锐翻盘。"橘政宗说，"他出现在惠比寿花园附近必然是为了绘梨衣。"

"他为什么对绘梨衣这么有兴趣？"

"大概不想能够杀神的致命武力被我们掌握吧？ 侵入信息系统的应该也是他。"橘政宗顿了顿，"红井那边的挖掘进度如何了？"

"昨天突破了坚硬的石英岩层，宫本家主已经挖出了三百四十米长的隧道，按照水文地图，他们已经接近赤鬼川了。再有几天的时间就会到达神的孵化场。"

"安全措施呢？王将有没有可能进攻红井？"

"通往红井的公路只有一条，已经被龙马家主指挥的自卫队封锁了，周围的森林里遍布红外线报警器和风魔家的忍者部队，我们还在红井附近安置了轻型地对地导弹，必要的情况下，可以把红井整个毁掉。"源稚生说，"保密工作很完备，但以王将的渗透能力，想必能够觉察红井那边有异常的操作。"

"但他短时间内还没法断定我们在那里挖掘神的孵化场，对么？"

"是的，家族的地质勘探工作已经进行了近百年，表面上看红井那边只是一次规模更大的地质勘探。但我们必须加快速度，王将会想办法刺探红井的消息。他藏在暗处，我们防不胜防。"

橘政宗点了点头："红井那边的工作就交给龙马家主和宫本家主吧，当务之急是找到绘梨衣，她已经出现了失控的前兆，那么躁动的龙血会渐渐地吞噬她的神志，这种情况下必须注射从死侍胎儿中提取的血清才能帮她恢复稳定，卡塞尔学院的人不可能有那种血清。绘梨衣必须尽快回到医疗监护中心。"

"她逃离现场的时候留下了痕迹，虽然大雨把大部分痕迹都抹掉了，但我们仍能大致判断出她逃向了新宿区和港区的交界处。他们的藏身地应该就在那附近，执行局已经初步锁定了几个可能的区域，两个小时前，搜索工作已经开始了。"源稚生把另一张照片交到橘政宗手中，"这也是惠比寿花园附近的摄像头在无意中拍下的，前几天的搜索一直没有结果的原因是她做了美容和美发，换一个发型女孩子看起来就会有很大的区别。"

橘政宗轻轻地摸了摸照片上那个光彩照人的女孩，她穿着高跟鞋子，像是踮着脚尖走路的芭蕾舞演员："真漂亮，没想到她打扮起来是这样的。我是个失职的父亲吧？"

"这张照片已经下发给执行局的所有成员，"源稚生说，"我们会监视所有的酒店，尤其是没有安装监视器的小型旅馆，包围圈会逐步缩小，二十四个小时内就会有结果。"

"搜索过程中如果再发现王将，不要轻易发起攻击，"橘政宗低声说，"一般的攻击对他是无效的，对付他只有你和我出面。"

"你年纪大了，还是留在家里吧。"

"我确实没有你那样优秀的血统，但这个世界上最该杀死那个恶鬼的人，难道不是我么？"橘政宗缓缓地说，"是我把恶鬼从监狱中释放出来，也该由我亲手把他关回地狱里去。"

路明非使足了劲儿才把绘梨衣从浴缸里挪到床上。

大概是在拥抱中获得了安全感，这个女孩在浴缸里沉沉地睡去，路明非只得摸黑抓过一件浴巾把她裹起来，再把她抱到床上去。留她在浴缸里总不是个事儿，水

Chapter 9
We are All Little Monsters

温会渐渐地降低。

给姑娘擦拭身体这种事情就有点男女授受不亲了,他只能先摸黑给绘梨衣盖上几条浴巾,等她身上的水被吸干之后再盖上羽绒被。做完这一切之后他才敢把窗帘拉开一线,就着外面透进来的路灯光打量这个沉睡中的女孩。她睡着的时候显得很安静又很乖巧,像个真正的公主,应该睡在那种用白色绸缎和蕾丝被单装饰起来的皇室卧房中,等着被唤醒。

可她确实是个怪物,不能容于这个世界的怪物。

昨晚她的愤怒造成了多少人的死?几十人还是上百人?那些人中有多少是无辜的?这种程度的事件对学院来说已经是极其严重的死侍行凶事件,毫无疑问会派遣高级专员执行抹杀。

无论在人类社会还是混血种社会,这女孩都犯了罪,不被容忍。

路明非在床边坐了很久很久,偷偷地把手伸进被子里,摸了摸绘梨衣的脚腕。原本她的皮肤跟其他女孩一样细腻温软,但此刻摸上去却是冰凉坚硬的,那些锋利的鳞片并没全部褪去,脚腕和背脊处的细鳞顽固地留了下来,路明非抱她的时候就觉察到了。剧烈扩张的静脉像黑色的蜘蛛网那样沿着她的后背和大腿分布,或粗或细的血管像小蛇那样在皮肤下面跳动。

她的龙化现象并未真正解除,龙血依然躁动不安,正一步步地侵蚀她的身体和神志。一旦失控就无法逆转,她随时都会变回为昨夜的怪物。

路明非把手缩了回来,拉拉被子把她裹好,拿起墙角的伞,在黎明降临之前冒雨出门。

"脱衣服!"恺撒冷冷地说。

"没叫你连裤子也脱!"片刻之后他又说。

"哦……你说得那么严肃,我还以为非得脱光不可。"路明非期期艾艾地说,重新提上裤子,赤裸着上身站在灯下。

"转过身去。"楚子航说。

路明非转过身去,露出伤痕累累的后背,伤疤纵横交错,连一只巴掌那么大的完好皮肤都找不出来。恺撒和楚子航都被吓了一跳,他们从未经历过这种程度的皮外伤,不像是刀砍出来的,倒像是在分割肉猪的流水线上滚了一道。

"看好了没有啊?我有点冷。"路明非其实是有点不好意思,因为恺撒和楚子航都在他的背上摸来摸去,好像古董藏家鉴赏什么白玉美人似的。

"不可思议的自愈能力。"恺撒低声说,"这种程度的外伤,就算治疗和护理都是顶级的,也需要至少三周才能愈合到这种程度,可现在距离他受伤只过去了八个小时。而且受了这种伤,他本该当场失血而死。"

"那是因为伤口在受伤的瞬间就开始自愈,血管自行止血,所以身体里的血液被锁住了。细胞高速分裂来填补伤口,甚至断裂的肌腱都能融合。"楚子航说,"他的自愈能力超过了源稚生。"

"难道这就是校长把他评定为S级的原因?"恺撒沉吟。

"可他并不总有这种自愈能力,他上次受的枪伤远不如这次受的伤重,可过了三四天他才恢复神志。"楚子航说。

"这我也想到了,要是他总有这种自愈能力的话,岂不是完美的肉盾? 我们要是再跟人枪战,就派他挡在我们面前吸收伤害,他走在前面,我们躲在他后面,一边前进一边压制射击。"

"所谓没有童年都是编出来骗我的吧? 老大你这么熟悉MT的用法,平时是玩魔兽呢还是战锤呢?"路明非打断了这两个神经病的技术探讨,"但不管你是玩魔兽还是战锤现在都闭嘴么? 我来找你们是有更重要的事!"

"我们已经知道了,即使你不来找我们我们也会去找你。"恺撒抓起遥控器打开电视,"每个频道都在播报这件事,整晚反复地播。"

屏幕上出现了很眼熟的那条长街,摩托车的残骸仍在熊熊燃烧,看屏幕右下角的时间,这段现场新闻是昨天夜里拍摄的,警车、救护车和新闻采访车都已经赶到,整条长街被封锁。医护人员从长街里抬出一具又一具的尸体,它们躺在黑色的尸体袋里。救护车带来的氧气包和血瓶根本派不上用场,这是一场没有伤者的杀戮,每个被波及的人都被下达了死亡的命令。

现场记者在警戒带前采访 Chateau Joel Robuchon 的总经理。

"真是悲剧,我看着他们在餐馆门前经过,相互追逐,车速很快,去往西北方向。幸运的是店里的客人并未被惊扰。"总经理满脸感慨,"我希望政府能加强警力,不能任黑道这样嚣张下去了。"

本家显然是电话叮嘱了他,所以他在接受采访中绝口不提路明非和绘梨衣当晚在他的店里用餐。他伪装成一个彻头彻尾的旁观者。

"初步分析现场的结果,是追车中一辆兰博基尼跑车和一辆丰田轿车相撞后失控,高速中兰博基尼跑车完全解体,碎片造成了严重的杀伤。"负责惠比寿花园地区安全工作的警监沉痛地说,"这个不幸的事件发生在我管辖的区内,我将引咎辞职!"

这位显然也早已效忠本家,正是他下令封锁出入惠比寿花园的道路。在他的陈述中也没有提到路明非和绘梨衣。

"只是交通事故这么简单么? 死难者共计七十六个人,每个人都受了致命伤,但在通常的交通事故中伤者人数会远多于死者。"记者严肃地追问,"警方定性为交通事故是不是太草率了呢?"

"现场也发现了伤者,但不是在这条街上,是之前追车中翻车的人。"警监说,"他

Chapter 9
We are All Little Monsters

的供述是我们将这起事件定性为交通事故的重要证据。"

镜头切换到对伤者的采访,奄奄一息的人躺在担架上,那张脸路明非略微有些印象,是第一个被他挤到墙上压断了腿的骑手。这人受伤之后掉队,没有被绘梨衣的死亡命令波及,算是因祸得福。

"我们……是在赛车,是在赛车……"伤者说这几句话几乎用尽了全力。

不远处站着西装革履面无表情的男人,伤者在做证中下意识地看了一眼那个男人。他之所以硬撑着做伪证是因为本家已经完全控制了现场,他如果不按本家的意思做证,那么就算医生能保住他的命,本家也不会允许他继续存活在这个世界上。最后护士不得不终止了采访,给他戴上氧气面罩,护送他上救护车,继续延误下去这唯一的证人也得死了。

"但这场所谓的赛车确实存在很多疑点,不分析疑点就全然相信人证,这算是日本的法治精神么?"记者继续追问。

"我已经引咎辞职,我的继任者会对媒体做出更详细的解释,给大家添麻烦了,请原谅!"警监摘下帽子,深鞠躬之后离开了镜头。

"在这起死亡人数多达七十六人的恶性事故中,警视厅对媒体的解释却只是这样的,没有足够的证据公布也没有详细的深度调查,就匆匆地做出了结论。在这里朝日新闻要向东京都知事小钱形平次先生提出质疑,用这样的态度来对待媒体的警视厅,真的能够保证东京都的安全么?"记者的语气中透着愤怒,"下面让我们听一听另外一些目击者的声音……"

路明非不想看下去了。新闻媒体再怎么追问也无法触及真相的,这座城市名义上掌握在东京都政府手中,可暗中的控制者是那只孤高厌世的象龟,他牢牢地把守着龙族秘密的铁幕,不许任何人窥探。

忽然一张大脸吸引了路明非的注意,那是一个男人,穿着白色衬衣和迎风飒飒的薄毛料西裤,油光闪闪的分头有些凌乱。

他一把抢过记者手里的话筒,红着眼怒气冲冲地说:"你们日本政府要负责!你们的黑社会追杀我侄子!你们隐瞒真相!小日本你们他妈的就没一个好人!我给你们说中国已经强大起来了!你们的警察不管我找大使馆!你们惹上国际事件了!我侄子不平平安安地回家我跟你们没完……"

男人过于冲动的表述显然让在场的警察和记者都不满了,话筒被记者夺了回去,防暴警察拖着他的双臂把他带离现场。他的妻子和儿子跟在后面,那个家庭妇女愤怒地上去捶打警察,扭过头来对着摄像机骂骂咧咧。

眼泪无声地流了下来,路明非关掉了电视。

在长达一年的冷战之后他终于跟那个养了他六年的家庭达成了和解,即便婶婶还会翻白眼看他冷言冷语地对他,他也想暑假里回去探望他们。

可他也许再也不会回那个家里去了,他卷进了能要人命的事情里,他还是个被魔鬼买掉了半条命的怪物,他爱他们的方式就是离他们远远的,斩断一切联系。

"王将,"恺撒说,"我一直猜测源稚女在骗我们,可那个恶鬼一样的王将真的存在。"

"他似乎有某种特殊能力,无论目标的血统多强,他都能对其造成精神冲击。"楚子航说,"他的自愈能力甚至比源明非更强,几乎杀不死。"

"源稚生、源稚女、上杉绘梨衣、王将……日本真是怪物大本营啊。"恺撒说,"必须立刻送上杉家主离开日本。"

"可她现在的状态很不稳定!"路明非吃了一惊,"她似乎随时都会失控,可是又很虚弱,像是随时会死的样子。"

"极度的强大和极度的虚弱并存,龙血一方面强化她一方面摧毁她,所以她只能生活在蛇岐八家给她设置的特殊医疗环境中。"楚子航说,"但这时把她送还给蛇岐八家就等于把致命武器的启动开关交到了对手手里,如果源稚女说的是真的,那么我们的敌人也许隐藏在蛇岐八家内部。"

"明天凌晨有一艘集装箱货船离开东京港,我已经付钱给船主了,他会带你和上杉家主离开日本。"恺撒把一张卡片递给路明非,"在东京港七号码头接头,地址写在上面了。"

"她要是在船上失控怎么办?"路明非心惊胆战。

恺撒把一盒用玻璃小瓶封装的药水递给路明非:"异丙酚,外科用强效麻醉剂。给她注射这种药剂,能把她的生命体征降低到最低点,她会一直睡到中国,中途给她输葡萄糖。"

"可她现在很虚弱!"路明非下意识地提高了声量,"给一个很虚弱的人注射强效麻醉剂,七天只靠葡萄糖活着?她死了怎么办?"

恺撒拍了拍他的肩膀:"我们也不希望她死,但这是眼下最可行的处理方法。她是件随时会失控的致命武器,我们既不能继续持有这件危险武器,也不能把她还给蛇岐八家,那么唯一的办法就是送她离开日本。这要冒一点险,但也会让她离开东京这个是非中心。她是我们知道的最奇怪的混血种,也许跟神的苏醒有关,她离开了,就相当于一个危险因素被排除了。"

路明非心里一动,路鸣泽确实说过绘梨衣是白王复苏的钥匙之一。

"你来之前我和恺撒已经讨论过了,这是唯一的办法。"楚子航说,"找个借口带她出门,明天凌晨四点整,带她到达码头。她很相信你,应该会答应跟你登船。"

"如果她彻底失控,你可以自己判断要不要将她现场处决。"恺撒说。

"别逗了……我现场处决她?"路明非苦涩地说。

恺撒从腰间摸出一支"沙漠之鹰",从弹仓中卸出一颗子弹放在桌上。映着灯光弹头竟然是透明的，内部布满海藻般的红色细丝，所有细丝都是从种子一样的核心中生长出来的。

弹头中央那粒"种子"是红得令人畏惧的晶体。

"炼金弹头，质地是高硬度石英，里面那颗红色的东西是从龙王康斯坦丁的骸骨中炼制出来的。这种弹头代号'焚烧之血'，原型得用弩弓发射，小型化之后可以用大口径手枪发射。这是纯粹的火元素弹，命中目标后会引起世上最剧烈的燃烧，无论是坦克还是龙王都会烧成灰烬。"恺撒把"焚烧之血"装回弹匣里，把枪递给路明非，"开枪的时候你和她距离不能少于三十米，免得被波及。"

路明非端着这柄沉重的枪，惊呆了。

"这种子弹从哪里搞来的？"楚子航问。

"基于某项秘密的协议，学院可以保有康斯坦丁的骸骨进行研究，但必须将研究结果和组成校董会的各大家族分享。我不说你们也能猜到，加图索家是这项协议的最大受益者。家族的技师利用到手的火元素晶体制造了'焚烧之血'，据我所知目前的成品一共有六发。这枚子弹藏在'狄克推多'刀柄中的空腔里，家族希望我用它来立功。"恺撒低声说，"在源氏重工里我差点想要使用它，不过在火场里使用这种级别的武器，我们中没人能活下来。"

"对龙族的战争还没结束，各家族已经开始瓜分龙的遗产了么？连龙王骸骨也不放过。"楚子航幽幽地说。

"这就是政治，有人的地方就有政治。有人说黑王被杀的那一天就是混血种战争的开始，最大的威胁终于消失，混血种家族就会为这个世界的主宰权而开战。"恺撒抽着雪茄，吐出一口青烟，"不过加图索家的事，不一定都是我的事，那一天到来的时候，我还不清楚自己会站在哪一方。路明非快点回去吧，别让公主对你起疑心，就说你出门是给她买牛奶。"

路明非怔怔地看着手中的枪，光明如镜的"沙漠之鹰"反射着狰狞的光。

他轻轻地打了个寒战，原来归根到底还是一场战争，他和绘梨衣之间从来不是真正的朋友。虽然都是混血种，可他倾向于人类而绘梨衣倾向于龙，他们是敌对双方。踏上战场的人都应当有觉悟，用尽所有的武器和狠毒去杀死对手，直到牙齿也折断，指甲也秃掉。这个世界上不存在什么浪漫的战争，战争的本质就是绞杀生命。

即使你们曾一起坐着摩天轮俯瞰芝加哥……在QQ上彻夜长谈……在暴雨之夜手拉着手跑过街头……如果那一天到来，你们将各自握紧武器，面向对方发出残忍的呼喊，刀刃上泛着血腥的光。

"可她什么都不知道。"路明非轻声说。

窗外是滂沱大雨，他想到那个女孩还睡在红色的圆床上等他回去，她对这个残忍的世界一无所知。

"对不起。"恺撒低声说。

"混蛋之间没有谁对不起谁,我们是合谋啊。"路明非抬起头来看着恺撒。

恺撒微微吃了一惊,不知什么时候这个废柴的眼神变了,眼神深得他看不懂。

第十章 迎着阳光盛大逃亡
Escape in the Sun

路明非回到旅馆的时候，绘梨衣正跪坐在镜子前面梳头。

窗外已经是清晨了，暴雨下完之后，天空竟然放晴了，阳光斜斜地投在拼花地毯上。路明非把装着盒装奶的塑料袋放在地上，坐在旁边看绘梨衣梳头。

绘梨衣没问他去哪里了，他也懒得解释。他只离开了三个多小时，绘梨衣却好像饱饱地睡了一觉，她的神情自然，面色竟然有些红润，路明非回来之前她已经把头发洗好了又吹干，正把它梳成原来的模样，不加修饰的笔直长发，像是瀑布那样披散下来，在脚下盘曲起来。

诚然美容店为她打造的发型看起来非常时尚，可这样子的绘梨衣更像她自己，端静、清澈，却又古艳，就像那些神社里修行的古代巫女。

梳好头之后绘梨衣给自己戴上了一顶圆边小礼帽，对着镜子仔仔细细地端详。

"蛮好看的。"路明非在小本子上写字给她看。

今天绘梨衣换上了深紫色的齐膝裙，这条裙子买来后一直没穿，裙摆像是一层层荷叶叠成的，腰线很高，腰间扎着同色的蝴蝶缎带，高领，胸前有精美的黑色蕾丝。

她还穿了黑色丝袜和黑色的高跟罗马鞋。

其实她最喜欢的衣服还是第一天购物就换上的那身白色塔夫绸露肩裙，她翻看了时尚杂志，知道年轻有资本的时尚女孩都会得意地暴露出肩膀和后背，她很年轻，有的是资本。但她已经没法穿那条露肩露背的裙子了，黑色的静脉沿着她的后背蔓延，似乎有剧毒的液体在里面流淌。她的腿上也净是这样的黑色血脉，脚腕处则有细密的白鳞，象征性感的黑丝袜只是用来遮挡腿部的异状。她必须把自己严密地包裹起来，才不至于吓到路人。

"我要回家了。"绘梨衣也在小本子上写给路明非看。

"就这么回家了么？还有很多地方没有去玩。"路明非有点紧张，不知怎么劝阻。

"家里人就要来带我回去了，我不回去会连累Sakura的。"

"我们可以去你家里人找不到的地方。"

"没有用的，是我不应该出来乱跑，我出来乱跑对大家都不好。"

"你会说话的对不对？为什么要用写字来代替说话呢？"

"不会说人话，只会说奇怪的话，说了就会发生让人难过的事。"

"什么事让你难过了？"

"死了，我对他们说过话的人，都死了。"

路明非明白了。绘梨衣并不哑，但她的血统太纯粹了，天生就能使用龙族的语言，而那种古老至高的语言只能用来下达命令。她的天赋言灵是"断罪"，下达的命令总是死亡，所以她说的话在别人眼里都是诅咒。她讨厌自己说话造成的结果，所以从不开口。昨夜她确实是开口说话了，在路明非即将死去的瞬间，她动用了自己亲手封存的力量，她的声音清澈，像是风吹过排箫的音管，但引发的效果却像是死神从大地深处缓缓升起。随着力量狂龙脱闸般涌出，她再也压制不住血液中的凶毒。

"你的声音，其实很好听。"路明非在小本子上写。

"可是不能说。"绘梨衣竖起一根手指封在嘴唇上。

"昨晚我们应该早点走的。"

"可是好不容易才遇到Sakura的家里人啊，Sakura的叔叔很好，但是婶婶好像不喜欢我。"

"她不是不喜欢你，是我以前做了好多让她不喜欢的事。"路明非一直以为这个女孩简单得像是一张白纸，很好糊弄，可简单不代表傻，她清楚地感觉到婶婶不喜欢她，但还是坚持着对婶婶微笑。

"可是能跟家里人那样吃饭还是很好的，我以前去那家餐馆吃饭，要坐不透光的车去，还要戴着面纱，还要在单独的房间里。"

"对不起。"路明非不知道再写些什么了。

"没关系的，其实这个身体原本就撑不了太久了，我已经好几天没有注射血清了。这样的情况早就有了，只是不那么明显。"绘梨衣褪下黑纱手套，给路明非看她密布着黑色血管的手腕。

难怪从两天前开始她就坚持要戴着手套出门，当时路明非还心说这是什么公主病，小手那么娇嫩么？

"一直坚持到现在么？"他写。

"没关系的，跟Sakura在外面到处玩，很开心，所以我能坚持下来。这是我一生里最自由的时间，以前没有过，以后也不会有。"

"原来那么辛苦。"

"想看外面的世界，就要付出很大的代价，早就知道了。"

Chapter 10
Escape in the Sun

路明非看着她的眼睛，她的眼睛里映着阳光。路明非歪歪头，她也歪歪头，一缕深红的长发从耳边垂落。

原来是这样么？原来只是跑出来看看这个世界就要付出很大的代价，忍受很多的痛苦。知道自己的寿命比别人短，但不想在那间永远不改变的小屋里过一生。

"活过"的概念不是等着慢慢死去，而是要不断地奔跑，跑到很远的地方去看尽可能广大的世界，跑到筋疲力尽才不会后悔。很多人能够每天沐浴在阳光下，却没有这个很少能见到阳光的女孩能明白所谓"活过"的意思。

所以就算再怎么难受也不会露出痛苦的表情，要大吃那些廉价的食物，要每天换不同样子的漂亮衣服，要大方地露出年轻的骄傲的肌肤，要对着所见所闻的一切惊叹地说："好厉害！"

"绘梨衣好厉害。"路明非写。

绘梨衣无声地笑。

"还有什么想去的地方么？"路明非又写。

绘梨衣愣了一下，原本已经暗淡下去的眼睛忽然亮了起来。

路明非起身摘下墙上的外套，这是跟绘梨衣一起买的 Hugo Boss，除掉跟陈雯雯吃饭时恺撒给他准备的那身正装，这是他这辈子拥有的最贵的衣服。他穿上这件红线锁边的赭色猎装，蹬上溅了泥水的皮鞋，用纸巾在鞋尖上蹭了蹭，把它擦出一些闪亮的光泽来。他转过身把手伸给绘梨衣："走吧，还剩最后一天，我们把你想去的地方都去一遍。"

"真不敢相信！新郎和新娘租了一辆保时捷911跑车！"

"他们正沿着上野线向西行驶！车速很快！他们似乎知道导播车在后面尾随了！他们想甩掉我们！"

"飞艇报告，在本町出入口附近锁定他们了，但他们很快就会离开飞艇的监控范围。"

"他们超速了，警车正在尾随他们！他们加速了，他们还想甩掉警车！"

"他们已经甩掉警车了，正在银座七丁目附近加油，他们似乎在为长途旅行做准备。"

"他们在附近的超市里购物，看起来他们买了很多零食……还有巨型轻松熊！"

大幅照片经由手机网络发送到苏恩曦面前的大屏幕上，那是广告飞艇从空中拍摄的，又下雨了，不过是蒙蒙的太阳雨，五光十色的雨丝中路明非和绘梨衣扛着一人高的熊跳上跑车。

新郎新娘今天堪称肆无忌惮，绘梨衣洗掉了为她精心设计的妆容，回复到原来的样子，他们在全无伪装的情况下驾车横穿东京城。不过此刻蛇岐八家的精锐都集中在新宿区边缘搜索，他们大概猜出路明非和绘梨衣藏在那一带，却没想到这两个小疯子并未取消旅行计划，一早起来就堂而皇之地出门，还租了一辆豪华跑车。这样反而避过了蛇岐八家的搜索。

"小怪兽们疯了么？"苏恩曦抚额。

她不明白这两个人在想什么，从行车轨迹来看，他们正沿着高速公路向西行驶，这么下去他们很快就会离开东京都。可他们又不像是想要逃走，租来的车上都有卫星定位系统，每秒钟定位系统都向租车公司报告他们的位置。

"鹭鸶鹭鸶，能听见我说话么？目标正离开银座驶向青梅街道，你可以从莲舫小道赶过去跟他们会合。"苏恩曦抓起对讲机。

"收到，莲舫小道，青梅街道。"酒德麻衣骑着一辆火红色的重型摩托，穿行在车流中，车后的皮箱里装着那支沉重的AS50。

鹭鸶是她的代号，取"长腿"的意思，导播车和飞艇可以跟丢，但她不能，她负责解决突发情况。

随着久违的阳光透过云层，街头的积水排空，东京又变回那个整饬有序、游人如织的旅游城市。

酒德麻衣沿莲舫小道抵达青梅街道的时候，路明非已经在五分钟前离开了那个路口，一路向西，GPS定位仪清楚地显示他正以一百二十公里的时速驶向四国。

酒德麻衣马不停蹄地追赶这对狗男女，饿得胃里咕咕直叫，就将车停在街边，买了一杯鲜榨苹果汁和一个加热的牛角包，靠在摩托车上简单解决早饭。她一身骑装，曲线毕露，来来往往的男人都冲她眉飞色舞。难得的好天气，阳光把绿荫照得半透明，路边的樱花树随风落花，连日来心里的阴霾不知不觉地消散，酒德麻衣的状态恢复了许多。这种天气就该骑着摩托车四处瞎跑，如果不是有任务在身，她会放慢车速在东京街头巡游，走到哪里算哪里。

路明非和绘梨衣终于还是拥抱了，经历千难万险，有了实质性的进展。看似不可能的任务现在有了一点转机，既然能拥抱，那结婚似乎也不是不能期待的事。

酒德麻衣想老板也许真的转性了，要写一个爱情故事，不会让悲剧在这种适合相爱的季节发生。那她也就用不到车后座上那支AS50了。

"鹭鸶鹭鸶！我这边看到你的运动停止了！目标在去四国的路上！"苏恩曦的声音从耳机里传来。

"我知道我知道，我喝口水不行么？"酒德麻衣不耐烦地说，"剥削劳工不要那么残酷好么？"

"可现在除了GPS我们无法监视他们！他们逃走了怎么办？他们手里有一辆好车，还有足够的钱，想去哪儿加油就去哪儿加油，他们能环游整个日本！"苏恩曦有点着急，"我这边还等着他们回来办婚礼呢！"

Chapter 10
Escape in the Sun

"看运气咯,"酒德麻衣淡淡地说,"我想他们会回东京的,你可以一时兴起要去远方旅行,可旅程的终点总会是原点。"

"居然用文艺女青年的调子跟老娘说话! 他们迟早会回东京,可我们赶时间! Tokyo Love Story 计划的截止时间是明天,他们必须在明天举办婚礼!"苏恩曦气急败坏。

"你把婚礼现场布置好,等着他们去结婚。"

"开什么玩笑? 他们昨晚刚刚发展到拥抱这一步,第一次拥抱离结婚有多远? 我凭什么相信他们会去结婚? 他们连婚礼场地在哪里都不知道!"

"奇迹,我们只能相信奇迹,记得铃木良治的'怪兽理论'么?"

"记得,怎么了?"苏恩曦一愣。

"铃木良治说怪兽的内心世界是迷宫,每只怪兽都生活在自己的迷宫中,所以他们很难找到对方。只有怪兽自己能穿越迷宫找到出口,他们在出口处相遇,那时才会产生感情。路明非和上杉家主的感情不是我们策划出来的,他们在漆黑的长街上拥抱,天上下着大雨,那之前他们被整个东京的黑道追赶,几百把快刀跟在后面砍。那不是个适合爱上陌生人的时刻,但就在那一刻两只怪兽走出了各自的迷宫。这就是奇迹,奇迹的发生不是人为的。就像昨晚你跟我说的,我们只能加速一段感情,却不能凭空制造它。"

"我只是瞎扯几句安慰你的……我看你当时情绪比较低落! 完不成任务老板发神经我们可怎么办?"苏恩曦目瞪口呆。

"管他呢,反正他也不能开除我们。老板是个很会算计的人,我们都是他手中的棋子,也许明天的婚礼是否会顺利举行也在他的预料之中。我们做好自己的事,等着看他制造奇迹就好了。"酒德麻衣结束了通话。

此时此刻,还有另一队人辛苦地追赶着路明非,但汽车抛锚了。

这辆颇有车龄的丰田家用车停在去往四国的高速公路旁,恺撒打开引擎盖,浓重的白烟四下飘散,一股橡皮烧焦的恶臭。丰田车的发动机毕竟不能跟保时捷911相比,即使驾驶员是恺撒,他追着路明非飙了十五公里,最终因为发动机过热而熄火了。

"你应该租一辆好点的车。"楚子航皱眉。

"我怎么知道他们会租一辆保时捷911? 盯梢就是这种不起眼的车好用。"恺撒在手套箱里乱翻,"而且我们没什么钱了。我们的钱都输送给路明非供他挥霍,为这个我把雪茄都戒了。你觉得一个穷到连雪茄都戒了的人有钱租法拉利么? 忍一忍,加图索家的男人都能忍受日本车,你一个中国富二代有什么不能忍受的呢?"

"这不是重点！重点是我们现在把路明非给跟丢了！"楚子航被恺撒的逻辑呛得无言以对，"你在翻什么？"

"行车说明书，我们得想办法修修这破东西，我把剩下的钱都支付押金了，六十万日元。"恺撒终于找到了行车说明书，"见鬼！还是日文版！"

"你不是从十四岁开始就开超级跑车么？连一辆家用版丰田车都不会修？"

"你这么问真是太丢我们有钱人的脸了，我们可以亲自开车，但那不意味着我们非得自己动手修车。这个道理就好比我确实会做饭，但只限于牛奶布丁和意大利面。"恺撒来到发动机舱前，对照着行车说明书检查各种部件，"引擎、化油器、机油口……不对，这是日本人用来加玻璃水的地方……见鬼！那该死的机油口在什么地方？"

"我没听懂你的道理，关于牛奶布丁和意大利面的道理。"楚子航站在他身后。

"做牛奶布丁的时候，你可以握着女孩的手教她搅拌牛奶，做意大利面的时候你就可以站在她身后，跟她玩四手揉面，这种厨艺很性感，会让女孩对你着迷。烧烤就不一样了，做烧烤的时候通常都有一群饿鬼围在你旁边，急于抢走你还没有烤熟的鸡翅，你满脸都是煤灰，像个赤道几内亚人。所以我只会做牛奶布丁和意大利面。飙车是很有男人味的事，但修车可不性感，相信我，女孩不会愿意拥抱浑身机油味的你。"恺撒终于找到了机油尺，抽出来用纸巾擦了擦，"该死！这车的机油不够量！"

楚子航终于忍不了这个意大利人了，抓过他手中的机油尺把他从车前推开："修车的事情交给我，不想沾上机油的话就离得远一点，顺便说机油不足跟发动机过热没什么关系。"

"噢！怎么忘了我还带了机电专家呢？"恺撒非常高兴有人帮他接下这个脏活儿，配合地让出了发动机舱前的位置。

楚子航脱下衬衫扔进车里，他出来的时候非常匆忙，穿着店里的衣服，高天原里的牛郎都会配发几套顶级品牌的衣服，弄脏了赔偿起来也不是小数字。如恺撒所说，他们现在确实很缺钱。

后备厢里有工具箱，楚子航熟练地使用各种工具拆卸引擎，他也没有学过修车，但家用车引擎并不复杂，掌握原理之后他能熟练地拆解各种常规机械。

"我得纠正我之前说的话，如果是你的话，修车确实也能吸引无知少女。"恺撒靠在车门上。

这是一条笔直的绿荫道，阳光天大家都出来透气，女孩们骑着自行车从车边经过，她们穿着漂亮的花格裙子，斑斑点点的阳光洒在她们的后背上。

"这才是我想象中的日本，前几天我一直以为自己生活在亚马孙河流域的雨季。"恺撒冲女孩们的背影吹口哨，"我说你没有觉得路明非对黑道公主有点意思？"

Chapter 10
Escape in the Sun

"你的话题和逻辑都太跳跃了。首先我得纠正你亚马孙河流域不分雨季和旱季，那里一年四季都是雨季，其次我觉得不是路明非对上杉家主有点意思，而是反过来。"楚子航头也不抬，"最后，我们的冷却剂渗漏了，所以在发动机冷却之后我们需要补充一些冷却剂。"

在达成临时性和解之后，学生会主席和狮心会会长发现彼此之间聊天很有同步率。作为骚包的意大利人，恺撒的话题和逻辑总是很跳跃，而楚子航总能精确地捕捉到他的各个逻辑点，跳跃式地进行回答，全无遗漏。恺撒就像一只骚情的青蛙那样在不同的荷叶之间蹦来蹦去，只有楚子航总能迅速地判断他下一步将跳向何方，并且迅速跟上。

但外人听他们的对话会觉得他们是两只发癫的青蛙，以高得惊人的同步率在荷叶之间跳跃，同起同落。

"我希望那个小姑娘能平安抵达，"恺撒说，"我可以在报告中把她写得不那么危险，这样她就不会被监禁起来，没准还能进学院读书。"

"然后加入学生会成为蕾丝白裙少女团的一员么？你总是不放过任何漂亮的新生。"楚子航放出残余的冷却剂，等待发动机降温。

"我只是不放弃任何有才华的人，美貌也是一种才华，切斯特菲尔德伯爵说，'美貌的女人就像有才华的男人那样，是至关重要的。'"恺撒说，"我觉得那女孩没你们想的那么危险⋯⋯好吧她确实杀了一些人⋯⋯好吧不是一些人，是蛮多人，七十六个人确实不少。可那不是应激反应么？如果有人那样进攻我我也会向他们投掷手榴弹。"

"她有血统方面的问题，她巨大的破坏力不可控，而你清楚什么时候该扔手榴弹什么时候不该扔。"

"她确实有血统方面的问题，可你也未必没有血统方面的问题，我不是照样在听证会上举证你是个正常人么？"

"首先，她到底有多危险不是由我们来判断的，而是由校董会；其次，切斯特菲尔德伯爵确实说过那句话，可他也说过，'勿因女人容貌之缺陷而疏于观察其心，美貌随着时间衰减而心将愈发强大。'最后，我确实是个正常人。"楚子航重新把引擎组装起来。

那两只发癫的青蛙又在荷叶间同步跳跃起来。

"嗨嗨嗨！我在跟你说正经事。你清楚一个血统有问题的混血种会被怎么处置，学院在南太平洋上有个小岛，岛上只有一座疗养院，船半年才去一次。那些血统有问题的家伙都被关在疗养院里，他们可以尽情享受蓝天阳光和沙滩，但永远也离不开那个监狱，他们往四面八方眺望但看到的只有海水。你差点就被送到那座岛上去疗养了，如果当时调查组的结论是你不安全。那个女孩被送出日本之后也会面临类似的事情，如果她被认为是危险的，她就得去那座岛上待着了。"恺撒说，"那座岛的名字是塔耳塔洛斯，希腊神话中的深渊尽头，宙斯把提坦之战中战败的提坦巨人们关押在那里，没有人能从那里逃脱，那就是另一个地狱。"

"你想跟我说什么？"楚子航擦了擦手上的机油。

"首先接触那女孩的是我们，她杀死尸守群的目击者也是我们，所以就她的问题给学院写报告也会是我们。校董会得到这样珍贵的个体之后肯定想把她关在塔耳塔洛斯里研究，但我们应该给她机会，每个人都该有机会，对么？正常人都不会跟校董会里那帮政治家站在一起，对不对？你如果是个正常人就该在我的报告上署名，帮我证明上杉绘梨衣并不是无法自控的极恶之鬼，在绝大多数情况下她非常自律。"恺撒的脸从引擎盖下方露出来，"我们的报告会决定那女孩的将来。"

"听着，"楚子航低声说，"没人会相信你的报告，我做证也没用。上杉绘梨衣确实是极恶之鬼，掌握'断罪'的超级混血种。对她不会有什么调查组，她会被直接送往塔耳塔洛斯。"

"那样的话我们把她送上了船就等于把她送进了监狱！"恺撒皱眉，"见鬼！这是绅士该做的事么？"

"你是组长，你清楚你的权限，你也清楚秘党的使命，你只是不喜欢，所以你想要反抗它。可无论如何我们都没法给那个女孩一个未来，她只能终生待在塔耳塔洛斯，蛇岐八家也只敢把她保存在金库里！我愿意给任何人机会，但她生下来就没有机会。"楚子航一字一顿，"不喜欢她的不是你或者我，不喜欢她的是这个世界。"

"路明非还不知道那女孩上了船会直接去往监狱！这话你要我怎么跟他说？他还以为这女孩会被中国分部好好地照顾起来，等我们解决了这码子事情他还可以去中国看她！"

"那就什么都别说。"楚子航也看向远处，"我现在需要一些冷却剂，你去买还是我去买？"

恺撒瞪着楚子航，楚子航也瞪着恺撒，两个人的眼睛里都含着锋芒。

"妈的我去买！我受不了跟你这种机械顽固的家伙待在一起！"恺撒转身就走。

楚子航看着他的背影："我去买的话你也一样可以不用跟我待在一起！"

恺撒没有回答，樱花和落叶在他背后簌簌地落下，他踩着路边的青苔渐渐走远了。楚子航靠在车门上，仰头看着澄澈如水洗的天空。

黄昏之前，路明非和绘梨衣到达了四国西南端的小镇，这里距离东京足有四百多公里，保时捷跑车也跑了足足四个小时。

露天停车场上空荡荡的，路明非随便找了车位停好车，打开车门就听见了潮声。

Chapter 10
Escape in the Sun

他们看不见海,海跟他们之间应该隔着一座山,潮声像是在天与地之间回荡。

"海?"绘梨衣写给路明非看,眼里透着兴奋。

路明非点点头,当作回答。

这应该是绘梨衣第一次听见这样舒缓的潮声,他们下潜的那一夜绘梨衣也曾听过海潮,但那是大海最凶恶的一面,阴云密布,狂风怒号,大浪像是崇山峻岭那样忽然凸起,又忽然破碎。

路明非摸出指南针,打开早已准备好的地图,带着绘梨衣去向不远处的小镇。小镇前的牌子上写着梅津寺町,镇子里的街道还是二十世纪五十年代的感觉,木质的和式屋,商家门前挂着蜡染的蓝色幌子,偶尔有现代建筑也就是两三层的小楼,建筑之间种着一丛丛的晚樱。这种时候,东京街头必定是熙熙攘攘的,但在这座海滨小城,街上看不到什么人,只有一队穿着校服的小学生经过。

绘梨衣从小生活在日本,但从未来过这种风味正宗的四国小镇,看每样东西都觉得新鲜,拖着不肯走快。路明非这个外国人却对这个小镇很熟悉似的,在小街中钻来钻去,只是走几步就发现绘梨衣不见了,只得回头去找她,有时候在豆腐工坊门前找到她,有时候在蜡染店门前找到她。最后时间不够了,路明非只得拉着她小跑。

这样他们才能赶上最后一列登山电车,登山电车建在小镇神社的旁边,轨道足有四十五度角,登山的过程中发出噔噔的响声。

在成为旅游胜地之前,梅津寺町是个铜矿,附近的男人都是矿工,他们每天都乘坐着这样的老式登山缆车上山挖矿,后来矿车才被改造成了观光电车。

轨道两侧生长着浓密的树木,从常见的松毛榉、胡桃楸、三花槭到名贵的红皮云杉、朝鲜崖松和寒樱,这里都能找到,树丛间隙还生长着忍冬和山刺玫这种野花。这些树木如浓云般遮盖在轨道上方,他们仿佛穿行在一条颜色不断变换的隧道中,这条隧道纯粹是由树叶和花组成的。

车厢里空荡荡的,只有路明非和绘梨衣两个乘客。绘梨衣把头探出窗外四下眺望,眼中满是惊喜。

来梅津寺町是路明非的主意,绘梨衣表示去哪里都好,只要是漂亮的地方,路明非说那我知道一个地方,那里很漂亮但是很远,我们需要一辆好车。

所以他们在高速公路上跑了四个小时,从本州开到四国,最终抵达了这座海边小镇。

"Sakura 不是日本人吧?怎么会知道这么漂亮的地方?"绘梨衣在小本子上写。

"很久以前我看过一部日本拍的电视剧,这是那部电视剧里很有名的场景。"

"那部电视剧叫什么名字?"

"东京爱情故事。"路明非一笔一画地写。

四国最西南的县是爱媛县,《东京爱情故事》的结局就是在这里拍的,路明非太喜欢那部日剧了,所以上网各种搜爱媛县的信息,得知结尾那场戏是在爱媛县的梅津寺町拍的,剧中的学校和分别的车站都是真的。他一直梦想来梅津寺町旅行,做了很多很多功课,知道梅津寺町是个靠铜矿起家的镇子,还有这条电车隧道,春天它是碧绿的,像是半透明的翡翠,夏天则是深绿的,绿色浓郁得像是要从头顶滴落,秋天它是苍红色的,枫树和银杏大量落叶,轨道上铺满或红或黄的叶子,密到连枕木都看不见,冬天只剩下密密麻麻的枯枝环绕着轨道,像一件后现代的艺术品。

他没好意思跟恺撒和楚子航说他想来梅津寺町,为了一部日剧要去偏远的四国旅行,和为了看cosplay妹子要去秋叶原逛街,两者相比后者还稍微正常一点。

但在绘梨衣面前他不用隐瞒什么,绘梨衣不懂这些,路明非可以很诚恳地跟她说东爱真的很好看的,我当年看着看着就要哭了。

绘梨衣不会觉得看一部电视剧看哭了是很丢人的事情,她只会竖起小本子说:"那肯定是一部很感人的电视剧了。"

路明非抽出一条手帕把绘梨衣的眼睛蒙住:"一会儿解开手帕会看到很漂亮的景色。"

绘梨衣认真地点头,把手放在路明非手里。落日发红,斜斜的阳光从树荫间投下来,从没有玻璃的窗户里照进电车,光影在老式的木头座椅上不断地变幻。路明非也闭上眼睛,只听见齿轮和轨道咬合,发出咯噔咯噔的声音。

登山电车在山顶的石地藏庙前停下,路明非牵着绘梨衣下车,车站前站着一尊半人高的石雕。日本人所谓石地藏,就是路边站着的石刻小佛像,石地藏庙也不是一个真的庙宇,就是在石地藏的头上建了一尺见方的砖顶,给石地藏遮雨,有了这个顶子这就是石地藏庙了。路明非把路上吃剩的一个饭团放在石地藏面前,拉着绘梨衣穿越树林。

他们走的是几十年前矿工们进山采矿的小路,路面用凹凸不平的石块拼成,绘梨衣穿了高跟的鞋子,害怕摔倒,就把双手搭在路明非肩上。路明非踢开那些疯长的野草和菟丝子,走在前面,道路尽头有暖融融的阳光照进林子里来。

道路的尽头是早已封闭的矿井,为了纪念这座养育了镇子的矿井,梅津寺町的居民们捐款在矿井出入口上修建了木制的庙宇式建筑,每根椽子上都挂满了用于祈福的鲤鱼旗,屋檐下摆放着各种各样的瓷娃娃。这是当地的风俗,如果镇上的人家生下男孩,就会来这里挂上一面鲤鱼旗,如果是女孩就会放上一个瓷娃娃。

"跟网上说的一模一样啊。"路明非说。

Chapter 10
Escape in the Sun

矿车的轨道早已锈迹斑斑，枕木间生长着杂草。他们沿着轨道来到山崖边，路明非扶着绘梨衣让她登上一块凸出悬崖的石头。

荷叶般的裙摆被山风吹得飞扬起来，绘梨衣踩着高跟鞋子贴着悬崖站立，笔直修长，就像一株新生不久的小树。路明非只要猛推一把，这个已知最强大也最危险的混血种、可以轻易毁掉半个东京的人形怪兽，就得坠落山崖一命呜呼。想起来真可笑，这么巨大的权力却被他这种废柴握在手中。

可他一点都不喜欢这种权力。

他双手按住绘梨衣的肩膀说："现在可以把蒙眼布解掉了。"

绘梨衣解开手帕，夕阳如海潮般涌入她的视野，巨大的日轮已经触及了海面，数千万吨海水在她脚下缓缓地荡漾，潮水在黑色的山崖下碎成白色的水花。风吹着数万公顷的森林，傍晚的树林远看也像海，苍红色的大海，成千上万的树梢随风摇曳，组成层层叠叠的波涛。小城小镇沿着曲折的海岸线分布，路明非给绘梨衣一一地讲那些小镇的名字，山崖下方就是梅津寺町，稍远处的是山前町、月下城町和松隆町，再远处的路明非就叫不出名字了。

镇上的小学校已经人去楼空了，寂静的操场上空无一人。

摩天轮缓缓地旋转着，却没有载客，跟大游乐场中的摩天轮相比梅津寺町的摩天轮只能算是个微缩版，但它在夕阳中被放大了，巨大的影子投在起伏的树海上。

临海的轨道上，黄色的慢速列车轰隆隆地驶过无人的小站，白色的栏杆把小站围了起来，上面挂着"梅津寺駅"和"[东京ラブストーリー]ロケ地"的标志。这说明《东京爱情故事》的结局就是在这个小站拍摄的，那里一度是日本男女朝觐爱情的圣地，那列黄色火车从东京带来数不清的游客，梅津寺町小镇迅速跃升为著名的旅游胜地。如今那部老电视剧的魔力已经退去了，更新更有趣的片子占据了电视屏幕，梅津寺町重又变回当初那个默默的无人问津的镇子。不知道多久才会等来路明非这种怀旧的神经病，居然还是个外国人。

路明非把耳机挂在绘梨衣的耳朵上，放小田和正写的《突如其来的爱情》给她听。那是《东京爱情故事》的主题曲。说起来奇怪，他很少在手机里灌什么音乐，可手机寄过来的时候这首歌就存在里面。

难道路鸣泽也会看《东京爱情故事》？ 这种魔鬼确实有点丢魔鬼界的脸吧？

路明非还能记得那首歌，当年他靠硬记发音学会了唱那首歌。

> 不知该从何说起
> 时间在悄无声息地流逝
> 那些话涌上心头却又消失得无影无踪
> ……

雨快止了在这个只属于我俩的黄昏
　　在那天，在那时，在那地方
　　如果不曾与你邂逅
　　我们将永远是陌生人
　　……
　　我用所有的一切越过时空的阻隔来到你身边
　　……
　　在那天，在那时，在那地方
　　如果不曾与你邂逅
　　我们将永远是陌生人。

　　事隔多年他把好多情节都忘掉了，那场曾经感动过他的离别也变得有些模糊了，可听着耳机里泄露出来的、风一样的歌声，他又能不假思索地哼那歌的调子了。

　　最后留在记忆深处的总是些虚无缥缈的东西，就像很多年前你结识了美丽的姑娘，很多年后你连她的样子都忘记了，可偶然在人流如织的街头闻到她惯用的香水味，你在惊悚中下意识地回过头去，却只看见万千过客的背影。你这才想起即便刚才和你擦肩而过的确实是她，即便你跟她面面相对，你也未必能认出她今天的样子了。

　　就像在那个梦里，路明非只是看见了那对银色的四叶草耳坠，就不管不顾地想要冲上钟楼。

　　在播放那首歌的几分钟里绘梨衣一直没说话，也没有表情。她默默地看着夕阳下静谧的海岸线、往复的大海和旋转的摩天轮，路明非有点紧张地看着她。

　　这是路明非心里日本最漂亮的地方，他曾在网上看过游客站在这块岩石上拍的落日景象，跟眼前所见的一模一样。这可能是绘梨衣一生中最后的旅行，就算不是也是他们两个人的最后一次旅行，路明非希望她能喜欢这个地方。如果绘梨衣的反应是说这地方没什么意思只适合某些怀旧的衰人缅怀一下其实并不曾拥有过的爱情，那路明非就只有灰溜溜地带着她下山了。

　　"世界很温柔。"绘梨衣给路明非看小本子。

　　世界很温柔？路明非从没想到温柔这个词也能用来形容"世界"这么巨大的东西。

　　"以前世界不是这样的，没有那么温柔过。"绘梨衣又写。

　　"以前你觉得世界是什么样的？"路明非问。

　　"蛇群守护的宝石，很漂亮、很远、很危险。"

　　蛇群守护的宝石？真是出人意料的比喻，某种程度上又是完美的比喻，那座灯火辉煌的东京城不就是群蛇守护的宝石么？巨大的野心像是黑色的蛇群那样在不夜城中穿行，隐藏着危险的毒牙。

"外面的世界跟你想的不一样？"路明非写给她看。

"海里有海怪么？"绘梨衣举着小本子，盯着路明非眼睛。

"那种东西应该只是神话传说……"

"飞空艇是真存在么？"她又开始唰唰地写。

"技术上还没有彻底实现，不过应该不久后就会出现。"

"地狱呢，有么？"

"这个不能确定，按说得死了才能去那里，我还没有死过。"

"A-laws和天人组织还在作战么？"

"历代《高达》里的东西都是虚构的，《火影忍者》和《海贼王》也一样，类似问题不要再问了……"路明非有点无力。

他们坐在矿井的屋檐下，绘梨衣不停地写问题，路明非一条条回答。这女孩似乎是攒了一肚子的问题，这下子全都问了出来。

她的问题千奇百怪，有些很有条理，比如大海为什么会有潮汐、梅津寺町的火车是从哪里开来的，但有些非常无厘头，比如布里塔尼亚王国对11区的奴役是在何时结束的。

路明非渐渐明白了为什么绘梨衣会有这种匪夷所思的世界观，因为她对世界的理解完全出自游戏和动画片。没有人给她耐心地解释说外面的世界是什么样的，即便源稚生也只是陪她打打游戏，因为他认定玩游戏是会让绘梨衣高兴起来的事。为了避免她因"太过无聊"而失去控制，蛇岐八家也会给她安排这样那样的娱乐，比如每个月带她去 Chateau Joel Robuchon 或者龙吟餐馆吃一顿大餐，但那样仍然存在着她跟外界接触的危险，所以最常见的娱乐就是游戏和动画片。

她看了几乎全部公开发售的动画片。医务人员只是注意到她在看动画片的时候心跳、脉搏和脑电波都非常稳定，却没有意识到一个扭曲的世界观在她的脑海里逐渐成形。

在她的概念里世界充满了动荡，历代高达和鲁鲁修在同一个时空中作战，圣斗士跟攻壳机动队也是同时存在的，但她也会怀疑某些游戏和动画的合理性，比如《银魂》。

她一直想要验证自己想象的世界对不对，所以才反复地离家出走，她心里对外面的世界很向往又很恐惧，所以出走总是以失败告终。

回想他们俩在金库门前的相遇，绘梨衣立马转身回屋里去收拾衣服，跟这个曾在深海里见过一面的陌生男人翘家……就像一只看见笼子被打开的小猫。

太阳渐渐沉入海面以下，最后的余晖洒在海面上，半轮太阳和它的倒影组成了一个完整的圆。路明非靠着手画地图和手舞足蹈，终于给绘梨衣讲清楚了海那边的世界是什么样的，说世界上有中国有美国还有战斗民族俄罗斯，有些地方千里黄沙几十年不下一滴雨，也有地方冰天雪地北极熊在浮冰旁守着拿爪子拍鱼吃，他不像恺撒那样去过世界上绝大多数地方，可以绘声绘色地给女孩讲各地的风土人物，他参考以前在网上看的游记讲得结结巴巴，大概只有绘梨衣这种没见过世面的土妞才会听得聚精会神。

"原来外面的世界是这个样子的啊。"绘梨衣写给路明非看。

"是啊，就是这个样子的，没有布里塔尼亚王国也没有天人组织，失望么？"路明非问。

"不，不失望，喜欢这样的世界，这样的世界很温柔。"绘梨衣又一次用了温柔这个词。

她扭过头去看着落日一点一点地从大地上收走阳光，苍红色的树海变成了红黑色，很快夜幕就会降临在梅津寺町的上方，这是最后一眼夕阳。

她的眼神呆滞又瑰丽，路明非能从她的眼睛里看落日，时间一分一秒地过去，两个人都不说话，天色越来越昏暗，绘梨衣的眼睛也越来越暗淡。

"我很喜欢这样的世界……"在太阳快要消失之前，绘梨衣写给路明非看。

路明非心里微微松了口气，绘梨衣也喜欢梅津寺町的落日。

"但世界不喜欢我。"绘梨衣接着写。

她抱着巨大的轻松熊，低垂眼帘，像是一只做错了事的猫。

路明非没有回答，也不知道怎么回答。高中时他也有过类似的想法，觉得这个世界冰冷又坚硬，这个世界不喜欢他，所以他才会坐在无人的天台上，一坐几个小时。

既然这个世界不喜欢你，那你又何必恬不知耻地在大家都能看到的地方晃悠呢？你就该静静地待在没人知道的地方，静静地生长也静静地枯萎，像一株野蒲公英。

"我会给大家添麻烦，我也给Sakura添了麻烦。"绘梨衣又写。

"是我太任性了，非要从家里跑出来。"

"我早就该回去了……不过还是很高兴。"

看路明非不回答，绘梨衣就自顾自地往下写，开始她写了还亮出来给路明非看，到最后她就只是奋笔疾书，像是写给自己看的，无声的自言自语。

"这里很漂亮，早知道第一天就该来这里。谢谢Sakura，谢谢你……"

"不是。"

绘梨衣愣了一下。

"不是。"路明非重复。

Chapter 10
Escape in the Sun

绘梨衣抬起头，对上了路明非的眼睛。路明非歪着脑袋看她，神色难得的认真："别以为出来看看就能知道世界是什么样子的，我在这个世界上活了二十多年还糊里糊涂的，你跑出来几天就了解了？"

绘梨衣显得有些局促，过去的几天里路明非对她一直说得上是百依百顺，从来没有一句否定的话。她觉得自己应该是说错或者做错了什么，于是低着头抓着裙摆。

"小时候我住在老城区，老城区里的房子便宜，但是交通不方便，经常堵车，没什么钱的人才住老城区。大商业区都在新城区里，我们叫它CBD，CBD里很高级，到处都是镜面一样亮的大楼，那里的人都穿高级时装，鞋子底都是干干净净的，不会沾泥巴。小时候我最喜欢在天台上眺望CBD，CBD是城里最亮的地方，我觉得能住在那里的都是精英，那里的所有东西都很高级很好，我这种人是没法去那里混的。那里不喜欢我这种人。"路明非顿了顿。

"然后呢？"绘梨衣竖起小本子。

她真是一个很好的听众，只要路明非开讲她就会竖起耳朵摆出听课的架势，路明非一中断她就问然后呢，让路明非觉得自己讲的话很重要。

"后来我去了CBD，再后来我去了好多城市的CBD，我发现我确实没法在CBD里混，因为我不认识CBD里的人。"路明非望着夕阳轻声说，"CBD不是那些镜子一样的高楼组成的，是由很多很多人组成的，CBD里的人都穿着高级时装，女孩都化很漂亮的妆，很多有钱的人。即使我站在CBD的街头我也不属于CBD，因为那里的人没有谁注意我，他们在我身边走来走去忙他们自己的事。"

这些话是路明非最近才想到的，在他发觉辉夜姬能够轻易地把恺撒、楚子航和他屏蔽在整个信息世界之外，他才发觉这个世界上有七十亿人，但是真正跟他产生联系的人不过区区几个。即便恺撒那种超级贵公子的联络人名单也只需区区几页表格就能列完，一旦把这些联系切断，整个世界都将离你而去。

"这个世界有多大，取决于你认识多少人，你每认识一个人，世界对你来说就会变大一些。这个世界上有很多城市，有东京、巴黎、开罗、伦敦、伊斯坦布尔……但很多城市对你来说只是名字罢了，你没去过那里，那里也没有你想要拜访的人，所以它们其实不属于你的世界。这个世界上还有很多很多的人，但你不认识他们，他们也不属于你的世界。这个世界上还有很多好吃的好玩的好看的东西，可真正属于你的世界其实是很小的，只是你去过的地方吃过的东西和见过的落日，还有会在乎你死活的朋友。"

他对自己此刻的口才颇有点惊讶，有点滔滔江水绵绵不绝的意思。他以前可没意识到自己还有这方面的天赋，高中时候语文老师看他全无参加各种竞赛的经验，就说路明非你既然是文学社的干部，就代表我们班参加学校的演讲比赛吧。路明非精心准备了好久，写了洋洋洒洒数千字的演讲稿，反复演练，连观众该笑和鼓掌的每个点都标注在演讲稿上。他计划开篇先来一个花活儿："亲爱的校领导和同学们，大家好，我是高三一班的路明非，我这次演讲的题目是《感谢有你》。林语堂先生曾说，'一篇精彩的演讲，应该像少女穿的迷你裙，越短越好。'"

这时候按道理就该有笑声和掌声了，所以路明非说到这里的时候特别顿了顿，拿开讲稿对着全校小伙伴们露出讨好的微笑……这时那位素以学究气出名的副校长低沉地咳嗽了一声，原本几个想笑的同学立刻噤声，意识到副校长大人并不喜欢这个不那么文明的开篇，即使它是林语堂的原话。于是整个礼堂静悄悄的，上千双眼睛冷冷地盯着讲台上的路明非，路明非只觉得自己一下子从准备接受掌声的英雄变成了说淫秽笑话导致万众唾弃的阶下囚。

最后他只能鞠躬说我还没有准备好，我弃权退出，因此他一生中唯一一次演讲就只有开篇词。后来全班的人都笑话他说他做了世界上最性感的演讲，假如演讲是少女的迷你裙，路明非的这条迷你裙就只是一根腰带。从那以后他一直觉得自己没有什么口才，只会说点烂话，所以他就总是说烂话。

他从来没有觉得自己说的话会多么重要，所以从来也不认真地说话……他伸手摸了摸绘梨衣的头顶，夕阳中那张认真听讲的小脸笼罩在温暖的光晕中。

"世界喜不喜欢你，只取决于你的朋友喜不喜欢你，每个人都有几个真正的好朋友，他们喜欢你，就是这个世界喜欢你了。"

"什么是好朋友？"绘梨衣在小本子上写。

"就是那种很神经病的朋友，不管怎么样都会相信你，不管怎么样都会跟你在一起，"忽然有种巨大的悲伤和强烈的酸楚充斥着他的鼻腔，路明非不知道那种情绪从何而来，只觉得自己要被那冰冷的、浩荡的悲伤淹没，他说，"如果世界真的不喜欢你，那世界就是我的敌人了！"

这句阴冷嚣狂的话脱口而出的瞬间，他似乎听见熟悉的冷笑从背后传来，那悲世的恶魔用尽一切讥诮，发出嘲讽和自嘲的笑声。

他猛地回头，背后却只是樱花混杂着落叶飞旋，并没有路鸣泽的影子。

"想要，一个好朋友。"他回过头来，绘梨衣竖着小本子在等他。

路明非轻轻摸摸她圆润的额头，心说无论你是什么样的公主身体里流着什么样的血，可你的社会经验真是可怜到爆啊，虽然你不说，可谁都能看得出你想要什么，你的眼睛里明明白白地写着呐。

"我是你的好朋友，将来你会有更多的好朋友。"路明非一字一顿地说，"只要我们这些好朋友喜欢你！那全世界都喜欢你！"

"可只要我们是你的好朋友，我们又怎么会不喜欢你呢？"他补充。

反正是旅行的最后一天了，没有明天也没有从今以后，他已经决定无论怎么样

Chapter 10
Escape in the Sun

都要让这个女孩开心。他们因为某个神经病魔鬼的安排而邂逅,路明非能给她的只有一场旅行和鼓励她的话,所以今天他不说贱话也不笑场,每一句都说得郑重其事,说什么都看着绘梨衣的眼睛,绝不回避。

夕阳的光在绘梨衣的眼睛里缓缓地褪去,巨大的日轮即将沉没在海平面之下,最后的光把天空中的云烧成火焰的颜色,在越来越浓郁的夜色中,绘梨衣的眼睛前所未有的明亮。

她像小猫那样慢慢地爬向路明非,警惕地揣摩着他的神色。如果路明非拒绝她就会飞快地逃走,这是她第一次那么亲近一个人,她不知道会不会被拒绝。

路明非很想掉头开溜,可他实在不想让这个生命很短暂的女孩失望。所以他气沉丹田目不转睛,仿佛老僧圆寂,眼睛眨也不眨地看着绘梨衣。

距离只是一步之遥,可绘梨衣爬了很久很久,就在路明非快绷不住的时候,她张开双臂抱住了他的脖子,这一刻太阳落山,铺天盖地的黑暗席卷整个世界。

不再是昨晚同病相怜的、恐惧中的拥抱,怀里的女孩很温暖,微微地颤抖着。

这一刻路明非终于意识到某个该死的事实……这个女孩对他的感情并非信任,而是喜欢……但在那个开满莲花浓雾弥漫的河畔,他没有选择绘梨衣。

"你看见了么?"酒德麻衣在瞄准镜中看着高崖上拥抱的两个人,他们的剪影在黑色的天空下看起来像是雕塑。

"分辨率有点低,看不太清楚,不过还是很感人的。专家组正在开香槟庆祝。"苏恩曦的声音从耳机中传来,"婚礼现场已经布置好了,明天早晨他们真的会去那里么?根据刚刚到手的情报,恺撒跟一个做人蛇买卖的家伙搭上了线,明天早晨人蛇船会从东京湾启航,他们约定了凌晨四点在码头交人。"

"带女孩去婚礼现场还是人蛇船,取决于他认为自己是新郎还是怪兽的驯兽员。"

"很美。"沉默了很久,苏恩曦说。

"是啊,无论结局如何,这一刻还是很美的。"酒德麻衣幽幽地说,"这就够了。"

梅津寺町的前街上停着一辆全身冒烟的丰田家用车,夜色降临,长街上的店铺都亮起了灯,那些大大小小的白灯笼像是沿着一条线散落的珠子。

恺撒站在灯笼下大口地吃着鲷鱼饭。

"这种时候你还有闲心吃饭?"楚子航用力合上引擎盖,"不找地方大修的话这车不可能再跑五百公里,我们怎么会摊上这辆满身问题的车?路明非也跟丢了。"

"因为鲷鱼饭是本地特产。"恺撒咬了一口烤青花鱼,"岬青花鱼也是,要不要尝尝?"

"现在已经是晚上六点半了,他们必须在明天凌晨四点到达码头,可我们现在距离东京还有差不多五百公里,我可没你那么好的胃口。"楚子航冷着脸。

"有什么可担心的？他们还有差不多十个小时开车回东京去,别说一辆保时捷,就算一辆轻型摩托车也能完成任务。"恺撒耸耸肩,"我们也没有跟丢,他们的车还在镇子外的停车场上停着。他们只是上山去转转,可登山电车已经停运了,我们总犯不着摸黑上山去找他们。"

"不应该带她来这么远的地方,谁也不能断言她现在的状态。"

"可这里很漂亮不是么？要是我安排一场旅行,我也会把最美的景点留在最后一天,"恺撒啃着烤岬青花鱼,"那应该是一个地方,我只要到达那里就会心满意足。跑了那么远的路,来到这么一个镇子看落日,那个女孩应该心满意足了吧？"

"旅行就是这么一回事,总得跑到筋疲力尽才会回家的。"他把一个饭盒递给楚子航,"尝尝看,当地人把鱼肉磨碎了混在饭里烤熟了,再加上木鱼昆布汤做的。很好吃,不骗你。"

楚子航冷冷地看他一眼,接过那个还温热的饭盒。

夜已经深了,远处的梅津寺町开始灭灯了,日本的乡下小镇跟中国的乡下一样,镇上居民睡得很早。大海正在涨潮,黑色的潮水带着白色的水花拍打在小站前的碎石滩上,偶尔有小虾或者小蟹爬过碎石滩,这些小东西被后来的潮头拍得东倒西歪,但恢复平衡之后还是努力地爬着,碎石滩上星星点点都是这些小东西在反光。

梅津寺町旁的大海非常平静,海啸不会波及车站,所以才有了这座小小的建筑。《东京爱情故事》把这座小站选为外景地就是看中它靠海,除此之外它并没有什么特色,只是一座略显简陋的白色月台,路灯发出水银色的白光,照得铁轨莹莹发亮。

路明非蹲在月台上,绘梨衣蹲在碎石滩上,逗那些小虾小蟹玩。她把高跟鞋留在了月台上,穿着路明非的运动鞋。

恺撒躲在距离月台大约两百米的观海木屋里,用望远镜观察这对似乎漫无目的的男女。

下山之后路明非和绘梨衣在镇上的馆子里要了各种吃的,从烤鸡肉串到岬青花鱼再到杂烩饭,把能点的都点了。中间恰逢渔船回港,鱼市场的老板骑着摩托车送最新鲜的鲽鱼过来,当地渔民习惯把渔船上最鲜活的大鱼直接送到店里,图个好价钱。一般食客点不起这种"特快专递"的鱼,只有钱包厚实的客人才会豪情地下单。路明非毫不犹豫地买下了那条大鲽鱼,放在菱形的铁网上烤制,店里的客人都用筷子敲打碟子,为这年轻懂行的外国食客叫好,也都分享到了烤好的鱼肉。绘梨衣坐在火炉旁边,脸被照得红润喜人。

Chapter 10
Escape in the Sun

然后他们又在那条点满灯笼的长街上遛弯,买了些当地特产的瓷娃娃,一直耗到晚上九点钟才往镇子外走。可他们又没有去拿那辆保时捷911,而是买票进了车站。

楚子航悄无声息地闪进观海木屋:"查过了,晚上9:45有末班列车回东京,在松山市换新干线,抵达东京的时间是凌晨三点钟。"

"算得真准,开车来这里,坐火车回去,时间刚好赶在启航之前。"恺撒说,"不过他准备怎么拿回那辆保时捷911的押金呢?"

"押金不是大问题。"楚子航望向夜幕下的山,"不知道为什么,这一路上我总觉得有人跟着我们。"

距离小站大约一公里的半山腰,用于监测森林火情的看台上,一身黑衣的酒德麻衣单膝跪地,扛着加装红外线瞄准镜的AS50。

在红外线瞄准镜里她能清楚地看见恺撒和楚子航躲在观海木屋的窗下,楚子航缓缓地扭头,监视着四下的动静,恺撒仍在吃烤青花鱼,看起来他很喜欢当地烤物的口感。

她并不担心楚子航发现自己,在如此的距离上,配合"冥照"她完全隐没在黑暗中。但楚子航的直觉之强还是让她意外,看楚子航的表情,显然是意识到自己可能不是唯一的盯梢者。

耳机里传来沙沙的电流声,苏恩曦正在五百公里之外的东京等待好消息,老板随时都会接入。

她把枪口转向月台,先是瞄准路明非的背心,这家伙垫着一张报纸,背靠柱子而坐,看起来没精打采的,想必是吃太饱了在消食。路明非并非她的既定目标,但王牌狙击手都有类似的习惯,用枪口挨个锁定所有的运动目标,记忆这些目标的位置,战场上瞬息万变,有时候无关人等也会忽然变成需要优先猎杀的目标。她接着用枪锁定绘梨衣的后脑,密集的柱子有些阻碍她的视线,不过以AS50的威力,她大可以打穿柱子命中绘梨衣的后脑。

她的枪里填着贤者之石磨制的子弹,对高级混血种乃至于龙王都有致命的杀伤力。

"距离983米,风向自西向东,风速每秒钟3.4米,空气湿度45%,海面上正在起轻雾,能见度会略微下降,目标完全锁定中。"酒德麻衣低声说。

一声令下她就可以开枪,983米的距离对她而言不是问题,略低的能见度和低速风也不是问题,在海边月台上绘梨衣没有可遮蔽自己的障碍物,她这边扣动扳机,那个已知最强的混血种就会倒在血泊中。

蒙蒙的小雨降了下来,水银色的灯光里飘着牛毛般的雨丝。海风和细雨混在一起,气温迅速地下降,路明非竖起衣领挡风,对碎石滩上的绘梨衣招手。

他打开手机看了一眼,时间已经是9:40,他们在这里等了差不多半个小时,没看见一列车过站，这个乡下小站真是够小的。

今天的最后一列火车就是他们要乘坐的、去往松山市的慢车，在松山市直接换乘新干线四国快车，两个多小时就能到大阪，距离东京也就很近了。

雨一下子就下大了，绘梨衣双手抱头从雨里跑了回来，身上那件深紫色的公主裙有点湿了。她把缩在贝壳里的小寄居蟹放在路明非的手心里，小寄居蟹不敢露头，但是吐着泡泡。

"车快来了，就在月台上待着吧。"路明非说，"把鞋子换了，把我的鞋还给我。"

绘梨衣点点头，扶着柱子换回了自己的高跟罗马鞋，这时已经能听见火车进站的汽笛声了。

"我们回东京啦。"绘梨衣写字给路明非看，自己却望着细雨中漆黑的山。她根本不知道山中正有一支漆黑的枪管指着她的眉心，眼里满是不舍。

"嗯，还要好几个小时才能到东京。"路明非把运动鞋里的沙子抖干净，穿上鞋子。

他们肩并肩站在月台边缘，看着明亮的车灯割开黑夜越来越近。绘梨衣抱着一人高的轻松熊，路明非提着在梅津寺町买的瓷娃娃，风把雨丝吹得凌乱。

灯火通明的夜班车在他们面前缓缓停下，车门打开，路明非和绘梨衣走进车厢，车厢里空无一人。东京连日暴雨，没什么人从东京跑来梅津寺町旅行，也就没什么人会坐晚班车回去。

很多年过去了，这列火车跟《东京爱情故事》里赤名莉香乘坐的那种列车一模一样，被磨得很光的塑料长椅反射灯光闪闪发亮，墙上挂着东爱的剧照。路明非在空荡荡的长椅上坐下，感受着很多年前那个名叫赤名莉香的女人的心情，火车在铁轨上轰隆隆地作响，窗外层层叠叠的海潮冲刷着海岸。她和男人约定在车站见面，"如果你不来我就乘车离开"，可最后她乘坐了更早一班列车走了，男人气喘吁吁地跑来，只看见她系在栏杆上的白手帕。她一直都很守约一直都不放弃，但没有遵守最后的约定。

她在一场夕阳中逃离曾经刻骨铭心的东京爱情故事，一路上都满脸笑容地陪小孩子说话，直到那张旧照片从包里滑了出来……她忽然愣住了，仿佛听见淹没世界的马蹄声追着火车而来……那是她和男人的往事，她竭力逃离的过去，可最后那些往事还是追上了她，狂奔的野马群踏过她的脑海，坚硬的铁蹄在脑神经上敲打出巨大的疼痛……她靠在这些镜面一样光滑的长椅上，旁若无人地哭了起来。

绘梨衣没有看过那部剧，也就不明白路明非此刻的沉默，只是好奇地扒在窗户上往外看去，她还惦记着碎石滩上那些趁着潮水来产卵的小虾小蟹。

"亲爱的乘客们，本次列车终点站松山市，现在我们即将离开梅津寺町站，

Chapter 10
Escape in the Sun

列车即将关门,现在为您播报预计抵达各站的时间……"车厢里回荡着甜美的女声。

路明非忽然起身,把手中的瓷娃娃放在绘梨衣旁边,轻轻摸摸她的头,转身下车。车门在他身后轰然关闭。

"见鬼!他要放走那个女孩!"楚子航忽然明白了。

难怪路明非选择了去松山的火车而不是开车离开,如果是开车逃离的话恺撒和楚子航还能想办法在高速公路上把他们截停,但火车不是人力可以阻挡的,只要绘梨衣登车,她就必将抵达松山市。

楚子航不敢相信,那个始终厌始终废柴始终跟着他们行动的路明非会做出这种事。这趟远至四国的旅行从头至尾就是计划好的逃亡,一切的因素都被考虑在内,包括距离、交通工具甚至每个时间点都是算过的!

路明非骗了他和恺撒!

他如离弦之箭奔向车站,又迅速停下。路明非在最后一刻才暴露出叛徒的嘴脸来,列车关门之后很快就会起步,就算楚子航的百米成绩匹敌世界冠军也没办法在火车开车之前将它截住。

他反身奔向不远处的船厂,恺撒把那辆丰田家用车停在了船厂里,那辆车浑身上下都是问题,但此时此刻唯有那辆车能帮他们抢先抵达松山站,在车站内截住绘梨衣。

"喂喂!等等我等等我!"恺撒在烤青花鱼上大咬一口,追了出去。

酒德麻衣缓慢悠长地深呼吸,她也没想到会有这样的变故,绘梨衣正从她们的控制中脱离,这柄解决东京事件的重要钥匙就要失去了。

这种情况下她必须抹杀绘梨衣!这柄钥匙即使不掌握在他们手里也不能掌握在敌人手里!

但在扣动扳机前她还需要得到老板的确认,她一边移动枪管锁定绘梨衣的眉心,一边焦急地等着手机拨号。

路明非和绘梨衣隔着车窗对视,这种来往海边小站的列车居然还是老式的D51蒸汽机车,只是拖挂了新式的车厢。列车在启动中喷出浓密的白色蒸汽,像云一样在站台上流动。

路明非拍了拍车窗:"到松山市会有人接你的。"

"Sakura 不送我回东京了么?"绘梨衣拿小本子给路明非看。

"你家里人不会喜欢我的。"路明非说。

绘梨衣抱着毛茸茸的玩具熊,低下头去,长长的头发像是一件暗红色的披风,把她和熊都笼罩在里面。

"さようなら。"①路明非说。

绘梨衣点点头,她终于意识到这就是他们的离别了,乘坐这列火车去东京还要几个小时,但路明非不会陪她了。

路明非板着脸,不再说话,已经没什么可说的了,这就是离别,他精心设计的离别。他觉得绘梨衣是不可能靠着麻醉剂和葡萄糖支撑多久的,她的身体早已岌岌可危,离开了那个金库般的牢笼她根本就活不久,她看起来跟几天前没什么区别,可她拥抱路明非的时候,路明非清楚地感觉到那凸凹有致的"娇躯"异常坚硬,血管在密布鳞片的表皮下狂暴地跳动。龙血在高速地侵蚀她的身体,她越强大也就越虚弱,龙血要么把她变成死侍,要么杀死她。

唯一能救她的办法就是送她回蛇岐八家,但恺撒和楚子航无疑不会同意这种处置。以秘党的行事原则来说,绘梨衣可以死,但不能落入心怀不轨的人手里。

可那是个依恋着你的女孩啊,她很相信你,认为你是正人君子,跟你睡在一间房里却不怕你心怀不轨,她认真地听你讲屁话,好像你说起话来字字珠玑,她闷不作声地跟着你走,就像你的尾巴……从未有过这么一个人那么需要你……你怎么能看着她死呢?

从胶囊旅馆回情人旅馆的路上,路明非失魂落魄,只觉得有个巨大而暴怒的声音在自己脑海后回荡,仿佛一只猛兽在不甘地嘶吼……你怎么能看着她死呢?从未有人那么顺从于你!她好比你拥有的东西!

不知何时他开始用魔鬼的方法思考了,也难怪,他的生命已经有一半属于那个名叫路鸣泽的恶魔了。

他跟绘梨衣摆手,绘梨衣依旧低着头。火车启动了,绘梨衣忽然亮出了手中的小本子,原来她低头不是难过而是在奋笔疾书。

"Sakura 到底是谁?我以后去哪里找你?"她把小本子贴在玻璃上,整个人都趴在窗户上,满脸惶急。路明非从没见她那么急过。

路明非这才想起从头到尾绘梨衣都不知道他是谁是干什么的,大概深海相遇的那次蛇岐八家也没告诉她说深海里你也许会看见几具很搞笑的尸体,那是学院本部派来的神经病。

这么多天她就跟着一个来历不明的男人来东京城里到处乱逛,跟他同桌用餐同屋而睡,甚至换衣服也不太避着他,这种姑娘也真是够没脑子的。

可这样不是蛮好么?你最好别再来找我,我俩不是一个阵营的啊,你就当遇到

---

① 作者注:**さようなら**,发音大概是 sayonara,意思是再见,是比较正式的说法,很长时间不会再见面的时候才会用到。

Chapter 10
Escape in the Sun

了一个搭伴的驴友吧。

路明非不想悲悲戚戚地告别，最后一刻白烂的心又在他的胸膛里跳动起来，他以做了好事不留名的风度大手一挥说："名字不重要！我只是个路过此地心怀正义的牛郎！"

灯火通明的铁龙在夜色中远去，发出呜呜的鸣声，绘梨衣一直站在窗口，抱着轻松熊，抓着毛茸茸的熊爪挥手。

"距离约1100米，风向自西向东，风速每秒钟3.6米，空气湿度45%，目标仍在锁定中。"

"距离约1300米，风向自西向东，风速每秒钟3.8米，空气湿度44%，雾气！能见度不足！目标正在脱离有效射程！"

"距离约1500米，风向自西向东，风速每秒钟3.7米，空气湿度44%，雾气！能见度严重不足！目标已经到达有效射程边缘！"

酒德麻衣的额头沁出冷汗，抠着扳机的手指开始发木。电话已经接通，信号强度不够但也足够她跟老板通话，可老板始终沉默。

她并不想对绘梨衣开枪，但这关系到东京乃至日本的存亡，为了避免巨大的牺牲，牺牲一个人算不了什么；老板应该还在思索，这件事情竟然已经超出了老板的预判，逼得老板也不得不临时思考，临时做决定。

但时间所剩无几，AS50号称射程能达到1.5英里，换算成公制大约是2.4公里，火车还要两分钟才能跑出有效射程，但雾气和风会令射程打折，在这种天气下即便王牌狙击手也没法保证一定命中。

"最后提示，目标即将脱离有效射程。"酒德麻衣低声说。

"放她走吧。"老板轻轻地叹了口气，语气里有些哭笑不得的感觉，"我们的好演员路明非终于从我的剧本里逃了出去，做了一件自己想做的事，我怎么能不让他心愿得逞呢？"

酒德麻衣仍未把准星从绘梨衣的眉心挪开，尽管在这个距离上已经未必能命中了："可老板你说过她是打开藏骸之井的钥匙，要让钥匙落在别人手里么？"

"有何可惧？神复活又怎么样？当那万军之战开始之时，我将亲自迎战！"老板低沉地说，他忽然间又变成了舞台上的皇帝，一顿一挫间威临天下。

"那就期待诸天之怒。"酒德麻衣缓缓地把枪机复位，这时灯火通明的铁龙驶入了海上吹来的浓雾里。

路明非从口袋里摸出几个硬币，投进月台上的公用电话里，拨通了写在小本子上的电话号码："象龟么？派人去接你妹妹吧，她在从梅津寺町回东京的火车上，9：45的末班车。"

他没有等待源稚生的回答就挂断了电话，拍拍屁股上的灰，摸出车钥匙，晃晃悠悠地走向停车场。

他本就没给自己买回东京的车票。

第十一章 来自北极的故人
Old Friend from the North Pole

暴雨滂沱,情人旅馆的老板娘打着伞站在屋檐下,檐前的滴水像是一道绵密的银色帘幕。她盯着每辆从门前经过的出租车看,眼睛里透着焦急。

今天白天几个肃杀的黑道人物冲进店里,向她出示两张照片,询问她说照片上的男女有没有来她店里投宿。老板娘一眼就认出了路明非和绘梨衣,一时间心跳加速脸上变色,但她毕竟是见过世面的人,立刻镇静下来,恭恭敬敬地说我们这里的客人通常都只住一晚上甚至几个小时,哪会有投宿的客人选择情人旅馆呢?她的坦荡和情人旅馆的招牌说服了那些黑道人物,他们没有进店搜索,而是留下名片拜托老板娘说如果见到这两个人请务必电话告知他们,本家会提供丰厚的信息费。

老板娘想不出这对懵懂的小情侣怎么会得罪黑道,但以她想来再怎么样绘梨衣那种人畜无害的老实姑娘都比黑道值得信任,她特意留在店里等到午夜过后,就是想通知这对小情侣赶快离开,这边的店面都被黑道盯上了,不再安全了。

轰隆隆的雷声在天空中滚过,紫色的电光切开黑暗,照亮了打着伞走向店门口的年轻人。他的头发湿透了,身上的衣服也湿透了,看上去乱糟糟的,手里的塑料袋里装着低温奶和饭团。

"老板娘还没下班啊?"路明非愣了一下。

"只有你自己回来么?"老板娘小步跑向路明非,木屐嗒嗒作响。

"哦,她回家了。"路明非随口说。

他低下头,在屋檐下的积水中看见了自己的倒影,真是个乱糟糟的男人啊,分明是开着保时捷跑车回来的,可看起来倒像是在大雨里走了一路。

在失去了路鸣泽的加持之后,他又失去了漂亮得人人称赞的"伪·女朋友"和保时捷911跑车,终于被打回了原形,就像是失去了南瓜马车、水晶鞋和仙女庇护的辛德瑞拉,午夜之前还在水晶般的宫殿里翩翩起舞,午夜之后就只能独自跋涉在街头,躲避着夜行人的目光。

"今天有人来找你们,看上去很凶恶的男人。"老板娘压低声音提醒。

"已经没事了,她回家了,那些人不会再来了,放心吧。"路明非说,"谢谢老板娘帮我们打掩护。"

老板娘误把他的呆滞当作悲伤了,不由得心中酸楚,仰望飘雨的天空脑补起违背家族意愿的私奔故事,一时间神思悠悠。

路明非瞟了一眼老板娘那一脸"梨花枝上雨"的表情,心下有些惊悚,心说莫非今夜是老板的忌日,这是什么日本风俗未亡人要给死鬼守夜,我不便打扰还是尽快退散为好。

于是他和老板娘擦肩而过,偷偷摸摸地想上楼去。

檐前看雨的老板娘忽然转过身来,深鞠躬,大声说请不要对生活失望啊!干巴爹啊!

路明非赶紧配合着高呼干巴爹干巴爹,心说我对生活失望个屁,我只是害怕!这一次为漂亮女生当了叛徒,却不知道秘党处罚叛徒的办法是什么,要是减学分或者扫地出门还好,千万别是某种肉刑,说起来秘党这个组织从差不多两千年前流传至今,当年想必不太遵循人道主义原则,先辈们全世界屠龙的时候,人道主义的先驱们如拉伯雷还没生出来,鬼知道学院的章程里会不会藏着些血腥的条例,比如说要把叛徒打穿琵琶骨挂上铁锁什么的……哦也不对,这招好像是《西游记》里那只猴子用来对付妖怪的。

他心里乱糟糟的,上楼推开那扇熟悉的门,走进那间熟悉的套房。

小玩偶们散落在茶几上,鞋盒和购物袋扔得到处都是,还有餐盒和各种各样的饮料瓶,烧热水的暖壶在黑暗中嗡嗡作响,半杯残水映着窗外的灯光。

为了避免服务生进来窥视,路明非总在门把手上挂着"不需清洁"的牌子,所以过去的几天里只有他们两人踏进过这间房间。绘梨衣是个完全不懂收拾屋子的人,想必从来没有人教她如何收拾屋子以便将来嫁个好男人,她只知道把自己的小玩具收好,把喜欢的裙子一件挨一件挂在衣橱里,其他东西,包括内衣丝袜这种私人物品都是随手乱扔。路明非也不是收拾屋子的主儿,他和芬格尔的宿舍素有狗窝之名。

人虽然已经离开了,可房间里满满的都是有人住过的味道,摊开的被子上有人压过的痕迹,浴室里的水龙头没拧紧,水一滴滴地打在浴缸里,溅起清脆的回声。

窗外大雨滂沱。

路明非也不开灯,在茶几边坐下,默默地看着外面的灯光和大雨,心慢慢地静了下去。

真不敢相信过去的几天里他和一个那么漂亮那么乖巧的小怪兽生活在这间屋子

Chapter 11
Old Friend from the North Pole

里，同居欤，孤男寡女欤，授受不亲欤，从一开始的心惊胆战直到后来他发号施令绘梨衣言听计从，最后是那样的别离。想想真是有意思，人和人之间原来是这么熟悉起来的，不知道什么时候你就开始习惯她在的生活了，没什么特殊的原因，只因为一起待得久了。

就像那些养猫的人，进家门第一件事就是喵喵喵喵地叫，希望看那个小东西从哪个角落里钻出来欢迎你，直到某一天小猫跑掉了，喵喵了很久也不见它过来在你脚边蹭蹭，才忽然惊觉房子那么大那么空。

现在路明非觉得这间房子很大很空了，说起来这是这间旅馆里最大最高级的套间，居然一直没察觉出来。

空气里似乎还飘浮着绘梨衣的味道，不用使劲回想就能记得那个女孩穿着半透明睡衣坐在这张茶几旁的样子，那刚洗过的头发上的香味，那柔软如春山的身体曲线，织物下若隐若现的皮肤。

要说色心其实还是有过那么一点的，因为是男人就能看出她的漂亮啊，可为什么在那个梦里还是毫不犹豫地扔下她跑掉了呢？

想不明白……想不明白的事情还是别想算了，就算后悔那时候没泡人家现在也没机会了，没机会也好，没希望的事情就不用多花心思去想，所谓"早死早超生"，大概就是这个意思。

还是抓紧时间想想怎么跟老大和师兄交代吧，是进门就扑通一声跪下说我错了我对不起组织对不起社会对不起全人类，还是撒个谎说最后一刻小姑娘非不跟我回东京，自己跳上火车逃走了。

其实他是很想撒个谎的，撒个谎就能减轻处罚这种事何乐而不为呢？可是怎么才能编出一个合理的谎话呢？他急得直挠头。

坚硬的东西顶住了他的后颈，一股凉气直透进他心里去。这间屋子里不是只有他一个人，先来者早就潜伏在黑暗中，等待着伏击他了。

路明非战战兢兢地举起双手，面无表情的楚子航从窗帘后走了出来，默默地坐在茶几对面。

"不用解释什么，我们跟着你去了梅津寺町，看见了一切。"恺撒半跪在路明非背后，手握上膛的"沙漠之鹰"。

三个人沉默了足足半分钟，路明非慢慢慢慢地伸手到自己的后腰中，抽出藏在那里的另一柄"沙漠之鹰"，装载"燃烧之血"的"沙漠之鹰"。他缓缓地把这柄枪放在茶几上，推向楚子航。

他解除了自己唯一的武装，带着这件武装也没用，他一个小叛徒，在学院本科部排名第一和第二的社团大哥们面前毫无胜算。

"我把她放走了，她什么都不知道，这件事跟她没关系。"路明非耷拉着脑袋说，

"都是我一个人搞出来的。"

妈的,这真不是他风格,以他的风格怎么会说出这件事老子一人做事一人当这种硬气的话来呢? 分明应该转过身一把抱住老大的大腿一边说谎一边哭诉啊!

可没办法,谎话还没编完就被组织的锄奸队逮住了。

恺撒抓过桌上的"沙漠之鹰",双枪同时收入后腰,在茶几边跌坐,摆弄着桌上那些小玩偶,久久地不说话。

"好汉饶命……"被死寂压得喘不过气来,路明非只得开口求饶。

"喂,宵夜去吧。"恺撒拍拍他的肩膀。

"なに? What? 我没听错么? 这是米西米西的时候么?"路明非傻眼了。

"我在后街找到一间不错的二十四小时拉面店,宵夜去吧。"恺撒起身,"我们也是一路开车回来,一路上什么都没吃。"

路明非小心翼翼地看向楚子航,恺撒倒是表情和煦,可从现身到现在楚子航始终是面无表情,像个森严的法官。这让路明非搞不清楚状况。

"我不知道你做得对还是错,但有时候我们没法对结果做出预料,只能根据那一刻你心里想的来做决定。"楚子航默默地起身,"走吧,我也饿了。"

"我说服这家伙了。"恺撒搂着路明非的肩膀眉飞色舞,"现在知道演讲是领袖必备的技能了吧? 加入学生会绝对是你人生中最明智的选择之一!"

"我……我还得把她的东西收拾收拾给她寄回去。"路明非说。

"这有什么难的? 我们三个人动手,几分钟就帮你弄好!"恺撒大手一挥,"全组注意,现在我们给小姑娘收拾衣服和玩具!"

楚子航面无表情地拿过纸箱,把小玩偶一个接一个往里面丢。

四个小时前,从梅津寺町去往松山市的高速公路上,冒着白烟的丰田车斜靠在路边,无论楚子航怎么拧钥匙点火,这台车再也发动不起来了,发动机报警的蜂鸣声在静夜中极其刺耳。

"该死!"楚子航猛拍方向盘。

此刻那列灯火通明的列车正从不远处驶过。他失去了最后一个截住绘梨衣的机会,这台浑身毛病的丰田车没能坚持着跑到松山市。

"别又是冷却剂渗漏吧? 日本人的产品真是靠不住!"恺撒看着窗外的瓢泼大雨,"这种鬼天气在高速路上抛锚,想再找到卖冷却剂的店可不容易了。"

他被楚子航抓住衣襟,狠狠地推在车门上,巨大的震动让他差点握不住手里的鲑鱼饭团。

"你在引擎上动了手脚! 租车店出来的车,必定是经过检修的,不可能出现冷却剂渗漏这种问题!"楚子航的黄金瞳中爆出慑人的光,"以你对赛车的熟悉,也不可能没学过修车，每辆赛车都是单独定制的，每个赛车手都需要熟悉他们自己的引擎！自始至终你都是路明非的同谋！第一次是你剪断软管放掉了冷却剂，第二次我补好了软管，但你买回来的冷却剂有问题！"

"不能说是同谋，同谋必须是事前商量过的，我们这只能算作偶发性共同犯罪。"恺撒耸耸肩。

"那你怎么会知道？"楚子航大吼。

"我看他的眼睛就知道了，那种忽然下定决心的眼神可不是一个浑蛋能有的。"恺撒慢慢地说，"你当然不会懂，因为你不是绅士，不能理解男性拼死也要保护女性的高贵精神。"

"你们疯了么？她只是一个人！你们要为了一个人而让整个东京整个日本的人都冒着去死的危险么？"

"这么算起来的话确实很不值得，"恺撒叹了口气，"可怎么办呢？即使代价是全人类，我就是没法让一个女孩为了这种该死的理由牺牲。我的正义不允许这种牺牲。"

"为了你们贵公子虚伪的绅士风度？还是为了你们追逐女人的动物冲动？"楚子航暴怒了。

他很少这么愤怒，但被同组的两个人一同背叛的感觉太糟糕了，而且这种冲动的做法最终可能导致国家灭绝的巨大灾难，需要牺牲不知多少人的生命去挽回。

"也许吧，虚伪的绅士风度，追逐漂亮女人的动物冲动，都有可能。但这就是我的正义，如果违背了那种正义，恺撒·加图索也就不存在了。"恺撒直视楚子航的眼睛，低声说，"如果换成我的话，我不会把刀刺进那个女孩的胸口，无论她是不是龙王。"

有那么一瞬间，恺撒几乎以为楚子航要暴起杀了自己，因为黄金瞳中的光简直凶毒如镰刀，他从未见过这么暴戾的楚子航。但最终那刺眼的光暗淡下去，恺撒又见到了自己从未见过的、虚弱的楚子航。

楚子航松开手，缓缓地坐回驾驶座，后视镜里，那双曾令恺撒羡慕也令恺撒警惕的金色瞳孔从未这么暗淡过。

大雨铺天盖地地下，世界寂寥，在这条空无一人的高速公路上，他忽然恢复成很多年前的那个少年。

恺撒抽着雪茄，吐出幽幽的青烟，这是他第一次注意到楚子航原本的瞳色是较浅的栗色，岂止不威风凛凛，简直有点柔弱。

他掐着表，估计列车已经在松山站进站了，才懒懒地说："车后备厢里就有一桶没问题的冷却剂，现在加上冷却剂，我们回东京。"

楚子航推开车门去后备厢拿冷却剂，一路上恺撒跟着收音机哼着奇怪的日本歌，楚子航再没说一个字。

深夜，歌舞伎町。

街上已经没有什么行人和车辆了，酒吧和各类夜场也都关门，只剩最财大气粗的夜店依旧亮着顶天立地的霓虹灯招牌。

座头鲸当然认为高天原是这歌舞伎町里领袖群雄的大夜店之一，所以高天原的霓虹灯照片是整夜亮着的，受暴雨的影响这些天店里打烊得很早，可仍有迎宾的服务生站在招牌下，戴着雪白的手套。

一个人影由远及近，仰头眺望高天原的招牌，反复念了几遍店名，忽然流露出被拯救了的喜悦神色。

"这个……我想问一下，这里是高天原么？你们这里接待男宾么？"浑身湿透的外国人捋了捋头发，用还算流利的日语询问服务生。

店里已经没有客人了，服务生站在门前只是维护一下高天原这种高端夜店的形象，却没料到真的还有客人登门，还是个体形魁梧的男人。服务生用狐疑的目光打量这家伙，只见他上身穿一件看不出颜色的套头衫，下身穿着多日未洗的牛仔裤，衣服上满是油渍，凌乱的长发脏得打结。他手里还拎着个快餐店的纸袋，纸袋破了个口子，露出里面咬过的半个汉堡，就像是路边捡人家吃剩下的。

这位看起来根本就是个饿得发晕的流浪汉，别说在高天原消费，要是放他进去只怕他会不顾一切地扑向后厨，打开冰箱把一切能吃的东西往嘴里塞，然后躺在地下装死狗，随你怎么打。

服务生掩鼻躲避那股熏人的恶臭，用还算温和的语气说："对不起，高天原是专为女性开设的俱乐部，恕不接待男宾。"

"可你不也是个男人么？"流浪汉直勾勾地盯着服务生，看似是觊觎小白脸服务生的美色，又像是饿极了，觉得服务生那头烫成玉米卷状的头发很可口。

"工作人员例外。"服务生被他看得心头乱跳，"我是工作人员。"

流浪汉踌躇了片刻，转身走进了瓢泼大雨中。

服务生松了口气，以为这家伙就此离去了，却不料他淋了半分钟雨后又转了回来，低下头，双手把淋透的头发往后猛地一捋……好一个传统帅哥的背头。

"朋友！你看我是江口洋介那型的！我也有意当工作人员！你们这里能收我么？"流浪汉瞪大眼睛，眉峰扬起，胸肌挺得简直要裂衣而出！

服务生呆呆地看着这朵绽放的奇葩，指着他的鼻子："你你你……你是……"

"江口洋介那型的！"流浪汉再次强调。

"不不！您是长濑智也那型的！"服务生有点激动。

"这个……日剧我看得少，您说的长濑智也是……？"流浪汉看起来有些局促。

"《花痴刑警》,"服务生竖起大拇指,"《花痴刑警》里的长濑智啊！他是那部戏的主角！还是我的偶像！"

"是么？"流浪汉惊喜地摸摸自己作为雅利安人颇为有型的下巴,"还是主角？"

"对,他在里面演一个非常贱格的花痴！"服务生深鞠躬,"您来得正好,店长说店里现在的牛郎太走外形流了,正需要一些搞笑人物,我们很需要您这样的人才！请稍坐等待！我这就进去向经理推荐！"

"我还年轻,得到您的怜惜真是不胜荣幸。如果有缘还会有相遇的时候,也许那时才是结下一生缘分的好机会。"恺撒温情款款地送走最后的客人,"还希望您下次来继续捧我的场哦。"

他和楚子航帮着路明非把绘梨衣的玩具和衣服打包好,送到旅馆前台请老板娘代为寄出,在后街拉面店里喝了点清酒吃了一碗酱油拉面,施施然地返回高天原,却不料仍有忠实拥趸在等候。

醉醺醺的女人靠在恺撒肩上,路明非和楚子航搭把手,三个人一起扶着她往门外送。

这位忠实拥趸是某发动机株式会社的副社长三笠女士,三十二岁已婚无子,因为贵为相扑国手的丈夫立志献身相扑事业吃得越来越肥,平日里只专注于跟肥壮的男人扑打,忽略了她的存在,遂寄情夜店,成为 Basara King 的王牌客户。

"分别的时候能给我一个吻么？姐姐明天就要去美国谈判,只要有 Basara King 的吻姐姐就无所不能！"女人站在门前风吹墙头草般摇晃。

"樱花坠落那样的可以么？"恺撒问。

"真是薄情的男人啊！"社长大人闭上眼睛。

恺撒揽住社长大人的腰,路明非打个响指,帮着拎包的服务生一个箭步上前,在社长脸上柔情一吻。社长大人缓缓地睁开眼睛,面前仍是阳光般灿烂的贵公子,四目相接情深似海。

"这世界如此残酷,但因为有你它才变得美好！"女人瞬间恢复了万人之上的强者姿态,整理衣领大步走向自己的车,"等着我打败那些德国和法国的供货商回来找你！"

她这般威风凛凛地离去,牛郎三人组站在台阶上风吹杨柳般冲她摆手,她在后视镜里看着那些如花似玉的男人们,胸怀着要守护他们的壮志。

恺撒拍拍手:"收工打烊！"

人就是这样,一旦突破下限就无所畏惧,事事变得驾轻就熟。最初恺撒走的是贵公子式的刚猛路线,如今他也懂得刚中带柔,偶尔会请求被怜惜,客人一见这阳光般的男人说出恳请的话来心一下子就软了,一掷千金买酒支持恺撒的营业额,恺撒练习几番之后用得越发熟练,已经到了镜花水月相望无痕的禅意境界。他非常愿意释放自己的魅力,这点跟座头鲸的"男派花道"恰好吻合。路明非觉得给恺撒足够的时间,这根好苗子必能获得"一番花より男子"的成就。

一日不见如隔三秋,楚子航也颇有进步,不复吴下阿蒙了,应对客人不再只靠一张冷脸。不过路明非猜他这么做并无什么特殊目的,楚子航只是敬业,他做什么都很敬业。

"各位师弟,我可算找到亲人了……"有人在台阶下瑟瑟缩缩地说。

なに?What?是幻觉吧?一定是幻觉!幻觉中听到了废柴师兄的声音,一定是因为太想念他了!路明非认真地思考。

可为什么他会那么想念废柴师兄?难道是因为心底从良的渴望么?

他捂脸就想溜,老天保佑别是在这种地方遇上废柴师兄,更别是这身装束。他回到店里就换了工作服,黑色条纹西装,白色蕾丝衬衣,领口系着紫色领结……问题是后背全裸……

这身装扮要是被废柴师兄看到了,一定会沦为学院上下耻笑的对象吧?永生永世不得翻身,毕业十年后还在传唱……

废柴师兄……那是狗仔之王啊!

"你们不认我啦?"那人继续抖抖索索地说,"你们不认我我就拍照回去发帖。"

路明非耷拉着脑袋,尊严什么的名誉什么的就让它随风远去吧,男子汉大丈夫敢作敢当,好歹是卖艺不卖身,倒也算是出淤泥而不染。三个人一齐低头,雨中站着好一条湿漉漉的败狗。

芬格尔捋了捋头发,指着旁边的迎宾牛郎说:"我来找工作,能给个推荐么?"

"两件事,"路明非竖起两根手指,"第一,这是任务需要;第二,可不是我一个人在这里当牛郎,老大和楚子航也一样!"

什么叫队友?队友就是要有难同当一起下水。

"我知道,看你们三个的样子我也知道啊。穿得那么漂亮,发型那么潮,每个人都那么光鲜。拜托你们别再炫耀了好么?"芬格尔可怜巴巴地说,"能先让我吃点东西么?"

路明非心说我不是跟你炫耀好么麻烦你了解一下情况再哔哔,可还是耐下性子问:"你怎么会在这里?怎么搞成这个样子?"

"我哪儿知道啊。"芬格尔长叹,"我不是实习么?我就选了日本作为实习地嘛,我觉得这里有温泉还有美少女一年四季光着大腿在街上走……我真的什么坏事都没做,每天按时上线做日常写报告。可是忽然有一天早晨我就登录不上去了,我打电话给学院,电话也打不通,发邮件……没人回……信用卡……刷不了……安全港不能用,日本分部的人还追杀我!我已经流浪了两星期,每天在垃圾堆里刨食!"

Chapter 11
Old Friend from the North Pole

他扶着路明非的胳膊，似乎随时都会撑不住倒下，"别怕，给我点吃的先，回到学院我什么都不说。"

"你真的什么都不知道？"路明非不敢相信，心说学院在日本境内还有残留势力固然是好事，可这种残留势力的用处只是消耗军粮而已。

"我真的什么都不知道，我没做错什么啊，日本分部就追杀我……你说跟我参观分部办公室的时候摸了女秘书的屁股有没有关系？日本人不会那么封建保守吧？"芬格尔似乎想起了什么。

虽然很想在这厮脸上踹一脚，可看他饿成这样大家心里也不好过，路明非赶快把他扶进店里，在吧台边坐下，恺撒让服务生拿来毛巾给他擦脸，楚子航给他倒了一杯温水。

"各位师弟……"芬格尔就差两眼含泪了。

"你是被我们的事情连累了，"路明非说，"这件事很曲折，我一会儿慢慢解释给你听。"

"师弟啊……"芬格尔叹气。

"其实我们也不比你顺利……"路明非也叹气。

"你他妈的还废话什么啊？我说了几遍了？到底给不给我叫点东西吃啊！"芬格尔再也忍不住了，暴跳而起，雄狮般大吼，"你们想饿死我灭口么？"

整整四大碗豚骨拉面，其中三碗转眼就消失在芬格尔嘴里，连面汤都给扫荡干净了。

这是服务生让后厨重新开火做的，他不知道 Basara King 和右京已经吃过夜宵，就给两位红牌牛郎也准备了一份，至于小樱花，既然是红牌牛郎的好朋友，也得以享受宵夜的待遇。

四碗面端上桌来，芬格尔感动地说太贴心了太贴心了，知道我一碗不够吃，一下就给来了四碗，拜托您大虾天妇罗我也要四份，味噌汤双份即可。

服务生惊诧莫名，用眼神询问恺撒的意见。恺撒用眼神示意他照做，服务生深鞠一躬说前辈我明白了，如飞般地奔向后厨，这就是店里当红牛郎的待遇，恺撒有种自己还在学生会的感觉。

芬格尔从酒柜里摸了一瓶威士忌，就着烈酒猛吃拉面，连跟师弟们说话的工夫都没有。

"活过来啦！"他吞下嘴里的面汤，坐直了，抚摸胃部，露出婴儿般甜美的微笑。

"洗个澡？"恺撒建议。

芬格尔臭得像是埋在垃圾堆里发酵过，他们三个的香水味加在一起都压不过。

"让我缓缓，让我缓缓。"芬格尔扶着吧台缓缓地起身，"吃得有点急了，撑着了。"

"还剩一碗面，你还要了大虾天妇罗和味噌汤。"楚子航说。

"那是下一顿，我缓一缓，上个厕所，就能给天妇罗和味噌汤腾出空间来。"

他委实不是自夸，在吃货这一行，他是卡塞尔学院十年来首屈一指的大师。

"见到你们真好，我从未那么真诚地觉得你们是我的兄弟。"芬格尔的眼神谄媚，活像一条狗在被喂饱了肉骨头之后看主人，"你们三个看起来都很棒，衣服也特别帅。"

"回去以后不准谈起这件事！"三个人同时探身威压芬格尔，仿佛三只饿虎准备扑向小羊羔。

芬格尔收紧肩膀，小心翼翼地笑："怎么会呢？我们狗仔是拿谁的钱办谁的事儿，我吃了你们的拉面就为你们保守秘密……不过我是真心的，恺撒我从没觉得你那么帅过，牛郎的格调太适合你了，我觉得你释放了自我找到了人生的第二春。"

恺撒开始思考，也许把这厮灭口才是最稳妥的选择。

"正事优先，"楚子航说，"现在在日本境内我们总算有了第四个人，还能找到其他人么？"

"日本分部已经背叛了。"恺撒向芬格尔解释，"我们现在全都处在断线状态，没法联系诺玛。"

"更糟糕的是日本分部可能掌握了白王遗骨的秘密，而那具遗骨仍有复苏的可能，它正在日本境内缓慢地孵化，而且已经有了自行活动的能力！"路明非补充，"我们忍辱负重就是在查这件事。"

"你们穿得那么好，有吃的，还有女人陪伴，算什么忍辱负重？"芬格尔不屑地哼哼，"你们说的我都知道，我早知道日本分部不是什么好鸟！"

"你怎么知道的？"楚子航有些诧异。

日本分部其实是个黑道组织，这在卡塞尔学院内部是级别很高的机密，芬格尔的级别是F，按说没有权限接触到这些机密文件。

"你们以为我来日本只是实习么？"芬格尔得意地一笑，"蛇岐八家一直相信自己是日本的真实统治者，不甘心屈服在学院之下充当区区一个分部。他们之所以到现在才背叛学院，只是因为畏惧一个人。"

"校长？"恺撒明白了。

"对，在他们眼里学院里只是一群教育家，除了校长。他们认为校长是个暴徒，用西装和跑车武装起来的暴徒，如果日本人不乖，校长就用折刀教他们做人的道理，如果他们反抗，校长就会改用火箭炮。"芬格尔说，"日本人崇拜暴力，所以他们畏惧校长，但是并不讨厌他。"

脑补了一下昂热手持火箭筒的形象，三个人都点了点头。昂热就是这种人，衣

Chapter 11
Old Friend from the North Pole

冠楚楚彬彬有礼,看似伦敦绅士,可你总觉得他会从哪里摸出一架火箭筒来顶在你脑门上。

"但校长清楚只靠个人威严是没法长久地稳住日本分部的,所以这些年一直派人以实习的名义渗透进日本来。我就是渗透者之一,我的工作就是收集蛇岐八家的情报。"芬格尔一捋长发,"你当我只是来日本看大腿的么?把我想得太简单了!"

"那你搜集到了什么情报?"恺撒问。

"各位家主的绯闻和隐私全都被我掌握了!所以你们别怕!如果蛇岐八家逼人太甚,我们就对媒体公布他们私下里的淫贼嘴脸!"芬格尔霸气流露。

"我们需要的不是这种情报,我们需要的是蛇岐八家和猛鬼众之间的关系,以及藏骸之井之类的情报。"路明非有气无力地说。

"猛鬼众……藏骸之井什么的我还是刚听你们说起,怎么?那些情报很重要么?比那些大人物的桃色新闻更重要?"芬格尔大吃一惊。

"废话!我刚才有说白王对吧?跟白王这种级别的龙王比起来,谁还管他们私下里搞三搞四?你有没有搞清楚状况啊兄台?"路明非说。

"白白白……白王?"芬格尔结结巴巴的。

"是的!将要苏醒的那东西可能是秘党历史上遭遇的最棘手的敌人!"恺撒缓缓地说,"日本人称它为……神!"

"这就棘手了,我一直以为校长派我来日本是想把那些老东西搞到身败名裂……所以我的时间都花在安装针孔摄像头和窃听器上了,掌握了他们很多艳照,既然现在没用了,要不拿出来大家欣赏一下?"芬格尔从口袋里摸出 U 盘来。

"你真不是蛇岐八家派来黑我们的么?"路明非问。

"不,我显然是校长派来黑你们的……"

"我去……现在不是斗槽的时候么?"

"是你先跟我斗,我看你战意很浓,不配合一下怕不好。"

"好了好了,"楚子航中断了这种毫无营养的对话,"我们遇见芬格尔师兄不能说是完全的坏事……"

"你已经觉得差不多是坏事对不对?你分明已经说出来了!"芬格尔大声说。

"对不起,我不是这个意思。"楚子航很尴尬地换了一种方式,"某种程度上来说是好事,芬格尔师兄带来了一些很重要的情报……"

"你是说艳照?"芬格尔问。

楚子航被这个神经病搞得灰头土脸,只能不理他继续往下说:"至少我们知道校长对日本的局面提前有了警觉,所以在日本境内安插了人手,这些人之间相互不通消息,但都在搜集蛇岐八家相关的情报,这说明我们还有机会找到其他帮手。"

"如果能想办法把我们在这里的消息放出去,又不被蛇岐八家觉察,那我们也许能吸引更多的同伴。"恺撒说。

"这个计划不错,我们就该待在这里待援,"芬格尔俨然已经加入了这个小组,"你们找的这个藏身地不错,蛇岐八家怎么也想不到我们会藏在他们眼皮底下,而且这个地方还很有传统。"

"什么传统?谁家的传统?"路明非一愣。

"日本人的传统。明治维新的时候,维新志士们都躲在妓院里开会,借风月场所掩盖行踪。你们不仅躲进牛郎店,而且下海从业,"芬格尔感慨,"那隐蔽性就更高了!"

"既然我们藏得那么隐蔽,师兄你怎么找过来的?"路明非忽然觉得有什么地方不对。

"我是来加入你们的,你们现在这么红,可不要把我排挤在外。你们觉得我怎么样?店长能喜欢我么?混你们这个圈子我也得有个艺名吧?'Heracles'怎么样?女人们会把我想象成浑身肌肉的壮男!"芬格尔搓着手,两眼闪亮,"她们听了我的名字就会兴奋起来。"

"我看你先兴奋起来了,"路明非说,"我是问你怎么找到我们的,听话听重点好么大叔!"

"我在网吧里跟妹子们聊天的时候……"

路明非心说你穷得连饭都吃不上,路边人家丢的汉堡你都捡,你还要去网吧把妹!

"有个不认识的ID给我贴了你们三个穿制服特别帅的照片,他说他是你们的同事,"芬格尔说,"他给了我地址,我就按照地址找过来了。"

"那个ID叫什么?"楚子航脸色骤变。

"风间琉璃什么的,娘里娘气的名字!"

"随便非议别人的艺名可不是绅士的做法啊。"服务生把托盘放在吧台上,把四份大虾天妇罗和两份赤味噌汤放在芬格尔面前。

他从冰箱里取出冰过的玻璃杯,从芬格尔手中拿过威士忌酒瓶,优雅熟练地制作了一杯日式的"水割"调酒,放在芬格尔面前:"烈酒伤胃,加点清水调和一下会让你舒服一些。"

他在恺撒旁边坐下,手中把玩着调酒用的银匙。

路明非惊得差点蹦起来。吧台位于舞池附近,只有几盏翠绿色的LED灯照明,服务生坐在幽暗中,眉目如画,清秀的眉宇被灯光映成墨绿色,俨然就是那位领袖

Chapter 11
Old Friend from the North Pole

日本黑道的超级混血种源稚生。

恺撒一把按在他肩膀上,把他缓缓地按回座椅上:"没事儿,英气点的才是哥哥,娘炮的是弟弟。需要我为你介绍么? 还是你自我介绍一下。"

"风间琉璃,真名源稚女,猛鬼众中的龙王,二号人物。源稚生是我的孪生哥哥。"服务生缓缓地说,"大家还是叫我风间琉璃吧,作为牛郎出现的时候我就叫风间琉璃。"

桌上的气氛一下子就冷却到了冰点,三个人都不说话,楚子航的手背上隐约可见青筋跳起,恺撒的虎口向着后腰的"沙漠之鹰",调酒匙在风间琉璃指间化作一团变幻的银光。

猛鬼众、学院,还有风间琉璃本人的利益并不一致,即使风间琉璃说的是真话,他们之间仍然没有信任可言。既然是孪生兄弟,风间琉璃的血统应该不在源稚生之下,那柄银匙在他手中也是致命的武器。

银匙越转越快,恺撒和楚子航的心跳也越来越快,就在银匙快得将要从风间琉璃指间飞射出来的时候,风间琉璃忽然翻转手腕,把银匙牢牢地抓在掌中,轻轻放在桌面上。

"我 …… 我可以继续吃了么?"芬格尔战战兢兢的。

恺撒愣了几秒钟,随即气得想掀桌。同是团队,日本那边的团队无论蛇岐八家还是猛鬼众,都高端大气上档次,轮到自己这边,好不容易来一个援军,还是头猪。

"当然咯,要酱油么?"风间琉璃微笑着把装酱油的瓷瓶放在芬格尔面前。

"那 …… 蒜头酥有么?"芬格尔小心翼翼地提要求。

恺撒以手支额,沉默不语,楚子航默默地把装蒜头酥的玻璃罐子放在芬格尔面前。片刻之后某人大口吃面大碗喝汤的声音再度回荡在周围,果然酱油和蒜头酥是拉面的好朋友,有了这两样东西,芬格尔的胃口完全恢复了,稀里呼噜吞咽食物的声音让人觉得那碗面真是鲜甜可口,路明非不由自主地摸了一个炸虾天妇罗在手,被恺撒一掌打掉。

"有点专业精神,注意听!"恺撒低声说。

"好的,让 Heracles 先生继续吃,我们可以进入正题了。"风间琉璃笑了起来。

恺撒和楚子航对视一眼,两人手背上的青筋都略微消退,被吃货一搅和,冻结的气氛无声无息地融化了。

"牛郎界的王座来店里干服务生的活儿? 来几天了?"恺撒盯着风间琉璃的眼睛。

"我在厨房帮工,这是第三天。我很会演戏的,只要简单地换换发型化化妆,我就可以把自己变成另一个人。"风间琉璃说,"鲸先生和其他人都没有认出我来。"

"监视我们？"

"不，为了便于跟你们联系。哥哥知道我回来了，他在找我，准备把我送回地狱去。我长着一张大家长的脸，在新宿区公然出入的话，会有帮会的人对我鞠躬吧？"风间琉璃笑，"那样可不好。"

"你能找到芬格尔，应该是猛鬼众早就觉察到校长派人渗透进日本来了吧？"楚子航说。

"是的，但我们无法断定昂热校长到底派了多少人渗透到日本来。"风间琉璃说，"我请芬格尔先生来店里，是想说明一件事。贵校校长也一直在准备对蛇岐八家动手，他意识到蛇岐八家内部有某种不稳定的因素。"

"橘政宗？"恺撒问。

"很快我们就会知道真相了，"风间琉璃看了一眼腕表，"三个小时前，王将有了动作，那条毒蛇要出洞了，我们联手的机会也来了。"

三小时前，源氏重工楼下的停车场。

执行局的精锐们封锁了每个出入口，橘政宗站在门前等待，白色的长眉上悬挂着水珠。

车队驶入停车场，为首的是源稚生的黑色悍马，紧随在后的是清一色的黑色奔驰，它们拱卫着黑色的厢式货车。

橘政宗甩开给自己打伞的下属，踩着木屐狂奔到厢式货车边，源稚生抱着绘梨衣跳了下来，立刻有人把伞举在他的头顶。

"混账！该遮住谁看不明白么？"源稚生低吼。

雨伞立刻从源稚生头顶移开，重叠起来把绘梨衣遮得严严实实。这女孩蜷缩在源稚生怀里睡着了，恬静得像个小公主。

"在松山站找到她的？"橘政宗急切地试她的脉搏。

"是，"源稚生点头，"电话是路明非打的，那是他的声音。"

路明非打出电话后的十五分钟，位于四国境内的松山火车站就被包围了。源稚生一边遥控当地的帮会包围松山站，一边带领车队亲自赶往那里。

学院的人居然会轻易交还绘梨衣，这听起来完全不合常理，但源稚生毫不怀疑，电话里路明非流露出如释重负的语气，好像在说"现在好啦我把你妹妹交还给你了"，这是所谓"男人的托付"。

途经梅津寺町的最后一班列车进站，源稚生飞身跃过检票口，车门齐齐打开，

Chapter 11
Old Friend from the North Pole

抱着巨大玩具熊的女孩踏上月台，隔着大雨和源稚生对视。她深紫色的裙摆在狂风中飘曳。

源稚生有瞬间的恍惚，他忽然意识到原来绘梨衣已经长大了，那么亭亭玉立，她已经可以离开自己，跟别人去外面的世界玩了，再也不用待在他的保护之下。此刻她从外面的世界归来，带着一身雨水和疲惫，但眼神清澈明亮。那场旅行想必是很美好的，无论多疲惫多忧伤，但她一点都不后悔，她不准备跟源稚生道歉，不准备说哥哥给你添麻烦啦。

沉默了许久之后，源稚生微微鞠躬说："你回来啦。"

绘梨衣给他看早已写好的纸条，上面写着，"ただいま。"①

两个人都微笑，接着绘梨衣双腿一软，倒在月台上。她已经虚弱到了极点，比路明非想的还要糟糕，她能坚持到现在，只是靠着那个"要跟Sakura去很远的地方旅行"的心愿。

橘政宗摸索绘梨衣的全身，摸到脚腕的时候脸色微变，脚腕处布满了细小的鳞片。龙化现象已经很明显了，龙血一边将她的身体侵蚀得千疮百孔一边刺激她的身体机能，她的体温高得不可思议。

"必须给她洗血，局部做血清注射，"橘政宗说，"再晚二十四小时的话，后果不堪设想。"

"通知医疗组准备！"他转身下令。

这时他的手机忽然响了，居然是个陌生号码的来电。这让橘政宗愣了一下，他的手机号码是绝对保密的，从来没陌生人给他打电话。

他犹豫着不想接这个古怪的来电，但手机响个不停，对方似乎执意要跟他通话，等多久都不在乎。

橘政宗按下接听键，把手机贴在耳边，并不说话。

沙沙的雨声中响起低沉的男声："亲爱的邦达列夫少校，你好，这是来自北极圈内，二十一年前故人的电话。"那声音沧桑而悦耳，带着巨大的回声，就像一架古老的管风琴在呜咽，"说句话吧，让我再听听老朋友的声音，我们曾分享苏维埃的光荣，像同志那样举杯痛饮红牌伏特加，杯中沉浮着十万年历史的老冰。"

橘政宗的神情变了，这个高高在上、运筹帷幄的老人忽然变得年轻起来，长眉挑起，眉间眼角再度流露出雄狐般的狡诈。

他再度变成了克格勃少校邦达列夫。

---

① 作者注：**ただいま**就是"我回来了"的意思。

这种神情一闪而逝,橘政宗捂住话筒对源稚生说:"有点事情必须我亲自处理,你先让医疗组给绘梨衣洗血,我片刻就到。"

　　源稚生抱着绘梨衣冲向大门,他在门口停步回望,橘政宗站在漫天风雨中,远离任何人。他的腰挺得笔直,像是接到命令准备出征的武士。

第十二章 无天无地之所
Empty Place

源稚女的手机放在吧台上,一段音频正在播放。两个人说话,背景是沙沙的雨声,无穷无尽,让人错觉自己也站在那场雨里。

"赫尔佐格博士,是你,你没有死。"是橘政宗的声音。

"是啊是啊,你早该猜到是我。"管风琴般的声音带着笑意,"也许我们都该换个称谓了,我称呼您为政宗先生,您称呼我为王将。毕竟我们都无法回到过去,巨龙一样的苏维埃联邦已经结束,我们这些旧时代的孤魂野鬼得适应自己全新的身份。"

"是你得适应自己的新身份吧?也许我该称你为巨龙博士?进化已经让你体会到了君临天下的快意吧?"

"既有快意,也有痛苦。我的进化还不完整,你知道的,只有神的血能帮助我完成最终的进化。"

"所以你想方设法复活神。猛鬼众对你根本不算什么,只要你活着,完成最终的进化,你就能登上世界的王座。那些死去的人都变成了你的食物,你踩着他们的尸骨,变得越来越强大。你从来都是食尸鬼。我还记得我们毁掉黑天鹅港的那一夜,我们往胚胎培养室里倒了两百公升燃油,那些小小的胚胎、那些还没来得及睁眼看看这个世界的小生命在火焰里熔化。但你的脸上带着笑容,你说不用介意这些损失,就想着我们吞噬了这些生命的价值,他们的营养会让我们变得更加强壮,只有最强的人才能登上世界的王座。"

"是啊,那时我真傻,居然对您讲了真心话。那是我一生中所犯的最大的错误,我相信了一个狐狸般的男人,他却对着我的心脏开枪。"

"我也犯了错误啊,我应该把一颗手榴弹塞进你的嘴里,而不是仅仅对你的心脏开枪。被炸得四分五裂的话,再强的恢复能力也没用了吧?"

"是啊是啊,我们都犯了错误,"王将竟然笑了起来,"就当扯平了吧。"

"叙旧到此结束,你我都不是喜欢叙旧的人。说吧,为什么打电话给我?"

"想约你见个面。"

"我们有见面的必要么？"

"当然有，我们该好好谈谈，看怎么分配白王的遗产。"

"我对白王的遗产没兴趣，神如果彻底苏醒，必将引发浩劫。我已经老了，没有力量在浩劫之后爬上世界的王座了。"

"在只有你我的时候就不用伪装成正义的朋友了吧？"王将微笑，"邦达列夫少校，您太清楚我是什么样的人了，我也太清楚您是什么样的人，我们是天生的合作伙伴，狼就该和狐狸同行。十年来你一直在寻找藏骸之井，也觊觎着海底的高天原，只有你那个傻得可爱的学生才会相信你这么做是为了永远地埋葬神。你一直都是擅长伪装也能够隐忍的人，我很欣赏您的这种品性，我期待着您这样的合作伙伴。"

"为了什么而合作？"

"当然是复活神，这样我们才能从神的身体里提取出鲜活的胎血，那就是黄泉古道，是人类进化为纯血龙类的唯一道路！但想要打开这扇禁忌之门，我还需要几把钥匙，有些钥匙掌握在你的手里，有些钥匙掌握在我的手里。既然我们都无法独立地复活神，那为什么不合作呢？分享神的遗产，好过谁也得不到。"

"不怕我再在你背后开枪？"

"为了争夺世界的王座，彼此在对方背后开枪不是理所当然的事么？任何一个王都不会跟其他人分享自己的权力啊，如果您再度抓住机会，记得千万塞一颗手榴弹到我的嘴里。"

电话被挂断了，音频到此为止。听众们都流着冷汗，除了芬格尔，他流着热汗。他在拉面汤里加了很多辣椒，吃得大汗淋漓。

他刚找到组织，还没来得及被普及知识，根本没听明白电话里的老家伙们在讨论何等可怕的事。无知总是让人欢乐，所以他在听录音的时间里又吃了一碗面。

"王将约橘政宗见面？"恺撒打破了沉默，"他们应该约着决斗才对。"

"确实不可思议，但这就是我监听王将电话的结果，三个小时前他打电话给橘政宗，约橘政宗见面，讨论如何分享白王的遗产。"风间琉璃说。

"赫尔佐格的资料你有么？"楚子航问。

"黑天鹅港的首席科学家，有史以来最了解龙类的基因科学家，原本隶属于纳粹的第三帝国科学院，柏林陷落的时候被俘虏，直接送到无名港研究龙和混血种。他是黑天鹅港的第二个幸存者，我也是刚刚知道王将就是赫尔佐格。"风间琉璃说，"不过这样的话很多事情就清楚了，邦达列夫带走了研究资料，但那些技术也保存在赫尔佐格的脑中，所以他能造出进化药。"

"他被古龙的血侵蚀过，是个杀不死的怪物。"恺撒说，"皇也未必能杀死他。"

Chapter 12
Empty Place

"我曾经把整整一个弹匣打进他身体里,还用车尾猛撞他,可一点用都没有。"路明非心有余悸,"他就跟终结者一样!"

"橘政宗对上他根本没有胜算。"恺撒说。

"可橘政宗答应了,王将用短信把见面的时间地点发给橘政宗,橘政宗回复说,不见不散。"风间琉璃说。

"王将说他们各自掌握着一些钥匙,只有集齐了那些钥匙才能复活神,钥匙指的是什么?"楚子航问。

"我也是第一次听说。"风间琉璃说,"不过我们只要监听王将和橘政宗的见面,就能知道一切。"

"他们约在什么地方见面?"恺撒问。

"一个是前任大家长,一个是猛鬼众的王将,他们都不会冒险踏入对方控制的地盘,所以他们约在一个谁也无法控制的地方见面,"风间琉璃缓缓地说,"王将提出的见面地点是,'无天无地之所'。"

"无天无地之所?听起来像是个谜语。"恺撒皱眉。

"是个谜语,但并不难猜。"风间琉璃起身走到门边,推开大门,放入疾风暴雨。

远处黑压压的云层下,金色的尖锥直指天空,仿佛着火的利剑要切开天幕。

"东京塔?"恺撒认出了那座高塔。

"是的,东京塔,当年的东京最高建筑,直到不久前才被新的电波塔'东京天空树'超过。那座铁塔在二百五十米的高处有一座特别瞭望台,只有一部高速电梯通往那里,只要切断电梯的电源,特别瞭望台就会与外界彻底隔绝。它既不跟大地接触也不跟天空靠近,在那里发生的对话是人类和上帝都听不到的秘密。"风间琉璃缓缓地说,"那就是他们重逢的地方,时间是明天午夜十二点。"

"东京塔当年不是失恋男女跳楼自杀的首选地么?两个老东西犯得着在那种浪漫感伤的地方见面么?"芬格尔说。

"我很确定,王将那种人,最喜欢站在高处,像皇帝一样低头看整个世界,而东京塔曾是东京的制高点。他带我去过特别瞭望台,他对我说,稚女你看这座城市,就像一个卧病在床的老人,霓虹灯的光已经无法遮掩它的丑陋。这座城应该被一把火烧掉,我们好在废墟上建造更辉煌的国家。"

"真是个疯子。"恺撒说。

"王将就是这样的疯子,他说旧的东西总要被新的东西取代。当年罗马皇帝尼禄就是这么做的,他讨厌衰败的罗马城,于是烧掉了它,在废墟上建成了究极华丽的金宫。他还说有一天东京烧起来的时候,他一定会站在东京塔的最高处欣赏。"风间琉璃说,"所以我绝对确信他说的地方就是东京塔的特别瞭望台,我也许是这个世界上最了解王将的人。当然,橘政宗轻易地猜出了这个谜语,说明他也很了解王将。"

"你希望我们怎么做？"楚子航问，"不只是监听他们聊天这么简单吧？"

"当然不只这么简单，我根本不关心他们谁想复活神，也不在乎神复活的结果，自始至终我的目的只有一个……我要杀了王将！我要杀了他！"风间琉璃的眼神明亮，像个看见糖果的孩子。

路明非缓缓地打了个寒战，很少有人会那么开心那么快乐地谈起自己杀人的心愿，这时候风间琉璃表现得越纯真可爱，越像个疯子。

恺撒和楚子航对视一眼。也许在日本的舞台上，每个人都是疯子，最简单的倒是他们这些阑入的人。

"学院不会介入这种事，除非你能证明王将的行为触碰了学院的底线。"恺撒缓缓地说。

"如果我能证明王将已经接近复活神的终点，那么作为学院在日本的代表，你们的应对措施会是什么？"风间琉璃盯着恺撒的眼睛。

"这种情况下我们会帮助你抹杀王将。你不必怀疑我们在这方面的决心，学院的历史只有一百年而秘党的历史则有几千年，几千年里它一直都是暴力组织。我们是最锋利的刀刃，一切试图唤醒龙王的势力都会被斩断。"

"很好，"风间琉璃在吧台上展开东京塔的建筑蓝图，"所以我们更要监听那对老朋友的重逢！"

血清一滴滴地滴入过滤机，和红黑色的血液充分混合，发生剧烈但无声的炼金反应。血液流出过滤机的时候，已经变成了人类动脉血的鲜红色，成分不明的暗蓝色残余物黏在滤网上，看起来像是女巫药罐中的神秘汁液。血液重新进入绘梨衣的身体，龙化进程被强行逆转，她身上"人"的比例不断提升。

这是禁忌的技术，每一滴血清都是从死侍胎儿的血中提炼出来的，这种技术等若杀死死侍的胎儿，再把它们的生命灌输进绘梨衣的身体里。赫尔佐格的研究资料里竟然包含了这种技术，简直不敢想象那个人类对龙类的了解有多深。如果有足够的血清供应，这种技术甚至能够挽救那些堕落的鬼，但它的代价太过高昂，家族根本无法把它当作一种常规医疗手段，所以像樱井明那样的鬼只能被杀死，那是更廉价的处理方法。

源稚生坐在床边，看着沉睡中的绘梨衣。她的皮肤依然是白瓷般的颜色，但多了几分润泽，怒蛇一样凸起的黑色血管也平复了下去。

"我们很幸运，上杉家主回来得足够早，要是再晚二十四个小时，血清就未必会有效了。"医疗组的负责人走到源稚生背后，"这里有我们盯着，大家长您抓紧时间休息一下吧。"

"她什么时候能醒过来？"源稚生问。

Chapter 12
Empty Place

"现在的昏迷是注射了镇静剂的缘故,再过六七个小时镇静剂的药力减退,上杉家主就会苏醒了。"

"那就等六七个小时再睡,她醒来的时候看见有人在床边守着,心里会比较安静。"

"明白了,我们都在外面,有事的话请随时调用我们。"医疗组负责人深鞠躬,退出了卧室。

病房就设在绘梨衣自己的卧室里。这是一间精美的和式屋,四壁挂着古画,屋里烧着白檀香,只有一扇窗户可以看向外面。窗户没法打开,窗上装着二十厘米厚的防弹玻璃,三层玻璃之间夹着胶质,重机枪扫射都打不碎。根据规章制度,能够直接接触绘梨衣的只有橘政宗和源稚生,不经特别允许,医疗组也不得踏入那条木质走廊。这是出于保护医护人员的目的,对绘梨衣来说剥夺生命太容易了,很难保证她什么时候觉得某个生物是没有必要活着的,一个极短的命令就能结束一条生命。

她是个怪物,没人愿意接近怪物,跟她最接近的医疗组也只是通过监控设备观察她,观察她日复一日地在这个封闭空间里移动来移动去。

所以源稚生坚持要留在这里等她醒来,否则绘梨衣睁开眼睛,可能会觉得孤单。

前几天她醒来的时候在哪里呢? 看见的难道是路明非的脸? 会不会比看见自己守在这里更开心? 源稚生胡思乱想。

他有种失去了什么的感觉,就像哥哥看着妹妹一天天长大,曲线越来越起伏,越来越像个"女人",总有一天她再不缠着你喊"お兄さん"、"お兄さん",你问她跟谁一起出去逛街了,她会说你管不着。

橘政宗悄无声息地走进卧室,在源稚生身边坐下:"情况看起来很顺利。"

"是,没事了。怎么耽误了那么久?"源稚生凝神看着净化后的血液流经透明的软管,进入绘梨衣的身体。

"没什么大事,我能应付得过来。你集中精力照管红井那边的事吧,那才是大事。"橘政宗看着绘梨衣的脸。

"什么时候能处理完? 按照宫本家主的估算,最多还有三天就能挖通赤鬼川,那是值得纪念的一天,我希望老爹你跟我一起去。"

"放心吧,很快就能处理好,弑神这种大事情我也很想围观呢!"橘政宗起身亲吻了绘梨衣的额头,转身出门。

"回头见。"源稚生说,他面无表情地盯着橘政宗的背影,眼底藏着刀剑般的清光。

"东京塔是座铁塔,高333米,在离地面100米高的地方有一个两层高的瞭望台,特别瞭望台则在250米高处。四部高速电梯,其中三部从地面通往主瞭望台,还有一部从主瞭望台通往特别瞭望台，电梯能装载32个人，速度是每小时9公里。除了电梯，楼梯也可以上去，经过590层阶梯可以直接到达塔的顶部。"风间琉璃在建筑蓝图上指点。

"在特别瞭望台见面当然可以避开外人，但如果发生冲突，失败的一方甚至没有机会逃走。"恺撒说。

"所以推测橘政宗应该会在附近埋伏一支精锐，如果谈判破裂王将杀了橘政宗，他自己也很难从东京塔逃离。"风间琉璃说，"而我们要做的事情，一是窃听他们的谈话，二是趁着王将在东京塔上没有退路，截杀他。他选择东京塔，认为那是无天无地与世隔绝的场所，但恰恰把自己放进了死地。"

"说说你的计划。"恺撒敲了敲桌面。

"首先我们得想办法安装窃听器，这有些麻烦。王将接受过严格的间谍训练，永远带着全频电波扫描设备，周围如果有窃听器，那台机器就会报警；橘政宗的经验更丰富，他还叫邦达列夫的时候曾是克格勃最优秀的情报员之一。"风间琉璃扭头看向芬格尔，"不过据我所知，芬格尔·冯·弗林斯是贵校的窃听专家，他负责的新闻部能挖出各种不可思议的情报。"

原本芬格尔还在吝惜地品味最后的面汤，骤然听到跟自己有关的事情，把脸从面碗里抬起来，左看看右看看，像一只被打搅了进食的仓鼠。他可不想跟伏杀王将这种事情扯上关系。

"你手下没有别的窃听专家了么？"恺撒问。

"我们要伏杀王将，这种事情怎么能交托给猛鬼众中的人？"风间琉璃说，"卡塞尔学院的人最合适。"

"你是看中了我的技术？"芬格尔有点茫然，"我还以为你邀请我来店里是觉得我是牛郎的好苗子。"

"您确实是个牛郎的好苗子……但就眼下的情形来看，我还是希望您扮演一个窃听专家。"风间琉璃被他说得愣住了。

"那你对我的那些赞美也是违心的咯？"芬格尔看起来很沮丧，沮丧得饭都吃不下去了，"听了你的话我还真以为我会在牛郎界大有所为。"

"非常抱歉，我……"风间琉璃不知该怎么接下去了。

"别跟芬格尔讨论这种话题，他会把你绕晕的。"恺撒打断了他，"芬格尔，我现在是这个组的组长，你加入这个组，就得听我的。说，怎么才能避开全频电波扫描？"

"方法很多，比如激光窃听。用一束肉眼看不见的激光打在窗户玻璃上，房间里说话的声音会让窗户玻璃产生细微的震动，这种震动会令激光产生一种被称作偏振位移的现象，通过监测那种位移，就能把对话还原出来。因为不用在屋里安装窃听器，所以电波扫描设备查不出来。"芬格尔说，"但是这种设备的有效距离只有一百

Chapter 12
Empty Place

米，激光发射器必须位于一百米以内。"

"特别瞭望台的高度是二百五十米，从地面上根本无法监听。"楚子航说。

"把激光发射器安装在东京塔上呢？"恺撒说。

"那种设备必须有人实时调整，让激光束以接近垂直的角度打在玻璃上。"芬格尔说，"安装在东京塔上的话，激光束和玻璃表面几乎是平行的。"

"我倒是有个办法。"路明非想起了什么，一边说一边在餐巾纸上写画，然后把那张示意图亮给所有人看。

"这取决于天气情况，那么大的东西，天气好的情况下，即使是深夜也不难观测到。"恺撒看向楚子航和风间琉璃，"明晚的天气预报出来了么？"

"大雨，并有雷暴。"风间琉璃说，"这个计划可行。"

"我们要送上去的不只是激光器，还得有个人，芬格尔刚才说那种设备必须有人实时调整。"楚子航说。

恺撒忽然扭头，盯着芬格尔的眼睛，语气很严肃："芬格尔，你的体重大概是多少？"

"一百九十磅，满满的都是肌肉哦，可不要小看我在健身房里流汗的成果，这样才能不负 Heracles 这个名字对不对？"芬格尔没得意多久，忽然觉察到这里面有问题，恺撒上下打量他，便如审视一头即将上秤的猪。

"那我们得找能承重两百磅的，这个问题解决了，接着说剩下的方案。"恺撒不再浪费时间跟芬格尔解释，反正楚子航和风间琉璃都听懂了，流露出心领神会的表情。

"别管橘政宗，王将是我们的第一目标，因为他太强也太狡猾，永远都有撤离路线。"风间琉璃缓缓地说，"只有在无天无地之所，我们才有机会。"

恺撒和楚子航对视一眼，都点了点头。在路明非和王将正面接触之后，那个男人的阴影投射在所有人的心里，他超越了人类的常识。人类真正畏惧的并非强大的敌人，而是无法理解的东西，譬如鬼魂。

"通往特别瞭望台的路只有两条，一部高速电梯，还有外面的检修用铁梯。我想请两位分别把守电梯出口和铁梯。"风间琉璃说。

"他们要秘密见面，东京塔附近难道不会被清场么？"恺撒问。

"清场是必然的，而且他们很可能会用红外线望远镜监视东京塔。雨夜中的气温大约只有十度，而你们的体温是三十七度，无论你们藏在东京塔的哪里，都很容易被红外线望远镜观察到。在那种望远镜里你们会呈现为赤红色的人形。所以你们得藏在地下停车场里。东京塔下面有一栋五层建筑，名叫铁塔大楼。铁塔大楼下方是两层的地下停车场，红外线望远镜无法监控地下层。"风间琉璃指着蓝图下方的建筑物。

"要清场的话，他们会放过地下停车场么？"恺撒问。

"当然不会，如果我是橘政宗，我会关闭电梯，封锁楼梯闸门和行车闸口。这样地下停车场就被封闭了。"风间琉璃说，"里面藏着人也没用。"

"闸门很容易破坏。"楚子航说。他当然有资格这么说，在"君焰"面前，闸门跟纸差不多脆弱。

"不是普通闸门，东京塔的所有闸门都是防爆防弹的。它曾是一座电波塔，现在也依然可以作为电波塔使用，如果被敌军或者恐怖分子占据，后果不堪设想。所以东京塔在设计之初就是可以应付军事进攻的。"风间琉璃说，"但你们可以走电缆管道，自从东京天空树建成，电波塔的工作都移交给天空树了，电缆管道中的电缆已经拆除，可以供人穿行。"

"所有的事情我们都做了，你干什么呢？"恺撒盯着风间琉璃。

"恕我直言，我并不相信加图索君或者楚君能够战胜王将，"风间琉璃神情淡然，"你们的工作只是把猎物逼到死胡同里去，动手猎杀的人只能是我。"

恺撒很想反驳这份不露声色的骄傲，可想到源稚生双刀在手的攻势，委实不是他或者楚子航能单独挡下的，而作为流着皇血的鬼，不难想象在端静如少女的表面下，风间琉璃的进攻性比哥哥还强。

"所以我们还需要一个人，他负责控制东京塔周边的区域，"风间琉璃看向路明非，"他应该擅长使用狙击步枪，拥有远距离点杀的能力。"

路明非赶紧摆手："感谢组织上的栽培和信任，不过你们要是相信我能办好这事儿可是瞎了狗眼……哦我不是那个意思，我的意思是你们要尊重自己的生命啊！我这个人最容易紧张，一紧张就会飙烂话，而且手抖，到时候别说点杀了，你给我一挺重机枪我也打不中！"

恺撒耸了耸肩，没说什么。路明非说得虽然夸张，却未必不是实情，他有些射击天赋，但委实不是什么冷峻的杀手型人物。他平生只有两次超水平发挥，一次是面对赤备的时候，还有一次就是当当两枪放倒恺撒和楚子航。把控场的重任交给路明非，确实有种对自己的命不太负责的感觉。

"幸会，Ricardo君，某种程度上说，我一直期待着我们的相逢。"风间琉璃盯着路明非的眼睛，微微一笑。

路明非心说大哥你虽然长得标致也擅长扮演女人可我心里清楚你是个纯爷们，你对我飞媚眼没用啊，要是飞媚眼就能说服别人的话，我不介意飞还你几个！

"因为我喜欢你的眼神，你的眼神令我敬畏。"风间琉璃接着说。

"我觉得那可能是因为我有点近视……"路明非平生第一次被拍这么高端的马屁，有点不太适应。

"不，你那不是呆滞，你在躲藏。"风间琉璃慢悠悠地说。

Chapter 12
Empty Place

路明非一愣。

"最宝贵的东西,当然不会是每个人都能见到的东西了,一定被藏在远离人们视线的地方。最凌厉的杀气,也不会是随时都暴露在外的,那么尖锐的东西一定要被藏起来,露出的时候,就是杀人的时候。"风间琉璃玩味地调侃着路明非的眼神,"所以我敬畏你的眼神,你的眼睛里有某种锋利的东西,随时会刺透那层灰蒙蒙的东西。"

风间琉璃的眼瞳明净,仿佛湖底沉着璀璨的星辰,跟他对视让人自惭形秽。路明非渐渐地有点扛不住那种压力了,低下头去看着桌面。

他听不懂风间琉璃在鬼扯什么,只觉得自己被要弄了。他确实在躲藏,但他要藏住的只是混杂着自卑和无奈的某种情绪罢了。他一直都是很善于躲猫猫的人,上高中的时候他用说烂话来隐藏自己跟大家之间的疏离感,伪装得好像没有觉察大家鄙夷的目光,现在他用贱格来掩盖自己的感情,因为大家都觉得一个贱格的人不会有什么强烈的感情,也就不会觊觎别人的女孩。他一直在扮演一个满嘴烂话、好吃懒做、无所事事的贱人,想着也许这样的自己能稍微讨别人喜欢一些。

他心里隐隐约约地讨厌那个真实的自己,那个敏感狡猾、孤单无望、患得患失,却又无能为力的死小孩。

什么杀气,什么让人敬畏的眼神,都不过是对他的取笑。他想隐藏的只是这么糟糕的自己罢了,为什么还要残忍地揭穿呢?他已经藏得很艰难了,为什么还要拆穿呢?

"王将给橘政宗打电话,恰恰发生在上杉绘梨衣回到蛇岐八家的时候,为什么是这个时间点,你想过么?"风间琉璃幽幽地问。

路明非一惊。

"这么多年来,橘政宗辛苦地养育那个极恶之鬼,她在这场复活神的大戏中,到底扮演什么角色呢?如果我们能阻止一切,她就是安全的;如果我们没能阻止,也许她这颗棋子就会被动用。换句话说,解决了王将和橘政宗就能确保那个女孩的安全。这个理由,足够劝说 Ricardo 君加入我们么?"风间琉璃微笑。

他对路明非很感兴趣,只因为那张照片上的一个眼神。但他说不清那种感觉,他只知道路明非在隐藏。路明非是一个有戏的人,这是风间琉璃的直觉。

一个有戏的人和一个没有戏的人,风间琉璃一眼就可以分辨,他自己就是最好的演员。他确实是在试探路明非,想用压力逼他流露出真实的一面。

"好吧,我加入。"沉默了好久,路明非闷闷地说。

风间琉璃达到了目的,可又有些失望,路明非的回答似乎是迫于无奈,并不像风间琉璃想象的那样,当狮子被人闯入领地时,会忽然从慵懒的猫科动物变成致命的凶兽。路明非一直低着头,风间琉璃也没法欣赏他的眼神。

"没有别的问题的话抓紧时间休息,今天会是很长的一天。"恺撒拍了拍掌。

"是啊，这漫长的一日，我已经等了太久太久。"风间琉璃感喟地说。

楚子航把汤碗摞起来放进托盘。就在托盘从吧台上挪开的瞬间，风间琉璃忽然怔住了，只觉得一道寒流穿透了身体，仿佛恶鬼在盯着他。这种感觉在他身上只发生过少数的几次，每次他回头都会发现王将悄悄站在自己身后。

他立刻起身，警觉地四顾，却没看见任何可疑的人。他低下头来，目光触及用墨晶玻璃做面的吧台，这才忽然醒悟那种恶寒的感觉从何而来。几秒钟之前，路明非正低着头，从墨晶玻璃的反光中看着自己。

那岂止是狮子被侵犯了领地，那根本就是某个恶鬼在借助路明非的眼睛凝视自己！

风间琉璃缓缓地打了个寒战，可路明非已经起身回自己的卧房去了。

第十三章 刺王杀驾之夜
The Night of Assassinating the King

东京港区，距离海岸不远，隐隐可以听到午夜的潮声。铁塔矗立在暴雨中，就像形销骨立的巨人，默默地支撑着天空。

东京塔。

这座铁塔曾是东京的制高点，现在已经被更高的东京天空树取代。但从正下方抬头看去，仍然令人惊于它的雄伟，那嶙峋的钢铁支架，与其说是巨人，不如说是巨人的骸骨。

"右京，右京，琉璃呼叫，报告你们的位置。"耳机里传来风间琉璃的声音。

"到达地下车库一层，这里安静得有些奇怪。"楚子航打开战术手电筒四下照射，"停车场里很空旷，多数车位看起来很久没有停放车辆了，看不到车轮印。"

"东京天空树建成之后这里已经被遗忘了，能登上六百多米的高塔去看东京，谁还会来这座三百多米的昔日最高塔呢？"风间琉璃说，"所以王将才会选择这里作为见面地点。当年这里可是东京的地标，各种漫画和电影里都有它出场，情侣们都把一起登上东京塔看成浪漫的事，失恋的人则来这里自杀。这里象征着东京的繁华和孤独。《东京巴比伦》里有个亡魂游荡在东京塔里，她说：'我讨厌东京，外面这么华丽，内部却那么肮脏。'"

"听你这话似乎不那么喜欢东京啊？"恺撒说。

"岂止不喜欢，其实我也很想烧掉这座城市，这是一座让人难过的城市，像个五光十色的牢笼。"

"不好意思，打搅两位很有深度的对话了，不过我这里又湿又冷，空虚寂寞那是不必说，你们聊得热火朝天，让我有点心理不平衡。"耳机里传出芬格尔愤懑的声音，"请闭嘴好么？"

"在我的位置完全看不见你，隐藏得真好，你的位置在哪里？"路明非问。

"塔的西北边，距离特别瞭望台大概六十米，要不要我冲你们打个招呼吆喝几声？这样你们就能记得还有我这个可怜人在风雨里打着哆嗦！"芬格尔恶狠狠地说，"我说，这个气球真的可靠？"

"那是个飞艇。"路明非纠正。

他放下狙击步枪，端起望远镜看向天空。按照芬格尔的指示，他果然看见了那个巨大的黑色物体，悬浮在暴雨中，就像巨鲸悬浮在不安的大海里。它和天幕的颜色太过接近，几乎无法区分。

那是一艘黑色的广告飞艇，芬格尔被吊在飞艇下方，端着形似步枪的激光监听设备。这是路明非想出来的主意，灵感源自路鸣泽动用广告飞艇全程跟拍他和绘梨衣。路明非始终没想到那艘飞艇会有问题，即使他觉得有人跟踪他，也只会注意来往的人和车辆。天空对多数人来说都是个盲区，那里距离特别瞭望台很近，却很容易被忽略。

只是得辛苦芬格尔，因为广告飞艇的浮力有限，没法悬挂吊舱，只好用绳子把他捆在那儿。

"我们已经到达地下车库二层，出了点意外。"楚子航说，"暴雨下得太久了，这里都是积水，水深足有半米。我和恺撒得涉水到车库深处去找管道口。"

地下停车场的负二层已经变成了一片汪洋，所有的灯都黑着，几辆上了年纪的老车被淹在水里。恺撒和楚子航对视一眼，拧亮战术手电筒，装在枪机下方的挂架上，涉水前往蓝图上电缆管道的位置。死水被他们搅动，发出单调的哗哗声。

"Basara！右京！安静！不明身份的车辆正接近东京塔！"耳机里传来风间琉璃的声音。

银色的古董奔驰车在雨水横流的街道上行驶，溅起一人高的水花。它驶入地下停车场的负一层，恺撒听见轻捷有力的脚步声在上方回荡，那人仿佛在用鞋跟演奏着一首快节奏的舞曲。

高速电梯带着神秘的访客直上瞭望台。

"是橘政宗，他竟然早到了一个小时，而且是自己开车过来。"风间琉璃低声说。

"听脚步声是个很年轻的人。"恺撒说。

"确定无误，我这里看他看得很清楚。他已经到达主瞭望台，正在窗边眺望。你说得对，今晚他的状态很奇怪，就像个年轻人……像过去的邦达列夫少校。"

橘政宗站在窗前看雨。风间琉璃的望远镜里，这个老人的侧脸如此的英俊，身形如此的挺拔，仿佛有一种力量把他强行拉回了二十年前，他最巅峰的时代。他登临高处俯瞰大地，仿佛世界尽在掌握之中。也只有这种狂徒才会想要占有世界的王座，在这种人眼里没有不可能的事。今夜橘政宗没有穿和服，却穿着执行局的黑风衣，敞开衣襟露出白色的衬衫，衬里五彩斑斓。

Chapter 13
The Night of Assassinating the King

四周一圈都是玻璃墙,雨打在窗户上,玻璃中既有东京城的夜景,也有橘政宗自己的影子。那些灯火通明的大厦立在雨夜中,像是镶嵌宝石的巨大石碑,这座城市看上去就有了古罗马城的宏大,但是更添辉煌。

"旅に病で、夢は枯野をかけ廻る。"橘政宗轻声说。

他摸出手机,拨通电话:"稚生,这么晚给你打电话,有影响你休息么?"

"没有,我还在工作。"电话里传来源稚生的声音,"有事么老爹?"

"我也有些事情在处理,恰好有几分钟空闲,就打个电话问候一下你,顺便问问绘梨衣恢复得怎么样了。"

"状态已经稳定下来了,醒来之后吃了点东西,不用再输葡萄糖了。今天下午有个寄给她的邮包,邮包里是她以前玩的那些玩具,还有几套衣服,她看上去很高兴。"

"她高兴就好,只要她平安地回来,什么都好。"橘政宗说,"记得我跟你说送给你的刀快要打好了么?这次的刀坯很好,我终于打造出自己的第一把刀了,可惜没有时间装饰,我让刀舍的人把刀坯寄给你了,记得查收。"

"没问题,还有什么事情么?"

"没有了,晚安。"橘政宗挂断了电话。

灯光忽然熄灭,电机的嗡嗡声同时消失,换风机停止了转动,所有的安全门同时敞开,狂风暴雨灌了进来。

停电了,电波塔忽然间变成了没有生机的废墟。寒风穿梭,发出凄厉的笑声,橘政宗的风衣震动着,呼啦啦作响。他全无畏惧的神色,眼瞳在黑暗中莹莹发亮,整个人像是绷紧的长弓。

"Basara 呼叫琉璃!地下车库里忽然断电了!"恺撒压低了声音,"所有闸门都关闭了!"

"琉璃收到,不光是东京塔断电了,周围的街区也都黑了,整个区的电力供应都中断了。"风间琉璃回答,"但阶梯的灯亮了起来。"

一片漆黑中,环绕东京塔的铁梯却亮了起来,铁梯下方安装了 LED 灯,每一级阶梯都放出莹莹的白光,仿佛登天之路。

"这么多年过去了,我们还都保持着早到的习惯啊。"四周回荡着含笑的声音。

那声音是从东京塔的扩音系统里出来的,根本不需要什么监听装置,每个人都能听清楚。

"那是王将的声音!"路明非低声说。

"当然,永远都是先到的人占据先发的位置,你我这种人怎么能允许对方占据先发的位置呢?"橘政宗环顾四周,"这一次我来晚了,你准备了什么在等我?"

"还能是什么呢?当然是正宗的红牌伏特加和从遥远的西伯利亚运来的寒冰,男人之间的友谊不就该像这样么?能烧热血管的酒和永恒不化的坚冰。"王将说话的声音里混杂着液体流动的声音，不难想象他正把烈酒倾入加了冰块的杯中。

橘政宗推开安全门，登上那道闪光的阶梯，一步步走向高处的特别瞭望台。他走得并不快，每一步都很坚定，肩背挺拔，像个年轻人。

"为什么不走得快一些呢？我们已经二十多年没见了，你已经变老了，我变得更老了，这个世界不会给老人留太多时间。"王将轻声说，"我们应该把握每一分钟。"

"在正式的乐章开始之前，怎能不好好地享受序曲呢？你还听柴可夫斯基的《天鹅湖》么？"

"现在最喜欢听的是他的第六交响曲，那是他为自己写的天鹅之歌。"

他们通过扩音设备聊天，就像是多年不见的老朋友，云淡风轻却又情意殷殷。橘政宗拾级而上，越来越接近特别瞭望台，戴着白色面具的男人站在窗边，穿着笔挺的军礼服，腰间系着宽阔的皮带，领口里系着华美的紫色领巾，跟当年的赫尔佐格博士一模一样，与其说他看起来像个军官，不如说像一位从画像中走出的普鲁士贵族。

橘政宗走进特别瞭望台，反手在背后关上门。

特别瞭望台是一间十几平方米的小屋，铁梯的白光照了进来，照亮了小桌上晶莹剔透的玻璃器皿，酒液中的冰块半沉半浮。

"你如今的样子有点可笑，邦达列夫少校。"王将端着酒杯微笑，一如当年他站在封冻古龙的坚冰上。

"你如今的样子却有点可怕，赫尔佐格博士。"橘政宗走到桌边，端起给自己准备的那杯伏特加，然后退回到另一侧的窗边。

"喝之前要不要分析一下成分？"

"用不着，你来不是想要杀死我。毒死我对你来说毫无意义，那样你就吃不到我的价值了。毒死我对蛇岐八家也没有什么损害，我已经不是大家长了，家族在稚生的手中会平稳地运转。"橘政宗喝了一小口伏特加，体会那种冰冷的火焰在舌尖上打滚的滋味，摇了摇头，"喝清酒喝久了，已经不熟悉烈酒的味道了。"

"不该共祝一下么？"王将遥遥地举杯。

"共祝什么？为了曾经辉煌的苏维埃联邦么？"

"不必为它举杯了，它已经死了。庆祝我们都活了下来，活下来的才是强者，强者彼此举杯致敬。"

两人都饮尽了杯中的酒。

"桌上有一台全频电波扫描仪，你可以拿着它在周围走一圈，看看有没有窃听设备。我已经检查过了，这里是干净的。"王将指向小桌，"在这无天无地之所，我们说过的话只有神知道。"

Chapter 13
The Night of Assassinating the King

"你应该说只有鬼知道。"橘政宗拿起小桌上的扫描仪,沿着窗边行走。

这种设备他并不陌生,一旦靠近无线电波的发射源,扫描仪就会发出呜呜的报警声。橘政宗转圈王将也转圈,两个人就像是杠杆的两端,之间的间隔始终保持不变。

橘政宗走完一圈下来,设备并未发出警报。他把设备靠近自己的手腕,他的手腕上戴着一块全球电波对时的电子表,几秒钟之后设备发出轻微的呜呜声,它检测到了电子表发出的微量电波。这说明王将准备的电波扫描设备运行正常。橘政宗摘下那块电子表扔出窗外,大约七八秒钟之后才传来电子表落地的声音,从这么高的地方掉下去,无论电子表还是人都得七八秒钟才能落地,都会摔得粉身碎骨。

"非常好。"王将说。

橘政宗扔掉电子表,说明这场对话仅限于他们两人之间,任何发射无线电波的设备都不能存在于特别瞭望台内,连电子表也不例外。

橘政宗把电波扫描设备扔给王将。王将举起设备从头顶到脚底扫描自己,设备没有发出任何声音,王将挽起袖子给橘政宗看自己的腕表,是一块传统到极致的机械表。

他们各自脱下外衣扔在地上,挽起衬衣的袖子,动作整齐划一,仿佛对着镜中的自己。

"这是什么意思?老朋友相见要脱光了拥抱一下么?"芬格尔监视着特别瞭望台里的一举一动。

"不,除了外衣,他们的衣服都很贴身,这就意味着衣服下没法藏体积比较大的武器,比如说枪支,挽起袖子是表示自己的手腕上没有藏着掷刀,在那种距离上掷刀的杀伤力不亚于子弹。"风间琉璃说,"这是谍报人员向对方表示自己是'干净的'。"

"真是老特务啊!"芬格尔赞叹。

有幸目睹这场见面,任何人都会有类似的感觉。这是克格勃顶级特工和纳粹天才科学家之间的较量,双方都如机械般精密,像是齿轮相互咬合。他们是最相知的敌人,能轻易猜出对方的哑谜,不约而同地提前抵达,都是孤身赴会,都在第一时间检查窃听装置。他们同是旧时代的产物,遵循相同的原则和模式,不会允许对方多哪怕一丝机会。

恺撒不由得庆幸自己这边有芬格尔。芬格尔想到了激光窃听装置,而这种装置并不包含在橘政宗和王将那过时的知识库中。

"这么多年过去了,你还在去往世界王座的道路上么?"橘政宗说。

"是啊,这条路比我想的要长很多。"王将说。

"纯血龙类能活多久?几百年,几千年?还是茧化可以无限重复,生命近乎无限长？"

"寿命突破千年应该不是问题。对于龙王来说，茧化次数可能是无限的，也可能受到细胞分裂次数的限制，我还没有机会知道。"

"这么说来如果你进化为龙，可以在王座上坐至少一千年？"

"前提是没有人把我从王座上撵下去。"

"牺牲那么多人命，只为在王座上坐一千年，并且随时准备着被新的王杀死，代价是否太大了呢？"

"代价确实很大，可如果我不在食物链中往上爬，我就会失去存在的意义。血腥是高贵，是美，是物种演化的力量。只有血腥的王是真正活过的，他的臣民都是食物。"

"王在万众欢呼中登上宝座，膜拜他的却都是食物，这种说法听起来真滑稽。"橘政宗说，"你的国家听起来就像是一张餐桌，只有你独自用餐。"

"王本来就是孤独的啊，王跟被王统治的东西，是不同的族类。"

"我想你一定没有过孩子吧？"

"没有生育后代的动力，如果生下的是不合格的后代，简直是我的耻辱。"

"你对女人也没什么兴趣吧？女人在你眼里也是食物，是比你低劣的、卑贱的物种，你怎么会对跟那种东西缠绵有兴趣呢？"

大雨影响了窃听效果，耳机里充斥着沙沙的背景噪音，听起来就像是在听效果不好的电台广播。两个男人安静地对着话，仿佛古井无波，可平静的井水下又像是蛰伏着嗜血的狂龙。赫尔佐格的母语是德语，而橘政宗的母语是俄语，可他们的日语都已经纯熟得像是土生土长的日本人，吐属优雅，仿佛歌唱。让恺撒想起那场华丽的《新编古事记》。此刻的橘政宗和王将就像是站在舞台两端的演员，戴着沉重的面具，代表神或者鬼。他们谈论着禁忌的话题，原本这些话题不该传入人类的耳朵。

"真是疯子的对话。"恺撒低声说。

每个人都清楚这话的意思。橘政宗和王将的对话听起来平静悦耳，可遵循的并非人类的逻辑。

那是龙的逻辑，在龙族铁与血的文明中，唯有权与力永恒，没有给亲情和爱留下任何余地。在龙的世界里，个体的存在价值就是它拥有的力量，弱者活该被吞噬，强者坐在孤单的、摇摇欲坠的王座上，等待着新的王起来推翻自己，吞噬自己。

所以耶梦加得会不惜杀死弟弟来强化自己，这并非她不爱那个蠢笨的弟弟，而是弟弟的存活已经违背了龙族的文明，作为智力更出色的姐姐，她必须吞噬弟弟来完成伟大的进化，唯有进化为海拉她才能握住世界的权柄，才能引导龙族的未来。但她那个蠢笨的弟弟却不懂这些。龙王芬里厄，它根本就是个人类的孩子，它本该

Chapter 13
The Night of Assassinating the King

吃掉姐姐完成她的遗愿，耶梦加得也不会介意反过来由弟弟吞噬掉自己，可它却跟一条小狗那样叼着姐姐，一边愤怒地想要报复整个人类世界，一边害怕得想要夺路而逃。

龙族的强大，就是用这种究极的进化方式来保证的。为了进化一切都可以被送上祭坛，包括那些在人类文明中被捧得很高、被诗人无数次赞美的东西——善良、慈悲、谦卑、节制、贞洁，乃至于一切的爱。进化的祭坛中熊熊燃烧，燃烧着那些羁绊着人类的感情。

路明非的后脑隐隐作痛，痛得像是要裂开，魔鬼在他的脑海深处默默地念诵着古老的教条：

"品尝这酒，就像啜饮权力的精华，鲜红的，和血一样的颜色！"

"逆我们的，就让他们死去，这就是我们的法则！"

"不抓住权力，任何人都会自卑，就像没有鹿角的雄鹿，在鹿群里没有它的位置！"

"没有人会记得死的东西，没有人记得的东西就跟死了一样！"

巨大的黑暗笼罩了他，他在冷雨中瑟瑟发抖。当初听路鸣泽说出这些话的时候，他只是本能地害怕和排斥，却没有想清楚这里面隐藏着如此可怖的逻辑。那个自称魔鬼的男孩始终在对他灌输暴力至上的血腥逻辑，手把手地教他掌握权力，让他尽情体会权力的甜美。不知道什么时候，这种逻辑已经侵入了他的脑海……握住"七宗罪"的时候，他岂不也像王座上暴怒的君王？对着任何拦路的敌人挥洒怒火和死亡。

他现在听橘政宗和王将的对话，能够毫不费力地体会其中的深意，因为这些他早已学会，路鸣泽早已把这些血腥教条植入他的脑海。

魔鬼什么的只是谎言，路鸣泽必然是某种跟龙族有关的东西，魔鬼的交易是一场阴谋！他绝对不能再接受路鸣泽的馈赠，否则最后的账单会是他无法支付的！

"一般的女人当然不够引起我的兴趣，不过你的女儿例外。"王将淡淡地说。

"一个生命像残烛那样脆弱的孩子，凭什么引起博士你的注意呢？"橘政宗的声音依旧平静。

"在我得出结论说，十万个被龙血侵蚀的人类中只有一个可以幸存的时候，我还为自己有幸是那十万分之一而无比自豪。可是想不到，十万分之一的几率不是只发生在我身上，也发生在你女儿的身上。"

"那又怎么样？"

"任何进化药的药力都是有限的，最终只能制造出死侍来，这点我清楚，你也清楚。这不是因为药物的成分还不完善，而是进化药已经超出了基因学的范畴，真正的进化药是一种炼金药物，核心成分是古龙之血，尤其是神的胎血。只要获得那胎血,你和我都有机会造出完美的进化药,那么这种进化药将会被用在什么人身上呢?那个人必须能够耐受龙血的毒性。"王将发出轻微的笑声。

"你认为我会把完美的进化药用在自己女儿身上,用她来制造完美的龙类?"

"所谓完美进化,是能够保持神智的究极进化,她即便进化为龙,依旧是你的女儿。以她对你的顺从,可以为你毁灭世界,这是你一直养育她至今的原因。"

"那么如果你得到神的胎血,你会把它用在自己身上了?"

"看来只有用在自己身上才是最保险的办法,本来想在稚女身上也试试,不过那个小子太难控制了,女孩子一样的外表下隐藏着一颗毒蛇的心啊!"

恺撒和楚子航对视一眼。王将怎么评价风间琉璃并不重要,重要的是他确实对风间琉璃缺乏信任,就凭这一点风间琉璃就有动机要除掉他。在这种情况下学院和风间琉璃的合作会更加紧密。

"所以你的交易是什么? 你总不会是想要娶我女儿吧? 抱歉你的年纪太大了一些。"橘政宗淡淡地说。

"我知道很多年以前蛇岐八家就开始勘探藏骸之井的位置,在今天的日本,也只有蛇岐八家这种超级家族有实力挖掘神代的遗迹。换句话说,你们最有机会找到神,但就算你们得到了胎血,凭你所掌握的技术也很难造出完美的进化药,你靠的只是我当初留下的研究资料,在这个领域,你作为学生还是很合格的,但想制造完美的进化药,你还需要老师的帮助。"

"造出的进化药归谁?"

"自然是平均分配,成品你和我一人一半。"

"然后你和绘梨衣都会进化为纯血龙类?"

"是啊,那样我就能摆脱半进化体的状态,你的女儿也不必早夭了。当然,如果我没能完成进化,你会更高兴吧? 那样你就可以占据世界的王座了,毕竟你拥有一个流着纯粹龙血的女儿,现在她已经可以毁掉半个东京了,那时候一定能轻易地切开富士山吧?"

"听起来很公平。"

"不得不公平,神即将苏醒,在局面变得不可收拾前,我们还来得及再度联手。"

"你不惜暴露身份来这里跟我见面,是吃准我会接受这些条件? 你认为我作为蛇岐八家的大家长,跟你斗了十年,目的就是除掉你独霸世界的王座,但是眼看神要苏醒,我不得不跟你分享那个王座?"

王将欢快地大笑起来:"我亲爱的朋友邦达列夫少校,你是做戏太久所以入戏太深了么? 你甚至都记不清自己是谁了。"

"我是谁?"橘政宗问。

"你是比我更出色的骗子和野心家啊,你是为了达成目的可以不惜与恶狼为伍的

Chapter 13
The Night of Assassinating the King

雄狐,你是我这一生所见的最能贯彻龙族哲学的人类,对权势和力量的渴望渗透在你的血脉里。你篡取了蛇岐八家的权力,日本黑道的格局只需要你和你的学生、你的女儿开会就能决定,你的学生听命于你,你的女儿是个永远不会对你说不的哑巴。亲爱的邦达列夫,二十年来你从未停止在权力场上的战争,一直都活跃如我们在黑天鹅港携手合作的时候!这样很好,你和我就是这种人!只要回报足够大,可以支付任何代价!二十年后,机会又一次摆在你面前,我们终于接近世界的王座了!你可能放弃么?我们这种魔鬼,还能指望神的救赎么?"

橘政宗沉默了很久很久。他站在窗边,低着头,像是在忏悔,闪电照亮他的白色衬衫,他又像是披着尸衣的恶鬼。

"是啊,你说得对,做过那么多丧心病狂的事情,还能指望神的救赎么?"许久许久,他抬起头,微微一笑,"我们是应该谈谈交易。"

源稚生摘掉耳机,听到这里他已经不想听下去了,每一句对话都令他疼痛,仿佛置身地狱。

监听但不发出无线电波的方法并非只有激光窃听器一种,还有就是最原始的有线窃听器,一根细细的导线把特别瞭望台里的声音信号导到铁塔大楼中,再通过发射器发送到源稚生的耳机里。

要安装有线窃听器必须接入东京塔的内部线路,但对于蛇岐八家的大家长来说这并非做不到的事。

"老大!老大你不要太冲动!"乌鸦拦在他面前。

源稚生把他拨到一旁,他用的力量并不大,但是乌鸦一个趔趄倒在积水中。乌鸦不敢违逆他,此刻的源稚生是愤怒的黑道之尊,宛如寺庙中的不动明王。

"夜叉。"源稚生低声说着,伸出双手。

夜叉犹豫了片刻,还是从刀匣中取出了"蜘蛛切"和"童子切",交叉捆在源稚生背上,源稚生伸手试了试,刀柄恰好在合适的位置。

"留在这里等我。"源稚生穿越空无一人的广场走向东京塔,暴雨淋湿了他的长风衣,他默默地竖起衣领御寒。

他是个很敏感的人,对这个世界的恶意尤其敏感,不会轻易相信什么人,相信过的人伸出两只手就能数完。这些人里的每一个对他来说都像是手指那么珍贵,而橘政宗应该是右手的食指,最灵活最可靠最值得信赖的手指。源稚生可以接受夜叉、乌鸦甚至樱背叛自己,但他无法接受橘政宗的欺骗,这就好比被自己的父母欺骗,被自己的家庭放弃。

可现实不容他是否接受,现实就是现实,那么沉默那么庄严地存在着。

死侍养殖场被发现之后,他选择了相信橘政宗,但私下里监听了橘政宗的电话。

他并不想靠监听来发现什么秘密，只是想帮自己确定橘政宗还是那个橘政宗，是值得他信任的男人。

昨夜王将打来电话的同时，语音记录就发送到他的手机上了，他坐在床边看着沉睡的绘梨衣，默默地听着黑天鹅港故人之间的对话。

他当然猜不出王将的哑谜，但是橘政宗下令今夜东京塔附近清场，这是瞒不过身为大家长的源稚生的。

事实最终证明他错了，他的老师橘政宗远比他想的要内敛深沉，衰老的身体里藏着无比强大的灵魂。他仍是多年前那位矫健的邦达列夫少校，与危险同行的雄狐，为了达成目的不惜和魔鬼交易。

源稚生甚至绘梨衣，都只是棋盘上的棋子罢了。

许多年后，源稚生又变成了那个孤独的少年，这个世界上他没有可以求助可以倾诉的人，因为那个人背叛了他。什么守护什么责任，那个人给他讲的道理都是谎言。

他觉得很疲倦，但这不是休息的时候，如今的他是蛇岐八家的大家长，他必须履行大家长的责任，其中包括了清洗叛逆。

橘政宗违背了家族的道义，王将是猛鬼众的最高领袖，都是必须清洗的人，而作为皇，源稚生是最合适的行刑者。

"见鬼！象龟怎么会来这里？"

"哥哥！"

恺撒和风间琉璃几乎是同时说话，都是惊恐，声调中传递的信息却完全不同。风间琉璃流露出的是瞬间的失控，虽然不至于说明他确实是个"哥哥虐我千百遍，我待哥哥如初恋"的好弟弟，可至少说明源稚生对他而言是非同寻常的人。而恺撒担心的则是计划被这个闯入者搅乱了。他们还没来得及彻底封锁东京塔，"无天无地之所"还没有成为"绝地"，王将和橘政宗还有撤离的通道。

"该死！他不是想当象龟么？当乌龟最重要的就是要缩头他不知道么？"恺撒怒骂。

"快！封锁电梯和铁梯！哥哥在王将面前未必有胜算！他低估了王将！"风间琉璃急促地说。

恺撒悚然。风间琉璃没必要贬低源稚生的战斗力，但是连皇也对付不了王将的话，这个世界上是否还有杀死他的办法都难说。

恺撒和楚子航在齐腰深的积水中跋涉，寻找电缆管道。时间所剩不多，他们必须赶去支援源稚生。

"呼叫琉璃呼叫琉璃，计划变更！我们现在就上塔去堵截王将，你随时准备击

Chapter 13
The Night of Assassinating the King

杀!"恺撒大声呼叫。

耳机里只有沙沙的背景噪音,风间琉璃的声音消失了,恺撒切换不同的频道,每个频道里都没有风间琉璃的回答。

风间琉璃可能是关闭了通讯装置或者丢弃了通讯装置,总之他从通信网络中脱离出去了。

"我就知道世上所有的娘炮都靠不住!"恺撒烦躁地大吼。

风间琉璃退出了合作。现在没有谁是可以信任的,也没有人是可以依靠的,但他们三人是卡塞尔学院的专员,必须执行秘党的使命,王将和橘政宗都已经亲口承认想要复活神,那他们就已经犯下了与整个人类为敌的重罪,必须被第一时间抹杀。即便孤军奋战,也要冲向战场。

"路明非!准备狙击!"恺撒下令。

楚子航已经穿过车库,找到了电缆管道的入口,它隐藏在一个大型的配电箱后,铁皮门上挂着一把普通的挂锁。

刀光闪过,挂锁裂成两半坠入积水中,楚子航拉开铁皮门,刚要回头呼唤恺撒,忽然后退闪避。可怕的风从电缆通道中直冲出来,寒冷,腥臭,仿佛这条通道通往群蛇的巢穴。

黑暗中,一双金色的眼睛缓缓睁开,什么东西在电缆通道里凝视着楚子航。然后它嘶声哭叫起来,扑击速度之快,黑暗中楚子航根本看不清楚。

他下意识地横挥刀,斩在那东西的嘴里。因为发力很仓促,所以刀没能砍断那东西坚硬的下颌骨,只是勉强挡住了扑击。

对方的力量极大,把楚子航猛地推了出去。楚子航瞬间降低重心,没有摔倒。第二轮进攻立刻到来,利器撕破空气的声音从左右传来。

楚子航的反击早已在格挡的瞬间准备完毕,乌兹冲锋枪伸进那东西的大嘴里发射,半尺长的枪口焰钻进它的食道里,照亮了荆棘般的长牙。

身体虽然坚硬,口腔内部毕竟还是脆弱的,钢锋般的子弹打穿上颌骨,摧毁了脑部。那对畸形有力的双臂已经抓住了楚子航的双肩,但再也无力把他撕裂。楚子航一脚踹在那东西的脸上,把沉重的尸体踹进积水里,随即擦拭长刀更换弹匣。他对死者毫无任何怜悯之情,因为在闻到那股腥风的时候他已经确定了对方的身份。那是一个死侍,蛇形死侍。这东西只有残杀和暴食的欲望,根本不值得作为人来对待。

四面八方都传来了水声,恺撒迅速点亮战术电筒照了过去,青灰色的背脊出现又隐没在水下,婴儿的哭声在封闭的地下车库中回荡。

他们被成群的死侍包围了。死侍们缓缓地沉入积水中,震颤的水面下,不知多少张人面狰狞地扭曲着,锋利的长牙破唇而出。它们这是在准备进攻,像是鳄鱼潜行在水下缓缓地接近猎物。

恺撒从后腰抽出"沙漠之鹰"，楚子航后背和恺撒相贴。两个人的黄金瞳都亮了起来，爆血在悄无声息中完成。

通过源氏重工中的战斗他们多少掌握了死侍的缺陷，以人类的智慧要对付凶兽总不算太困难。但在积水的环境中就很难说了，可以想见死侍在水中会变得多么可怕，它们介乎人类和爬行动物之间，行为模式类似水蟒或者鳄鱼。

计划进一步崩坏，虽然它早已崩坏到无可崩坏了。他们反过来变成了被包围的对象，这场老朋友的见面会显然是场阴谋，不知道是谁在暗算谁。

好在他们还算镇静，也还有足够的弹药。在这种情况下两个镇静的人总比两个大呼小叫的人更有机会，如果换了路明非和芬格尔，大概已经痛哭着抱在一起了。

"你不问问我为什么这么镇定？"恺撒双手持枪扫视左右，"镰鼬"领域全开，锁定水中潜伏的进攻者。

"你想到办法对付它们了？"

"不，在日本这个鬼地方什么倒霉事儿都可能发生，我他妈的习惯了。"恺撒耸耸肩。

炽白色的闪电从天而降，照亮地面的瞬间，王将看见了那个正穿越广场的黑衣人。

他的瞳孔收缩得如同针那样细小尖锐："原来还有别的客人，是你邀请的么？"

橘政宗迅速地扭头看向下方，长眉猛地一颤。

源稚生踏破暴风雨而来，狂风中风衣翻飞，仿佛战旗。他正仰望高空，瞳孔流淌着熔铁般的颜色。他没有必要潜行，他是皇，绝无仅有的皇，只需以绝对的暴力碾压过去就好了。

他人还没到，但攻势已经笼罩了东京塔和周边所有的区域。

"跟我没关系，我保证自己没有泄密。"橘政宗缓缓地说。

"是么？难道说你那可爱的学生一直在跟踪你？那可糟糕了，他发现我们俩私下见面，想必是来清理门户的吧？"王将恢复了平静，"赌一赌他会先砍下谁的头？是你这个叛逆，还是我这个恶鬼？"

"他会先砍你的。"橘政宗说，"在砍我的头之前他应该还有很多话想问我。"

"如果真是这样的话，恐怕我们别无选择只能杀了你的学生。知道你我关系的人都必须死，否则你在蛇岐八家的位置就保不住了，你也没有资格成为我的合作者。"

"他是皇，即使你和我联手，想要杀死皇也没那么容易。我们应该离开这里。"橘政宗走到电梯旁，按下了下行键。

指示灯亮了起来，显示电梯正在上升。王将切断了整个街区的供电，但东京塔

Chapter 13
The Night of Assassinating the King

这样的建筑都会自备柴油发电机组，给重要设备供电。

"你难道不考虑杀了我么？杀了我你就能证明自己的清白，你可以说你是为了诱杀我，所以才答应和我见面。"王将缓缓地说。

"这种情况下我能够杀得了你么？"橘政宗摊开双手，"我曾经用燃烧弹攻击你都没有成功，而我现在空着手。你是半进化体，而我只是普通的混血种，你认为我有这种能力？我建议你抓紧时间，稚生是这一百年来最出色的猎杀者，在他担任执行局局长的时间里，被他锁定的鬼没有一个能逃出包围圈。"

"那可太糟糕了，那我们还是赶快坐电梯离开吧。"王将缓步走向电梯边的橘政宗。

从橘政宗进入特别瞭望台开始到现在，他们始终站得远远的，留出足够的安全距离。但现在王将突破了安全距离，逼得越来越近，以他们的速度，已经处在对方的攻势范围之内了。

橘政宗吃了一惊："你讨厌坐电梯，因为电梯是封闭空间！"

"是的，我很讨厌坐电梯，我讨厌封闭空间，它让我感觉自己像坠入陷阱的猎物。"王将微笑，"但我也知道你这只狐狸从来不会把好处让给别人，你选了电梯，所以我也选电梯。"

橘政宗没有动。源稚生已经踏上了塔外的铁梯，肃杀的脚步声在风雨声中回荡。

电梯到达特别瞭望台，随着叮的一声，门开了，明亮的灯光从门缝中溢出，如同潮水。

电梯里堆满了东西，从MP5冲锋枪到日本刀，反射着刺目的冷光。这些武器被整齐有序地挂载在武器架上，随手就可以拿起来射击或者挥舞，枪都是上膛的，刀已经出鞘。

"你选错路了，这条路是通往地狱的，赫尔佐格博士！"橘政宗的声音忽然变了，变得没有任何温度。

他太了解王将了，知道带武器赴会是不可能接近王将的，所以他把所有武器都放在了电梯里。电梯抵达特别瞭望台的时候，杀机狂溢，如银瓶乍破，水浆迸出。

橘政宗抓起一支MP5冲锋枪，转身扫射，枪火照亮了特别瞭望台，弹雨在钢化玻璃上留下了密集的弹孔，玻璃崩碎，狂风暴雨侵入，雨丝密如牛毛。能见度瞬间降低到了极点，弹匣已经空了，橘政宗弃掉MP5，拔出大口径左轮。他不确定是否命中了王将，开枪的一瞬间王将距离他只有五六米，他没有时间瞄准。王将是很难杀死的怪物，橘政宗的血统不及对方，唯有用弹雨压制。

他扔出了两枚催泪弹，浓烟在半秒钟内把能见度降低到了极限。橘政宗戴上了防毒面具。特制的催泪弹，其中添加了水银液滴，作为半进化体，这种烟雾对王将来说是危险的。

通过精心的策划，橘政宗把特别瞭望台变成了自己的主场。他原本就是来杀王将的，源稚生的到来打乱了他的计划，计划只得提前开启。

这样的能见度下他无法射击，只能把枪收在腰间，从武器架上拔出一柄长刀，摆出格斗姿态。来日本后他总是练习各种精妙的日本刀架，但生死关头还是拿出了他最得意最顺手的战斗技法。

"来啊！赫尔佐格！二十年前的作战留到今天，让我们继续打完它，就像二十年陈的伏特加那样浓烈！我们曾像男人那样渴望权力，那让我们也像男人那样死去！"他发出野兽般的嘶吼。

但他的步伐不紧不慢，像是一只踏进猎人圈套从容偷取诱饵的狐狸。冲动是伪装的，如果王将冒险反攻，等待他的会是沉静如水的橘政宗。他们不愧是最老的特务，残忍和阴险顺着他们的血脉流淌，在他们手中一切东西都可以被用作武器，包括语言和感情。只有他们才能杀掉彼此，他们是天生的对手。

橘政宗缓缓挥动长刀，荡开烟雾和雨水，浓得仿佛液体的白雾黏在他的刀上。雨水和催泪气体似乎产生了某种反应，白雾像是厚重的白色帷幕，每次橘政宗的刀拉开一个口子，转瞬间裂缝又自行弥合。

橘政宗的优势明显，劣势也很明显，王将可以在白雾中任意行动，但他不敢离开电梯。电梯就是武器库，如果武器库被王将掌握了，局面就会逆转。他必须死守这里，直到源稚生赶来。

这是一夫当关的战场，橘政宗要做一夫当关的武士。这是唯一的机会，想杀王将这样狡猾的恶鬼，唯有在这个无天无地之所。

雾气中传来了低低的笑声，王将似乎根本就没有受伤："你果然还是采用了这套方案，杀了我，就能洗清自己的罪名？然后独霸白王的遗产？"

"直到现在你还是相信我跟你是一路人？太感谢你的赏识了！赫尔佐格博士！"橘政宗高声回答，同时用心聆听。诱使王将说话就能判断他的位置。

"我不是相信你，我是相信人类的本性。贪婪是人类的本色，而正义是他们的保护色。当他们有十足的把握可以把对方置于死地的时候，就会撕破正义的面具，露出贪婪的本性。我比任何人都了解你的贪婪，你是人类中最优秀的个体，你比任何人都清楚人类的本性，你这种人怎么会为了爱和正义来杀我呢？"

笑声一时在左侧一时在右侧，橘政宗还是无法判断王将的方位，王将似乎正在白雾中高速移动。

"你一定有悲惨的童年吧？赫尔佐格博士，让你对人类痛恨和绝望。"

"不不，我的童年很幸福，因为我从很小的时候就看穿了人类的弱点，我利用人类的弱点，所以每个人都喜欢我。"

"那我的弱点是什么呢？你何不利用我的弱点击败我呢？"橘政宗大口呼吸，保

Chapter 13
The Night of Assassinating the King

持最高程度的警觉。

"我已经说了,你是近乎完美的人类,你的弱点很少,"王将顿了顿,"唯一的弱点,是你太弱小了!"

长刀再次扫开白雾,在白雾出现缝隙的零点几秒钟内,橘政宗看见了那张素白的笑脸。王将其实就站在他面前,跟他呼吸相闻!

橘政宗的长刀切出,开阖极大,威力极猛,断指的另一只手套着金属笼手,一直护在胸前。他已经老了,不如当年了,但在需要的时候,他仍然可以强行镇压虚弱,让衰老的肌肉不顾拉伤爆出惊人的暴力。作为雄狐,他不仅有冷静缜密的头脑,也有锋利的爪牙。

但他被抱住了。王将紧紧地拥抱橘政宗,就像是老朋友分别多年再度重逢时的拥抱。橘政宗的大臂和小臂同时骨折,锋利的长刀插入地面。

橘政宗根本看不清王将怎么穿越刀网,怎么抱住了自己,那简直像是魔法。他以为缜密的思维和精心的布局能弥补血统的差距,但事实证明王将的优势足以碾压他。

"你看,邦达列夫少校,力量就是这样美好的东西,掌握了力量的人可以随意地碾压敌人。蚂蚁的奋勇对于食蚁兽而言只是一个笑话。"王将拍打着他的后背。

橘政宗的眼里泛出了死亡的灰色,随着每一次拍打,橘政宗都吐出大片的鲜血。

王将松开手,橘政宗颓然坐倒,浓腥的鲜血染红了衬衫后背。他的背上插着两只钢制弹匣,王将从MP5上卸下了这两个弹匣,用它们刺穿了橘政宗的两肺。他一掌一掌地,把弹匣拍进橘政宗的身体里去。

橘政宗死死地拉着王将的衣摆。他的臂骨已经断了,只有手勉强还能收紧,就是这样他还想把王将留在身边。

他还没有完成自己的任务,他的任务是坚持到源稚生到达。

"不用再挽留我了,虽然我是那么地欣赏你,可惜我们没有当盟友的缘分。"王将一脚踩在橘政宗的肩上,肩骨发出咔嚓一声脆响,大概也折断了。

但橘政宗仍然抓着王将的衣摆。

"看来只有切断颈椎来谢绝你的挽留了。"王将弯腰去捡橘政宗丢下的长刀。

长刀并不在王将以为的位置,可刚才橘政宗分明把刀丢在了那里。

王将愣住了,这时橘政宗伸出双手,搭上了王将的肩膀。这是根本不可能做到的事情,他的臂骨和肩骨都毁掉了,这样的人根本就是个废人。可橘政宗的力量大得惊人,他把王将推了出去,接着滚身拾起长刀。

他用双脚踩着那柄刀,所以刀始终都在他的控制之中,王将根本不可能摸到武器。

橘政宗的全身骨骼都发出近乎断裂的脆响,那不是骨折,而是类似源稚生龙骨状态的变化！橘政宗的全身骨骼正在逐一锁定！

刀已经刺穿了王将的两肋，王将同时发力踢中橘政宗的胸口。两人跌跌撞撞地分开，艰难地站住。

橘政宗伸手到背后，拔下了血淋淋的弹匣扔在地上。王将拔下两肋的长刀，这种程度的伤害对他而言并不算什么，相比起来橘政宗给他带来的惊恐更大。

灯光穿透白雾照在橘政宗身上，他的胸膛缓缓起伏，皮肤光润如年轻人，贲突的肌肉逐次收紧，遍布全身的细鳞一层层扣合起来，致命的伤口以肉眼可见的速度高速愈合。

"你也饮用了古龙的血！"王将明白了。

"是啊，就在昨晚，我把自己也变成了魔鬼。为了杀死魔鬼，自己不先变成魔鬼怎么行？我在'彼得大帝'号的底舱得到了这神秘的胎血，我的女儿能耐受龙血的毒性，我也能做到。"橘政宗缓缓地站直了。

"真是疯狂啊邦达列夫少校，可我真喜欢你的疯狂，这样的我们本该是朋友啊！"王将大声赞叹。

"博士，直到现在你还觉得我是跟你一样的疯子？"橘政宗露出哀伤的笑容，"我真是为了爱和正义来杀你的啊！"

"多么无趣的笑话，为什么你还要一说再说？人不可能背叛自己的欲望和野心，背叛了欲望和野心的男人，没有活在世上的价值！"

"你当然不会明白，因为你不喜欢女人。"橘政宗摇头。

"女人？"王将一愣。

"因为你不喜欢女人，所以你不会成为一个父亲，你永远不会理解一个父亲的所作所为，也就不知道我为什么要杀你！"橘政宗咆哮着进击。

"王将给橘政宗狠狠来了一下子，这一刀要放在普通人身上绝对是致命伤了，可橘政宗居然抓住了王将的刀！他反击了！漂亮！局面发生了惊天逆转！他趁着近身的机会肘击王将的面部，可能王将的面具被打裂了，也可能是伤到了眼睛！王将放弃了刀开始后退，橘政宗发动追击！"芬格尔情绪高涨，听语气倒像是在给一场激烈的拳击赛当评论员，"你们看不到真是可惜，太劲爆了！"

他距离特别瞭望台不到六十米，还有一部不错的望远镜在手里，能够清楚地欣赏这场殊死搏斗。

"确实够劲爆，相比起来我和楚子航在齐腰深的积水里恶战死侍群都不算什么新闻了！"恺撒大吼，背景声是激烈的枪声。

"你们还没有甩掉那些死侍？"路明非也通过望远镜欣赏着特别瞭望台里的搏斗，"橘家老头似乎处在劣势，他已经受了好几次致命伤了！"

Chapter 13
The Night of Assassinating the King

"你是让我们抓紧时间？什么时候杀出死侍群变成这么容易的事情了？"恺撒继续吼叫，"你的语气像是在问我们早饭为什么还没吃完！"

战场对他们非常不利，死侍在齐腰深的积水下活动，他们只能盲目地射击。楚子航尝试过释放"君焰"，但死侍群沉进水中就躲开了"君焰"的爆炸，楚子航徒劳地蒸发出大量的水蒸气，车库里白雾弥漫，异常湿热，像是一间巨大的桑拿浴室。最终他们不得不退进了电缆管道，死侍群沿着管道追杀。幸运的是他们有充足的弹药储备，"沙漠之鹰"的大口径马格努姆弹虽然不能洞穿死侍，但中弹的死侍还是会被巨大的冲击力打退回去。

恺撒已经不记得自己是多少次击退死侍了，反正每当狰狞惨白的人面在眼前一闪他就开枪，那东西就发出婴儿般尖细的惨叫声，整条管道中都是这种令人毛骨悚然的声音。

"见鬼！我们不是已经摧毁了这东西的养殖池了么？日本到底还有多少死侍养殖池？日本人把这东西当鳗鱼来养么？"恺撒怒吼。

"我们毁掉了橘政宗的养殖场，那么这一次的死侍是来自于谁的养殖场呢？"楚子航跟着他吼，枪声在管道中回荡，震耳欲聋，大家说话只有靠吼。

"这是王将设置的陷阱？"恺撒有点明白了，"王将也想杀死橘政宗？"

"也许他本来就想杀了橘政宗，也许他想在谈判失败的情况下杀了橘政宗，总之这些东西应该是准备用来对付橘政宗的！"

恺撒忽然觉察到凶猛进攻的死侍群开始退却，电缆通道正在清空。死侍群正放弃恺撒和楚子航，这种东西原本是绝对不会放弃新鲜血食的，除非遇到毁灭一切的天灾，比如海底火山爆发，或者是某种压倒性的命令。

"见鬼……看起来驱使死侍的方法终于被发明出来了……"恺撒喃喃。

死侍退却的同时，他听见了隐隐约约的木梆子声，单调空洞，仿佛某种印第安人的音乐。恺撒记得路明非说过王将的梆子会发出某种类似印第安音乐的声音。

源稚生听见了暴烈的枪声，无数玻璃碎片从天而降。

王将在和橘政宗搏斗？情况似乎发生了变化，也许这件事的内情不像他想的那样。但源稚生已经扔掉了麦克风，所以他没法知道特别瞭望台里发生了什么。

和王将战斗的话，橘政宗能坚持多久？他已经是个老人了，多年来维持这个庞大的家族已经摧毁了橘政宗的身体，他看起来远比实际年龄要老，简直像是风烛残年。

这种时候源稚生还在下意识地担心橘政宗的安危，这种担心简单直接地出现在他心里，根本用不着思考。

他带着巨大的怒气和杀气来这里，本来是想把王将那个恶鬼和橘政宗这个家族的叛逆一起抹杀的……原来有的人在你心里是如此的重要，即使你理智上知道他已经变成了你的敌人，可你好像依然能感觉到他的疼痛，为他紧张不安。

源稚生没有时间等电梯，他沿着铁梯狂奔，二百五十米的高度，相当于爬五十层楼，以世界爬楼冠军的速度大约是十分钟，但源稚生只需要五分钟……不！三分钟！在龙骨状态下他的肌肉力量比平时强出三倍！

恺撒和楚子航也在狂奔，跑在伸手不见五指的铁塔大楼里。这座楼里空无一人，从电缆管道爬出来的时候他们简直以为自己爬进了坟墓。他们没有源稚生的龙骨状态，也不觉得爬二百五十米到特别瞭望台去是聪明人的做法，所以他们跟普通人一样，选择坐电梯。恺撒拍打着上行键，希望这些老式电梯能快一点。

"地下什么东西这么黏？"恺撒觉得有点不对。

"大概是某些东西留下的脚印。"楚子航俯身在大理石地面上摸了摸。

地面上残留着波浪形的"脚印"，似乎是某种透明的黏液黏在了大理石上，在微光中莹莹发亮。恺撒缓缓地打个寒战，人类当然不可能留下这样的"脚印"，这样的脚印说明不久前铁塔大楼里也有蛇形的黑影来往。那些危险的东西，它们去了哪里？

"路明非，芬格尔，观察东京塔的周围，有没有可疑的目标？"恺撒把嘴凑近麦克风。

"没发现可疑的目标，我用的是红外线望远镜，东京塔旁边只有五个高温的目标，王将、橘政宗、你和师兄，还有就是象龟。"路明非忽然顿了一下，"不……不对！是六个目标！第六个人在东京塔顶上！"

芬格尔忽然说："美女你好。"

樱站在东京塔顶上，穿着黑色的紧身作战服，沐浴在狂落的雨流中。在红外线望远镜中她的信号极其微弱，那种极致纤薄的黑衣能够隔绝大部分热量，雨水淋在她的身上，把仅剩的体温带走了。从开始她就在这里，芬格尔的飞艇悬浮在距离她不到三十米的地方，但芬格尔竟一直没能觉察她的存在。忍者就是有这种能力，必要的情况下可以令生命体征降低到很低的程度，慢速的心跳、平静的血流、很低的体温，呈现出一种类似冬眠的状态。但他们又能迅速地苏醒，生命体征迅速地暴增到高于常人两倍以上的程度。

每分钟心跳两百四十次，血压峰值冲破两百毫米汞柱，身体炽热如火炭，樱苏醒了，所以路明非才能发现她。

她摘掉面罩，脸色素白如生绢，漆黑的长发披散在风中，全身上下插满了各种精巧的投掷武器，有的如同弯月，有的像是倾斜的十字架。

从飞鸟时期开始，日本忍者就开始研究这类精巧的投掷武器，它们被称为手里剑、苦无或者千本，不同的武器适用于不同的距离，因为空气动力学的缘故，它们

Chapter 13
The Night of Assassinating the King

会走出蝴蝶飞舞般的不同路线，但是每片"蝴蝶"都是致命的。

如果是在别的地方遇见她，着实是一场艳遇，即便是在这种地方遇见她，芬格尔还是忍不住要跟她打招呼，所以他才会说美女你好。

无论见到什么美女他都会打招呼，他对路明非说就算你是一只癞蛤蟆你也要顽固地蹦到美女的视野里，否则你就跟草丛里成千上万癞蛤蟆一样，美女甚至不知道你的存在，不会因你而惊叫，那你的人生岂不是缺少了很多价值么？路明非没话可说只好说我嘞个去。

路明非在瞄准镜里看到这一幕的时候简直想哭，他心说不作死就不会死啊师兄！你考虑清楚那姑娘跟你不是一拨的！虽然你们都是躲在那里搞埋伏！笨死你算了！

樱微微一笑，虽然她随手掷出某件东西就能打穿那艘微缩版的飞艇要了芬格尔的命，可她只是用手指封唇，对芬格尔摇摇头。

眼波无声地流转，塔尖的信号灯微微照亮她，银色的雨流沿着背脊流淌，她的身影妩媚得就像春天的远山。芬格尔立刻闭嘴，还伸手行了个不知哪国的军礼，大概是"Yes，Madam"的意思。

樱在示意芬格尔不要出声，潜伏者都不该出声，出声的时候就是他们进攻或者死的时候。芬格尔并无类似的觉悟，他的觉悟就是美女的话要听。

路明非这才知道樱早就觉察到芬格尔的那艘飞艇了，她跟王将和橘政宗不同，她距离更近，而且没有厚厚的玻璃阻隔，很容易发现那个风雨中颤抖的大东西。

东京塔是被清场的地方，连源稚生都被排除在外，樱为什么会藏在这里？

局面乱到不能再乱了，这是一场你伏杀我我再伏杀你的连环套。路明非忽然想日本就是这么一个连环套，谜团多到数不清，他们在一座迷宫中走不出去，迷宫的道路就像是被小猫玩乱的线团。

源稚生踏上特别瞭望台，他原本像是一道黑色的闪电，可忽然静止下来，僵硬地站在雨里，像是一尊雕塑。

透过破碎的玻璃他已经可以看清小屋里的情形。催泪弹和水银烟雾已经被暴风雨清洗干净了，只剩下白气蒸腾的老人们。他们都像是生铁铸造的武士，这一幕让人想起战国时代的真刀决胜。

一个德国人和一个俄国人，居然在用纯正的日本方式决战。

橘政宗的衬衫已经撕裂，精赤的身躯上肌肉虬结，皮肤呈现出日光浴之后的古铜色，今夜他焕发着夺目的光芒，重返年轻时代。

他手中只有半截断刀，断刀藏在肋下，这样王将就看不清他握刀的手法，也无法预判他出刀的角度。

王将的衣服基本完整，经过如此残酷的搏杀，袖扣都没有挣掉。他手中的刀还保持着完整，但布满了裂纹，不难想见他们两人手中的刀交击过多少次。橘政宗拥有一个不大的刀剑博物馆，里面的藏品都是精品，此刻这些藏品都摆放在电梯中，刀柄向外，每一只刀柄后面都是一把文物级别的名刀。王将和橘政宗随手拔刀砍杀又随手把废刀丢弃，地下都是名刀的残骸。

　　源稚生不敢动，一动就会打破双方之间的均势。

　　没有人进攻，因为进攻就会出现漏洞，对方的闪击会更快，有时来不及听到武器破风的声音，身体已经被切开了。

　　雨流狂落，天地笼罩在无边无际的沙沙声中，一切都可能成为"破"。"破"的契机一出现，王将和橘政宗之中就会有一人死去，全力一斩，把人一刀两断都有可能，再强的自愈能力又有什么用？

　　源稚生转动刀柄，在脑海中反复演练那致命的一刀，心形刀流中的"四番八相"，"四番八相"中的"罗刹鬼骨"。那是源稚生所有进攻中最快的一式，也是最血腥的一式，如果在这场对决中失败的是橘政宗，王将也不会有命离开这里。

　　他看清了眼前的景象，明白了自己的莽撞。橘政宗带着如山的武器来见王将，当然不会是为了谈判，只能是为了杀人。而源稚生的到来打乱了他的节奏，令他不得不舍命拖住王将。

　　橘政宗锁定了王将的眉心，王将锁定了橘政宗的喉咙，源稚生盯着王将的后心。所有的刀都已经出鞘，所有的弓都已经满弦，只等血光迸射的刹那。

　　雨水无法熄灭他们炽热的斗志，有人的衬衣汗湿，有人的衬衣以肉眼可见的速度极快地蒸干。龙血极致燃烧，令他们的体温上升到不可思议的程度，他们像是要燃烧起来，幸亏有这场雨在不断地冷却他们。

　　终于到了要结束的时候么？这场复活神的祭奠就像是一场大戏，大家都粉墨登场，杀机像是犬齿那样密集地咬合在一起。从开始到现在，太多太多的人已经死去，他们的鲜血在舞台上画出巨大的血腥图腾。而那位神甚至没有现身在人前。这一切仿佛白王给自己子孙留下的诅咒，他们为了白王留下的权力而浴血搏杀，坚持爬到血路尽头的人才能获得白王的恩赐。

　　够了！够了！要把这个血腥的杀局砍断，连带着所有的欲望和野心，和那个从黑天鹅港中逃生的恶鬼！

　　从未有过的意志在源稚生心中生起，仿佛烧天的火炬。

　　银色的蝴蝶从天而降，贴着源稚生的肩膀飞过，悬浮在暴雨中。王将和橘政宗都没有注意到这样一只小小的蝴蝶，但源稚生注意到了，那只蝴蝶根本就是飞过来让他看到的。无声无息之间，无数的蝴蝶悬浮在特别瞭望台的周围，它们并不是在飞行，而是缓缓地旋转着。那些并不是真正的蝴蝶，而是小巧的银色刀刃，刃口涂

Chapter 13
The Night of Assassinating the King

抹着危险的毒素。

樱也在这里,虽然源稚生无法确定她的位置。

樱的言灵是精确地控制气流,风托起了这些精巧的刀刃,它们中最重的也才30多克,但经过纳米处理的刀刃足够割开敌人的身体。

致命的蝶群无声地控制了战场,她的血统在这些人里是最差的,但樱是个绝对出色的杀手,而剩下的三个人彼此锁定了。

这恰恰是她杀人的舞台。

源稚生的心里一喜。他自己也在樱的杀阵中,他不知道樱为何会出现在这里,但他并不担忧樱的目标是他。

他没有保留地相信樱,那是他一手训练出来的女孩。他们之间不是联盟或合作的关系,而是从属关系,樱绝对会跟他站在一起。

王将发现的时候,银色的蝴蝶已经飞满了整个瞭望台。刀刃在风中颤动,似乎畏惧王将而不敢逼近,但它们轮番切割的时候,以王将的自愈能力也未必不会被影响。

"这么美丽的东西不该出现在这种地方,在流血的土地上,本该只有黑色的鸦群起落。"王将缓缓地说。

他被三个人围攻,处在战场上的绝地,但仍能像铸铁般坚固。

源稚生仍旧不敢进攻,因为王将离橘政宗太近了,他仍有机会顶着樱和源稚生的进攻杀死橘政宗。源稚生不知道自己能否承受失去橘政宗,这对他来说是介乎老师和父亲之间的人。

"稚生,你准备好了么?"橘政宗忽然说话了。

"准备好了!"源稚生骤然清醒。

"我也准备好了!"橘政宗的语气欣慰。

王将和橘政宗同时消失,他们以极高的速度对冲,刀光和人影交织在一起!最终是橘政宗自己踏破了这个死局,他流露出笑意的瞬间,王将抓住了他的破绽,发动扑杀。

源稚生向着王将的背心发起突刺,整个人化作贴地飞行的大鹫,刀锋就是大鹫的喙。

樱从塔顶跃出,笔直地坠落,所有的刀刃都被狂风驱动,沿着不同的弧线向着王将切割过去,她越逼近,对武器的掌握就越精密,刀刃上的力量也越大。

王将的长刀刺入了橘政宗的胸膛,长刀顶着橘政宗向前,鲜血像是破碎的红绸那样从橘政宗的身体里飞溅出来。樱的刀刃如愤怒的狂蝶,反复切割王将的身体。刀刃上的神经毒素只要零点几秒钟就能到达脑部引起致命的反应,但王将的速度竟然不受影响，他似乎宁可牺牲自己也要杀死橘政宗。他们曾是盟友，也是一生的宿敌。

源稚生把所有力量灌注在刀尖。他知道自己救不了橘政宗了，以王将爆发的大力，这时已经切开了橘政宗的心脏。

这是橘政宗早已料到的结果，他扑了上去，但并未挥刀，而是用胸膛迎接王将的刀刃。他早就筋疲力尽了吧，只是强撑着等待源稚生赶到，他能做的最后一件事就是用自己封住王将的进攻，给源稚生制造完美的机会。

他不是让源稚生准备出刀，而是让源稚生斩断不必要的牵挂，他们中的任何人都可以为了斩断这宿命而死，没有什么可惜的，这是必须付出的代价。

从未有过的杀戮心控制了源稚生，他看不见自己的脸，否则会惊讶于自己那狰狞如恶鬼的表情。

快！更快！他渴望着贯穿王将的心脏，听取那声长刀贯胸而入的美妙声音，那是斩断宿命的庆典！

王将急冲的身影硬生生地刹住，他本该用长刀顶着橘政宗把他抛出瞭望台，可是忽然无法推进了，这等于把后心送给了源稚生。

因为有个人挡住了他……橘政宗！

这个本来像落叶一样被挑在刀尖上的男人竟然站住了。他抓住了王将的刀，怒吼，目眦欲裂，仿佛明王降世。

源稚生终于听到了那美妙的声音，"蜘蛛切"贯穿了王将的心脏的声音，鲜血从伤口中涌出，发出风一样的声音，那么好听。几乎同时，樱的刀刃划着陡峭的弧线返回，像是蝴蝶返回巢穴那样没入王将的身体，樱从天而降，落在源稚生背后。三个人同时后退，呈品字形围困王将。橘政宗一手提着断刀，一手捂住胸前的伤口以免失血过多。

他并非没有挥刀的能力，只是把这份力量用在了格挡上。他的手中是柄断刀，断刀在格挡上远比进攻有力。王将的刀确实刺进了他的胸膛，但断刀横在橘政宗胸前阻挡，所以王将始终无法彻底贯穿橘政宗的心脏。一旦橘政宗站住了，立刻就反过来把王将送上了源稚生的刀锋。

王将捂着胸口，跌跌撞撞地退后，看着满手的鲜血，似乎不敢相信这个结局。他无路可走了，前方左方和右方都是敌人，背后是破碎的窗，窗下是二百五十米高的铁塔。

"没想到这是自己的结局？我也没想到，我本以为你这种人的结局应该更精彩一点。"源稚生说。

"再见，博士。"橘政宗轻声说，"你这样耀眼的男人应该有耀眼的结局，如果我是你我会选择从那个窗口跳下去。"

Chapter 13
The Night of Assassinating the King

王将双手捂着喉咙,以免那滚热的鲜血涌出来,他不敢拔出后心的刀,一旦拔刀心脏就会大量失血,他似乎想说话,可是一个喉咙被割裂的人是说不出话来的。

这个哲学家一样的男人连遗言都没法留下来。

他转过身,跌跌撞撞地向着窗口走去,他似乎真的听从了橘政宗的建议,想跳下去了结生命。

这不是传奇故事,跳崖的人不会奇迹般生还,从二百五十米的高处下坠,全身骨骼都会碎裂,断骨会插入他的所有脏器,剧烈的震荡会让他的大脑破碎,那是比长刀贯穿心脏更惨烈的死法。

源稚生目送他的背影,作为对手这个男人足够可怕,所以源稚生对他保有一丝尊重。

王将拖着沉重的身躯从窗口的破洞中钻出去,颤颤巍巍地翻过防护栏杆。他的模样有点可笑,又有一点点可怜。

"世纪大跳楼!世纪大跳楼!这是学生会新闻部部长芬格尔在为亲爱的诸位观众直播,各位现在正在欣赏的是猛鬼众领袖、代号王将的赫尔佐格博士的跳楼秀,在人类历史上,赫尔佐格博士不仅是龙类基因学毫无疑问的先驱,还是排名前十的野心家,他的跳楼是不是让各位观众心情激动呢?很抱歉我们现在没有热线电话,没法让您表达激动的心情。"芬格尔喋喋不休。

王将正站在栏杆外,俯瞰这座灯火辉煌的城市,谁也不知道他在想什么,如果给芬格尔一支麦克风的话,他会很有走下去采访一下王将请他谈谈心路历程的冲动。

当然还要穿上那种缀满蓝色亮片的紧身西装,头发里洒满金色的化妆粉,像个真正的脱口秀巨星那样摇晃着肩膀说:"嗨!赫尔佐格博士你好么?今天的天气棒极了对不对?风雨、深夜、跳楼……让我们在这个美好的夜晚谈谈关于死亡的话题……"

恺撒和楚子航捂紧了耳机,要把这个结局的每一分细节都听清楚,就这样又一场阴谋被挫败了?似乎太简单了,还有太多没法解释的事情。

"师兄!小心背后!"路明非忽然惊呼。

楚子航警觉地扭头,手臂像时钟指针般划过,枪口指向后方。

"废柴!废柴!我是说你!"路明非大吼。

芬格尔这才明白过来,原来路明非喊的师兄是他不是楚子航。可他悬挂在半空中,背后能有什么东西?

他有点费劲地扭过头去,惊呆了……确切地说是吓傻了。阴影在他的瞳孔里越来越大,如果说广告飞艇是大海中悬浮的鲸鱼,那艘迅速逼近的黑色飞艇就是凶险的虎鲨!那是一艘黑色的硬式飞艇,体积比芬格尔那艘飞艇大三倍,它原本无声无息地悬浮在高处，此刻拖着悬梯俯冲了下来，以碾压般的势头摧毁了广告飞艇。

所谓硬式飞艇，是一战后期的航空装备，内部有轻质的骨架，芬格尔的软式飞艇在它面前只是个轻飘飘的气球。

广告飞艇笔直地坠落，路明非的心里一下子空了。

见鬼，是他提议说可以用飞艇来靠近特别瞭望台的，所以芬格尔才会被捆上那艘飞艇……见鬼，他害死芬格尔了，他还欠着那个废柴的钱没还呢……见鬼，现在他是这个世界上唯一的废柴了。

"妈的……果真谁都猜不到自己的结局。"飞艇坠落的一刻耳机里传来芬格尔的声音。

飞艇中的氢气熊熊燃烧，它像是一朵在夜空中忽然盛开的花。果然是废柴，遗言都毫无用处，路明非觉得浑身上下无处不痛，他的牙关咯咯作响，痛到牙髓里面去了。

硬式飞艇擦着东京塔掠过，王将在那个瞬间奋身一跃抓住了悬梯。这个变动出乎所有人的预料，源稚生冲到栏杆边的时候硬式飞艇已经远去了，王将一手捂着脖子上的伤口，一手死死地抓着悬梯。

他伤痕累累，但他还没有输。

源稚生反身冲进电梯，回来的时候手里提着两支冲锋手枪。他对准硬式飞艇的气囊连续开枪，每颗子弹都在气囊上制造出两个洞口，但飞艇还是平稳地飞行，完全没有下坠的迹象。

硬式飞艇里有骨架支撑，就算气囊出现轻微破损也只是漏气，几个弹孔根本不算什么。气囊里填充的很可能是氦气而不是氢气，不会有中弹起火的风险，以他们手中的武器想要击中王将完全没可能。

这时远比冲锋手枪凶猛的武器在远处的楼顶上轰响，弹壳从枪机中跳了出来，带着灿烂的火光，一枚高速旋转的钢芯弹穿越几百米的雨幕，贯穿了王将的小腹。王将狠狠地打了个哆嗦，差点就要从悬梯上坠落，但还是死死地抓住了梯子。

路明非开的枪，他的距离更远，但他的武器是一支轻型狙击步枪，红外线瞄准镜中王将的身影很清晰。

见鬼！见鬼！见鬼！为什么手中的只是一支轻型狙击步枪呢？为什么不是一支重狙？要是重狙的话那一枪已经打碎了王将的半个身体置他于死地了啊！

巨大的愤怒笼罩着路明非，重狙也不够！是门炮更好！如果他有一门直射炮他一定会对着王将的脑袋开炮！因为他现在是世界上最后一个废柴了，他觉得很孤独很难过。

他继续发射。王将吊在悬梯下面，像是摇摇欲坠的风筝，子弹贴着他的身体擦

Chapter 13
The Night of Assassinating the King

过,有一枪甚至擦破了他的额头,但路明非再没能打出第一枪那么准确的射击。

距离太远了,几乎到了这支枪的极限射程,大雨影响了子弹的精度,王将吊在悬梯上时刻不停地动。

越是打不中他越急躁,手开始微微颤抖,脑神经抽紧着痛……我在这里杀不了你,天涯海角我又再去哪里找你来杀?

"琉璃呼叫Sakura,琉璃呼叫Sakura,你这样射击是没用的。我知道你想杀了他,我也想杀了他,这是我好不容易抓住的机会,我不知道下一个机会在哪里,所以我一定要抓住。"耳机里忽然传来风间琉璃的声音,不知道什么时候他重新打开对讲机。

他的声音安静从容,仿佛站在高天之上,他又变回恺撒和楚子航在歌舞伎座见到的那个风间琉璃了,绝世的歌舞伎者,绝世的冷艳。

他踏上了舞台,进入了角色,属于他的戏终于开演了,这是他最强的时候。

"你要我怎么办?"路明非问。

"射击飞艇后面的方向舵,其他的事情交给我。"风间琉璃说,"抓紧时间,它快要离开射击范围了,但不要着急,只需一发子弹,你能做到。我曾在你的眼睛里看见狮子,从那一天开始我就赌你赢,所以我才会选择跟你们合作。我是从来不会认输的人,所以当然要加入最强的团队。"

他的话里带着某种诡异的魔力,路明非缓缓地打了个寒战,安静下来了,回复到能够开枪的状态。

他拔掉弹匣,把一颗单独的子弹填入弹仓,他只有开一枪的机会,也只有开一枪的力量,王将就要离开他的射程了,风间琉璃赌他赢,他也赌自己赢,他把所有的赌注都押在这颗子弹上。

他在瞄准镜里看见了方向舵,那是个由两组桨片组成的简单机械装置,想要毁掉它就必须命中核心。

命中核心又如何? 路明非不知道,总之打中方向舵,剩下的事情就交给风间琉璃。

交给风间琉璃管什么用? 路明非也不知道,王将挂在半空里,现在唯一能攻击他的人就是路明非,风间琉璃对飞艇没办法,却信誓旦旦地说只要路明非打中方向舵,剩下的都交给他。

路明非已经不去想这些了,这是第一次有人说要在他身上下注……赌一个废柴能赢!

雨声消失,世界寂静,距离缩短,时间变慢,在他自己都意识不到的情况下,骨骼轻微位移,达成了和源稚生完全不同的"龙骨状态"!

他感觉到前所未有的自信,他完全掌握了这支枪,那艘飞艇,还有他视野中的整个世界！他扣动扳机，子弹出膛，枪口跳起，枪火喷射，飞艇尾部亮起一团绚烂的电火花，那艘庞然大物忽然失去平衡，向下俯冲。

飞艇上应该有负责操纵的人，那个人正试图让飞艇恢复姿势，但在他看不到的地方，钢质包铜的弹芯完美地镶嵌在机械结构的中心位置。

那一枪命中的态势简直是毒蛇咬住了猎物的喉咙，路明非打中了飞艇唯一的弱点。

气囊释放了部分氦气，飞艇一边下降一边飞向东边。东边是湾区，它大概是试图在海上降落。茫茫大海，那里对于王将来说是安全的，他正沿着悬梯玩命地往上爬，后心还插着源稚生的"蜘蛛切"。那真是一个怪物，他的诞生无论对人类或者龙类来说都是一个噩梦，跟他相比那个不知为何物的神似乎也不那么可怕了。

路明非扔掉身上的雨披站了起来，提着冒着硝烟的狙击步枪，死死地盯着那艘远去的飞艇，现在轮到他对风间琉璃下注了……他也赌风间琉璃赢！

轻盈的黑鹰从大厦天台上起飞，狂风鼓振它的双翼，把它带往视线高不可及的天空。升力用尽到达高度极限时，它猛地转折，惊雷闪电一样扑击下去。

路明非看清了那只鹰，那是一架黑色的滑翔翼，滑翔翼下吊着盛装的风间琉璃！

他穿着晕染的彩衣，长袍大袖在风雨中猎猎舞动，手中提着樱红色的长刀，没有化妆的素白面孔美得像是绝世天姬，却带着狮子般的笑意。

他盛装前来杀人，要送王将一程！

方向舵已经坏掉了，飞艇无法闪避，所有人只能眼睁睁地看着风间琉璃的表演，王将的眼睛里，黑色的翼把一切都遮住了。没有人知道他最后的表情，面具上的公卿依然在意味深长地微笑着。

风间琉璃从悬梯旁擦过，一刀斩断王将的头颅。

这还不是结束，他带着滑翔翼围绕王将的尸体做直径极小的盘旋，第二刀将王将腰斩。

第三刀斩断悬梯。

王将的残躯在瓢泼大雨中坠落，风间琉璃凌空挥刀振去刀上的鲜血，滑翔翼带着他没入前方的楼群中。

这才是真正的无天无地之所，无路可逃，再强的血统能力都无法发挥，风间琉璃是这个世界上最了解王将的人，他早已猜到了会有一艘硬式飞艇在空中等候，但他没有告诉任何人，他谁也不相信。

空气中还残留着他得手后的大笑声，像是舞台上演员的笑声那么夸张造作，可又空洞悲凉。他才是最恨王将的人，他为什么那么恨王将？为了杀死这个男人他准备了多少年？

第十四章 樱之坠
Falling Sakura

"稚女。"源稚生目光迷蒙。

滑翔翼掠过东京塔的瞬间,他看清了风间琉璃的脸。虽然太久不见了,可他们是孪生的兄弟,源稚女就是女装妩媚的他,他不可能认错。

他不知道风间琉璃何以在这里现身,又是为了什么而杀死王将,也许是猛鬼众的内斗,也许是为了争夺神的控制权。他从来都摸不清弟弟的心思,虽然从血统来说他是皇而风间琉璃是恶鬼。

本来死在地下室里的不该是源稚女,以源稚女的心机大可以把哥哥玩弄于股掌间,但他唯一的弱点就是源稚生。

"你怎么会在这里?"源稚生扭头问樱。

"和乌鸦夜叉商量的结果,料到您会来特别瞭望台,所以决定派人手保护您。"樱的回答很简略,"我是唯一适合的人,所以我来了。"

她隐藏了很多不需要交代的细节,但是源稚生和橘政宗都听出来了。夜叉、乌鸦和樱是源稚生的"家臣",他们只管源稚生的死活,橘政宗不关他们的事,樱的实际工作是帮助源稚生诛杀叛徒橘政宗,只不过局势中途发生了改变。

橘政宗淡然地笑笑,并不以为意。

"得赶紧找人来清理现场,"橘政宗捂着胸口,"还有帮我叫医生。"

"你是乱吃了什么药吧?"源稚生问,他猜测橘政宗是吞服了进化药来强行提升血统。

"比那个更糟糕,是保存下来的胎血,不过用血清疗法的话,再活几年甚至十几年都是没问题的。"橘政宗微笑,"也许足够活到参加你的婚礼。"

雨仍在下,狂风扫过特别瞭望台,风声像是隐隐的哭声。

橘政宗愣了几秒钟,眼中流露出巨大的惊恐,一步步退向室内,源稚生和樱也跟他一起后退。磅礴的风雨中,似乎隐藏着比王将还要可怕的东西。

黑影从瞭望台下方缓缓地升起,大雨打在它青灰色的鳞片上,碎成莹白色的水沫。它展开足有数米宽的双翼轻轻地挥舞,节奏中带着曼妙之意,似蛇似鱼的长尾慢慢地舒卷。

漆黑的长发在风雨中凌乱,掩映着它姣好的女性面孔。它嘴角微动,似乎是要笑出声来,可发出的却是婴儿般的哭声,嘴里满是荆棘般的利齿。

会飞的死侍,不是一名而是一群。它们从四面八方升了上来,仿佛古代壁画中的飞蛇,在所有古文明的传说中,这种景象都预示着浩劫和新生。

"那……那是什么东西?"乌鸦惊呆了。

他们并没有冲向东京塔去协助源稚生,一则源稚生禁止他们这么做,二则他们瞎跑也没用,他们根本跟不上源稚生。

但眼看战斗已经结束,局面却忽然变化,在红外线望远镜里,原本漆黑的东京塔忽然亮了起来,数不清的高温目标覆盖在塔表面,像小蝌蚪一样成群地游向塔顶。

"谁带了重型武器?"乌鸦大吼。

夜叉打开手提箱,漆黑的单兵导弹表面发射着冷光:"俄罗斯的萨姆16,威力够用了,就是怕把东京塔给炸塌。"

"混账!你带这种没用的武器干什么!"乌鸦咆哮。

"完全没有想到会出现这种情况,本来是想王将要是驾车逃走的话就把他和车一起炸飞。"夜叉说,"那些死侍是从哪里跑出来的?"

"它们原本就在塔里,那些东西介乎爬行动物和人类之间,爬行动物是冷血动物,体温和周围环境相同,所以它们在红外线望远镜中是不会暴露的。现在它们要开始猎食了,血热起来了,体温远比常人还要高,所以就被发现了。"乌鸦急得发疯,但还是试着给夜叉解释,"那些就是王将埋伏的'人手',原本他能够乘坐飞艇逃走,让死侍群把特别瞭望台里的人都吃了。王将是死侍的控制者,现在控制者死了,死侍会依照嗜血的天性四处捕食……它们疯狂了!"

电梯门打开,恺撒和楚子航费尽千辛万苦终于升到了主瞭望台,他们得换电梯才能去更高处的特别瞭望台,却忽然停下了。

主瞭望台里,无数蠕动着的影子慢慢地直起身子扭过头来,这真是世界上最高难度的扭头动作,这些家伙能够下半身完全不动,头部转动一百八十度。

无数双金黄色的眼睛注视着恺撒和楚子航,似乎以它们的智力还未能想明白为什么忽然有新鲜的食物从那个方形空间里出现。

"真不好意思,打搅你们的派对了!"恺撒同时拍下下行键和关门键。

楚子航的两支乌兹同时从腋下出现,劈头盖脸地一顿扫射。死侍群被打得跳跃起来,在这几秒钟的空隙里,厚实的电梯门关闭了。

Chapter 14
Falling Sakura

"他们还在特别瞭望台里。"楚子航低声说,还没有完全反应过来。那一幕太震撼了,被无数猎食者这么惊讶地凝望着。

"相信我,这个派对不适合我们参加。"恺撒的眼神同样呆滞,"我们在源氏重工里的时候有个军火库在背后,以现在的装备我们去参加派对只是给人家送吃的。"

电梯开始下行,包裹铁皮的电梯门上忽然出现锋利的凸起,似乎有巨大的尖锥从外面击打电梯门,然后是第二个第三个凸起。他们得庆幸电波塔的建造标准是军事标准,普通的电梯门早就给戳破了。

"我就说吧,这个派对上的人不欢迎我们。"恺撒低声说。

电梯高速下行,恺撒和楚子航并肩而立,并肩流着冷汗。

"王将的遗产么?"源稚生的后背和橘政宗相抵。

"深度进化,龙形死侍! 果然他的技术还是超过我的!"橘政宗低声说。

绝对的深度进化,眼前的死侍不仅进化出了蛇尾,甚至进化出了膜翼。在无数古文明的传说中,能否飞天的翼都是象征着龙类超越生物而接近神魔的标记。

这些死侍的身上,人类成分已经很少,更接近舞空的狂龙。

传说中的龙形死侍,终于现世。

"回电梯里去!"源稚生说。他自己却忽然突进,长刀在高速的斩击中带出扭曲的弧光。

当前的那名死侍收拢双翼,像是暴怒的石像鬼①那样顶着刀刃扑向源稚生,但还没有飞跃栏杆就撞上了源稚生的长刀。

失去了"蜘蛛切",源稚生还有与之相配的"童子切安纲"。死侍从塔顶坠落,将近地面的时候裂成了两半。"童子切安纲"把它的身体一分为二,以"童子切"的锋利,几秒钟后伤口才裂开。

电梯竟然不在这一层,这时候不知道是谁在下面召唤电梯。这不仅带走了他们逃生的希望,也带走了里面的各种武器。

橘政宗和樱同时滚地翻身,拾起了地上的武器,虽然伤痕累累,但这种时候有武器总比没有强。

源稚生退入室内,长刀空挥,抛去刀上的黑血。三个人重新聚集起来,樱双手握刀,橘政宗平端着两米长的异形长枪,枪首宛若新月,那是宝藏院的新月枪。

"坚持住,乌鸦和夜叉他们会想办法。"源稚生拉开领带。

---

① 作者注:石像鬼,在古代法语中称作 Gargouille,是中世纪建筑的屋顶装饰,跟中国古代建筑的滴水兽一样用来引走雨水。它长着蝙蝠般的羽翼面目狰狞,身躯走壮而且坚硬,传说巫师能够把生命引入它们的身体,把它们化作自己的奴仆。

所有的落地窗在同一刻崩碎，死侍们带着闪光的玻璃碎片扑了进来，嶙峋的骨翼猛地抖开，像是一具具古代邪神的雕塑。

远处传来悠扬的钟声，午夜十二点钟。钟声听在耳朵里异常地寒冷，东京在这场暴雨中似乎变成了鬼影重重的中世纪城市，教堂上的青铜古钟在轰鸣，魔鬼在阴影中嘶声狂笑。

源稚生盯着死侍们的武器。它们已经没有手了，被某种外科手术摘除，取而代之的是弯曲的金属弯刀，刀刃上带着凶险的锯齿。传说的魔鬼们要是遇见这些东西大概也只有跪下来做临终弥撒。

"去地下车库，我把车停在地下车库里了。"源稚生说。

"我的车也停在那里。"橘政宗说。看得出他的状态并不好，龙血给予了他类似王将的愈合能力，但伤口高速愈合的同时，他变得非常虚弱。

死侍们发出尖细的啸声，俯冲下来，仿佛悬在头顶的黑色云山坍塌了。

源稚生笔直地挥出"童子切"。巨大的威压在一瞬间压制了前方的死侍，它振动骨翼想要闪避，但已经来不及了，"童子切"带着清光扬起，死侍的骨翼带着半边身体裂开。在这种情况下死侍的生机仍然没有断绝，手腕上连着的金属刃贴着源稚生的肩膀斩入地面。源稚生的肩膀受伤，但他没有发出任何声音，看似随手地转动"童子切"，空气里回荡着打铁般的当当声，"童子切"在死侍的身体上砍出点点火光。源稚生的每一刀都能破开鳞片和肌肉直接和骨骼撞击，死侍的骨骼可以和钢铁相比。

死侍倒在地上，像是一具邪神雕像倒塌了。

橘政宗同时发动，平持新月枪，诚心正意地刺向前方的死侍。死侍用双手的金属刃交叉格挡，橘政宗发力冲锋，用枪逼着死侍后退。

樱也弹射出去。死侍全身覆盖着坚硬的鳞片，她的刀刃太过轻薄，此刻已经没有用处，好在她也算是用刀的好手。

源稚生从风衣中抽出黄金镶嵌的柯尔特左轮枪，这柄名为"西部守望"的大口径手枪能把冲过来的野牛一枪碎颅，发射的动静就像是一道暴雷，弹头钻进一名死侍的头颅，爆炸开来。水银被火药加热，弥漫出一片白色的水银蒸气。死侍不畏死亡，却会本能地闪避水银，被水银溅到的死侍则立刻用金属刃把被溅到的身躯砍下来，这样才能阻止白色的水银斑沿着身躯蔓延。

两支金属刃同时折断，被橘政宗逼退的那名死侍失去了防护，新月枪斩断金属刃之后直接穿透死侍的胸口，把它钉在柱子上。

源稚生从腰间拔出暗红色的短刀扔给橘政宗，那柄刀名为"雷切"，是史上名将立花道雪的佩刀。橘政宗两刀削去死侍的骨翼，然后横斩它的喉咙。

更多的死侍正翻越栏杆爬上来，密密麻麻的鳞片闪着微光。除了龙形死侍，还有更多的蛇形死侍，它们都向着瞭望台汇集过来。

这种时候惊悚恐惧都毫无意义，挥刀挥得更快才有意义。橘政宗把新月枪挥舞成巨大的枪圈，逼退近身的死侍，源稚生一边挥刀一边开枪点杀。弹头在死侍身体里崩裂，水银斑直接出现在骨头上。

风压从上方传来，巨大的黑影从天而降，直升机终于抵达，执行局的精锐们站在起落架上开枪，密集的火力把死侍群压制了。大家长危在旦夕，蛇岐八家也不在乎明天报纸的头条是"东京塔顶激烈枪战"，沉重的M134加特林速射机枪毫无顾忌地倾泻弹雨。这应该是乌鸦的安排，以夜叉那有限的脑容量，在这种情况下更可能的反应是一手端着冲锋枪一手挥舞着球棒沿着铁梯往上冲。这也是源稚生的想法，下行的道路已经封死，只能从天空中撤离，所以源稚生优先攻击龙形死侍，提前清除掉可能威胁到直升机的目标。

直升机缓缓地接近瞭望台，执行局的计划显然是用弹幕开道，让他们三个直接跳上飞机。

"跟着我！"源稚生弯腰拾起另一柄长刀，开始了旋转，镜心明智流的"卷刃流"和"逆卷刃流"运用在两柄刀上。他用刀锋开路，皇血燃烧的时候没有死侍能接近他。

执行局的人被大家长神鬼般的悍勇鼓舞，加特林机枪吼叫得更加震耳，弹幕把死侍群往两侧驱赶，给源稚生他们留出道路。

直升机放下了悬梯，进一步逼近瞭望台，部下们拼命地招手，让源稚生快点跳上来。

黑影如同箭一样射出瞭望台，咬住了悬梯，起落架上的干部们都惊呆了，他们根本没有想到这些凶兽还有这样的智慧，它们看似被弹雨完全压制，其实是在等待机会。

为了血食这些东西是能用命去换的。第二道黑影扑出了瞭望台，干部们正对着那名咬住悬梯的死侍射击，第二名死侍又咬住了第一名的尾巴。那名被打成蜂窝的死侍没有松口，残缺的脸似乎带着狂笑的表情，越来越多的死侍咬住了它的尾部，用金属刃钩着它的身体往上爬。一道又一道黑影游进了驾驶舱，干部们的枪还在吼叫，但已经无济于事。他们无法驱逐那些进食者，机舱变成了它们的包厢。

源稚生默默地看着直升机远离瞭望台，像是一只受伤的鹰要去找地方疗伤，但没有飞出多远它就失去平衡，向着广场坠落。

直升机落地溅起了冲天的火焰，熊熊燃烧的残骸一直滚到了夜叉和乌鸦面前，夜叉提着双枪，狂怒地冲上前对机舱里还未死绝的死侍扫射，骂着世上最不堪的脏话。

他们失败了，损失一架直升机不算什么，损失几名精锐也不算什么，可下一架直升机还要多久才能赶到？每一分每一秒源稚生的死亡几率都在上升。

源稚生等不到新的直升机来了，橘政宗的身体显然不能坚持到那个时候。

电梯上方的显示忽然变了，这意味着电梯正在上升，很快就会到达特别瞭望台。但源稚生根本感觉不到惊喜。下面有人召唤电梯，所以电梯才会降下去，可下面能有什么人？下面只有死侍。

死侍乘坐电梯抵达战场是个可笑的想法，但这很可能就是真相，电梯第一次来到特别瞭望台，带来了武器，第二次，带来死亡。

"听我说。"源稚生更换弹匣，和樱背贴背地彼此防御。

"我在听。"

"我们等不到新的直升机来，唯一的路是从电梯下到地下车库。"

"是。"

"电梯里一定塞满了死侍，但它是唯一的通道。"

"是。"

"电梯开门的时候我会压制住死侍，打开一条通往电梯的路，那条路只会开放几秒钟，你带着政宗先生去电梯，别管我，先走。"

"这不是我该做的事。"樱竟然给出了否定的回答，源稚生的记忆中，她还没给出过什么否定的回答。

"听话是女孩子的美德。"源稚生说。

破碎的落地窗里不断拥入死侍，暴风雨横卷，满地弹壳，弹壳中还飘着微小的火苗，就像他们三个的生命之火，随时会熄灭。

太多敌人了，用刀是斩不尽的，唯有言灵。源稚生还握着"王权"，可那个君临天下的言灵有致命弱点，就是只能用一次，源稚生必须把那一次用在最关键的时候。

释放"王权"之后他整个人就像被抽空了似的，连保护自己的能力都没有，但这一切樱并不知道，源稚生很庆幸她不知道。

他念出了早已失传的语言，领域释放，缓慢扩张，边界泛着淡淡的荧光，被笼罩的死侍没有感觉到任何异状。源稚生走到特别瞭望台的中心，在这里他的领域恰好可以覆盖全局。

一名死侍挡在他的面前，源稚生伸出手，轻描淡写地推开了它。死侍的金属刃剧烈地颤抖，却没有刺出。它做不到，金属刃的重量在瞬间增加了几十倍。重的不仅是金属刃，还有它们的身体，死侍们的脊柱骨发出开裂般的声音，纷纷扑倒在地，就像是石头雕像被从高台上推下来。它们的骨骼是普通刀剑都无法斩断的，甚至能弹开步枪子弹，但不断增大的重力正压碎它们的骨骼。

这是无比诡异的一幕，它们匍匐在地，连头都抬不起来。地砖开裂了，它们一寸一寸地陷入水泥楼板。

樱扶起橘政宗，橘政宗以枪为杖，两个人跌跌撞撞地去向电梯。

Chapter 14
Falling Sakura

叮的一声，电梯抵达特别瞭望台。电梯门打开，腥风把人熏得头晕眼花，电梯变成了一个沙丁鱼罐头，死侍们的长尾彼此纠缠着，填满了轿厢。苍白的人面在窸窸窣窣的蛇尾旁闪现。

这一批是蛇形死侍，但它们魁梧健硕，凶蛮的肌肉呈现出生铁般的色泽，不难想象出这些肌肉能爆发出何等的力量。

橘政宗大吼着掷出新月枪，这柄雄壮的武器还未刺中任何一名死侍就分崩离析了。两柄金属刃凌空斩切，把新月枪砍成四截。那名死侍的切割动作如同螳螂般诡异而高效。

数十条蛇躯如同倾倒那样从电梯里滑出来，源稚生等待的就是这个瞬间，等它们聚集成团。他抬起"西部守望"，把六颗水银爆裂弹一气打了出去。水银蒸气在死侍群中爆开，鳞片上出现了大片的水银斑，过于密集的阵型让水银爆裂弹的威力得以最大程度的发挥。樱隐约听见这些东西的哀号了，像是中世纪的女巫们在火刑架上的哭泣。水银蒸气中的死侍玩命地往外爬，樱却扶着橘政宗穿越那片白色的蒸气。蒸气对他们来说也是有毒的，但人类对水银的抗性远比龙类强。

源稚生也反身去向电梯。

"王权"的效力正在减弱，被压入水泥楼板的死侍正试图爬出来，有些甚至挣断了身体，露出暗金色的骨骼，这场面惊悚得就像是骷髅们推开自己的墓碑爬出墓穴。源稚生连举起"童子切"的力量都没有了，开枪用尽了他最后的力量，龙骨状态崩溃，他随时都会倒下。他追上了樱和橘政宗，一把托住橘政宗的另一条手臂，刚想用力就觉得眼前发黑。好在电梯门就在前面，进了电梯就好了，特别瞭望台和主瞭望台里都是死侍，但他能想办法让电梯强行停在两层之间。

橘政宗滑倒了，似乎是踩到了什么东西，连带着源稚生也摔倒了。两个人都筋疲力尽，樱的力气支撑不住这两个男人，跟着倒地。

源稚生挣扎着想起身，后背上忽然剧痛，好像整个人沿着脊骨裂开了。这次摔倒导致他输掉了和死侍间的赛跑，一直有一只挣断了尾巴的死侍跟在他背后爬行，抓住这个机会向他的后背发动攻击。它本可以要了源稚生的命，但它尾部断裂，所以动作走形。源稚生扛住了那记重击。他拼尽全力把橘政宗推了出去，反手一刀刺进死侍的眉心。

樱一跃而起，抓住源稚生的双臂把他扛在背上。源稚生从没有想到樱的力量能那么大，她发育得很晚，身体细瘦，因为小时候连饭都吃不饱。

橘政宗爬进了电梯，樱背着源稚生冲了进去，电梯轿厢中满是黏液，这是死侍们留下的。橘政宗准备的武器还在，可他们中能牢牢握住枪柄的只有樱了。

樱贴着电梯轿厢的壁把源稚生放下，解下源稚生和自己的风衣腰带，在他的上身来了个十字捆绑，这个捆绑会帮助他克服骨折的痛苦。

"关电梯门！关电梯门！"源稚生嘶哑地吼。

樱看起来是心慌意乱，做了完全错误的事，她应该先关电梯门而不是先给源稚生做治疗，那些从"王权"中解脱出来的死侍正爬向电梯。

樱摸了摸他的头发，顺带着是他的侧脸，然后是他的手……她手里藏着一件锋利的刀刃，刀刃割开了源稚生的腕动脉，鲜血喷涌出来溅了她一身。

源稚生简直不敢相信自己的眼睛，樱会在这个关键的时刻背叛他。她是他最信任的人之一，永远站在阴影中，甘愿当他的影子，已经超越了下属，变成了他生活的一部分。

如果樱也会背叛他的话，他在这个世界上还能相信谁？

樱从源稚生手中抓过"西部守望"，起身退出电梯，按下关门键，说："再见。"

"不！"源稚生忽然嘶叫起来，他想抓住樱。

樱从腰后面拿出射绳枪，一枪打在屋顶，绳子随之收缩，她轻盈得像是燕子那样离开地面，源稚生没能抓到她。

死侍们已经爬到了电梯门前，橘政宗抓过一支MP5，顶在死侍的额头上发射，抬脚把它踢飞出去，再抓住源稚生的风衣，把他抓回轿厢里。另一名死侍把金属刃和手腕一起插入门缝，橘政宗拔出"雷切"一刀斩断。电梯门终于闭合，带着刺耳的隆隆声下降，上方一片寂静，然后忽然间响起了大片的婴儿哭声，哭声中透着狂喜。

"不——不！不！"源稚生嘶吼。

源稚生都快记不清他跟樱是怎么相遇的了，因为那是很久以前的事了。

跟夜叉和乌鸦不同，樱不是家族指派给源稚生的人，是源稚生从家族要来的。

他们相遇的时候樱连日语都不太会说，却会说一口流利的普什图语，这种语言只在阿富汗和巴基斯坦被使用。她很少说话，因为在日本没人能听懂她的普什图语。

她是流落在阿富汗的日本人，孤儿，父母死亡的时间连樱自己都说不清楚，她能够在兵荒马乱的阿富汗活下来，是因为她出卖了自己。她出卖自己帮当地的游击队杀人。

这个工作从她九岁就开始了，这在当地也不算是什么夸张的事情，当地七八岁的男孩就会使用冲锋枪。当地的游击队都称自己为圣战者，都要铲除异己。樱在喀布尔的街头杀人，而后能从容离去，目击者只记得有过一个眼瞳微微发蓝的小女孩曾经出现过，却没人相信是她下的手。

她无师自通地开启了言灵，薄薄的铁片甚至玻璃碎片都能成为她的武器。她过于优秀的暗杀履历终于惊动了蛇岐八家中的忍者世家风魔家，风魔家的精英忍者不远千里奔赴阿富汗。令他惊讶的是这个顶尖杀手并没有藏得很深，也没有经纪人代替她出来谈生意，忍者找到樱的时候樱正在街边买馕吃。她的眼瞳微微发蓝，映着阿富汗的天空那么美丽，却透着漠视一切的孤独。

我们是你的家人，你愿意回家么？忍者问樱。樱说我愿意，只要你给我吃的。

她被从阿富汗带回来之后就被弃用，因为她跟日本格格不入。她在无人知道的情况下长到了十六岁，反正在日本是人就有口饭吃，风魔家更不缺一个女孩的食物。

她发育了，像个大女孩，可是穿衣服邋里邋遢，很少有人注意到她的美。她被分配了一份工作，在神社里充当武器保管员。她每天给这些东西上油保养，浑身都是煤油味。

那天十七岁的源稚生在诸位家主的陪同下去神社里上香，结束之后他在走廊下抽烟。他很小就会抽烟，把这看成叛逆的象征。

两个年轻的黑道职员从不远处经过，以某种猥亵的语调窃窃私语，他们说你知道么？那个负责收拾武器的女孩，她饿得很，你只要给她吃的她什么都会帮你做。

源稚生特别讨厌那句话，所以他狠狠地掐了烟，冷着脸把那两个人撞开，径直地去武器保管室找樱。他就是要让那两个家伙知道，即便只是家族里一个无足轻重的、收拾武器的女孩，也会得到少主的关注。

武器保管室设置在神社里很偏僻的位置，樱坐在太阳照不到的、长着霉斑和苔藓的阴影里收拾那些旧式武器，她那么年轻那么温润，本该像盛在精致盒子里的粉红色棉花糖那样美好，可她穿着沾染了油污的麻布衣服，扣子没扣严实，隐约露出胸部的轮廓来，她也不知道遮掩。所以她只是滚上了灰尘的棉花糖，不会再被人捧在手心里，少女稚嫩的美丽就变成了廉价的欲望感。

源稚生走到她面前，默默地看她给一把破刀上了五分钟的油，她不知道源稚生是谁，也懒得抬头看他，在阿富汗时她也是这样。

源稚生说嗨，你愿意跟在我身边做事么？那时候他刚刚得到权力可以有自己的几个跟班，用古代的话说就是自己的家臣。

樱慢慢地抬起头来，微微发蓝的眼睛中藏着与世隔绝的警觉，但她肯定地点了点头，说，你给我吃的，我跟你做事。

跟在源稚生背后不敢离去的那两个家伙被吓到了，他们觉得源稚生故意撞他们大概是因为他们私下里讨论了"少主有兴趣的东西"，所以惶恐地鞠躬赔罪。作为内三家的年轻家主，又长得俊秀，源稚生想要蛇岐八家中的任何一个女人都是易如反掌的，何况这个散发着煤油味的仆役？

反正这种女孩是那种廉价的、你给她东西吃她就会为你做任何事的贱人，她自己也承认了。

源稚生默默地看着这个女孩，忽然隐约觉得难过，但那难过又像是针一般尖锐，他觉得坐在阴影中擦拭武器的便是另一个自己……如果他没有因为血统的缘故成为蛇岐八家的少主，如果他仍是那个深山小镇里的平凡学生，那么他是不是也会被看作某种廉价的东西？就像那个年轻人说的："你只要给他吃的他什么都会帮你做"的廉价东西，然后被那些地位比自己高的人廉价地消费掉。

源稚生想赐给这个女孩尊严，他很少那么庆幸自己拥有那样的权力地位，能够赐予这个女孩尊严。

"那就这么说定了。"他冷冷地说，"从此你就是我的手下，你会做什么？"

樱警惕地看着他，缓缓地点头："说定了，我只会杀人，你给我吃的，我帮你杀人。"

源稚生被强烈地触动了，原来这个女孩能拿出来交换的最有价值的东西并非她的美丽，而是某种肮脏的、血腥的技巧。她认为这是她仅有的东西，所以如果你给她一口吃的，她就会老老实实地拿出自己最珍贵的东西来跟你交换。

"不，我不需要你帮我杀人，我自己就会杀人。"源稚生缓缓地说，"但我缺少一个漂亮的手下，如果我出门的时候有个漂亮女孩跟在我身后我会显得很威风，你愿意当我手下的漂亮女孩么？"

樱考虑了很久："可我不知道你喜欢什么样的漂亮女孩。"

"我也不知道，"源稚生有点窘迫，但还是坚定地向樱伸出手，"但试试总能做到。"

漫长的沉默之后，樱轻轻地握住了源稚生的手，这是一双纤细修长的手，但却粗糙如砂岩，可以想见手的主人在过去的岁月里吃过多少苦。

"成交，你给我吃的，我当你手下的漂亮女孩。"樱一字一顿地说，阳光里，她的眸子蓝得像是大海。

这是他们相遇之初，从那以后樱才渐渐地变成今天的樱，源稚生教会她说日常日语，风魔家开始用真正的忍者课程训练她，她学会了用风来控制更加精巧的刀刃，也学会了各种伪装变装的技法。她每天晚上都看电视剧，模仿电视剧里的各种人。源稚生参加会议的时候她会穿着套裙戴着眼镜扮演秘书，源稚生出行的时候她会穿黑衣戴白手套扮演司机，源稚生偶尔患病的时候她会扮作护士……

很久以后源稚生才明白自己当年随口说的话被樱变成了现实，她变成了源稚生手下的漂亮女孩。因为源稚生没说想要哪种漂亮女孩，她就变得每种都能扮演，反正总有一款适合您。

她就是那种一根筋的笨蛋啊，从订约的那一天开始，你就是她的一切了。因为源稚生喜欢开快车，所以她开车也是满分。

汹涌而来的往事冲垮了源稚生的意志。

他怎么会有那么一个瞬间怀疑樱呢……那是他的女孩啊，他给她尊严和地位教

Chapter 14
Falling Sakura

她生活，这些年她花在他身上的时间和他花在她身上的时间是一样多的。他还拥有别的东西，而樱只有他。

如果你是一个女孩，在一个男人身上花费了这一生中的绝大多数时间，你又怎么舍得背叛他呢？他就是你的人生啊！

樱要的是他的血，死侍们会循着皇血的气味尾随她，气味在死侍群中的传导就像是信息素在蜂群中传导一样，很快很快，整个东京塔里的死侍都会追着她去了，这样他才能安全地撤走。

他要失去什么东西了，永远地失去了，不久之前他才做好准备要为这场战争不惜一切，现在却为失去了东西而几乎发狂……是的，他准备好了要牺牲很多东西，可是偏偏不包括这一件，这是他支付不起的。

"稚生！振作！我们都是你的武士，要冒着枪林弹雨保着君主冲进敌人的大阵里去夺旗。武士倒下，还有新的武士可以接替，君主倒下无人更换！"橘政宗抓着他的肩膀大吼，"樱现在倒下了，可你还不是一个人，由我来接替她的位置！振作起来！跟我走！"

源稚生什么都听不进去。橘政宗是对的，在樱被撕碎之前，他们还有时间撤离，他们逃亡的每一分钟，都是樱用生命支付的。

他靠在墙上，想着樱那么轻易地就从他手中逃走了，她居然违抗他，而他一直都觉得那个女孩蛮呆的，有些时候甚至有点笨。她是只笨笨的燕子，停在他手中不会飞走……

其实只是不愿意飞走罢了，她一点都不笨，只是不爱说话。

现在她终于飞走了。

乌鸦站在暴雨中，觉得自己一点一点地凉了下去。雨水带走了他全身的热量，心脏疲倦得无法跳动，血液慢慢地凝结。

"预计还有十三分钟抵达东京塔，暴风雨影响了我们的视野，请耐心等待……"直升机驾驶员的声音还在耳机里回荡，乌鸦却摘下了耳机。

他不想听了，已经来不及了。

东京塔的塔顶，樱在风里微微摇晃，像是一株柔软的小树长在了坚硬的铁塔上。

她下方全都是死侍，青灰色的鳞片遮蔽了塔身。被皇血的味道吸引，它们全都汇聚到了塔顶上，蛇躯互相纠缠，所有眼睛都盯着站在天线顶端的樱。

天线是大约十米高的细铁架，樱上来的时候用了射绳枪。这是最后的十米，樱已经无路可退。连续几次死侍都没能爬到天线顶端，它们太过沉重了。每当死侍接近的时候，樱就沉稳地扣动扳机，炸出的水银蒸气形成了短暂的阻挡。但这是在狂风暴雨的室外，很快水银蒸气就被雨水洗干净了，死侍们互相挤压着撕咬着，争夺往上爬的机会。

各种武器都够不到塔顶，她在绝境中独自作战，没人能帮到她。

唯一的例外是一个孤零零的枪声，远处一栋高楼的天台上，狙击手连续地开枪，用他很有限的火力支持着樱。狙击步枪的子弹穿过水银烟雾，接二连三地洞穿死侍的喉咙，但洞穿喉咙还是杀不死它们。"西部守望"偶尔轰响，两种枪声都显得有些孤独，倒像是男低音和女中音在旷野上合唱一首歌曲。

路明非机械地扣扳机，他希望自己的射速能更快，但那样就没有准头了。唯一能够到塔顶的武器就是他手中这支狙击步枪，他打得准一点樱就多一点时间。他改变不了最后的结局，只能拖延时间。

瞄准镜里的樱真是很美，虽然她原本就是个美人，但她总是梳着马尾辫，把全身上下收拾得干净利落，没有一根多余的线条。现在她的长发和风衣都在风中狂舞，有妖花怒放的感觉。

她是一朵一辈子都含苞的花，最终绽放的时候却这么肆意张扬。

每一颗子弹必然在一名死侍的头顶溅出水银之花来，为了追求最准确的命中她甚至等着死侍爬到自己脚下，然后用脚踩着它的脸开枪。

路明非并不觉得樱要死了，她显得从容不迫游刃有余，就像一位临阵的女将军。长短枪交替轰鸣，配合默契无间。

几名死侍同时接近了樱，路明非手忙脚乱地换弹匣。樱冷冷地看着那些苍白的人面越来越近，"西部守望"的枪口自由下垂，她总是这样，在极近的距离上开枪，把每颗子弹的威力发挥到最大。

弹匣更换完毕，路明非再度进入瞄准姿势，爬得最高的死侍正挥动金属刃斩向樱的脚踝，这一次樱没有用脚踹它的脸……樱把"西部守望"砸在了它的脸上，那支枪翻滚着坠下东京塔。

子弹最终还是用完了。

她抬起头来看向路明非所在的方向，路明非不知道她是不是猜出了自己是谁，但他猛地揭开雨披跳起来对她挥手。

樱忽然笑了，就像是她发现芬格尔的时候露出的那种笑容，她转向路明非的方向，双手按着膝盖深鞠躬，用唇形说："ありがとうございます。"

这是她在这个世界上的最后一句话，用敬语说的谢谢。

她飞身一跃。皇血的气味早已刺激得死侍们要发疯，此刻看着这个活生生的血食从面前坠落，好些死侍竟然不由自主地跃出塔顶，在空中张大了嘴要去咬她。一条条黑色的蛇影追逐着长发飞舞的女孩，从三百三十米高的巨塔上坠落，像是群蛇被花的美丽吸引了，不惜追着她去地狱。以东京塔的高度，八九秒钟才能落地，死侍多半也没法幸存。

路明非塞紧耳朵，不去听那八九秒钟后的恐怖声响。

他觉得樱真是棒极了，她那么镇静不是因为还存着逃生的机会，而是她早就想好了自己的结局。谁说自己的结局不能猜到呢？她是那么漂亮那么温柔又那么善解人意的女孩，要是被那帮丑陋的死侍吃掉，才是最不能忍的事情啊。所以她跳了下去，死了还带着几个死侍一起死。所以路明非觉得她棒极了。

因为她那么棒，因为芬格尔其实也很棒的，可那么棒的人们都死了，就为了那该死的神，所以他忽然就流下泪来。

乌鸦没有捂耳朵，也没有挪开视线，他眼睁睁地看着那个黑郁金香一般的女孩坠落。她似乎砸在他心里，把那颗永远塞满恶意和猥琐的心脏砸碎了。

他又想起了很多年前的那个下午，他和夜叉在阳光里并肩走过，他想跟夜叉说说自己很有些中意的一个女孩，因为他们是流氓，当然不能用"我好中意那个女孩她好漂亮"的模式，所以乌鸦就淫贱地说，嗨嗨，我认识个姑娘，长得不错，只要你给她吃的她什么都会帮你做。流氓们谈到女人就该是这个口气。接下来他们就被面无表情的少主撞得退了开去。从那一天起乌鸦颇为中意的女孩就变成了他的同事，那天他和夜叉被传唤到神社就是接受家族的委任，担当源稚生的手下。

乌鸦这辈子就是个流氓、赌棍、阴谋家和斯文禽兽，以前也中意过不少漂亮姑娘，所以樱喜欢的是源稚生乌鸦反倒有些为她高兴，总是试图提醒源稚生，嗨！嗨！樱可是在喜欢你！是男人就该有点表示嘛！

反正樱也不会喜欢他，那么樱喜欢的是个好男人，乌鸦也就觉得不错。他确实觉得老大是个好男人，就是有点婆妈，有时候还有点娘炮。

夜叉说喂喂，这个以冲动成名的家伙现在反倒手足无措起来，樱的事情有一次喝醉了酒乌鸦给他说了，可他装作喝醉了不知道。现在他也装不下去了，雨中的乌鸦真的像一只乌鸦，站在湿漉漉的枯枝上。

乌鸦忽然抓起那件萨姆16单兵导弹，眼睛血红。

电梯门打开，满地都是积水，他们终于到达了地下车库。空气中残留着隐约的腥味，说明不久前还有死侍在这里活动，现在它们已经离开了。

源稚生的眼前一阵阵地发黑，随时都会晕厥过去。他的体力完全没有恢复的迹象，因为失去了斗志。

他只是强烈地想喝酒。

他还能怎么洗去那种疼痛呢？他是大家长，万众瞩目的黑道领袖，他这种男人是不能流泪的。

橘政宗拖着他往前走，此刻这个筋疲力尽的老人居然是他们中最有力量的。他们涉水而过，留下哗哗的水响和沉重的脚步声，黑暗中似乎有人在凝视着他们，可是仔细看过去的时候会发现只是停在阴影中的车,车灯微微反光。源稚生目光空洞,而橘政宗目光警觉,他似乎感觉到了某种危险在后面急追。

他们找到了橘政宗的古董奔驰。橘政宗把源稚生塞进驾驶座,为他系上安全带:"还能坚持么?能开车么?"

"不知道,我会试试。"源稚生握住镀银的方向盘,但他的手显然在颤抖,"上车。"

"不,我去开你的悍马。我们分头离开,以免一起被围住。"橘政宗为源稚生打开车灯,"电梯恢复了供电的话,出入口也都是开放的。盯住路标,一路往南出口开!"

他从源稚生的风衣口袋里掏出悍马的钥匙,转过身,拖着脚步离去:"我走北出口。如果都能顺利地离开这里,就在北边的广场上碰头。"

奔驰横冲直撞地离开车位,这是一辆很暴躁的车,源稚生几乎控制不住它。橘政宗驾驶着悍马而来,两车交会的瞬间,橘政宗把"雷切"扔进源稚生的车里。

源稚生按照路牌前进,眼前一阵阵发黑,什么都是模糊的。他不知道自己还能坚持多久,所以干脆把油门踩到底。奔驰以每小时八十公里的高速在车库中狂飙,剧烈地甩尾,轮胎摩擦地面发出刺耳的声音。

成排的厢式货车停在卸货区,怎么会有那么多一模一样的厢式货车停在地下车库里?也许就是这些厢式货车运来了死侍。但源稚生掠过的时候,厢式货车没有任何异常的动静。

他没有遇到阻碍,那么通往南出口的路是通畅的,那橘政宗走的北出口呢?他用力踩着油门,他得尽快离开车库,从地面前往北出口和橘政宗会合。

他拐上了通向地面的坡道,车胎忽然开始打滑,就在源稚生以为是雨水导致的暂时现象时,奔驰失去了动力,速度表迅速归零,倒退着往下滑动。

坡道上流淌着某种发光的液体,那不是雨水,而是油。瀑布一样的油正沿着坡道往下流动,很快整条坡道就会被油浸满。车的动力再强大,遇到没有摩擦力的路面也没用。橘政宗的古董奔驰是后驱车,在赛道上很威风,可在湿滑的路面上最容易失控。这是黑道经常用的花招,只需花费几桶油就能把寻仇的对象困在地下车库里。橘政宗跟他换了车,想要保护他,却没想到反而把他送进了死地。

源稚生的心里忽然有种平静的感觉,他转动方向盘,让车身靠在坡道的侧面,擦着火花缓缓地往下滑。他把"雷切"插在副驾驶座上,随时准备使用它。

他清楚地知道自己逃不过这一劫了,所以颤抖着摸出烟来,给自己点上一根,深深地吸了一口。没什么可惜的,只是可惜了樱,她的牺牲只为源稚生多换回了几分钟的生命。

真心希望她现在坐在副驾驶座上,大家能相视着笑笑,如果是樱的话,笑起来

Chapter 14
Falling Sakura

应该很美吧?

死并不可怕,只是太孤独。

奔驰滑回了卸货区。厢式货车的货仓纷纷打开,黑暗中亮起一双双金色眼睛,就像是冬眠的蛇成群苏醒。货车中释放出大量的白色冷气,原来这些死侍一直被低温冰冻着,直到现在才投入战场。

真是完美的杀局,每一步都估算得那么精确。

一名死侍从车中扑出,落在车顶上,两支金属刃同时下刺,被震退回去,这辆车是防弹的。"雷切"自下而上,穿过车顶刺进了死侍的腹部,黑色的血仿佛墨一样涂在银色的车顶上。不愧是名刀,远比死侍们的金属刃锋利。源稚生降下车窗,收回"雷切"。他来这里不是献祭自己的,他是来杀敌的。他是日本黑道的王,橘政宗说每个王都会死,只是死在不同的地方,战场是王的归所,敌人的血是王的花环。

这就好比樱即使从东京塔上跳下去还要带着几名死侍一起去死,真不愧是他调教出来的听话妞儿!

他操纵着奔驰车前后冲撞,挥舞"雷切"砍杀死侍,一泼又一泼的黑血溅在车身上,死侍一时间奈何不了他,只能挥舞着金属刃劈砍奔驰,发泄着对厮杀的渴望。

源稚生记不清自己挥了多少次刀,又有多少刀砍中了死侍,他只把"雷切"挥舞得密不透风。神志开始模糊,轻巧的短刀在手里重若泰山,他的力量快要用尽了。

这时雪亮的光撕破黑暗,奔驰车身巨震,什么东西从后面撞上了奔驰。是源稚生的黑色悍马,它正反复地撞击奔驰,同时反复碾压死侍。奔驰在油浸的地面上滑动起来,悍马顶着它去往出口。

橘政宗!橘政宗回来了!悍马是正宗的越野车,能够克服油浸地面,橘政宗想把源稚生硬生生地顶到地面上去!

它们一点点地挤出车群,再度进入坡道。悍马的轮胎艰难地咬住地面,一寸寸往上爬。源稚生扭头看向后方,后面的场面又可怖又雄壮,死侍群试图填塞坡道,但它们挡不住悍马。橘政宗隔着车窗向源稚生点头,熟练地运用着挡位、油门和刹车,悍马厚重的车身把死侍压在墙壁上,毫不留情地碾碎它们的骨头。

前方有光出现,他们就要冲出车库了,坡道最上方的地面已经被雨水冲洗过。源稚生试着踩下油门,奔驰车重获动力,以一飞冲天的姿势驶上了地面。

源稚生减慢车速,等待橘政宗一起离开这座地狱般的高塔。

但悍马仿佛用尽了所有的力量,沿着坡道缓缓滑向地下车库深处。死侍们跳上车顶,就像成群的狼终于扑倒了强壮的野马。源稚生不清楚这是怎么回事,他太了解那辆车的性能了,燃油也是充足的。隔着车窗,橘政宗对他缓缓地挥手,源稚生这才看清楚了,橘政宗身上满是鲜血,四支断裂的金属刃贯穿了他的身体,全部命中要害。失去力量的不是悍马,而是橘政宗。

悍马看起来很结实，但跟这辆奔驰不同，它不是防弹车，死侍能够轻易地刺穿车身。

橘政宗果然实践了自己的诺言，他接过了樱的责任，要保护源稚生杀出重围。他为什么要回来呢？不是说好还有几年的生命么？还能看到源稚生的婚礼。

那么短的时间里，也许会成为新娘的人死了，本应当扮演父亲的人也死了。

橘政宗打开车窗，对准坡道上的油开枪。火光腾起，火流蹿向地库的深处。悍马最后一次发动了引擎，打横过来把整个出口封上，橘政宗降下车窗。悍马带着死侍们滑向通道深处，它们尖厉地叫着，像是地狱中的烈火烧灼着鬼魂，连番的爆炸声从地库中传来，大约是地库里的车被点燃了，接二连三地爆炸。

源稚生跌跌撞撞地扑出车外，站在风雨中。

火从东京塔的底部烧了起来，烧得这座塔一片通明。曾有一位高僧教源稚生禅学，说"三界不安，犹如火宅"。此刻源稚生忽然回忆起这句话来，觉得说得真对，这世界是这么的残酷和痛苦，每个人都活在烧着的房子里，饱受折磨。

十几名死侍从火场中逃离出来，发现了源稚生，立刻围了过来。但接近源稚生的时候它们迟疑了，源稚生手无寸铁，但它们察觉到某种巨大的危机。

它们围绕源稚生游动，一方面被新鲜的血肉诱惑，一方面被恐惧压迫。

狂暴的重压从天而降，把它们压入地面。"王权"史无前例地二度爆发，这一次简直是暴君之怒，死侍们的骨骼在一瞬间变形然后碎裂，它们被扭曲的重力揉捏和撕扯，陷入沥青路面。地面也在沉降，周围的一切都在震动，巨大的裂缝贯穿广场，地下水管爆裂，水柱冲天而起。源稚生仍只是默默地站着，似乎没有意识到自己刚刚释放了言灵，眼中一片空白。

巨大的爆炸声在天空中响起，火光吞噬了东京塔顶部的死侍群，那是萨姆16爆炸的动静。乌鸦站在不远处，肩上扛着冒烟的发射架。火光照亮了两个男人的侧脸，谁都没说话，大雨沙沙地下。

空无一人的商场里，风间琉璃在试衣服。

滑翔翼把他带到了这座楼的楼顶，楼下是个百货商场。风间琉璃敲开商场的门，把沾染鲜血的长刀和两百万日元放在看门老人面前，对他微笑。

老人立刻就明白了风间琉璃的意思，并没有动用那根装样子的警棍，而是打开了商场的灯请他自行挑选。风间琉璃走进商场的时候，老人在背后幽幽地说："穿着这么隆重的衣服去杀人，你那么恨那个人么？"

风间琉璃惊讶于一个看门老人竟然有这样的胆量，敢跟他这个浑身血污的人搭话。他转头微笑："是啊，好看么？"

看门老人挽起袖口露出鲤鱼文身："年轻的时候我也是个帮会成员呐。你到底是男孩还是女孩？"

"不告诉你。"风间琉璃笑。

他的心情很好，所以不介意跟老人开几个小小的玩笑。他为这场谋杀筹备了很多年，长刀斩断王将身体的瞬间，风间琉璃像是要狂笑，又像是要痛哭，连他自己都说不清那种情绪。

他在供员工们使用的淋浴间里清洗自己。那件华美的戏服上沾了王将的血，在他眼里就像是爬满了蛆虫那么恶心，以他那么喜欢戏服的人，却把这件名师手制的衣服扔进马桶烧掉了。

温暖的水流冲过他的头脸，在沾染了水雾的镜子里，他看着自己的妆容一点点被洗去，最终只剩下素白的、略有些消瘦的脸。不上妆的时候，他并不惊艳，甚至有些平庸。但他那么喜欢镜中那个平庸的男孩，就像回到了小时候。水和火把一切肮脏的、华丽的、浓墨重彩的东西都洗掉，这样他才会回到当年。

他漫步在偌大的百货商场里给自己选择衣物，那些华丽的丝绸和天鹅绒制品他不屑一顾，他给自己选了纯棉的白色衬衣和直筒的棉质长裤，一双舒服的灰色球鞋，外加一顶棒球帽。

他在试衣镜中看着自己，觉得自己被净化了，穿这种衣服的人一看就是生活很简单的人，简单得像是阳光一样。

"我看起来怎么样？"风间琉璃问，看门老人坐在他背后很远的地方，两个人借着试衣镜对视。

"蛮帅气，你这是要退出帮会么？"看门老人问。

"对，我要开始新的生活。"风间琉璃真喜欢这个老人的敏锐，就像个大隐隐于市的智者，竟然能看穿他心里想的事。

老人却叹了口气："我说，杀死了仇人或者帮会里知道自己底细的兄弟，就想干干净净地退出帮会，可是很难成功的。"

"为什么？"风间琉璃眉峰一挑。

"在血池里打滚的人，想从血池里爬出去，用的却是杀人的办法，那就跟用血来洗自己身上的血一样。"

"我杀的是魔鬼。"风间琉璃冷冷地说。

"魔鬼是杀不掉的，魔鬼在我们每个人心里。"老人喃喃地说。

"那就把自己也杀掉。"风间琉璃拎起长刀，转身离开，"最好别跟人说你见过我，真想说的话也无所谓。"

"我哪里见过你，只是晚上有贼摸进商场里来偷了几件衣服。"老人把两沓大钞揣进口袋。

风间琉璃走向前门，脚步轻快。已经过午夜了，外面的大雨想必还没有停，他顺手拿了一把长柄的黑伞，这样他就能打着伞穿越那些曲折的小巷回高天原去。

这么好的心情，很适合打着伞独自在雨中漫步。

他推开玻璃大门，忽然站住。在这个寂静的深夜，路上连出租车都难以看到，却有一辆黑色的迈巴赫轿车停在门前。司机穿着笔挺的制服，戴着雪白手套的手按在车门把手上。看情形他正在等待进店购物的主人，这种为权贵服务的司机都有很好的涵养，无论等多久都不会流露出不耐烦的神色，来来往往的行人会啧啧赞美司机的素质和车辆的豪华，猜想主人是怎样的豪门。主人从店里走出来，司机立刻会流露出和煦的笑容，脸上似乎写着欢迎您回家，然后拉开车门。以这辆迈巴赫的奢华程度，说是一间会移动的会客室毫不过分，坐进车里就等于到家了。

司机脸上真的流露出了和煦的笑容，就在风间琉璃推开门的刹那。他缓缓地拉开车门，缓缓地躬腰。

风间琉璃明白了，这辆车真的是来接他的。他根本没有摆脱过去的阴影，无论他在哪里，猛鬼众还是如影随形，他依然享受着"龙王"的待遇。

这辆车哪里是来接他的？这辆车是要把他送回过去，送回那个血池里！

风间琉璃下意识地想要拔刀，却看见迈巴赫的后排座位上，穿着黑色和服的老人往里面挪动了一下，留出车门边的座位给他，还亲切地拍了拍座椅，示意他过去和他同坐。

老人带着能剧面具，面具上画着微微含笑的公卿。

王将！

炽白色的闪电割裂天空，风间琉璃只觉得那道电光把他的脑袋也劈开了，脑海里一片空白。恐惧如冰冷的蛇，从他的心底钻了出来，游向他的四肢百骸。他分明可以随手拔刀来，可他的身体已经冻结了似的，他连动一动手指都不可能。

这绝不可能！就在大约一个小时前他亲手把王将的身躯斩成三段，长刀破体的感觉他现在还记得清清楚楚。再怎么强大的自愈能力总有上限，细胞活性再强也不能把人变成蚯蚓，就算是蚯蚓被斩成三段也没法重新长在一起。那一刻王将绝对是死了，不会有错。可这一刻王将活生生坐在迈巴赫的后座上，也没有错。

车中的绝对是王将，风间琉璃太了解王将了，他想杀王将想了那么多年，那么多年里他始终在意王将的一举一动，可以说凭鼻子他都能闻出王将的味道来。在特别瞭望台上，橘政宗显然也认定了那个人就是王将。虽然橘政宗和王将当年相处的时间并不长，但以他们两人堪称"默契"的熟悉程度，别人是伪装不来的。

什么都没错，错的就只能是风间琉璃，他误判了王将，认为王将还是个能杀死的生物，但王将真的就是个杀不死的恶鬼！

恶鬼从地狱里回来找他了，风间琉璃的一生里都被这个恶鬼邀请同行，他清洗了身体换了衣服都没用，恶鬼总能认出他总能找到他。

可他再也不要过那样的生活！风间琉璃怒吼，拔刀！刀出鞘的同时就变成了闪电，风间琉璃冲破雨幕。

王将看都没看那正在逼近的、危险的刀锋，只是敲了敲手中的梆子。那两根小木棍在他手心里变成了某种乐器，奏出噗噗的古怪音乐。

风间琉璃从台阶上跃起，长刀因为高速的运动仿佛背在他身后的一道暗红色的虹。他凌空跳斩，仿佛飞鹰，气势像是要把王将和那辆迈巴赫一起斩断。但随着梆子响起，这只鹰瞬间折翼，力量仿佛退潮般从身体里抽离。风间琉璃倒在积水中，痛苦地翻滚，脸上一时狰狞一时迷惘，偶尔又有看见地狱般的恐惧。他强撑着爬行，想要离开那辆迈巴赫，可事实上他半步也未能前进，他无力地划着积水，像一只被困在泥潭中的乌龟。

王将保持着优雅的姿势，用梆子演奏那种古怪的音乐，司机跟随在风间琉璃身边，把伞打在他的头顶。

在外人看来王将根本没有流露出任何恶意，只是演奏了某种并不好听的土著音乐，而风间琉璃则像个神经病人般失去了控制。

音乐结束，风间琉璃无力地趴在积水中，连挥动手臂的力量也不剩下了。看门老人怔怔地站在台阶上，不明白这到底是怎么了。风间琉璃抬起眼睛看他，瞳孔中淡金色和血红色混合，似乎是两种染料互相浸染。他的嘴唇翕动着，似乎在说"救我"或者"求你"，他连声音都发不出来了。看门老人站在原地没有动，也许是吓傻了，也许是他明白这种"帮会事务"不是他这个外人能插手的。

王将根本没有下令，司机却掏出了带消音器的手枪对准看门老人的心脏开枪，三枪呈品字形打在老人的心口，瞬间摧毁心脏，连送医院都免了。

这个世上没有任何人能救风间琉璃了，这个绝世的歌舞伎大师、高高在上的戏子、自信能把一切掌握在手中的男人，此刻只是一只趴在水里的死龟。

强光刺破黑暗，一辆丰田轿车以极高的速度逼近，距离很近了也不减速。司机猛打方向盘，车在雨中旋转，溅出巨大的圆形水花，带着这朵水花，丰田车以近乎一百二十公里的高速撞在了迈巴赫的尾部。

迈巴赫被撞得向前蹿出，带着车里的王将，丰田车的后备厢则在撞击中完全消失了，变成了皱巴巴的一块铁皮。在脆弱的丰田车面前，迈巴赫简直是辆坦克，也正是为了这个原因恺撒才玩了那个车技，要是用车前部碰撞的话，丰田车的发动机都会被挤碎，相比没了发动机舱，当然是没了后备厢好点儿。这辆租来的丰田车在正确灌装冷却剂的时候还是蛮好用的。

两侧车门同时弹开，楚子航翻过车顶，长刀带着扭曲的刀弧，暴击那名司机的颈部。他一点都没有留手的意思，在远处他已经目睹了复活的王将和这名司机的残暴，楚子航不介意比他更残暴。

如此间不容发的瞬间，司机却做出了正确的应对，他伸手抓住了楚子航的刀背。在卡塞尔学院本科部，大概只有恺撒能抓住楚子航的刀，但恺撒从不这么做。

楚子航松开刀柄，凶猛的刺拳正中司机的面部，司机被打得凌空飞起，砸在台阶上。楚子航拾起落地的长刀，闪回车中。恺撒从不抓楚子航的刀就是因为他的拳击也很凶猛。

作为一个少年宫毕业的刀客，楚子航并无日本武士保护武器的自觉，他的一切技能只是为了打倒敌人而存在。

短暂的格斗只持续了不到五秒钟，五秒钟的空隙就足够路明非把风间琉璃拖回车里了，恺撒一脚把油门踩到底，丰田车逃离现场。自始至终恺撒和楚子航都没有考虑要跟迈巴赫里的王将打个招呼，或者顺便送两颗子弹到王将的心脏里去，他们根本没有信心杀死这个恶鬼般的男人。这还是第一次，自负的贵公子和无所顾忌的杀坯都失去了信心。

后视镜里王将缓步走出迈巴赫，恺撒用握着"沙漠之鹰"的手开车，随时准备跟这个恶鬼拼命。所幸王将没有追上来，车开得很远了，还能看见那对金色的双瞳在黑夜里熠熠生辉。

"他怎么样？还活着么？"恺撒这才得空问路明非。

"还有呼吸。"路明非说。

他只能这么回答，他没有把握说风间琉璃是活着还是死了，从生物学的角度他确实还活着，有呼吸有心跳，但作为人他又像是已经死了，他躺在后座上枕着路明非的腿，整个人抽搐着蜷成一团，微弱地颤抖，眼睛里一片苍白。从恺撒和楚子航认识他以来，他一直都是那种神秘妖冶冷艳逼人的男人，可现在他像是个被惊吓到的女孩。路明非甚至怀疑自己只是捡了风间琉璃的身体回来，他的灵魂已经被王将拿走了。

第十五章 鬼之路
Evil's way

夜深人静，高天原的霓虹灯招牌一如既往地亮着，恺撒撞开大门冲进店里，这个灯红酒绿的地方居然让他有种回家的感觉。

暴雨的缘故，今夜客人们提前散场了，舞台和舞池的灯光都熄灭了，吧台上方投下一盏孤灯，两个男人相对而坐，唏嘘对饮。

"有时候还是觉得苍凉，绅士和淑女的时代已经过去了，那些樱花树下的许愿，小桥上的相会只是小说里的情节了，男人和女人的相遇和别离都太匆匆。"

"移动设备，他们用移动设备恋爱，可电话和聊天工具里的情话总是没有温度的啊。"

"也许有一天他们可以跟移动设备恋爱，无论移动设备那边还有没有心爱的人。"

"这么想着真是悲哀啊，悲哀的时候应该喝一杯。"

"凄风苦雨的晚上能跟您对谈真是幸事。"

"对我何尝不是如此呢？我敬鲸先生。"

"我也敬 Heracles。"

路明非呆呆地看着这两个相见恨晚的神人，听着他们用诗一样的语言讲述跟他们这种糙汉根本不搭的主题，想要流下泪来都不能。

吧台左边坐着东京牛郎界著名活动家、神一般的男人座头鲸，右边坐着闪闪发光的芬格尔，之所以闪闪发光是因为他穿着银色的紧身小西装，窄脚裤在大腿上绷得紧紧的，头发烫成猫王的发型。

他们还没来得及为这个傻货哀悼啊！这个傻货已经施施然地返回店里，换了衣服做了头发，跟座头鲸对坐谈玄，看起来还谈得挺投机。

两杯相撞，座头鲸和芬格尔都是一饮而尽，这才注意到路明非他们正呆呆地站在舞池边。

"哎呦，你们也回来啦，正好我和店长喝到高兴处，来来来，服务生多摆两个杯子。"芬格尔好似这间店的主人，热情地邀请他们坐下。

"贱人你……你不是死了么？"路明非目瞪口呆，确实是芬格尔没错，绝不可能是什么孪生兄弟，这贱格的语气和贼兮兮的眼神，是芬格尔没错！

"灵魂也许已经死了，徒留这个羁绊在世间的肉身啊。"芬格尔大笑，座头鲸也大笑，看起来是路明非说了句蠢话。

芬格尔起身拥抱路明非，肉麻兮兮的，在路明非耳边压低了声音："差点就嗝屁了，好在那飞艇不是用一根绳子拴在东京塔上的么？我抓着那根绳子挂在半空里了，哎呦妈呀还在东京塔上撞了几下子，撞得我浑身青肿。"

他拉开衣襟对路明非他们展示，他西装里居然是中空的，颇为壮观大气的胸肌上果然是青一块紫一块的，大片的瘀血。

"伤成这样你都没死？"路明非看傻了。

"伤痕岂不正是男子汉的勋章？"芬格尔又是大笑。

昨天来店里的时候他还是个贼眉鼠眼求包养的流浪汉，此刻他大声笑大声说话高谈阔论，俨然是江湖名豪、牛郎界领袖的风采。

"Heracles说他昨天就来店里了，你们怎么不为我引荐呢？"座头鲸很感慨的模样，"见到了Heracles我才觉得自己的见识还是有限的，他虽然年轻，但对男人的花道理解得很深，一旦登台必然是不逊于Basara King和右京的红人啊。刚才喝酒的时候我已经对他进行了面试，从今天起他就是店里的人了，你们都是好朋友，以后在工作上也要多多交流。"

交、流、你、妹、啊！路明非在心里大喊，店长你知道你把什么人引进公司里来了么？他在学院里是那种A级身份入学、一路跌到F级的超级废柴啊！只要你多喂他吃几口饱饭，他很快就会卸掉伪装，暴露出他那"被嚼过的口香糖"的真面目，而且死死地黏在你的鞋底，让你没法摆脱他！

"这位也是你们的朋友么？"座头鲸指了指楚子航扛着的风间琉璃。

路明非吃了一惊，两个人分明见过面，可座头鲸好像完全认不出风间琉璃。他又看了一眼风间琉璃，惊讶地发现这个男人失去了所有的神采，看起来那么憔悴那么平庸，说他是牛郎界的王座固然不会有人相信，说他是个想来牛郎店谋职的新人只怕也不会被收用。

"他是生病了么？给他找个医生看看病，住两天赶紧送他走吧。"座头鲸说，显然他对这种品相的男人也没有什么兴趣。

"就由我来安排这些琐事吧，今夜跟鲸先生喝酒喝得很高兴，但是凡事贵在适度，日月正长，大家还有很多一起把盏的机会。"芬格尔大包大揽地说，俨然他才是师兄，恺撒他们都是小师弟。

不过想起来他确实是师兄。

Chapter 15
Evil's way

"那就麻烦 Heracles 了，睡个好觉，期待你的表现。"座头鲸起身离席。

"我靠！多亏你们回来了！我差点就绷不住了！"芬格长舒一口气，"你们店长是看中了我的美色还是才华？非要拉我喝酒谈什么男人的花道！他看中我哪一点就说！我改还不行么？"

路明非心说你要不是这么风骚的货又怎么能对风骚店长的心意呢？可芬格尔终于还是变回了那个他熟悉的芬格尔，这一路上他的心情都很沉重，累到一句话都说不出来。

他忽然张开双臂，给了芬格尔一个很结实的拥抱。芬格尔倒是被吓住了，像个在公车上被色狼袭胸的女孩，东看看西看看，又紧张又害怕的样子。

"欢迎回来。"恺撒说。

"欢迎回来。"楚子航也说。

是啊欢迎回来，路明非在心里说，这样就好了，这样世界上就不是只有他一个废柴了。原来东京塔上的一切都是假的，这世界上其实没那么多残酷的事情。

可他忽然又意识到樱是真的死了，那个看起来有些苍白的、沉默的漂亮女孩，她跳下去的时候那么决绝，毫不拖泥带水，永远干净利索。

"妈的怎么是你这个贱货活下来了呢？真是好人不长命祸害活千年啊！"他松开芬格尔，扭头走到一边坐下，再也懒得说话。

"谁说不是呢？作为祸害我有时候也挺自豪的。"芬格尔搓着手，"我帮你们搬这家伙去屋里。"

天蒙蒙亮了，阳光透过薄云。空气被暴雨反复地清洗过，变得特别清澈。沐浴在这样的晨光里，让人很难相信昨晚那化身地狱的东京塔是真的。

电视台正在放送特别新闻，标题是"东京塔疑似遭遇恐怖袭击"，记者站在镜头前神情肃穆地播报。她的背后，东京塔的塔尖倾斜，特别瞭望台的落地玻璃窗全部损毁，塔身呈现出被火焰洗礼过的黑色，那是乌鸦射出的萨姆16导弹导致的，好在东京塔的结构足够结实，扛住了单兵导弹的威力。

根据女记者所说，昨夜东京塔上方的特别瞭望台发生了爆炸，爆炸物的威力不小于两百公斤TNT炸药，对东京塔造成了严重的损毁，为此东京塔将封闭两个月进行维修，所幸近年来随着东京天空树投入使用，东京塔不再承担电波塔的工作，夜间没有人在塔里值班，所以目前还没有伤亡者的报告。

恺撒关闭了电视机："一发单兵导弹和一场大火就解决了全部死侍？你们相信么？"

"那些死侍是受控制的，任务失败它们就会撤走。收拾残局的人应该是蛇岐八家。"楚子航说。

"单单控制死侍的技术就已经是一场灾难了,这样发展下去,最后没人能收拾残局。"恺撒说。

"这样等下去不是办法,风间琉璃必须把一切都告诉我们,在局面完全失控之前。"楚子航说。

"可他那个状态,要让他说话大概我们得出门去找个心理科大夫,这活儿可不是我们这种只给女性做心理辅导的人能做的。"路明非说。

他们安排风间琉璃在走廊尽头最僻静的卧房睡下,跟他们当初暂时容身的豪华浴室只是一墙之隔。风间琉璃毫不抗拒,也无力抗拒,他曾是堪与皇比肩的极恶之鬼,不屈服于任何人,桀骜地要刺王杀驾,可此刻他的力量和桀骜都被人夺走了。路明非给他盖上被子的时候,听着那单调的、风箱往复般的呼吸声,只觉得这是个植物人。风间琉璃木然地望着屋顶,眼睛很久才轻轻地眨一下,目光全无焦点。

"这么说来王将的能力是某种类似精神控制的能力,他能制造出某种奇怪的音乐,借助音频控制对方。"恺撒说,"这算什么言灵?你们有人听说过这种言灵么?"

"这违反言灵的根本准则,言灵必须使用龙文,龙文是言灵的逻辑系统,脱离龙文的言灵就像脱离芯片存在的诺玛。"楚子航说,"路明非,你听到那种梆子声的时候,产生了什么样的幻觉?"

"火,一场大火,所有东西都在燃烧,好像被封闭在一个单独的空间里,无路可逃,也没人可以求助,就像是……在地狱里。"路明非最后还是只能用"地狱"这个词来形容当时的感受。

他仍未说出那段幻觉中最可怕的一部分,就是他拖着绘梨衣行走在一条他曾经走过的、燃烧的走廊里,那不是什么幻觉,那是一条真实存在过的走廊!

"路明非能从那种声音里挣脱出来,但风间琉璃做不到,"恺撒沉吟,"这说明S级的潜力比极恶之鬼还强?"

"可你也听到了那声音对不对?在我们冲向王将的车时我们听见了那种梆子演奏的音乐,你感觉怎么样?产生了幻觉么?"楚子航问。

"像是毛里求斯或者新几内亚的土人演奏的原始音乐。"恺撒耸耸肩。

"主席您还对毛里求斯和新几内亚的土著音乐有研究?"芬格尔格外谄媚,大概是意识到自己要在这间店里混下去少不得恺撒这位红人的帮助,所以他已经彻底改称恺撒为主席了。

"我只是说那种音乐很难听很原始,管他是巴巴多斯还是基里巴斯。"恺撒说。

"我们俩都听到了那种音乐,可我们俩都没出现幻觉,这说明不是血统越高就越能抗拒那种音乐,上杉绘梨衣也受到那种音乐的影响。"楚子航说,"那很可能不是一种言灵,更像是服食迷幻蘑菇后的效果。"

"迷幻蘑菇?"恺撒一愣。

Chapter 15
Evil's way

"一种裸盖菇，墨西哥南部的印第安人会在宗教仪式上服用这种蘑菇，这会给他们带来很特殊的幻觉。首先会看到墨西哥神话主题的各种东西，比如怪兽拉着车来邀请他去天上，巫医提着黑曜石刀要把他剖心献祭给神，还有宝石装饰的宫殿和永远走不到尽头的华丽长廊，接着眼前世界化为流动的水，各种颜色一边崩溃一边化作漩涡。有趣的是无论服用那种蘑菇的人来自什么文化背景，他都会看到墨西哥风格的景象。很多人都在服食那种蘑菇之后产生宗教信仰，让他们觉得世界的本质其实并不是我们看到的这样，世界还有很多神秘的门没有打开。"楚子航说。

"而王将的音乐能产生类似的效果，只不过他呈现的幻觉并不是什么让人愉快的东西，而是一座地狱？"恺撒说。

"是的，印第安人也会在服用了裸盖菇之后一边听着音乐一边享受幻觉，音乐对于幻觉的发生也有引导的效果。他们会吹奏用鲸鱼脊骨制造的鼻笛，外人听起来很阴森，就像王将用梆子演奏的音乐。"楚子航说，"但印第安人制造幻觉主要还是依靠蘑菇，仅用音乐就能制造出那么强烈的幻觉，从科学的角度是无法解释的。"

"没法解释的事情多了，我们还没法解释他怎么杀不死。"恺撒说，"他表现得越来越像个鬼魂，而号称世界上最了解他的那个人已经被吓得神经失常了。"

"不能等下去了，风间琉璃必须告诉我们一些什么，他现在提供的每条信息都对我们有帮助，"楚子航说，"即使会对他造成精神伤害我们也得试试。很显然王将在一步步地接近成功，迄今为止所有的事情都在他的算计中。"

"我只是疑惑他能告诉我们多少，他现在的表现就像一具被操纵的木偶。"恺撒有些犯难。

"主席！我也同意会长的意见！"芬格尔上前建言，"舍小我为大我，这是我们每个人都应有的觉悟！精神伤害算屁，又不是让他去死，可要是解决不了那个王将，多少人的命都保不住！这是他为社会的大多数付出的时候！他要是不肯说，我们就把他吊起来打！"如果不是最后一句话，这番话他说得义正词严，甚至有点剑眉星目的意思。

恺撒愣愣地看了他一会儿，忽然流露出欣慰的眼神，拍了拍他的肩膀："芬格尔部长，你说得很有道理！我决定采纳你的意见！"

"主席你看我就说我是有用的人。"芬格尔连连点头。

"那么作为我们中最优秀的新闻工作者，这个伟大的任务就落在你的肩膀上了！无论是给他做心理辅导还是把他吊起来打，都把王将的情报从他嘴里套出来。"恺撒打开房门把芬格尔推了进去，"我们先去吃个早饭，希望回来就能听到你的好消息。"

门一开，一股淡淡的芳香从屋里飘了出来，那是手工烤制的日本烟草在银质的烟袋中缓慢地燃烧。风间琉璃并未像他们想象的那样，死人般躺在床上，他坐在被子里抽烟，眼神迷蒙地看着窗外的阳光，无悲无喜，神色漠然。他活过来了，但是再没有猛鬼众"龙王"的威仪和歌舞伎名家"风间琉璃"的诡艳,如果不是那支银色的烟袋,他看起来就像是十五六岁的高中生,那个平凡的山中少年。

他的名字是源稚女。

四个人围坐在风间琉璃的床边,风间琉璃默默地望着窗外。

既然风间琉璃醒过来了,那么他随时可能开口说话,芬格尔的转述未必可靠,恺撒觉得自己应该留下来亲耳听一听。

沉默已经持续了五分钟之久,楚子航看看恺撒,恺撒看看路明非,路明非故作目不斜视没看到恺撒使的眼色。

风间琉璃身上带着一种令人不忍打破的平静,他的眉目淡淡,轮廓也淡淡,那么平凡,但又那么平静祥和,阳光在他脸上呈现出少年人才有的光影。

恺撒踢了芬格尔一脚,意思是说有用的人你不是说好了要承担光荣的任务么?现在上吧!

芬格尔看起来也有点紧张,他清了清嗓子,酝酿了一下开场白:"你有权保持沉默……"

路明非心说老大啊,你怎么能相信一个废柴关于"我如今已经是有用的人了"的表达呢? 他努力向你表达这一点,恰恰说明他还是个废柴啊!

风间琉璃轻轻地吐出一口烟雾,面目掩没在青烟中:"我知道你们想问什么,我都会告诉你们的,但拜托诸位不要着急问我,让我慢慢地想明白,这样会说得更清楚些。"

他的声音很清晰,气息也很通畅,可那个弱弱的调子让人心里不由地一寒。他不再是风间琉璃了,他变回了源稚女,源稚女是不足以成为他们的伙伴的。王将摧毁了他的信心,等于杀死了半个他。

"我现在的样子让你们很吃惊吧? 其实这就是我原本的样子。你们每次看见我,我都多多少少化了妆,只不过有些化妆术高超到看不出来的地步。"源稚女想了很久很久才开腔,"我和哥哥的眉眼相似,但是没有哥哥长得好看,只有化妆之后我才像他。小的时候我一直想我要是能跟哥哥一样就好了,哥哥是那么完美的人,却有我这么个不起眼的弟弟,大家也许会怀疑我是不是他亲弟弟。我们两个从记事起就无父无母,也没有人能证明我真的是他弟弟。有几次别人说我们长得不像,我还躲起来哭过……我小时候的性格就是这么弱的。

"我们俩在山里长大,那个镇子上只有一所中学,学校里的每个女孩都暗恋哥哥,至少我一直都相信。他是剑道部的主将,又是篮球社的主力,女孩们喜欢看他在夕阳下挥汗如雨地练剑,他那么专注,那么用力,好像就算有堵墙在他面前,他也会把那堵墙劈开。所以就算他那么冷,连看都不看那些女孩,女孩们却日复一日地偷偷看他。你们也许觉得我的血统胜于哥哥，所以我就比他强，其实你们错了，哥哥的强不在血统，是在他的心。他是那种一旦决定了就会勇往直前的男人，他那样的男人一定能成就大事。比如他决定了要做正义的朋友，就一生都是正义的朋友。"

路明非瞥了一眼楚子航，心说师兄这就是你的日本翻版啊。恺撒挑了挑眉，直到此时他才终于相信源稚女对哥哥的感情，无论他是多么好的演员，能在舞台上幻化出千般人物，可唯有真正爱一个人你才能把那人说得那么美好，美好到听众都为他动容的地步。

"哥哥说他一定要努力，因为我们没有父母，只有努力，我们才不会被人看不起。他说他要考东大，有一天带我去东京。我只恨我是个没用的弟弟，我考不上东大，我也帮不了哥哥，哥哥做的一切事都是为了我和他能有尊严。我真想像哥哥那样，是个坚定的男人，这样我站在他身边，才能算作他的弟弟。可我也有点妒忌哥哥，为什么同是兄弟，他那么好，我却这么弱，被人说女孩子气。但我从来没有想过要胜过哥哥，我就想能够分一点哥哥的光辉，比他稍微差那么一点就好了。

"后来橘政宗来到山里，他说我和哥哥的血统都很优秀，他要把我们中的一个人带去东京培养，另一个人留在山里，如果前一个人被害了，后一个就是替补。他说我们永远不能告诉外界有两个源家的孩子，源家也不需要两个家主。理所当然的，哥哥被作为未来的家主带走了，我被留下了，我是他的影子。我一辈子都是他的影子，面目模糊不清。所以有时候我也是恨他的。

"就在那时我遇到了王将，他出现在我面前的时候就是个戴着能剧面具的男人。我从小就喜欢能剧和歌舞伎，对这个戴着能剧面具的男人很好奇，但王将其实并不会表演能剧，他只是太懂人心了。他从点拨我的表演开始，跟我渐渐地熟了起来，他永远都是一个人跟我见面，并且要求我不要告诉哥哥和其他人。我没有告诉哥哥，因为这个世界上所有东西都是哥哥的，但王将是我一个人的老师，他是只属于我的。王将说他看好我的潜力，他说我比哥哥强。

"那段时间我像是生活在虚幻中，每天夜里王将都在山里等我，我们在山中小路上漫步，直到月上中天，在星空下他跟我讲解歌舞伎中的人物，他给我饮用一种烈酒，这种酒能让我的身体温暖起来，跟他在山中彻夜漫步也不疲倦。忽然有一天我察觉到有女孩羞涩地对我笑，那种表情是我从来没有见过的。我起初是欣喜，觉得我可以学会这种表情，可当我在镜子里不断练习那种羞涩的笑容时，我才明白她为什么对我那样笑……因为我变得漂亮了，整个人像是焕发了光彩那样。"

"那种酒里混了进化药？"恺撒问。

"是的，我是这个世界上唯一一个吞服了大量的进化药，却没有失控的实验体，因为我自身的血统可以克制住进化药的副作用……我的血比进化药还要毒。"源稚女幽幽地说。

"抱歉打断你，请继续。"恺撒说。

源稚女点了点头："剩下的事情我记不清楚了，那一段记忆非常模糊，我只知道最后警方的结论是，镇上连续多名女高中生被害是同一个杀手作案，那个杀手已经离开了，所以连环杀人案到此终止。"

"什么意思？"恺撒没听明白。

"我一共杀了十四个女孩，把她们的尸体制成蜡化的人体塑像，放在学校最深层的地下室里，我给那些死人缝制歌舞伎的戏服，对着她们模仿女性。这件事被蛇岐八家认为是死侍犯罪，所以哥哥被派回那个小镇执行清除任务，那天晚上我在哥哥的眼里杀了第十四个女孩，他找到我的时候我正在地下室里炮制尸体，穿着女装，唱着歌。"源稚女轻声说，"我被哥哥刺穿了心脏。他把我的尸体投入深井，永远地锁上了井盖，再把整口井掩埋，我想这是因为我在他眼里变成了魔鬼，他怕魔鬼死而复活，烧了我他都不能放心，必须看见我的骸骨躺在井底。"

所有人不约而同地打了个寒战，比起那种暴行更可怕的事情是，源稚女说起那些血腥的事情根本就像是在说另一个人的事情，平静到了冷漠的地步。

"我知道你们在想什么，你们在想我是不是已经疯了，分明是我杀了那么多人，可我说起来就好像那些事跟我没关系一样。可我真的不觉得那些女孩是我杀的，那段时间对我来说就是一场噩梦，噩梦里我过得很快乐，我的魅力征服了学校里的每个女孩，我终于不会给哥哥丢脸了，我约她们去河边看星星，她们就羞涩地来了，我拉她们的手，她们也都接受了，然后我就把她们一刀断喉，在她们最幸福的时候。最美的表情还没有凝固，她们就被我制成了塑像，这样我就把她们最美的一面保留下来了，在梦里我觉得这样没什么不好。直到梦的外面有人在喊我，我忽然意识到那是哥哥回来了，哥哥回家来看我了，我忽然转身，一下子回到了现实里，但我还没有来得及拥抱哥哥，迎面就撞上了他的刀锋。

"再度醒来的时候我在一个巨大的舞台上，有一束光从上方打到我身上，我穿着云中绝间姬的衣服，梳着长发，化着盛妆。我身上没有任何伤口，但被刺中胸膛的疼痛好像还留在那里。我坐在一张华美的座椅上，旁边站着各种穿着歌舞伎戏装的女孩子，每一个都很美，我好像只是小睡了一会儿，我的侍从们等着我醒来。我忽然分不清现实和虚幻了，我觉得自己还在那间站满尸体的地下室里，我分不清那些女孩是尸体还是活人。这时王将走上来拥抱我，庆贺我获得了新生，那些女孩和台下坐着的猛鬼众干部都使劲鼓掌，他们那么激动，好像刚刚看完一场激动人心的表演。王将对所有人宣布他找到了真正的内三家继承者，那就是我，我要引导猛鬼众走向未来。他们热泪盈眶。我问王将到底什么是真的什么是假的，王将只是说恭迎皇的苏醒。"

"所以这些事情你都记得，只是你认为有些是在梦中发生的，但却变成了现实？"

楚子航问。

"是的，连环杀人对我来说就像是一场梦，梦中的一切都是模糊的，只有那些女孩的面容和我杀死她们的瞬间是清晰的。在梦里我似乎变成了另一个人，杀人对我来说不是可怕的事，那是一种美，我会为女孩临终时笑容还未完全消逝，绝望和惊恐已经出现的瞬间狂喜，看见鲜血溅出来的时候我也会兴奋。"源稚女说，"但我之后再回想那种状态，尤其是想到我曾在那个潮湿的地下室里对着那些站立着的尸体唱歌，我又恐惧又恶心，每次都忍不住呕吐。"

"所以你并不否认是你杀死了那些女孩？"恺撒说。

"我没法否认，每个细节我都记得很清楚，如果不是我亲手做的，谁能把那些细节灌进我的脑子里呢？"源稚女说，"好像我的身体里藏着个恶鬼，那一刻鬼苏醒过来控制了我。真正华丽妩媚的其实是那个鬼，至于我，只是个平庸的人。"

路明非悄悄地打了个哆嗦。这让他想起那一夜在惠比寿花园的追车战，某种燃烧着的精神从这个厌货怯懦的躯壳中苏醒，无与伦比的高傲和无与伦比的杀气驱动着他，他驾驶着兰博基尼把一辆又一辆的摩托车撞到墙上去。那时候他毫不在意伤亡，他觉得自己被冒犯了，而这些蝼蚁般的众生敢于冒犯他，那么他们就是该死的！把他们都杀了也无所谓！

那绝对不是他的意志，那是路鸣泽的意志，所以他才会如熔化的黄金般闪耀，而真实的路明非只是个平庸的人。

交易的弊端终于暴露出来了，他的一半身体已经属于路鸣泽了，不知什么时候他就会以路鸣泽的意志来行动。

"他跟你交换过什么么？"路明非小心翼翼地问，"我是说你身体里的那个恶鬼。"

源稚女漠然地笑了笑："我并非为自己推托。我就是恶鬼，恶鬼就是我，恶鬼是我的另一种状态，它跟我是一体的。"

他误解了路明非的问题，但路明非也得到了答案，源稚女并不曾跟那个"恶鬼"对话，他所谓的"恶鬼"和路鸣泽不是同种性质的东西。

"所以你那么仇恨王将，因为是王将把你身体里的恶鬼引了出来，他去山里找你，其实是要找你身体里的恶鬼。"楚子航说。

"是的，而我没能拒绝他的诱惑。是他在我和哥哥之间制造了无法突破的屏障，从那一天开始，哥哥再也不是哥哥，他和我之间是斩鬼人和鬼之间的关系。"源稚女说，"他毁掉了我的人生，把我变成他的'龙王'，我想要摆脱他的控制，就必须杀死他，否则我无论逃到天涯海角他都能找到我。昨夜我以为我成功了，我以为我甩掉他了……但我错了，他是甩不掉的，我们两个恶鬼注定要一路同行。"

"你相信这个世界上真有杀不死的恶鬼么？"恺撒转向楚子航，"我是说王将。"

"虽然我的理智告诉我世界上不应该存在鬼魂这种东西，"楚子航缓缓地说，"但我所见的一切已经超出了人类理解的范畴。"

"他会来找我的,我藏到哪里去都没有用。这个世界上没有人能杀死他,我也不能。"源稚女幽幽地说,"他还把他给予我的力量收走了。"

"什么意思?"恺撒问。

"那种梆子声,那是他用来控制我的手段。他能用梆子声让我进入'恶鬼'的状态,在那种状态之下我会拥有血统能力,信心和意志都会暴增,风间琉璃其实是那个恶鬼的名字;他也能用梆子声让恶鬼沉睡,让我重新变成源稚女。以我现在的力量连握紧刀柄都做不到,他找到这里来,我只有坐以待毙。"

"路明非听了那种梆子声也有反应,可路明非似乎没有切换什么状态啊!"恺撒说。

"以师弟的贱格程度来看,是如假包换的正货!"芬格尔频频点头。

恺撒沉吟了片刻:"最初我们以为神是我们的敌人,现在看来王将的可怕程度不亚于神。这种情况对于我们和蛇岐八家都是很棘手的。我们似乎应该和你哥哥联手,至于学院和蛇岐八家之间的矛盾,之后可以慢慢解决。"

"你们得先取得哥哥的信任,他并不信任你们,更不信任我,即使他曾经亲眼看着我刺杀王将,也会认为这是猛鬼众的内斗。橘政宗应该死了吧? 以他在哥哥心目中的地位,哥哥势必会完成他的计划。橘政宗的计划是消灭神和让蛇岐八家重新独立,掌握日本的命运。在这种情况下哥哥是不会跟你们合作的。"源稚女说,"他会想办法自己杀掉王将。"

"我倒不是怀疑你哥哥的能力,但你们两兄弟的智商似乎是倒挂的,以那头象龟的智商跟王将对上,我实在不看好结局。"恺撒说。

"哥哥还握有最后的底牌,他手里有上杉绘梨衣。"

"绘梨衣比你还厉害?"路明非问。

源稚女缓缓地摇头:"我不知道上杉绘梨衣是什么东西,但我确实没有把握说风间琉璃能胜过她。她似乎在某些方面极其残缺,但那种灾难性的杀伤力是龙王级的力量。"

"日本真是个遍地怪物的地方。"恺撒说,"好好休息一下吧,我们还得去吃早饭,要我们为你带点什么?"

"听完我所做的那些事,还把我看作朋友么?"源稚女抬起头,看着恺撒的眼睛。

"如果你在我面前做出那种恶鬼般的行径,我会跟你哥哥一样把刀插在你的心脏里;但在那之前,我们即便不能算作朋友,也该算作盟友。"恺撒头也不回地走出屋子,"如果王将真的找到这里来,我们会保护你的安全。"

门关上了,源稚女沉默了很久很久,轻轻地叹了口气:"在你们真正了解王将之前,轻率地说出要保护谁这种话是愚蠢的……可是……谢谢。"

Chapter 15
Evil's way

乌鸦在禅室门前停步，深鞠躬："绘梨衣小姐已经回来了。"

"是么？她已经回来了？"阳光中，源稚生席地而坐，看着窗外，肩上靠着"童子切"。

这间禅室在蛇岐八家神社的后园里，禅室外是家族的墓地，不久之前犬山贺的葬礼就在这里举行，今早墓地里添了两座新坟，橘政宗和樱的。墓碑还没来得及刻好，墓前插着墨笔书写的木板。

源稚生忽然想起读过的苏轼的诗，那首诗说"老僧已死成新塔"，新旧生死，就这么迅速地变换着，快到来不及悲伤。

他已经感觉不到悲伤了，只觉得心里发木，胸膛里跳动的像是一块顽石。

今天早上绘梨衣又离家出走了。如今她已经很习惯离家出走了，这几天里就离家出走了两次，不过总是半天一天的就回来了。当她学会离家出走的技术之后，金库就限制不住她了，她坦然地换上路明非给她买的那些新衣服，这就意味着她准备出门转转了。源稚生也不阻拦她，虽然让这个血统不稳定的女孩在人口密集的东京市里溜达是件对社会安全很不负责的事情，可把她一辈子关在不见天日的地方岂不也很残酷？所以源稚生命令给她注射更大剂量的血清，借以稳定她的状态，然后教会了她认附近的道路，默许她出外活动。

巨变即将发生，不知道谁能活过这场浩劫，那就冒一点危险让她呼吸一下新鲜空气，体会一下自由吧。

此刻绘梨衣正站在橘政宗的墓前，把一束紫色的石蒜花放在橘政宗的名字下方，她穿着鞋跟高高的鞋子，白色的裙裾在风中起落，忽然间像是个长大成人的姑娘了。

她出门闲逛还知道给橘政宗和樱每人带回一束石蒜花来，可见她略有那么一点懂人情世故了。源稚生默默地想要是从小就教给她为人处世的道理，她现在该是什么样子？大概是很乖巧很善解人意的女孩吧？

可源稚生给她的关心也只限于陪她玩玩游戏机。

所以绘梨衣终究还是个没有什么人情味的女孩，父亲死了她也不知道难过，买束花来只是礼节性地表示一下。如果有一天源稚生死了，估计也会收到这样一束石蒜花吧？也许绘梨衣这一生里真正在乎的，其实是路明非也说不定。源稚生无声地笑笑，又想起那句"女大不中留"的老话来。

这样也好，只有他一个人会被橘政宗的死影响到，他也不希望家族上下如丧考妣，现在的蛇岐八家没有时间悲伤。

他给自己斟满了一杯威士忌，酒瓶就要见底了，喝完了这瓶酒，他就要继续履行大家长的责任。这杯酒喝完前，他还有最后一点时间回忆他和橘政宗的相遇。

从记事起他和弟弟就生活在鹿取小镇上，是一户人家的养子，养父是个寻常山民。

养父并不喜欢他们兄弟，总在喝醉了酒之后抱怨给的抚养费不够。源稚生很早慧，从这句醉话里猜测自己的生父或者生母还活着，他是被托付给这户人家的，每年都会有一笔抚养费被支付给养父。所以他很注意家中来来往往的人，尤其是山外来的，他想生父生母可能会悄悄来探望他们兄弟。但酒鬼养父结交的人也都是些酒鬼，源稚生对那些人统统没有好感，唯有一个例外，那是个经常进山过周末的中年男人，他自称橘政宗，喜欢山里的空气来这里练瑜伽。他穿得像个上班族，对每个人都彬彬有礼。

橘政宗教源稚生练瑜伽，也教一点剑术，给他讲山外的故事。橘政宗喜欢去最高的山头看日出，每次都雇源稚生当向导，这趟旅程是十六公里的山路，要从午夜开始爬到凌晨。爬到最后两个人都口干舌燥气喘呼呼，橘政宗就会从背包里掏出冰镇可乐来递给源稚生，自己去喝山溪中的水。

镇上的人都喝溪水，溪水比大城市里的自来水都干净，而且不花一分钱，而孩子们都喜欢喝冰镇的可乐，这是要从外面运进来的高价饮料，在学校里课间喝可乐的孩子会自觉高人一等。但源稚生与众不同，总在打完球之后第一个冲到山溪旁，趴下去大口地啜饮，在那些喝可乐的同学看来源稚生这样更硬派更男人，也就不敢对源稚生炫耀手中的糖水。但其实源稚生也喜欢喝可乐，他从不表露出来，因为养父给的零花钱不够他买这种糖水喝。

橘政宗每次进山都会带可乐，其实他自己根本不喝。橘政宗是第一个注意到源稚生喜欢喝可乐的人，他从没问过源稚生，只是默默地带上可乐进山来。

一度源稚生觉得橘政宗就是他的亲生父亲，否则一个上班族为什么要对一个山里少年那么耐心？

他们会在山顶过夜，日出前的一个小时他们并排坐在帐篷里，橘政宗就给源稚生讲天空中的星座，从最容易辨认的南十字座到隐秘的显微镜座。他们每周都去爬那座高峰，星空在他们头顶逐渐旋转。源稚生试探着问橘政宗说政宗先生您有孩子么？橘政宗笑着说找女人生孩子这种事对我来说真是太难了，我倒是有意收养个孩子，如果去东京的话你和稚女愿意么？源稚生没有回答，橘政宗也不再问。

他俩之间的对话一直是如此的，男人间的对话，没有抒情的絮语，也不会反复追问，某句话你说过了我收到了就结束了，就像钉子钉进木头里。

源稚生那时还不讨厌橘政宗。橘政宗算不上什么英伟的人物，但总比酒鬼养父强出百倍，可源稚生还是想等自己的亲生父亲。

后来源稚生听镇子上的人说橘政宗是混黑帮的，开始源稚生还不相信，但是有一次源稚生在橘政宗的手腕上看到了文身。一腔正义的源稚生立刻对橘政宗心生排

Chapter 15
Evil's way

斥，再也不跟他说话，相遇时总会强硬地把头扭开。橘政宗倒也不介意，依旧是周末来探望酒鬼养父，有时候会给源稚生带一些小礼物，源稚生出门就把礼物扔进垃圾堆。

某一次橘政宗从山外来，带了蛋糕和蜡烛。那天晚上酒鬼养父高兴地举办家宴招待橘政宗，在家宴中橘政宗忽然拿出蛋糕插上蜡烛点燃，端到源稚生面前，在此之前源稚生从不知道自己的生日是哪天，也没有吃过自己的生日蛋糕。

"稚生，政宗先生说他想收养你们，带你们去大城市里生活，你们觉得怎么样？大城市里可是有很多漂亮女孩还有游戏厅和冰淇淋店的哦。"养父用很有诱惑力的声音说，"今天就算是你们新的开始，我们一起庆祝你们的生日。"

"去东京当个担惊受怕的混混么？"源稚生冷冷地回答。

"你这话粗鲁得像个乡下人！"养父大声地呵斥，"黑帮怎么了？黑帮跟大公司没什么两样，政宗先生可是里面有级别的干部！"

"既然是黑帮里有级别的干部就找个女人自己生孩子，领养别人的孩子又麻烦又不听话还是算了吧。"源稚生倔强地看着橘政宗。他是正义的朋友，就要跟邪恶的黑道势不两立。

"你这个浑蛋还以为自己是少爷么？"养父勃然大怒。

橘政宗挥手制止了养父的怒喝，起身走到源稚生的面前："稚生，我得向你坦白一些事情。这些年把你和稚女寄养在这里的人正是我，但我不是你们的父亲。你们的父亲是位高权重能够指挥整个日本黑道的大人物，可他已经不在人世了，你们继承了他高贵的血统。你们生来就是黑道的继承人，但在大城市里也有很多人可能伤害你们，所以才委屈你们在山里待了那么多年。我有责任照顾你们，只是以前没有能力做好，现在我略微有了一点能力，就想接你们走。"

"那我们是你手里重要的棋子对么？靠着我们你就能在黑帮中爬得很高对么？"源稚生从心底深处不愿相信自己的身世是这样，他强忍着才没对橘政宗大吼大叫。

"你说得没错，你的家族是看重血统的，借助你们的血统，我也许能登上黑道的顶峰，变成最有权力的人。但这次来我不是想带你们去东京，而是想带你们去国外。这几年来我一直在攒钱，算下来足够带你们去国外生活了，找个生活成本低一些的城市，庸庸碌碌地过一辈子。"橘政宗说。

"为什么？为什么我要跟你这个陌生人去国外的小地方庸庸碌碌地过一辈子？"源稚生凶狠地发问。

"这几年我一直在犹豫要不要带你进黑道，如果你踏进那个家族，就很难再离开。相比起来，庸庸碌碌的生活至少足够安全，我们庸庸碌碌，但我们是自由的。"橘政宗淡淡地说，"我现在只是个黑道里的小人物，没什么钱也没什么本事，我没有把握一定能辅佐你和稚女继承家族。但我的能力足够带你们永远地离开是非之地，你们愿意么？"

"不愿意！"源稚生一字一顿。

那次家宴之后养父对源稚生的态度更恶劣了，不时地打骂他，大概是觉得痛失了一个甩掉包袱的机会。橘政宗再也没有进山里来，大概是遭遇了挫折心灰意冷。据养父说赡养费也断掉了，不知是橘政宗愤而断供，还是他已经离开了日本。养父声称等源稚生初中毕业就得滚出家门，因为十五岁大的孩子就可以打工养活自己了，在豆腐店修车铺帮忙都能混口饭吃，反正高昂的高中学费他是不会负担的。

不知道为何镇子上也出现了传闻，说源稚生的亲生父亲是个黑帮中的大人物，因为作孽太多死于非命，谁都觉得跟他们沾上边没有好结果。原本被称赞为好学生的源稚生体会到了遭人白眼的滋味。课后他在操场中央挥舞木剑，所有人都自然而然地绕开了他，没有人跟他打招呼。他越发凶猛地挥舞木剑，木剑撕裂空气的声音就像一个人对着空谷呼喊。

毕业典礼之前，养父家里住进了新的孩子，这男人专靠收养孩子来赚钱。据说新收养的女孩家里有钱又有社会地位，只是处于某种不能说的原因不便把女孩养在家里，所以送来安静的山中寄养，过两年就送出国念书。女孩的待遇跟源稚生的待遇完全不同，不仅有单独的卧房，而且衣食都很高档，可乐自然是随便喝，每个周末都有爷爷奶奶或者妈妈舅舅来看望，带着大包小包的东西还搂着女孩痛哭流涕地说对不起宝贝啦辛苦宝贝啦。养父一家子衣冠楚楚地迎客，源稚生则被赶出门，养父说如果让人知道家里还收养了一个男孩，那女孩的家人会担心女孩被侵犯。至于源稚女那是不妨的，因为他根本就像个女孩子。

那个金贵的女孩对所有人都颐指气使，养父也把源稚生当作女孩的仆人来用，指使他去买女孩要的各种东西，陪她上下学，为她拎书包。源稚生皱着眉头说我可以干活但我不是谁的仆人，养父则冷笑着说哟哟您当然不是仆人，您是黑道皇帝的儿子啊，可您现在却吃着人家家里的饭！这屋檐下的所有人都吃着女孩家里的饭！你有本事就让你的黑道爸爸从坟墓里站起来给你付抚养费！

当天夜里源稚生就从家里搬出去了，他睡在学校体育馆的垫子上，可以盖的只有一床行军毯。每个夜晚他坐在鞍马上眺望窗外，夜幕下群山莽莽，很偶尔地他会想到那橘政宗还在的时候。

源稚女想搬到体育馆来跟他一起住，但源稚生冷硬地拒绝了弟弟。源稚女那么乖巧的孩子，还能在养父家里混个温暖的被窝，源稚生不忍心让他来陪自己吃苦。

毕业典礼的前一天，源稚生回到家里，在养父的监督下把自己的东西打了个小包。这是他们约好的，从明天开始源稚生就正式离开那个家了。

"真有男子气概啊！明天就自立啦源稚生少爷！"养父对着他的背影大声嘲讽。

源稚生烫好了自己的制服，虽然这是一场注定无人欢呼的毕业典礼，但他还是要登台从校长手中接过毕业证书，他的成绩是无人可比的，从课业到体育都是学校当之无愧的第一名。即使台下没有人为他喝彩，但他还是第一名。黎明之前他在体育馆里穿好制服，便如战国时代的武士在奔赴战场前穿上甲胄。

他在所有毕业生中第一个登台，从校长手中接过毕业证书，倔强地抬起头来对着台下的家长们，他想用眼神告诉这些人，黑帮的孩子也能打败他们的孩子，不是用暴力，而是用成绩。

果然，满场静寂，无人喝彩。

"稚生，别耽误时间，还有很多同学等着领毕业证！"校长低声提醒源稚生，这时一名老师匆匆地上台，递来一张纸条。

校长看完之后脸色就变了，用微微颤抖的语气说："作为本届优秀毕业生的家长，让我们以掌声欢迎橘政宗先生的光临。"

十几辆黑色奔驰驶入学院，整齐地停在礼堂门前。黑衣的男人们踏入会场，簇拥着身穿藏青色和服的中年人。

黑帮成员在最后一排贴墙站立，橘政宗缓步登台，彬彬有礼地向校长鞠躬，然后向台下的家长们鞠躬。

"我的名为橘政宗，不敢称稚生少爷的家长，不过是他的家人而已，有幸参加他的毕业典礼，代表他过世的父亲表示对这所学校的感谢，并向学院捐赠校车一辆。谢谢大家。"橘政宗说完之后转向源稚生，"稚生少爷，这样的决定可以么？"

"可以。"源稚生说。他们之间的对话仍旧像当年那样，绝不拖拖拉拉，每句话都是钉子钉进木头里。

源稚生走下讲台的时候，黑帮成员夹道迎接他，整齐地鞠躬，便如迎候一位王子，橘政宗跟在他身后。满场死寂，源稚生没有回头，也没有左顾右盼。

"还得辛苦您在镇子上再待一阵子，最近东京的局面还不平静，现在回到东京的话，未必安全。"送源稚生回家的路上橘政宗说。

跟以前那样，他俩步行在梯田边的小路上，那些奔驰车和黑帮成员都留在了学校门口。

"你不是已经出国了么？"源稚生问。

"跟你说完之后想了很久，觉得有些事不是想躲就能躲过去的，稚生少爷你也不喜欢畏畏缩缩的男人吧？在你眼睛里我看出来了。"橘政宗说，"如今我已经是黑道中最有权势的人之一，蛇岐八家中橘家的家长。"

"一下子就从中层干部变成了大人物？"

"以前没能下定决心，一直想着逃得远远的。下定决心就好办了，拦路的人就让他们一个个滚开，然后我就是橘家家长了。"橘政宗笑笑。

"还想收养我？"

"你已经长大了，不用人收养了吧？一起做些男人的事业吧，既然没法摆脱黑帮孩子这个身份。"

"摆那么大的阵势来参加我的毕业典礼是要镇住我？"

"这个倒不是。其实昨晚有场冲突，我清洗了反对派，之后连夜开车赶来的，所以带的人稍微多了点。也就是说，我昨天夜里才真正坐稳了橘家家主的位置。"橘政宗说，"不是故意要挑这个时间。我其实来得有些晚了，不过该来的人总会来，我想我是稚生你这一生中那个该来的人，所以我来了。"

"好。"

一路上源稚生都没再跟橘政宗说话，两个人赏赏山景，呼吸山中清新的空气，橘政宗递给他一罐可乐，自己照旧喝山泉水。他们到家的时候，养父正送那位公主般的女孩走，女孩粉色的卧室已经改成男孩风格的装修。当晚橘政宗照旧是跟养父把酒言欢，只不过养父在他面前战战兢兢地不敢举杯。源稚生吃了两口就走了，席间还是没跟橘政宗说话。该说的都已经说了，橘政宗说要一起做点男人的事业，源稚生说了好，橘政宗知道那个好是什么意思，源稚生也知道橘政宗知道。

男人间的对话就该这么简单，板上钉钉。

十年之后他们都站在日本黑道的巅峰，他们本来可以享受权力和光荣，可最终这个家族的宿命还是找上了他们，还有那个从北西伯利亚逃出来的恶鬼。

也许多年之前他答应了橘政宗的收养建议，现在他们还平静地生活在一个国外的小城市，橘政宗也许会开一间日式的小酒馆，也许是俄式的，他下班后来到养父家中，跟他对饮一杯谈谈近况。

可是人总是不能回头的，也没什么可后悔的，回想那时候一个少年和一个中年人，大家都以男人的身份相遇，也是值得举杯缅怀的。

只是想起当年在山中，他和橘政宗以瑜伽的姿势坐在篝火前，枫叶娓娓飘落，星空在头顶慢慢旋转，他看着冥想中如石雕般的橘政宗，过了好久才鼓足勇气轻声问："政宗先生，请问你有孩子么？"

还是痛彻心扉。

酒已经喝完了，他没有时间沉浸在往事里了，源稚生起身走出禅室。

乌鸦从随身携带的刀袋中抽出长刀，呈在源稚生面前："在王将坠落的地方发现的，附近什么都没有，只有这柄刀插在地上。"

源稚生抽出长刀，指尖扫过那条熟悉的刀铭，"蜘蛛山中凶被夜伏"。这是他的刀，"蜘蛛切"，在特别瞭望台上他亲手用这柄刀贯穿了王将的心脏。

"王将还没死？"他的眉角微微一挑，半是因为惊悚，半是因为杀气。

没死也好，那他就亲手再杀他一次。王将是恶鬼也好，被砍成三段还能长在一起的人形蚯蚓也好，他复活几遍，源稚生就杀他几遍。

"有路过的人看见这柄刀从天而降，说只有这柄刀忽然从天空里掉下来插在地上，别的什么都没有。刀上有血迹，基因分析正在做，但岩流研究所说很难有准确的结果。"乌鸦说，"血的组成和人类、死侍都完全不同。"

"恶鬼的血么？"源稚生收刀回鞘。

乌鸦从刀袋中取出了另一柄长刀。跟"蜘蛛切"相比，这柄刀堪称简陋，刀鞘和刀柄还是白木的，刀镡也没来得及配上，只在刀柄处用墨笔画了一朵菊纹。

"今天一早从山中刀舍送过来的，是政宗先生打造的送您的礼物，祝贺您继任大家长。因为时间的缘故还没来得及做刀装，刃口是几天前新打磨出来的。"乌鸦说，"算是遗物吧，他可能知道自己回不来了。"

源稚生拔出这柄刀，刀在正午的阳光中淬出一道寒芒，刀刃后方有一道漂亮的波浪刃文。虽然相比名匠的手工还有些距离，但已经是纯正的日本刀制品了。

"老爹终于造出了一把像样的东西。"源稚生随手挥舞这柄长刀，测试它的重心，"这刀有名字么？"

"政宗先生说希望这柄刀能够把神的脑袋砍下来，所以就叫作'神切'。"

"好的，神切，今后就请多多指教了。"源稚生翻腕收刀。

"还有一件事，红井那边传来了好消息，今天上午宫本家主突破到了红色的岩层，岩层里有血红色的水渗出来，隐约能听到里面雷鸣般的声音，这说明他们接近了赤鬼川。"乌鸦说，"一切都符合藏骸之井的传说。"

"什么传说？"

"传说中藏骸之井的一半流淌着寒水，另一半流淌着火焰，火焰和寒水在里面相混合。"乌鸦说，"宫本家主认为岩浆和地下水在赤鬼川中交汇，这是雷鸣声的由来，岩浆是从富士山附近的活火山流出来的。岩浆给神的孕育提供了足够的养分，同时也把地下水加热到高温，最近富士山的不稳定也是因为神的孕育造成元素的异常流动。种种迹象都说明我们发现的确实是藏骸之井，只不过它不是竖井，而是横在地下的。"

"还有多久能够打穿藏骸之井？"

"大约二十四个小时。"

"很好，在打穿藏骸之井的时候，我会亲自到场。"源稚生说，"向风魔家的忍者和龙马家主下令，严密封锁红井周边，不许任何人靠近那里！"

"是！"乌鸦说，"确定是要杀死神么，而不是捕获它？"

"那种东西对我有什么用？"源稚生幽幽地说，"无论圣骸或者神，都是白王跟我们开的一个玩笑，残酷的玩笑。它赐给我们神圣的血，但就是那种血脉制造出一代又一代的鬼；它赐予我们圣骸，指引我们进化为龙的道路，结果是白王血裔为了圣骸而死斗，可圣骸从未真正给予任何人权力或者幸福。白王站在黄泉古道的尽头，带着嘲讽的冷笑，看着人们向它祈求权力和幸福，卑贱得像狗。"

乌鸦默默地听着。

"家族之所以那么排斥鬼，是因为鬼是最渴望圣骸力量的人，那些对付鬼的冷酷家规其实并非要针对鬼，而是为了遏制神的复活。从太古的神代直到今天，鬼的血都是为神而流。我们的敌人不是猛鬼众也不是王将，而是我们自己的命运，我们的命运里寄宿着白王的鬼魂，只要那个鬼魂不被抹杀，家族乃至于日本始终都是盖在浮沙之上的大厦。"源稚生一字一顿，"必须终结那个鬼魂！为此流再多的血也不足惜！即使这一代的人都死了，至少下一代会有稍微幸福的人生……所以老爹去了，现在轮到我去了！"

第十六章 神殒
The Dying of Gods

巨型机械震动了多摩川地区的夜空，群鸟在天空中盘旋，无论如何也不敢降落在枝头，因为方圆几公里的范围内，每一根树枝都以同样的频率颤动着。

宫本志雄站在没过膝盖的红水中。他的前方，超级掘进机发出一百七十分贝的高频噪音，施工人员必须佩戴抗噪耳机，否则巨大的噪音会摧毁他们的耳膜。

形如炮弹的巨型设备沿着轨道前进，巨大的超硬质合金钻头高速旋转，坚硬的岩层在它前方层层崩溃，密集如沙尘暴的石屑在隧道中飞射。跟随超级掘进机的是名为盾构机的设备，盾构机把轻质但是坚硬的护盾镶嵌在隧道壁上，以免刚刚挖成的隧道坍塌。掘进机的后方留下了一条四壁光滑的隧道，直径六米，可供一列火车通行。

拜这台曾经挖通英吉利海峡的传奇设备所赐，他们在不到十天内挖出了长达一千米的隧道，即将抵达赤鬼川。前方的玄武岩层是泥盆纪火山喷出的岩浆冷却而成，本该是黑色的，但在氙灯的照射下岩石呈现出瑰丽的血红色，血一样的水正从岩缝里渗透出来，淹没了掘进机的轨道。

赤鬼川如它的名字一样是一条赤红色的地下河，樱井雅彦用生命换回来的情报也证明了它是红色的，这条温热的血红色河流孕育着神和跟随它一起回到日本的龙族亚种。

"声波探测，看我们距离赤鬼川还有多远。"宫本志雄下令。

越是接近赤鬼川他越是谨慎，每挖掘一个小时都要测算剩下的岩层还有多厚。一旦隧道抵达赤鬼川，那么藏骸之井和人类世界之间的通道也就通畅了，跟着水流涌出来的也许是一条胚胎状态的龙。

那东西在胚胎状态下也很危险，它从日本海沟来到赤鬼川的时候就是以胚胎的形态。

宫本志雄摸了摸腰间的刀柄，他佩着菊一文字则宗，这柄刀象征着大家长对他的信任。但这柄刀是对付不了神的，真正用来杀神的武器是红井中的五千吨水银和铝热剂燃烧弹，如果水银和铝热剂燃烧弹失效，那龙马弦一郎掌握的自卫队就会用导弹把整个红井连同神一起摧毁。

开启藏骸之井的时间初步定在明天午夜，大家长会亲自到场欣赏人类屠神的壮举，宫本志雄已经下达了命令，要求减慢掘进的速度。

"大约二十米！"前方的工程人员大吼着回报，"岩层中的噪音很大，测算结果可能不够准确，正在准备重新测量！"

宫本志雄微微皱眉。岩层中的噪音可能是因为轻微地震，这预示着神的苏醒还在加速，他们剩下的时间已经不多了。

他看了一眼腕表，时间是深夜三点，距离计划时间还剩二十一个小时，掘进机全速挖掘的话只需要几个小时，是时候停止挖掘了，让掘进机稍微冷却一下，更换必要的部件，然后一鼓作气地打开藏骸之井。

他向着隧道外走去，打开了有线对讲机，在这种一公里长的隧道深处根本没有无线信号，只能靠有线对讲机和外界联络。

"龙马君，我们距离藏骸之井只剩下二十米了，掘进工作将会暂时停止。"他接通了龙马弦一郎的频道。

"辛苦了宫本君，外部一切正常，这个区域在我们的控制之中，请放心吧！"对讲机中传来龙马弦一郎低沉的声音。

龙马弦一郎所在的位置距离红井大约一公里，他穿着日本航空自卫队的军装，站在乌云之下，默默地抽着纸烟。

只有一条简易公路可以抵达红井，龙马弦一郎和航空自卫队的二百五十名士兵控制了这条公路，设置了坚固的路障。如果有人试图从天空中接近红井，那么航空自卫队的"刺针"防空导弹会把他击落。距离这里三十五公里的木更津基地里有一个中队的F-2战斗机，随时准备对红井进行支援，卡美拉雷达监控着整个地区。

如果猛鬼众试图进攻红井，他们只能尝试突破密林，但风魔家的忍者们会在密林深处等待他们。如今的忍者已经不完全依靠忍刀和手里剑作战了，他们善于使用高科技陷阱和激光监控设备，借助这些设备他们很容易发现入侵者，然后跟在入侵者后面，从走在最后面的人开始逐一割喉。

这片荒山野岭的防御固若金汤。

明天这里将会有一场盛典，龙马弦一郎既紧张又兴奋，但在士兵面前他不会表露出来。士兵们对红井里正在发生的事情一无所知，他们只是服从命令。

手机响了，来电号码是关东支部的负责人明智阿须矢。执行局和关东、关西两大支部是直接听命于大家长的人，明智阿须矢也曾在卡塞尔学院进修。

Chapter 16
The Dying of Gods

"龙马家主,大家长会在清晨抵达红井,关东支部将在五分钟后跟你们会合,协助你们布防。"明智阿须矢说话素来简短。

电话还没结束,龙马弦一郎已经听见改装跑车的轰鸣声,首先出现的是一辆红色的阿尔法·罗密欧跑车,它以每小时两百公里的高速驶来,简直是一支飚射的箭。

士兵们整齐地举起武器,阿尔法·罗密欧明亮的大灯像是蛇眼,他们自然而然生出了警惕。跑车在接近路障的时候急刹车,陶瓷刹车盘上溅出明亮的火花,它滑行着停在龙马弦一郎面前。

车门打开,森冷的年轻人走下车来。

关东支部支部长明智阿须矢,他向龙马弦一郎深鞠躬。从职位上来说明智阿须矢和龙马弦一郎是相当的,但在家族内部是严格的家长制,家主就是家主。

又有引擎轰鸣声逼近,两辆跑车并排驶来,车头几乎平齐。一部暗蓝色的保时捷,一部金色的日产 GTR,直冲阿须矢而去。阿须矢却没有要闪避的意思,而是打开了自己的后备厢,从中提出古雅的刀盒。保时捷和 GTR 紧贴着他驰过,劲风撩起了阿须矢的额发,旋转着停在阿尔法·罗密欧的两侧。

两辆车上都跳下了黑衣的年轻人:"阿须矢,赢的是谁?"两人异口同声地问。

"是长船,从我身边擦过去的时候,他的保时捷领先小半个车身。"阿须矢说。

"车身太重,最后一个弯我慢了。"输家把一摞钞票扔给保时捷的车主长船。

"回去的路上可以再赛一场。"长船说。

后备厢打开,里面是一支拆卸开来的狙击步枪,长船手脚麻利地把枪组装起来。

更多的车急停在路障前,清一色的大马力跑车,车主都是二十多岁的年轻人,有男有女。他们把车停成一排,立刻打开后备厢检查各自的装备。关东支部的十二名组长全数到齐。

关东支部的组长们都以古刀为代号,代号"长船"的风魔木胜是出色的狙击手,代号"影秀"的 GTR 车主拥有凭空制造空气炸弹的能力,而阿须矢的代号则是"菊一文字"。

虽然是多年的同事,甚至是卡塞尔学院的同班同学,但组长们并不寒暄。寒暄不是关东支部的风格,猛虎是很少吼叫的,凑在一起喵喵叫的是猫。

"计划是明天午夜打开藏骸之井,大家长明天早晨就到?"龙马弦一郎问。

"是,大家长对于水银和铝热剂燃烧弹是否能够发挥作用没有绝对的把握,所以决定亲自监督打开藏骸之井的最后阶段。"阿须矢微微鞠躬,"他会带着绘梨衣小姐,由关西支部护送。"

龙马弦一郎微微点头:"公路没有什么问题,反而是树林中我们需要更多的人布防。"

"明白!"阿须矢说,"我们检查完武器之后立刻出发,请放心地把林中布防的任务交给我们！"

"虎彻，你的车后备厢里塞了什么东西？"龙马弦一郎皱眉。他不愿意明说，他闻见了一股臭味，是从虎彻的后备厢里传出来的。

"正要出发的时候一群哥伦比亚人把我围住了，没有时间处理尸体，只好把他们都带来了。"虎彻一笑，金属下颌骨闪着刺眼的光。

虎彻的下颌骨曾被人用刀斩断，所以换成了金属制品。他并不觉得这是耻辱的标记，反而刻意不给金属下颌上色，似乎在向周围的人炫耀。

龙马弦一郎有些不悦。他一直都知道虎彻是个暴力狂，善用的武器是一柄带锯齿的反钩刀。虎彻喜欢一刀挥出把对手的肌肉骨骼一齐斩断的感觉，后备厢里那些尸体大概是七零八落的。

关东支部就是这么一个问题支部，组长们都是些天才，但也都是些疯子。除了喜欢飙车，他们中有人沉迷毒品，有人喜欢赌博，还有人爱用手指为赌注跟人赌博。橘政宗生前对他们很头疼，但不忍放弃，毕竟没有怪癖的人不够格称作天才，天才从某种意义上来说就是怪胎。如果不是橘政宗的保荐，这些怪胎早就被逐出家族了。

作为支部长，明智阿须矢的怪癖是最干净的，至少不会打搅到别人，他痴迷于解剖尸体。他从非法渠道购买尸体，在自家的"操作间"里一丝一缕地剖析肌肉和骨骼。

龙马弦一郎并不喜欢这帮人，不希望他们在自己的眼前晃悠，所以打发他们去林中支援风魔家的忍者。

"龙马家主要不要看看这些哥伦比亚人？"虎彻的手按在后备厢上，"他们有些还比较完整。"

"混账！这是对家主说话的方式么？"龙马弦一郎不由得怒吼，在八位家主中他是最刻板方正的。

但虎彻还是打开了后备厢，令人作呕的异味一瞬间冲晕了龙马弦一郎，随即他意识到这气味不对！这绝不是尸臭味，这是爬行动物的腥臭味！

蛇形黑影从后备厢中扑出，在空中舒展身体，像一支笔直的箭！它咬住了龙马弦一郎的喉咙，长牙插进脖子深处。

龙马弦一郎的眼前一片漆黑，但意识还未消失，他挣扎着伸手到腰间去摸对讲机。

关东支部已经反叛！关东支部已经反叛！猛鬼众对红井的进攻已经开始！

明智阿须矢蹲下身来，饶有兴致地看着痛苦挣扎的龙马弦一郎，死侍正缠绕着他撕咬。就算把对讲机递到他手里又有什么用？死侍在第一时间就毁掉了他的喉骨和气管，龙马弦一郎连声音都发不出来。

影秀的言灵"阴雷"用极致压缩的空气制造出了炸弹，强烈的冲击波以跑车为中

Chapter 16
The Dying of Gods

心推向四面八方，士兵们根本来不及举起武器就被冲击波震得内脏出血；在远处负责瞭望的士兵还没来得及反应，长船的狙击步枪已经要了他们的命；其他组长冲向路边的帐篷，半数以上的士兵在帐篷里休息，组长们化作鬼魅般的黑影，高速地执行着割喉的任务。屠杀是悄无声息的，唯有虎彻在最大的那间帐篷里发出兴奋的狂吼，只见血从帐篷的窗户里溅了出来。

阿须矢没有动手，这种级别的目标犯不着他亲自出手。他站起身来，深深地呼吸着夜风中的血腥味，聆听着悦耳的惨叫声。

这是值得庆祝的一天，从今天起关东支部脱离了蛇岐八家，彻彻底底地自由了。橘政宗弄错了一件事，天才固然是宝贵的东西，但天才可以服务于任何人，蛇岐八家或者猛鬼众，在阿须矢看来都一样。

阿须矢感兴趣的事情只有两件，解剖尸体时的愉悦感，还有力量。

他是家族中最优秀的年轻人之一，曾被送到卡塞尔学院进修。在卡塞尔学院，阿须矢保持着近身战无敌的纪录，有着"妖刀"的美誉。

妖刀的传说在阿须矢离开卡塞尔学院之后仍在流传，直到楚子航入学，那之后学院近身战的桂冠就属于新任的狮心会长了。

遗憾的是阿须矢那时已经返回日本就任于关东支部，实在没有理由回学院和本科部的学员来一场真刀胜负。

阿须矢当然不会承认一个中国人能打破他创下的纪录，他猜测楚子航背后一定隐藏着某位精通日本刀艺术的大师。他从日本写邮件给楚子航，问他的刀术到底师承哪位大师，楚子航非常诚恳地回复说，他除了在一家名叫"武藏"的剑道培训中心学过两年，其他都是看剑道比赛录像自行领悟的。于是阿须矢猜测那个名叫武藏的道馆中一定有位隐者。

既然知道了楚子航的师承，阿须矢就不屑于再跟学生较量。他特意申请了赴中国出差，带上了家传宝刀。他在那座滨海城市下飞机，坐上出租，弯弯绕绕地找到武藏剑道培训中心。在"武藏"的招牌前，阿须矢沉默了，因为旁边还有一块更大的招牌上面写着"市少年宫"。所谓武藏剑道培训中心，跟"聂耳钢琴培训中心"、"沙巴丽肚皮舞培训中心"和"白石山水画培训中心"开在一起，是少年宫开办的盈利项目。培训中心里没有什么固定的老师，只有一些剑道爱好者在教小孩子耍竹刀，阿须矢茫然地走过训练场，孩子们在他身前身后蹦蹦跳跳。

只有两个可能，要么楚子航说了假话，要么楚子航是绝无仅有的天才。

阿须矢迫切地想要跟楚子航一战，但是分明楚子航已经到达日本，他却不被允许上门挑战，家族中负责接待的人是未来的大家长源稚生，源稚生怎么可能允许一个下属前去挑战学院本部派来的人？

现在好了，从放出死侍的那一刻开始，他就跟蛇岐八家再也没关系了。现在他要占领红井,接下来去挑战楚子航,战胜楚子航之后还有更让他心动的对手,大家长源稚生。

他终将证明握着刀的时候,自己才是日本第一!

背叛真是美妙之极的事情,橘政宗还活着的时候,关东支部还怀着一点点对于那个老人的感恩,不愿意立刻投向猛鬼众。但就在昨夜,橘政宗死了,再也没有什么能束缚阿须矢的东西了。他自由了。

"一共二百五十具尸体,已经数过了。"影秀从背后走近。

"那么这是最后一具了。"阿须矢看着血泊中的龙马弦一郎,所有的士兵都死了,这位首先被攻击的一等空佐却还活着。毕竟是龙马家的家主,他强大的血统还在维系着生命。

死侍还缠着龙马弦一郎撕咬,龙马弦一郎手中抓着对讲机,不住地颤抖。别说发出声音,就算是把对讲机凑到嘴边他都做不到,握着对讲机的手像是发癫痫那样在一块石头上无力地敲打。

"哈哈,这就是本家的正义啊,本家的正义正在死去。"影秀冷冷地嘲讽,"龙马家主临死还想要通知宫本家主呐,真是让人感动啊。"

阿须矢却沉默了,他盯着龙马弦一郎那颤抖的手,盯了足足五秒钟,然后才缓缓地叹了口气:"这确实是本家的正义,这一点倒是不容嘲讽的。是我的疏忽,他已经把消息发出去了。"

死侍终于咬断了龙马弦一郎颈后的脊椎神经,这记撕咬彻底终结了他的生命,那只不断震颤的手无力地落在岩石上,仍旧紧握着对讲机。

阿须矢一刀砍下了死侍的头:"这种没有智商的东西根本没用。他失去了喉咙和声带,是用摩尔斯电码发的信号! 他敲打的内容是'关东背叛'! 红井那边的人已经知道我们来了!"

影秀露出了惊讶的神色。在年轻一代的眼里,家主们已经老朽不中用了,尤其是龙马弦一郎,被看作是家主中最平庸的一人。龙马弦一郎唯一的长处就是敦实,所以才被派去自卫队中担任职务。

可就是这种平庸的男人,却在濒死之际爆发出这样的觉悟! 人要有多大的觉悟才能无视凶兽的撕咬,精确地敲打出摩尔斯电码?

"现在怎么办?"影秀问。

"就算消息传出去也没用了,从东京出发支援这里,路程就要半个小时,而且今夜不会恰好有直升机等待大家长,他至少还有一个小时才能到达这里。"阿须矢冷冷地说,"时间够了!"

宫本志雄的手臂缓缓下垂,对讲机里再也没有任何声音。也许是秘密发报被人

Chapter 16
The Dying of Gods

察觉了，也许是发报的人死了，所以再也没有摩尔斯电码传过来。

关东背叛、关东背叛、关东背叛……只有一个电码串不断重复，意思非常明确，关东支部背叛了，那个支部原本就让家族很担忧。

龙马弦一郎肯定是没法说话，这说明他遇到的麻烦很大。龙马弦一郎的位置距离红井只有一公里，他在那里遇到了很大的麻烦，这说明背叛者已经接近红井了。能让龙马弦一郎瞬间失去抵抗的能力，说明关东支部使用了雷霆手段。宫本志雄了解龙马弦一郎，那个男人虽然平庸，可就算有一线机会他也不会束手就擒。所以他隐约猜到龙马弦一郎死了，继橘政宗之后，第三位家主死了。

"别了，龙马君。"宫本志雄轻声说，他再度打开对讲机，接入源稚生的频道，"大家长！收到龙马君的报告，关东支部背叛，我想他们已经接近红井了！"

源稚生不会随时在线，但这个报告会以最快的速度送到他手里，剩下的问题就是怎么保住红井。

龙马弦一郎死了，红井附近的整个防御圈就崩溃了。源稚生并不能直接指挥自卫队，他调用自卫队的力量必须通过龙马弦一郎这位一等空佐。木更津空军基地的战斗机群失效，卡美拉雷达失效，防空导弹失效，唯一还在发挥效用的是密林中的风魔家忍者们，但关东支部根本不会进入密林，他们直接从路上飙车过来就可以了。一公里的路程，只是几分钟的事情。

红井里的警卫人员极其有限，对上关东支部等于以卵击石。宫本志雄冷汗淋漓，紧张地思考。不是所有家主都有战斗力，宫本志雄一直都是个技术人员。

全无头绪，他的脑子里一团乱麻。

猛鬼众的进攻必然是早就计划好的，为什么是这个时间点？确实这是很关键的时间点，掘进工作即将结束，藏骸之井随时可能洞开。但占领了红井后猛鬼众会怎么做？打开藏骸之井把神取走？宫本志雄不相信猛鬼众能做到，神是白王的遗骸，必然是暴虐残酷的东西，谁能把它取走？那么打开藏骸之井让神随着赤鬼川的水流入红井，让下面的五千吨水银把神淹没？这恰恰是蛇岐八家要做的事。

宫本志雄意识到自己必须想明白猛鬼众的目的，然后才能想出反制的方法，逻辑分析恰恰是他的专长。

"宫本君！第二次声波探测的结果出来了，"耳机里传出工程人员的声音，"距离赤鬼川的岩层厚度还是二十米，但岩层中的噪音数据很奇怪！请务必过来看一下！"

宫本志雄来到操作台前，数据已经传到了屏幕上，噪音数据显示为一根剧烈抖动的线。这显然不是轻微地震引发的，振幅太过均匀，倒像是某种人工机械造成的。

工程人员截取了另外一段声音的线，把它和噪音数据进行对比，发现两根线基本是吻合的。

"用来对比的是我们这台掘进机的声波曲线。"工程人员看着宫本志雄的眼睛。

宫本志雄明白了。除了他们，还有另外一台超级掘进机在岩层中挖掘，难怪几天来一直有古怪的岩层噪音跟随着他们。

原本超级掘进机就有两台，挖掘英法海底隧道的时候，是从两边同时向中间挖掘，然后在中间汇合，这样就可以缩短挖掘时间。但他们在白神山空军基地只看到了一台，另一台去了哪里？日本引进超级掘进机是要挖掘新的海底隧道，不可能只引进一台。答案就是另一台在猛鬼众的手里，他们正在挖掘一条隧道和蛇岐八家挖掘的隧道相通。把蛇岐八家的隧道口炸塌之后，赤鬼川的水和其中的神都会流向猛鬼众的隧道，猛鬼众已经在附近的另一个地下空间里做好了捕获神的准备。

真是完美无缺的计划，借助蛇岐八家挖掘的隧道，却把神引入自己的陷阱。中国的麻将桌上管这种行为叫"截和"，宫本志雄听说过。

这得是多么深沉的心机，掌握多么完整的情报，再把所有的因素综合考虑，才能推导出唯一可行的方案。宫本志雄不敢相信人类能做到这一点，但王将真的做到了，可能他确实不是人类。

宫本志雄冷静下来了，身体渐渐冷却，像是煅烧过的钢铁在降温，大脑以更高的速度运转起来。逃跑这个选项从一开始就不存在，无论王将是不是人类，宫本志雄都会留下来跟他赌这一局。王将的计划很完美，一环扣着一环，宫本志雄喜欢这种对手。比谋略的话，宫本志雄从没有对任何人认输过，他始终相信人并不需要掌握暴力，即使你只有一点点力量，只要在关键处发力，就足以摧枯拉朽。

每一秒钟流逝，宫本志雄就少一分机会。但越是这种时候他越兴奋，睫毛快速地闪动，嘴角甚至有一丝笑容。无论是在东京大学读书的时候，还是在卡塞尔学院进修的时候，他都保持着一个特别的习惯，考试的前三分之二的时间里他都不会看题目，只是坐在那里发呆，三分之二的时间过去，有人已经交卷了，他才开始答题。所以他从开场就比别人少三分之二的时间，他的思维速度就必须是别人的三倍，他用这种方式强迫自己加速思考，越到最后他的速度就越快。往往在铃声响起的那一刻他才停笔，但他总是第一。

王将的计划中必然存在着一个破绽，因为杀死龙马弦一郎无疑是要冒风险的，而且这会让猛鬼众潜伏在蛇岐八家中的重要棋子曝光。王将是为了弥补计划中的弱点，所以不得不派出关东支部。

只要找到那个弱点，宫本志雄就可以翻盘，一个智将就是要在最后一瞬间颠覆战场！

黑暗中冷光陡然出现，剁向宫本志雄的后颈。那是一柄消防斧，握在一名工程人员的手中。在宫本志雄低头思考的时候，这名原本应该守在掘进机旁的工程人员忽然转身走了回来，似乎是要离开隧道。

但和宫本志雄擦肩而过的瞬间，他拿出了藏在身侧的消防斧。隧道中不得携带

Chapter 16
The Dying of Gods

武器，但各种金属工具还是齐备的。就在同一刻，一柄尖利的改锥刺进了宫本志雄助手的后心，鲜血肆意地喷了出来。杀戮全面展开，工作平台上的好几个人被重锤打破头颅或者被钳子锁住咽喉，工程人员在一瞬间分作了两派，一派是杀人者，一派是被杀者。

宫本志雄犯了一个严重的错误，他太相信岩流研究所里的同事了，研究所中也有王将的内鬼。王将根本不允许他想出应对的策略，再强的智将，脖子被砍断也肯定想不出什么计划来了。

谁都知道宫本志雄没有什么战斗力，他也没有随身携带保镖。

胜负即将确定，但宫本志雄身后一名身材瘦小的工程人员抓住了他的衣领，猛地一扯，帮助他从斧刃下逃生了。死里逃生的宫本志雄并未逃走，他呆坐在地下，忽然笑出声来。这给了行凶者第二个机会，利斧对着宫本志雄当头劈落。消防斧在宫本志雄的头顶停住了，再也无法推进半分。

因为有人一把握住了斧刃，还是那名身材瘦小的工程人员，谁也不知道他何时出现的。他默默地站着，手平伸出去握着消防斧，仿佛端着一杯咖啡。

下一刻他手中黑色的长形物体刺入了行凶者的咽喉，那柄沾血的利刃从喉咙里缓缓地撤出，居然是一根黑色的军刺。

他把宫本志雄放在椅子上，闪电般扑上高处的工作平台，在人群中急速地冲撞跳闪，如同一枚高速的弹丸。每次碰撞都意味着军刺被刺出和回收了一次，军刺带着弧形的血线闪灭，闪灭，再闪灭。宫本志雄仍在哈哈大笑，笑声中透着癫狂。

宫本志雄还没笑完，清洗叛徒的工作已经完成，那个瘦小的人影止步在工程平台的顶部，军刺下垂，一连串的血滴打在他脚下的铁板上。最后几个保持站立姿势的工程人员缓缓地跪下，然后扑倒在地。

一分钟前隧道深处还人声鼎沸，一分钟后这里寂静如死，还在呼吸的人只剩宫本志雄和那个身份不明的保镖或者说刺客。

宫本志雄大口呼吸好让自己安静下来，但仍忍不住要笑上几声。

"什么事情那么有意思？"瘦小的人歪着头看宫本志雄。

宫本志雄这才发现那是个女孩，虽然声音里透着冷冽之气，但仍有年轻女孩的稚嫩感。

"我想到了王将的弱点……哈……我想到了王将的弱点！"宫本志雄又笑了几声，双臂一撑操作台站了起来，声音中忽然透出睥睨天下的傲气来，"我知道王将在害怕什么了！"

"王将在害怕什么？"女孩问。

"他害怕我提前打开藏骸之井！"宫本志雄大声说，"如果我能在两条隧道贯通前打开藏骸之井，那么赤鬼川的水流就会带着神的胚胎流入红井！我现在就可以把五千吨水银全都倒进红井里去！我要引爆铝热剂燃烧弹！我可以把红井变成龙类的地狱！他永远也别想得到活着的神！因为我会杀了那东西！他派关东支部来，收买我的手下，都是害怕我强行打开藏骸之井！此时此刻，就是这个时间点，王将最害怕的人是我！所以他要杀了我！哈哈哈哈！"

女孩默默地听着他狂笑，她委实不是一个很好的听众，既不鼓掌，也不鄙夷，好像宫本志雄疯癫的表现跟她完全无关。尽管她出现在这里就意味着她和整件事有着莫大的关系了。

宫本志雄略有些遗憾，在他想出平生最好的点子的时候，居然只有这么一个听众。这个世界上只有她才知道他的智慧，因为一旦把这个好点子付诸实施，宫本志雄就必须死。

"你一个人可以操纵超级掘进机么？"女孩问。

"没问题，我是全日本最懂这台设备的人！"宫本志雄跳上那台四人高的巨型设备，扑在控制台上，"调整燃油阀门，我可以让输出功率临时增加一倍！知道动力增加一倍意味着什么吗？意味着掘进速度会加快四倍！当然我得想办法解决钻头过热的问题，我可以让水冷系统全功率运转！轨道倒是个问题……该死！我们还没有来得及铺设轨道，那就只好使用钉式履带了，这会降低我大约20%的速度……20%的速度、20%的速度……还有渣土的问题，来不及运输渣土的话也许会堵上，堵上就麻烦了……"

女孩望着这个神经病的背影，看他在控制台四处摸索，兴奋得像只找到香蕉树的猴子，完全忘记了几分钟前自己差点被一刀断头，也不想不久之后自己的生命就会结束。

宫本志雄的计划并不复杂，但仓促打开藏骸之井的情况下他自己是无法撤出隧道的，这意味着他将被赤鬼川的水冲进红井里去，跟神和鬼齿龙蜓一起死去。

但他不在乎，因为他在最后一刻颠覆了战局将了王将的军！他在这个棋盘上算不得什么举足轻重的棋子，如果说源稚生和王将分别是两方的主帅，他顶多也就是角行、香车之流，但最后是他立了功。

"该死！我还是需要半个小时才能做到！"宫本志雄忽然想起一个糟糕的事情来，想要凿穿二十米厚的岩壁需要三十分钟，但关东支部很快就会抵达这里，外面的警卫拖不了他们几分钟。

"你会有三十五分钟。"女孩扭头离去。

"你是大家长安插在我身边的保镖？"宫本志雄这才想起问这件要紧的事。

"不，我跟你的家族没有关系，但我跟你的家族一样都不希望看到神的苏醒。"女孩已经走得远了。

她边走边脱下了厚厚的防护服，在那身盔甲般的防护服里她居然穿着白色的裙

Chapter 16
The Dying of Gods

装，裙摆在膝盖上方跳跃，有点像校服裙。宫本志雄看不清她的模样，只觉得她并不是瘦小干枯，而是窈窕，像个穿梭在密林中的精灵。很难想象这种女孩在杀人见血的时候那么镇静，搭配那种冷冷的语气，好似世界上绝大多数感情都跟她绝缘。

"能请问您的名字么？"宫本志雄大声问。

"没必要知道，反正你就要死了。"少女在远处的黑暗中停下，声音仍是冰雪般的寒冷。

"说得对，记住一个人未必要知道她的名字。但还是想说，"宫本志雄深鞠躬，"我叫宫本志雄，很荣幸和您认识，很高兴在最后的时刻和您在同一条战线上！"

他解下腰间的菊一文字则宗，奋力地投掷了出去，女孩伸手一把接过。两人再也不说什么，女孩掉头离去，她的背后，超级掘进机再度发出震耳欲聋的吼声。

言灵·阴雷

序列号：17
血系源流：天空与风之王
危险程度：低
发现及命名者：葛洪

释放者极度地压缩空气，制造出只有拳头大小的压缩空气团，然后解除压缩让它爆炸，压缩空气团爆炸的威力可以跟手雷相比。

如果误以为该言灵只是提供免费手雷那就错了，首先这个意念制造的手雷可以出现在释放者的领域的任何角落，其次这个手雷对于释放者的伤害较小（并非完全没有影响，可能是风元素的灵动属性令它难以彻底掌控），释放者甚至可以手持空气团释放，制造出冲击波或者类似瞬间气壁防御的效果，但这种气壁防御跟"离垢净土"相比，防御能力和稳定性都差得很多，第三阴雷可以连续和多个阴雷同时制造。

虽然冲击波的威力可以跟手雷相比，但因为没有弹片和高温灼烧的效果，杀伤力还是逊于现代手雷的。

该言灵被称作"阴雷"是因为它有雷般的巨响而没有闪光。

"极阴之雷，取诸幽冥；鬼神皆辟易，金丹成斋粉。"
——葛洪

这时恺撒在打麻将，上家是楚子航，下家是芬格尔，对门是那位花枝招展的客人，端茶送水的是路明非。

高天原一直以满足客人的任何要求为己任，当然客人提的要求也不能太过分，比如要牛郎脱光了爬到屋顶天台上高喊我爱你。今天这位客人提的要求委实不过分，她希望Basara King、右京和Heracles能陪她玩几盘日本麻将。路明非目瞪口呆，心说你寂寞么你孤单么你在深夜里觉得冷么，你要来牛郎店找牌搭子，还是说你前几天一炮三响输得心碎了，想来找点自尊？

上了牌桌路明非就明白客人在动什么鬼心思了，这是要打真人版脱衣麻将。

恺撒输得只剩内裤和一只袜子了，楚子航略好一些，总算保住了裤子，输得最惨的是芬格尔，因为不小心喂了客人几张牌，现在只剩兜裆布了，他今天是和服出场。客人有备而来，围巾都戴了两条，到现在只去掉了一只丝袜和两条围巾，以一敌三，但是打得气势高涨酣畅淋漓。

恺撒、楚子航和芬格尔自然是联合在一起的，恺撒是要保住加图索家的尊严，楚子航是不愿意暴露身体，而芬格尔，他不在乎输光，但他觉得客人输光会很有看头，路明非倒茶时还会偷看客人的牌，再跟恺撒使眼色。但他们还是节节败退，因为客人似乎是关西麻将协会的理事……为今之计只有玩拖延战术，客人买的是牛郎的时间，麻将从过了午夜开始打起，三个小时算完。现在只剩十几分钟了，恺撒的计划是拖到时间结束保住内裤撤退，客人再要延长时间他也不答应了。

但客人解开上衣的两粒扣子，扭动着肩膀说各位帅哥出牌可要勇敢一些哦，你们中有人赢了这一盘，我是会先脱下上衣的。

芬格尔这货完全抗拒不住色诱，他的名言是我这个人就是很扛得住拷打，路明非说想不到你还扛得住拷打，芬格尔说你扛不住拷打，怎么会有后面的色诱呢？无论如何也要在色诱面前屈服啊！

他开始噼里啪啦地出牌，被客人连碰了两副牌。

客人显然已经听牌了，恺撒流露出焦虑的神色来，再输一把他就只剩内裤了，还有十几分钟，只剩一条内裤怎么顶得住？

这就好比当年波斯萨珊王朝跟拜占庭王国作战，最后被一路撑到了底格里斯河边，萨珊皇帝呼吁国民说我们再不能退后一步，退后一步就是亡国灭种！这是废话啊，因为他已经退到河边了，再往后退就掉进河里了。最后萨珊王朝还是亡国灭种了，所以恺撒靠着一条内裤势必很难坚持到牌局结束。

在这亡国灭种的关键时刻，楚子航出牌了，一张九万！

客人抓过那张九万往牌尾一碰，把整副牌推倒，又和了！

路明非哀其不幸怒其不争，心说师兄你你你，你不会打牌还不会数学么？桌面上一张九万没出，显然有个人手里扣着两张九万，就等胡牌呢，你怎么敢出九万呢？

楚子航认赌服输，面无表情地解下皮带放在桌子上，随手推倒自己的牌，开始洗牌。路明非忽然发现楚子航的牌里还有一张九万，楚子航居然拆了自己的两张九万。他忽然明白了，楚子航身上还有好几件可脱，恺撒却只剩内裤袜子了，这时候楚子航宁可放炮也要保住恺撒。这是何等的义气！简单地说是扶贫救困，往大里说甚至有赈灾的意义！

Chapter 16
The Dying of Gods

恺撒也流露出感动的神色,危难中居然是宿敌挺身保护了他。

这时服务员跌跌撞撞地推门进来。

"没有看见这间房里有客人么?什么事值得你冲撞客人?"恺撒问,其实他心里蛮高兴,这番问答又会耗掉几十秒钟。

"不知怎么回事,你们的头像出现在外面的广告牌上了!"服务生满脸惊诧,"我去问了店长,店长说店里可没有投放过什么广告。"

恺撒愣了一下,脸色忽然变了,起身冲了出去。出了门感觉到飒飒凉风,这才想起返回房间拿上自己的衣服。这时候楚子航已经把脱下来的衣服全都穿了回去,整齐程度好像它们从未被脱下来。

"喂喂!我们是店里的人就要遵守店里的规矩啊!客人还在这儿呢你们往哪儿跑?"芬格尔站起身来,晃悠着身上颇为可观的肌肉群。

"快穿上你的衣服!情况不对!"路明非在他腰间捅了一下,"店里的规矩有你的命重要么?"

芬格尔还沉浸在脱衣麻将的乐趣中,因为今天的客人一副御姐风范,身材诱人,所以他没有想清楚一个关键的问题,他们此刻是藏匿在高天原,这种情况下他们的头像怎么会出现在广告牌上?

世界上只有一个男人总是秘密行动又总会出现在广告牌上,那个人叫詹姆斯·邦德,对于其他人来说,这意味着他们的行踪泄露了。

一楼的舞池中冷冷清清的不见人影,这些天所有的夜场都提前下班,客人们再怎么喜欢灯红酒绿的生活也不想在酒后冒雨回家。

恺撒推开大门,站在名为"不夜之町"的商业街上。外面正下着暴雨,雨水冲刷着街面,道路看起来像是一条条奔涌的河流。他们每个人都抓了一柄大伞,雨打在伞上发出噼里啪啦的声音。

这条街上的店竟然都关门了,只剩高天原的霓虹灯招牌还亮着,红色和紫色的灯光在黑色的背景上跳闪。积水很快就漫过了脚踝,恺撒站在人行道上,四下扫视。

街头街尾空无一人,但似乎致命的危险就要到来。恺撒也不知道它会从哪边来,以什么样的方式,以及自己该往哪里逃。

"你说的广告牌在哪里?"恺撒沉声问。

"抬头看,哪儿都是,刚才它们还亮着的。"服务生说。

水面上泛起了莹蓝色的光,雨打在水面上,涟漪像是流光溢彩的花朵,成群绽放。他们抬起头,街对面那座大厦的顶部,广告巨屏亮了起来,泛着蓝莹莹的光,水面就是反射它而发亮。

玫瑰色的背景上,先是恺撒的头像,然后是楚子航的头像,再然后是路明非的,旁边写着他们的花名、年龄、身高、血型、爱好、入行时间和怪癖,还有高天原的地址，期待东京各界淑女大驾光临。

最后是风间琉璃的头像，显然是偷拍的，但哪怕是不经意地一回头，他的眼神和笑容仍旧透出致命的诱惑，当然，这是在他还是风间琉璃的时候。

"怎么没有我？"芬格尔有点遗憾，"他们这是看不起新人么？"

"通缉令上没你是好事啊，大哥。"路明非叹了口气。

这只怕是东京历史上最大手笔的牛郎业广告，此刻新宿区未眠的人只要推开窗户，就能看见他们几个搔首弄姿的模样闪现在夜空中。从不夜之町的东侧到西侧，街道被一段段照亮，数百块广告巨屏逐次亮了起来，都在放送这则广告，就像无数镜子彼此投影，满世界都是他们几个人的脸。

楚子航无声地拔刀出鞘，挥出一道刀弧，荡开绵绵雨水。芬格尔下意识地往旁边一缩，他清楚这楚姓杀坯闲来无事不拔刀，拔刀就是要砍人，可周围哪儿有人？

"很快这里就会是人海人山，路明非，带芬格尔回高天原里去，"恺撒低声说，"你们负责看守源稚女。"

他身边的雨幕一震，那道震波扩散开，展开成无形的领域，他释放了"镰鼬"。他在街道中间站定，双枪指向长街的东西双向，打开了保险。

"怎么了？这是怎么了？"芬格尔还没回过味儿来。

杀机已经降临，连路明非也听见了由远而近的引擎声。

"简直像是一支军队。"楚子航低声说。

"我能听见引擎的轰鸣声、轮胎和地面的摩擦声、狂躁的心跳声、枪械上膛声……确实是一支军队。"恺撒集中精神听取"镰鼬"带回的声音碎片。

狂风吹得积水荡起涟漪，黑色的直升机从天而降，用雪亮的光圈锁定了他们。

"东京警视厅的人，还是蛇岐八家的人？"楚子航问。

"还用问么？蛇岐八家是绝不会允许源稚女落进东京警视厅手里的，他们一定会先赶到。直升机也出动了，政府机构有这么高的效率么？"恺撒说。

灯光忽然刺破狂风暴雨，从四面八方涌来，恺撒和楚子航的眉毛都被映成了银色。风在高楼大厦间低吼，仿佛妖魔鬼怪穿行在城市中，路明非躲在门背后，还是觉得心要突破胸膛跳出来。

仅仅为了他们，蛇岐八家只怕不会出动那么庞大的阵容，蛇岐八家要的是源稚女……在他们心中源稚女是妖怪般的存在，单枪匹马他们是绝对不敢面对源稚女的。

可他们能把源稚女交给蛇岐八家么？在他是风间琉璃的时候或许可以，可如今他的状态只是若干年前的那个山中少年，闹钟的声音都足以让他瑟瑟发抖。

谁也无法预判交涉的结果，今时今日的源稚生已经不是那个随时想要逃离日本的象龟了，橘政宗已经死了，他最终孤独地坐在日本黑道的王座上，要去完成伟大

Chapter 16
The Dying of Gods

的家族使命。

"前辈，炸虾天妇罗和味噌汤。"去买夜宵的服务生推门进来，不解地看着路明非和芬格尔并排靠在门背后瑟瑟缩缩。

"哦！来得正好！"芬格尔接下塑料袋。

"我去！这种时候你的吃货之魂还没有熄灭么？"路明非心生佩服。

"不做点什么我怎么能安静下来？我也知道这不是吃东西的时候，如果有个漂亮姑娘现在愿意陪我传宗接代什么的，我就不吃东西了。"芬格尔大嚼天妇罗，"可现在我在一家牛郎店，……那我除了吃还能干什么？"

风魔小太郎疾步踏入源稚生的办公室。虽然名为小太郎，可他其实是诸位家主中资历最老的，忍者中的活古董。

源稚生正要出门，直升机已经降落在楼顶平台，目标是多摩川附近的红井。半小时前，宫本志雄的汇报送到了源稚生的桌上，但仓促之间家族竟然没有直升机可以派遣。

关东支部在燃油阀上做了手脚，第一架飞机刚刚起飞就起火坠落，另外两架飞机经过检查也有类似的问题，源稚生不得不等着从别的地方调派直升机。

"找到您的弟弟了。"风魔小太郎的话素来简单，"他就藏身在新宿区，一间牛郎俱乐部里，和卡塞尔学院的人在一起。"

"怎么找到他们的？"源稚生吃了一惊。两件事同时发生，他无法同时兼顾两边，而橘政宗已经不在了。

风魔小太郎拉开窗帘，巨大的落地窗外就是一面广告巨屏，恺撒、楚子航和路明非的头像逐一展现，穿着紧身的天鹅绒西装、系着嵌水钻的小领结、抹着闪闪发亮的唇彩……这三个神经病挥舞着小扇围绕他跳舞的感觉又回来了，源稚生情不自禁地抚额。难怪以蛇岐八家的情报网，那么久都找不到他们的藏身地，因为正常人的脑回路跟神经病的脑回路区别太大了，谁也不可能想到在这种要命的时候这三个神经病会藏身在牛郎俱乐部里，而且自己下海当了牛郎，看起来还很红的样子。

直到屏幕上出现风间琉璃的侧脸，源稚生的苦笑才收敛了，重新变得铁一样坚硬。

"现在那间店已经被彻底地包围了，包括空中和下水道。"风魔小太郎说，"这件事太过重大，所有人都在等待您亲自前往处理。"

"有人故意泄露了他们的情报给我们，谁会这么做？"源稚生问。

"管理东京室外广告大屏的公司共有三家，今天傍晚的时候他们同时接到一个神秘客户的电话，要求发布牛郎店的广告，客户以现金支票的形式支付了可观的广告费，所以广告在夜里三点同时放送。"

"就是说没人知道那个神秘客户是谁？"

"没有人。"

"我能猜出来，是王将。"源稚生说，"对红井的进攻在三点钟开始，广告播出的时间也是三点钟，他想在不同的地点同时制造出事件，逼我留在东京解决稚女的事。"

"与其说这是阴谋不如说是嘲讽，他逼迫您选择您认为更重要的事件优先解决，您的弟弟，还是藏骸之井中的神。"

"他觉得一切事情都可以被他玩弄在掌心里么？"源稚生说，"风魔君，你认为我会选择去解决哪件事？"

"您会去红井。虽然您很在乎您弟弟的事，但您是蛇岐八家的大家长，藏骸之井中的东西关系到家族的未来，解决了那个东西，家族就可以摆脱白王施加在我们身上的枷锁。"

"是的，"源稚生深深地吸了口气，"我是……蛇岐八家的大家长！"

"那么高天原那边的事情由我和樱井家主代替您前往，我们会尽最大的努力确保您弟弟的安全。"

"如果他们反抗，你有权采取任何应对措施。很多年前稚女就已经变成了另一个人，他有多可怕不是你们能想象的。宁可让他死，也不要让他脱离我们的控制。"

风魔小太郎沉吟了片刻："完全明白了！"

源稚生提上"蜘蛛切"和"童子切"，推开办公室的门，风魔小太郎紧跟着出门，两人乘坐不同的电梯，一上一下，奔赴不同的战场。

阿尔法·罗密欧驶上了升降平台，其他车跟在后面。这座升降平台位于红井的侧面，用于把大型平板车升到井口去。

长船没有搭乘升降平台，作为狙击手他在一百五十米外选择了自己的阵地，狙击范围覆盖红井周边。

阿须矢直到现在还刀不血刃，只凭长船的狙击步枪他们就解决了红井周围的警卫，岩流研究所的警卫在关东支部面前实在是微不足道的，后者的主业就是杀人。

满耳都是水流的轰鸣声，可能是连日的暴雨在红井中蓄满了水，但阿须矢没想明白井中的死水怎么会发出仿佛海潮般的巨声。

上升的过程显得很漫长，阿须矢无聊地轰着油门，这件事很快就会结束，隧道深处的人想必已经控制了那台掘进机，关东支部占领红井只不过是种安全措施而已。

他又开始构想自己跟楚子航的真刀决战，在脑海中一点一点地勾勒出他如何率先进攻，楚子航又怎么格挡反击，以及每一种情况下他应该采取的战术，最后结果无一例外都是他的刀割裂楚子航的咽喉。那一刻刀上的手感应该美好得让人想哭，

Chapter 16
The Dying of Gods

阿须矢沉浸在那鲜血飘飞仿佛枫叶坠落的美好一幕中。

他向右侧看去，和他相邻的是小蓧的保时捷911。小蓧缓缓地舔着樱色的嘴唇，目光锁定了阿须矢，漆黑的直发垂下来遮住了半边脸。

看来小蓧又犯了花痴病。小蓧和姐姐落叶是双胞胎，她们的代号是传说中的武器"雪蓧双刀"。小蓧成功地勾引过关东支部的所有男人，除了阿须矢，因为阿须矢对女人没什么兴趣，他只沉迷于尸体解剖。对于小蓧来说这就是莫大的挫败，她发誓要得到阿须矢，以完成征服整个关东支部的目标。小蓧是个很美的女人，阿须矢对她也没那么反感，如果战胜了楚子航，就接受小蓧的勾引来作为庆祝吧，阿须矢漫无边际地想。

升降平台到达红井顶部，这是阿须矢第一眼见这口巨大的立井，表面积大约一平方公里，足以容纳一个地下湖的水。此刻银白色的液体从井壁上的十几个出口喷出，坠入井底深处，仿佛群龙吐水。银色的液体在井壁上撞击，碎裂成无数银珠，撞击力量之大，将不锈钢护板都打得凹陷下去。厚重的银白色雾气从井底弥漫上来，阿须矢吸了一口那种雾气，立刻屏住了呼吸。

那是剧毒的水银蒸气。难怪井中传出那种雷鸣般的巨声，储存在井壁上的五千吨水银正全数泻入红井。五千吨水银跟一个地下湖的容量相比不算什么，但和井底的积水混合之后，就形成了对龙类来说致命的水银汤。看起来隧道深处的同伴并未得手，宫本志雄仍旧控制着超级掘进机，他想提前打开藏骸之井，把神和赤鬼川的水一起注入红井。

那就只有拜托宫本家主去死了。

施工平台上空荡荡的看不见人影，工程人员似乎都逃散了，阿须矢挂上前进挡，缓慢地前行。根据情报，红井中并没有重型武器，没有什么能威胁到他们。

机械运转的声音从下方传来，阿须矢警觉地踩下刹车。

工程电梯缓缓地升了上来，那只是一个旁边有围栏的起重平台。白裙的女孩站在平台中央，打着巨大的黑伞，提着跟她身材很不相称的长刀。

菊一文字则宗，这个女孩带着家族中的至高信物菊一文字则宗。

她站在狂风暴雨中，似乎随时都会被风卷走，身边的十几道水银喷泉仿佛银河，白雾和银色的液滴在空气中悬浮。

阿须矢下意识地按住刀柄。女孩站在水银的飞瀑流泉中，就像是林中精灵，但阿须矢看她握伞的手那么稳定，就知道她拔刀的时候手一定也很稳定。

连续的枪声响起，是长船的狙击步枪，长船想要远距离制胜。但女孩敏锐地闪在铁架后，子弹在铁架上溅起点点火花。

"不要开枪，你的子弹对她没用。"阿须矢打开对讲机。

他已经看明白了，女孩所在的共乘电梯就是通往隧道的捷径，他们不得不占领那架电梯。汽车空调过滤不掉水银蒸气，长时间待在这种环境中对组长们和女孩来说都是危险的。

狙击没用的话就只有强攻了，阿须矢忽然下令："发车！"

小蓧的保时捷率先冲了出去，冲入前方的平台。她猛打方向盘，保时捷旋转起来，车身侧面撞向女孩。小蓧拔刀，同时推开车门，用车门当作防御。

女孩按在车门上，车门瞬间停下，以小蓧的力量居然再也没法把它推动分毫，它好像被焊死了。力量完全反弹回来，作用在小蓧的腕骨上，腕骨瞬间挫伤。

小蓧在震惊中放弃短刀，伸手从手套箱中拔枪。在她扣动扳机之前，女孩的手按在枪机上，一抹一带，弹簧和膛管跳了出来，黄铜色的子弹散落，这支枪在一秒钟内变成了一堆零件。

女孩用手指在小蓧的太阳穴上一扣，小蓧彻底失去了意识。

她从藏身处走了出来，把一枚金色校徽别在胸前。

"半朽的世界树"，所有人都认识那个徽记，这个协助宫本志雄镇守红井的女孩竟然是卡塞尔学院本部的人！

阿须矢莫名地兴奋起来，他早就知道卡塞尔学院并不像表面上看起来的那样，是神经病和疯子的乐园，一定有类似楚子航的危险分子藏在校园里。阿须矢绝不相信路明非和恺撒会是卡塞尔学院的主流，他期待的是这种肃杀的强手，从登场开始，女孩就表现出了绝对零度的高傲和威压，这种人才配当他阿须矢的敌人。

女孩大踏步地走出电梯，笔直地走向阿须矢他们，竟然有着冲锋的意味。

关东支部的攻势再也无法克制，小蓧的姐姐落叶跟着发动，她从汽车天窗中跃出。女孩举着雨伞跳上车顶，舞蹈般避过落叶的刀斩，一手按在落叶的肩膀上猛地一推。落叶的肩部脱臼，斜斜地飞了出去。女孩接过落叶的刀，转身削断"长光"的枪管，用刀背横扫，打折了长光的脸颊骨，接着掷刀贯穿了虎彻的右胸。

组长们都踩着车顶扑向女孩，"正宗"的刺拳被握住了，下一刻正宗的手腕脱臼；"兼光"刚从天窗中跃出半个身体就被对方一脚踩在胸口，卡在天窗里昏死过去；"景光"仿佛铸铁的身躯高高跃起，但女孩比他跳得更高，在空中以膝盖猛击景光的后颈，景光坠下去的时候砸塌了长船的GTR……雨中身影起伏，组长们一个接一个地被女孩弹开。

阿须矢忽然笑了起来，大力鼓掌："Bravo！"

这一幕太美了，白色身影在车顶上跳跃，她经过的地方，组长们如同被拔起的杂草那样飞向空中。女孩甚至没用什么力量，她的动作都很准确，像是刀锋劈入流水的缝隙。阿须矢的老师曾说世界上的一切都有缝隙，从人体骨骼到流水，当你的刀切入流水的缝隙时，你会觉得完全不必用力就把水流分开了，这时候你的刀就活了，如同水中遨游的鱼。

Chapter 16
The Dying of Gods

女孩的搏击术匪夷所思，多数攻击都用肘部和膝盖来完成，很像刚猛的泰拳，但她用起来轻灵舒展，像是独自跳舞。最后她甚至不必落地，借助每一记膝击再次弹起。

阿须矢想起来了，这是一种军用格斗术，克格勃曾用这种搏击术来训练情报员，但魁梧的俄罗斯男性却没法这么流畅地运用它。

落叶从空中下坠，劈斩女孩的后颈。她的言灵是"鬼胜"，效果是让自己完全感觉不到疼痛。人类的能力被自己的痛感限制住了，当人类想让肌肉发挥百分之百的力量时，痛感会强到让人昏迷过去，这是人体的自我保护机制。但借助"鬼胜"，落叶可以完全不顾自己的承受力，将力量发挥到正常状态下的八倍，有时候她甚至会把自己的骨头弄断。

这也是阿须矢第一次看落叶使用"雪篠双刀"中的长刀，刀光中隐约有黄叶翻转。这是一种巧妙的障眼法，那柄刀的刀背上做了错金工艺，在高速斩切中产生了虚影，像是黄叶旋转着坠落。

几乎就在同时，女孩脚下的"蝮蛇"跑车中，虎彻钻了出来。他一直藏身在那里，这时终于抓住了机会，带锯齿的反钩刀割向女孩的脚踝。

阿须矢睁大眼睛，想知道女孩会怎么应对来自两个方向的进攻。她到现在为止基本没有闪避，进攻和闪避是一体的，她在刀光中跳舞，可什么样的舞蹈能同时应付眼下的局面呢？她得同时应付两个舞伴。阿须矢希望她这个动作跳得漂亮，落叶那张漂亮的脸被打烂或者虎彻的金属下颌被打掉都没什么关系，阿须矢就是想看一场漂亮的舞蹈。只要他还站着，关东支部就不会输。

女孩笔直地跃起，迎向落叶的刀锋。

"这是跳到了绝境里啊。"阿须矢嘟哝。上下方都有敌人，女孩在空中无法借力闪避，就像鱼离开了水那样无力，看来这场舞蹈的收尾注定很难看了。

女孩忽然伸手，穿越刀光抓住了落叶的腰带，把她往下猛地一拉！她竟然把落叶当作了武器，刺向了车中的虎彻！

虎彻还没有丧心病狂到不顾同伴的地步，只得强行收回武器。接着落叶就被女孩从天窗里塞了进去，撞在方向盘上，直接晕了过去。女孩落在车顶上，从天窗里拎起虎彻，一记肘击打在他的下巴上。

金属下颌骨飞向空中，落在地上弹跳了几下，女孩看都没看，走向她的最后一个敌人，缓缓拔刀的阿须矢。

"在开始之前我还有几个问题，在学院本科部中你排名第几？"阿须矢喝问。

他太想知道答案了，他从未听说过这个女孩，他只听说过楚子航，他想知道是这个女孩更快还是楚子航更快。

"第四。"

阿须矢震惊了。如此凌厉的攻势，对对手攻势的全解析，居然在本部只能排到第四？那么前三位是谁？楚子航又排第几？

"第二个问题，楚子航……"阿须矢长刀贴面，刀锋指向女孩的眉心。

白色裙裾一闪，阿须矢闻到了女孩身上的淡香。他的佩刀碎裂，女孩跃起，膝盖重击在阿须矢的侧脸上，把古刀也一起击碎。碎片插入阿须矢的面颊，阿须矢仰面倒地。

他呆呆地看着天空中坠落的雨，不敢相信自己的失败，分明还有三个问题要问，怎么进攻忽然就来了？而且来得那么快。

女孩最后的进攻中完全没有舞蹈之美，只有最直接最简单最暴力的膝击，就是快得看不清。用膝盖击打钢铁，这是女孩该学的技击么？

女孩俯身拾起落在地上的长枪，冷冷地看着相隔一百五十米长船的狙击阵地，隔着这么远的距离对峙，不依靠望远镜甚至连人脸都看不清楚，她手里那支枪也完全比不上长船手里的狙击步枪。

但是对峙了足足十秒钟，长船还是没法开枪。他缺乏战胜那个女孩的信心，他很清楚自己但凡开枪，对方必然反击。对方的枪法有多好，长船不知道，他就是被那股气势压倒了。

有些狙击手就是这样，他们习惯于用一颗子弹的低廉代价换取别人的命，却把自己的命看得比什么都重。

阿须矢的喉咙里发出咕噜噜的声音："在你……之上的三个人……是谁？楚子航排第几？"

"我跟楚子航不是一级。"女孩淡淡地说。

重伤缺血让阿须矢的意识渐渐空白，可他还在努力地试图理解女孩所说的话，她跟楚子航不是一级……她跟楚子航不是一级？她跟楚子航不是一级是什么意思？阿须矢并未问她的年级。

"我以为你问我的考试成绩，我的绩点排名年级第四。楚子航跟我不是一级，我们之间没有可比性。"女孩终于理解了阿须矢关心的问题。

彻底昏厥过去之前，阿须矢仰天苦笑了一声，见鬼……她以为自己在问她绩点？她真的以为卡塞尔学院是所学院么？绩点在那所学院里根本不重要，重要的唯有实力……实力那么强的人还关心什么绩点？

原来归根到底学院本科还是个神经病的乐园啊，那里生长着朵朵奇葩。

女孩看了一眼手腕上的电子表，跟宫本志雄分开的时候她已经启动了倒计时，现在已经过去二十五分钟了。她答应给宫本志雄争取三十五分钟，还差十分钟。

地层中的两部掘进机都在全速前进，如果宫本志雄先打开藏骸之井，就是宫本

Chapter 16
The Dying of Gods

志雄赢；如果猛鬼众先贯通隧道，就是猛鬼众赢。

水银已经倾泻完毕，吊索上的铝热剂燃烧弹下降到接近水面的位置，女孩打着伞，站在高高的横梁上。

她那么纤弱，裙裾在疾风中飞扬，看起来就像一位打着阳伞出游的小公主，但她的威仪镇住了整个红井。她的姿态清楚地告诉所有人，是她在镇守红井，有她在就不容任何人进入那个空间。

长船距离她只有一百五十米，可连续三四次想要鼓起勇气，却都在上膛前泄了气，生怕上膛的声音被女孩听见，她会如鬼影般追杀过来，一百五十米的距离对于混血种而言不算什么。最终长船从藏身的古松上悄悄爬了下来，这位功勋狙击手耻辱地潜入密林中，想要逃走。双脚落地的瞬间他就僵住了，他面前就是一台激光监控设备，风魔家的忍者已经发现了他的行踪。

三十分钟过去，地面震动忽然减弱了，雕塑般的女孩忽然低头，看向下方的隧道口。

隧道中传来不可思议的巨声，仿佛一条龙在里面吼叫，湿热的狂风从隧道里冲了出来，十几秒钟后，重达几十吨的超级掘进机被一股激流推了出来，撞击在对面的井壁上。

宫本志雄成功了！他提前打开了藏骸之井，震动停止的那一刻，隧道里隐约传出某个人的欢呼声。

真是疯子，看着最后的岩壁破裂，高墙般的红水把自己吞没的那一刻，他竟然欢呼雀跃。

赤鬼川的水泛着白沫，从隧道里冲了出来，化作巨大的瀑布。它的温度接近于人的体温，颜色是血一般的赤红。神改造了赤鬼川的生态环境，把这个原本用来囚禁它的藏骸之井变成了孕育它的子宫，各种龙族亚种充当它的守卫。赤红发黑的水中泛着点点银蓝色的微光，那是数以万计的鬼齿龙蜓，蟒蛇般的影子也在血红色的瀑布中闪现，它们发出各种声音，但任何一种声音都不像是属于人间的。宫本志雄打开的简直不像是一条地下河，而是一间地狱。

这些东西随着血色瀑布触及银色水面的瞬间，更大的吼声爆发出来，不知是愤怒还是惨叫，数以万计、百万计的生灵在混有水银的水中挣扎，但水面距离井口足有八十米，它们跳不上来，只是徒劳地撞击着井壁。对于龙族亚种来说这是一场纯粹的屠杀，如果把它们作为有生命的个体不禁让人悲伤动容，可如果任由它们进入人类的世界，又是一场灾难。

女孩仍旧站在横梁上，默默地看着这场虐杀凶兽的惨剧，瞳孔中空荡荡的，什么东西都没有。

灯光从头顶照了下来，黑色的直升机到达红井上方，源稚生以最快的速度从东京赶来,他没能目睹藏骸之井洞开的瞬间,却看到了这悲哀的景象。

似蛇似龙的生物在井底翻腾,水银斑在它们的鳞片和白腹上快速蔓延,它们显然极度痛苦,如果它们有智慧的话,一定宁愿立刻死去。这让源稚生想起古书中那些豢养龙的家族,他们把龙豢养在深井中,用某种方法限制龙离开,也许是在井口安装铁栅栏,也许是把龙的尾部钉死在井底,于是这种强大的生物不得不屈从于狭小的空间,听凭远比它们弱小的人类主宰它们的命运。古书中没说人类为什么要豢养龙,也许是因为它们身体的某个部分是难得的美味,也许是觊觎它们巨大的力量。①

从龙的角度来说,这种痛苦大约不亚于曾被龙族奴役的人类先民吧?可又有什么办法呢?这是两种文明的战争,只有一者能够活到最后。

探照灯打在女孩身上,她伸手挡住了自己的脸,源稚生没有看清她的模样,只隐约看见她的鼻血在缓缓地往下流。在水银蒸气如此密集的环境中坚持到这一刻,她作为混血种也引起了血液的变质。

她一直坚持站在那根横梁上等待着源稚生的到来。

"不要照她,"源稚生对操作探照灯的夜叉下令,"把我放下去。"

吊索带着源稚生落在横梁上,女孩完全没有看他,一直在看自己的手机。三十五分钟过去了,她完成了跟宫本志雄的约定,她是绝对遵守约定的人,即使与她订约的宫本志雄已经死在了隧道里。

她转过身,走向阿须矢的阿尔法·罗密欧,和源稚生擦肩而过的时候,谁也没说话。源稚生看清了她胸口的校徽,大致知道了她的身份。在最原则性的事情上,校方和蛇岐八家是一致的,谁也不能允许神的苏醒,所以在最关键的时候,是卡塞尔学院渗透进蛇岐八家来的人守住了红井。

但源稚生并未向她说谢谢,女孩守住红井不是为了帮助蛇岐八家,只是为了杀死神,双方不再是盟友。

女孩走起路来一瘸一瘸的,血从膝盖一直流到脚面,浸透了一只袜子。她的伤并不轻,在击败阿须矢的最后一记猛击中,碎裂的刀片伤到了她的膝盖。阿须矢误判了她当时的状态,否则未必会输。那种轻盈的格斗方式并不省力,女孩也并不追求舞蹈般漂亮的身姿,面对阿须矢的时候,她的体力已经接近耗竭,无法再使用精巧的膝关节击和肘击,只能赌一把,所以她暴力地出击,以重伤换取了胜利。

---

① 作者注:豢龙氏的典故并非出自日本的古书,而是中国的古书。传说舜时有名为董父的人善于养龙,舜就赐姓氏"豢龙氏"。他养龙的地点在滑国的韦城,豢龙井共有"左右直殳上日汨木下八十一口"。滑国位于河南境内,至于韦城,具体位置已经难以考证了。

Chapter 16
The Dying of Gods

至于长船,他原本有机会一枪把女孩爆头,但面对女孩冰雪般漠无表情的脸,他根本不会相信她的伤势如此严重,别说奔袭了,连奔跑都做不到。

"喂!"源稚生说。

女孩站住了。源稚生把急救包扔给女孩,女孩接过,想了想,把手中的菊一文字则宗扔给源稚生:"你的人死在隧道里了,他要我把这个交给你。"

源稚生轻轻地抚摸着刀柄,回想那个名叫宫本志雄的年轻家主,"可以问你的名字么?"

"零,卡塞尔学院本科部,学号AI042251,执行部临时专员。"女孩艰难地坐进阿尔法·罗密欧,掉转车头开上了升降平台。

源稚生站在红井的边缘看着她的汽车尾灯,她向东京方面开去了,看起来也是个急躁的快车手,在简易公路上飙出了一百五十公里的时速。这让源稚生又想起那个开车一流的女孩,和零有点像,也是那么沉默寡言。

他的身后,用钢铁和复合材料加固的井盖缓缓地合拢,红井深处鱼龙痛苦地狂舞,巨浪起落,发出地狱般的吼叫。

言灵·鬼胜

序列号:9
血系源流:白王·佚名
危险程度:中
发现及命名者:平安时代阴阳寮某佚名博士

该言灵的有效范围是释放者自身,释放者命令自己的身体完全忘记疼痛,从而发挥出极限的力量。

从生物学上说,这种言灵等于关闭了生物的自我保护机制,打开了大脑深处的基因锁,让释放者舍生忘死地战斗。

在鬼胜生效期间,释放者的力量以及柔韧性都有极大的增长,杀戮意志也会大幅增强,凶恶如鬼,这是该言灵命名的由来。

鬼胜也能加速细胞分裂促进伤口愈合,但这跟它对身体造成的损伤相比远远不足,因此在鬼胜失效后的一段时间,释放者往往会因为巨大的痛楚直接昏迷过去,之后的几个月都得在医院度过。

该言灵拥有提升的潜力,提升之后,领域内的生物都会因释放者的意志而忘记疼痛,并本能地服从释放者成为他的友方。

日本古代的阴阳师中有些人就是通过鬼胜和生物达成契约,从而把它们当作类似"式神"的东西来驱使,但这种所谓契约都是临时的。

"夺魂斩将,以死证道。"
——佚名博士

潮水般的灯光充塞了街道，数百台发动机在轰鸣，轿车、卡车、摩托，甚至还有推土机。巨大的工程机械把进出这个街区的路口都封堵了，摩托后座上挂着日本刀和猎枪，轿车后备厢敞开着，里面堆满了雷明顿猎枪和短管霰弹枪。车潮在广告巨幕下停止，屏幕下方，恺撒和楚子航背靠着背，身影如凶猛的野兽。

双方之间的对峙已经持续了足足一个小时，蛇岐八家的人没有继续推进，数百支枪的枪口指向恺撒和楚子航，却没有一支想要发射。

"他们老大是堵车了么？"芬格尔伸着脖子眺望，"我都吃完好半天了，大人物还没有来！"

恺撒也很茫然，双方的杀气都爆表了，可蛇岐八家只是筑起人墙封锁了他们，似乎在等待什么人。

"这么大的事情应该是源稚生亲自出场解决，可他到现在还没来。"楚子航低声说。

"也许真是堵车了。"恺撒扭头冲店里喊，"路明非，一瓶威士忌，冰桶还有杯子！"

"老大现在是喝酒的时候么？"路明非觉得他在搞笑。

"什么时候都可以是喝酒的时候。"恺撒深呼吸，让心跳渐渐平缓下来。

他揣测蛇岐八家不会直接动武，蛇岐八家想要的是源稚女，还有猛鬼众和王将的情报。否则他们大可以扔一颗燃烧弹到高天原的屋顶上，瞬间把它化为火海。蛇岐八家直到此刻还没有发动进攻，唯一的理由就是有资格谈判的人还没到场。这个人很可能是源稚生，恺撒希望源稚生到场的时候看到自己镇定自若的样子，这会让源稚生摸不清己方的心理，给谈判增加筹码。

当然这跟他等得很无聊也有一定的关系，到底是什么重要的事情让源稚生不能分身？

蜘蛛徽记的劳斯莱斯停在新宿地铁站的铁道桥下，风魔小太郎抽着烟斗，默默地等待着红井那边的消息。

是他在指挥封锁新宿区的各个帮会，一方面不得松懈，另一方面也不能冲动，最好能支撑到源稚生回来。风魔小太郎曾是外五家的领袖，但他很清楚自己还不够资格出马谈判。

他对源稚生怀着莫大的期待，相信他能迅速解决红井那边的事。其实从前风魔小太郎是不喜欢源稚生的，因为这位少主太过任性和少年意气。第一次见面的时候，脸上还透着稚气的源稚生就对风魔小太郎说："如果黑帮只是隐藏在阴影里用暴力赚黑钱的人，那么我们就该被消灭。"风魔小太郎不由得从心里蔑视这个从未见过世界阴暗面的所谓"正义少年"。但差不多十年过去了，源稚生从少年长成了年轻人，却仍旧正义，这就不由得风魔小太郎不肃然起敬了。

所谓觉悟，就是经历时间和考验也不会坍塌的意志。源稚生拥有这种意志，那么这意志再幼稚都不要紧，风魔小太郎相信源稚生是能把幼稚的梦想变成现实的人。

头顶忽然传来引擎轰鸣声，风魔小太郎下意识地抬头，看见一辆红色的阿尔法·罗密欧从铁道桥上坠落。它准确地砸在劳斯莱斯上，碎玻璃飞溅，两辆车的气囊全部弹出，风魔小太郎被挤在气囊中，一柄黑色的军刺从天窗透下，直指风魔小太郎的后颈。

"他们还不上是在等什么？开枪之前酝酿情绪么？枪在雨里这么淋着不会哑火么？"芬格尔竖起耳朵仔细听。

"你真是我二师兄！"路明非感慨。

"我哪里是你二师兄我是你大师兄啊！"

"我是说《西游记》那只猪！那只猪被妖怪架在蒸笼上开蒸了还跟兄弟们说呢，说这些妖怪不行，我一看他们就是新手把式，他们不知道加盖儿。这蒸东西都得加个盖儿，加盖才能圆了气，不用多添柴，只要小火煨着，一晚上保准烂。"

"妈的这猪真是贱得叫人不能直视！"

"我忽然有点不想理你拜托你能不能闭嘴先？"

半杯威士忌下肚，恺撒听见一辆好车的引擎声由远及近，他挑了挑眉峰，笑了。

负责谈判的大人物终于出场了，恺撒听得出那种引擎声来自罗尔斯·罗伊斯轿车的大功率引擎，排气管的声浪浑厚而优雅。

黑帮帮众让开了一个缺口，一辆劳斯莱斯驶到高天原门前停下，司机拉开后座的门，樱井家主坦然地出现在恺撒的枪口前方。

是那位妩媚少妇樱井七海，她一反平时的制服装扮，穿着华贵的"黑留袖"和服，挎着精巧的爱马仕包。

恺撒在三个玻璃杯中斟满了酒，递给楚子航一杯，也递给樱井七海一杯，自己拿了一杯。三个人站在风雨中，雨滴打在琥珀色的酒里。

"那么您就是今夜蛇岐八家的谈判人咯？"恺撒举杯。

樱井七海端着那杯酒，无声地笑笑。她早已步入中年了，可盈盈一笑的时候还是跟十几岁的少女一样，眉梢眼角说不出的动人，可以想见她年轻时万里挑一的相貌。

恺撒看得出她很紧张，分明占据上风的是蛇岐八家，樱井七海竟然会紧张。

"不，我还没有资格来做这样的谈判，能跟你们谈判的人只有大家长一人而已。可惜大家长忙于另外一件事，只好请风魔君代他和诸位见面。"樱井七海微微鞠躬，

"我只是替风魔君先来说一声,对于卡塞尔学院的诸君我们是没有恶意的,我们需要的东西,想必学院的诸君也明白。"

人墙再度裂开,风魔小太郎大步走来,步伐庄严,坚定不移。他的神情凝重,两道雪白的长眉,给他穿上一身铠甲,就是堂堂武士的模样。

"谈判是件辛苦的工作,老年人的身体可未必吃得消啊。"恺撒冷眼看着这个威严的老人。

风魔小太郎沉默不语,随行的女孩站在他背后,把伞遮在他头顶。

"有话快说!我们组长问你话呢听见没有?"芬格尔从门背后摸了出来,一脚踩在台阶上,满脸的狗仗人势。他嗅出了风向,虽然几百支枪指着他们,可好像他们反而占了上风。

"芬格尔,介意去帮我们搬两把椅子么?我们坐下来慢慢聊。"恺撒说。

片刻之后,瓢泼大雨中多了两把椅子,恺撒对风魔小太郎,除了谈判的人,其他人都没有资格坐下。

风魔小太郎身后站着白衣打伞的女孩,恺撒背后站着楚子航,大家的表情都很值得玩味,谁也不愿意先开口。恺撒的鳄鱼皮鞋在雨中慢悠悠地打着拍子。

"老大这范儿很黑道啊!"路明非压低了声音对芬格尔说。

"你难道不知道加图索家的黑历史?其实是他们家的家学,加图索家又称西西里的加图索家。"芬格尔说。

"西西里的加图索家?"

"那是一个意大利南部的小岛,盛产橄榄、橘子、葡萄酒和黑社会啊。"

"我去!老大不是名门世家么?"

"确实是名门世家,可黑社会里也有名门世家。一个世纪以前,在西西里黑手党里,加图索这个姓可是赫赫生辉。他们家的男人以芭蕾舞和双管猎枪成名,他们要跟谁结仇了,就在午夜穿着盛装跳着芭蕾、挥舞着双管猎枪穿越小镇的街道,然后踹开仇家的门,端着枪一顿乱放,总之用硝烟和铁砂填满敌人的卧室,又跳着芭蕾悠然离去。当然,后来他们把自己洗白了。"

"当黑社会也那么骚?果真是家学啊!"

恺撒的心里有点悲凉,借助"镰鼬",这些悄悄话他听得一清二楚。他很怀疑风魔小太郎也能听见,所以脸上的表情才那么奇怪。

真是猪一样的队友,他这边绷得像是弓弦,想在气势上占据优势,队友却在后面挖他的黑历史。

"想不想接着听蛇岐八家的黑历史呀?"恺撒不想听,可芬格尔那贱兮兮的声音还没完没了。

"我去!你不是专业洗煤球的么?什么时候变成挖掘人家黑历史的了?"

Chapter 16
The Dying of Gods

"废话！不挖到煤球，你怎么洗煤球？我跟你说，那位漂亮的樱井家主，她和龙马家主之间可是情人关系哟。樱井家的前任家主，也就是樱井七海女士的丈夫过世前，他们已经是婚外情人咧，靠着龙马家主的努力，樱井女士才继承了樱井家。"

樱井七海的脸色阴晴变化，显然她也听见芬格尔和路明非在后面嘀嘀咕咕，身为家主她的血统绝不普通，听力远超常人。

"我去！还能更劲爆一点么？"

"当然可以咯，我可是有第一手情报的人！风魔家主跟樱井女士的关系也很复杂哦。"

"年纪太不相称了吧大哥！"

"就是要年纪不相称才有新闻点嘛。在嫁入樱井家之前，樱井女士的名字是冬月爱子，是著名的演艺明星，也是受风魔家主保护的干女儿哦。但冬月爱子小姐对于比自己年长很多的老爷爷动了感情，这件事最后惊动了风魔家主的夫人，风魔夫人骑着摩托冲进冬月小姐的经纪公司，端着霰弹枪跟她谈判。最后双方达成了和解，冬月小姐退出了竞争，同时退出演艺圈，去英国留学。"

"风魔夫人是女流氓么？骑着摩托车冲进人家的经纪公司？请问还能更劲爆么？"

"当然可以！冬月小姐后来改名换姓，从英国回来后嫁进了樱井家，在老公死后当上了樱井家主。她还跟龙马家主有一腿，所以风魔家主不得不忍受当年爱慕自己的干女儿如今和自己平起平坐，还跟另一个和自己平起平坐的男人乱来哦。你猜猜樱井女士为什么要搞出这种奇怪的事情来呢？是因为人到中年不出轨就老了么？"

"可笑！我这种纯情少年当然是从纯情的方面来想，想必是她要报复风魔老先生对吧？"

"嗦嘎！你终于理解了人生的真谛！你说如果我们把这些新闻泄露给东京的各大媒体，会不会掀起日本黑道的风暴呢？"

"那是当然的好么？话说这种要命的时候我们为什么要那么八卦？"

"当然是说我们手里也握着他们的小辫子让他们不能为所欲为咯！"芬格尔恶狠狠地说，"他们敢对我们动手，这些情报就会自动寄给东京各大报纸，让日本民众领会一下世间的伟大爱情！"

恺撒饶有兴致地观察着风魔小太郎的神色，想探究一下谈判对手的心理活动。芬格尔这个神经病倒也打了一张好牌，谈判没开始就先捅了对方一刀。

风魔小太郎竟然笑了，不是那种无声的、黯然的笑，而是哈哈大笑。

"还有人挖掘我当年的那些荒唐事啊。"他扭头看了一眼不远处的樱井七海，"不错,当年她的名字是冬月爱子,是我的干女儿,还真在家里闹出过不小的纠纷。我也猜过了这么多年她心里还恨我,不过我这把老骨头怎么能耽误那么年轻的少女呢？不过爱子啊,如今你也不是什么少女了。"

他这番话说得中气十足,周围的帮众都听得很清楚,等于向所有人公布说两位家主曾有过暧昧的关系。

"如果这是你们的威胁,那你们可能误会了。"风魔小太郎直视恺撒的眼睛,幽幽地说,"这些荒唐事只说明我们是一群普通人,普通人会犯的错误我们也会犯,普通人的贪欲我们也有,我这种活到半截入土的老头子,偶尔也会被小女孩吸引。真的很蠢,那时候每天都想着她,花钱收购经纪公司来捧她,给她买花,还收她当干女儿。因为觉得自己老了,渐渐地干枯了,想要一种叫爱情的东西让自己重新活过来。"这时他竟然换用了流利的中文。

恺撒换了表情,面对这个枯木般的老人的率直,让人不由得肃然起敬。

"可来到这里跟诸位谈判的却不是作为普通人的我,"风魔小太郎缓缓地说,"想要杀死神的也不是普通人的我。我们既然走出了这一步,就已经有了'背水'的觉悟。"

"背水？"恺撒没能理解这个词。

"背后就是水,退无可退的意思。"风魔小太郎耐心地解释,"作为普通人的我,喜欢年轻女孩的笑声和光滑的皮肤,闻上去也是香香的,一点都不像我那个已经去世的老太婆,她活着的时候闻起来就是木柴味。作为普通人的我还喜欢喝醉,喝醉了跟人大谈自己年轻时的壮举,里面加了很多吹牛的成分。作为普通人的我有一笔不错的私房钱,投资在三菱银行做理财。"

他说得那么不堪,可恺撒没有流露出丝毫讪笑的意思,只是默默地听着。

"但作为风魔家主的我要关心我的家人,要在意这个国家的未来,还要守住风魔家的荣誉。这种事情其实非但不令我享受,反而让我非常痛苦。我很清楚地知道自己一旦卷进来,就得跟那些普通人的享乐说再见了,再没有女孩子香喷喷的味道和光滑的皮肤,也没有好酒和老朋友的猥琐聚会。前几天我去拜了那个老太婆的墓地,跟她道了别,她年轻的时候也是个很拉风的女人哦,喜欢骑摩托车,所以她的墓碑是个石雕的摩托车。"

恺撒还是点了点头。

"我现在已经卷进来了,我的背后是万丈深渊,退后就会摔下去,但我已经有了觉悟。"风魔小太郎说,"我可以牺牲那么多的东西,还在意什么名誉呢？你们说的那些荒唐事只是我作为普通人的荒唐事罢了,但现在的我不是普通人,我是风魔家的家主风魔小太郎。"

他解开和服,腰带中插着一柄黑色短刀,刀柄用一根精巧的红绳和刀鞘捆在一起，打着繁复的花结，他也随身携带着用于切腹的怀剑。

"这种年代了，还是用手枪自杀比较简便吧？"恺撒说。

"当然不是真的切腹了，只是一种觉悟的体现。但如果有必要的话，我们可以以身殉我们的家国。"风魔小太郎捧着怀剑，恭恭敬敬地递到恺撒面前。

漫天风雨中，黑帮帮众一起躬身行礼，同时握紧枪械。看起来如果被拒绝，他们会不惜动用武力，即使樱井七海和风魔小太郎也在他们的火力覆盖范围内。

"说得好，你确实是风魔家主。"恺撒鼓掌，"不是那个作为普通人的风魔小太郎。"

这是贵族之间的彼此尊重，风魔小太郎所说的"作为普通人的自己"和"作为家主的自己"，便如弗洛伊德学派中所谓的本我和超我，此刻他已经超越了自我，也就超越了庸俗和恶名，坦然地把自己暴露在恺撒面前。

"那么风魔家主要跟我们谈些什么呢？"恺撒接着问。

"原本我并不想跟你们谈什么，混在你们中间的那个男人，源稚女，能够处置他的只有大家长本人。但他因为特殊的原因暂时无法到场，我的职责只是封锁这里，并且不让事态进一步恶化。"风魔小太郎说，"但你们的某位朋友似乎认为只要挟持了我就能确保你们的安全。"

"我们的朋友？"恺撒愣了一下，他们在日本还有什么朋友？如今他们的朋友都是牛郎、服务生和收银员，都在他背后的那间店里。

一直为风魔小太郎打伞的女孩把伞举高，露出了白金色的长发，火焰在她的裙边烫上了耀眼的金色。她扶着风魔小太郎的肩膀，看起来融洽得就像是爷爷和孙女。

"零？"路明非这边的人都愣住了。

零的膝盖显然受了伤，汩汩的血混合着雨水往下流，把左腿的白袜染成了血红色。她一直扶着风魔小太郎的肩膀，因为只有这样她才能站稳。她的黑色军刺贴着伞柄隐藏着，随时都能插进风魔小太郎的背心里。

"大家好，很久不见。"零跟他们打招呼。这是活见鬼的语气，好像他们是在东京街头偶遇，完全无视旁边几百支枪指着他们。

"看来劫持错了人，劫持你也是没用的。"零低头看着风魔小太郎的背影。

"我不是谈判人，也不会在被挟持的情况下谈判。"风魔小太郎淡淡地说，"你可以砍断我的脖子，但我若是被胁迫着谈判，断掉的就是我的荣誉。"

零点了点头，把军刺收回随身的包里，一瘸一瘸地走向恺撒。但她已经站在那里很长时间没有行走了，伤口忽然开裂，让她差点摔倒。

风魔小太郎忽然起身，弯腰把零横抱起来，缓缓走向恺撒。他逼近时的气息如同修罗鬼神般慑人，恺撒握着"沙漠之鹰"的手不由得收紧。

风魔小太郎恭恭敬敬地把零递出去："这是贵校在日本赢得尊重的学员，她虽然是个女孩却有着武士般的心，扑击如火静止如山，奉行信义，我现在把她交还给你们。"

路明非心说老爷子您完全误解了这姑娘的做派，她放了你只是觉得你没用了，跟信义什么的全无关系。

"接我一下，你不是闲着么？"零看着路明非。

路明非刚要伸手，却见一条好汉闪在中间，一把把零抱了过去。

"放心吧！你安全了！"芬格尔微笑着拍拍零的脸蛋，眉目中充塞着阳刚之气，好像是他刚刚英雄救美。

"哦……我不是跟你说。"零有些吃惊。

"没事！不耽误！师弟闲着，我也闲着！"芬格尔眉飞色舞。

风魔小太郎默默地看着定在自己胸前的枪口，枪柄握在芬格尔手里。芬格尔和路明非擦肩而过的瞬间，把枪抄走了。他抢着接零是要继续挟持风魔小太郎，新闻部的风格果然是不要脸。

"看来卡塞尔学院中也不都是信义之人啊。"风魔小太郎冷冷地说。

芬格尔满脸流氓气，冲怀里的零努了努嘴："不好意思，这位才是本部的信义，我是本部的猥琐。少说废话！好不容易劫持了你，容你说走就走？我能那么败家么？"

"你想怎么样？"风魔小太郎问。

"雨那么大，我们想跟您进屋谈谈！"芬格尔指指背后的高天原。

恺撒不得不承认芬格尔的思路是对的，这种时候与其相信蛇岐八家的觉悟，不如掌握一个人质在手里实在，至少这样蛇岐八家不会贸然进攻高天原。

"在风月场所中，有什么可谈的呢？"风魔小太郎看着雨中那座颇为豪奢的建筑，还有通天彻地的霓虹灯招牌。

"怎么能说是风月场所呢？我们是给高级职场女性减压放松的新型健康会所！"芬格尔硬扯着风魔小太郎往高天原里去。

"贵店不是从不接待男宾么？"风魔小太郎对这个蛮干的家伙无奈了。

"我们又不给您提供陪伴服务，喝一杯总是没问题的！"

风魔小太郎缓缓地举起手，数百支枪同时上膛，他再度挥手，数百支枪的枪口同时偏转，目标都是他和芬格尔。

"我第三次挥手的时候他们就会开枪，把我和你一起打得粉碎。你们还不够了解蛇岐八家，他们没人会违反家主的命令，即使我的命令是让他们对我开枪。"风魔小太郎缓缓地说，"现在你仍然觉得我这个人质有意义么？"

局面僵死了，芬格尔既舍不得放开风魔小太郎，也没法再把他拖动半步。其实

Chapter 16
The Dying of Gods

原本他们之间就没什么可谈，蛇岐八家要源稚女，但学院不会交出源稚女，双方在这件事上不可调和。

"都打烊了还不快去睡觉？明天准备带着黑眼圈接待客人么你们这些贱小子！"不耐烦的吼声把雨幕都震得一颤。

大门被人从内向外推开，水晶吊灯的光芒中，女孩大步而出，怀抱双手，俯视满街剑拔弩张的人。

她穿着灰色西装套裙和黑色高跟鞋，右耳的钻石吊坠在灯光中跳荡，每个人的视线都不由自主地跟着那个摇摆的钻石耳坠漂移。

店长座头鲸恭恭敬敬地站在她背后，为她拿着坤包、风衣和雨具，形象生动地说明了这个女孩是什么身份。

"老板娘？"路明非愣住了。

他在高天原执业已经两周，从没见过老板娘，店中负责的一直是有"男子花道之王"和"歌舞伎町皇帝之男"等尊号的店长座头鲸，能徒手开啤酒，看起来是黑道中的王牌打手，却会说出"诸君现在还不是因为业绩而骄傲的时候二十年前我还没有任店长的时候也是新宿街头最红的少年"之类的奇怪对话。现在看来座头鲸只不过是门下走狗，背后还有老板娘坐镇，走狗已经如此凶猛，老板娘该是何等威风？

可老板娘出人意料地蛮清纯，有一张森女系的脸蛋和一头自然下垂的长发，素面无妆，怎么看都不像是开牛郎店的，倒像是开银行的。

"门口怎么吵吵嚷嚷的？"老板娘皱着好看的眉毛，"我说 Heracles，你跟一个老头搞那么亲热干什么？"

路明非心说哎哟，虽然是第一次见面，可花名叫得还蛮熟。不过您这不是明知故问么，外面这几百支枪几百把刀，瞎子也看得出这是黑道寻仇好吧？

"跟店里的生意没什么关系，只是道上兄弟过来聊天。"恺撒对于这位忽然出现的老板娘有些兴趣，"您是想围观？"

"朋友么？"老板娘笑笑，"那就抱歉了，我没戴眼镜看不清楚，外面雨这么大，朋友的话就请进店里来坐。"她伸手从内袋里面摸出了一副眼镜。

路明非心说难怪老板娘那么镇定，真是根本没搞清楚状况，等她戴上眼镜看清满街的刀枪，会吓得尖叫起来吧？

"没关系没关系！"路明非赶紧冲上去挡在老板娘面前，"好朋友们站在外面聊天就好，外面凉快！大家衣服已经湿了就别把店里的沙发弄脏了！您赶快去睡您的，早睡早起精神好！"

他跟座头鲸使劲使眼色，意思是店长你眼神不会也有问题吧？快把这不明情况的姑娘带走！可座头鲸一脸的高贵冷艳，看都不带看他一眼，似乎是老板娘操纵的巨大机器人，老板娘不下令，他就绝不动。

老板娘竟然热情地拥抱了路明非，拍打他的肩膀："小樱花可真是体贴的好孩子啊。"

路明非被她身上那股淡淡的暖香弄晕了，整个人如坠云端。老板娘柔软又温暖，衬衫领口上透出高档香水的气息，相比起来卡塞尔学院的女生们多半都像是一张强弓，诺诺和零的一记侧踢能把成年男人踢飞出去贴在墙面上。这大大地激发了路明非的保护欲，他正要压低嗓音说些高大伟岸的话，就听见老板娘压低了声音："蠢材！愣着干什么？还揩老娘的油？闪一边去！让我来对付那个老贼！"

她一把将路明非推进座头鲸怀里，戴上眼镜。

那是一副厚重的黑胶眼镜，把她的脸反衬得如软玉般光润细腻，那双漂亮的眼睛在镜框中缓缓睁开……顷刻之间，神魔附体，威仪具足！

老板娘完全没看那些漆黑的枪口，她俯视着台阶下的风魔小太郎。几百柄刀的反光照亮了她的脸。

"原来他们的朋友是您啊风魔先生，没想到刚刚买下这间女性减压会所，就有您这样有身份的客人大驾光临。"老板娘忽然笑了。

好一个"女性减压会所"，顷刻之间牛郎店就改了定位，老板娘想必是一直藏在门后偷听。

"苏桑，这间店是您名下的产业？真没有想到啊！"风魔小太郎看到她的第一眼显然是极度震惊，但立刻强迫自己平静下来，恭恭敬敬地回话。

恺撒和楚子航对视。想必一直以来就是这位老板娘藏在幕后庇护他们，什么样的人能强力到这种地步，不怕得罪蛇岐八家，而且能让风魔家主对她这种年轻女孩恭恭敬敬，如同对待师长。

"刚买下来不久，一直很想有间属于自己的店经营，每天看到它的成长，觉得生活更加真实。"老板娘扫视恺撒小组，仿佛女皇检阅自己的面首军团，"还有这些美少年陪伴，觉得生活很美满。"

"我也刚刚投效麾下啊！"芬格尔自觉地排在队尾。

"真好，我也觉得店里需要些有幽默感的人才，给客人说点相声听听什么的。"老板娘微微颔首。

"苏桑出面是想庇护他们？"风魔小太郎问。

"谈不上庇护，只是我店里的员工，我要好好照顾他们。"

"当您店里的某个人关系到蛇岐八家的未来，而这些人拒不交出那个人，虽然我

Chapter 16
The Dying of Gods

们理应对苏桑表示敬意,但恕我们不敢在这件事上跟苏桑您做交易。"

"我也没有在这件事上和您谈生意的想法。可双方都不肯让步,僵持下去也不是办法,不如我们暂缓这场谈判,二十四小时之内,我以我的信用担保这些人不会逃离高天原。明晚高天原会开门迎客,到时候我们会很有幸招待您和大家长,我们在和平的气氛中把一切说清楚,好不好呢?"

"您的意思是让我们离开?"风魔小太郎白如雪的长眉一振。

"就这么离开。"老板娘把手机递给风魔小太郎。

风魔小太郎把手机贴近耳边,默默地听着。他眼角的血管微微跳动,显然是听到了一些让他无法平静的事情,永远不在压力下谈判的风魔小太郎似乎因为电话里传来的某些声音屈服了。

"苏桑的建议很好,"风魔小太郎交还手机,"苏桑以信用做担保,那就一定没问题。"

"风魔先生真是宽宏大量。"老板娘微笑。

"今夜打搅了,非常抱歉。"风魔小太郎缓步退后,双手举在头顶击掌。

枪口下垂,刀都被收回鞘内,剑拔弩张的局面在瞬间瓦解了,只因为一个年轻女孩用自己的信用做了担保。

风魔小太郎再次击掌,从东到西,街上的路灯和霓虹灯依次熄灭,黑暗中数百双瞳孔闪着金色的微光。

一时间长街上鸦雀无声,连屋顶的猫都不敢呼吸,那哪里是几百个男人,那是几百头猛兽! 蛇岐八家在几个小时内召集了近千名混血种封锁了新宿区,如果双方真的动武,学院这一方没有任何胜算。

难怪蛇岐八家号称东京是他们的地盘而不是东京都政府的,他们甚至在东京市民中拥有一支军队。

沉默的黑帮成员从中间分裂开来,踏着雨水后退,可他们带来的威压仍旧没有消退,路明非觉得左右两侧都竖立着高墙,真不敢想象如果不是老板娘的庇护,他们是怎么在东京混到如今的。

他膝盖一软要打趔趄,楚子航闪电般在他膝弯处踢了一下,膝部神经反射让他不由自主地站直了。他们现在代表的就是学院在日本的势力,学院不会对蛇岐八家示弱。

不知何时老板娘叼上了一根细长的薄荷摩尔烟,芬格尔极有眼色地凑上前去为这位高天原女皇点火,老板娘微笑着把烟喷在他脸上,款款走向雨中,座头鲸举着伞跟在她身后。

街上只剩老板娘和为她打伞的座头鲸了,她对着风魔小太郎的背影轻轻挥手,好像是道别。

　　这是路明非一生中第一次遇到这么可怕又这么优雅的女孩，她穿着高跟鞋的脚尖轻轻点地，在风雨中仿佛黑色池塘上独自盛放的一枝白莲花。

第十七章 老板娘
Landlady

直升机也离开了新宿区的空域，老板娘扭动腰肢款款走上台阶，拍拍巴掌："打烊了，贱小子们，给我把门锁上，今夜就算是首相来我们也不开门了！"

她刚把门关上就咽了口口水，气势打了对折："喂！我说对待恩人不能这么恩将仇报吧？"

舞池的灯全都打开了，舞池边的吧台上摆满了香槟王和干邑，Basara King在左，右京在右，中间留了个位子等老板娘去坐，似乎是欢迎她左拥右抱。

这待遇换了其他女人会幸福得肝颤，老板娘却立刻投降。

"聊聊嘛，拜托您照顾那么久，总得表示一下感谢。"恺撒摆弄着"沙漠之鹰"，楚子航的长刀横在桌上，路明非和芬格尔正从酒柜里搬酒过来。

"好说嘛！别灌酒，我都交代，有一说一有二说二。"老板娘老老实实地坐在恺撒和楚子航中间。

她的气场到此已经消散了，原本她就是个后勤人员，没受过什么体能训练，威仪这种东西固然能镇住风魔小太郎，对眼前这些流氓却是没作用的。

恺撒打量着这个看似女学生一样清纯，内心里却女王一样霸道的怪异综合体。如今想来真正卷入蛇岐八家和猛鬼众的战争都是在来了高天原之后的事，如果没有这样一个庇护所，他们多半会想办法通过人蛇船这类通道离开日本，也就没有现在的这些事了。换句话说，这混乱的局面开端于他们进入高天原，亏得路明非还想过不让老板娘卷进来，其实她根本就是这场混乱的本体吧？

"那辆车怎么回事？我是说派去接我们的车，我们从曼波网吧逃跑的时候是随机选择路线的，为什么你们能预知我们会出现在那个路口？"恺撒缓缓地问。

"你们首先肯定会前往安全港，离开安全港的路线总共也就不到三十条，多买点车一个街口停一辆咯。"

"为什么要接我们来牛郎店？"

"大概是因为这样比较好玩吧……"

"大概？你自己做的事情你自己不知道目的？"

"安排你们当牛郎是我老板的意思，有个神经病老板你很难摸清他的想法，只能猜猜。"

"你们是做什么的？开牛郎店的？"

"不是，我们机构在日本没有什么分支，为了给你们提供住宿场所只好临时出高价把这间店买下来咯。"老板娘比了个数字。

"能出得起这笔钱，你们能买间酒店给我们提供住宿场所么？"

"谁说不是呢？我也觉得酒店便宜多了……但你摊上了神经病老板，就只有认命。"

"你的名字？"

"苏恩曦。"

"你的身份？"

"美欧联合会教育促进基金理事长。"

"换一个，要编谎话也请编得像一点！"

"联合国消灭贫困委员会下属东亚儿童生活状态研究中心特别顾问。"

"还有别的么？"

"香港马会翡翠玉石会员交易组织发起人。"

"见鬼，我们不要玩这种无聊的把戏好么？我是问你的真实身份！"恺撒有点崩溃的前兆。

"都是真实身份。"苏恩曦把一沓名片递到恺撒面前，"我计算过一次，我大概在两百个机构有职务，所以我有两百多个真实身份。"

"那你主要是干什么的？"恺撒加速崩溃中。

"什么都干，我们就是老板身边的丫鬟，老板要我干什么我就干什么。我也很辛苦的，字字真话。"

"你跟蛇岐八家的关系，他们为什么要听你的？"

"其实我跟蛇岐八家真的没什么关系，他们听我的是因为，"苏恩曦心算了一下，"他们欠我点钱。"

"多少钱？"

"两百多亿欧元，不是非常准确，得刨除最近日本经济回暖，股票期货行情上涨和能源短缺的因素，还有几笔总额七十亿欧元的可转债没有计算进去。"

路明非一口香槟喷在芬格尔的脸上，这笔钱大概能去非洲买个小国了吧？还能再土豪一点么？

"所以你是蛇岐八家的债主？"

"准确地说我们基金管理着蛇岐八家75%的海外资产和45%的日本资产,我们能获得这项权力是因为这些年我们不断地向蛇岐八家注入投资。所以我们也能在很短的时间里让蛇岐八家旗下的很多公司破产,所以风魔小太郎那个死老头子才不得不屈服,他可不想自己的家族陷入经济危机。"

"接下来说说你们的动机,你们想做什么?为什么要这么做?还有你老板的真实身份。"

"这件事说来话长……"

"我们不怕话长,说得越详细越好。"

"我的意思是不如我们各自回房去睡明天再说?"

"可以,把桌面上的酒都清了。"

"真没人性啊,竟然对弱女子如此残酷。"苏恩曦叹息,"座头鲸,帮我把那个鱼缸拿过来。"

说是鱼缸,其实是个大肚瓷瓮,薄薄的胎上施了青釉,再用五色绘制仕女和武士在樱花树下宴饮的画面,色彩浓艳欲滴。座头鲸立志要做真正高档次的夜店,所以用具也刻意讲究,这件瓷器是江户年间制造的"九谷烧"名瓷,原来是个酒瓮,如今蓄上清水当作鱼缸用,几条小锦鲤在水草间安逸地游着。

苏恩曦连鱼带水倒进一只冰桶里,用小半瓶烈酒涮了涮瓷瓮,然后把桌面上所有的酒都倒了进去,再挤进一个柠檬。

然后她举起瓷瓮,仿佛长鲸吸海,把半缸酒一口气饮尽!只见她的小腹微微隆起,显然这些酒已经填满了她的胃,她拿纸巾轻轻地擦拭嘴角,轻轻地打了个酒嗝。

这女乔峰的气概把所有人都给镇住了。大家眼睁睁地看着苏恩曦把瓷瓮缓缓地放在吧台上,四下顾盼,睥睨群雄:"让你们知道,无论是酷刑、酒精还是美女蛇,都不要想从我嘴里套出任何情报!"

苏恩曦叉着腰娇笑,男人们默默地看着她花枝乱颤,眼波如水。她是真的喝多了,但也是真的酒量大。原先在酒瓶面前畏畏缩缩的神情都是装出来的,她看到酒真正的心情应该是心花怒放。

苏恩曦从坤包里掏出一柄钥匙扔在吧台上:"车库里有辆奔驰,要用的话自己拿钥匙。"

"我送你回房去睡吧。"恺撒扶住她的胳膊。

"你讨厌!"苏恩曦点点恺撒的鼻子,咯咯地笑着倒在沙发上,翻了身睡死了。

"看来是真的醉了,逼问的话也问不出东西来的。"恺撒看向楚子航。

秘密办公室里,酒德麻衣正通过闭路电视观看吧台上的这一幕。

"她怎么会装醉呢?她就是这种酒疯子啊。"酒德麻衣叹了口气。

只有少数人知道苏恩曦的这个毛病，她总在吃薯片，这跟戒烟的人靠吃糖来压制烟瘾是一个道理，她要压制的是酒瘾。这个看起来温润可人的姑娘，当年却是世界金融市场上的一员战将，过着四方掠夺财富的凶残生活，直到成为老板的首席助理。恺撒路明非他们根本没有机会见识苏恩曦最华彩的岁月，那时这女人狂歌痛饮，孤独而强大。

恺撒把玩着那把车钥匙："她这是暗示我们快逃的意思么？"

"我想她是让我们自己选择，要么离开这里，要么留下来明晚面对源稚生。"楚子航说，"无论她的老板是谁，她的工作似乎仅限于庇护我们，而怎么行动，决定权在我们。"

"用上百亿欧元的债务信用才换来了二十四小时的缓冲期，她竟然让我们自己决定？"恺撒说。

"直到目前为止，她所做的事情对我们都是有利的，虽然不清楚她的最终目的。"楚子航说。

"我们留下来面对源稚生又会怎样？我们跟他并没有什么冲突，我们可以原谅他把我们丢在日本海沟里面，他难道还要赶尽杀绝么？"恺撒说，"最多也就是强制我们离开日本。"

"我们双方都不希望神复活，所以我们不是根本敌对的。但在源稚女这件事上，我们又是冲突的。"楚子航说，"直到目前为止源稚女都是我们的盟友，我们只有通过他才能找到王将，弄清楚王将的计划。我们如果把源稚女交给蛇岐八家，首先他的生命安全我们无法保证，其次这也意味着我们失去了在日本的最后筹码，我们从这场战争中出局了。"

"直到今天还没有人能让我出局，无论是哪个局。"恺撒说。

"如果我们又不想逃走，又不想出局，那么剩下的唯一一条路就是说服源稚生，说服他跟自己的弟弟合作，一起对付王将。我有种感觉，王将比藏骸之井里的神还要可怕。"

"他们兄弟之间完全没有信任感，而且在源稚女的状态下，他简直像个木偶。他已经在卧室里待了差不多二十个小时，不吃不喝，他的斗志垮掉了，整个人也跟着垮掉了，真不知道王将的梆子声怎么会这么神奇。"恺撒说，"把这样的源稚女交给蛇岐八家，等于把他送上绞刑架。蛇岐八家不会相信是王将引导出了他身体里的恶鬼，就算他们相信，也会把这个身体里藏着恶鬼的家伙杀掉。"

"不能把源稚女交给蛇岐八家。"路明非忽然说。

"你的理由是什么？"楚子航问。

"我总有种感觉……说不清楚的感觉，我们现在看到的所有东西都是表象，真正的危险还藏在幕后。王将的计划远比我们想的要复杂,但是能对付王将的只有源稚女,跟他弟弟相比象龟是个笨蛋。"路明非犹豫着说,"他确实很强,但是很笨,强笨强笨的。"

楚子航思索了片刻,点了点头:"很奇怪,我也这么想。我也觉得王将在策划的事情远远超过我们的想象,这里面有什么极其可怕的东西,但我想不出那东西是什么。"

"那么还是由我去说服哥哥吧。"一个低沉的声音从不远处传来,像是风从门缝中穿过的声音。

源稚女扶着门框站在那里,有种形销骨立的感觉。不久之前他还桀骜不驯,现在风都能吹倒他。

"我们说的你都听见了?"恺撒挑了挑眉,他本来也没想对源稚女隐瞒什么。

"外面那么大动静,我怎么会听不到呢?"源稚女无声地笑笑,"虽然我现在跟一个废人也没什么区别了,不过我想我还能帮你们一个忙,让我去说服哥哥吧。"

"你也觉得王将还有更大的阴谋没有暴露出来?"

"我肯定。王将是那种冰山一样的男人,冰山露出水面的体积只是十分之一,绝大部分都藏在水下,王将也是。想要杀死王将要做十倍的准备,把种种可能性都考虑到。我没有告诉你们我计划在空中杀死王将,并不是怀疑你们中的任何人,只是害怕泄密。这个计划只在我的脑子里存在过,连文字记录都没有,我想王将总不能窥探我脑子里的东西。"源稚女轻声说,"可我还是失败了,我以为我很了解王将了,但我知道的仍旧只是他暴露在外面的部分。"

"以你哥哥那种脑回路简单的人,确实不是王将的对手。"恺撒说。

"我隐约觉得什么危险的东西就要来了。"源稚女的眼睛里透着惊惶,仿佛恶鬼看过他,在他的身上留下了印记,"整件事跟哥哥想的不一样,王将的目的绝不是完美的进化药,也不是神。他是那种要把一切都吃掉的人,无论多少人和他竞争,多少人和他为敌,他都要成为食物链的最高级。进化为纯血龙类又怎么能让他成为食物链的最高级呢?你们可以杀死龙王,也有机会杀死进化后的王将。"

"但蛇岐八家不会相信,你根本没有证据支持这种推测。"零忽然说话了,"就在今天夜里,他们凿开了藏骸之井,里面的龙族亚种全都随着水流进入五千吨水银构成的人工地下湖里,如果神的胚胎真的在藏骸之井中孵化,那么它也会遭到致命的伤害。我想这时候你哥哥已经在为挫败王将的阴谋而庆功了。"

"你怎么知道?"恺撒吃了一惊。

"我刚从那边过来。所谓的藏骸之井,其实是一条名叫赤鬼川的地下河,它和火山熔岩带直接连通,水和火在那里混合,形成了赤红色的热水河。"零说,"伊邪那岐把圣骸封锁在那个地方，其实是给它提供了足够的养分让它的生机始终不会断绝。蛇岐八家记载的历史美化了伊邪那岐，从一开始他就舍不得毁灭那个号称能帮助人类进化为纯血龙类的圣骸，白王用人类的贪欲来保护那东西。最终藏骸之井不但没有成为囚禁圣骸的监狱，反而成了神孵化的温床。"

"这是你来日本的真实目的吧？"楚子航问，"校长安排的么？"

"是的，我和芬格尔是同一批进入日本的，从很久之前校长已经开始担心日本，探索日本海沟也是源于这种担心。但我们没有猜到变化会那么快发生，所以原本我的工作只是收集资料，算作我的实习。"

"你收集到的资料未免太过高端了吧？"恺撒目瞪口呆，原来他们在日本境内大肆购物的时候，有一个人已经触及了蛇岐八家的隐秘历史，和隐藏在这一切后面的巨大危机。

"我用了各种手段，源氏重工、神社和各家家主的住宅我都潜入过，有时也采用威胁和收买的手段。神社的一位神官似乎因为心理变态的缘故，对于外貌幼小的女性有着超乎寻常的好感，我利用了自己在这方面的长处，从他那里获得了很多资料。"

"这种事情你也能说得那么学术？"路明非听傻了。

"简单地说，我色诱了那个老淫贼。"零冷冷地说。

"好吧好吧，你还是含蓄一点为好……"

"在蛇岐八家看来他们已经接近全胜，剩下的工作就是除掉猛鬼众的余党，王将当然是最优先清除的目标，你是其次。你曾经试图杀死王将，但在蛇岐八家看来只是一场内斗。你是恶鬼，你早已违反了家规，蛇岐八家容不下你这样的人。"零盯着源稚女的眼睛，"你哥哥也认为你没有必要存在于这个世界上，他亲眼看过你恶鬼的一面。"

"虽然没有证据，但我还是会尽全力说服哥哥。"源稚女缓缓地说，"这是唯一的机会。"

"你觉得我们需要他的力量？"恺撒问。

"不，这是唯一一个我能跟哥哥和解的机会。"源稚女轻声说，"他立志要当正义的朋友，所以无法接受身为恶鬼的弟弟。所以这么多年，我始终都没再跟他见面。有时候我很恨他，这个世界上只有我们两个是绝对的亲人啊，难道就因为我的血统，他就把我杀死抛弃在废井里么？天下有什么事情比他是我哥哥我是他弟弟这件事更重要么？正义？什么是正义？我根本不觉得这个世界上有正义的存在，那些只是成年人编出来骗孩子的词语罢了。但他相信，为了正义他可以把一切都舍弃，他那种人到底是正义还是无情呢？"

所有人都沉默了，这委实是个过于沉重的话题。

Chapter 17
Landlady

"可更多的原因是我不敢面对他,我害怕他看我的眼神,我让他觉得肮脏。我曾想过我永远不是哥哥的同路人了,我只能成为他的敌人。我做过的坏事可不止当年鹿取镇上的杀人案,我是猛鬼众中的龙王,手上沾过很多人的血。这样的我,又怎么回去面对他呢?

"但就在今天我忽然想明白了一件事,为什么我那么想要杀死王将,不光是因为我恨他,也因为这是唯一一件我能用来向哥哥求情的事情。我要用王将的血洗清我自己的错误,然后也许会有一点点的机会,我还能再成为他的同路人。但我失败了,如今的我已经什么都做不到了,风间琉璃还是个对哥哥有用的人,源稚女却不是。但即使这样,我还是想跟哥哥和解。我会把我知道的一切都告诉他,至于我的未来,由他决定。他如果决定杀掉我,对我来说也是应有的结局,我杀过人,然后被杀,世间还有什么比这更公平的事么?"

源稚女深深地鞠躬:"这些天来拜托诸位的照顾,没把我作为异类来看待,除了你们,只有那些和我偶遇的女孩会把我当作正常人来看待。"

路明非心里微微一动,世界上的人种类真多,有些人恨不得与众不同高高在上,有些人却在内心深处以自己是个怪物为耻。

绘梨衣也是个怪物,某种程度上他自己也是个怪物,怪物和怪物,就该同病相怜。

"想清楚了么? 如果你哥哥真的决定处决你,卡塞尔学院可是无法庇护你的,日本是你哥哥的领地。"恺撒对源稚女的背影说。

"想清楚了。危险确实很大,可这个世界上总有些人,是再怎么恨都要跟他和解的啊。因为没有了他们,你就连人生都无从谈起了。"源稚女转过身,缓缓地向着走廊深处走去。

路明非没来由地想起叔叔和婶婶,那个骚包的中年男子和那位家庭妇女想必还被大雨困在东京的某个酒店里,婶婶正为每日支出的房钱骂骂咧咧。是啊,有些人,再怎么样你都想要跟他和解,好比叔叔和婶婶。足有六年的漫长时间里他在叔叔家里过活,能够称得上家人的就只有那三个人,你不喜欢他们讨厌他们恨他们,再也不理他们,就等于把那六年人生扔进了垃圾堆,觉得那是错误的时光,再也不愿回想。其实那六年里也有很多的好事情不是么? 婶婶那么抠门的人,还会因为单位发的梨要坏了,炖了大锅的梨汤给路明非和路鸣泽分着喝呢,每个梨子都要削皮挖核,然后炖上好久。

人长大了就是要跟世界和解的,然后就会感谢你遇到过的绝大多数人。

"那就这么定了?"恺撒把车钥匙扔在吧台上,"明天晚上就在这里,我们和源稚生谈判,这等于是学院和蛇岐八家的谈判。"

"我们能代表学院跟蛇岐八家的领袖谈判？"楚子航皱眉，"我们如果做了任何错误的决定，都要算在学院头上。"

"不，我们做了任何错误的决定，结果只能自己承担。"恺撒点燃一支雪茄，深吸一口，吐出青色的烟雾，"每个人都得为自己的所作所为支付代价，我们如果信错了源稚女，或者源稚女的判断出错，结果得算在我们头上。"

"零说蛇岐八家打开了藏骸之井，但在找到圣骸之前我们都不敢确认神真的死了，那东西跟我们以前遇到的对手都不一样，它靠吞噬人心活着，只要人类还有对于进化的贪欲，它总能找到复活的办法。"楚子航说，"神如果彻底苏醒，东京是否还存在都是未知数。这座城市里有上千万人，我们能决定这个历史的进程么？"

所有人都沉默了。

路明非又想起那个关于"选择"的问题，一条铁路的岔道口，一条岔道上立着"火车经过，严禁在铁轨上嬉戏"的牌子，另一条岔道上没有任何标识，因为它已经废弃了，不会再有火车从这条岔道上经过。十个不听话的孩子无视了那个警示牌，在危险的岔道上玩耍，只有一个孩子独自在没有警示牌的道路上玩耍，他早慧又孤独。现在火车来了，你唯一能做的事情就是扳道岔，你可以选择不扳，火车会杀死那十个不听话的孩子；你也可以扳动道岔，让火车杀死那个听话的孩子，用一个孩子的生命换回十个孩子的，让十个家庭不会伤心难过。

你扳不扳呢？扳不扳你都会自责。最好这个时候你根本不在岔道口，没有握着扳动道岔的那根杆，这样无论死多少人都跟你没关系，你大可以事后哀悼一下，心里会好过很多。

换个角度来想源稚女岂不就像那个早慧孤独的孩子么？他认为王将的阴谋绝不止于此，蛇岐八家却已经要开庆功会了。可源稚女也未必就是正确的，他甚至未必可信，也许他自始至终就在欺骗他们。

路明非脑子里一团乱麻，他从未想过自己会跟历史和世界这种大事情扯上关系，但如今他已经卷进了历史的线团，人类或者龙类，谁能够繁衍下去控制这个世界，岂不又是一个火车过岔道的问题？

"我们想一想，如果处在这个位置上的不是我们，而是校长，他会怎么做呢？"恺撒忽然说。

路明非愣了一下，豁然开朗。

"犹豫只是留给对手更多的时间去准备。"这是昂热的名言。

只有那种强硬的男人才配决定世界和人类命运吧？老到快死了还会把折刀插在会议桌上跟对手谈判。这一刻举杯交欢，下一刻拔刀砍人，中间甚至不需要过渡一下。

Chapter 17
Landlady

"错了就错了吧，一个做错的英雄，至少比什么都不做的笨蛋好。"这也是昂热说的。

恺撒从酒柜里拿出一瓶威士忌，倒进五只玻璃杯中，分给每个人一杯："如果源稚女能有勇气去见他的哥哥，那我们也该有勇气去跟蛇岐八家谈判，我想大家想的都跟我一样吧？"

"我既然是这一组的组长，如果我们做错了，我是最大的责任人。"他把杯中的酒一饮而尽。

所有人都把杯中的酒喝干了，只有芬格尔有点愁眉苦脸的，原本加入这个组为的是混饭，没混两天倒要轮到他来承担责任，不由得他不忧伤。

零放下酒杯："你们确定现在不会离开高天原是么？"

"是的，有什么疑问么？"恺撒问。

"那么打电话给我叫一个上门的骨科大夫，我还需要一间单独的卧室。"零忽然向前栽倒，那只一直抓紧吧台边沿的手松开了。一直以来她就是靠着这只手保持身体平衡的，否则她连坐也坐不稳了。

路明非扑上去接住零，这个女孩已经陷入了昏迷。她的裙摆翻开，包扎膝盖的绷带浸满了血。

"她伤得很重！见鬼！得赶快叫大夫！"恺撒解开绷带看了一眼，愣住了。

"有金属碎片嵌进了骨头里！"楚子航打亮灯光做了简单的检查。

"她早该告诉我们，她没有痛感么？"恺撒说。

所有人都看见零膝盖上的伤口了，但没人觉得那伤会很重，一个膝盖重伤的人怎么能挟持风魔家主？那可是日本如今仍在活跃的最老的忍者，忍者中的宗师。

恺撒他们开会讨论的时候，零也没有流露出任何痛楚的表情，她一直坐在吧台的角落里，用一小杯一小杯的烈酒给自己的膝盖消毒。

现在看来这个伤口可能会让她的膝盖以下从此废掉，她在红井那边到底经历了什么样的事情？让她必须支付如此高的代价去解决问题？她只是个低年级学生，却过得像一匹独狼。芬格尔跟本部失去了联系，穷困潦倒地在大街上翻垃圾箱捡东西吃，她也断线，可非但没有惊慌，反而独自完成了最核心的任务。

这让人好奇她以前的生活到底是什么样的，只有那种从来就得不到支持和帮助的人才会习惯独立完成任务，因为她已经习惯了一个人，对谁都没有期待过。

"必须送医院！"恺撒说，"这样的伤口得立刻处理，我去开车。"

"不，最好别挪动，打电话叫骨科大夫来店里做紧急手术，先把膝盖里的碎片取出来。"楚子航说，"这种情况下她得立刻平躺，金属碎片在磨着她的骨头。"

"伤这么重还不早说？"路明非也急得不行，赶紧扶着她让她平躺在沙发上。

"我必须确定你们不会立刻撤离，如果撤离的话我还得走路，那就没时间看医生。"零微微睁开眼睛，真让人不敢相信在这种情况下她的目光还是清冽的，"我不能当没有用的人，没用的人会被丢下。"

路明非心里微微一动，这话不知为何听着很耳熟，"没有用的人"这话是谁跟他说过？零那么害怕被人丢下，难道她一辈子都那么优秀那么努力……就是害怕被人丢下？

"她真的只有十九岁？"大夫收拾着工具箱，把那些被鲜血浸透的棉球和纱布塞进垃圾袋里。

"教务办公室的履历上是这么写的。你不觉得你的问题太多了一点么？"恺撒用"沙漠之鹰"敲打医生的脑袋，"出去以后不要乱说话，乱说话我就把你满嘴的牙齿敲掉。"

"明白明白！我跟鲸先生也是老朋友了，知道保守秘密！"大夫点头哈腰。

恺撒不愿意让蛇岐八家知道己方目前有个不能行动的伤员，所以没有去公立医院请医生，而是拜托座头鲸找来了这位开私人诊所的名医。大夫的态度一流医术也高超，居然能说流利的英文和中文，据说很多访问日本的大人物都曾在他的诊所就医。他信誓旦旦地说既然是鲸先生的朋友受伤，他一定会竭力诊治，至于费用根本就没提。但路明非记得网上说日本医生趁着治病毒死了霍元甲，还是很不放心，于是大夫在诊治的过程中始终被四支枪指着脑袋。

手术主要是取出嵌入膝盖骨的断剑碎片。路明非胆战心惊地看着医生把伤口切开，露出白色的骨骼，把嵌得很紧的断剑碎片用钢钳拔出来，再清洗创口和消毒，重新包扎。

中间大夫一度要求还是把零送去他的诊所做手术，因为没有料到伤势那么严重，所以他没有带够麻醉药。零让路明非从吧台拿来一瓶伏特加，打开来一口气喝了半瓶："就在这里，现在已经半麻醉了。"

这是路明非第一次见零喝酒，酒量似乎不在苏恩曦之下。手术的全过程中零一直醒着，没有说任何话，只是喝酒。她晶莹的皮肤因为喝酒而渐渐泛起红晕，最后整个人变成温暖的桃红色。

"才十九岁就吃过那么多的苦啊。"大夫出门前还在感慨。

"吃苦？"路明非一愣。

"从我行医那么多年的经验来看，每个人生下来都是娇嫩怕痛的，只有吃过苦的人更能忍耐。不是不痛，只是更能忍耐。"大夫叹了口气，老气横秋地说，"谁都不容易啊。"

路明非回到房里，零已经睡着了。路明非摸了摸她的额头，她睡得很沉，因为伤口感染，所以有些低烧。

Chapter 17
Landlady

"你守着她吧,你在这里的话她会觉得安全一点。"楚子航说。

"这话说得含义很深刻的样子……"路明非赶紧辩解,"我跟女王殿下可啥事儿都没有。"

"我不是说你跟她有什么关系,但她对你没有敌意。你知道她很讨厌肢体接触么?"楚子航说。

"什么意思?"路明非一愣。

"从苏茜那里听说的,她在女生里被称作'真空女王',因为她不愿意和别人有皮肤接触,好像有洁癖。她去图书馆的时候都会在公共座椅上铺上垫子,翻完架上的图书以后会立刻洗手,女生们说她简直恨不得生活在真空环境中,所以她人缘不太好。但她当时是指定你接住她,说明她的洁癖并不针对你,你在她看来是可以接触,"楚子航说,"或者说干净的。"

"师兄你讨论这种事情的时候要谨慎啊!虽然我没有名节这种东西可言但是女孩还是有的!"路明非完全不信,楚子航似乎在说冰山小女王对他有意思,可两个人吃饭的时候小女王从头到尾一句话不说,只是对着甜品猛下勺子,路明非只能默默地把自己的甜品也献上去。

"未必是感情,有时候人会因为觉得另一个人是同类而觉得他安全可信,总之她相信你。"楚子航转身出门,把路明非扔在房间里。

疲倦感一个劲儿地往上涌,可偏偏睡不着,路明非拎了一把椅子在床边坐下,看着昏睡中的零。

被子一直盖到脖子,零的睡姿老实得好像要下葬,但看起来很有安全感。零其实是个很警惕的人,就像一只猫。猫每到一个新的地方就会在巨大的空间里游荡,嗅来嗅去,寻找符合它要求的"安全所",有时候是在床底下,有时候是在纸箱里。你无法断言猫对"安全"的定义是什么样的,有时候它们把一根毛线缠在自己身上,往角落里一趴就觉得自己安全了,但毫无疑问,猫能睡着的地方一定是它认为安全的。

毫无疑问零现在觉得自己很安全,这间屋里只有一个还醒着的人,就是路明非。猫需要多久才会跟一个人培养出安全感来?

几天前有另一个猫一样的女孩觉得他很安全,他睡在浴缸里,猫一样的女孩睡在床上,香艳的大床,曲线妖娆。

这么想想自己也不是全然没有女人缘,那个在拍卖场一掷千金的阿拉伯公主也曾亲吻过他的面颊。

可路明非想来想去,觉得自己压根没有喜欢过零,因为零完全不可爱。她那么优秀那么完美,像是冰川笼罩着阳光。她各科全优,舞蹈一流,美貌度和诺诺不相上下,还会烹饪。她对人很有礼貌,从来不会流露出不悦的神色,也没有女孩子常见的小气、妒忌之类的毛病。但她不会笑也不会难过，即使你盯着她看也分辨不出她的心情好坏。对她来说所谓生活就是在时间里默默地走过，无所谓开心或不开心，喜欢或不喜欢。

零像一具完美的木偶，但匹诺曹都比她可爱，至少匹诺曹会说谎，鼻子还会变长。

路明非跟零最亲近的一次就是在安珀馆的舞会上，他们一起跳过一曲探戈。不过这时回想起来，路明非觉得自己根本就是个陪衬，没有他这个舞伴零都照样惊艳全场。她跳的其实是支独舞，路明非被她牢牢地控制着。参加舞会的很多人都猜零是要在学生会中建立自己的威信，所以故意选了场上最渣的舞伴，说明无论舞伴如何她都是探戈女王。

她跳舞跳得那么好，但没人见过她练习舞蹈，她的舞技大概是对着镜子练出来的。

天蒙蒙亮了，路明非起身拉上窗帘，免得阳光透进来照在零的脸上。转身回来的时候零把胳膊放到了被子外面，低烧中的人盖这么厚的被子想来是不太舒服的，路明非把她的胳膊放了回去，再把被子侧面拉开一道缝给她透气。他隐隐约约瞟到了一眼女孩白色的身体，想都没想坐回椅子上继续发呆，好一会儿才意识到自己居然那么君子。可自己分明是看到夏天衣裙轻薄的美少女会蠢蠢欲动浮想联翩的那种人啊，跟绘梨衣住一起的那几天他都比现在蠢蠢欲动，只不过绘梨衣弹指一挥间就能叫他灰飞烟灭，他实在没法对隔壁睡着的霸王龙有什么歹念。

但零呢？小女王真是很棒的不是么？也不是怪物，是同班的漂亮女生，为什么对她也没有感觉呢？

路明非自己也想不明白，就像他不明白自己为什么喜欢诺诺，也许只是因为在他那么厌的时候，诺诺那么好，她推开放映厅的大门，如同雷电撕裂黑色的天幕，天使翩翩降临。

如果当时出现在他面前的是绘梨衣或者零，也许就好了，但当时走进来的人是诺诺，于是一切都不好了。

"忽然把'皇女'送到路明非身边，是因为危机迫近了吧？"酒德麻衣坐在办公桌前打电话，苏恩曦趴在沙发上呼呼大睡。

"是的，麻衣你总是那么敏锐。虽然我也不确定危机是以什么形式出现，但在极端情况下必须有人能保护路明非。"老板淡淡地说，"我只是没想到这个傻姑娘在赶到之前自己弄伤了膝盖，这么多年过去了她还是那么死脑筋，答应别人的事情就一定会遵守。"

"保护路明非的工作我和薯片能够完成，皇女现在的战斗力连自己都保护不了。"

"放心吧,她的身体没那么虚弱,她是从灰烬中重生的人。以你的能力保护路明非确实没问题,但你的属性是剑,而那个笨姑娘的属性是盾,她适合保护人。"老板微笑,"她在路明非身边,就像那个樱在源稚生身边,在她死亡之前,路明非是绝对安全的。竭尽全力要保护什么的心理,和不惜一切要杀死什么的心理,是完全不同的。麻衣,我的漂亮姑娘,你只适合杀人。"

"关键时刻需要我出手杀死王将么?"

"我只怕你杀不死王将,我说过那会是万军之战,我将亲自迎战。"老板挂断了电话。

酒德麻衣默默地坐在晨曦中,擦拭着自己的佩刀。这是第一次,她从这个男人的话语里听出了隐含的、不确定的意味,首先他不确定那个危机是什么,其次他说那将是"万军之战"。

所谓"万军",源自《圣经》中的"Yahweh Sabaoth","万军之耶和华",这是上帝的尊号。他是天上地下的统治者,天使和大地上的军队都归他指挥,因此神的威严无与伦比,神的惩罚也无可抗拒。

那么万军之战就该是上帝亲自临阵的战争,这个世间谁配成为他的敌人? 也许只有镇压在低于最深处的恶魔,难道那种级别的东西就要苏醒了么? 她的手指微微一痛,无意中被锋利的刀锋割开了。

天亮的时候井中愤怒的咆哮终于低落下去了,源稚生站在如火的朝霞下,默默地抽着烟。

黎明到来之前井中的动静达到了高潮,仿佛有千万头狂龙在井底翻滚,几乎撞塌了井壁,大地如同地震那般摇晃。远在东京市内的气象局也检测到了来自多摩川的震动,反复打来电话要求正在红井附近施工的岩流研究所汇报当地情况,源稚生以"轻微地震"作为回复。一架东京都政府派来的直升机曾经试图飞近红井调查,但一架 F-2 战斗机陪伴它飞行了一分钟,警告它不得接近临时军事管制区,东京都政府最终放弃了调查。龙马弦一郎虽然已经死了,但他在军队里的人脉还在。

震动最剧烈的时候,连风魔家的忍者们都脸上变色,只剩源稚生站在面积达到一平方公里的超巨型井盖上,站在狂风暴雨中,仿佛以一人之力镇住了这些想要挣脱束缚的魔鬼。

人力在这些足以构建生态圈的龙族亚种面前是微不足道的,最终消灭它们的是埋藏在井底的铝热剂燃烧弹。

这是世界上最狂暴的燃烧弹,用铝粉和三氧化二铁作为燃料,它燃烧起来的时候,能够瞬间熔化生铁。它爆炸的时候像是火山喷发,千丝万缕的火光从井底一直冲上天空，像是火焰组成的彼岸花。东京的一名记者捕捉到了这一幕，拍照发在网上，惊呼日出提前。红井内部瞬间上升到三千摄氏度，这是太阳表面温度的一半，在这种高温下水银不但汽化而且等离子化，对于龙类来说剧毒的水银蒸气带着雷电般的闪光从井底涌了出来，爆炸已经彻底摧毁了井盖。

宫本志雄的计算是正确的，水银加铝热剂燃烧弹对于这些龙族亚种来说，就是致命的毒气。它们的垂死挣扎又持续了几十分钟，神的胚胎很可能也混在其中。

赢了么？那宿命的线斩断了么？也许。

他从没有想过这一刻自己的心情，不是难过也不是高兴，更说不上什么悲欣交集。他的心里木木的，似乎什么都感觉不到，除了一点点疲倦。

明天神社里会再多两座新坟，八姓家主只剩下四个人。如今想起来源稚生才觉得自己根本就不了解犬山贺、宫本志雄和龙马弦一郎，也不会再有机会了解了。真想知道宫本志雄临死那一刻的心情，看着最后的岩层崩溃，咆哮的红水把自己吞没，红水中鱼龙翻滚，那该是多么极致又多么可怖的一幕啊，可据树林中的忍者说，隧道里曾传出疑似笑声的声音。真没想到那个戴着眼镜的文弱青年也有那么张狂的一面，面对死亡就像悍匪面对刽子手的屠刀，放声狂笑。

说起来他真不是个适合当大家长的人，他已经杀死了神，是历代大家长中第一个完成这个壮举的人，登上了人生的顶峰，可那股愤怒和勇气却黯然消退，他只觉得一切都不那么有意义。

唯一让他感觉到那么一点开心的就是绘梨衣终于不用上战场了，他答应过橘政宗要照顾她的。

风魔小太郎走到了他的身后："歌舞伎町那边出了一点问题，我们暂时解开了对高天原的封锁。有位特殊人物为他们做担保，他们希望今夜能够和您直接谈判。"

"特殊人物？"源稚生长眉一振。

"不知道她的真名，但大家都叫她苏桑，想必是姓苏。"

"一个姓苏的女孩有什么资格担保他们？"

"苏桑是个很特殊的人，对蛇岐八家来说她甚至可以称作恩人，您刚刚继任大家长，还没有时间和财务那边开会，所以不知道她的名字。苏桑在家族名下的各项产业上大约投资了两百亿欧元，也就是说我们欠她两百亿欧元，她和我们共同盈利，但也有能力让我们旗下的一半企业陷入破产危机，那会导致孩子们陷入困窘的境地。"

"以家族的财富，还不够抗衡一个投资人么？"

"是特殊的投资人，首先她虽然通过投资从蛇岐八家获益，但也正是拜她的投资所赐，家族才能在最近的二十年中渐渐壮大起来；其次她对华尔街有着巨大的影响力，她把电话递给我的时候，我认识的华尔街证券经纪人一个接一个地在

Chapter 17
Landlady

电话那头说话，他们表示如果苏桑抛售我们的股票，他们也会跟进，最终我们在美国和日本境内的公司会大片大片地破产。家族也许能够抗衡她，但损失也会非常惊人。"

"早在她投资我们的时候，就悄悄地抓住了我们的要害啊。"

"在金融领域，苏桑是太过可怕的人，她的外号是'黑金天鹅'，操纵非法资本的顶尖高手。但她声称自己只是负责管账的，她对另外一个人负责。"

"这样的人居然是给人管账的，那她背后的人该是什么级别的东西？"源稚生微微有些心惊，"这种人为什么要庇护恺撒小组？"

"不知道，我们查苏桑的背景已经查了快十年，但没有任何结果。她、她服务的那家机构和她的大笔资金是横空出世的，就像《基督山伯爵》中带着宝藏归来的唐太斯。"

"隐藏在幕后的人还很多啊，"源稚生轻轻地叹了口气，"可这场游戏真的太累了，我已经不想玩下去了。"

"几分钟前收到了恺撒小组的正式通知，说您的弟弟源稚女将亲自和您谈判，这等于承认了源稚女在他们的控制中。"

"稚女会被人控制么？"源稚生摇头，"不可能的，他早就是个丧失理智的疯子了，偏偏又是这个世界上最聪明的那种疯子，恺撒小组是控制不住他的。任何人跟他面对面都要警惕，你永远都不知道他什么时候会露出鬼的面目来。"

"那您还准备亲自出场和他谈判么？我们只给了苏桑二十四小时，二十四小时之后，我们还是可以冲进高天原解决一切的。"

源稚生略略沉吟，忽然看见晨光中樱井七海并拢双膝跪坐在一棵樱花树下，树下摆着黑色的尸体袋，拉链打开，露出龙马弦一郎的脸。说真的，这个男人真是没什么魅力可言，总是那么沉默，就像那种被生活压弯了腰的中年男人，可他的情人居然是樱井七海这种容光照人的少妇。

源稚生也听过关于樱井七海、风魔小太郎和龙马弦一郎的风言风语，但他对这种烂俗的八卦没兴趣，只是觉得这种愚蠢的事情发生在家主们身上实在是有点可笑。现在他看着樱井七海，没法从那张精致的脸蛋上看出任何感情来，却能感觉到她的悲伤。源稚生心里微微一动，大概生活中的龙马弦一郎也并不是一无是处的男人吧？还是有些能够吸引樱井七海的特质的，樱井七海当了他的情人，也并非只是要和那位年迈的干爹赌气。一个人在另一个人身上花了那么多时间和心思，就算不爱他也会依赖他，何况最初的时候，总该有什么东西打动了樱井七海。

事到如今，赌气的人气也散了，高高在上的人也不介意传出丑闻了。风魔家的忍者们就站在不远处，目睹樱井七海像个未亡人那样跪在龙马弦一郎旁边，一个个面无表情，但心理活动大概很复杂。

原来死是这么一回事，事到如今什么都不重要了，只是遗憾没有更多的时间说几句话。

这个世界上，其实大家都是普通人。

"我去跟稚女谈判，告诉他不用旁人在场，我们兄弟好好说几句话。"源稚生忽然说。

"是！"风魔小太郎躬身行礼，看也不看旁边的樱井七海。

第十八章 风与潮之夜 II
The Night of Winds and Tide II

恺撒和楚子航一觉醒来，苏恩曦正带着服务生和厨师们装饰舞台。

不愧是酒量超人的女汉子，昨夜醉成那副德行，此刻她已经完全看不出宿醉的痕迹，换上了黑色制服裙和金色衬衫，漂亮的脸蛋上薄施脂粉，一身淡雅的 Hermes 香水味。

"我们这是要给大家长先生准备一场精彩的表演？"恺撒仰望高处，服务生们竟然在舞台上架了一座桥，在施工队的帮助下他们把舞台装扮成了新宿区的夜景，大大小小的霓虹灯招牌，一座高架桥从上方横跨而过。

苏恩曦在环形沙发上坐下，双腿交叠，叼上一根细细的摩尔烟。恺撒擦着了火柴递过去，苏恩曦笑笑表示她对这名有眼色的牛郎很满意。

"在新宿区，你们和蛇岐八家之间是没有公平谈判的。"苏恩曦慢悠悠地说，"我的信用只能保护你们二十四个小时，之后他们随时可以处置这间店、源稚女还有你们，如果你们决定保护源稚女的话。"

"这一点我倒是想到了。"恺撒点头。

"不到今天傍晚，封锁就会重新启动，蛇岐八家的人会从距离这里几公里的外围开始逐步封锁路口，控制车站，绝大多数商家都会配合他们的行动，他们能在这里开店，就说明他们尊重这里的规则。这里的规则是蛇岐八家定的。"苏恩曦说，"这就是所谓的清场，在重要人物会面之前，把无关人等都清理出去。清场完毕之后高天原会变成一间孤店，如果你们那位王牌牛郎谈判失败，蛇岐八家可以大开杀戒，警视厅不会管这件事，街上也不会有人救助你们。"

"听起来真是糟糕透顶。"

"你们昨晚就该驾车冲出去，带着那个腿受伤的小女孩和那个精神涣散的王牌牛郎，虽然有点难度，但不是全无可能。"苏恩曦耸耸肩，"可你们偏偏决定留下来。"

"老板娘你用巨额资金担保我们，我们跑了你的钱怎么办？"

"我可不担心，在资本市场上那些日本人跟我没什么可玩的，他们那点智商还是去玩武士刀吧。"苏恩曦叹了口气,"没办法啊,我一觉醒来发现你们还没走,只好再帮帮你们咯。"

"看这架势,老板娘是决定好好地招待蛇岐八家,好让他们手下留情?"恺撒挑了挑眉,他知道这个满肚子坏水儿的老板娘已经有了办法。

"那是当然咯,"苏恩曦眉开眼笑,"新宿区不是我们的主场,可高天原是。我们是这里的主人,难道不该好好招待客人么? 今晚会有盛大的演出,让大家长在华丽的歌舞中坐下来,大家好好谈,谈到宾主尽欢!"她把手机和打印好的名单扔给恺撒和楚子航,"开始工作吧,邀请这些贵客出席我们今晚的派对!"

中岛早苗坐在办公室的窗前,一个人看夕阳西沉。

早苗毕业于早稻田大学建筑系,是顶级的室内设计师,东京富豪都以能拥有她的设计而自豪。

年轻时她是个美人,曾有很多学长追求,但她立志出国留学。如今她仍旧是个美人,清新如一株兰花,办公桌上常有仰慕者送来的花束。但早苗看不起那些男人,宁愿去牛郎俱乐部找点乐子,追求她的男人想把她从名设计师变成谨小慎微的家庭主妇,而在牛郎店她是个自由的女人,可以搂着牛郎的脖子大呼小叫,把自己灌得烂醉。

这种浪荡的生活直到她遇见右京·橘为止。那天晚上每个女人都在尖叫,右京坐在人群里目光澄澈,好像这些女人不是为他而来,周围的喧闹跟他没有关系。

早苗晚上经常得加班,赶到高天原的时候其他客人们已经喝得醉醺醺的,舞池中灯光暧昧气氛淫靡,她在人群中显得那么不合群,但会有另一个不合群的人在那里等她。右京抬眼看着她说:"今晚就这么结束了么?"她几乎是下意识地回答:"不,只是开始!"

她不知道自己是不是爱上右京了,但这段时间肯定是花费了大量的时间和金钱在那间店里。

"唉呀,你这样子下去会越发嫁不掉的,世界上的男人再好又怎么比得过牛郎呢? 他们是收了钱来取悦你的男人啊,找丈夫若用牛郎的标准,你要当一辈子的单身女强人了。"几个闺蜜都这么劝她。

早苗也觉得有道理,于是痛下决心,连续几晚上都约成功男士吃吃饭,珍爱人生远离夜场少年。比如今晚她就答应了北条议员的邀请,在美浓津吃怀石。

助理推门鞠躬:"中岛老师,今晚您和北条议员有约,差不多该出发了。"

这时早苗的手机响了,有短信进来:"我在想,今晚会怎么结束? —— 右京·橘"。

中岛早苗腾地起身,踏上一双高跟鞋,解开发簪披散长发,大步走出了办公室。

"中岛老师,北条议员派来接您的车在楼下等着呢。"助理被吓了一跳。

"你去跟他吃吧，我今晚有个约会。"早苗头也不回。

这时青木千夏在跟父亲谈判。

千夏二十一岁，出生在一个政治世家，自己却是个歌手，十四岁时和朋友组织了"零色蝶"乐队，跟明星事务所签了约。

虽然有很好的发展机会，但千夏随性得令人发指，而且热爱烧酒，好几次因为喝多了忘记了演出。按说她这么当女明星是绝对没法成功的，但她是青木千夏，号称全日本音乐美少女中的"横纲"，她是天生的女王，无论靠音乐还是靠美貌她都能称王。她很懂得如何发挥自己的优势，有一段时间她人气下滑，事务所也很不待见她，助理们忧心忡忡，只有千夏很淡定，千夏说那就拉拉人气吧，我们组织一场演唱会。

在那场载入日本流行音乐史的演唱会上，舞台上搭起了巨型的玻璃泳池，千夏怀抱吉他从直升机上跃下，弹奏最强音，唱出最高潮，而后坠入玻璃泳池中。乌黑的长发在水中披散，白裙黏在她的身体上，勾勒出完美的曲线，聚光灯把池水照得圣光般亮。魔鬼的诱惑和天使的圣洁合而为一，一分钟后掌声如雷。事务所的负责人第二天又变成了千夏脚下的哈巴狗。

千夏正跟父亲谈结婚的问题。

"千夏啊，音乐是你的事业，我非常清楚。你为我们青木家增光添彩，爸爸很高兴。不过女人呢总是要结婚的，爸爸一直在想办法为你寻找一个好夫婿，你那些一起做音乐的朋友爸爸觉得不是很合适。我们家是一个政治世家，代代都是和政界联姻……"父亲絮絮叨叨。

"高天原盛大演出，香槟如林之夜，期盼您的光临——Basara King"，不早不晚这条短信进来了。

千夏把玩着手机，心说终于让我搞到了你的手机号码，你也会发这种揽客的短信么？

"猜猜老娘是谁？"她写了条短信发出去。

"客人太多猜不出来，今晚店里有特别庆典，来么？"对方回复得很没有礼貌。

"什么特别庆典？"

"大概是老板娘生日或者前夫祭日之类的庆典，酒类半买半送，保留节目全部上演，想喝便宜酒是个不错的机会。"

"见鬼！你甚至不记得老娘是谁，这种邀请鬼才会接受！老娘给你买的酒足够把那条街上的人都喝倒，老娘在乎过酒价么？干！"

"那么你是青木千夏。"

"怎么忽然想起来了？"

"买酒又多说话又粗而且会说'干'字的只有你，快来！"

"妈的老娘在跟爸爸讨论订婚的时候你叫老娘去夜总会给你捧场？这是老娘的

终身大事！"

"那就快点把你的人生大事谈完换衣服出发，今晚高天原人满为患，你现在出发都未必有座了。"

"妈的给老娘留座！"

父亲把一张黑白照片推到千夏面前："对方是森家的长子，斯坦福大学毕业的博士，人很好，一直忙于学业还没找过女朋友。他可是你的歌迷哦，一看到你就迷上了，表示如果能和你订婚，一定支持你继续做音乐。森家在日本政坛的地位你也知道，对我们青木家来说是很难得的盟友，我们两家联姻，你们将来的孩子会是日本首相吧？"

"好的好的，人不错就他了，不过我现在得立刻出门。"青木千夏站起身来。

"千夏你要去哪里？森家的母亲森隆子今晚带儿子来家里拜访，双方见个面培养一下感觉啊。"父亲嚷嚷。

"参加一个朋友的派对，订婚仪式什么的你们老一辈自己商量吧。"

"哪个朋友？不要再跟那些搞音乐的男孩混了，政治家的未婚妻要规矩啊。"

"不是音乐圈的。"青木千夏说，她可不敢说其实是个牛郎。

五分钟后青木千夏已经在前往高天原的路上了。

恺撒能征服千夏的主要原因是，千夏征服不了他。青木千夏这辈子对谁都是秒杀，电视台曾经安排她和一位年轻钢琴家对谈，对方对她颇为心仪但又看不起她的流行音乐，还曾经对媒体表过态。电视直播那天，青木千夏穿着雪白的长裙走上演播台，对钢琴家伸出手去，示意对方对她行吻手礼。她的美在那个瞬间膨胀到极致，钢琴家勉强支撑了几秒钟，弯腰亲吻了她的手背，整个节目中再也没说怪话。

但千夏把同样的方法用在恺撒身上的时候却完全失败了，恺撒毫不犹豫地弯腰亲吻了千夏的手背，还闻了闻，并抬头微微一笑。接着他揽住千夏的腰肢，邀请她进店喝一杯，俨然皇帝邀请贵族参观他奢华的新宫殿。这么多年来千夏终于找到了能打败自己的人，一次借着酒醉，她忽然抓住恺撒的胳膊大声说你会娶我这样的女人么？你敢娶我的话我会整死你哦！恺撒说很遗憾我已经订婚了，就您这发疯的程度，跟我未婚妻比还远未够班啊。

青木千夏就是会被这种温柔又残酷的男人吸引，说不给你机会，就一点都不给。

"我是千夏的父亲，您母亲的朋友，本来想请你们全家今晚来家里吃饭……可真是不好意思，刚才千夏忽然接到朋友的电话要去参加一场重要的聚会，今晚原定您和千夏的见面可能得改期了。但您的心情我已经传达到，千夏也表示自己到了可以订婚的年纪了。"千夏的父亲握着话筒小心翼翼地说。

电话打过去，接电话的不是森家的主母森隆子，而是自己未来的女婿。森家能有今天，全靠能干的主母，青木家对于森隆子怀着敬畏之情，这个寡妇能捧起青木家，也能让青木家在政坛中出局。

"唉呀唉呀，正想给您打电话呢。"森家长子对未来岳父的电话格外热情，"不好意思的是我们才对，妈妈刚才接到一条短信就忽然出门了……据说今晚是她干儿子的生日庆典。"

"干儿子？没有听说过您母亲有干儿子啊。"千夏的父亲有些惊讶。

"是是……是一位名叫 Heracels 的德国青年，刚刚认识，据说是很有见地的青年，母亲常和他讨论些国际局势。"森家长子意识到自己说漏嘴了，赶紧弥补，"总之我很期盼和千夏见面的那一天。"

夕阳坠落在地平线上，黑色的车队奔行在霞光下方。

风魔小太郎端坐在劳斯莱斯里，白发梳理得整整齐齐，和服外披着厚实的呢子披肩，他的身旁坐着樱井七海。

路面上格外冷清，商家都关门闭户，门上贴着"暂停营业敬请原谅"的字条。从下午开始新宿区内的主要街道开始交通管制，警察在道路两端设置了路障，没有特别通行证的车不能驶入。

今夜是源氏兄弟的谈判，也是蛇岐八家大家长和猛鬼众"龙王"的谈判，可能会划定未来黑道的版图，任何无关人等都被禁止踏入这个区域。

一路上风魔小太郎和樱井七海都没有说话，旧日的绯闻暴露之前他们说的话还多些。如今那些事都过去了，樱井七海沉浸在龙马弦一郎过世的悲伤中，风魔小太郎能做的就是沉默。

车停下了，前方似乎堵车了，风魔小太郎警觉地皱眉，既然已经清场了，又怎么会堵车？

挡住他们的是一辆加长加高的 GMC 保姆车，再往前是奔驰、宝马和雷克萨斯，各式各样的豪华车，车窗上都贴着特别通行证。有人沿街发放，看起来这些车都是去往高天原的。

手机响了，是驻守高天原的干部打来的："家主，计划有变！大批的车正往这边赶来，开车的都是女人。酒商的车也来了，正往下卸酒，看起来他们今晚想开门营业。"

"我们清场的地方，谁敢靠近？"风魔小太郎震怒，"驱散那些女人！"

"她们不怕我们。今晚高天原举办黑道派对，这里的每个人看起来都像是帮会成员，"干部无可奈何，"刚才还有一个女人拉着我合影。"

"你是要告诉我你们被一帮浑蛋玩弄了么？我说驱散那些女人！"风魔小太郎再度提高了音量。

"可是……高天原是一间服务于名媛的夜店……今晚参加派对的女人都是东京的名媛，她们的社会影响力很大，武力驱散的话我们会很难对社会各界交代。"

"真想得出来啊苏桑……"风魔小太郎沉默良久，长叹一声挂断了电话。

他清楚这是谁的主意，只有老板娘能搞到这么多的特别通行证，以她的财力，在东京警视厅里怎么会没有关系呢？交通管制得通过警视厅，搞通行证也可以通过警视厅。

劳斯莱斯滑到高天原面前，风魔小太郎降下车窗，芬格尔点头哈腰地递进来一张停车券："风魔君您来啦，特意给您留了车位哦！今晚店里客人爆满，不是老板娘特意叮嘱您怕都找不到地方停车呐！"

那张神气活现的嘴脸让人很想在上面印个鞋印。

"苏桑真是事事都提前想到。"风魔小太郎接过停车券，点头致谢。事已至此没有办法了，黑道领袖们只能在这群兴高采烈的女人里谈判。

风魔小太郎回想自己初见苏桑的时候，多么肃杀的一个女人，穿着黑色套装，戴着黑框眼镜，坐在会议桌尽头，凌厉的目光威压全场。如今却混账至此，大概是被那帮神经病传染了吧？

为风魔小太郎和樱井七海保留的座位是位于高处的 VIP 包厢，在这栋建筑还是天主堂的时候，这个空间用于牧师布道。

水晶灯光芒耀眼，俊美的年轻人们穿梭在舞池和卡座之间，他们穿着纯黑的西装和衬衫，打着纯黑的领带，戴着墨镜，手腕上捆着皮带，腰间佩着短刀，个别拎着球棒。四周墙上贴满了通缉令，通缉犯是危险的开膛手暗夜琉璃，照片上邪魅的男人叼着白玫瑰，染血的长刀横在胸前，眼神凶狠，却又透着令人难以抗拒的妖冶。

通缉令上说危险的杀手暗夜琉璃活动在东京的夜幕下，被他杀死的年轻女性数不胜数，黑道宗家悬赏一千万日元要他的人头，提醒每个夜归的女性小心。据说他只攻击最美丽的女性，所以最保守的衣着是最安全的。

但今晚到场的每位客人都穿着膝上二十厘米乃至三十厘米的超短裙，踩着十厘米乃至十五厘米的高跟鞋，黑纱和露背装比比皆是。她们非但没有听从通缉令上的警告，反而格外地张扬。根据今晚的游戏规则，那个危险的杀手暗夜琉璃今晚就藏在高天原里，他非常善于伪装，客人们必须从各式美男子中找出他来，第一个达成目标的客人会获得一千万日元的高额奖金。而这位令人无法抗拒的杀手也可能会主动走到某位美丽的女性身边，这时候你也可以一把抓住他不让他逃走，所以比拼美貌也是今晚的主题之一。

能被邀请参加这场"黑道盛典"的客人都是既有社会地位又对容貌有信心的名媛，摇滚巨星青木千夏赫然也在座，围着一张圆桌跟几位友人玩骰子。

高天原老板娘也亲自现身，即便是在这里每夜豪掷几十万的贵客也是第一次知道高天原还有"老板娘"这种东西。一个经营牛郎店的女人，想起来总有点怪怪的。

但苏恩曦没费多大力气就赢得了她们的喜欢，她是那么年轻漂亮衣着考究，还会说各种各样的笑话，本身就是亮眼的名媛。她还有令人惊叹的好酒量，在桌子之间走动，后面跟着服务生，服务生手中的托盘里，一杯杯琥珀色的陈年威士忌排成矩阵。她请每位客人喝酒，客人们都惊叹于她的豪爽。

苏恩曦难得有这种可以放开喝酒的机会，有假公济私之嫌。酒德麻衣通常会控制她喝酒，因为知道她喝多了酒品有多糟糕。酒德麻衣并未露面，她跟恺撒和路明非照过面，而且那双长腿就算裹上阿拉伯长袍也无法遮掩，她出场的话等于让搔首弄姿的客人们难堪。

苏恩曦袅袅婷婷地走进VIP包厢，亲切地跟风魔小太郎拥抱："终于等到风魔君大驾光临，今夜的酒水都免费哦，玩得开心点。"

风魔小太郎分明知道她在装腔作势可还是很礼貌地表示了感谢："苏桑来日本开店当然是要来捧场的，不过在这种地方谈判是不是吵闹了点儿？"

"我们已经把三楼的'夏月间'收拾好了，那是间和式屋，有很大的阳台，正对着东京的夜景，相信大家长一定会满意。"苏恩曦微笑，"以我的信用保证，只有大家长和猛鬼众的龙王能登上那层楼。"

"单独见面？"

"单独见面，我想这也是大家长期待的吧？"

风魔小太郎沉沉地点头："是的，大家长说过他们见面的时候不要外人在场。苏桑你的意思是我和樱井家主就留在这里欣赏表演？"

"这只是一座四层小楼而已，可不是上天无路入地无门的东京塔，今夜东京的名媛们在这里狂欢，谁也不敢造次对不对？"苏恩曦挑了挑眉，"在这种地方我们怎么能奈何得了世上绝无仅有的皇呢？"

风魔小太郎沉默了片刻，幽幽地叹了口气："苏桑您知道得真多啊，您的机构投资我们，也是为了龙族的遗产吧？原以为那是家族最核心的机密，却想不到已经有太多人知道了。这个世界上还有多少人多少组织期待着继承龙族的遗产呢？想起来真叫人灰心啊。"

"所有封印都会脱落，所有牢笼都会腐朽，而笼中的东西，却是永生不灭的。"苏恩曦微笑，"哪里是我们能阻止的呢？"

"您是说总有一天那个被埋葬的文明会重现于世么？"

"我不知道，也没人能知道。如果真有命运之轮的话，那个轮子早就转动起来了，没有人能阻止它，也没有人能令它转向。我们的力量在它面前太渺小了，我们只能在那轮子上奔跑，遵循自己的直觉。"苏恩曦幽幽地说，"真到了最终的那一日，我也只能坐看它的发生。"

"遵循自己的直觉，说得真好，从苏桑您这里听到了那么有教益的话，今夜您是我的老师。"风魔小太郎微微鞠躬。

"别那么拘谨啦，"苏恩曦忽然笑了，亲热地搂着风魔小太郎的肩膀，大力拍打，"这里可是夜店哦，是不醉不归的地方！大家都在喝酒，我们为什么不赶紧喝起来呢？可惜店里没有什么拿得出手的女人可以陪您，您看我怎么样？说起来您也没什么可选的……如果那边坐着的樱井女士不算您自带的姑娘，那我就给她找个英俊的伴儿来！"

风魔小太郎接过她递来的杯子，深深地看苏恩曦那双时而妩媚时而深邃的眼睛："我只想问一句话，您来日本，是希望解放神，还是埋葬它？"

苏恩曦又笑了："向您保证，无论我为谁服务，目的是什么，直到这一刻，我还是您的朋友。我来日本是要把神送回地狱去，那是不该留在世界上的东西。"

"为您这一句，干杯！"

"干杯！"

两杯相碰，风魔小太郎把杯中的烈酒一饮而尽，然后拿出了手机，拨通源稚生的电话："布防完成，环境安全，大家长可以进入。"

接电话的居然不是源稚生而是乌鸦："Clear，请保持对环境的控制，大家长准备进入。"

站在阴影中的源稚生摘掉耳机，掸去头发上的雨水，默默地看着舞池中红男绿女纵情声色。

他其实已经进了高天原，他扮成了风魔小太郎的司机，低低地扣着帽子。没有人会想到前排开车的人才是真正的VIP，后排坐着的风魔小太郎和樱井七海却是保镖。

今天早晨蛇岐八家已经拿到了高天原的内部地图，去往三楼的楼梯就在不远处，今夜那层楼是禁区，素白色的年轻人坐在名为夏月间的和式小屋里等待他。

确实是精心的安排，他们这对兄弟和敌人走到今天，在如此多重要人物的坐镇和东京名媛们的围拱下重逢，总算不用剑拔弩张，而能坐下来好好说说话。至于会不会有人死在那间小屋里，源稚生现在懒得去想。距离约定的时间还有十几分钟，他还想留在这里看看表演。

他是个特别好静的人，很少来这种喧嚣的场所，可今夜这里的环境却让他感觉到一种异样的温暖。

虽然确实够恶搞的。

服务生统一穿黑色制服，挽起袖子，小臂上贴着龙虎刺青，给客人点烟的时候会抽出腰间的手枪来，凑上去啪嗒一声，枪口跳起明亮的火苗。牛郎们清一色穿黑色的长风衣，风衣里是颜色花哨的衬衫，想必是模仿执行局。店里还向客人们提供Cosplay的服装，皮短裙、渔网袜、紧身的女警制服，今夜这里人人都是黑道、流氓、打手、堕落警察、风尘女子……一锅烩。

男人女人大呼小叫地摇着骰子，酒到杯干，偶尔座头鲸登上舞台讲两句又傻又雄壮的话，跟着一段表演。当红牛郎的节目会赢得满堂彩，比如 Basara King 出演的《埃及艳后》和右京·橘的《樱落严流岛》。几日不见这群神经病越发神经了，原来他们真的不只是藏匿在这家店里，还是店里的一员。

有人说狂欢就是一群人的孤单，但是孤单的人凑在一起，似乎就真的温暖起来了。源稚生也能感觉到他们身上的温度。

引擎声压过了音乐，黑太子摩托驶入舞池中央，恺撒穿着紧身皮衣，全身上下挂满银色的锁链，腰带里插着闪亮的"沙漠之鹰"。他摘下墨镜扔向客人们："我的引擎已经烧热，你们准备好了么？"

"Basara King！Basara King！"数以百计的玫瑰扔上舞台。

白色的玫瑰花瓣从天而降，楚子航穿着一身红色皮风衣戴着骷髅假面，从天而降坠落在舞台中央。恺撒驾驶摩托车冲向楚子航，两个人假模假式地搏斗，似乎是在表演什么黑道舞台剧。

几轮格斗之后楚子航已经拾起恺撒掉落的"沙漠之鹰"，一枪打穿了他的胸膛，可又忽然扑上去抱住即将倒下的恺撒。

源稚生大概有点看明白了，这幕戏讲的是一对黑道兄弟的故事，恺撒出演桀骜不驯的哥哥，楚子航出演孤独敏感的弟弟。他们从小孤苦，但是立志要做人上之人，哥哥听说政界和黑道必须相互配合，才能越走越高，于是兄弟二人抓阄，一个人在黑道发展，要打败各种帮会当黑道的皇帝；一个人要去考东大当名律师，然后进军政界当大政治家。抓阄的结果是桀骜的哥哥要去当政治家，敏感的弟弟却要去闯艰难的黑道。但他们服从了命运的安排，两个人说好再不联系，但在关键时刻总是互相帮助，谁也不知道黑道大哥的哥哥是政界新星，也没人明白为何弟弟所在的帮会总能在扫黑行动中幸存。

二十年后哥哥当上了国会议员，性格更加刚愎自用，要当全日本的霸主，于是掀起扫黑风暴，所有帮会都受到重创。弟弟不得不出面阻止哥哥，说黑道在日本的历史悠久，很多人都靠黑道吃饭，摧毁了黑道，哥哥主导的政府不可能养活那么多的社会底层，这等于摧毁了社会上的弱势群体。但哥哥说在他的未来规划中是没有黑道这个东西的，牺牲一些人的利益并无所谓，一切都要为他的政治未来让路。

最后兄弟相约在东京湾的跨海大桥下，在他们当初抓阄和分别的地方用当初的方式决斗，最后是弟弟射穿了哥哥的心脏。

楚子航和恺撒正演出这幕短剧的结局，哥哥临死的时候终于说出了真相，因为他已经得了绝症，再也无法暗中保护弟弟了，他担心自己死后内向的弟弟无法掌控那么多黑道帮会，便以自己的铁腕横扫黑道。

"记得我们当初的约定，要当日本第一的黑道皇帝！"哥哥最后的遗言，"我的弟弟一定会是日本第一！"

戏其实演得很傻，楚子航那口二把刀的日文像是在爪哇或者土耳其学出来的，但来这里的女人要不爱 Basara King 要不爱右京，要么两者都爱，这些缺点都被忽略了。喝了酒之后大家都进入自 high 的状态，来这里就是为了大哭大笑。其中还有源稚生的熟人，那位知名设计师中岛早苗小姐，修复家族神社的时候橘政宗亲自前去拜托过她，当时她以"承担黑道工作担心有损事务所的名声"为由再三推辞，非常冷艳高贵，现在却看着黑道兄弟的小话剧梨花带雨。

在场的人能真正明白这幕粗糙舞台剧的可能只有源稚生，这是那帮神经病对他的揶揄或嘲讽。这场"黑道盛典"的一切都是在暗喻他和源稚女，也难为这帮神经病们有心。

哥哥死去的时候放送了一首苍凉的中文歌：

> 你陪了我多少年，
> 穿林打叶，过程轰轰烈烈，
> 花开花落，一路上起起跌跌，
> 春夏秋冬泯和灭，
> 幕还未谢，
> 好不容易又一年……

歌词跟剧情不太搭，情调却又很吻合，反正在场的都是日本人，多半听不懂中文。

但源稚生的中文没有问题，听得很明白。这是一首秋天一样的歌，听完之后让人心里很安静，源稚生反反复复地回想那句"你陪了我多少年"，忽然有点明白那帮神经病为什么选这首歌。

人生其实是个很短的东西，有谁能陪谁多少年？屈指算来就那么区区几个人，那么多年来陪过源稚生的只有三个人，橘政宗、樱还有源稚女，现在其中的两个已经变成了新坟。

你陪了我多少年？我能偿还你多少年？

他悠悠地哼着这首歌，神游物外似的。不远处的 VIP 包厢里，风魔小太郎也哼着这首歌，手指在膝盖上打着节拍。

服务生们在舞池中央摆上了一口铜缸，把一瓶又一瓶的香槟倒进缸里。今晚客人们点的酒已经太多了，不断有豪客刷卡派送每桌一瓶香槟，最后只能把这些香槟都倒进缸里，大家可以随意地从缸里取酒。

酒已经太多了，在场的客人们一天一夜也未必能喝完，这时候继续买酒只是为了把某个牛郎的营业额推高，但是大家都很乐意这么做。这是个创造奇迹的夜晚，高天原的气氛在午夜之前就白热化了。

今夜一切都是可能的。

不远处的客人发现了源稚生，眼波流动。她大概误以为源稚生也是店里的牛郎了，店里的男性要么是服务生要么是牛郎，以源稚生的容貌，似乎不可能是服务生。

源稚生从旁边的玫瑰花瓶里抽出一枝花递到她手中，微微笑笑，转身离去，沿着客人不得踏入的通道去往楼梯间。

地下室的化妆间里，源稚女正在梳妆，路明非反坐在一把椅子上旁观，赞叹不已。

他记得某个文豪说女人化妆是世界上最神奇的场面，她们把种种精美的颜色涂抹上去，手法轻柔得像是为雏鸟梳理羽毛，于是苍白的脸渐渐地精神焕发，丝丝妩媚流淌在眉梢，眼波都变得明亮起来，整个过程仿佛巨匠绘制肖像，你坐在那里看着，感受着时光流逝，心情仿佛天边的白云那样变化。

源稚女化妆就给人这样的感觉。他的妆很淡，只用极少的一点颜色，随着薄薄的朱色和石青抹上眉间眼角，他渐渐艳丽起来，再度呈现出介乎男女之间的妖异之美。

他正强行用化妆术把自己恢复成那个桀骜的风间琉璃。

"就用自己真实的样子见他不好么？"路明非忍不住还是问了。

"我不愿意那么弱弱地去见他，好像回去跟他求助那样。他今天要见的人是猛鬼众的龙王风间琉璃，我就给他风间琉璃。只有风间琉璃能说服他。"

路明非沉默了很久："你心里其实还是有点恨他的吧？"

源稚女停下手，眼神忽然间迷离起来："是啊，怎么能不恨呢？在我发现自己是恶鬼的时候，在我最绝望最虚弱的时候，这个世上最该跟我在一起的人却用刀把我的心刺穿了。我无法选择自己的血统啊，我生来就是这种肮脏的东西，可他也觉得我脏……他那么光辉那么正义，不能有肮脏的鬼做弟弟……可亲人就是这个世界上跟你最亲近的人啊！如果换成我是皇哥哥是鬼，就算为了他和全世界为敌，我也不会让他一个人孤单地逃跑……跟你最亲的人相比，世界算什么啊？"

他的声音微微颤抖起来，大滴大滴的眼泪滑落下来，弄花了精致的薄妆。

路明非能感觉到那汹涌的、潮水般的悲伤，很显然风间琉璃始终压抑着这种情绪，但在即将跟哥哥见面的时候，终于控制不住地流露出来。

这种情绪对于谈判显然是不利的，路明非觉得自己应该劝劝他。但他做不到，是啊，如果你最亲近的人是个恶鬼，你就能放弃他了么？

在亲人的眼里，大义灭亲是何等残酷的词啊，世间应该有那么一个人，你可以为他背叛一切，甚至于公理和正义。

可公理和正义也是头等重要的大事啊，从小老师就告诉你那是不能违背的。路明非一时间想不明白这么多事，只觉得心情很低落。

"对不起，我就是这样，做戏做得太多了，不知道什么时候就入戏了。"源稚女恢复了平静，开始补妆，"动不动就哭哭笑笑。"

"所以你才是最红的牛郎啊，所有女孩都喜欢你。"路明非随口说，"不像我，就算把我放到牛郎店里穿上牛郎的衣服，我也只是个端盘子的。"

他想说你随便哭哭笑笑就能让人心里那么难过，我这种糙汉都被打动了，要是个女孩还不跟你落下泪来，真是我见犹怜何况妹子。

"其实每个人都在表演，人生就像是一出戏，你在戏里扮演的总不会是真实的自己。"源稚女轻声说。

"也不一定吧，老大就总是本色出演啊，我也很本色，不同的就是老大演高帅富，我演屌丝而已。"

"屌丝？"源稚女问。

"网络词汇，说那种没有存在感的路人甲路人乙，活该一辈子暗恋班里的漂亮女生。进阶状态是中年怪蜀黍，终极状态是老卢瑟。"路明非很高兴能找到这个话题把源稚女的注意力引开，说这个他丝毫不觉得伤心，他已经习惯于自己是屌丝了。

"Sakura你也是个演员，只是演得不太好。"源稚女自顾自地画眉。

"哪有，我这么憨厚，有什么说什么，从不搞伪装。"

"你是个很孤单的人，但你会故意说很多话来掩盖，不是么？"

路明非一愣，立刻想用话遮盖过去："算不上孤单吧，偶尔有点没意思，不过吃吃喝喝很快都会过去。"说完他才想起，自己下意识地在遮掩什么，果然被源稚女说中了。

"那是你在逃避，只要你跑得够快，孤单就抓不住你，但有一天你会累得跑不动，孤单不会，它迟早会追上你。"

"照你这么说我不是没救了？"

"你心里喜欢什么人吧？但没法跟她在一起，跟她在一起就有救了。"

路明非一怔，心说我暗恋某人你都能看得出来？

源稚女从化妆镜里看着路明非："我也不是故意要观察你，我是个演员，观察别人是我的习惯。第一次看你照片，我就觉得你在伪装，但你藏不住自己。你心里的那个人太强，总是要不顾一切地撕破伪装跳出来。你心里的那个人，是值得敬畏的。当你把他放出来的时候，你才是本色出演。"

路明非心里动了动，源稚女后面的话他根本就没听进去。

他忽然想明白了一件事，就是诺诺其实一直都知道他的心事。诺诺的外号是红发巫女，号称会用塔罗牌算命，这只是她跟大家开的一个玩笑，她根本不用借助任何牌就能算出对方的心事，她有"侧写"的能力，路明非曾经亲眼见过她那灵巫一样的感悟能力。那么诺诺怎么可能猜不出他的心事呢？连源稚女都猜得出来。但诺诺从未表示过，她装作什么都不知道。

他的心沉沉地往下坠，原来诺诺跟陈雯雯是一模一样的。女孩们才是好演员，她

Chapter 18
The Night of Winds and Tide II

们什么都知道，但她们不想提起。她们也许希望你知难而退，也许是根本就不在乎。

也许只有绘梨衣那种笨蛋小怪兽才是他路明非承担得起的女孩，她的喜怒哀乐路明非不用猜。这个时候他忽然有点想念绘梨衣，希望她回去之后一切都好。

"我看起来怎么样？"源稚女站起身来。

路明非上下打量他："蛮好的……就是还缺那么点儿气势。你要记得控制情绪。"

"放心吧，今天是我和哥哥重逢的大日子，我会控制住。"源稚女点头。

路明非忽然想起不在恶鬼状态的源稚女其实算得上一个很乖的弟弟："其实我也有个弟弟，他小时候老跟我抢电脑，我可烦他了，但今天回头去想，我已经不讨厌他了。"

"为什么？"

"要不是他当年跟我抢电脑玩，我不是更孤单了么？当年我们还睡在同一间屋里的两张竹席上，大夏天的他晚上睡不着就冲我扔纸团子。"路明非说，"我就那么一个弟弟，所以他做什么我都会原谅他的。"

他似乎听到了阴阴的冷笑声，下意识地扭头看去，路鸣泽却并不在他的身后。不知道为什么，他总觉得魔鬼版的路鸣泽特别讨厌小胖子版的路鸣泽，真奇怪，分明是两个天差地别的人，却有同样的名字。小魔鬼那么清秀高贵，不贱的时候仿佛不食人间烟火，却那么讨厌那个没追求的小胖子，小胖子在他眼里不该是尘埃一样渺小的东西么？

路明非摇摇头，收回乱七八糟的思绪："时间差不多到了，你哥哥会在夏月间等你，记得一定要镇静。"

"明白的，谢谢你，路君。"风间琉璃用力点头。

源稚生端坐在夏月间里，空气中弥漫着淡淡的烟草香。

纸烟是不会散发出这种味道的，那是手工烟丝燃烧时散发的烟味。源稚生赶到歌舞伎座的那一次，源稚女已经提前离开，只留下满室的烟草香，就是此刻夏月间里的味道。想必不久之前源稚女曾在这间屋子里抽过烟。

源稚生大致能明白弟弟为何要在谈判之前单独坐在这里抽烟，他自己在桌边坐下，也不由自主地摸出纸烟来叼上一根。这是个太过重要的见面，双方都想演练一下，可是想象桌子对面坐着那个人的时候，又会不由自主地慌乱，就想用抽烟来掩盖。

夏月间是高天原里风景最好的包间，打开两扇木门，门外皓月当空，一条河从不远处流经，河边生长着樱树和枫树，河中月影浮动。很久没有这么好的月色了，源稚生也很久没有时间和心境欣赏风景了。这个环境让他觉得很舒服，他渐渐地放松下来。事到如今，神已经死了，猛鬼众的主力已经湮灭，王将纵然可怖，却也不敢公然在蛇岐八家面前现身。战争接近结束，一切都会渐渐好起来，他确实应该坐下来跟"龙王"好好谈谈。

尽管在橘政宗面前表达了"再杀源稚女一次"的决心，但在知道源稚女还活着的时候，他确实感觉到了某种悸动，似乎心底的某个死结略略地松开了。这些年来他一直重复地做着噩梦，梦见幽深的井底一双无神的眼睛仰望天空，他从井边俯下身去看那具尸体，尸体慢慢地伸出手来把他拉向井中，源稚生无法抗拒。尸体就是源稚女，源稚生亲手把他封在那口井中。这辈子源稚生都停留在那噩梦般的时刻，他亲手杀死了自己的弟弟，亲手埋葬了他。

就因为弟弟是个鬼。

回到那个凄惶的雨夜，那些用女孩身体制造的蜡像默默地站在地下室深处，恶鬼般的弟弟在灌满了化学试剂的浴缸中哼着歌操作，那一刻源稚生被铺天盖地的绝望吞没了。对他来说，从那一刻开始，那个管他叫哥哥的男孩已经死了，只剩下魔鬼把弟弟的躯壳作为衣服来穿，他必须杀了那个魔鬼，可以强忍心中的悲痛，但他不能背叛正义，他是正义的朋友！直到最后一刻源稚女都没有想到要反击，只是茫然地搂着他的脖子叫他哥哥，源稚生咬着牙拧动刀柄，呼啸的血泉从弟弟的胸口涌了出来。

这是他为正义支付的代价，他已经为正义支付了太高的代价，从那以后他再也不在乎对鬼使用暴力，唯有一次就是在遇见樱井明的时候，那个孤独的男人带着嘲讽的神情对他说："他们都说天照命会让每个人看见阳光，可我们这种生在黑暗里的蛾子……只会被你的阳光烤成焦炭。"

那一刻源稚生的心剧烈地颤动，是啊，他是皇，是伟大的天照命，但他没法让每个人看见阳光。他的亲弟弟已经被那炽烈的阳光烧成了焦炭。

所以他才会想要逃走。他厌倦了杀戮，只想要平静地度过余生。

但命运给了他第二个机会，许多年后源稚女再度来到他面前，眉眼间依稀是当初的模样。

异日重逢，我该以何见你？以沉默、以泪水，还是以刀锋？我如警惕恶鬼那样警惕你，却又忍不住要用尽一切力量拥抱你。

风魔小太郎和樱井七海都不清楚今天源稚生来这里的真正意图，源稚生在寻求一线机会。那线机会是从源稚女刺杀王将开始的，源稚生并不知道源稚女为什么要杀王将，但多年之后，在对王将的战争中他们这对兄弟终于又站在了同一阵营。

这些年无论你在哪里，你是谁，你与我为友还是为敌，都无法改变你我的过去……在我们都很孤单很无助的时候，是你陪了我那么多年。

所以源稚生今天要来这里，哪怕只有一线机会，他也要抓住。

烟烧完了，烫到了源稚生的手指，他从绵长的思绪中惊醒，把烟掐灭在烟灰缸里，重新戴上耳机。

"报告情况。"他说。

"花组报告，以高天原为中心，附近的十六个街口仍在我们的控制中，没有任何异常。"

"牙组报告，狙击手全部就位，全方位覆盖高天原。"

"铁组报告，一楼大厅、二楼餐厅和顶楼天台一切正常，控场人员每三十秒报告一次。"

"鹤组报告，'忍者'武装直升机正在高天原上方执行空中巡逻任务，雷达监控表明周围街区一切正常。"

"很好。"源稚生说。

为了这次谈判，蛇岐八家可谓大费周章，除了风魔家的忍者部队被留在了红井，负责看守那口沉积着龙类亚种尸骸的储水井，其余精锐都被集中到了新宿区来，人员动用规模不亚于在海面上阻击尸守群。

从天空到地面，乃至于下水道里，蛇岐八家建筑了三百六十度的立体防御。放眼东京范围内，没有任何一个势力能打破这样的防御圈，大家长和龙王的谈判绝不允许被干扰。

源稚生闭目养神，等待着那一刻到来，走廊上响起轻轻的脚步声。

警报声撕裂了夜色，高分贝的声浪一站接一站地传递，有人拉响了防空警报，十几秒钟里，偌大的东京城内都回荡着刺耳的警报声。

源稚生霍地起身，看向窗外，想知道到底发生了什么事。防空警报是最严重的城市警报，动用防空警报意味着通过电视和广播警告市民都来不及了，危险在瞬息之间就会降临。

猛鬼么？猛鬼众有实力对新宿区发起空袭么？这完全不可能！就算猛鬼众能弄到少数几架轰炸机，这些未获许可的飞机也不能飞进首都导弹防御圈，那个防御圈由爱国者3型导弹和雷达网组成，堪称铁壁防御。

一楼舞池中狂欢的人们也被惊吓到了，防空警报的声音锐烈，连强劲的迪斯科音乐都压不住。所有人的手机在同一刻响起，铃声汇成另一种可怕的警报声。

风魔小太郎摸出手机，刚刚是东京气象局对全体市民发送的警报，警报内容极其简单："各位市民请注意，前所未有的强劲海啸即将进入东京湾，请居住在沿海区域的市民紧急撤离，无法及时撤离的市民请在地下室或者建筑物的高层躲避。"

隐约有巨声从东边袭来，轰轰然仿佛雷霆，天地间再也听不见其他的声音。真的是海潮声，风魔小太郎不敢相信自己的耳朵，新宿区距离海边大约有十公里远，在这里怎么能听见潮声？

地面在震动，仿佛成千上万只大象组成的象群在街上跑过，舞池顶上的巨型水晶吊灯像钟摆那样剧烈摇晃，穿着细高跟鞋的女人们和桌面上的玻璃酒杯一起震颤，摇摇欲坠。

"鹤组！鹤组！报告情况！外面怎么了？"风魔小太郎摸出对讲机大吼。

耳机中只有沙沙的电离声，严重的大气电离现象干扰了无线通信。大气电离现象能够干扰近距离无线电通信，这种情况只发生在太阳黑子爆发或者核爆炸的情况下。

苏恩曦惊得起身，想去外面看看动静，但她也跟客人们一样穿着高跟鞋，没跑两步就一个趔趄跪在地上。这种时候还是座头鲸有一店之主的风度，大吼道："可能是地震！保护客人们疏散！"

把守各个出口的执行局干部蜂拥上楼，无论发生什么事，首要的就是保护大家长脱离危险。

能亲眼看到危险逼近的人只有大家长自己，源稚生站在寒冷潮湿的狂风中，向大海的方向眺望。乌云平铺着推来，几十秒内，原本晴朗的夜空被翻滚的积雨云盖满，暴雨从天而降。

月光彻底消失，千家万户亮起了灯，城市在某种即将袭来的灾难面前战栗。

一切都说明某种异变正在发生。源稚生全身骨骼爆响，龙骨状态在一瞬间完成，他再度成为绝世的皇。他拔出"蜘蛛切"和"童子切"，踢开木门走上阳台，站在狂烈的海雨天风中。

他果真看见了大海涌来，百米高的水墙一边推进一边发出雷霆般的巨声，所过之处，无论是汽车、树木还是棚屋都被举上潮头，几层楼高的建筑在它面前就像是沙滩上的卵石。

源稚生不敢相信自己的眼睛，那根本不是他所能抗衡的力量，那是浩劫！

狂潮推进到距离高天原大约一公里的地方，在一片位于高处的商业区受到了阻碍，数十万吨海水碎裂为泛着白沫的激流，沿着大街小巷涌入新宿区，浩浩荡荡的大河穿行在高楼大厦间，几层楼瞬间就被淹没，高楼上的广告大屏犹然播放着三井三菱和富士佳能的广告。盛世和末日相距如此之近，似乎象征着远古巨龙对脆弱的人类文明的嘲笑。

此时此刻，东京都气象局陷入了彻底的混乱中，几十年来从未有过的地质和大气变化在不到半个小时内席卷了东京。

打印机发疯地喷出记录纸，首席科学家宫本泽发疯似的扯过来看，陡峭的曲线溢出了有效范围，安装在近海海床上的仪器设备已经失去了监测海潮的能力。

最早发现海啸的是美国的间谍卫星。这颗间谍卫星是用来监控日本和周边国家的，日本政府抗议过多次，但这一次它发来了关乎东京都存亡的情报，近海的火山带以前所未有的烈度爆发，一个迄今为止从未观测到过的海啸激波正在向东京都推进。高达百米的狂潮沿路摧毁了东京都气象局设置的所有浮标和监测仪器，所以东京都气象局对于即将到来的危机毫无觉察，十几分钟前他们还喝着咖啡讨论最近诡异的气候变化。

东京湾附近的防波堤在百米级别的海啸面前形同虚设，海水侵入陆地，潮峰以每小时八十公里的高速向着内陆推进，到达新宿区的是第三波潮峰，十几分钟内，东京都的三分之一区域被海水淹没。

港区已经变成了废墟，万吨巨轮被史无前例的海啸卷着撞裂了防波堤，房屋被成片地掀起，跨海大桥垮塌，数以万计的集装箱淹没在海潮下方。

其他地区的损失报告还没有出来，报告出来也毫无意义，因为灾害强度还在不断上升，东京都这个巨人在持续失血，此时此刻一切的救灾手段都形同虚设，气象局也无法预料下一步的变化。

能做的事情只剩下祈祷了么？

同时袭来的还有12级狂风和暴雨，十几分钟内降雨量已经超过了100毫米，这在许多少雨的城市，是整整一年的降雨量。

"宫本博士！宫本博士！首相官邸打来电话，要气象局给出解释，为什么没有预报？为什么没有预报？"年轻的接线员握着电话大吼。

宫本泽狠狠地推开他，冲上露台，海水已经漫到了气象局的楼下，整个一层都被淹没了，周围的高楼大厦也都站在洪涛大海中。宫本泽死死地盯着西边看，仿佛那里的云层里藏着他的死敌。

西边的天空里传来了另一种轰然巨响，仿佛一门直径数公里的巨炮发射了，几秒钟后西边的天空被照成了火红色。

"富士山……喷发了！"一名下属冲上露台来大吼，但看到眼前这一幕他就知道宫本泽在等什么，富士山喷发的火光全东京的人都能看见。

那确实是宫本泽的死敌，也是日本所有气象专家和地质专家的死敌，那座火山之父的喷发，说明地壳深处的岩浆已经彻底沸腾了，近海和火山和陆地火山在地壳深处是相通的。

"震波逼近东京！10、9、8、7……"负责监控震波的同事大吼。

烈度高达八级的震波来袭，把满屋的人都掀翻在地。接线员撞在墙角，撞得头破血流，还抓着话筒高喊摩西摩西，宫本泽一把抓起他的衣领，抢下话筒凑到耳边："首相先生，别问这个可怜的家伙了，他什么都不知道。事到如今解释也没用了，我们没有任何办法制止这场灾难。听着！不会有预报，也没有应对方案！唯一一条建议，"他深吸了一口气，"赶快逃命去吧，你留在首相官邸也没什么用。"

他挂断了电话，站起身来整了整西装，四下扫视："都避难去吧，防空洞是靠不住的，地势低的地方也待不住，去空旷的高地，那里最安全……如果还想做什么的话，就为东京祈祷吧。"

这个平日里庸庸碌碌的中年人，忽然变得凛然生威，就像长刀在手的武士。

"可是……"一名下属战战兢兢地说。

"混账！你们留下来又有什么用？在这种级别的灾难面前，你们跟普通人一样无助！走！快走！沿路上招呼大家去空旷的高地！你们能做的就这么多！"宫本泽大吼。

他龙虎般的声威镇住了所有人。其实气象局的人何尝不想逃走呢？只不过作为科学家的尊严不允许他们放下手中的工作罢了。但事实就像宫本泽说的那样，他们已经失去了作用，这种级别的灾难远远超过了人类的认知，他们能做的就是像普通人那样奔逃，并把正确的逃生方法告诉沿路遇见的每个人。

偌大的办公室在几分钟内就撤空了，最后一个走的是那个头上鲜血淋漓的接线员，他从东大毕业不久，是地位最低下的实习生。他呆呆地看着宫本泽在控制台前坐下，面无表情地盯着屏幕，一边拷贝数据一边向所有渠道发送灾难警报。

"前辈……"接线员喃喃地说。

"走吧，其他人都没用，你更没用了。"宫本泽冷冷地说，"但总得有人留下来看着这场灾难发生，把它记录下来，这些数据对将来的研究有用。你将来要变成有用的人，分析我记录下来的数据！"

他瞟了一眼接线员，眼风锐利如刀，放声大吼："现在！滚！"

接线员深深地鞠躬，追着那些夺路而逃的同事们离开。玻璃接二连三地破碎，狂风暴雨横扫办公室，宫本泽坐在控制台前，借助大气层外的气象卫星俯瞰地面。

作为宫本志雄的叔叔，他当然明白这是怎么回事，这是神的苏醒。人类是无法跟那种高高在上的东西抗争的，能够踏上战场的，只能是他们这些混血种。

巨型水晶吊灯坠落在舞池正中央，破碎的水晶碎片四下飞溅，割伤了旁边女孩的裙子和身体，这一幕透出惊心动魄的美艳，也透出浓烈的末日气息。

墙壁自下而上出现裂痕，海水以极大的压力迸射出来，形成白色的水龙。一个年轻女孩被当胸击中，吐出大口的鲜血，座头鲸抢步上前抱住了她。一分钟内舞池中水深齐腰，几分钟前还是歌舞升平衣香鬓影，此刻这些衣着轻薄的女孩哭喊着在水中跋涉。她们根本不知道撤离的通道在哪里，就是想跑，跑得越远越好。遍地散落着高跟鞋、坤包和项链耳坠，工薪阶层的女孩如果能拥有这些奢侈品中的某一件都会开心上好几个星期，但这时候人们连看都不会看它们一眼。

他们并不知道高天原的情况已经算是不错的了，这座旧式的天主堂非常坚固，否则在海啸激波到达的第一瞬间它就倒塌了。

"花组！花组！"樱井七海呼叫。

无人回答，她立刻明白了，在这种情形下，负责控制街口的花组已经不存在了。至于在高天原内部控场的铁组，此刻跟客人们一样挣扎在水流中。

能够幸存下来的只有负责狙击的铁组和负责空中防御的鹤组，他们的头顶上还盘旋着两架"忍者"轻型武装直升机，那是能够帮助他们迅速撤离现场的东西。

"牙组！鹤组！"樱井七海呼叫。

"情况无法确定！海潮进入新宿区！重复一遍！海潮……"牙组组长的报告被

枪声打断了，取而代之的是一连串的惨叫。

樱井七海听出那是军用霰弹枪的声音，属于民间禁用的大威力武器，跟黑帮常用的打猎用霰弹枪完全不同。有人正在使用这种军用武器清除狙击手，牙组已经失效。

这都说明有人提前知道超级海啸的爆发，所以进攻时间才能被计算得那么精确。海啸摧毁防御圈的同时，进攻开始。

"鹤组！向高天原楼顶迫降！大家长在三楼！重复一遍！大家长在三楼！优先带大家长撤离！"樱井七海下令。

"鹤组明白！鹤组明白！正在靠近中！"

风魔小太郎的手机响了，打进电话来的是宫本泽。听完电话之后，他整了整和服起身，在慌乱的人潮中，这个老人坚硬得像块礁石。

"苏桑，以你对龙族的了解，我想你已经明白正在发生的是什么事了。"风魔小太郎盯着苏恩曦的眼睛。

"神的苏醒。"苏恩曦的声音微微颤抖，"只有神的苏醒。"

"我想这件事也超出了你的预料，否则你也不会留在这里陪我喝酒聊天了。"风魔小太郎幽幽地问。

"人格担保！我什么都不知道！"苏恩曦脸色惨白瑟瑟发抖，显然是给吓傻了，"地震了么？"

她平日里镇定自若，导致风魔小太郎总是忽略她的年龄，把她看作平起平坐的合作伙伴。此刻大难临头，苏恩曦表现得就像个看见猎食动物逼近的小白兔，风魔小太郎才意识到她只是个年轻女孩，无论多么聪明狡诈，面对真正的战场还是会惊慌失措。

"真那么简单就好了，快逃吧，趁还来得及。"风魔小太郎冷冷地说，"这时候全世界的金钱都救不了您。"

虽然不能绝对肯定苏恩曦跟这起事件无关，但风魔小太郎还是决定任她离开。成年人看到可恶而好看的小姑娘吃了亏、委屈得要哭出来时，心里对她的厌恶感总是会降低的。

"谢……谢谢……"苏恩曦摘下脚上的高跟鞋，混入奔逃的人流中。

风魔小太郎没时间管苏恩曦，他必须去找源稚生。高天原的见面看起来是一个陷阱，蛇岐八家的绝大部分精锐都集中在这里，大家长也在楼上，风魔小太郎必须保护源稚生逃离。

"果然还是不能相信那个男人！"风魔小太郎低声说，他心里想的是源稚女，他想兄弟感情令源稚生放松了警惕。

他抽出怀剑。他带着这柄剖腹用的小刀，原本是用来象征心中的决意，现在却要用它作为武器。铁组干部们涉水来到他身边，十几个人，这就是风魔小太郎现在能调动的全部力量。

风魔小太郎转过身，看见樱井七海也挽起了和服袖子，解开了和服的下摆，手中同样提着锋利的怀剑。

客人们正合力想要拉开那扇沉重的大门，想要逃离高天原。那扇门里面是钢芯外面包着上好的楠木，名家雕刻，重量超过一吨，由电机驱动，象征着高天原的体面，但现在就是它阻断了逃生的路。消防通道也失效了，滚滚白浪正通过消防通道灌进来。风魔小太郎带着铁组冲向三楼，刚刚走到楼梯间就听见楼上传来密集的脚步声，风魔小太郎伸手把冲在最前面的那名执行局干部拉了回来，下一刻密集的弹雨迎面而来，同时有几个人身上溅出血花。

身穿蛙人服的枪手控制了楼梯间，他们的蛙人面具上有飘逸的"鬼"字，猛鬼众。

"闪开！"风魔小太郎跳上楼梯扶手，仿佛蜻蜓落在荷叶之上。他在弹幕间急速地奔跑，怀剑带着灿烂的银光，切开了枪手的咽喉。

虽然很老了，但他仍旧是忍者之王，别说他手中还有一柄怀剑，就算给他一枚刮胡刀片他都能杀人。如果猛鬼众认为几个枪手就能阻挡他跟大家长会合，那就太低估蛇岐八家的家长们了。

源稚生踢开门冲上天台，闪电撕裂云层，借着电光他看清了东京。

绝望的东京。

目光所及之处都是大海，重重黑浪奔涌而来，拍在废墟上溅起白色的水沫。海面起伏，看上去就像是一望无际的荒原，枝形闪电坠落在水面上，像是奇诡的巨树从黑色荒原长进了云层。

受灾更重的是远处临海的区域，高楼大厦倾斜，断口处向着天空伸出钢筋，有两座楼相对着倒塌，楼顶撞在一起形成了孤独的"人"字形。

城市变成了群岛，楼宇变成了一座座小岛，岛屿之间黑色的海潮起伏。

怎么会这样？他们分明已经杀死了神，红井底部堆积的、布满水银斑的尸骨可以做证。岩流研究所的生物专家已经反复地查看了那些尸骨，确定没有幸存者。那些生物狰狞得超出任何怪物画家的想象力，爬行动物、哺乳动物和鱼类的特征会出现在同一个个体的身上，体长超过两米的大型盲眼鳗鱼，却进化出了狮虎般强劲的前爪，某些生物形似巨蟒，但脊椎却是开叉的，有两个甚至三个头，一切的一切恰如橘政宗所说的、多年之前被拉斯普京关闭的洞穴，神的胎血令地下河中的生物集体变异，呈现出混乱的进化。生物专家未能从那些死去的生物中辨认出神来。

难道说神并没有随着赤鬼川的水流入红井？王将已经得到了神？

源稚生很清楚自己在这种情况下应该做什么，鹤组的直升机必然会尝试救援他，此刻那是唯一能快速离开高天原的交通工具，源稚生必须立刻回到源氏重工，没有他就无法组织新的防御。

鹤组果然来了，武装直升机顶着狂风暴雨靠近高天原，飞机上的人向着源稚生

Chapter 18
The Night of Winds and Tide II

挥舞手臂,把软梯扔了下来。

源稚生还没来得及去抓软梯,明亮的火光就贯穿了直升机。"忍者"在轰然巨响中化为火球,巨大的旋翼和机身脱离,斩入一座摩天大楼。

那是单兵用防空导弹,发射导弹的人站在急速逼近的快艇上。那些敏捷的小船在激荡的水流中跳跃着前进,从四面八方包围了高天原,快艇上满载身穿蛙人服的男人,他们手中端着军用霰弹枪。就是这些人清除了负责狙击的牙组,他们在水下潜行,然后忽然冒出水面开枪,牙组的精英射手们一个接一个倒下。

巨大的黑影突破云层缓缓地下降,又是那艘硬式飞艇,它在风中剧烈地颤动着,但飞行姿势依旧稳定。硬式飞艇的抗风能力远远超过飞机,鹤组降落得冒生命危险,硬式飞艇却仍能准确地把货物降在高天原的楼顶。一个集装箱从天而降,砸塌了天台的地面。箱体表面开裂,婴儿的哭泣声从那道裂缝中泄露出来,蛇形的黑影也从裂缝中爬了出来,它们缓慢地蠕动着,似乎嗅到了源稚生的气息,猛地振作起来,嘶叫着直起身体,仿佛一株株大树在源稚生面前长了起来。

快艇上的人扔出铁钩,钩住了高天原的墙体,把快艇固定在外墙上,枪手们从窗口跳进高天原,踢开每扇门,不问任何话直接开枪。死侍完全不顾猛鬼众的枪手,它们眼里只有源稚生。

源稚生迅速得出结论,一是猛鬼众确实有控制死侍的办法,二是猛鬼众没准备让任何人活着离开高天原。要想离开就得亲手杀出一条血路,好在这恰恰是他擅长的事!

电梯门打开,放出的竟然是满满的一电梯水,路明非彻底蒙了。

他把源稚女送到电梯口,忽然听到防空警报声,然后是潮水声,地面震动,跟着他们就被激流冲向走廊的另一头。水从齿缝和鼻孔里钻了进去,货真价实的海水,一股苦咸的味道。他头晕目眩,毫无意义地扑腾,最后还是源稚女一把将他拉出水面。他吐出几口水,看清了眼前的情况,走廊在瞬息之间变成了河流,目光所及之处都是白水滔滔。水深超过两米,他们够不到地面,抓着壁灯的灯座才没被激流冲走。

顶灯一盏接一盏地短路熄灭,黑暗逐渐笼罩了他们。

"这……这怎么回事?下水管道开裂了么?"路明非结结巴巴地问。他用尽所有的逻辑思维,能想到的合理解释就是下水管道开裂了。

"不,是王将来了!"源稚女轻声说,"他来找我了。"

他在哆嗦,而且哆嗦得越来越厉害,正在失去控制。分明连王将的影子都没看到,他却被恐惧抓住了。

"别瞎说!没有的事儿!"路明非赶紧安慰他,"王将就算来了……他也得会游泳才行!"

这倒是实情,如果在这种情况下王将真的忽然出现,想必也会穿着泳裤戴着泳镜，因为高天原已经变成了海。

"不，你不明白，王将真的来了！他不会允许我和哥哥见面的，从我遇见他的那一天开始，我就已经逃不出去了。"源稚女的眼睛里泛起死亡的灰色，"他是魔鬼……他是魔鬼！"

路明非急得直跳脚，可惜他脚不沾地也没法跳，再这么耗下去他们都会被淹死在地下室里。可源稚女已经完全失去了斗志，只知道反复说王将来了王将来了。

身旁的水竟然是血红色的，路明非愣了一下，扭头瞪着源稚女那张没有血色的脸，然后深吸一口气沉入水中。他只看了一眼，血都冷了。在水下他看得很清楚，壁灯锋利的边缘割开了源稚女的腰，当激流带着他们拍打在墙上的时候，源稚女用自己的身体作为护盾，所以路明非才没有直接撞在墙上。但他已经不是风间琉璃了，只凭源稚女的身体，要做这件事就得付出生命的代价。以那个边缘撕裂的伤口来看，就算王将不来收他的魂魄，他也活不了多久了，除非他们能很快找到救护车。

可在这个天下大乱的时候，哪有救护车呢？

路明非看看源稚女的脸，又扭头看向别处，他想找个人来帮帮忙，可目光所及之处哪里有人？他不想跳脚了，他急得想哭，可是哭不出来。

这他妈的是怎么了？真死了樱死了橘政宗死了，如今源稚女也要死了，这些人像是被列入了冥冥中的死亡名单，无论怎么挣扎，最后的结局都是一样的。

源稚女这么做是为了救他，可他什么都做不到，只能跟废物一样左看右看。他跟源稚女真的有那么好的交情么？值得他花自己的一条命来救自己？从源稚女的角度想这也不太值得吧？源稚女是千金之子，他只是个没用的废物。

"谢谢你，路君，我走不了了，你快离开这里。"源稚女轻声说。

路明非心说这时候你就别那么多废话了好么？这时候你讲礼貌有个屁用啊，我们现在需要的是医生和救护车，有了医生和救护车你就能不死。而且你谢我什么啊？谢我看你涂脂抹粉么？

"我是看到你的照片，才觉得我能杀死王将的。如果一个少年能杀死龙王，我为什么不能杀死恶鬼呢？"源稚女的气息越来越微弱，靠着路明非才能把头伸出水面。

路明非吃了一惊，杀死龙王诺顿和芬里厄的人是他，这个秘密只有路鸣泽那个小魔鬼才知道。路明非不愿意承认这些功勋，他意识到自己已经被某种禁忌的力量控制了，说出去他就会被看作是怪物。

"所以我说你也在掩盖一些事，但这其实并不难猜出来。你才是真正的屠龙者，杀死龙王康斯坦丁的那次，你、恺撒和楚子航都在现场；三峡那次，你和恺撒在场；北京那次，你和楚子航在场，每一次屠龙你都在场，其他人却不是固定的。开始我还不敢相信这个推论，直到我看到你的照片，那种躲躲闪闪的眼神，眼底里却藏着狮子。我相信我的判断没错，你才是真正的屠龙者，你才是必须活下去的人。"源稚女抓住路明非的肩膀，目光狰狞，"我救你不是为了别的，是因为你才是最后那个能杀死王将的人……我把我的命给你！我赌你赢！"

路明非呆住了，真搞笑，居然还有这么相信他的人，可源稚女不知道，这只是在拜托一个魔鬼杀死另一个魔鬼而已，而且他已经决定再也不跟路鸣泽做交易了。

他承受不了这种重量，注定会辜负这份嘱托，他可不想当英雄，只想作为一个普通人好好地活下去，等这个世界上属于他的那个女孩来找他。

"你是为了杀王将才那么玩命的么？"路明非反过来抓住源稚女的肩膀。

源稚女愣住了，不知道怎么回答。

"别放弃啊！"路明非大喊，"我们都不是为了杀什么人才这么玩命的对么？我们为的是幸福啊！我们为的是杀死坏人之后就能跟自己的好朋友和喜欢的人在一起才那么玩命的啊！你哥哥现在就在楼上，我们之间只隔着几层楼板对不对？你还有力气对不对？我们现在就去找他，我们现在就去跟他说清楚！你哥哥是皇，他能杀死王将的，他什么都能！你心里是想见他的对不对？我这就带你去见他！"

他还是没有承认自己是屠龙者，但他喊出了自己心里的真话。他是要幸福的，他跟诺顿和芬里厄又没有仇，如果不是为了诺诺和楚子航，他是不会跟路鸣泽交易的。虽然楚子航不是他什么人，诺诺也不是他的女朋友，可没了这些人，他一定会后悔，人生会变得很不幸福。每个人……都是要幸福的！

源稚女那失神的眼中掠过了一丝迷茫，接着是梦幻般的色彩，某种力量从他那极度衰弱的身体里生了出来，他恢复了一些活力，扶着墙壁往外摸索。

"是……你说得对！我是来见哥哥的！我要去找哥哥！"他大声说，"我还没有死，我要去找哥哥！"

看着他那瘦小的背影，路明非心里一阵酸楚，不知道是感觉到了幸福还是悲伤……你想见他就说嘛，非说你要跟他谈判，谈个屁啊，你就是个兄控的小屁孩！

鞋跟铿锵有力地敲打着地面，苏恩曦大踏步地穿越走廊。她是高高在上的人，就算逃跑也会飒沓如流星地经过贵宾通道，怎么会像小女人一样拎着鞋子瞎跑？

"给我抛售蛇岐八家旗下所有公司的股票！在新闻出来前尽一切可能抛！现在不是赚钱的时候，而是要把损失降到最小！"她在给远在纽约的股票代理人打电话。

"你问我消息可靠不可靠？奶奶的老娘现在就在现场！废话别说了。"苏恩曦没好气地挂断电话。

风魔小太郎还是低估了这位苏桑，她有时候清秀动人有时候楚楚可怜，但内在绝对是满肚子坏水。她流露惊慌失措的表情，并非是被吓到了，而是她在蛇岐八家身上投了巨资，不禁担心自己的钱打了水漂。那边风魔小太郎还在枪林弹雨里冲杀，这边苏恩曦已经开始清仓挽回损失了，不愧是华尔街最极品的金钱吸血鬼。

她接着给酒德麻衣打电话，但酒德麻衣没接。不接就不接，苏恩曦倒不担心酒德麻衣，这个世界上能奈何得了酒德麻衣的人不多。倒是苏恩曦自己有点危险，她毕竟是文职人员，打打杀杀不擅长。她一分钟几百万美元上下，也犯不着亲自打打杀杀。但她永远都有准备，伸手在包里摸索，摸到了那支格洛克手枪。

她拨打另一个号码，这次很顺利地接通了。

"晚上好，恩曦。"老板慢悠悠地说话，背景声是Dalida那首优美的《Love in Portfolio》，听起来老板似乎正在某间高档的法餐厅用晚餐。

"大概情况你已经知道了吧？"苏恩曦开门见山。

"刚刚知道，我得老实承认这出乎我的预料，赫尔佐格博士真是一位值得尊敬的对手，每一步都走得出乎意料。"老板低声说。

他的声音冷冽而凝重，听不出一点玩笑的意味，这绝非他平常的状态。这时候的他更像是顶尖的棋手，面对着棋盘上惨烈的搏杀，不动声色地高速计算。他的对手是王将，这还是第一次，苏恩曦知道竟然有人可以跟老板当对手，王将的行动超出了老板的预估，这样的棋局对于老板来说才是有意思的吧？

"神苏醒了么？"苏恩曦问。

"当然。能够在短时间内剧烈改变气候环境，只能是某位大人物苏醒了。"

"神不是被蛇岐八家杀死了么？"

"至今为止还没有人知道神是什么，对么？人们只是根据神话，猜测那是某种类似八岐大蛇的龙形生物，但这没法证实。蛇岐八家连对手到底是什么东西都不知道，又怎么敢说杀死了它？"

"看起来王将似乎想要所有人的命。"苏恩曦的语速很快，"这种情况下我和长腿也很难置身事外，要我们帮着恺撒小组把猛鬼众摆平？我很乐意这么做，这帮浑蛋砸了我的店，我一肚子气！"

黑影从前方拐角里闪出，霰弹枪的枪口指向苏恩曦。苏恩曦甩手开枪，子弹贯穿了那名枪手的右肩。她头也不抬地经过，用鞋跟猛踩男人的脑袋，把他踢晕过去。

她确实是文职人员没错，但她现在的心情很不好，还喝了不少酒，这两者都会让她处在暴走的边缘状态。

"喜欢牛郎店的话，下次再买一间更好的送给你。"老板微笑，"不用管恺撒和楚子航，你的工作一直都只是确保路明非的安全，直到我们伟大的救世主决定踏上战场。"

"老板你确定这一次伟大的救世主还管用？说真的连我都不敢相信一个生物苏醒的动静会有这么大。"

"只要他下定决心，那么神在他面前也不过是残缺卑贱的生物。"老板顿了顿，"我并不担心神，我只担心赫尔佐格，有一点源稚女猜得没错，赫尔佐格是远比神可怕的东西，我想他的目标不只复活神那么简单。"

"可他毕竟只是个人类，一个人类的极限能有多少？就算他进化成纯血龙类，极限又有多少？"

"是的他是人类，但他是我所见过的最强的人类之一，一个奉行龙族准则的人类。面对这种对手你不得不小心。"老板轻声说，"从资料上你们是无法了解赫尔佐格博士的，但我了解，因为我们是……多年的老朋友啊！"

电话挂断了，恰好在这个时候酒德麻衣回拨过来。

"怎么不接电话？老板的意思是不用管恺撒小组，只保路明非。"苏恩曦摁下接听键。

酒德麻衣直接挂断了电话，背景音已经说明了她为什么不接电话，电话那头枪声如雷。

"真没礼貌！"苏恩曦抬手打穿另一名枪手的大腿，擦肩而过的时候揽住他的脖子，用巧劲把他摔晕在地。

最强力的管账丫鬟就是要文武双全，她从枪林弹雨里信步走过，已经照顾好了方方面面。苏恩曦不禁有些得意于自己的效率。

"该死！那死丫头还在房间里！"她忽然站住，脸色变了。

她还是漏掉了一个人。苏恩曦已经习惯于忽略那个女孩，倒不是对她有意见，只是她太冷漠又太强大，总是站在所有人的视线之外，默默地做好自己的事，从来不需要别人操心什么。

可今天的情况不同，今天她的膝盖受了重伤！老板也真是神经病，就算他在助理中最宠信的是这位皇女，可她现在连自保都很困难，把她送到高天原来就能保护路明非？

零的卧室里硝烟弥漫，外面霰弹枪连发，每颗子弹都会爆出数以百计的小钢珠，在卧室墙上弹跳反射，满墙都是弹孔。灰尘弥漫，能见度几乎是零。

"他妈的这些是什么人？抢银行么？可这里是牛郎夜总会，能有多少钱啊！"芬格尔大吼，"只有些男色，想劫个色就直说啊！"

他和零躲在洗手间里，枪手们站在门口开枪，如果不是洗手间的门恰好位于枪手的死角，他们早被打成筛子了。

昨夜零睡在地下室里的卧室，今晚她被转移到四楼座头鲸的卧室，芬格尔负责照顾她。

座头鲸的床是张十八世纪在佛罗伦萨制造的古董立柱床，床上铺着奢华的羽绒垫子和丝绸床单。芬格尔很无耻地要求零"往那边去去"，然后舒舒服服地占据了床的半边，和零同床同枕。

开始零很警惕地看着这条糙汉，不知他爬上床来意图为何，但是芬格尔吹了几分钟牛皮后就酣然睡去，鼾声如雷，零才略略放下心来，原来芬格尔只是贪图这张好床。

但这一觉差点要了芬格尔的命，如果不是零的听觉敏锐，芬格尔会跟那张奢华的大床一起完蛋。零把他摇醒之后不过十秒钟，霰弹就撕裂了房门，无数钢珠嵌入床里，床垫里飞出海绵和弹簧。芬格尔抱着零从床的那一侧滚下，连滚带爬地躲进了洗手间。他们还没来得及弄清楚情形，弹雨已经把柱子床打塌了，可想而知那支枪的威力。

零后背贴墙单腿站立，手中提着一柄铅笔刀，如果枪手冲进来，她能找到机会一刀切断他的手腕。但枪手非常谨慎，只是站在门口连射，看样子是想用强猛火力把墙打碎，然后一枪解决问题。

"是职业枪手，他不会犯错误，他不进来我就没办法。"零撩起裙子看了一眼膝盖，"以膝盖目前的状况我跑不快，否则可以趁他换子弹的时候冲出去解决他。"

"还有没有什么别的办法啊女王殿下？"芬格尔哆哆嗦嗦地，"如果没有别的办法……我就不跟你讨论了，抓紧时间写遗书先！"

"没有别的办法，要么有人来救我们，要么就是等他把墙壁打碎。"零看了一眼芬格尔，"抱歉连累你了师兄，要不是因为我的腿伤，你就有机会逃走了。"

"唉！其实我也很想扔下你逃走啊，可我想你是我兄弟的女人，扔下你逃跑会被兄弟打爆的，也还是死无葬身之地啊！"芬格尔挠头。

零愣了一下，想明白了他所说的"兄弟"是谁："我不是谁的女人。"

"我知道你们没有什么苟且的关系啦，不过你对那傻逼那么好……要是你真死了，傻逼就会感觉到你对他的好了，就会很难过，那样还是会打爆我。"芬格尔叹气，"多少红颜为傻逼，多少傻逼不珍惜啊是不是？"

枪击暂时停止了，外面传来更换弹匣的声音，门口只有一名枪手，他只有一支枪。但他更换弹匣的速度极快，几秒钟后，霰弹枪又吼叫起来，墙上的泥灰簌簌地下落。

"他更换弹匣的时间大约是不到六秒钟，我如果能在五秒钟内跑到门口就能解决掉他。"零低声说，"师兄你能把皮带借给我么？"

"你要皮带干什么？我没有皮带的话就只能提着裤子了。"芬格尔说。

"我用皮带给膝盖做一个暂时的封闭，"零说，"让膝盖骨再支撑我几秒钟，几秒钟就够了。"

"你疯啦！"芬格尔瞪眼，"这样搞膝盖骨会废掉的！以后就成独腿海盗了！跳不成舞也走不了路，只能蹦蹦跳跳，除了蹦蹦跳跳就只有坐在轮椅上。"

"总比死在这里好。"零淡淡地说。

"妈的！你这不是逼老子么？"芬格尔大怒，扑通一声跪在地上，"上来！"

"什么意思？"零不解地看着他。

"殿下您可以骑着我上阵杀敌啊！您腿不行不要紧，我双腿俱全跑得飞快！不过我得坦白交代，射击和格斗两科我都是一路混过来的，也就能当匹马骑，我只管扛着您在五秒钟之内跑到门口……"芬格尔叹气,"剩下的就靠您了,学妹你一定要保护我啊! 我要是死了,你的师姐们都会伤心的。"

零看着芬格尔那宽厚的肩膀,有些迟疑。

"好啦好啦!"芬格尔猛拍自己的脖子,"我知道你在学院里外号叫真空女王,不喜欢别人碰你,不过我保证我今天早晨有洗澡! 不信你摸摸我的脖子是干净的! 就算脏一点也没关系吧,你是愿意膝盖废掉还是愿意骑一骑一个有点臭的男人? 我可告诉你,要是截肢了裙子都穿不了哦,就算再漂亮的裙子和再漂亮的小腿,金鸡独立也没有美感吧? 不小心摔个狗啃泥还会走光哦!"

零还在犹豫,芬格尔一猫腰直接钻进零的裙下把她扛起,零急忙伸手按住裙子。

芬格尔深呼吸之后雄狮般半蹲下来:"这个高度怎么样,你能顺手地废掉那家伙的手么?"

这时候零才真正感觉到芬格尔的强健,肌肉群仿佛水波般起伏之后收紧。芬格尔的自我评价不错,他是匹好马,甚至是绝世名驹。

"差不多,我会从肩胛着手。"零说,"记住,只有五秒钟的时间,他的弹匣又要打空了!"

"汪汪汪!"芬格尔吠了几嗓子,"殿下您要相信我是匹好马,我也相信您是个好刀手,我们都把命押给对方,很公平对不对?"

"你这不是马嘶是狗叫。"零说。

"逗逗你开心嘛,放松点放松点,至少把你死死摁着裙子的那只手松开……你要是紧张了手抖了砍偏了我岂不是也得给你陪葬啊。"芬格尔说。

零愣了一秒钟,放开了摁住裙子的手,无声地笑笑:"以前也有人用差不多的方法逗我开心……谢谢。"

"这样子才比较像正常女孩嘛。"芬格尔拍拍零的腿,"这么好看的腿要是缺了一条多可惜。"

很罕见的,零没有觉得这种肌肤接触让她不适,芬格尔粗糙的手透着一股强大的热力,把她的双腿紧紧压在自己的肩上,两个人如一个整体般难以分拆。零能感觉到芬格尔的发力动作,就像在舞蹈中双方都能顺应舞伴的小小暗示而配合行动,即兴动作也像是经过很长时间的排练。

枪声中断,芬格尔抬脚踹开了那面摇摇欲坠的墙壁,向着枪手狂奔而去。枪手正在更换弹匣,芬格尔的速度比零想象的还要快,以这样的速度显然对方来不及换好弹匣。

但另一个枪口从灰尘中探出,指向芬格尔的眉心!门口的枪手呼叫了同伴,同伴刚好赶到,他的弹匣是满的。

霰弹枪吐出火焰,芬格尔猛地跃起,空中飞踢在墙上,以极其凌厉的转身避开了弹幕，落地的时候恰好在两名枪手面前。零手起刀落把铅笔刀插进了一名枪手的肩骨缝，芬格尔抬腿踹在另一名枪手的小腹上。中刀的枪手还想反扑，单手去拔腰间的战术刀，零在刀柄上大力一拍，把铅笔刀连柄一起拍进肩胛骨里。芬格尔正面老拳把他的鼻梁打断，零顺手抓过了他刚刚装填完毕的霰弹枪。芬格尔跟着猛踹另一名枪手，枪手横过霰弹枪阻挡，但芬格尔脚力之大，竟然把霰弹枪踹为两段。枪手仰面倒地，芬格尔跳起来双脚踩在他的头上。

枪手们应该遗憾自己遇上的不是恺撒和楚子航而是这两位，恺撒和楚子航虽然凶猛但是目标简单，只是要击倒对手，而芬格尔搏斗起来好似一条疯狗，你死了他都会再咬两口。

零低下头，吃惊地看了芬格尔一眼。芬格尔的格斗能力超出了她的想象，也超出了芬格尔对自己的评价，他何止是一匹好马，他是一头彪悍犀牛和一头矫健猎豹的结合体！要在零点零几秒的时间里做出那种凌厉的避弹动作，无论反应能力还是体能都要处在混血种的巅峰才行，更重要的是胆略，那一刻你绝不能畏惧，即使面对的是千军万马弩箭如云，也要稳准狠地发力，才能求得一线生机。芬格尔偏偏就做到了，不愧是曾经的 A 级！只是以他此刻的状态，让人很难相信他会跌到 F 级去，即使恺撒和楚子航，也未必能做得比他更好。

零透出疑惑的眼神，芬格尔完全没有觉察，他还在猛踹那个枪手，一边踹一边怒喷脏话，不到十秒钟内已经凌辱了枪手家的历代女性祖先……零只好猜测他的降级主要还是心智方面的原因。

赶来支援的枪手们震惊了，走廊尽头弥漫着呛人的灰尘，墙壁上弹痕累累，灰尘中某个超过两米高的人形怪物正凶残地猛踹倒地的同伴，它有着巨大的头部和修长的上身，看起来完全不像是人类。

他们惊恐地举枪齐射，霰弹打在墙壁上溅起大片泥灰，枪手们什么都看不见，但不敢停止射击。他们知道这间店里藏匿着极其优秀的混血种，如果遇上，最好的办法就是用弹雨淹没对方。

弹匣打空了，枪手们拔出手枪戒备，同时给霰弹枪更换弹匣。"这么密集的弹雨，已经结束战斗了吧？"他们都这么想，那东西就算有犀牛般坚硬的皮肤也该被打成碎片了。

轻灵的黑影从烟尘中跃出，落向枪手们的头顶。枪手们根本来不及抬高枪口，他们没想到对手会那么灵活。根据体型估算，对手的体重应该在两百公斤以上，如公牛般凶蛮。一头公牛怎么能那么轻盈地跳跃？几乎同时，又一条黑影冲破了灰尘，径直地撞向枪手们。枪手们根本来不及思考，手枪齐射，优先攻击正面的目标。

子弹打在那家伙身上，发出清脆的砰砰声。那家伙竟然毫发无伤，撞翻几名枪手之后又是抬脚猛踹，还是疯狗战术。

其他枪手想要救援，却被上方落下的黑影以肘部重击，黑影借助肘击的力量再度起跳，扫腿把一名枪手封喉，同时伸手拔出了他腰间悬挂的作战刀，落在疯狗的肩膀上。

芬格尔扔掉用来挡子弹的钢板，伸手抄起两支霰弹枪，零猛抽一名枪手的面颊，弯下腰把他腰间的作战刀也拔了出来。

双刀在零的手中翻滚，芬格尔把霰弹枪抵在腰间。

"个子很高吓到你们了吧？"芬格尔龇牙咧嘴地一笑，忽然下蹲发力。

霰弹枪喷吐着火焰，芬格尔像炮弹一样射向其余的枪手，零双手划出缭乱的刀弧。这种战术非常危险，任何失误都会拖累对方，但这一刻芬格尔和零像舞伴那样配合默契。

芬格尔旋转着从枪手群中越过，猛地刹住，枪手们几乎在同一刻倒地。零精确地用刀背斩击他们的颈动脉，令他们瞬间昏迷。枪手们误判了局面，芬格尔的架势太过唬人，腰间双枪怒吼，俨然是隆隆推进的重装坦克。这么近的距离上，枪手们跟他对射的话，结果就是同归于尽。枪手们还没有跟疯狗同归于尽的觉悟，即使对无畏的武士来说那也不算是光荣的死法，所以他们整齐地卧倒避弹。其实芬格尔的枪口只是略微抬起，弹幕射空，真正的进攻全都在零的战术刀上。枪手们毕竟不是死侍，若非绝对必要，卡塞尔的专员是不会对他们使用致命武力的。

"优先离开这里，王将的目标不在高天原，他要的是红井里的神！"零说。

"神的胚胎不是被你们用水银和燃烧弹杀死了么？"芬格尔意犹未尽地猛踩那些倒地的枪手。

"你看看窗外……富士山喷发了，那座火山已经沉默了几百年，高天原的遗迹被发现的时候，也导致了海底火山的喷发。"零望着窗外，西边的夜空是火红色的，仿佛大地上烧起了巨大的火炉，它的光照红了云层的底部，"能够如此剧烈地影响日本的气象环境，只能是神的复苏，我们低估了那个生命体的活性！"

"得令！汪汪汪汪汪！"芬格尔狂吠着奔向走廊尽头。

路明非扛着源稚女，跋涉在齐胸深的积水中。他们好不容易从变成水窖的地下室里来到一楼大厅，可一楼大厅也已经变成了水窖，四面八方都是水声，路明非大声呼喊，但是无人回应。

不远处似乎传来砰砰的枪声，全世界都乱得一塌糊涂。

过量的失血令源稚女的体力开始下降，就算想见哥哥的心愿再强，他作为普通人类的身体还是有上限的。他变得那么苍白，近乎透明，像纸那样轻薄，无力地倚在路明非肩上，仿佛随时都会放手，随时都会被水流带走。唯一能证明他还活着的，只有那只紧紧扣着的手。他抓着路明非的肩膀，因为只有这个男人能带他去找哥哥。

可路明非累得连这张纸都扛不动了，累得直想哭。一直都知道自己很弱小很无力，可原来是这么弱小这么无力，没有路鸣泽在幕后帮忙，他连这么一个小小的心愿都没法帮源稚女完成。源稚生就在这栋楼里啊，你他妈的有空砰砰砰地枪战，你能撞塌几层楼板来见见你弟弟么？你弟弟就要死了，你那么牛能叫一艘气垫船来救他么？那么多年他一直等着和你见面啊，你杀了他，他那么恨你，可还是想见你，你长点心吧，来见见他吧……路明非累得又想破口大骂。

所有的灯都黑了，唯有那好死不死的音响还在咿咿呀呀地放着中文歌：

> 有谁一任平生，可以不拖不欠，
> 漫漫长夜，想起那谁的人面，
> 想到疲倦的人间，不再少年，
> 好不容易又一年，渴望的你竟还没有出现……

唱得那么惨兮兮，惨得人心都要碎了。

"不行不行……我真他妈爬不动了，要不你待这里等一会儿，我爬上楼去叫人来救你。我跟你保证我会回来的。"路明非双手扶着墙壁呼呼喘气。

源稚女没有回答，他根本连回答的力气都没有了，只有那只手还紧紧地扣着，好像他剩下的力气都在那几根手指里了。

"好吧好吧……收到……了解……我们继续走，我们去找哥哥，我们去找你的傻哥哥……"路明非叹了口气，抓住他的胳膊，把他往上带了带。

他们穿过走廊、储藏室和休息室，游过早已变成游泳池的舞池，舞台上新搭的东京闹市区和高架桥布景大半淹没在水中，恰恰和这座城市此刻的情形吻合。只剩区区几盏应急灯仍在工作，在这种微弱的光线下视觉几乎没用，全靠听觉，可前面是砰砰砰的枪响，后面也是砰砰砰的枪响，似乎整栋楼里的人都在枪战。路明非原本就有点路痴，这时候怎么也找不到楼梯间。

最烦人的就是音响了，大概是进水短路，音响系统也神神经经的，放完张学友的歌又插播几秒钟电台警报，然后又是日本老牌情歌王子玉置浩二的深情演唱，再然后是日本相声，气得路明非又想哭又想笑。

音响忽然哑了，路明非略略松了口气，这样他就能听清枪声的方向了。他刚把耳朵竖起来，就听见咔嗒一声，那声音似曾相识。他想起来了，那是把唱针头放在老式唱片上的声音。

沉闷的音乐声笼罩了舞池，仿佛成千上万人围绕着他们，敲响了那种令人战栗的木梆子！幻觉如同深藏在脑海中的种子，在梆子声的催促中破壳而出，飞速生长。路明非又一次看到了那条令人恐惧的走廊，它一眼望不到头，如羊肠般扭曲，而且熊熊燃烧，他必须穿越这条走廊才能够活命。但他已经精疲力竭，他肩上还扛着源稚女。

该死！路鸣泽一定是在他的记忆里做了什么手脚，他绝没有到过这个地方，也

Chapter 18
The Night of Winds and Tide II

不曾走在这样一条燃烧的走廊上，但有人到过，有人走过，此刻路明非能清晰地感觉到那个人的愤怒。

是的！那是愤怒！那个人走在一条望不到尽头的走廊里，目光所及之处都在熊熊燃烧，他也是精疲力竭，随时都会倒在火海里，但他心中的愤怒如狂龙般翻滚，他要冲出那个困住他的牢笼，他甚至想要展翅飞翔！

梆子声越来越响，记忆也越来越清晰，分明是在水中跋涉，但似乎有灼人的热风迎面扑来，路明非觉得自己全身上下都被烫伤了，痛入骨髓。支撑他前行的只有那鬼神辟易的狂怒，心中仿佛有洪钟般的声音在咆哮，像是一位伟大君王的灵魂在最深的地域里发出诅咒全世界的声音。不，不光是那股愤怒在支撑他，还有身边的女孩，火焰中路明非看不清那女孩的模样，只觉得似曾相识。是那个白色的、小小的身影用力支撑着他的身体，一步步地向前挪动。

到底是什么时候，在什么地方，一个孱弱的女孩搀扶着一位暴怒的君王，行走在燃烧的迷宫中？而这位君王的记忆被路鸣泽强行地塞进了他的脑海中，而王将的梆子声能够引发这颗记忆的种子。

同时听到这种梆子声，源稚女的反应更加剧烈。他不住地颤抖，身体紧得就像一张绷到极致的弯弓，他垂死的身体里生出巨大的力量，但那力量根本不是他能够控制的，他像个发了癫痫的病人那样口吐白沫，瞳孔在金色和黑色之间变化，仿佛两盏金色的灯在黑暗中闪灭。

源稚女说得没错，确实是王将来找他了，那种巫毒诅咒一样的梆子声通过音响系统放出来，笼罩了高天原的每个角落，只要路明非和源稚女还在高天原里，无论他们藏到哪个角落都没用。就像巫毒娃娃，在非洲的部落里巫师用这种娃娃诅咒某个人，他们用稻草和兽骨做成娃娃，把某个人的毛发也编入那个娃娃的身体里，用一滴受害者的鲜血滴进去作为娃娃的心，从此，无论那个人逃到天涯海角，巫师都只需摆弄娃娃就能控制那个人的身体，如果巫师拧断娃娃的脑袋，那个身在远方的人也会没来由地失去生命。

王将正在他们看不到的地方摆弄着他们的巫毒娃娃，他们可以挣扎，但永远无法逃脱。在很久很久之前，那个恶鬼就取走了他们的灵魂，他们的结局早已注定。

路明非终于明白了为何只是想到王将来了源稚女就会害怕得瑟瑟发抖，恶鬼之所以可怕并非因为它有多么强大，而是它像宿命一样无法回避。

宿命么？真是让人讨厌的词汇啊！如果换了路明非的话，大概会忍受，可此刻支撑他行走的，是那位暴怒君王的灵魂！

"王将我操你妈啊！"路明非怒吼。

他从自己的衬衫上撕下布条，蘸水弄湿之后塞进源稚女和自己的耳朵里，塞得紧紧的。这只能起一部分效果，梆子声似乎能振动他们的头盖骨，直接传进脑海深处。不过阻隔了大部分声音之后,路明非自己是觉得好多了,剩下的就看源稚女的意志了,路明非并不怀疑这个娘炮在此刻的意志。因为一想到要见哥哥,这娘炮弟弟就变得坚硬如铁。他哥哥就在这栋楼里,要是这样还见不上面,那这部戏的编剧还不吃屎么?

不知道从哪里来的力气,他把源稚女背了起来,步履蹒跚地涉水而行,一边前进一边破口大骂。如果此刻芬格尔在场一定会为师弟的英姿鼓掌鼓到手破,因为从路明非嘴里蹦出来的脏字是芬格尔这种贱货也会觉得不好意思的,但也许连芬格尔都会畏惧,因为这些肮脏下流的词汇里藏着如此巨大的愤怒和怨毒,路明非玩了命地往前挣,好像那位藏在他灵魂深处的君王要脱离他的身体挣扎出来。

他的眼睛血红,像只穷途末路的狮子。

前方隐约出现了光,那是安全出口的指示灯在闪烁。路明非振奋起来,安全出口后面就是楼梯,上楼就好了……上楼就好了!源稚生和他带来的人就在楼上,枪林弹雨的声音此刻听来那么悦耳。

指示灯冒出明亮的电火花,熄灭了,那个瞬间路明非看清了安全出口下方站着的人,身材高大的人,接近两米高,路明非再往前走就会撞上那人肌肉发达的胸膛。

那人的手里,弯曲的金属刃上跳动着狰狞的弧光。它笑了,发出婴儿哭泣般的声音,整张嘴打开,足够吞下他们的头。

那不是什么人,那是一名死侍!这个危险的猎食者在黑暗中看得清清楚楚,正等着他们把血肉送上去。根本就没有路,按照剧本他们无法离开,所以就算他们挣扎着来到迷宫的尽头,也会遇见他们无法战胜的守门人。

"见鬼!"路明非呆呆地说。

他真不愿意相信这个结局,分明那么努力那么辛苦,可就是一点回报都没有,分明就要到了,可仍是远隔天涯。

他一步步地退后,死侍一步步地逼近,他用身体护着源稚女,但死侍紧紧地盯着源稚女。源稚女还在流血,他的血和源稚生的血一样,对死侍来说是可以为之去死的美食。

"滚开!滚开!"路明非红着眼睛冲死侍大喊。

他也就能做这个了,在死侍面前他这号人物管什么用呢?他身上确实带了两支短管的霰弹枪,可这东西是杀不死死侍的。根据恺撒和楚子航的经验,对死侍最有效的还是冷兵器,不行也要用速射武器做连续射击或者大口径枪支轰击薄弱部位。路明非学了这些理论,可还是没用,因为他不是恺撒和楚子航,他是个废柴,他最大的奋斗也不过就是把源稚女带到这条路的终点。

他不甘心,但他无能为力。他想为什么这么不公平,这个世界上的所有游戏不是都该有解的么?为什么这个迷宫就是没有出路呢?那不是玩我么?

为什么会被这样玩弄在掌心？只是因为太弱小，弱小有错么？弱小的源稚女难道就没有资格像强大的风间琉璃那样活下去？相比那个强大的恶鬼般的分身，他更想当山中少年不是么？

似乎是路鸣泽的声音，在他心底最深处发出了冷笑，于是路明非知道自己是错了……弱小，确实是有错的！在这个世界上，只有强者才能活下去！

有人握住了他的手，手劲之大几乎能捏碎他的手骨。就在这一刻，死侍发出刺耳的尖啸，匹练般的刀光落向路明非的头顶，路明非根本无法躲闪。

握住路明非手的是源稚女，他夺走了那两支短管霰弹枪。这个垂死的男人爆发出不可思议的力量，踩在路明非肩膀上起跳。

路明非受到重压没入水中，闪过了致命的攻击。源稚女在安全门上踢了一脚，安全门挡在路明非和死侍之间，死侍的第二刀斩入了门中。金属刃被不锈钢门死死地咬住了，源稚女重新落回水中，霰弹枪已经顶在了死侍的额心，枪口爆出青色的火焰，贯穿了那颗头颅。巨大的冲击力把源稚女和死侍推向两个方向，死侍飞出去撞在对面的墙壁上，它刮断了电线，带着满身电火花下坠；源稚女则翻身，稳稳地站在水中。

空气中残存着浓烈的水银气味，霰弹在水银中浸泡过。路明非简直不敢相信自己的眼睛，刚才还奄奄一息的人，忽然间龙精虎猛，出手就抹杀了一名死侍，难道刚才源稚女一直在伪装？

源稚女默默地站在水中，盯着路明非，瞳孔中闪着鬼火般的光："刚才我是骗你的，我并没有虚弱到失去神志的地步，"他轻声说，"我只是害怕你丢下我。"

他把手伸向路明非，掌心是两个湿透的线团。梆子声还在继续，路明非头痛欲裂，但源稚女似乎并不受影响，他的眼睛越来越亮，路明非从未见过如此瑰丽的黄金瞳，瞳孔深处仿佛有金色的曼陀罗花在盛放。

他重又变回了风间琉璃，那个屹立在众生之上的妖娆艳鬼。

"你……不想见你哥哥了么？"路明非的声音苦涩。

从拔出耳中线团的那一刻开始，源稚女已经无法回头了，他接受了王将的召唤，再度接受恶鬼占据自己的身体，沸腾的龙血正帮他愈合伤口，源稚女做不到的事情，对风间琉璃来说轻而易举。

但是能见源稚生的是源稚女，而不是恶鬼般的风间琉璃，源稚女斩断了自己的退路，从而换回了路明非的命。

"路君，你是不能死的。"风间琉璃说，"你比我勇敢，我做不到的事情你可以做到，只有你能杀了王将。我不知道你为什么能做到，但我相信你，从我看见你眼睛的那一刻我就相信你。"

"现在，快走，等我失去控制了，你就走不了了。"他转过头，目不转睛地盯着死侍的尸体，给霰弹枪装填新的弹药。

路明非心说不不不不，你完全误解了，能够杀掉王将的可不是我，是路鸣泽那个小魔鬼……不！是比王将还要可怕的猛鬼！驱使他去杀死王将，等于放出猛鬼去杀死恶鬼，这是绝对不能做的事情！

"跟哥哥说我曾经想要回到鹿取镇去，但我回去的时候那里已经是一片废墟了。"风间琉璃抓起路明非，发力将他扔了出去，"我和哥哥，离开了，就回不去了。"

死侍的尸体仿佛被风卷起，然后悬浮在水面上方，它的身体巨震，背后张开嶙峋的骨翼，骨翼上流淌着紫色的电光。水滴穿过那对骨翼就带上了大量的静电，闪着莹莹的微光。

龙形死侍，这几乎是死侍中最高等级的形态了，纯从肌肉和骨骼来说，它已经近乎纯血龙族，所以风间琉璃始终盯着它的"骸骨"。

死侍还未来得及发起进攻，风间琉璃已经跃起。死侍的金属刃挑起，但风间琉璃已经跪在了它的双肩上。他手中的武器是霰弹枪，但每一击都是近身攻击，每一击都把自己完全地暴露给敌人，他甘冒最大的险，换取最大的杀伤。第一道青色火焰闪灭，左手枪贴着死侍骨翼的根部发射，含汞的霰弹高速地腐蚀骨骼；第二道青色火焰闪灭，右手枪贴着死侍的肩胛发射，暗金色的臂骨飞上天空，还连着金属刃。风间琉璃和死侍一起落下，用膝盖把死侍的头压进水中，然后仰天接住坠落的金属刃。刀光闪灭，金属刃切断了死侍的腰椎。

残躯还在挣扎，风间琉璃已经再次装填了弹药，双枪抵在死侍的眼睛上发射，将数百粒浸泡过水银的小钢珠送进了死侍的脑颅深处。风间琉璃一抖霰弹枪，两枚红色的弹壳飞上天空，弹壳中冒出青色的浓烟。

路明非从未见过如此凌厉无情的杀戮，在风间琉璃的手中，死侍只是一具等待被他拆散的骸骨而已，怜悯、慈悲和其他类似的情绪并不存在于这个男人身上，他能杀死女孩来制造美丽傀儡，这对他来说根本就不是一桩罪恶。他是极恶之鬼，他就是罪恶本身，真不敢相信几天之前跟他们相处的竟然是这样的一个东西。如果他们真的按计划杀死了王将，那么下一刻风间琉璃很可能把刀锋转过来对准他们。

风间琉璃默默地站在那里，看着水把死侍的尸体带走。他忽然仰头看向楼梯上的路明非，瞳孔里已经一点温情都不剩下了，路明非几乎以为他要冲上来将自己一刀两断，风间琉璃还提着死侍的金属刃。

终于有一丝丝熟悉的表情出现在风间琉璃的脸上，他开口了，声音嘶哑："别了，路君……这一次，我还赌你赢！"

这是名为源稚女的男人跟路明非最后告别，然后他转过身，向着无边的黑暗走去。梆子声还在继续，在他变成真正的恶鬼之前，他要离开路明非，离得越远越好。

路明非呆呆地看着他的背影，那是一个男人走向妖魔祭坛献祭自己的背影，风间琉璃一边走一边嘶吼，时而痛哭，两种不同的灵魂在他的身体里苦苦挣扎。路明非知道那个名叫源稚女的山中少年死了，只差一步他就可以见到自己的哥哥，但他把命换给了自己，因为他相信自己能够杀死王将。

风魔小太郎找到源稚生的时候，源稚生正在死侍群中纵横冲杀，双手刀挥出狂风暴雨般的刀弧。死侍群想要扑杀他却又畏惧，嘶叫着游动，"蜘蛛切"从死侍的后颈切入，准确地切断它们的神经束。枪手们不敢接近源稚生，只是驱赶死侍群上前，他们的霰弹枪对普通人来说是致命武器，对龙骨状态的源稚生来说则不然。源稚生从楼顶退到三楼的冬雪间，又踏破屏风进入秋水间，再是春樱间，地面和墙壁上洒满死侍的黑血，沿路上的屏风都被斩成碎片。

"齐射！"风魔小太郎大吼。

执行局的干部们列队齐射，他们的配枪是可以连射的冲锋手枪，密集的弹雨暂时打退了死侍群，它们交叉金属刃保护面部，用覆盖着鳞片的长尾保护腰腹部的要害。

"神正在苏醒，它可能在猛鬼众的掌握中，所以猛鬼众才能估计到海啸来袭的时间。"风魔小太郎贴住源稚生的后背，"您必须离开！"

"不解决这些东西，想要离开也没那么容易。"源稚生快速地调整呼吸。

"已经呼叫了调度中心，直升机差不多也该到了，我们护送您去楼顶。"

源稚生沉默。直到此刻他依然无法判断源稚女在这个陷阱中的身份，源稚生还存着想要见弟弟一面的想法，这是最后的机会了，一旦他登上飞机，这个机会就不复存在。

"大家长！不能等下去了！凭目前的人手，我们能否平安地护送您到楼顶都是问题，而我们正在一个接一个地死去。"风魔小太郎低声说。

源稚生心中一动，知道风魔小太郎猜到了他的心事。他们确实没时间可浪费了，每分钟都可能有人死，风魔小太郎带队从一楼杀到这里，只剩下八名干部还能够战斗。

他们甚至没有带走伤者，在这种情况下，伤者只会拖累全队，他们把伤者留在角落里扶他们坐好，把枪递到他们手中，留下足够的弹药和一柄怀剑。

"从消防楼梯走！"源稚生下令。

时过境迁，他已经不只是"源稚女的哥哥"了，他是蛇岐八家的大家长，更多的人需要他。

风魔小太郎和樱井七海保护源稚生的两侧，源稚生正面抵抗死侍群的进攻，所有的冲锋手枪都在怒吼，执行局的素质绝对超越家族干部的平均水准，和怪物作战正是他们的长项。

隐约能听见直升机旋翼的风吼声从上方传来，直升机准时赶到了。

"我守住这里！樱井你保护大家长去楼顶！"风魔小太郎大吼。

"慢！"源稚生大吼。

低沉的吼声从四面八方传来，震得所有墙壁瑟瑟地落灰。没有语言能够形容那吼声的可怕，仿佛古老的瓮被揭开，随着封印的断裂，恶魔从沉睡中醒来，它的嘶叫中混着几千年的痛苦和不甘。

紧逼的死侍群忽然退却了，它们匍匐在地，紧紧地蜷缩起来，似乎某种巨大的危险正在逼近。

"这是……"风魔小太郎脸上变色。

"走！快走！"源稚生的双刀跳闪，笔直地向着前方冲去。

他不知道那东西是什么，直觉告诉他必须尽快离开，再不离开就来不及了。他听一个从北极回来的探险者说起北极熊，探险者说当你在白茫茫的冰原上听见北极熊的嚎叫时，即使你根本看不见那头熊，也必须立刻动身返回距离你最近的考察站。因为在极北的冰原上白熊才是至高的猎食者，它们有着极其敏锐的嗅觉，当你听见它们的嚎叫时，它们也闻到了你的味道，无论靠双腿还是滑雪板你都没法快过它们，只要你身旁五公里之内有一只北极熊，那你就只有死路一条，除非你能在它追上你之前逃进某个考察站。

某个东西正尾随而来，就像危险的北极熊那样，也许刚才距离还远，但随时都会出现。作为皇，源稚生本该无所畏惧，但在那凄厉的吼声中，他也觉得不寒而栗，仿佛灵魂被从身体里抽走似的。

趁着死侍们也因为那东西的吼声而退缩，他们必须去往消防楼梯，现在拼的是时间，多留一分钟就多一分钟的危险。

言灵"王权"释放，千钧之力从天而降，领域中只有源稚生许可的人能够站立。

源稚生一马当先，以肉眼无法捕捉的速度切割死侍们的身体，龙骨状态中的他把自己和那两柄传世的斩鬼刀变成了绞肉机，卷起血雨腥风。

樱井七海带着四名干部充当他的侍卫，风魔小太郎带着另外四名干部殿后，四支冲锋手枪指向后方，如果有什么危险的东西追上来，他们就会把所有子弹都打出去，然后自己也冲上去，给源稚生争取哪怕几十秒钟的撤离时间。源稚生当然不会允许这种事情发生，所以他才要迅速地杀出一条血路，他已经将体力压榨到了极限，镜心明智流、柳生新阴流、霞神道流、古示现流……二心切法、心意棒、天平一文字……各种刀术流派的杀法在他手中轮番呈现，翩翩然如同舞蹈，舞蹈中鲜血四溅。

干部们都被大家长的悍勇鼓舞，拔出腰间的短刀和他一同冲锋。多年以来蛇岐八家期待的不正是这样的男人么？一个踩着血路而行、带领家族重回世界巅峰的男人！

几十秒钟内他们就通过了长长的走廊，前方就是夏月间，消防通道就在夏月间的侧面。"蜘蛛切"挥出长河一般绚丽的刀光，源稚生带着未尽的力量旋转，将一名死侍腰斩，血洒在夏月间的门上，沿着素白的纸往下流淌。

一秒钟之后，那扇门在源稚生面前轰然倒塌，海风扑面而来，夏月间的外面是

Chapter 18
The Night of Winds and Tide II

一个巨大的露台，露台外的新宿沧海横流。

这一刻时间仿佛静止，只剩下沧海横流，还有那个人漫长的白发在风中飞舞。他那么纤细那么轻盈，穿着素色的和服，依靠在夏月间中央的小桌上，似乎是在小憩。他的背后，黑色的大海发出龙吟般的潮声。

那个人缓缓地抬起头来，脸上的盛妆在水中溶解了大半，却别有一种令人惊心动魄的美。他的眼底深处，仿佛有金色的曼陀罗花在旋转。

源稚女，或者说，风间琉璃。

最后的最后他们还是见上了面，但有些人已经擦肩而过，有些事已经时过境迁。

丝毫没有兄弟重逢的喜悦，第一眼看见风间琉璃，源稚生就下意识地横刀在自己面前作为防御。风间琉璃坐在那里美得像一幅浮世绘，可他的眼睛里透出浓郁的血腥气。

干部们举枪想要射击，却被源稚生拦住了："退下……退下！"

他说不出更多的话了，他的所有精力都放在风间琉璃依靠在桌边的那柄樱红色鞘的长刀上。那柄刀距离风间琉璃至少有两米之遥，看起来绝非伸手就能拔出来，但源稚生清楚那是毒蛇的牙，无论何时风间琉璃想要使用它，它必然会出现在风间琉璃手中。对于他和风间琉璃这种级别的混血种来说，子弹很难造成致命伤，最有效的兵器就是锋利的冷兵器，能够切断肌肉、骨骼和神经，彻底地"毁坏"敌人，就像把人偶的头拧下来四肢掰断，让它变成一堆没有意义的零件。

风间琉璃想的话，瞬间就可以把他的手下变成一堆零件。但风间琉璃并不在意他那些蝼蚁般的手下，风间琉璃是来找他的，从门打开的那一刻开始，风间琉璃一直木然地看着他。

那是森罗恶鬼的眼睛，多年之前源稚生曾把他杀死在地下室的最深层，今天他回来了。

源稚生一步步退后，要在自己和弟弟之间留下安全距离，或者说他被风间琉璃身上的杀气压迫得后退。死侍群匍匐在地不敢动弹，既是被"王权"的领域压迫，也是被风间琉璃压迫。那足以令死侍群惊惧的东西就是风间琉璃，当极恶之鬼暴露出他的真面目时，嗜血的凶兽们也瑟瑟发抖。

片刻之前源稚生的血管还被燥热的龙血充斥着，此刻仿佛一条冰冷的蛇慢慢地游进了他的心里，身体一寸寸地冷却下去。他来这里之前一直怀抱着渺茫的希望，但现在他明白了，其实很多年之前他的弟弟就死了，活下来的只是名为风间琉璃的恶鬼。恶鬼借助他弟弟的皮囊回来复仇，这一切自始至终都是陷阱，猛鬼众凭借残余的势力把蛇岐八家的大家长困死在这间牛郎店里，他纵然能影响全日本的帮会，眼下却只有区区十名手下跟随着他。

真是一场完美的逆袭，如果说蛇岐八家是条八首的巨龙，那么现在它的每个头都被钉死了。

源稚生忽然站住了，缓缓地拉开刀架。心形刀流·罗刹鬼骨，他最快也最凌厉的杀手刀，面对弟弟他没有把握，只能把一切都赌上。

但风间琉璃却没有对这个凌厉的起手式做出回应，他默默地看着源稚生，仿佛在看一个陌生人。以源稚生爆发时的极速，只需零点几秒就能发出致命的斩击，但风间琉璃仍然舒缓地整理着自己的头发。

他的长发素白如雪，以肉眼可见的速度在生长，夏月间的门刚刚打开的时候他的长发只是垂落在小桌上，片刻之后已经落在了榻榻米上。从外表就能看出他的身体内部正发生着不可思议的变化，就像在短时间畸化出利爪的樱井明。多年来他吞服了无数的进化药，但都没有明显的药效反应，此刻那些药物的药力集中在一起爆发，以暴力的方式推动他的进化。活化之后的龙血正彻底摧毁他的身体，同时重建，他看起来是那么苍白那么瘦弱，但又神完气足，像是一位随时可以上马出征的君王。

黑潮、白浪、咸风，海鸥在水面上惶急地叫喊着，源稚生如铁铸的武士那样凝然不动，娟好如女子的风间琉璃倦倦地靠在小桌上，弱柳扶风，目光迷离。

风魔小太郎和樱井七海焦急地对视一眼，只觉得心脏跳动之剧烈，简直像是要突破胸膛。但他们都无能为力，这是只有"皇"才有资格说话的场合。

"你？"风间琉璃的眼睛忽然亮了，仿佛一朵小小的火花在他眼底被点燃。

"我。"源稚生回答。

"哥哥？"风间琉璃起身。他喊源稚生哥哥的时候，声音里带着一丝稚嫩，那一刻旁人几乎以为他从那森罗恶鬼般的状态里解脱出来了。

源稚生不回答。

"是你杀了我。"风间琉璃歪着头，看着源稚生。

只是一秒钟前和一秒钟后，他的声音里再没有那种稚嫩的感觉。原来那只是他习惯的语气，即使变成了恶鬼，他也还是能不经意地用那种少年般的语气说出"哥哥"这两个字。

源稚生还是不回答。

多年之后重逢，源稚生想过自己该如何面对那张被岁月改变的熟悉的脸，该以眼泪还是以微笑相贺？或者只是倒一杯茶，点一支烟，慢慢地长聊？

最后他只能以沉默回应风间琉璃，无话可说，事到如今已经无话可说，风间琉璃喊他哥哥，他不回答，因为他不是恶鬼的哥哥。

风间琉璃却笑了起来，是那种舞台上的狂笑，素色的和服在笑声中震颤，衣纹仿佛流水。谁也不知道他是真心要笑还是在表演，那种笑实在太有戏剧般的张力了，就像是杀人夺国的英雄终于得到了天下，站在世界的最高处肆无忌惮地狂笑，笑那些自不量力挑战他的敌人，如今都已经化成了枯骨，那么志得意满，那么目空四海。

Chapter 18
The Night of Winds and Tide II

煌煌天下，他已经君临最高处，从今以后，再没有人能够在他面前站着说话。

笑里还挟裹着那么多年的怨与毒，源稚女并没有骗路明非，分别的那么多年里，他既想跟哥哥重逢，又怨恨着他，当年的凄苦在多年的孤独中发酵之后，变成了魔鬼般可怕的东西，深深地藏在源稚女的心底。

樱红色的长刀出现在风间琉璃的手中，下一刻他在所有人的面前消失了，只有源稚生能看见那个踏风而来的虚影，风间琉璃的速度远远超过他的想象，在"王权"的领域中他的行动完全不受影响！在他发动的那一瞬间，长刀的刀锋仿佛已经指在了源稚生的眉心。

罗刹鬼骨根本来不及释放，这是源稚生最强的杀手刀，用于跟对手抢攻，但是抢攻的前提是你能觉察到对手的攻势。

源稚生无法判断风间琉璃的进攻，那根本就是虚空中的死神把手指点在了你的眉心，他命令你下一刻去死，不需要任何解释，你只能应命而死！

所谓极恶之鬼，风间琉璃和他一样，身体里流淌着皇血，而风间琉璃的血统，远远在他之上！这个世界上从没有什么最强的混血种，正如历史上没有不败的王，王的宿命，总是被新的王打倒！

短短的零点几秒钟里，源稚生回想起橘政宗曾经跟他说武士最后听见的声音总是风声，那是他自己脖颈里溅出的血的声音，像是风声那么寂寞。

风声如期到来，带着新鲜的血味笼罩了他，冰冷的刀锋贯入他的胸口，片刻之后刀锋热得像是烧红的烙铁。足以抵抗手枪近距离射击的龙骨状态被一击突破，所有的力量都随着血液流失退却。他从未体会过这样的无力和无助，就像是飞鸟被猎人的箭洞穿，再怎么努力振翅，也无法改变自己的结局。

原本能够洞穿心脏的一刀，最终只是刺穿了源稚生的胸膈肌，因为执行局的干部们张开双臂扑了上去。他们接二连三地被贯穿，但没有人退后，排在最前面的人甚至试图用手去掐风间琉璃的脖子，而不看自己鲜血喷涌的胸口。他们指望用这种方法来为源稚生争取一点点时间，从源稚生担当执行局局长的时候他们就追随在源稚生身后，直到今天源稚生如他们的愿成为大家长。这个世界上没有人会比执行局的人更信任源稚生，直到最后一刻他们仍旧相信只要他们争取一点点时间，源稚生就能发出有力的反击。

风间琉璃把头埋在最前面那名干部的胸口，听着血声如风，也听着那颗被长刀贯穿的心脏停止跳动，表情那么沉醉。

他狂笑着撤出长刀，把淋漓的鲜血泼洒在墙壁和屏风上，纵声狂笑，世间再没有那么酣畅淋漓的笑，俯仰天地，纵横捭阖。事隔多年，他终于把皇的尊严踩在脚下，他才是混血种中的——天下第一！

源稚生没能发出任何反击。执行局干部们用牺牲换回了他的半条命，但他自命无敌的龙骨状态已经被强行解除，如今的状态下他又怎么能伤害高高在上的风间琉璃？

他和风间琉璃之间的实际差距是绝对的，就像普通人面对混血种，无从挣扎。这样的他到底还有什么资格去贯彻他心中的正义呢？又有什么理由让那些人追随着他，为他去死呢？

也许自古以来蛇岐八家就在反复地犯同一个错误，鬼才是白王所期待的后裔，所谓皇，所谓稳定的混血种，只是无聊的弱者。可弱者对强者的暴政，却维持了那么多年。

"保护大家长！挡住那个疯子！"风魔小太郎大吼，幸存的干部们冲向风间琉璃，结成看似密不透风但又无比脆弱的人墙想要保护源稚生。

风魔小太郎抓住源稚生，樱井七海殿后，拼尽全力撤向走廊的另一侧。通往消防楼梯的路已经被风间琉璃堵死了，那就只能从常用的楼梯间撤退。从楼梯间撤走要花费更长的时间，风魔小太郎奔跑起来像是披散着长鬃的狮子，他只希望时间还够，眼下的每一秒钟都是用人命换回来的。风间琉璃并不急于追击，他在走廊上信步而行，随意地挥舞长刀，像砍草那样把那些武士般忠勇的干部们变成尸体。黑暗中他纯白色的长发起伏，金色的瞳孔越来越近，恰似夜色中搏人而噬的妖鬼。

"放开我！你们只是在浪费人命！"源稚生虚弱地下令，胸膈处的伤口并不致命，但他已经失血过半，风间琉璃在刺穿了他的胸口之后拧转了刀柄，把原本楔形的伤口变成了血肉模糊的窟窿。

"死多少人都不可惜！"风魔小太郎冷冷地说，"您在，蛇岐八家的旗就没倒，我们也就仍有希望，旗如果倒了，武士活着也是行尸走肉！"

幸运的是死侍群从风间琉璃现身的那一刻起就陷入了巨大的恐惧之中，只是匍匐在地瑟瑟发抖，他们毫无阻碍地经过楼梯间。风魔小太郎一脚踢开了通往天台的门，直升机就在前面，赶来救援的干部们正集中火力射击滞留在天台上的死侍，试图给风魔小太郎打通道路。此时此刻楼下已经没有哀号声传来了，负责争取时间的干部们都已经死了，风间琉璃正踩着他们的尸体上楼，沉重的脚步声象征着死亡的逼近。

风魔小太郎转身把铁门锁死，但这只是普普通通的一扇铁门，要阻挡风间琉璃大概得用囚禁绘梨衣的那种金库大门。

风魔小太郎一把把源稚生推给樱井七海："爱子！带大家长上飞机！"时隔多年，他重新用"爱子"这个名字称呼樱井七海，似乎这个女人还是当年那个爱慕老爷爷的少女。

樱井七海呆住了，自从她成为家主以来，风魔小太郎始终对她客客气气，似乎以前的事情从未发生过。但这一刻，风魔小太郎又回复到当年对她指手画脚的状态，这个老家伙本来就是个大男子主义的人，他可以很宠爱某个女人，但在她面前总是颐指气使的。

"我留下来挡住这个怪物，我已经见识过这个花花世界了，活下去还有什么意思呢？可你还年轻。"风魔小太郎用肩膀顶住铁门，急促地说，"一定要保护大家长！告诉他政宗先生在神社里留了东西给他！"

时间已经不容樱井七海多想了，她扛着源稚生去往直升机，走了几步听见风魔小太郎在背后说："当年的事情，也不都是因为我家的老太婆反对，而是你太年轻了……我已经太老了，陪不了你多少年，人一辈子总要有个人陪你走到最后，要不然就太孤独了！"

本该是缠绵的情话，可是他来不及慢慢地说了，话说出来像是机枪扫射："大家都是普通人，这些年爱也爱得乱七八糟的，恨也恨得乱七八糟的，可那又有什么办法呢？"

他猛地回头："别继续恨我了！要恨，就恨你遇见我的时候我不是二十五岁吧！"

雨水淋在他的脸上，那张苍老的面孔纠结如怒龙，雄壮如狮子，可那双眼睛里的神情单纯得就像个少年。

忽然间樱井七海想到很多年前这个老人骑着摩托车来看她的演出，跟年轻人一样顾盼自雄，当年十八岁的她不由自主地就笑了，心说这哪里是黑道宗家的家长呢？

"走！你这个蠢女人！"风魔小太郎大吼。

樱井七海转过头，在枪火夹道中奔向直升机。她听见背后金属撞击的巨声，可以想象那扇铁门正在崩溃的边缘，只靠风魔小太郎用身体作为门闩挡住它，不让它倒塌；她也可以想象风间琉璃手中的刀正一再地贯穿铁门和风魔小太郎那苍老的身体；她心中眼前都是那个老人金刚怒目的表情和淋着雨水的脸，可她就是不回头，她怕自己回头看上一眼就再也挪不开脚步。她的头发被风吹散，她咬着自己的一缕头发，牙齿间都是血。

直升机上的人冒着被死侍攻击的危险冲了下来，把她和源稚生一起拉上了飞机，这时通往风魔小太郎的道路已经被死侍群阻挡了。

直升机立即起飞，大厦将倾之际，容不得任何等待，多救一个人就多一分风险，直升机的目的就是要把大家长平安地带出去，为了这个目的，他们甚至可以把樱井七海这位家长也推下飞机。

风魔小太郎说得对，这就是蛇岐八家的行事准则，任何人都可以被丢弃，死多少人都不可惜，除了举旗的人。风魔小太郎把自己也算在了"任何人"之列。

源稚生的神志已经模糊，针头扎入手臂的瞬间他才清醒过来，过量的肾上腺素被注射进他的身体，确保他能够撑过最艰难的一段。

药物把他仅存的体力聚集起来，他勉力睁开眼睛，看见下方茫茫的大海，层层叠叠的黑色海浪拍打在各种建筑物上，东京的西面，黑色的富士山变成了红色，滚滚的岩浆正顺着平缓的南坡往下流淌。

下方的天台上，浑身是血的风魔小太郎面对妖鬼般的风间琉璃发动了最后一击，作为忍者之王，他的最后一击竟然不是用怀剑或者忍刀，而是用汽油桶。

这个老人高举着一个燃烧的汽油桶冲向风间琉璃，把手中点燃的打火机扔进汽油桶里，但风间琉璃随手扯过一个铁架子，扔出去砸在风魔小太郎身上，把他和汽油桶一起砸出天台，坠入水中。

爆炸的火柱从海水中冲起，水中的死侍群被火光照亮，如鲨鱼般围着那道火柱游动。

这场战争中，蛇岐八家的第五位家主在那道火柱中战死，风魔家，风魔小太郎。

风间琉璃仰望天空，无声地狂笑，张开双臂，似乎要拥抱他的哥哥。

"稚女，我们都回不去了……么？"源稚生发出介乎呻吟和梦呓之间的低声。

直升机带着他迅速地离开现场，自始至终樱井七海都没有扭头看那道火柱哪怕一眼，也许她是太坚忍了，也许她害怕自己看了之后就会从飞机上跳下去。

第十九章 达摩克利斯之剑
The Sword of Damocles

黑色的轿车在雨夜中狂飙。

这时候路面上的车都向西行驶，西边是高地，海啸还未波及那里。唯有这辆车往东，所以一路上没有遇到任何阻塞，孤零零地飞驰。

这是东京都知事的车，这种情况下人人都可以逃难，但东京都知事小钱形平次却必须赶赴救灾的一线。愁眉苦脸的小钱形平次先生坐在后排，秘书正给他讲述受灾情况。

根据气象局的报告，大气和地质状况都彻底失控，无法解释的神秘力量正在引发地层中的应力，地壳在半个小时内下沉了半米之多，最严重的情况东京会带着附近的大片区域沉到海平面以下。

气象局首席科学家说这种现象已经超越了科学的范畴，所以用了玄幻的笔法，说"末日的轮子开始转动了"。

屋漏偏逢连天雨，不明身份的武装分子控制了新宿区的各个交通枢纽，袭击了黑道本家蛇岐八家的几处重要据点，包括源氏重工、岩流研究所、丸山建造所以及一家牛郎店……搞不清楚为什么这些全副武装的暴徒要攻击一家牛郎店，他们攻击的其他目标都是高端大气上档次的地方，唯一的解释是他们拿错了军事地图。总之东京都政府根本控制不了局面，连救援也力不从心，市区的东部全都被海啸淹没，只有西部地势高的地方未被波及。

全体警察都在警视厅本部集结，天皇和家人正在前往避难所的途中，航空自卫队的F-2战斗机群已经从木更津基地起飞，东京空域将被全面接管。

小钱形知事注重养生睡得很早，是被秘书从床上轰起来的，直接从美好的梦想里跌入混乱的现实，直到现在都处在一种崩坏的状态中。小钱形平次在两年前通过选举就任东京都知事，之前是国会议员，典型的职业政客，长项是电视辩论和演讲，向民众鞠躬道歉这种戏码也演得很自如，应该算半个职业演员。但无论作为五星级的政客或四星级的演员，他都不知道该怎么解决眼下的危机，感觉这座城市一夜之间就被诅咒了，它正无法停止地滑向毁灭的深渊，这些消息还没敢向民众公布。

秘书告诉知事和首相官邸已经失去联系，从这一刻开始小钱形平次成为东京都的全权负责人，换而言之，救灾成功他就有绝对的把握竞选下届首相，救灾失败他就是民族罪人。

小钱形平次也曾幻想自己竞选首相成功，参加外交盛典、视察自卫队、跟美国总统握手言欢，出席的都是光鲜体面的场合，光耀他们小钱形家的门楣。此刻忽然就代行首相权力了，却怎么也高兴不起来了。

"根据紧急状态法，在联系不上首相官邸的情况下，你还有权调动自卫队。"秘书提醒，"要不要先跟暴乱的黑帮对话？"

"喂喂！我可只会电视辩论和演讲！我能感化选民，可我不确定自己能感化恐怖分子！"知事惊恐。

"我也知道您不具备这方面的经验，所以为您找了一位精通危机处理的专家。"

"这时候文职人员管个屁用？"知事在愤怒状态下槽技暴涨，"我现在要的是装甲师团或者航空联队！专家管什么用？他们只是一帮靠耍嘴皮子吃饭的幕僚！这时候专家还不如电影明星！"

车在雨中急刹，差点把知事甩到前排去，前方红绿灯下站着一个打伞的黑影，正向知事的车队招手。

"停什么车？你当这是出租车么？"知事烦得不行。

"是我让他停车的，"秘书说，"那位就是我给您找的专家，我们约好了要在这里碰面。"

黑影拉开车门钻了进来，向知事伸出手来："自我介绍一下，希尔伯特·让·昂热，美国卡塞尔学院校长，也是危机处理专家。希望我的知识能对您有所帮助。"

"真是太麻烦您了！有您就好了！"知事一边跟昂热热情握手，一边打量这个英俊的老家伙，心说妈的你还真给我找了个电影明星来！

"不知道您的专长是哪个方面，救灾还是跟黑帮分子沟通？我得考虑把您安排到什么岗位去比较好。"知事问。

"救灾不太擅长，但对付黑帮分子还是有一手的，准确地说，各种暴力科目我都擅长。不过猛鬼众其实不能算黑帮分子，他们有着某种宗教性质的目标，想要复活被称作神的东西。"

"我的天！之前我以为他们是群十恶不赦的暴徒，现在看来他们简直是个邪教啊！"知事惊呼，"对付邪教我更没有经验了！"

"这恰恰是我来到这里的原因，请放心把这件事交给我。"昂热说。

"我觉得我还是赶快起草引咎辞职的声明比较好……"

Chapter 19
The Sword of Damocles

"党内的几位大佬已经发来邮件,说如果您在危难之际辞职,政党将蒙受巨大的名誉损失。这是您与东京都共存亡的日子,如果您执意辞职,就请您和您的家族永久地退出政坛。"秘书提醒。

"这些老流氓简直比黑帮还狠啊!"知事心头中刀。

"我们的目的地是哪里呢? 昂热校长。"秘书问。

"东京都气象局,那里是监控东京全境气象指数的中心,指挥救灾的人当然要坐镇在信息中心。"昂热胸有成竹,"请通知东京都政府的各位要员也前往那里。"

"我们无法抵达东京都气象局,那里也是受灾区,水深超过三米,任何车辆都没法抵达。"

"谁说要开车去呢?"昂热耸耸肩。

车顶传来轰然巨响,紧接着飞驰的轿车离开地面,在几十米高的空中作低空飞行。知事完全给吓傻了,倒是秘书胆大一些,把半截身体探出车窗外去看。

一块大型电磁铁吸在车顶上,缆绳的另一头连在空中的重型运输直升机上,这架庞然大物正带着知事的座驾飞跃波涛起伏的海面。

"校长,手笔真大啊。"秘书赞叹着伸出手来,"自我介绍一下,樱井秀一。"他压低了声音,"卡塞尔学院,2005级,校长好。"

"真该为我桃李满天下而自豪啊,樱井同学。"昂热也压低了声音,他们用的是英文,以知事先生的英文水平是不可能听懂的。

双方只用区区几个单词就把身份交代清楚了,在这种情形下,蛇岐八家最终还是向学院本部求援了。家族通过安插在知事身边做秘书的樱井秀一,把昂热引荐给手忙脚乱的小钱形平次。

学院的势力在片刻之间驾临东京,随着辉夜姬解除防火墙,Eva全面接入东京,汹涌的数据流正在东京的互联网中穿梭。

东京都气象局,计算大厅,窗外大雨滂沱,枝状的闪电在乌云中闪灭,落地窗上几乎找不到一面完整的玻璃,风把印刷用的白纸吹了满地。

宫本泽的手指在键盘上高速地跳动,他在记录这场浩劫,并把数据备份到远在哥本哈根的数据中心,不久之后东京就会沉没在茫茫大海之下,一切证据都会被海水淹没。但是研究宫本泽备份下的数据,人们就能知道东京沉没的过程,假如类似的浩劫再次发生,人类也许能找到对付它的办法。

这是科学家的战场,死在这片战场上是科学家的荣耀。宫本泽心中满是平静,甚至有些喜悦。他已经戒烟多年,今天重又开戒,指间夹着烟,十指敲击键盘仿佛行云流水。

如果路明非见到这一幕,大概会赞叹宫本君想必是在中国网吧里混过的,神情这么专注，击键这么潇洒，还有这般的大将风度，尤其是指间的烟屁股，更是点睛之笔。

楼顶上方传来直升机旋翼的声音，宫本泽下意识地抬头仰望，不知道什么人会在这种时候赶到东京都气象局来。气象局信息中心在半个小时前就已经撤空了，现在整栋楼里只剩宫本泽一个人还在坚守。

几分钟后，一群睡眼蒙眬的家伙提着沉重的装备箱走进计算大厅，乍看起来都有些猥琐，细看则应该说是变态。他们都穿着白色的防护服，戴着防毒面具，胸口别着"半朽世界树"的校徽。

宫本泽惊得霍然起身，这帮家伙懒洋洋地挑挑眉毛，就算跟宫本泽打了招呼，各自占据一张办公桌，打开随身装备箱，开始组装个人电脑。

东京都气象局的计算大厅重又恢复到满员的情况，只不过一支全新的团队接管了这里。

卡塞尔学院，装备部，瓦特阿尔海姆的专家组以豪华阵容抵达日本。

从领队的人就可以看出这个专家组的豪华程度，老家伙穿着邋遢的牛仔衬衫和油光闪闪的牛仔裤，屁股口袋里揣着一瓶龙舌兰酒。

"副校长阁下！真是出人意料啊！"宫本泽深深地鞠躬。

"你也在卡塞尔学院进修过？你有上过我的课么？我好像很多年都不代课吧？难道是我身上特别的气质让你认出了我？"副校长对于在异国他乡的日本还有自己的粉丝感觉有些惊喜。

"您不是还代体育课么？"宫本泽小心翼翼地说。他在心里说难道观看每届女生的游泳课不是您的特权么副校长阁下？虽然您几乎从不离开教堂钟楼，可是游泳考试您从未缺席过啊！

"哦哦。"副校长挠头，"不愧是我的学生啊，这种时候没有选择避难而是留在这里坚守。"

"即使东京今夜就要沉没，作为科学家，我们也有理由坚守在这里为人类留下第一手的数据！"宫本泽说得斩钉截铁。

"没必要保留什么数据了，放心吧，东京不会沉没的。"副校长胸有成竹地说，"因为我们已经来了！"

成箱成箱的啤酒可乐和薯条从楼顶搬运下来，顷刻之间计算大厅看起来又像是要开派对，装备部的技术宅们各自取了可乐或者啤酒，吃着喝着把他们的个人电脑接入东京都气象局的内部系统。

没有任何人想到要问宫本泽索取密码，他们八仙过海各显神通地破解了气象局的防火墙。

专家组很快就表现出战斗力来，十五分钟后他们已经完成了东京都的封锁，控

Chapter 19
The Sword of Damoclès

制了"铁穹神殿",管理起这座城市的所有交通枢纽。

同是一座城市,在东京都政府的管理之下能够发挥出百分之百的效率,而在 Eva 和装备部的控制下效率提升到百分之二百。在如此恶劣的气候条件下,装备部竟然开放了机场,允许航班离港。

此刻那些航班上的人必然会感谢东京都政府高效的管理和大胆的决策,帮助他们逃离这座末日般的城市,但如果他们知道救世主是这帮喝着可乐叼着棒棒糖的死宅,大概宁愿留在机场与东京共存亡。

"我靠!这种情况下允许航班离港真的是有理智的科学家能做出来的事情么?闪电不会把飞机打下来么?"副校长爆着粗口指导工作。

"无所谓啦,成田和羽田两大机场一共滞留了三百多架飞机,就算掉下来那么一两架,死亡率也不过百分之一,湿湿碎啦。"某位香港籍的研究员轻描淡写地说。

"做得好混球!"副校长怒吼。

"排水系统的功率已经提升到极限了,所有蓄水池的水位都处在超标状态,总蓄水量已经超过十亿立方米,还在继续上升。"研究员丙叼着棒棒糖,告知大家这个重要的消息。

"浑蛋!不都到极限了么?水位继续上升怎么办?"副校长大口喝着龙舌兰酒怒吼,"想想办法!"

"极限归极限咯,极限不就是用来突破的么?今晚正好测试东京的排水系统能超越极限多少倍。"研究员丙面无表情。

"很好!给我确保排水系统的安全!"副校长大口喝着龙舌兰酒。

宫本泽的心从欣喜转为忧虑,这支接管了东京防务的专家组固然都是技术天才,却也都是绝顶的浑蛋,他们的领队则是浑蛋中的浑蛋。不过眼见东京就要覆灭,这群把自己的命看得比什么都重要的浑蛋居然会赶来援手,想到这一点还是让人觉得有些安慰。

楼顶再度传来直升机的风吼声,几分钟之后,哆哆嗦嗦的东京都知事小钱形平次和秘书、特邀顾问一起出现在计算大厅,全体人员举起可乐杯或者啤酒杯表示欢迎。

"感谢大家在这个时候与东京共存亡,我代表东京都政府感谢大家!"知事先生深鞠躬,老泪纵横,在连首相都遁了的危急关头,东京都气象局全员坚守岗位,这确实是很鼓舞士气的场面。

唯一的问题是,不知道什么时候东京都气象局多出那么多外籍雇员,而且形象都有点猥琐。不过知事先生也懒得管这些细节了,总之有人坚守岗位就好,说明东京还没有放弃。

秘书引着知事去往高楼层的办公室,特邀顾问跟副校长简单地拥抱了一下,顺便抽走他手里的龙舌兰酒饮了一大口。知事先生自作多情了，瓦特阿尔海姆的神经病们并没有跟政府官员打招呼的习惯，他们仅有的敬意是给站在知事背后的特邀顾问的。

从这一刻开始，整个东京都被卡塞尔学院掌握了。

"情况比我们想的还要棘手，神的苏醒正在加速，它已经有了完全的自我意志，正在主动地想要毁灭东京，重演高天原的沉没。这么危险的地方，你怎么劝说装备部的神经病们来出这个差的？"副校长压低了声音。

"我答应给他们报销头等舱机票和豪华酒店，告诉他们东京的居酒屋是世界上最刺激的地方，他们就来了。但我没告诉他们东京有神这种东西。"昂热淡淡地说。

"你真是个疯子，自己冒险不说，还把部下和老朋友也都拉来陪葬，下次这种工作不要找我了好么？你有考虑到我那秃顶儿子的感受么？"

"有，如果我们死在东京，诺玛会安排他在你的葬礼上致辞，确保他有足够的机会在所有人面前寄托哀思。"昂热拍了拍副校长的肩膀，"谢谢，你要是不来，装备部这帮胆小鬼也不会来。"

"准备一下！我要接入东京所有的户外广告！"昂热扭头下令。

"发布紧急通告么？"一名研究员抬起头来，他负责控制东京室内室外的所有信息系统。

"不，发布寻人启事！"

虽然不是适合飙车的时候，但恺撒确实在飙车。

他的车是本田产的VTX 1800型太子摩托，楚子航的是一辆赛道摩托，他们找到这两辆车的时候钥匙还插在车上，发动机还没熄火，想必是车主忙于去高处避难把车丢下了。

今晚恺撒始终张开着"镰鼬"的领域，所以听觉比源稚生都敏锐。早在海啸逼近之前他就觉察到异状了，泥土中的蛇虫发出可怕的声音，窸窸窣窣地向着西边逃去，整条街上的流浪猫都向西奔跑，普通人很难听见它们的脚步声，但在恺撒的耳朵里，那是一群惊惶的野马在奔驰。警告其他人已经来不及了，他和楚子航刚从侧门跑出高天原，就听见了雷鸣般的潮声，几十秒钟后，大潮吞没了歌舞伎町。

几十秒钟的时间只够他们跳上路边被遗弃的摩托车，跟着流浪猫群一路奔向地势较高的西边。他们沿着坡道奔驰，潮水就在身后跳荡，那是恺撒玩了那么多年帆船从未感受过的刺激。

神正在苏醒，也唯有神的苏醒才能引发地质和气象环境的巨变。海风中弥漫着令人战栗的气息，神的阴影已经笼罩了这座城市。

他们驶上了去往池袋的高架路，海水在道路下方奔涌，草坪瞬间就被吞没，高

Chapter 19
The Sword of Damoclès

树在水中颤抖，像是新插入水田中的稻秧。

后面传来摩托车群的吼声，那是一群大排量摩托车正在追赶他们。他们被发现了，猛鬼众的摩托艇在新宿区的道路上来去，猎杀负责清场的蛇岐八家干部，恺撒和楚子航刚刚穿越了封锁线。

"诸君来得真慢！"恺撒猛地拧动车把，把油门加到最大。VTX 1800咆哮着加速，车灯的光在高架路上拉出了一道流星。楚子航紧紧地咬着他的车尾。

几十台重机同时加速，猎杀正式开始，骑手们趴在机车上，姿态就像是奔跑中的猎豹，他们把长刀拖在车旁，在地面上擦出飞跳的火花。

这是轻骑兵的进攻姿势。轻骑兵趴在马背上，是为了减小自己被攻击的面积，刀尖下垂，但在闪过的瞬间他们会把刀锋上挑，借助战马冲刺的力量给敌人致命的一刀。

但什么年代了，这些骑手难道不会开枪扫射么？

"镰鼬"带回了那些人的心跳声，仿佛一面面战鼓在轰响，那些骑手的心率接近每分钟三百次，对于普通人来说这种心跳足够撕裂心肌的。

那不是一般的混血种，他们服用了进化药，将自己的龙血活化。他们还未异化成死侍，但嗜血的基因已经控制了他们的神志，他们不用枪械而用刀，是因为刀锋撕裂肌体的猎杀感能满足他们。

恺撒和楚子航迅速地对视一眼，爆血开启，炽热的血液在血管中激荡，肌体能力全面提升。

时速已经达到一百五十公里，这对两轮交通工具来说已经是极限了，机车在微微颤抖，一个控制不住就会失控。但猛鬼众仍在逼近，他们做好了十足的准备，所骑的摩托车是市面上排量最大的。长刀微微下探，随时预备挑起。他们和楚子航之间的距离只剩下几个车身位了，楚子航忽然跳上车座，高高跃起，如断线的纸鸢一样被疾风吹着后退，猛鬼众的骑手们在他下方驶过。速度差太大了，楚子航只需要滞空一秒钟，骑手们就会往前跑上几十米。

失控的赛道摩托翻滚着撞入车队，一名骑手被正面撞击，两辆车擦着地面滑了出去，带着一连串的耀眼火花。

楚子航提着长刀迫近，在骑手们擦身而过的瞬间，明亮的火花在雨中飞溅。用进化药强化之后，猛鬼众的干部们竟然能够和爆血之后的楚子航对刀，他们占据了人数优势。

闪电落在远处的海面上，照亮了骑手们的脸。脸色苍白，像是被这场暴雨漂白了，瞳仁里却跳荡着炽热的金色光芒。这根本就是一群人形的野兽，比狂暴状态下的樱井明还要疯狂。

他们无所畏惧，他们已经得到神的胎血了，那种血液可以帮他们越过进化的难关，他们现在可以尽情地服用进化药，把自己所有的潜力都榨出来。

这种情况下恺撒竟然没有想要停车救援楚子航，他一路向前驶去。骑手们立刻分为两队，一队继续追逐恺撒，一队留下来围攻楚子航。

前方忽然出现了黑色的海面，海面上波涛起伏。高架路在这里倒塌了，像是被一刀砍断。以恺撒和那些骑手的速度，再不刹车就会坠海。

恺撒已经看到了那个断口，但还是一往无前地驶向前方。

恺撒开始减速，猛鬼众的骑手们也减速，轮圈和刹车片摩擦溅出一圈圈的火光，长刀从左右交叉斩落，目标是恺撒的颈椎。恺撒低头避过斩击，但他被摩托车群包围了，就在同一刻不知多少把刀砍向恺撒的后颈。恺撒仰身躺在车座上，全靠"镰鼬"捕捉那些刀撕裂空气的声音。他成功地闪避了几轮进攻，但刀锋还是在他的身上留下了伤口。

这时他们一起冲出了断口，恺撒要的就是这个结果！骑手们的注意力全在他身上，注意到那个断口的时候，刹车已经晚了！

他们一起坠向海面。

恺撒甩脱脚蹬发力弹跳，爆血之后他的弹跳力像袋鼠般惊人，一辆重机紧跟着他下坠，那就是恺撒期待的跳板！他要踩踏着这些下坠的摩托车跳回高架路上去，机会只有一次，一步都不能错。

那些疯狂的骑手身在空中还试图挥刀，但他们脚下没有支点，挥刀的速度受了影响。恺撒带着大片的银光上升，那是他皮衣上的银链在空中翻动，像是古代将军的甲胄，又像是舞娘肚皮上的金链。他翻滚着射击，双手"沙漠之鹰"如同吐火的双头龙。

"楚子航！"恺撒高呼。

"君焰"恰好在这一刻准备完毕，巨大的火球照亮了长桥末端，火风把靠近楚子航的骑手们都吹飞出去。他们在火焰中扭动，仿佛恶鬼在地狱的硫黄泉中痛苦挣扎，一齐向着水面坠落。

恺撒抓住断口处伸出的钢筋，费尽力气才爬上高架路的路面，危险的空中跳跃耗尽了他的力量。他看着那些骑手在水中挣扎，被茫茫的黑水带走，一拉枪栓，两支打空的弹匣向着水面坠落。

他们这才有机会歇下来喘口气，亲眼看看这座忽然间化为大海的城市，层层叠叠的黑浪拍打在礁石般的建筑上，高速公路和大海相邻，"海滩"上满是汽车和摩托车的残骸，海水往复洗刷着沥青路面。

电光一道接一道地打在海面上，令他们可以看清楚远处的景象。浅草寺已经消失了，"和光百货"只剩下半座楼，粉红色的 Hello Kitty 们站在水中，它们本来是商家摆在店门口招揽生意的，现在只剩下一张张粉色的猫脸露出水面，呆呆地望着高架桥上的恺撒和楚子航。这座城市陷入了极度混乱，却又透着森严的美，仿佛世

Chapter 19
The Sword of Damocles

界毁灭之后的场面。

"真是太疯狂了！"恺撒低声说。

这时从东到西从南到北，全东京的广告大屏都亮了起来，他们的照片再度出现在大屏幕上。大屏幕倒映在水中，有种海市蜃楼的美。接下来画面切换，身穿黑纱的舞娘款款地扭动，各种乳波臀浪各种眉目生春……

"混账！不要把副校长的移动硬盘接入系统！你们疯了么？我们在向全东京发布！"夜空中回荡着某个老男人的怒吼，然后画面恢复了正常，西装革履的希尔伯特·让·昂热出现在屏幕上。

"这则寻人启事是发布给恺撒·加图索、楚子航和路明非的，无论你们此刻身处何地，在看到这则寻人启事之后，立刻赶到东京都气象局报到。你们在东京也该玩够了，是做正事的时候了！"

恺撒和楚子航对视一眼，长长地出了口气，断线那么久之后，他们终于再度听到校长那冷暴力的声音，感受到副校长的脱线和淫荡，心里如释重负。

恺撒和楚子航气喘吁吁地冲进东京都气象局，知事铿锵有力的声音正从办公室里传出来："我们小钱形家从幕府时代就追随天皇，从没有一个对敌人屈服的男人！我以东京都最高行政长官的名义发誓，跟趁着灾害在城市里施行暴力行为的人不共戴天！无论你是谁，现在就给我放下武器！否则我会亲自带领精锐部队剿灭你们，用正义审判你们！"

"他准备通过电视对东京市民演讲，鼓励他们不要放弃，为了调动情绪喝了点酒，"秘书樱井秀一尴尬地解释，"但可能给他的酒酒精度太高了。"

"这是喝酒的时候么？他不是东京都的知事么？应该做点对灾民有意义的事。"副校长愤慨地打开了下一罐啤酒。

樱井秀一看着他手中的啤酒罐。

"我有酒量！"副校长振振有词。

昂热从走廊尽头快步走来，东京都气象局俨然变成了卡塞尔学院的中央控制室，走廊上来往穿梭的都是装备部的人，他们经过恺撒和楚子航身边的时候，都会赞叹地多看两眼。

"哦！"看清恺撒和楚子航装束的瞬间，昂热震惊得只能吐出这个字来。

恺撒和楚子航都局促地挪开视线，这种时候他们实在没有衣服可换，只得穿着高天原的制服来报到，楚子航的头发还做了金色的挑染。他们只希望昂热这种老派贵族不懂牛郎店的事，那样的话他们顶多也就是奇装异服而已，算不得败坏校风。

"真见鬼！我快七十年不来东京了，东京的牛郎们还是穿这种低品位的衣服么？"昂热皱眉，"开会！"

他转身走进大会议室，装备部已经把3D投影设备搭好了，这间会议室已经变成了昂热的指挥中心,学院中央控制室的全部功能都被转移到了这里。

桌上放着打开的空运箱,箱子里是暗金色的"七宗罪",那七柄为了杀死龙王而打造的武器还插在沉重的金属匣子中,却发出了令人心悸的轰鸣声,仿佛被锁在匣子中的是七条怒龙。

恺撒和楚子航都很清楚这套武器为什么要被运送到日本来,迄今为止人类并无任何能力制止地震海啸和火山爆发这样的自然灾害,唯一可行的办法就是抹掉灾害的源头。问题是已经苏醒的神是否真的存在被杀死的可能性?

虽然残缺,但那东西曾经是白王,与黑王并驾齐驱的存在。

"先看那段视频,几分钟前刚刚发送到我的邮箱里。"昂热刚一坐下就下令。

灯光暗了下去,3D投影仪开始运转,首先呈现在眼前的是浩瀚的星空,黑暗的起点爆发,巨大的星团在几亿分之一秒内形成,原始物质以接近光速的速度扩散,时间和空间的维度开始舒展,宇宙正式诞生。

以卡尔副部长为首,装备部的研究员们激动地鼓掌,作为技术宅,无论何时何地,看到浩瀚星空都会不由自主地心情激荡。二战的时候德国火箭专家韦纳·冯·布劳恩造出了V1和V2两种导弹,那是世界上最早的导弹,希特勒用这些导弹轰炸伦敦,把英国人炸得哭爹喊娘,但是在荣誉面前布劳恩爵士满脸无所谓地说:"我瞄准的是星辰,只是偶尔也会命中伦敦。"意思是说炸伦敦算个屁,我们高端大气上档次的科学家是为了跨越星辰大海奔向浩瀚宇宙而搞研究的!

接下来开始演示地球如何形成,火山喷发,大地凝固,原始海洋开始形成,生物开始演化,瞬息之间几十亿年过去,三叶虫成为地球霸主……

"庞贝这个混账!开篇需要这么长么?快进!"昂热终于忍受不了了,冲操作投影仪的研究员怒吼。

恺撒满脸无所谓的表情。看到开篇的调调他就清楚这段录像是谁制作的了,那是他的父亲,庞贝·加图索。从某种角度来说,庞贝不主持瓦特阿尔海姆是很可惜的一件事,因为他在某些方面跟装备部的神经病真是太投缘了。他会带着貂裘短裙的美女回家,两个人在私人电影室欣赏他自己制作的短片,也是宏大开篇,从宇宙诞生开始讲起,展现地球生物几十亿年来的艰苦进化,这时候庞贝就会凝视着美女的眼睛,深情地说,祖先历尽千辛万苦才让我们进化到今天的程度,我们有什么理由不把这个伟大的繁衍继续下去呢?

画面忽然切换,星辰大海生物进化DNA演进都没有了,取而代之的是某个南太平洋岛屿的水上屋,穿着白色西装的庞贝·加图索调整了一下自拍镜头,整理头发露出阳光般灿烂的笑容。

"早该把那无聊的开篇快进过去!"昂热深吸了一口气。

"还没来得及快进,就是影片忽然跳到了这里。"操作投影仪的研究员耸耸肩。

Chapter 19
The Sword of Damocles

"好吧好吧，我想看到这个时间以昂热你的性格已经愤怒地想要砸投影仪了对不对？"庞贝搓着手，"所以我还是赶紧进入正题。"

这个神经病连昂热的耐受性都算好了……昂热觉得有口血淤积在心里，不喷出来不痛快的感觉。

"当你打开这份视频的时候，麻烦已经很大了对不对？我对此深表遗憾，因为此刻我正在距离日本几千公里的南太平洋，就算日本沉没也不会波及这里，而你们脚下的陆地正在破碎和沉降。"

卡尔副部长惊得眼睛都直了，因为庞贝接下来演示的是日本大陆破碎和分解的过程。卡尔副部长并不知道这位校董的学历和背景，但同是最顶尖的专家，他一眼就能看出庞贝的模型很精准，那是大师的计算。

换而言之，不光是东京，日本全境都面临着垮塌的危险，亏得装备部还以为自己只是来帮忙救灾的。

"从科学的角度，准确地预报地震和火山爆发都是不可能的，更别说控制这种自然灾害了。但是对于神来说，控制海洋和熔岩的流动就像人类控制自己的手指那么自然。神一旦彻底苏醒，首先被摧毁的必然是东京，日本境内和近海的火山群会集中爆发，海啸和陆面坍塌是必然的，最严重的结果就是整个日本沉入大海，因为这块陆地太不稳定了。"庞贝耸耸肩，"想必你已经想到了最简单的解决办法，那就是杀死神，你一向这么简单直接。"

"当然咯，神是一定要死的，我们是秘党嘛，秘党不屠龙，难道我们是职业厨师联合会么？但这次你面对的不是一般的龙王，而是白王，尽管是残缺的白王。我知道你随身带着七宗罪，但这一次那些小刀子没用。它们确实是为了屠龙而铸造的武器，但在铸造者诺顿的概念里，白王早已死去，他没有考虑这些炼金武器对上白王的情况。那什么才是能够彻底摧毁神的武器呢？请允许我为各位隆重介绍，由加图索研究院和俄罗斯联邦航天局联合研制的究极武器，我们给它的代号是——天谴！"

画面再度切换，漆黑的宇宙中悬浮着蓝色的行星，那是从太空中俯瞰地球。

"别急着扔鞋，我保证这一次的星空你看完后一定不会暴跳如雷。"画外音是庞贝深邃的声音，很难想象这家伙会那么正经地说话，仿佛他正站在浩瀚星空之外，如同洞悉一切的先知那样，幽幽地说话，"女士们先生们，此刻天谴正运行在你们头顶上方一千零二十公里处的近地轨道上，携带着能够拯救整个人类的达摩克利斯之剑。当那利剑从天而降，大地都会被切裂，何况神呢？无论它是何等究极的生物，终究也只是个生物，在来自浩瀚星空的惩罚面前，它的每一个细胞都会被焚烧殆尽！"

人造卫星从画面一角掠过，它微微地震动，某个东西脱离了它，笔直地向着地面坠落。那细长的物体进入大气层，化为几百米长的火光，它的光照亮了夜空，仿佛太阳提前升起。

那一缕刺破黑暗的光是那么静谧那么美丽，却又带着令人战栗的力量，每个人都想到《旧约·创世记》中记述的、耶和华毁灭索多玛和蛾摩拉的那一幕："罗得到了琐珥，日头已经出来了，当时，耶和华将硫黄与火，从天上耶和华那里，降于所多玛和蛾摩拉。把那些城和全平原，并城里所有的居民，连地上生长的都毁灭了。罗得的妻子在后边回头一看，就变成了一根盐柱。"

火光触及地面，没有发出任何声音，十字形的裂缝出现在蓝色的星球上，上万度的火焰在熊熊燃烧，狂暴的冲击波席卷一切，方圆几十公里化为焦炭。

没有人发出声音，每个人都默默地观看着这场毁灭，体会着那位把王座设置在天空中的耶和华在挥手间毁灭万人的心情。

很久之后他们才惊觉天谴降落的地方恰恰就是日本，那只是动画预演，否则他们连同这座城市都已经不存在了。

"天基动能武器！"卡尔副部长大声说，"这种技术应该还停留在设计图上！"

"天基动能武器是什么东西？"昂热厉声喝问。

"早在1985年，美国国防部就开始了一项名为'上帝之杖'的研究。这是一种武器，用高密度的钨、锰和铀制成大约六米长的金属棒，它们从太空中释放，完全依靠重力向地面坠落，尾翼负责调整轨道。到达地面的时候，它们的动能不亚于小型核武器，可以洞穿任何地下掩体，高温高热在一瞬间压爆，冲击波的覆盖范围能达到几平方公里。简单地说，就是人为制造的陨星。"卡尔副部长说，"但据我所知，上帝之杖的研究遭遇了巨大的阻力，就是无论如何也瞄不准，打击目标是达拉斯的话，没准会击中奥斯丁。"

巨大的3D设计图呈现在每个人面前，无数精密的机件高速展示，最终合并为近地轨道上运行的大型卫星，如同左轮枪一样的"剑槽"位于卫星中央，六支沉重的达摩克利斯之剑躺在那些空槽中。

每个人都下意识地抬头望向空中，在无人知道的时候，加图索家已经把这种动能武器放置在了天空中。这个奉行力量和霸权的家族，它的内在实力远比表现出来的还要可怕。

"技术上是可行的么？"昂热扭头看向卡尔研究员。

"钨铀合金制造的尖棒、内置陀螺仪导航、随动式尾翼、星群式卫星追踪……我看不清楚，他根本没想让我们看清楚所有技术细节。"卡尔副部长满头大汗，"但如果他们的研究深入到这种地步的话，初号机一定已经研制出来了！"

"不要夹杂动漫词汇！"

"我相信他们已经造出了可供实践的版本，如果是那种武器的话，确实没有任何生物能幸免，在它的威力中心，别说细胞不能幸存，任何有生物活性的化学物质都会被瞬间破坏。"

Chapter 19
The Sword of Damocles

画面切换回南太平洋的岛屿，庞贝仍旧坐在水上屋里喝着冰镇的鸡尾酒："根据我的情报，目前神所在的位置周围都是荒山，那是最适合动用天谴的区域，不用有任何心理压力，不会砸着人的，从太空里扔一根铁棒子下去吧，把白王重回人世间的伟大梦想砸得粉碎。启动密码我已经交给你们那个名叫 Eva 的小姑娘了，这可是加图索家的最高秘密哦，也是我能给老朋友的最大帮助了。"

"庞贝·加图索，你还是忍不住露出真面目来了啊。"昂热轻声说，尽管他知道庞贝不可能听见，这不是即时通信，是一段早就录制好的视频。

从开始到现在，他们的一切行动都在庞贝的掌控之中，提醒他说日本有可能沉没的是庞贝，为他提供天基动能武器的也是庞贝，恰恰在日本陷入危机前的两个小时，这份视频资料送到了昂热手中。

加图索家从一开始就布置了一个针对神的杀局，掌握着"天谴"，即使神完全苏醒也能被瞬间抹杀。加图索家为什么要这么做？还有多少事是学院不知道而加图索家知道的？

"赫尔佐格博士做的最错的一件事，就是他不该让我儿子陷入这场战争。"庞贝缓缓地说，"他是死而复生的恶鬼也好，举世无双的阴谋家也好，但这一次，他得罪了太多不该得罪的人。"

"这件事结束后，千万记得帮我把恺撒洗得干干净净的，让他穿得漂漂亮亮地回罗马来。"庞贝恢复了贱兮兮的笑容，"帮我跟他说爸爸爱他。"

恺撒的脸色铁青，如果不是当着这么多人的面，他一定会对投影出来的那个骚包老爹吐口水。

"联络 Eva，"昂热下令，"我要知道天谴什么时候能够运用！"

3D 投影仪打出莹蓝色的光束，身穿校服的 Eva 站在光束中："我已经全面接入东京的互联网，无论校长什么时候呼唤我都在线。"

"庞贝把天谴的启动密码交给你了？"

"两分钟之前我获得了天谴的启动权。"Eva 淡淡地说，"现在我已经成为那件天基武器的控制者，只要您下达命令，我就会从太空中扔一根铁棍，威力足够把神所在的区域化为火海。"

"现在就可以？"

"不，有时间限制。天基动能武器从其实质来说仍然是一种人造卫星，它在近地轨道运转，大约每九十分钟围绕地球旋转一圈，只有在它到达东京正上方的时候才能释放天谴。目前那颗代号'天巡者'的卫星正在地球的另一侧，再过大约七十分钟它就会到达东京上空。我们很可能只有一次机会，一旦错过，那么只有九十分钟后天谴才能重新准备好。"

"好，七十分钟。就看这座城市能不能挺住七十分钟了。"昂热转向樱井秀一，"我们需要那口井的准确坐标,误射的话会有无辜的受害者。"

"那口井是一个军事目标,坐标是对外保密的,只有大家长才知道。"樱井秀一说,"我现在就联络大家长,但他受了伤,正在抢救,我不确定他的状态。"

"我只要一个坐标!只要他还有一口气,就让他给我说话!"昂热冷冷地说,"那个自负的浑蛋已经把事情弄得一团糟了,至少要做一点有帮助的事!"

"是啊,我确实是自负的浑蛋,我把事情弄得一团糟。"有人在昂热背后轻声说。

会议室的门被人推开了,胸前缠着绷带的源稚生站在门口,眼神空洞,苍白得像个幽灵。

"13号储水井,设计代号红井,位于多摩川附近的山中,坐标在这里。"源稚生沿着桌面把一张便笺滑向昂热,"一个小时前,我们跟驻守红井的忍者部队失去了联系,猛鬼众攻占了那里,毫无疑问神就在那口井里。"

仅仅是这么一个小小的动作,伤口就重新开裂渗血。以皇的血统他本应该恢复得更快,但某种非物理性的力量阻碍了伤口的愈合。风间琉璃的刀洞穿了他的胸口,也把藏在他心底的那个正义少年钉死了在沙发上。他仿佛失去了灵魂,变成了孤魂野鬼。

昂热拾起便笺看了一眼,交给背后的卡尔副部长:"拿去给 Eva,让天谴准备。还有,所有人都出去,让我和大家长单独聊聊。"

会议室里只剩下昂热和源稚生两个人,潮声在耳边回荡,炽白色的闪电偶尔把室内照得雪亮。他们并没有时间可浪费,但两个人谁都不说话,源稚生默默地抽着烟。

"我这次来日本,想见的几个人中就有你,可你一直拒绝跟我见面。这还是第一次,我不远千里求见一个过去的学生,他却一再地拒绝我。"最终还是昂热打破了沉默,"亏你还领过我的校长奖学金。"

"能获得校长奖学金,那是我作为学生的骄傲;拒绝跟您见面,那是我作为大家长的尊严。"源稚生轻声说,"可惜我不是一个好学生,没有从您身上学到最精髓的东西;我也不是一个称职的大家长,那些人相信我是天照命,他们可以为我而死,可我没能给他们一个全新的未来,还把家族带上了死路。"

"这么多年过去,你还在被往事追赶啊,稚生。"

"您是说稚女的事?恺撒告诉您的?"

"你自己说的。你忘记了么?很多年前你跟我讲过这个故事,只不过略去了故事中的人名,没说是你自己的故事。当时你问我说,一个人可以为正义付出多大的代价呢?"

"忘记了,我还以为我一辈子都不会跟别人讲那个故事。"

"是你受邀和我喝茶的那个下午,我提议说我们享用一点陈年的威士忌,结果我们喝了三瓶,你带着酒气问了我这个问题。既然你不记得自己跟我说过,那你一定连我的回答也忘记了吧？"

"能再跟我说一次么？"

"读过本尼迪克特的书么？"

"读过他的《菊与刀》，听说美国人就是通过那本书来了解日本的。"

"本尼迪克特说'大义'是日本人的最高准则，为了大义，可以背叛可以杀戮也可以欺骗，只要这个人是遵从大义的，那么天下人都无法否定他。我想本尼迪克特所谓的大义，就是你所说的正义吧？"

"是，所谓大义，就是超乎个人之上的正义，绝对的正义。"

"真遗憾，作为你的老师，我并不认可你的大义。这世界上根本没有什么正义能够超乎个人之上，对有的人来说，复仇就是正义，对另一些人来说，保护才是正义。如果在你心里弟弟的幸福才是最重要的，那他就是你的正义，你可以为了他与天下为敌。"昂热缓缓地说，"你觉得你为正义支付了代价，你觉得痛苦，因为你所遵从的正义并不是你自己心里真正想要的东西。你遵从的是别人教给你的'大义'，而不是你自己的心。"

"对校长您来说，复仇就是正义吧？"

"是，所以如果有一天我为复仇而死，我不会痛苦，只会觉得遗憾，遗憾我还没来得及把刀刺进黑王的心脏。"

"这么多年的奋斗，就只是为了复仇么？您是卡塞尔学院的校长，是这个世界上不多的、有能力贯彻正义的人，可您只是想要对龙族复仇。如果您不是这样的一个复仇者，也许我们早就能坐下来说话了。"

"很抱歉让你失望了，但我真的没想过什么正义，我不择手段地想要毁灭龙族，只是因为它们夺走了我最珍贵的朋友。"昂热淡淡地说，"以蛇岐八家的情报网，想必已经把我的往事研究得很透彻了吧？"

源稚生微微点头："从英格兰约克郡，那座名叫哈罗盖特的小城市开始，直到今天的卡塞尔学院院长，您的履历我可以背出来。"

"如果说普通人的人生分为春夏秋冬的话，我的人生就只有冬夏两季。在遇见梅涅克·卡塞尔之前，我举目无亲，这个世界上没有值得我珍视的人，我仇恨着一切，只想用自己的能力摆脱贫困和孤独，我活在彻头彻尾的寒冬中。加入狮心会之后，我骤然迎来了夏季，那几年我的生活充满了阳光，我有了好朋友，赢得了尊重，有了奋斗的目标，心怀未来。但是龙族毁掉了这一切，在那个初夏的夜里，我是唯一的幸存者，失去了所有朋友，连带着光荣和梦想。我再度踏入了寒冬，从此再没有走出来。"昂热轻声说，"我并不是什么伟人，我跟年轻人一样需要朋友和温暖，如果有朋友和温暖，我可以庸庸碌碌地活下去，但龙族剥夺了我庸庸碌碌活下去的机会。时隔那么多年，我仍然能记起那种失去朋友再度陷入孤独的痛苦，唯一能抚平这种痛苦的办法，就是复仇。很多人会轻易地说出宽恕二字，只是因为他们并不懂仇恨。"

"只为了仇恨而活着，不会觉得自己的人生可怜么？"源稚生轻声问。

"人一生能有多久，能拥有多少东西？而我所拥有的一切，都在那个初夏的夜晚失去了，这就是我的人生。我不能平静地踏入坟墓，我只能咆哮着死去。"说到最后，昂热的声音仿佛金属撞击着发出轰鸣声。

源稚生凝视着这个老人沧桑的眼睛，久久地没有说话。从前他只知道这个老人的强权，今日他见到了这个老人的可怕。如果王将是黑天鹅港的幽灵，希尔伯特·让·昂热何尝不是那个初夏夜晚里幸存的幽灵呢？所有幽灵，之所以能够继续存活在这个世界上，都是因为执念，王将的执念是权力，而昂热的执念是复仇。

源稚生又想起了风魔小太郎的遗言："大家都是普通人，这些年爱也爱得乱七八糟的，恨也恨得乱七八糟的，可那又有什么办法呢？"

"我们每个人都是为了自己而活着。"昂热缓缓地说，"所谓绝对的正义，只是人们用来粉饰仇恨和渴望的名词。如果你真的相信那种东西，那你真是太幼稚了。"

闪电贯穿云层，电光把两个人的脸照得惨白，几秒钟后暴雷滚滚而来，仿佛末日的战鼓声。昂热不再说话，源稚生也保持着沉默，四目相对，仿佛相互抵死的刀枪剑戟。

"多年之后，再听您的教诲真好。"沉默了很久，源稚生轻声说。

"从这一刻开始，控制权已经移交到卡塞尔学院手里了，你好好休息吧，希望我们都能看见明天的太阳升起。"昂热冷淡地表达了送客的意思。

"天谴对么？那件武器真的能把神彻底毁灭？"源稚生问。此刻在气象局大楼里忙碌的不只是装备部的专家们，还有蛇岐八家的人，庞贝向昂热公布了天谴的存在，也等于向蛇岐八家公布了。

"没人知道，那种武器可能从来没有被动用过，我没法预言它的效果，但那是我们目前唯一有效的武器。"昂热缓缓地说，"总之这件事跟你没有关系了，我知道你并不希望神复活，曾经竭尽全力阻止，但你已经失败了。"

"你始终都没有摆脱往事的阴影，你的血统再强，可你的心是弱的。"顿了顿，昂热又补充。

源稚生的神色木然，这句尖锐的批评似乎没有给他带来任何冲击，又或许他已经认可了自己的失败。他缓缓地起身，向昂热鞠了一躬，穿越长长的走廊离去。樱井秀一在旁边鞠躬送他，他的脚步虚浮目光空洞，像是随时都会倒下。

劳斯莱斯轿车堵在长长的车流中，寸步难行。所有人都在逃离这座城市，东边的人往地势较高的西边逃，西边的人往城外逃，他们开着各式各样的车，有的车顶上还架着自行车或者橡皮艇。

但无论家用车还是豪华车，或者劳斯莱斯这种皇室级别的座驾都被困在了路上，车流量早已远远超过道路设计的承载量，还有几条重要的高架公路断裂倒塌了。东京都有着世界上第一流的救灾方案，但这不是什么自然灾害，这是一个远远超过人类想象的伟大生命要毁灭这座城市。它刚刚苏醒就已经表现出耶和华毁灭索多玛时的伟大力量，不愧是被称为"神"的存在。

每个人都在使劲地摁着喇叭，躁动的恐惧随着喇叭声蔓延，最后整条街上的车都在摁喇叭，但车流还是一动不动。

源稚生就坐在这辆劳斯莱斯里，指挥权已经完全移交给卡塞尔学院了，蛇岐八家还能运转的所有部门都听命于昂热，此刻他已经变成了普通人，也加入了逃生的人群。

前方彻底堵死了，也许是撞车了，司机很焦急，想要倒车，却又撞在了后面的卡车上。这种情况下劳斯莱斯也是没用的，无论引擎如何强大，也不过是一头困兽。

源稚生默默地看着窗外，从离开气象局大楼直到现在，他一句话都没说，他看起来一点都不着急。

他本应该很着急，因为不断有坏消息传来，猛鬼众早已预料到这场海啸，准备了冲锋舟和快艇等各种交通工具，他们以极小的伤亡摧毁了蛇岐八家的有生力量，隐藏在各大帮会中的精锐混血种来不及集合就被弹雨覆盖了，市内的重要据点一一覆灭；关东支部背叛之后，蛇岐八家还拥有精锐的关西支部，但关西支部的车被人安装了C4炸弹，在赶来东京的路上，那些跑车密集地爆炸，化为一片灿烂的烟火。

源氏重工也陷落了，原本那里还驻守着执行局的八十四名高级干部，但一辆水泥搅拌车在大厦门口倾泻了二十吨重的水泥砂浆，把那座大厦变成了封闭的杀戮场，夜叉死在那场战斗中。据逃出来的人说，他在辉夜姬的机房里引爆了炸弹，把自己和十几名猛鬼众的枪手一起炸成了碎片。夜叉一直都是个没脑子的货，但这次他好歹做了件聪明的事，猛鬼众想要夺取的显然是辉夜姬的控制权，拥有了辉夜姬他们就能限制 Eva 的行动。所以源氏重工的攻防战还算是场惨胜，执行局全军覆灭，但猛鬼众也没能得手。

至此，蛇岐八家丧失了反击的能力，他们对猛鬼众宣战，却没有想到猛鬼众早已为他们准备好了葬礼。

"大家长，开车离开已经不现实了，我已经呼叫了直升机，他们很快就会赶到，请您务必稍作等待！"司机说。

事到如今说起这种话来真是心有余而力不足，号称能够控制全日本的蛇岐八家，如今连一架直升机都调不到，这架直升机还是好不容易从八王子市找到的。

"快走吧，我记得你已经结婚了，还有个女儿对不对？"源稚生摘下手腕上的劳力士金表递给司机，"你有父亲的责任，你留在我这里没用了。"

他推开车门，从车门里抽出伞来，不顾司机的呼唤，漫步在车流中。

每辆车都是一个舞台，每个舞台上都是一个家庭，通过车窗玻璃能看清各式各样的家庭。

有的舞台上，中产阶级的父亲驾驶汽车，母亲坐在副驾驶座上，孩子坐在后排。父亲急躁地摁着喇叭，母亲转过身柔声细语地安慰孩子，哥哥把妹妹搂在怀里，妹妹抱着心爱的玩具熊。

有的舞台上只有年轻的小夫妻，女孩害怕地流着眼泪，把头靠在男孩的肩上，男孩一手揽着她的肩膀，一手死死地握着方向盘，凶狠地盯着前方，像是上了战场的武士，他要保护自己的女人，但是无能为力。

有的舞台上是年迈的老夫妇，老妇人大概是在给远在外地的孩子打电话，她的丈夫拿手帕给她轻轻地擦着眼泪，他们是死亡率最高的人群，他们的老式汽车在这种暴风雨中随时可能熄火，他们的体力也很难支撑他们逃出这座城市。

最让人吃惊的是一个不过十二三岁的男孩，那显然是个富裕家庭的孩子，衣着考究，开着一辆豪华车，他家的保姆们坐在后排。大概是父母外出把这个孩子交给保姆们照顾，但保姆们却不会开车，关键时刻少爷跳上了父亲的奔驰车，大吼说上车。

就像千百个电视台同时在源稚生面前播放家庭剧，都到了大结局的时候，所有的笑容和眼泪都那么真实，丝毫不作假。

但源稚生已经预知了所有的结局，这些人都要死了，仅仅凭着天谴就想杀死神，昂热想得还是太简单了。天谴固然是强力的武器，但核弹同样是强力的武器，冲绳的美军就有核弹，昂热也可以想办法借用美军的核弹，王将怎么会对此毫无准备呢？

那颗携带着达摩克利斯之剑的近地轨道卫星还要大约六十分钟才能到达日本上空，王将怎么会把神留在红井任昂热去炸呢？而只要神不死，东京的沉没就无法终止。

所以这些人都会死，无论他们的亲情多么感人。在究极的死亡面前每个人都是平等的，无论是顺境或逆境，富裕或贫穷，健康或疾病，快乐或忧愁……他们终将践行他们结婚时的誓言。

可源稚生很羡慕他们，因为车里的人们还能相互依偎着取暖，而这个世界上已经没有他可以试图去保护的家人了，橘政宗死了，樱也死了，他的亲弟弟却是追随王将的恶鬼。

在这末日的大风雨中，源稚生想要打电话给某个人说"爱"这种事，但谁来接他的电话呢？

直升机从天而降，飞机上的人抛下绳梯，来接他的人终于赶到了。这时一个白发苍苍的老人骑着车嘿哟嘿哟地从源稚生身旁经过，车座上载着沉重的旅行箱，看他头上扎的布巾，像是个拉面师傅。源稚生并不喜欢吃拉面，也不会跟某个拉面师傅特别地熟悉，却觉得那个拉面师傅有点眼熟。刹那间两个人都多看了对方两眼，但随着直升机腾空而起，两个人还是去往不同的方向。

Chapter 19
The Sword of Damoclēs

"去神社。"源稚生在机舱中坐下，看着下方的芸芸众生。

直升机的旋翼撕破雨幕，山中的寂静被打破了。源稚生跳下飞机，白衣神官们正肩并肩地站在屋檐下迎候，檐前的雨水挂在他们面前，仿佛透明的帘子。

源稚生仰望斑驳的佛面，雨水在佛的眉眼间汇聚最终坠落，让人误以为它在哭泣。他并没有什么宗教信仰，今夜却忽然想要进一炷香，于是他伸手向雨中，立刻就有三支点燃的线香递到他手中。他没有祝告，而是直接把线香插入了香炉中。

他在水墨屏风前缓缓坐下，面对敞开的殿门，狂风暴雨扑入。神官们围绕着他，剥去白色的法衣，深深鞠躬。法衣下是黑色的西装，系白色领带，这是对今夜死难者的哀悼，也是表达登上战场的决意。

曾经掌握整个日本黑道的至尊家族，如今能够投入战场的人只剩下这些神官了。不过家族的神官并不是什么向善的人，他们都曾是极恶的凶徒，被惩罚来神社中看守祖先的灵位。今夜，他们将回归凶徒的身份。

在源稚生抵达气象局大楼前命令就已经下达了，神官们做好了准备，最后一次打扫神社，在诸位家主的坟前供奉了鲜花。

"绘梨衣还好么？"源稚生问。

"上杉家主在后殿等候大家长。"神官首领说，"我这就带大家长过去。"

不知道是幸运或者不幸，绘梨衣从源氏重工转移到了神社来暂住，否则她也许能横扫入侵源氏重工的猛鬼众，帮夜叉守住那栋大厦，但也许她会被猛鬼众夺走。

"不用，把事情安排好了我去跟她见面，现在大家都坐下。"源稚生坐得笔直。

神官们跪坐在榻榻米上，外面的风雨声越发清晰起来。

"把我下面说的话记录下来，"源稚生低声说，"我是蛇岐八家的第七十四代大家长源稚生，愧对家族的先辈，未能守护好同胞，令家族和日本遭遇灭顶之灾，犯下了不可饶恕的错误。从明天早晨开始，我将把大家长的所有权力移交给樱井家家主樱井七海女士，樱井七海为第七十五代大家长。在我之后，家族成员应当秉承祖先的训示，切忌不可为了力量和权位而追求龙类之身，那是必将覆灭的道路，违反那条禁令的人，家族中的一切人皆有权讨伐之。在确保不会危害无辜者的情况下，黑狱中的'鬼'应得到良好的照顾。每个鬼都流着家族的血，我们善待他们，他们就会与我们在一起，我们把他们遗弃在荒野，他们就会报复我们……"

他就这么娓娓道来，不紧不慢，为家族的每个部门指定了新的负责人，交出了联系人名单和所有的密码，还有家族金库的钥匙，每个人都躬身静听，神官首领走笔如飞地记录。

"写好了么？"源稚生问。

神官首领把纸卷呈到源稚生面前，源稚生略略看了一遍，割破手指，把血涂在自己的龙胆纹戒指上，在文书最后印下了源家的家徽。

源稚生把纸卷递还给神官首领："把这封信保存好，转交给樱井七海女士。你们准备好了么？"

"神官共计二十七人，已经按照大家长的意思做好了准备。"神官首领低声说。

"明天我就不是大家长了，在我守望这个家族的最后一刻，我请求诸位和我一起奔赴战场，此刻的蛇岐八家就只有我们这二十八个男人，我们便是蛇岐八家。"源稚生躬身，"拜托了！"

"我们将追随大家长，作为大家长的矛，作为大家长的铠。"所有神官躬身回礼。

"很好。"源稚生站起身来，"我去看看绘梨衣，命令直升机做好准备，五分钟后出发。"

他进入后殿，后殿的墙壁上都是色彩斑驳的古画，这幅画也是那些壁画中的一幅，但不是记述古代历史，而是对未来的预言。家族认为这幅画可能是后人臆想的，因此它没有被剥下来送去源氏重工里保护，而是留在了神社的后殿作为装饰。

这幅画画的是白王血裔统治世界之日，白色的皇帝端坐在几百人扛起的大辇上，她的足迹越过海洋和欧洲，去往大地尽头红色的高原，披挂着铜和金的侍从们为她扬起遮蔽了天空的长幡，敌人的鲜血溅落到那些高耸入云的长幡上，要经过足足三日才流淌到土地里。她所到之处以敌人的枯骨为地基立起城池，所有的城连成坚不可摧的巨墙，从此巨墙以南都是她的皇都，被征服的一切族类都被流放到巨墙的北方，唯在冰天雪地中哀号，祈求着太阳早一点升起赐予他们一点点温暖。

这幅画的名字叫"地狱变"。

地狱变下坐着身穿巫女服的女孩，绘梨衣抱着膝盖坐在角落的阴影里，油灯的光照不到她身上。源稚生在她面前半跪，和她对视，而后轻轻地拥抱她。

"哥哥，外面怎么了？"绘梨衣在小本子上写给他看。

"非常糟糕，真是糟透了。"源稚生轻声说，"所以哥哥会很忙，要赶着去解决麻烦，绘梨衣要听话。"

绘梨衣用力地点头。

源稚生把旅行箱打开，里面是土豪路明非给绘梨衣买的那些裙衫："换件衣服吧。"

绘梨衣就在源稚生的面前把巫女服脱了下来，直到只剩内衣，没有人教过她女孩子不能在男人面前脱衣服，而源稚生在她心里也不算什么男人，只是一种名叫"哥哥"的可靠东西。她选来选去选了自己最喜欢的那件白色塔夫绸的膝上裙，还有高跟的罗马鞋，用白色的发带把长发扎了起来。源稚生默默地看着这个猫一样蜷缩在壁画下的女孩在几分钟里变得神采焕发，无声地笑了。

他把早就准备好的护照和银行卡一一展示给绘梨衣看，然后塞进一个小包里，

Chapter 19
The Sword of Damoclēs

交到她手中，再度拥抱她："绘梨衣穿这件裙子真漂亮，我喜欢这样的绘梨衣。我一直都错了，你应该有自己的人生，像普通女孩那样喜欢什么人，跟他出去撒野，为他难过也为他开心。这样才算真正地活过，哪怕只有几年也好，那才是我们活过的证据。我很感谢路明非，可惜不能当面向他道谢了。"

他给绘梨衣套上御寒的毛衣和透明雨衣，捏了捏她的脸蛋："从今晚开始，你的名字不再是上杉绘梨衣，你跟蛇岐八家也没有任何关系了，任何人问起都不要说出自己的原名，你的新名字在那本护照上，记住了么？"

绘梨衣呆呆地看着他，点了点头。她的心理年龄远比同龄人小，无法理解这些话的含义，但她已经习惯了相信源稚生，源稚生这么叮嘱她，她就会这么做。

"绘梨衣真乖。"源稚生亲亲她的脸蛋，"其实这些年我为你做的事情真的不多，还不如那一个星期里路明非为你做的。我总是把你当作弟弟的替代品，照顾着你就好像我还是个称职的哥哥，我真是个傻瓜……"

他说不下去了，只能再度拥抱她，直接把她抱了起来。

他抱着高挑的绘梨衣走出神社，一辆防弹的奔驰轿车已经等候在那里。他把绘梨衣放在后座上，最后一次抚摸她的头发："真想再有点时间和你打一局街霸啊。"

他关闭车门挥手命令司机开车，奔驰车切开雨幕快速地驶向山下。从神社出发，沿着山间公路，只需四十分钟就能够到达位于山梨县的军用机场，那里有一架庞巴迪商务机在等待，它会直接把绘梨衣送往韩国。源稚生给她准备的是一本韩国护照，护照上她的名字是金熙媛。从几年之前源稚生就在为这件事做准备，只不过始终没能下定决心把它付诸实践。他给绘梨衣准备了全新的身份，动用个人存款在首尔的江南区给她买了一个小公寓，之所以选择韩国是因为那里的女孩都整容，在成千上万外形相似的漂亮女孩里，绘梨衣这种天生优质的女孩反而不显眼。

今夜他终于做了决定，即使在这种时候他也不能带绘梨衣上战场，绘梨衣对他而言确实是妹妹而不是武器，这种爱是私人的，跟大义无关。

神官们簇拥着源稚生登上直升机，暴风雨中这只黑色的巨鸟腾空，源稚生俯瞰下方的神社，曾经它是黑道至尊的宗祠，但如今里面空无一人，长明灯在佛前摇曳着，随时都可能熄灭。神官们都把白色的布带扎在头上，这是蛇岐八家最后的奋战。

"给我接昂热校长。"源稚生说。

东京都气象局大楼。

"坐标输入完毕，天谴系统完成自检，当天巡者到达东京上空的时候，达摩克利斯之剑就可以释放。到时候将有十四枚卫星负责为它矫正轨道，各种可能导致轨道偏移的情况，包括风速、云层和地球磁场的偏转都在考虑之中，那根铁棍将准确地命中红井，冲击波影响的范围是直径三点四公里的圆。周围都是荒山，预计不会有无辜的死伤者，除了红井里的人。"卡尔副部长大声说，"距离天巡者抵达东京上空还剩五十四分钟。"

装备部的神经病们已经知道了神的存在，在最初的"妈妈我好害怕"、"校长这个王八蛋居然阴我们"和"我嘞个去我还没有宗教信仰现在就要死了能不能给我推荐个宗教信一信"之后，专家们清楚地意识到耍贱和发飙都救不了他们，校长不会给他们提供任何逃离东京的交通工具，唯一的逃生办法就是杀死神，这时风向就转了，变成"掐死那个畸形的神"、"让它知道被科学凌辱的滋味"和"连它妈妈也不能放过"这类狠话。

要说神挡杀神佛挡杀佛，这帮神经病确实是践行者。专家组的效率再度提升，仅用十五分钟他们就完全解析了天谴的启动程序，把这件武器掌握在手中。

"要确保精度，如果你把它投放在东京市内，伤亡是以百万计的。"昂热在地图上圈出了红井所在的位置。

"虽说那件武器是加图索家设计的，但在装备部的手里它的效力会得到百分之二百的发挥。"说起这种事卡尔副部长从来都是高贵冷艳的，"我们会让那根铁棍子笔直地落进红井里，以那种冲击波的强度，没有任何生物能够幸免！"

"那么现在只剩下一个问题了，当达摩克利斯之剑落下的时候，神还在不在那里。"昂热戴上耳机，"刺蛇，你们距离红井还有多远？"

"刺蛇报告，正在全速飞行，到达红井还需大约三分钟。"

刚从源稚生那里得到坐标，就有一架早已待命的直升机从木更津基地起飞，向着多摩川的方向飞去。东京都政府得到了调动自卫队的权力，就相当于昂热得到了这项权力，他的声音经过 Eva 的模拟，以小钱形平次的名义下达给木更津基地。火山喷发制造了大量的烟尘，卫星上的红外线摄像机根本无法穿透火山尘，想要了解红井此刻的状况，唯一的办法就是用直升机冒险侦查。

"把图像投影到大屏幕上！"昂热下令。

直升机拍摄的即时图像立刻出现在大屏幕上，那架轻型直升机正飞跃群山，暴风雨也覆盖了多摩川区域，滚滚的落叶在峡谷中流动，如同深绿色的潮水。能见度很差，系统把红井所在的位置标红了，昂热死死地盯着那个红色的坐标。

他相信天谴的威力，庞贝和装备部都认可那件天基动能武器是可靠的，那它就肯定没问题。唯一的问题是，直到此刻他们依然没有见过神的真面目，也不知道它是否如猜测的那样在红井里。

关于神的情报少得可怜，只有蛇岐八家对历史的记述，从某些记述来看，它是八岐大蛇那种超级生物；从另一些记述来看，它是从白王身上拆下的一块骨头。就算你握着绝世的利器，可面对身份不清的敌手，胜率也说不清楚。

地面震动，火红的岩浆沿着山坡缓缓地流泻，富士山再度喷发了，第一次喷发

Chapter 19
The Sword of Damocles

的岩浆把山顶的积雪融化殆尽，此刻这座超级火山是深黑色的，岩浆一边流动一边凝固，山腰的树木在岩浆到达之前就自燃起来，化为焦炭。

神正从漫长的沉睡中苏醒，恣意地挥洒着意志的力量。尽管见识过龙王芬里厄能毁灭一座城市的"湿婆业舞"，但这位残缺的白王还是震惊了卡塞尔学院，它甚至能够毁灭一个国家，不愧是比四大君主更高一个位阶的生物。

那么究极的那位黑王能做到什么？真是想想都让人不寒而栗的事。

"刺蛇报告！前方出现积雪！刺蛇报告！前方出现积雪！"耳机里传来飞行员惊讶的声音。

昂热已经提前在屏幕上看到了这诡异的一幕，连富士山上千年的积雪都融化了，多摩川附近的山上却白雪皑皑，那些山的海拔不过几百米而已，根本就不到雪线的高度。狂风暴雨都没能抹去那片积雪，刺蛇从白琉璃般的山峰上飞过，恍惚间似乎是在飞越严冬中的西伯利亚。这种现象绝对是违背自然规律的，仅仅在几个小时之前那片山地在卫星照片上还呈现出墨绿色，这都说明刺蛇正在接近神，昂热不由自主地握拳，指节爆出噼啪的响声。

"不……那不是雪！那是……类似蜘蛛丝的东西！"飞行员用一种见鬼的语气说。

昂热也看清楚了，覆盖群山的确实不是雪，而是某种雪白的丝。这些丝沿着地面蔓延，把树木层层地包裹起来，好像一条巨大的蚕正在那片山地的中央结茧，要把整片山地都包裹进去。

画面忽然变成血红色，像是有液体从屏幕下方蔓延上来，耳机里传来飞行员的惊呼："你……你是谁？你怎么上来的？"

摄像机转向，一柄樱红色的长刀贯穿了飞行员的心脏，妖娆如艳鬼的风间琉璃握着刀柄，身穿云中绝间姬的华服，端坐在飞行员身后的座位上，好像他一早就坐在那里，是这架直升机上的乘客。

可怕的声音响彻大厅，那是长刀从一颗心脏里抽出来，鲜血喷涌的、风一般的声音，再下一刻图像中断，大屏幕上只剩下嘈杂的雪花点。

学院派往红井的眼睛被刺瞎了，刺蛇换回的情报很有限，神确实位于红井，风间琉璃已经抵达红井，猛鬼众正等着恭迎神的降生。可代号"天巡者"的卫星还在地球的另一侧，天谴还要大约五十分钟才能释放，剩下的时间是否足够？

昂热的额角沁出冷汗。他可能是这个世界上资历最深的屠龙者，见识过各种各样的危机，但今天的危机还是超出了他的经验范畴，任何错误的决定都会导致同样的后果，那后果的名字是死亡，一个国家的死亡。

他高速地思考，但是无法得出结论，五十分钟里他能做什么？增派新的飞机去红井？用中程导弹对地轰炸？或者不等天谴了，向美国政府公布龙族的秘密，从而调用太平洋深处那些战略核潜艇上的核武器？

还剩五十分钟，五十分钟里必须确保神留在红井里！昂热焦急地踱步，像是发怒之前的雄狮。他本就是狮心会的创始会员。

"校长，大家长打来电话，请您务必听一下。"樱井秀一跑了过来，捧着无绳电话。

虽然不愿意把时间花费在那个不成器的学生身上，但昂热还是接过了电话。他没有说话，等着源稚生发声。

"校长，此时此刻我想您已经明白了天谴的弱点。它用近地轨道上的卫星来发射，运行在那种轨道上的卫星围绕地球转一圈大约是九十分钟，也就是说你们无法决定发射的时间。"源稚生的声音轻而缥缈，"整个关东支部会在一夜之间背叛，猛鬼众的人必然已经渗透到了蛇岐八家内部，您和我知道天谴这种武器的时候，猛鬼众也知道了。王将永远都领先我们一步，他不会把神留在那里，等着被天谴毁灭，在达摩克利斯之剑抵达之前，他们就会带着神离开红井。唯一的办法是，有人牺牲自己作为钉子，把神和王将都钉死在红井里，等待天谴的到来。"

昂热立刻就明白了："你已经在路上了？"

"是的，十五分钟后我就能到达红井，今夜我还是蛇岐八家的大家长，我没有屈服，意味着蛇岐八家没有屈服。"源稚生淡淡地说，"我知道在您的学生里我不算优秀的，我没有领会您的教导，做错了很多事，我也不像恺撒、楚子航和路明非那样有意思。我很喜欢他们，想过要跟他们交朋友，但是来不及了，请代我向他们问好。我得弥补我犯下的错误，希望这样能在您那里混到一个及格。"

昂热沉默了很久："抱歉对你说了那样的话。"

"没什么，我去找您，就是想被您骂一顿。这个世界上能骂我的人，如今也只剩下您一个人。"

"关于大义的事情想明白了么？还是决定要为大义去赴死么？"

电话被挂断了，昂热默默地看着手里的话机，忽然想到很多年前十九岁的源稚生坐在他办公室的天窗下，喝了几杯酒，用极其慎重的语气问："校长，人能为正义支付多少的代价呢？"从那时开始，他记住了这个眼神清澈但是迷惘的日本年轻人。

多摩川山区，红井。

白色的细丝爬满了储水井的内壁，它们是从井底生长出来的，像是某种霉菌的菌丝，但这些菌丝不但能够沾染土壤和树木，甚至能够贯穿钢铁。它们能长到几米长，挂在钢梁或者树木上，像是无数只纤细的手在风中摇摆。

对任何形式的生物来说这种丝状物都是致命的，它们带有强烈的腐蚀性，被它们沾染的钢铁内部变得像海绵那样疏松，树木则直接从内部坏死。方圆一公里的范围内，生机彻底断绝，看似圣洁的白色覆盖物下面，整座山已经枯死了。

Chapter 19
The Sword of Damocles

风间琉璃站在白色的钢梁上,长发被雨淋得透湿。他已经在那里站了很久,井中的人们抬头望去,只觉得那是个羁縻在人世间的鬼魂。他不说不动也不听,只是默默地回忆生前的事,可又什么都想不起来。

暴雨滂沱,闪电照亮那张惨无人色的脸,这时候人们才会发现他在笑。

井中作业的人们都穿着带聚氟乙烯涂层的防护服,极其耐腐蚀的聚氟乙烯保护他们不被白丝沾染。泵机正在全力工作,十二道水流注入深井,殷红如血。这种化学试剂中混合了从死侍胎儿中提炼出来的血清。水银中浸泡着似龙似蛇的尸骨,井底依然弥漫着致命的水银蒸气,所以蛇岐八家没来得及彻底探索这口井。岩流研究所断定这口井中已经不存在任何活物了,但此刻大量的气泡从水底泛起,似乎有什么东西在井底吐着泡泡。

人类总是重复地犯这类错误,他们从来不曾真正了解龙族,总把龙类想象为跟自己相似的生物。

白色的泡沫在水面上堆积,浓重的血腥气充斥着深井,水温逐步升高,接近沸腾。数以百万计的死肺螺随着气泡上浮,蛋白质被烧煮的臭味和血腥味混在一起令人作呕,这池沸水就像是落满了苍蝇的汤锅。

王将漫步来到风间琉璃背后,以诗人般的语气赞颂这场伟大的苏生:"闻一闻吧,这分娩般的气息,这才是生命诞生的气息! 那伟大的生命正在醒来,这一日撒旦从地狱重返人间,它将用火焰清洗这个腐烂见骨的世界,新的世界将浴火重生。"

风间琉璃不回答,他只是阴冷地笑着,仿佛无比欢愉。

"神已经苏醒,现在借用一下你珍贵的血,对新生的神献上敬意。"王将拍了拍风间琉璃的肩膀。

源稚女抽出长刀割破手腕,将自己的血液淋入深井。只不过是几百毫升的鲜血,被井中大量的水稀释之后一点痕迹都不会有,但就在那些血珠触及水面的一刻,红井整个地震动起来,似乎有什么庞然大物正在水银深处舒展身体。

"声呐检测到大型物体上浮!"井底作业的工程人员惊惧地退后,背靠着井壁。

"让我们恭迎神的归来!"王将放声高呼。

数以百万计的水珠在水面上跳动,这池死水忽然化作了怒水,水面上出现了深深的漩涡,那是某个巨型生物的高速游动造成的,风间琉璃的血吸引了那东西,它迫不及待地想要进食。它是残缺的,需要别处来的基因补完。死侍胎儿的血清已经让它从沉睡中苏醒,而作为白王血裔中最优秀的混血种,风间琉璃的血液才是神最需要的。它还在初生的阶段,极度虚弱,需要食物。关于白王的推测虽然残酷,但是正确,它从来都不是人类的朋友,它赐给人类骨和血,只是要从黑王的死刑中延续自己的生命,每个白王血裔都是神为自己准备的食物。

"它迫不及待了,让我们给它一些挑战,看看神到底有多强!"王将高呼,"开启水轮机！"

第一项测试开始，井底中的巨型水轮机开动，它能卷起强劲涡流，涡流会把水中游动的所有东西拖向井底，但那个巨大的目标悠然地游动着，完全不被干扰。

"棒极了！棒极了！看呐，它是可以改变规则的东西，水流是无法束缚它的！"王将赞叹，"让我们给它更多的挑战！"

作业人员震惊地对视，他们很清楚那台巨型水轮机有多强大，它产生的高速水流能够把小型潜艇生生地从航道上拉开，但目标彻底无视了涡流的力量。王将说得没错，那东西是超越规则的东西，它甚至可以无视某些物理定律。

第二项测试立刻开始，工程组的负责人按下遥控器，剧烈的爆炸掀动了水面，成千上万吨的水和水银冲上天空。猛鬼众在水中投入了十二颗塑胶炸弹，炸药里混合了数以万计的钢珠，它们爆炸的时候会释放出密集的高速钢珠，不亚于几百把军用霰弹枪齐射。

但在声呐屏幕上，那鲸鱼般巨大的目标又一次无视了这项测试，它不受影响地在爆炸的火焰中游动。

"太美了！太美了！就是这种力量！这就是改变世界的力量！"王将激动得声音都颤抖了。

第三项测试，井底的十二道闸门开启。这些闸门上蒙着金属网，在设计中是用来过滤污物的，闸门非常坚固而金属网很柔韧，这种金属网可以跟世界上最坚韧的渔网相比，一条全速前进的鲸鱼都会被缠住。

但目标轻而易举地突破了一道又一道闸门，仿佛在火上烤过的餐刀切开奶油。

"10、9、8、7……"工程组负责人大声倒数，他在数剩下的闸门，目标突破了层层阻碍，即将到达水面。

井底的作业人员都躲进了安全舱，那种安全舱用合金、纳米纤维和高密度聚合物制造，如果不在爆炸中心的话甚至能够阻隔核爆炸的冲击波，但安全舱里的人都在瑟瑟发抖。那东西还在水中游动，但它的吼声已经到了，震动如此剧烈，让人疑心储水井处在塌方的边缘，井壁上的金属护板出现了裂缝，巨大的裂缝恣意生长。所有人都戴上了降噪耳机，但有人的耳孔中还是流出了丝状的鲜血，那种吼声似乎能穿越人的颅骨，直接刺进人的脑海深处。那种丧乱狂暴却又喜悦的吼叫，就像是死神在地狱里诅咒世界。

只有王将和风间琉璃仍旧镇静，王将站在井壁中间的平台上，低头俯瞰目不转睛，像是坐在VIP包厢里欣赏大师的演出，风间琉璃还是孤魂一样站在雨中，雨水沿着长发往下流淌。

水面爆裂，混合了水银的灰白色积水冲天而起。被那东西脱离水面的暴力带动，成千上万的肺螺像是子弹那样散射出去，打在井壁上发出爆响，它们坚硬的壳完全

Chapter 19
The Sword of Damoclēs

粉碎，身体化为黏液般的物质粘在井壁上。素白色的影子披着灰白色的水，以炮弹般的速度升天而起。但重力迅速地降低了它的速度，它在下坠之前找到了支撑点，它抓着井壁上的层层铁架，高速地往上攀爬。它的体型大约相当于一条虎鲸，重量估计在十吨以上，那些铁架根本无法支撑它的体重，在它下方层层叠叠地崩溃。

王将大力地鼓掌，从俯瞰转为仰望，看着这只大型生物以摧枯拉朽之势逃离。

雪亮的灯光从天而降，那东西终于呈现在所有人的眼睛里。它浑身包裹着白色的细丝，看上去就像是一枚巨大的茧，下方却拖着狰狞的长尾。

它的动作极快，没人能看清这样一个带着尾巴的茧一样的东西是怎么攀爬的。骨节嶙峋的长尾抽打在井壁上，把井壁上的金属板一排排揭开，金属碎片和肺螺的尸体混合在一起，暴雨般下降。

架设在平台上的四架火神炮轰响起来，对着井里倾泻钢流，它们使用特制的穿甲弹药，威力足够把一头犀牛炸成碎片。但王将的目的并非杀死那东西，穿甲弹打在那东西身上，炸出灰绿色的烟雾，弹头中灌注着神经麻痹药物。

白色细丝组成的茧衣被弹幕撕破，那苍白色的幼兽第一次体会到疼痛，向着天上地下发出了尖厉的嘶叫。

工程组透过安全舱上方的观察窗看清茧中生物的本相，没有人说话，每个人都只听见自己的心脏像是疯了似的跳动。他们都知道来这里要寻找的是什么样的东西，可真正看清楚的刹那间，仍旧觉得山一样巨大的恐惧从天而降。

从这一刻开始，有人开始后悔了，也许把这种东西放回人世间是个错误的决定，无论它能为白王血裔带来何等光辉的未来。

火神炮没能降低那东西的速度，它以不可阻挡的趋势脱离。但是单兵导弹从天而降，这些导弹的目标并不是神本身，而是它用来登高的楼梯，那些施工用的铁架，自上而下的铁架全都在爆炸中崩溃。神随着铁架的碎片下坠，火神炮仍在向它倾泻弹雨。

它愤怒了，这一次它发出的不是痛苦的叫声，而是暴怒的大吼。苍白色的触手把最后的茧衣撑破，猛地抓住了光滑的井壁。

"八岐……大蛇！"工程组负责人以呻吟般的声音说。

神话在他的眼前变成了现实，抓住井壁的不是触手，而是八条弯曲的龙颈，那东西长着八个头颅，锋利的牙齿咬在井壁上。它的下肢畸形短小，就把八个头颅当作脚来使用，攀爬动作犹如八足的蜘蛛。那些修长的脖子像蛇一样卷曲又舒展，八双洪烛般的金色眼睛在空中明灭。它分明是往上爬，可在所有人的眼睛里它都是魔鬼从天而降。

唯有王将手捂心口，激动地赞叹："神啊！"

虽然有着庞大的身躯，但它还处在幼年期，身体显得枯瘦，但是矫健而迅猛。它爬过的地方金属护板开裂，岩石粉碎，警报红灯一层层亮起。它一步步接近成功，火神炮和单兵导弹不断在它身上炸出耀眼的火光，神那苍白的鳞片上渗出了鲜血，部分的背脊鳞片被爆炸撕开，露出惨白色的脊骨。但它仍然毫不减速地向上爬去，它刚刚从茧中脱离，只要离开这个地方，只需片刻的喘息它就能恢复更多的力量，到时候它可以轻易毁灭这些渺小的生物。

"继续！继续！让我看看究极的生物能做到什么样的地步！"王将握拳赞叹，语气里满是神往。

一发单兵导弹在神的落脚处爆炸，摧毁了部分井壁，冲击力令神无法抓住井壁，控制不住地下滑。但锋利的牙齿在井壁上造成了几尺深的痕迹，它还是撑住了。

"真棒！就该这样！俗世的武器怎么能伤害神的身体？"王将击掌，好像阻击神的计划不是他制订的，他衷心地期望着这东西能够逃离这里。

白色的绳索从井壁上弹射出来，缠住了神。这些绳索不过是手指般粗细，但编织它们的纤维是纳米纤维，以这种材料的坚韧程度，甚至可以用来建造一座直通大气外层的超级电梯。每一根纳米绳都可以吊起"迪里雅斯特"号，无数纳米绳组成了巨大的网，这张网如果设在海里甚至可以网住一艘驱逐舰。神几次发力要冲破，却都没有成功，单兵导弹集中在它的腹部爆炸，把它的腹部炸得鲜血淋漓。神再也无法上升哪怕一米了，它还在挣扎，但是越挣扎那张网就在它身上缠得越紧。

"成功了！捕获它了！"耳机里传来工程组的欢呼声

"捕获了它？这么轻易就能捕获神？错了，错得太多了！"王将轻声说，"它还带着剑啊，那柄足以斩开世界的剑！"

飘逸的弧光闪过，连炽烈的灯光都无法压过它，就像是绝世剑客的刀弧。一秒钟后，唯有激光才能切割的纳米绳上出现了整齐的切口，神从束缚中脱出。

此刻那道白色的弧光依然滞留在空气中，让人分不清所见的一切是真实还是幻觉。

"天丛云，"王将赞叹，"天丛云！"

神果然带着剑，日本神话中无与伦比的剑，天丛云！在神话中，须佐之男带着父神伊邪那岐的神剑天羽羽斩去杀八岐大蛇，但在分割大蛇尸体的时候神剑竟然崩口了，接着他在大蛇的尾巴里找到了名为"天丛云"的神剑。如果不是大蛇被杀的时候喝了酒睡着了，结果就不是八岐大蛇死于天羽羽斩之下，而是须佐之男死在天丛云之中。

没有人会特别认真地讨论神话的合理性，所以从没有人试图解释为何一柄剑会藏在一条蛇的尾巴里，谁锻造了那柄剑？又是谁把它放进去的？

没人知道什么是天丛云，但从它出现的那一刻开始，它就是日本最锋利的剑，此刻这柄剑终于被证实是真实的，它就是八岐大蛇长尾末端的尖利骨骼！

再没有什么东西能阻止神的逃亡了，上方就是井口，突破了井口它就自由了。它舞动着危险的天丛云继续攀爬，收拢全身的鳞片抵挡导弹爆炸的威力。它穿越爆

Chapter 19
The Sword of Damoclēs

炸的烈焰，八首夭矫狂舞。

　　吟唱声轰然降下，用古老神秘的语言，白色的影子从天而降，云中绝间姬的华服御风飞舞。

　　风间琉璃从钢铁横梁上跳了下去，笔直地落向天丛云的剑锋，在重武器和高科技都无法阻挡这史前生物的时候，他用血肉之躯迎了上去。他的体型只是神的百分之一，这种目标本该被神忽略掉或者随便一挥天丛云切开，但从吟唱开始的瞬间，那八对流金的眼睛中放出了介乎凶狠和畏惧之间的光芒。

　　风间琉璃闪过了天丛云，刀弧平平地斩开，一颗苍白色的头颅带着涌泉般的鲜血升天而起。他斩下了神的一个头！

　　神在剧痛中松开了附在井壁上的所有头颅，围攻落在它身上的风间琉璃，但风间琉璃挥舞长刀，把那些坚硬的龙首击退。双方卷在一起下坠，井壁上留下大片大片的血花，刀在鳞片上溅出刺眼的火光，神在怒吼和哀号，风间琉璃发出比神更可怕的咆哮。

　　那根本不是什么屠龙，那是两个怪物纠缠在一起彼此屠杀，以把对方撕碎和嚼烂的凶狠。从井口坠落到井底只需要十几秒钟的时间，但就是那十几秒钟的吼叫和哀号也没人敢听，所有人都紧紧地捂着耳朵。

　　不能听，那是会令人一辈子做噩梦的声音，像是两只恶鬼互相以对方为食的盛宴，肌肉和筋腱在牙齿间摩擦、流血。

　　比起把神唤醒，也许纵容风间琉璃这种东西活在这个世界上才是更大的错误。

　　沉重的神躯落进水中，溅起十几米高的巨浪，风间琉璃挂在井壁上，长衣娓娓地垂下，像是一个多年前吊死在那里的鬼。最终以风间琉璃的惨胜结束了这场战斗，神在到达井口之前已经受了重伤，风间琉璃砍下了它的四个头。他自己也付出了沉重的代价，全身肌肉像是被铁犁犁过似的，腹部留下了巨大的创口，但他没有流露出任何疼痛的表情，他只是孤零零地挂在那里，抬头仰望着天空。

　　好像在等什么人。

　　工程组从安全舱中拥出，向水中灌注液氮，水温迅速降低，水面上结了半米的冰层。井底的蓄水量太大了，要彻底冻结是做不到的，但低温能够降低生物的活力，龙类也不例外。王将踏上血红色的冰面，舒展双臂，以这个姿势无声地赞美着这一切，就像回到了多年之前的西伯利亚，他也是如此这般俯瞰着冰下的巨龙。

　　他们捕获了神，多年之后他终于获得了活生生的古龙。这一刻富士山第三次震动，岩浆把山下河口湖附近的酒店全部吞噬。

　　"见鬼！两次爆发之间的间隔这么短？"副校长怒喝了一口龙舌兰。

　　"从这种状态看，那东西已经彻底苏醒，就看稚生能否趁它刚刚苏醒还虚弱的时候控制住它。"昂热盯着屏幕,上面显示出源稚生所在的那架直升机的飞行轨迹,他们还未赶到红井,神已经提前苏醒了。

"报告天巡者的位置?"昂热扭头大吼。

"三十五分钟!还有三十五分钟天巡者到达东京上空!还有三十五分钟可以释放天谴!"卡尔副部长回吼。

"让直升机准备!带我去红井!"昂热沉默了几秒钟后站起身来。

"这是我要继任校长的节奏?"副校长吃了一惊。

"凭借稚生就想把神钉死在红井里是很难的,那口井里不仅有神,必然还有王将和风间琉璃。他是皇,但是那些人的血统都不在皇之下。"昂热淡淡地说,"这种事情还是我去做比较好吧?"

"校长,还没到你急着去送死的时候……"卡尔副部长的声音有点怪异,"看起来我们要看第二战线了。"

"第二战线?"昂热一愣。

"东京都气象局在东京湾上投放了几百个浮标,这些浮标都带有红外线摄像机和GPS定位系统,用来监视潮汐。海啸让百分之九十的浮标失去了作用,但还有百分之十能工作,这是几分钟前在东京湾海面上拍摄到的画面。"卡尔副部长把照片投影到大屏幕上。

作为绝对合格的亡命之徒,昂热看到那个模糊的画面时还是倒吸了一口冷气,海水中密密麻麻的蛇形生物纠缠在一起,在几米高的狂浪中翻滚。那是数以万计的尸守,组成了尸守之潮!

"位置!位置在哪里?"昂热喝问。

"几分钟前距离东京还有三十四公里,以它们的速度,我想现在可能只剩下三十二公里左右了。"卡尔副部长慢慢地转过头来,"我的意思是……那些东西正在逼近东京。"

"数量大概有多少?"

"我试着扫描了东京湾,把噪音过滤掉之后得到了这张图。"卡尔副部长把扫描图像投影到大屏幕上,墨绿色的背景上,东京湾的东南部,一片小小的亮绿色。"亮绿色的部分代表着尸守。"卡尔副部长补充。

"我问的是数量。"

"数不清,那一小片亮绿色是很多光点重叠在一起的结果,我可以试着形容一下,如果每个人都是一个绿色光点,那一片大概是整个银座购物区被人塞满的模样。"

"尸守群不是在高天原沉陷的时候全部被清除了么?怎么还会有这么多的尸守?"

"不知道,比较可能的情况是,随着高天原一起陷入海底的还有其他城市,只不

Chapter 19
The Sword of Damocles

过那些陆块在沉没过程中分裂了。按照古裔的传统，死去的族人都会被制成类似木乃伊的尸守来守卫城市，现在它们全都苏醒过来了。"卡尔副部长说，"它们来朝圣了。"

"朝圣？！"

"它们是凭着生前的直觉去朝觐那位刚刚苏醒的神。动物界中有类似的行为，神在苏醒的时候释放了大量的信息素，信息素随着地下河进入大海，唤醒了深海中的尸守。这跟蚁群的行为模式很相似，蚁后准备生育的时候，蚁巢中有生育能力的公蚁都会聚集到它的身边。这是一种本能，完全不受意志的控制。神要吸引这些东西向它靠近也是本能，它现在急切地需要进食，那是个超级掠食者。"卡尔副部长说，"现在我们可以肯定，神已经苏醒！"

"它们要靠近神就必然经过东京。"恺撒说，他和楚子航也获准参与了最高级别的会议。

"必须想办法阻挡它们，尸守潮从闹市区过境，后果不堪设想。"楚子航说。

"实在不行就只有调用冲绳的航母战斗群了，但这样的话我们必须对美国政府公布龙族的秘密。上次的事情过去之后，他们已经加强了对火控系统的管理，我们没法突破他们的防火墙。"卡尔副部长说。

"没法想象把龙族秘密对外公布的结果，下一次G20峰会上首脑们讨论如何和平利用龙族遗产的问题？"昂热摇头，"不，他们会为竞争那巨大的权力而开战，这几乎是毫无疑问的，死的人会比东京毁灭更多。"

"如果尸守群能够集中一些的话，我想我还有办法。"旁边的马突尔研究员操着他的印度腔中国话，"还记得精炼硫黄炸弹么？我们准备用来摧毁胚胎的武器，其中的一枚装载在'迪里亚斯特'号上了，还有一枚留在东京备用。它一旦爆炸，释放的精炼硫黄能够扩散到直径一平方公里的海域，这种程度的爆炸未必能够杀死神，但对尸守群还是有效的。唯一问题是我们必须想办法让它们集中在一个直径一公里的圆里面。"

"怎么投放那颗弹头？"昂热问。

"来不及把它安装在导弹上了，只能用直升机送过去，你们手动设置，人工引爆。"

"需要多少时间才能把弹头运过去？"

"差不多三十分钟，也就是说天谴释放的时候，硫黄炸弹也差不多可以引爆了。"

"去准备你的硫黄炸弹，我会为你争取三十分钟的时间，还有把那些东西都集中在一个直径一公里的圆内。"昂热扭头看着副校长，"通知直升机准备，恺撒和楚子航跟着我，这里的全部指挥权移交给副校长，包括Eva的指挥权。"

"没问题，放心吧，有我在绝对没问题！"副校长喝着龙舌兰酒眉飞色舞，这种时候也只有神经病中的神经病才能像他这样眉飞色舞了。

昂热抓过他手中的酒瓶，把瓶底的龙舌兰酒一饮而尽："别喝了，天谴投歪了的话，东京会被摧毁的。"

"放心吧！我什么时候喝酒误过事？"副校长信心十足，"而且 Eva 已经输入了坐标不是么？"

"我并不是怕你弄错了坐标，我是怕你这个疯子喝多了，开心起来故意把东京给炸了。"昂热盯着副校长的眼睛，"疯子你如实地告诉我，你不会真的炸了东京吧？"

副校长挠挠头："好吧……这一次不炸。"

"校长，外面有名叫上杉越的人求见。"樱井秀一疾步走进会议室。

昂热吃了一惊，然后克制不住地流露出惊喜的神色来："好极了！我竟然忘记了东京市里还有这种怪物在！请他进来。"

片刻之后浑身湿透的上杉越出现在昂热面前。他出场的状态令昂热有些失望，穿着湿漉漉的大衣，拎着沉重的旅行箱，箱子缝隙里还暴露出内衣裤的边角。巨变发生之前他大概正在烹煮拉面，连标志着拉面师傅身份的头巾都忘了摘下来。

"你能搞到离开东京的机票么？"上杉越连寒暄都没有，急匆匆地问，"我看见你上广告大屏发寻人启事了，你已经接管了东京对不对？我要一张离开东京的机票！"

昂热愣住了，他完全没料到上杉越来找他是为了这件事，在他的想象中，前代大家长此刻是背着长刀来助阵的。

"你们都出去一下，我和上杉先生说两句话。"昂热盯着上杉越的眼睛，冷冷地下令。

会议室在几秒钟内就撤空了，连卡尔副部长和马突尔研究员这种神经病也看得出昂热的眼神不善，问题是他为何要对一位拉面师傅用那么凶恶的眼神呢？

"神苏醒了，对么？"上杉越低声问。

"你是蛇岐八家的前任大家长，你曾经是负责防御它的人，你应该比我清楚。"昂热说。

上杉越当然清楚，在海啸和地震来袭的第一时间他就明白了。他试图开车离开东京，但大街小巷被塞得满满的，他又想搭乘新干线，可是铁路运输也已经中断，新干线的部分路段被淹没了。走投无路的时候，昂热的头像出现在广告大屏上，上杉越像是抓住了救命的稻草，在路边捡了一辆自行车，一路骑来气象局。

"帮帮忙，我只想要一张机票。"上杉越避开了昂热的目光，他当然清楚为何昂热看他的眼神不善，他曾是这个城市、这个国家的守护者，但现在他想要逃走。

"成田机场已经再度开启，我们尽可能地放飞机离开东京，但每架飞机都是满员，机场那边人山人海。"昂热说，"我又不是航空公司，机票的事情你找我没用。"

"可现在东京掌握在你们手里，想想办法朋友，哪怕你把我塞在行李舱里呢！我就想离开东京。"上杉越低声下气地恳求。

"这个城市要死了！你是这个世界上不多的能救它的人！可你来找我不是帮忙，

Chapter 19
The Sword of Damocles

而是要求我给你搞一张机票！你不是信教么？上帝不会谴责你这种懦夫么？"昂热终于控制不住地流露出了怒气。

"神一旦苏醒，就绝没有人能阻止它！唯一能杀死它的办法就是趁它还没苏醒的时候，你们已经错过那个机会了！"上杉越争辩，"从须佐之男到天照和月读，一代代的人努力过，牺牲一切也不过是把它埋葬在大海深处，可它还是活着回来了！"

"只要是活的东西，都能杀死，神也不例外！"

"好好好，我说不过你，你是人类的未来，我是人类的逃兵，你或者上帝，谁鄙视我都没问题。可我只想要一张飞机票，我这辈子都没求过你对么？这是我唯一的请求，我想搞一张去法国的机票，求你！"

"见鬼！这个时候你想逃回法国？要是想回法国你早就该回去，要是想保护东京这时候就该留下来。你真像你自己说的那样，你把什么都弄砸了，你既不属于日本也不属于法国，两个国家都会以你为耻！"

上杉越从旅行箱中扯出厚厚的文件递给昂热："这是我的体检报告，我已经活不了多久了。我确实是皇，可我不是你那种怪物，我已经是个老人了，我早已不是年轻时的那个怪物了，我是个老得快死的老怪物。"

昂热一页页地翻阅那份体检报告，不由自主地露出惊诧的神情。他在剑桥主修的就是医学，看懂体检报告对他而言不是难事。根据这些文件，上杉越早该开过追悼会了，他全身的器官都已经衰竭，脑神经血管正在封闭，心血管上长满了莫名其妙的增生物。这种全身性的衰竭已经持续了整整三十年。

"我早该死了，可皇血还支撑着我苟延残喘，每晚我都听见死神来敲门，已经听了三十年。"上杉越苦涩地说，"我只剩下一个梦想，就是回法国去看看，看看妈妈当年待过的修道院，在那里死去，举行葬礼，躺在棺材里听他们给我唱安魂弥撒。我不是不想离开东京，我是不敢，我离开法国太久了，我已经不懂那里了，我在那里的朋友都死了，我怕我真的回了法国会失望。但我一直在攒钱，我攒够了一笔能在里昂买个小住所的钱。我得走，我再不回去看看法国，我就连失望的机会都没有了。"

"多年之前你为了日本来刺杀我，今天你却想丢下这个国家逃走？"昂热的声音也很涩，"看来我真是忽略了时间的效力，我们都老了，你老成了一个浑蛋。"

"我凭什么为日本牺牲呢？我已经为这个国家牺牲过一次了，还不够么？"上杉越也暴躁起来，"我只有一半的日本血统，我本该在法国平平安安地过完这一生，是那些日本人用好听的谎言哄我来日本。下了船我才发现，这里没有我的任何亲人，连老爹都过世了！那些日本人只是看中了我的血统，他们给我选择了好几个妻子，只是想把我变成和老爹一样的生育工具！他们还抽取我的基因样本送去德国研究，如果能用试管婴儿技术造出新的皇来，他们会毫不犹豫地放弃我！"多年积攒下来的愤懑爆发出来，蛇岐八家给上杉越的痛苦远超过荣耀，所以他才会焚烧家族的神社，恨不得那场熊熊大火把关于白王血裔的一切都烧掉。

昂热愣住了，死死地盯着上杉越。在他的眼里，这个急于逃亡的拉面师傅和不久之前坐在同一张椅子上的年轻人渐渐地重叠起来，源稚生也很着急，只不过是急着去赴死。

他早该想到这一点，源稚生必然是从某个人那里遗传了皇血，这个世界上还剩几个人能够传给他如此纯粹的白王血统呢？尽管生育过程是在试管和胚胎培养室内进行的，这对血缘上的父子从未谋面，但他们的坐姿和他们的神态都有着无法否认的相似度。

坐在这张椅子上的时候，源稚生也是这么疲倦，雨水也是这样从额发上往下滴。再回想几十年前的上杉越，不就是个有些阴柔的美男子么？举止中透着妩媚的气息，他的一个儿子继承了阴柔，而另一个儿子继承了妩媚。

原来事实真相是这样的。上杉越一生没有结婚，不想留下任何后代，以免皇血的诅咒流传下去。可他没想到几十年前的基因样本从德国送到西伯利亚，变成新的皇又送回了日本。

"昂热，帮帮忙，我不是个英雄，我只是个普通人。我这辈子努力去做的事情都做错了，你就放过我这样的废物好么？我帮不上你的，你是疯子是狂徒，你可以为了达成目标而不择手段。"上杉越苦涩地说，"我没有你那种勇气。"

"在你看来，我那么差劲么？"昂热低声说。

"当年你要文身，我给你选了那幅'诸界之暴恶'，因为在我眼里你就是个浑蛋啊。可是我们的敌人是龙类，跟那种暴君一样的生物作战就需要你这种浑蛋。大家谁也没有慈悲心，谁慈悲谁就被杀，血流成河你们也不后悔，所以你和龙族是相配的对手。可我真的不是，我是个法国二百五，我年轻的时候很想过花花公子的生活，我现在只想过平静的生活，在死前抓住那么一点点小温馨。"上杉越蜷缩起来，低垂着头，双手抚额，就像那些在公司里被老板训斥、回家被妻子抱怨无能、儿子在学校里被人欺负、女儿跟不良少年勾搭他却毫无办法的疲惫男人。

"我跟你是朋友，但我们不是一路人，所以年轻的时候我比你帅，现在你还是那么风度翩翩我却成了平庸的拉面师傅，女孩子只会在想跟我要打折的时候才会给我抛几个媚眼……我……"上杉越还在喋喋不休。

"够了！我没时间听你啰嗦！"昂热断喝。

上杉越无力地抬起头来，不知道自己是不是该拎上旅行箱出去。

"我也没有飞机票。"昂热冷冷地说，"这个时候每班飞机上都挤满了人，你想上去，就得把一个人挤下来，没人有权这么做，我要是这么做我就是个浑蛋。"

"但我有一架飞机，一架湾流，停在成田机场！"昂热抓着老友的肩膀把他拎了起来，"跟我走！我让直升机送你去机场！"

Chapter 19
The Sword of Damoclēs

"那是你的私人飞机么……那你……那你自己怎么办？"上杉越惊呆了，他唠唠叨叨说那么多话，只是因为这些话在他心里憋了好久，他根本没有把握说服昂热，他也知道懦夫不会得到昂热的认可，心里早已不抱期待了。

"我是个只为复仇活着的男人，去死也无所谓。从某种意义上来说，你还喜欢女人、喜欢小温馨，你的生活比我的有意思，就把死的机会留给狂徒吧，反正死是狂徒应得的结局。"昂热扶着他穿过走廊，面无表情，换上了作战服的恺撒和楚子航紧跟在后面。

屋顶并排停着六架直升机，此刻东京城里能够调用的直升机半数都集中在气象局大楼的楼顶，这里是指挥平台，需要最好的交通工具。

昂热把上杉越推上一号机，把他的旅行箱也扔了上去："十分钟就够你到达成田机场了，我会让飞行员发动了飞机等你，如果还有机会见面的话我有些事要跟你说，但现在，抓紧时间逃命吧！Go！Go！Go！"

他根本不理会上杉越的道别，挥手命令一号机起飞，扭头对恺撒和楚子航下令："我们乘坐六号机。"六号机就是那架把知事送到气象局大楼来的重型直升机，此刻他们手里最强有力的交通工具。

昂热转过身，才发现装备部的干部们都上到楼顶来了，列好了队准备跟他握手告别，卡尔副部长和马突尔研究员这种任务在身的人也不例外。虽然作为校长他能够在瓦特阿尔海姆得到一些尊重，但这一次装备部表现出了前所未有的、对英雄的敬意。

"校长是准备在海萤人工岛狙击尸守潮吧？"卡尔副部长的神色肃然，"我看过地图了，尸守潮要到达东京必须经过海萤人工岛，那里是最后防线。"

"只有三个人不知道守不守得住，应该是三个航母编队去守更好吧。"昂热跟装备部的神经病们一一握手。

"我们期待您的凯旋！"马突尔研究员严肃起来带着一股印度范儿的英气勃勃。

跟最后一位研究员握手之后，昂热登上六号机，恺撒和楚子航已经开始整理各种枪械了，装备部的人以各种不同的姿势向昂热的座机行军礼，他们竟然把这个场面搞成了检阅仪仗队的感觉。只有副校长懒得搭理这事儿，吊儿郎当地站在远处。

"给我看一下你的机枪。"昂热向着恺撒伸出手去，恺撒不解地把那支高速机枪交到昂热手中。

昂热转过枪口，潇洒地打开保险，上膛，扫射。目标是二号机到五号机，这些珍贵的交通工具在弹幕中溅出耀眼的火花，旋翼倒塌，座舱上的弹孔密如蜂巢。昂热避开了油箱，所以它们没有爆炸，只是变成了废铁。

从卡尔副部长以下，装备部的人都看呆了。

子弹打光，昂热潇洒地把空枪扔给恺撒，拍拍卡尔副部长的肩膀："我相信没有退路的时候人会格外英勇，先生们，期待你们的背水一战。"

六号机腾空而起，高速去向东京湾，装备部呆呆地目送这位混球校长，副校长耸耸肩："跟校长相比你们还是太嫩，这种小花招瞒得过他么？"

装备部的神经病们当然不是来送校长踏上征程的，他们的目标是剩下的二号机到五号机，就算没有钥匙，以装备部的技术足够几分钟内获得这些飞机的控制权，昂热前脚走他们后脚就会开溜。他们送别的时候那么深情，是觉得对校长撒了谎有点小小的内疚。

但是屁嘞！他们这些人类精英为什么要为东京玩命？他们的征途是星辰大海，哪怕世界末日他们也要代表人类活下去，和仅存的漂亮姑娘承担起亚当和夏娃的使命，所以他们一定要走！

昂热用一个机枪弹匣回答了他们。

"还愣着干什么？都行动起来！干掉那个王八蛋！"卡尔副部长缓缓地回过头来，目光阴冷。

"是说校长么？我这就去看看能不能搞到什么防空导弹。"有人说。

"混账！校长虽然是个王八蛋，可现在干掉校长我们也逃不出去！我是说神那个王八蛋！"卡尔副部长怒吼。

看着神经病们一窝蜂地拥下楼去，副校长以绝对好整以暇的姿态摆了张椅子在天台上，懒洋洋地招呼茫然的宫本泽："方便的话去帮我拿两罐啤酒，我的龙舌兰被校长拿走了，顺带帮我看看有没有可以挡雨的东西。"

副校长坐在屋顶上看雨，宫本泽为他找到了一柄遮阳的大伞来挡雨。谁也不知道这样的景象有什么值得欣赏的，渐渐地连电闪雷鸣也看不到，只剩下沉默的暴雨。

"各位市民请注意，各位市民请注意，海啸入侵已经暂停，但是暴雨仍在继续，市区东面仍然处于淹水的状态。请诸位市民选择合适的交通工具撤往市区西部，受伤的市民请前往附近的避难所寻求救援。东京都政府宣布本市进入自然灾害紧急状态，目前所有港口都已经关闭，机场处在人流过度饱和的状态，请市民们不要贸然前往机场，道路严重堵塞，请尽可能不要开车避难。除了救灾和警察机构，政府机构和营业机构在紧急状态结束之前都将停止工作。谢谢市民们的配合，东京都知事小钱形平次和各机构行政长官感谢大家。"不远处地势较高的地方积水还不深，宣传车行驶在空无一人的街道上，闪着红蓝两色的彩灯，高音喇叭对着漆黑的夜空播报。

行驶到长街中段的时候它还是熄火了，司机和车厢中的播音员跳下来试着推车，但在汹涌的流水中，他们根本站不住，只能抱着最有价值的那台设备匆匆地钻进旁边的住宅楼中避险。几分钟后，接近两米高的浪扫过长街，拍打着道路两侧摩天大厦的玻璃幕墙，宣传车像只纸船那样浮起，漂流了差不多一百米之后撞断了一根老式的木头电线杆。

Chapter 19
The Sword of Damocles

如果城市是个人的话，这座城市已经失去了自我治愈的能力，只能艰难地喘息。

"还想要啤酒。"副校长摇晃着空空的罐子。

"实在买不到了，你们带来的酒已经喝完了，便利店全都关门了，自动贩卖机也被买空了。"宫本泽低声说，"那些对逃生已经绝望的人都在喝酒等死。"

"那找个漂亮姑娘来陪着聊天吧，在这种世界毁灭的时候，没个妞陪着不是太可惜了么？"

宫本泽沉默了，这样无理的要求实在叫人无从应答，禽兽也该有个限度才是。

"漂亮姑娘已经准备完毕，现在投射出来。"耳机里传出某位研究员的声音。

副校长对面忽然出现了蓝色的光影波动。原来会议室里的那台3D投影设备被挪动到楼顶上来了，随着焦距被校准，穿着墨绿色校服的女孩越来越清晰。她端坐在桌子的另一侧看雨，长发在风中起落，跟真人不同的只是背后有一个光带通往投影机。暴雨导致了光的散射，她笼罩在半透明的光影中，身边的每一滴雨里都有一个她的影子。

"这么深的水，鲸鱼都能游进这座城市里来了。"副校长指着远处，果然有一条小鲸鱼被大潮卷进了东京，它在水中翻滚，发出惊恐的叫声，那是鲸歌，它在寻求同类的帮助，可在这个世界里是没有它的同类的。

"神的诞生，以万民的生命为祭祀吧？"Eva淡淡地说。

"说得真轻松，你的本体在美国，东京沉掉或者日本沉掉对你都不算什么，考虑一下你亲爱的导师好么？我还在东京呢。"副校长挠头。

他对Eva说话的口吻俨然是老师在跟捣蛋的学生说话，根本没有把她当作人工智能。

"可您并不怕死啊，弗拉梅尔导师，我想在您的心里，这座城市就要沉没这件事其实是很好玩的。您自己也说过不是么，活了那么久，最想体验的事情其实只剩下一件，就是死亡。"

在学院内部很少有人知道副校长的姓名，一度有人认为他姓曼施坦因，因为父子的姓氏应该是相同的，但曼施坦因教授立刻辟谣说自己跟母亲姓，连他的母亲也不知道副校长姓什么。他们是在一个酒吧相遇的，在那间酒吧里每个人都叫他"月亮捕手"。但在同一条街上的另一间酒吧里，副校长的名字是"咖喱雄鸡"。昂热也从不称呼副校长的名字，通常叫他老友或者骚货。Eva却淡淡地说出了这个平淡无奇的法国姓，似乎这就是她跟副校长之间常用的称呼方式。

"我是很想死一次看看，我是说那种真实的死亡，死了就再也不会醒来的那种。可我还有儿子啊，我死了我儿子会很难过吧？你说他那么大年纪了还没有家庭，又是个秃头，我真的很担心他的将来。他就快过生日了，我给他买了三米高的维尼熊当礼物。"

"弗拉梅尔导师，曼施坦因教授已经四十多岁了，我想他不会再喜欢巨人版维尼熊这种礼物。"

"一个不喜欢维尼熊、在学院里当风纪委员会主任的儿子，真是不萌啊。"副校长叹了口气，"知道我召唤你的意思吧？给我把那个锁定的坐标抹掉。"

"可您已经答应了校长不会往东京里面扔达摩克利斯之剑。"

"我骗他玩玩的。Eva，你比其他人知道的都多，你清楚神是不能被允许活在这个世界上的，因为它最终会成为新的白王。"副校长耸耸肩，"所以我要跟踪神的位置来释放天谴，如果源稚生没能把神留在红井里，那么神走到哪里我就往哪里扔达摩克利斯之剑。"

"如果神在东京市内呢？"

"那就对准东京市内扔，配合导航，这对你不难吧？"

"天谴降临在东京的结果是毁灭一个区。"Eva 的语调很平静，"用一个区的人命作为代价来拯救世界，这样做在人工智能的逻辑中是合理的。"

"居然用这种草菅人命的口气说话。"

"因为导师是草菅人命的导师啊。"Eva 低声说，"在我还是人类的时候，这种巨大的牺牲我是无论如何也没法狠下心来的吧？"

副校长没有回答，低声哼着一首得克萨斯的民谣。

"对了，路明非还没有找到么？那小家伙不是校长的屠龙吉祥物么？"副校长忽然想起了什么。

"面对白王，什么吉祥物都不管用了吧？"Eva 淡淡地说，"当天谴登场的时候，人类和龙类的战争已经进入了一个全新的领域。"

路明非蜷缩在酒窖的角落里，小口小口地喝着座头鲸的藏酒，听着外面零星的枪声，那是猛鬼众的枪手和蛇岐八家幸存的干部在三楼、四楼、天台和附近的建筑物里枪战，虽然此时此刻这种战斗已经不再有意义了，可陷入了这个战场就只能作战到最后一刻，没有人会原谅对方，放下武器就是死路一条。

没人会想到路明非还留在高天原里，而且是被海水淹没了一半的二楼。高天原的酒窖其实是一间玻璃墙的低温冷库，日本最顶级的清酒被称为纯米大吟酿，这种酒从酿造开始就必须在低温环境中。座头鲸的藏酒非常丰富，不乏酿酒师签名的绝品，通常只有 VIP 中的 VIP 才能受邀参观这间酒窖选取喜欢的酒。但此刻这些盛在枫木盒子里的名酒漂浮在水中，像是一艘艘小船，路明非随手抄起一个盒子，打开就喝，跟喝矿泉水一样轻松。

他已经喝了不少了，喝酒能让他略微地放松。

只有他这种鸡贼的人才能想到这种逃生手段，猛鬼众必然握有高天原的地图，

Chapter 19
The Sword of Damocles

无论你往哪个出口跑，都会迎面遭遇枪手。枪手们封锁了出口再往楼里驱赶死侍，这种战术跟关门打狗的意思差不多。这时候就得反其道而行之，猛鬼众猜你急于逃生，你偏不逃生，你留下来喝酒。防范死侍的招数他也想到了，根据恺撒和楚子航的推断，死侍依赖嗅觉远远超过依赖视觉，所以路明非打翻了几箱陈年威士忌，此刻整座楼里都弥漫着馥郁的酒香，路明非不知道酒香能否遮盖他的气味，不过闻见酒味至少心里踏实。

他是从《异形》系列中得到启发的，在那个被异形攻占的外星基地里，到处乱跑的大人都被异形吃掉了，只有那个最弱小的小姑娘存活了下来，因为她不主动逃生，她只是把自己藏得好好的不出声。

在这种情形下，他这样的废柴也就只能扮演弱小的小姑娘。

他心里觉得源稚生、源稚女这对兄弟蛮惨的，就差一步没能相逢，再相逢的时候已经是死敌了，愿意为他们掬一把同情之泪。他也很感谢源稚女那么相信他，直到最后一刻还赌他赢，要在别的时候，光凭这句话路明非就燃起来了，可他注定得辜负源稚女的希望，源稚女怎么拜托都没用。路明非是杀不了王将的，能杀死王将的只有路鸣泽，而路鸣泽是绝对不能再度被召唤出来的，兹事体大。跟魔鬼借力是没有好下场的，源稚女自己不是也向魔鬼借力么，结果生不如死。

路明非很为源稚女难过，但他已经决定再也不跟路鸣泽发生任何瓜葛了，什么屠龙什么拯救世界，跟他全没关系，他宁愿死也不会跟路鸣泽有下一场交易。

说起来路鸣泽很久都没有跑来骚扰他了，自从那次路明非斥退了他。难道说魔鬼也是有自尊心的，被骂得太狠就不好意思觍着脸来了？不不，那不可能，世界上可能有些魔鬼是有自尊心的，但路鸣泽绝不是其中之一。还有个解释就是路明非的灵魂在路鸣泽看来没什么价值了，他放弃了路明非。如果真相是这样的话，路明非不但不会难过反而会觉得如释重负。他还不知道学院也已经处在放弃他的边缘了，随着天谴的登场，不需要有人拔起七宗罪去屠龙。人类和龙类的战争进入了全新的领域，而他是旧时代的吉祥物。

时间过去了多久？一个小时还是两个小时？猛鬼众有完没完？你们已经把人家蛇岐八家搞得够惨了，见好就收行不行？路明非乱七八糟地想着，这时他的手机嘀嗒一声响。

这是软件 Line 发出的提示，某个叫"小怪兽"的 ID 给他发来了信息。

Line 在日本的地位大概相当于中国的微信，路明非在 Line 上有账号，账号里只有一个好友，就是"小怪兽"，小怪兽也只有一个好友，就是"Sakura"。Sakura 的头像是一朵粉红色的樱花，小怪兽的头像是一双高跟的罗马鞋。Line 是路明非教绘梨衣用的，ID 也是路明非帮她起的。他们在逛街的时候得到了一台赠品手机，路明非就想到用这台多余的手机来跟绘梨衣发信息聊天，两个人你一句我一句在小本子上写字虽然很浪漫，但毕竟太慢了。不过最终绘梨衣还是更习惯于用纸笔，所以 Line 聊天只是试用了那么几次。

通常都是在深夜里，路明非睡在浴缸里，绘梨衣睡在隔壁的大床上，手机屏幕忽然亮了，小怪兽问 Sakura 你睡着了么？路明非回答说我睡着啦，小怪兽说那我也睡着了。

分明是个小怪兽，却比一般的小女孩还能缠人，隔着一道墙壁，却像怕你忽然逃走了似的。

路明非的脑袋嗡嗡作响，难道那台手机还在绘梨衣手里？这不太可能。在出发去四国的那个早上，他劝说绘梨衣不要带手机，只说要跑很远的路，路上也没有信号，带了也是白带。其实他是不想让绘梨衣带着那台手机回到蛇岐八家，那只会给源稚生留下找到自己这帮人的线索。失去那台手机的话，绘梨衣就再也没法登录"小怪兽"的账号了，因为路明非没告诉她密码。

"Sakura 在哪里？"信息是这么写的。

"你是绘梨衣？你在哪里？"路明非手忙脚乱地回信息。

"我在去机场的路上，我要坐飞机去韩国。"确实是绘梨衣说话的语气，缺乏社会经验的无知少女，不会用表情也不会用语气词，你问她什么她就回答什么，连标点符号都规规矩矩。

"视频一下我才相信。"路明非还不敢确定。

视频邀请立刻过来了，两个人隔着手机四目相对，确实是绘梨衣本人，她显然是坐在一辆豪华轿车的后排，穿着白色的膝上裙，头发上打着蝴蝶结，像个真正的公主。

路明非只看一眼就切断了视频通话，他只是要确认绘梨衣的身份，却不想让她看到自己这边的情形。

"你走的时候不是没带手机么？"路明非心说难道是路鸣泽阴魂不散？

"可是 Sakura 放在箱子里寄给我了。"

原来不是路鸣泽搞鬼，而是老大和师兄两个。给绘梨衣寄去的那个箱子是恺撒和楚子航两个帮着收拾的，以楚子航的细致，连扎头发的缎带都一根根收拾好了，又怎么会遗漏一台手机？路明非心中怒骂这师兄不只情商低下，在某些方面的智商也很成问题。

"Sakura 在哪里？我去找你，我很害怕。"绘梨衣又发了信息过来。

路明非心里微微一动，感觉到了绘梨衣的害怕。他似乎能感觉到那个女孩坐在豪华轿车宽大的后座上瑟瑟发抖，窗外是雷鸣电闪狂风暴雨，海水沿着街面横流，她想要拉住一个人的手来抵抗恐惧都不可得。

就是简简单单的一句"我很害怕"就能在路明非脑海里映射出这么多的东西，因

Chapter 19
The Sword of Damocles

为路明非知道她说不出华丽的语言,她缺乏足够的修辞能力,她说害怕,其实是发自心底不可遏制的恐惧,就像她说世界很温柔,其实是很爱很爱外面的世界,尽管她觉得外面的世界不喜欢她。

"别怕别怕,自然灾害而已,这叫海啸,你没听说过海啸么?"路明非安慰她。

"我知道海啸,我不怕海啸,我怕什么东西,我听见它的叫声了。我很害怕,Sakura 你在哪里? 我去接你,我们一起去韩国。"

难怪这个要命的关头小姑娘会上线来找他呢,敢情这是拥有私人飞机的白富美要带着他私奔啊! 路明非心情一阵激荡,心说天无绝人之路,路鸣泽从他身边消失之后他还是有靠山的,这时候全城都已经瘫痪,私人飞机那可是能救命的东西! 同是当牛郎的,老大和师兄的牛仔裤下拜倒了无数名媛,却没有一个在关键时刻那么管事儿的!

不过说起来这妞儿还真自私啊,眼看着整个城市都要作为那位神复生的血祭,不见她关心"哥哥"和家族的安危,一心只想着要绕道来接自己喜欢的男人。

原来这妞儿还真喜欢他啊……原来在山顶的夕阳中,那个拥抱并不是他的错觉,原来这个世界上还真会有那么傻的女孩喜欢他,尽管是那么自私那么任性的喜欢。

路明非缓缓地放松身体,靠在一排酒架上:"你先走,我这边很安全。我在避难所躲着呢,外面水很大,不过到了避难所就好了,这里还有人发热毛巾和饮料。"

他一个字一个字地写出这条信息,慢慢地按下发送键,只觉得疲惫得无法继续。

终究还是拒绝了绘梨衣的救援,这真不像他的风格。但去机场的路和来歌舞伎町的路真不是一条,机场在尚未被海啸波及的千叶县成田市,而半个新宿区已经淹没在海水中了。就算绘梨衣的轿车再豪华也没法劈波斩浪地开到高天原楼下。当然,尽管这样,只要他说话,他相信绘梨衣还是会固执地让司机开车来接他。但那又有什么意义呢? 以他的智商也能想到神正在苏醒,这座城市随时都会沉入海平面以下,这时候一分钟都不能耽误。

他很高兴绘梨衣能有机会离开东京,但他不想去蹭人家的飞机。他对绘梨衣没那么深的感情,也没脸承人家这么大的情。

"那 Sakura 会来韩国找我么?"隔了好一会儿,绘梨衣又发信息过来。

路明非心说你去韩国就会发现韩国有各种帅哥,整过容的没整过容的,你喜欢帅的有元彬,你喜欢痴情的有李东旭,你喜欢性感的有 Rain,你喜欢半男半女的有李俊基……我去韩国找你干什么?

"也许吧,我还没买到飞机票,等我买到飞机票我看看能飞到哪里去,落地了再说。"路明非很敷衍。

"Sakura 会飞到美国去么? 美国和韩国近么?"

"不远,但都是山路,不太好走。"

"是 Sakura 带我去看过的那种山么？"

"不是，是太行山、大别山和昆仑山，都是很高的大山，其中最难爬的是五指山。"路明非跟她瞎扯。

他几次想中断这场对话，哄哄小姑娘说避难所里信号不好，等你飞机落地我们再联系……但他不太舍得，四面八方都是水声、枪声和哀号声，似乎还有群蛇在水中游动的声音。

他在地狱里，他也许就要死了，没人知道他在这里，没人来救他，这种时候有个呆呆的小公主跟他发信息聊天，再喝几口酒，才觉得能够扛住寒冷，他此刻正坐在齐胸深的水里。

"那 Sakura 要多久才能来找我？"

"短则三月迟则半年，海棠花开的时候，我一定去找你！"路明非想象这是某个淫贼睡完了无知少女之后准备开溜的时候说的谎话，可现实情况是他就要死了，而人家小公主就要飞去安全的地方避难了。

他觉得有点好笑又有点凄惨，想了想还是灌了口酒，自己嘿嘿地笑了两声，又觉得不妥，怕被游弋在四周的死侍听见。

"韩国有海棠花么？"

"有的，韩国遍地都是海棠花，人家都管韩国叫海棠花之国。韩国首都叫首尔，首尔市中心有世界上最大的海棠花树，每年都在那里举办海棠花节。"路明非继续胡说八道，他对韩国的了解实在有限，说不出什么有意思的东西来。

"那我们是在海棠树那里见面么？"

路明非心里一动，心说绕来绕去你还是怕我不去韩国找你么？

"好啊，那就海棠花树那里吧。那里的冰淇淋很好吃，你一次买两个，我要是去了我就帮你吃一个，我要是不去就都归你。"

路明非开始幻想首尔市里会不会真的有很大的海棠花树，绘梨衣穿着白色塔夫绸的膝上裙和高跟的罗马鞋，拿着两个冰淇淋，站在红色的花树下等他。夕阳西下，他却一直没来，绘梨衣默默地吃着那两个冰淇淋，慢慢地哭了起来。这么想起来也挺美的，至少诺诺为恺撒哭，苏茜为楚子航哭，世界上也有个女孩为他路明非哭哭。不过再想想，冰淇淋哪能从早撑到晚呢？还不如让绘梨衣买两包糖炒栗子等他。

"Sakura，你也害怕么？"

路明非心说谁不害怕啊，姑娘你应该是这座城市里最不害怕的人啊，你不仅命好，是上杉家的家主，随时有一架飞机等着你，还有靠得住的哥哥，象龟长得虽然有点女气，但委实是纯爷们，这种时候没有动用家族秘藏的最终决战兵器，而是送绘梨衣去避难，说是亲哥绝不为过。

"我不怕，我习惯了，这种场面我也不是没见过。"路明非确实经历过类似的事情，在北京，不过那次始终有杀坯师兄在身边，他没有感觉到这样的孤独和恐惧。

"海啸会把韩国也淹掉么？把韩国淹掉就没有海棠花树了。"

路明非心想，原来你还在惦记我什么时候去找你啊……韩国和日本之间有大海的欸，水再大也不能淹掉韩国好么？可虽然韩国保得住，但首尔其实并没有海棠花树，也没有海棠花节，我也不会去。

他正自己酸楚的时候，走廊尽头的门被人粗暴地撞开了！

"Sakura！Sakura！"座头鲸抢步上前，抱住路明非玩命地摇晃。

他们摸索着来到酒窖，发现Sakura孤零零地躺在积水中，浑身冰凉。

中岛早苗推开众人，伸手在路明非鼻端试了试，呼吸很虚弱。"他还活着，我学过一点急救，我来试试。"她看座头鲸强有力的拥抱几乎能压碎这个男孩的肋骨，有点不忍心，示意座头鲸闪开，自己把路明非抱在怀里，试图用自己的体温让他暖和起来。

周围的所有东西都是湿的，他们找不到任何东西可以用来引火，火光也可能吸引那种凶残的怪物，他们已经见过死侍了，唯一的办法就是用体温来解决问题。

这一天对中岛早苗来说是噩梦，推掉了北条议员的约会来参加高天原的派对，可还没跟右京说上话就遭遇了海啸、枪战和怪物的侵袭。好在座头鲸临危不乱，招呼牛郎带领客人们从秘密通道撤离。

所谓秘密通道是墙壁夹层中的通道，这座建筑原本是一座天主堂，在它建造的时候日本还是以佛教为主的国家，因为担心受到迫害，教士们在墙壁里修建了可供随时逃离的秘密通道。

躲过枪手们的第一轮扫荡之后，有些顾客实在冻得受不了了，座头鲸就提议来酒窖里躲避，同时找点酒喝，这种情况下酒绝对是能够提升体温的好东西。他们在酒窖里看到的是各种漂浮的酒瓶，还有倒在角落里的路明非，浑身酒气。

"Sakura一个人被困在这里，一定是给吓坏了。"座头鲸搓着手感叹，他想象这个可怜的家伙在极端的恐惧中用酒精自救，该是多大的折磨。反倒是他们在秘密通道里，也就是挤点冷点，但还能跟漂亮的客人们胸贴胸背贴背。

"体温还算正常，可能是在水中窒息了，也许胃里还有积水。"中岛早苗说。

"脉搏呢？"斜倚在墙上的青木千夏挑了挑眉，这位著名的乐队主唱今晚也没跟Basara King说上话，不由地有点气闷。

"脉搏也正常，心率很稳定。"中岛早苗把长发绕在脖子上，俯身向路明非，"我给他做人工呼吸试试。"

"你做这个不行的。"青木千夏说，"这事儿需要专家来做。"

"你么？"中岛早苗微微皱眉，她对这种来自年轻人的挑衅觉得有点不舒服，"如果大明星青木小姐不介意的话，我很愿意把这个机会让给你。"

"我们需要个肺活量大的。"青木千夏打了个响指,"藤原堪助!"

昔日的相扑巨星立刻起身,在青木千夏身边半跪,仿佛一座肉山:"客人有什么吩咐?"

"你的肺活量是多少?"

"八升半。"藤原堪助沉声道。

"这就是我所谓的专家,"青木千夏冷冷地看着路明非,"捏住鼻子往他肺里吹气,吹到你没气为止,现在开始!"

"我错了我错了!"路明非弹簧一样挺了起来,"对不起对不起!"

青木千夏狠狠地一个爆栗敲在路明非脑袋上:"装睡? 这种把戏想骗过我?"

中岛早苗屈膝坐在旁边,尴尬地理了理发丝。想想北条议员准备了稀有年份的红酒和新鲜的白松露,柔情蜜意地邀请自己乘坐私家游艇去外海吃晚餐,晚餐后靠在甲板栏杆上吹海风,自以为可以不着痕迹地吻自己一下,直到被冰冷的海风吹歪了脖子也没得手……却差点上了这个年轻牛郎的当。

"原来是一个人躲在这里偷酒喝!"青木千夏冷笑,"等着我们被怪物吃光!"

不愧是先锋派音乐人,曾在自己的音乐里加入恐怖和野蛮元素,在这种情况下别的客人都吓得瘫软了,青木千夏大小姐却还不忘背着她的吉他。她听说今晚是特别派对,原本若是恺撒求她,她不介意上台捧个场的。同样镇定自若的是她未来的婆婆森隆子女士,不愧是在政坛厮杀多年独立撑起一个家族的寡妇,关键时候完全可以拿来当男人用,森隆子在额头上扎着白色的布带,俨然是个上了年纪的冲锋队员,帮助那些逃亡中受伤的客人捆扎伤口。

青木千夏用穿着高跟凉鞋的脚踢了路明非一脚,自顾自地从清酒中捡了一瓶芋头烧酒,自己灌了一口之后,在森隆子身边蹲下,帮着用酒给受皮外伤的客人消毒。芋头烧酒的酒精度大约是60%,虽然不到消毒酒精的70%,但这种情况下能有消毒剂就该千恩万谢了。酒精擦洗伤口的剧痛让那位客人差点晕厥过去,青木千夏狠狠地捂着她的嘴不让她叫出声来。

森隆子冷冷地看了一眼这个野蛮的未来媳妇,青木千夏也冷冷地回看。一个是德高望重的政坛寡妇,一个是新派音乐人,都是经常上电视的人,虽然是初次见面,但也立刻认出了对方。只不过在牛郎夜总会相逢,大家谁也不好提起婚约的事。

"我……我也能喝点酒么?"一位客人颤抖着说,她穿着薄纱的小礼服,站在过膝深的水中。

座头鲸扫了一眼幸存的窖藏品,半跪在她面前:"很抱歉,非常时期,没法给您提供完整的酒水单,眼下只有McAllen威士忌、白州威士忌、拿破仑COGNAC和霞烧酒,各式清酒倒是很丰富的,请问您想来一杯什么?"不愧是王牌牛郎店的王牌店长,这种情况下座头鲸能提供的酒单依然超过绝大多数的酒吧。

Chapter 19
The Sword of Damocles

"拿破仑 COGNAC，double。"客人哆嗦着点了最能带来热量的东西。

"加冰饮用么？ 加一点冰块口感更佳哦！"

"一块冰。"客人虚弱地说。

座头鲸一个旋转飞踢，踢开了制冰机的门，那扇门有点点歪斜，只能暴力开启了。有时候客人也会在酒窖里试喝烈酒，所以酒窖中也备有成套的杯子和制冰机。座头鲸取出冰过的烈酒杯，加入冰块和白兰地，稍作混合之后递给客人，依旧从容不迫。在这种时候他还是衣冠楚楚的，骚包的海蓝色西装一丝不苟，墨镜映着应急灯熠熠生辉。不愧是牛郎界的神。

既然找到酒窖那么服务就立刻开始，牛郎们把餐巾搭在胳膊上，依次询问客人们要不要在等待救援的过程中喝点什么。

踏水的声音由远及近，一个牛郎气喘吁吁地靠近座头鲸低语："不能出去，所有通道都被封锁了 …… 怪物好像在吃人。"

座头鲸拍了拍他的肩膀，然后转身面对客人们："各位亲爱的女士，情况似乎正在好转，水位正在下降，外面有警视厅的救生艇赶来，他们正在打击那些趁着灾害抢劫的黑道，我们安心地等待救援，请不要发出太大的声音，那些畸形的怪物似乎还没有清理干净。"

路明非凑得很近，听得很清楚，局面丝毫没有好转，他们随时都可能死，可座头鲸说谎的时候看起来胸有成竹。

客人们都松了一口气，苍白的脸上现出一丝笑容。她们都是名媛中的名媛，很多人都有助理、秘书和管家，出门有车随行，落座就有咖啡和茶送上，如今却坐在没胸深的水中，被怪物包围，很多人都觉得这就是世界末日了。可听着座头鲸用轻佻浪荡却又中气十足的声音说话，心情忽然就放松下来。她们互相拥抱，拍拍对方的背，有人高兴地小声哭泣。

以前路明非看她们都是在镭射灯下，金粉眼影烈焰红唇，笑得花枝乱颤，除了青木千夏这种确实资本雄厚的，或者中岛早苗这种比较拘谨的，都是群女大灰狼。此刻她们都变回了普通人，倒是顺眼多了。

"那种怪物一定是政府生物实验的样本！ 这帮混账！ 等着我在国会砍掉他们所有的经费！"森家的寡妇抛出狠话之后，接着去料理下一位伤员。

路明非耷拉着脑袋坐在角落里，没人理他，他也不想理别人。开始他以为逼近的是枪手或者死侍，急忙装死，接下来发现是率众撤离的座头鲸，一时间有点羞愧，干脆就继续装死。

确实该羞愧，这种时候大家都在努力，他却什么都没有做，一个人躲到酒窖里想把自己灌醉，在 Line 上拉着绘梨衣聊天来找温暖 …… 太怂了，只有他这种废柴才能干出这种事来。

"Sakura 你没事吧？"座头鲸一屁股坐在他旁边。

路明非有点受宠若惊，他刚才的尿样每个人都看见了，连早苗那种温柔的女性都流露出看不起他的神色来，店长这么樱花般绚烂又鬼神般悍勇的奇男子却会主动来找他说话。他挪动屁股想给店长腾个地儿，但想到这里也没有桌椅，再怎么腾挪也不过是让出一片积水来，于是就算了。

"局面不乐观。"座头鲸掏出抽了一半的雪茄叼上，狠狠地吸了一口，脸色阴沉。

他鬼鬼祟祟地揭开西装，给路明非看自己贴身的东西。这个动作太暧昧了，路明非犹豫了一下才敢看，店长的胸肌上挂着两个枪套，枪套里各塞了一柄伯莱塔手枪。

座头鲸摸出一支塞到路明非手心里："我托道上的朋友搞的进口货，军用版本，现在的情形下只有靠你和我了。"

路明非觉得自己握住了一块火炭，完全愣住了："店长，我们不是健康向上的女性减压会么？你怎么带着军用武器？"

"别蒙我，你难道不会用？"座头鲸用手帕包住枪身，熟练地上膛，"我看情况不妙，觉得还是随身带着家伙比较保险。"

路明非当然会用，在卡塞尔学院混，射击和近身格斗是必修的，但座头鲸看起来更加老辣，反复上膛退膛来检查弹簧硬度，伯莱塔在他手中翻转，熟极而流。

"店长你很专业啊！"

"退役前是日本海上自卫队三等海尉，今天请你多多关照了。"座头鲸搂着路明非的肩膀，"好歹找到你，我可算放心了。"

路明非心说你放心个头啊？你刚才没看见我在这里躺着装死么？

"Sakura 你是在等待机会吧？说吧，要我怎么配合你？我没问题，藤原勘助也用得上！"座头鲸的眼睛闪闪发亮，"老板娘说了，你是光你是电，你是救世主！"

路明非恶狠狠地打了个寒战，心说这真心不是老板娘喝多了说的？或者老板娘当时在唱卡拉 OK 只是唱功太差，你误把歌词听成她跟你说话了？

"我也不知道你们是什么人，但我看得出你们是来自某个神秘的组织吧？Basara King 和右京都不在这里，就只能拜托你了小樱花！我们怎么样都不要紧，不能连累了客人啊。"座头鲸诚恳地请求。

"店长……如果说我们那个组织是座山的话……山中不是只有狮子老虎的，也有兔子、猴子这类不太能打的小动物……"

"Sakura 你太谦虚了，说实话我觉得三个人里你才是绝顶的美男子，你没有右京和 Basara King 那么受欢迎是因为你没有打开自己。老板娘说你释放自己就会比 Basara King 和右京更厉害！"座头鲸满嘴鬼话。他也不是不会撒谎的人，刚才骗客人们说情况正在好转的时候他就面不改色，现在他必须哄这个尿蛋跟他一起护送客

Chapter 19
The Sword of Damoclēs

人们离开。从男派花道的角度来说他完全不看好路明非,但苏恩曦确实说过只要保住路明非没事,大家都会没事这样的话。事到如今,座头鲸只能死马当活马医。

"店长你能摸着良心说这话么?"

座头鲸急忙按胸:"千真万确,我当初一眼就看中了Sakura你!"

"你按错了,你按成右胸了,你心脏右偏么?"

座头鲸愣了一下急忙换手按左胸。

"店长你别逗我了,你说这话你自己也不信对不对? 我要是真有本事我就跟你一起杀出一条血路,但我真的没那个本事,你当初一眼看中的是师兄和老大,你看得很准,可惜现在留在这里的不是他们两个。"路明非看着座头鲸的眼睛说话,他难得那么认真那么诚恳。

座头鲸默默地看着他,看了很久很久。尽管不想相信路明非刚才所说的话,但座头鲸没法不相信,他阅人无数,懂得什么是诚实的眼神。他看得出路明非没有撒谎,是啊,一个有能力逃离这里的人怎么会自己躲在酒窖里用喝酒来消除恐惧呢?路明非难得地觉得羞愧,换了执行部其他任何一位专员来,就算不是武力型的也能想出个撤退方案,可他只能陪着座头鲸干瞪眼。

路明非低着头把伯莱塔递了回去,座头鲸愣愣地不知道该不该接。谁也不知怎么把这场对话继续下去,座头鲸有所求,而路明非给不了。

他要给就得给出四分之一条命去。

最终座头鲸收回了伯莱塔,悄无声息地起身,拾起一根钢管在附近巡视。直到此刻他还是没摘下那副象征身份的墨镜,路明非可以想见这家伙墨镜下的目光异常焦灼,他是老大他要绷住,但他抓着钢管空挥的动作已经暴露了他的紧张。可这种时候钢管有个屁用,聚集在酒窖的人越多越麻烦,动静太大的话死侍和枪手都可能被吸引过来。

路明非又一次淹没在人群里了。人们小声说着话,彼此鼓励两句,但没什么人看向角落里的路明非,他躲在酒窖里装死的行为确实让人看不起。

路明非只能继续摆弄手机来打发时间,跟座头鲸说话的工夫又有一大堆留言,都是绘梨衣发来的。

"Sakura 你还么? 我还没有到机场,路上很颠簸,我有点头晕。"

"我在韩国的名字叫金熙媛,护照号码 GM 8701982。"

"哥哥说我会住在韩国江南区的一个公寓里,地址是 205-8 Nonhyeon-Dong, Kangnam-Gu, Seoul, South Korea。"

"Sakura 你还么? Sakura 跟我说话好不好?"

"Sakura 我觉得冷,我能听见那东西的吼声,它好像在跟我说话。"

……

……

满屏幕都是她在唠唠叨叨，谁要是真当了她男朋友还不得被她烦死？因为她的世界里什么都没有，就只有你一个。

犹豫了几分钟，路明非把写好的信息都删除了，这种时候拉着她聊天只不过是增加她对自己的依赖感而已，对人对己都没有好处。蛇岐八家再怎么不济，送一个女孩离开东京还是没问题的。源稚生必然已经把一切安排好了，他才是真正有能力救绘梨衣的人，而路明非不过是提供一些心理安慰，说白了就是个打嘴炮的。总有一天绘梨衣会明白，世界上真正的好男人都跟她那个没有任何血缘关系的哥哥一样，无声地帮你把一切都安排好，可是事到临头都说不出一句让人觉得安慰的话来，那种说着甜言蜜语说要带你去看外面的世界的，都是自己还没长大的小屁孩。

呆坐了几分钟，路明非忽然又想起一个事儿来，赶紧摸出手机想把定位功能关掉。Line是能够定位好友的，虽然路明非没教过绘梨衣，绘梨衣想必也不会无师自通，但理论上她确实有可能获得路明非的位置信息。以那个女孩的固执，要是知道路明非在哪里，没准就掉头杀过来了。

关闭定位功能之后，路明非又随手搜索绘梨衣的位置，想看看她有没有到达机场，地图显示出来的瞬间，他惊呆了。

红井深处，工程组用激光切割机在冰面上打开洞口，垂下吊索，机械手将封在冰块中的伟大生物缓缓吊起。

神还活着，但就像是被割去鱼鳍的鲨鱼，它的心脏被毁，八首中有四首断裂，剩下的四首也伤痕累累，谁也不知道风间琉璃是怎么做到的，这人形怪物的身体里竟然藏着比龙类更可怕的力量。此刻他正穿着血迹斑驳的白色长衣，尸鬼一样站在高处俯瞰下方的操作，白发垂下挡住了他的眼睛。

神，或者说八岐大蛇被平放在冰面上，工作组不断地把液氮浇灌在它的身上，以防它暴起伤人。王将围绕它旋转，欣赏着这个不可思议的生物。它跟青铜与火之王、大地与山之王都不同，诺顿和芬里厄也曾呈现过狰狞巨大的身躯，但那身躯如天神如恶魔，可怕但是带着森严之美。神不一样，它的八根颈椎骨从躯干的不同地方生长出来，扭曲怪异，像是个基因改造失败的怪物。

它身上唯一一处令人惊艳的地方就是天丛云，那是一根突出鳞片之外的骨骼，呈美妙的月白色，锋利到了极致。唯有这种东西能够胜过上古时代的炼金武器天羽羽斩。

"可惜啊，只差一步，终究还不是龙中的王者，只是继承了白王遗产的怪物。"王将啧啧长叹。

"继承了白王遗产的怪物就这么强大，真正的白王该是何等可怕的生物啊。"工程组负责人尾随在后。

"它只得到了白王的身躯,却未能拥有白王的意志。不过如果它是完整的白王,我们也不可能捕获它。"王将振臂高呼,"现在,让我们从它体内找到白王的遗产——圣骸! 开始切割!"

工程钻机从神的各个关节处刺入,斩断肌腱,钻孔位置都是精心选择过的,好让它巨大的身躯彻底瘫痪。神的细胞还在高速地再生以治疗伤口,但修复骨骼却远比修复肌肉困难。铁钩穿透了神的颈骨,起重机把它吊起在空中,仅剩的四首喷吐着冰冷的气息,却无法抬头攻击。工程组分别对它的神经系统和重要的肌肉做注射,大量药剂进入神的体内,原本还微微抽搐的身体渐渐松弛,只有那四对龙瞳还闪着残烛般的微光,证明这伟大的生物依然活着。偶尔它会转动那些眼睛,俯瞰着即将肢解它的后代子孙,眼里透出人类无法理解的神情。

"您竟然能够研究出对龙类有用的药剂!"工程组负责人惊叹。

"因为我曾拥有一条活的个体用来做研究。"王将轻声说,"当年我打开那个位于北极圈内的神秘洞穴时,那伟大的生物已经被疯狂的动物撕咬得只剩半个身体了,但仍未死去。我在它身上试用了我能找到的几乎所有化学试剂,最终它无法忍受那些药剂而死,但我已经了解了龙类的生物学属性和结构,成了这个世界上最了解龙的人。"

工程组负责人缓缓地打了个寒战,在人类历史最残暴的部分,人类曾在同类的身上做科学实验,而王将竟然用化学药剂生生地折磨死了一头巨龙!

王将转向等待在旁的工程组,高举双手,用最华彩的声音说:"伟大的达尔文在他的《物种起源》里阐述了弱肉强食的真理,曾经你们都是弱者,在食物链中苦苦挣扎也难免沦为食物,但今天强弱将彻底颠倒,我们将完成伟大的进化! 在我们面前,人类和古龙都是弱者! 我们是新的龙族,我们将分享世界!"

欢呼声响彻深井,有的人互相拥抱泪流满面,有的人却木然独立,一时流露出狂喜的表情,一时流露出刻骨的仇恨,五官完全失控了似的。

这一天猛鬼众等得太久了,这些鬼从很小的时候就被家族驱逐,从此人间失格。家族的执法人如疽附骨地监视着他们,他们就像动物园里那些活在玻璃屋中的猴子,能够看得见外面的世界,但外面的世界永远不属于他们。他们中最勇敢的人才会打碎玻璃逃离家族的控制,从此成为被世界抛弃的人,他们只能成为猛鬼众的一员,那是世上唯一一个欢迎他们的地方。

当鬼类聚集在一起的时候,怨气也会聚集在一起发酵,最终变成愤怒的狂潮。他们中的很多人都曾眺望黑色的源氏重工,希望它倒下,就像魔鬼们聚集起来站在荒原上,眺望远处的神殿,想用火烧它用石头砸它甚至用牙齿咬它,直到它化为废墟……今天他们用鲜血清洗了耻辱,还将用进化让自己变成新的统治者。

巨型切割机移动过来,直径超过三米的大型锯轮开始撕裂这具躯体,触及鳞片和骨骼的时候火花四溅，锯轮发出叫人心惊胆战的异响，只能一边切割一边喷水冷却。神没有挣扎，这伟大的生物睁着金色的眼睛，沉默地看着自己被切割，它的血四下喷涌，溅在所有人的防护服上。锯轮先是切断了八岐大蛇的长尾，天然生成的骨剑"天丛云"从切割台上坠落下来，刺入混凝土浇筑的地面，就像刺穿豆腐那样轻松。

锯轮再逐一地切断八岐大蛇剩下的四首，每当一根颈骨伴着火花和血浆断开，就有一对金色的瞳孔熄灭。四首都被斩断的时候，人们放下了最后一丝担心。这个在极渊中藏匿了无数年的伟大生物终于死了，死在了人类最尖端的技术下。切割台转向九十度，锯轮把八岐大蛇的躯干纵向切成三块。起重机把三块碎片分别吊起，这时人们才看清了龙类极端复杂的骨骼结构，它的骨骼数量远超过人类，各种微妙的骨骼结构有种异乎寻常的美，呈高贵的暗金色，像是精密的机械，又让人想到地层中交叠的古生物化石。

工程组立刻分散到三张解剖台上，用各种工具分拆这些染着黑血的骸骨。

王将看了一眼腕表，又抬头仰望夜空，很显然，他在为时间担心。

中央的解剖台上，锋利的齿轮切开层层肌肉之后，剥出了巨大的心脏。神的身体已经进化到纯血龙类的程度，暗绿色的心脏表面包裹着网络状的血脉，保护在暗金色的骨笼里面，像是诡秘而瑰丽的宝石。这颗心脏被机械臂提起在空中，工程组负责人走近几步仰望这不可思议的巨大器官，在这个瞬间……他感觉自己被注视了，他被一颗巨大的心脏注视了，那东西在他眼里就像是某种巨大生物的眼睛，而血脉则是眼中的血丝！

他想这只是幻觉，只是他太疲倦了所以产生了幻觉，可他不由自主地跪了下去，身体仿佛在炽烈的目光中被熔化。

这时站在高处的风间琉璃忽然动了，他掷出了长刀，刀光穿透工程组负责人的胸口，再刺进了那颗巨大的心脏。然后他的尖啸声才传来，他的刀速比声音更快！

如此凌厉的一刀只在那颗心脏上留下了一道口子，浓腥的绿色汁液四溅，裂口中一只金色的眼睛四下轮转着扫视所有人！工程组负责人的感觉并没有出错，那颗心脏深处真的有一只眼睛在窥视外界，它的目光所及之处，所有人都感觉到如山一般沉重的威压！心脏忽然开始蠕动，那只眼睛竭力地往外钻，一边钻一边发出尖厉的嘶声！

"圣骸！圣骸！那就是圣骸！"王将尖厉地大叫，这种时刻连他也没法保持冷静。

风间琉璃从天而降，手中已经握住了另一柄长刀，这里只有他和王将才配当神的对手，他一直留在高处就是等待对手的真身出现。

但他还没落地，眼睛已经扭动着消失在工程组负责人的嘴里，一根粉色的肉质尾巴在口腔里摇摆了几下也消失了。

"所有人后退！开枪！"王将大吼。

枪声震耳欲聋，数以万计的子弹射向工程组负责人，目睹那恐怖的一幕后，恐惧已经压倒了所有人，大家都清楚工程组负责人没有生还的机会了，那只眼睛是要侵占工程组负责人的身躯。每个人都以最高的速度倾泻子弹，半分钟内就有十几公斤的弹头打进了工程组负责人的身体里。这个早该死了无数遍的人却并没倒下，子弹从四面八方打开，各方的动能反而支撑住了他，他剧烈地打着摆子，像是丧尸在舞蹈。

最后他被硝烟掩盖了，直到所有人的弹匣打空。人们都下意识地挪开了目光，即使暴力对他们来说已经是家常便饭，但他们还是不敢去看自己的"靶场"，设想用十几公斤重的子弹去打击一个生物，能够留下的大概只是染血的渣滓。硝烟略微散去，第一个看清楚真相的人把惊叫吞了回去，他甚至连呼吸的力量都失去了，还怎么尖叫？

工程组负责人仍能清楚地看出人形，他的身体表面全被弹头覆盖，连一寸完整的皮肤都不剩下，可他仍未倒下，他僵死在一个后仰的动作上，便如一个舞蹈家正在倒仰的时候，时间静止了。

王将也在缓步后退，所有人中真正镇静的只有风间琉璃，他已经变成了恶鬼和疯子，他无所畏惧，他提刀站在距离工程组负责人最近的地方，直勾勾地盯着他。

工程组负责人缓缓地挺直了腰……这一刻每个人都觉得自己背后站着幽灵，这违背了所有人的常识，一个身体塞满十几公斤弹头的人体居然还能动，他的骨骼早该在枪击中碎成几千几万片才对！血色的人形漫无目的地移动，极其缓慢，他失去了眼睛所以没有视觉，全身神经节都被破坏也就没有了触感，听觉视觉必然也已经损失殆尽，他已经不能再被称为人了，可在某种力量的支撑下，这个完全丧失五感的生物还活着，还想逃离。

人形无目的地转动着头部，它的脸被弹雨打得塌陷下去，面骨上排列着密密麻麻的弹头，那些黄铜弹头闪着微光，仿佛无数只眼睛在注视着人类。人们不敢动也不敢出声，生怕它会忽然奔向自己。

风间琉璃提着长刀站在那个怪物的身后，谁也没看清它是怎么移动的。

怪物似乎意识到有敌人在身后，拖着受伤的腿奔向"天丛云"，那根世界上最锋利的骨骼正用剧烈的震动来响应它。风间琉璃尾随在后，保持着一定的距离，怪物跑得越来越快，风间琉璃跟得也越来越快，距离却始终不变。怪物向着前方伸出手去，同时飞身跃起，插在地里的天丛云震鸣着跃起在空中，这是它的骨听从它的召唤！风间琉璃的刀终于挥斩出去，刀光就像一道曲折的银色电光。

没人能看清那一瞬间的情形，风间琉璃和那怪物在空中交错闪过，各自落地。风间琉璃手中长刀只剩下一半，怪物持着天丛云的手连着头颅和半边肩膀一起坠地，却没有血流出来，肉眼能够看见断口处的肌肉在蠕动，细胞还在疯狂地修补着这具身体。风间琉璃伸手向空，徒手接住了被震得飞起的天丛云，转身从怪物的脊椎处推入，然后挥舞断刀打在它的胸口。这被圣骸强行提升了能力的生命体终于崩溃，四散出去的是纷飞的弹头，那具人形像是沙捏成的那样崩塌。

天丛云穿透目标的身体，把某个东西钉死在地下，那东西长着金色的独眼。

"液氮！液氮！这就是圣骸的真面目！它是寄生生物啊！"王将狂喜地呼唤。

工程组如梦初醒，喷枪用数以吨计的液氮去冷却这个危险的东西，厚重的圆柱形石英捕捉舱扣住了圣骸，显然王将早已料到这东西的本相。真正的神并不是八岐大蛇，也不是什么威猛的巨兽，真正的神就是圣骸，它不是一块骨头，而是一个能够操纵巨大生物的寄生生命。所以它永远不能被杀死，永远能从一种形态转化到另一种形态，它可以化身臃肿的超巨型生物，也可以藏在须佐之男的身体里等待机会复活，无论人类杀它多少次，杀死的都只是它的住所罢了，不猜透它的真面目就无法杀死它的本体。

这一次它遇见了真正旗鼓相当的对手，它遇到了最可怖的人类。

液氮的烟雾散去，人们终于看清了圣骸的真实模样，它像是一个残缺的胚胎，膨胀的头部长着一颗硕大的独眼，看起来像尾巴的东西其实是肉质包裹起来的脊骨，它的肋骨突出在肉质层外，想必在它寄生的时候，就用这些尖细的肋骨插入宿主的脊骨中，操纵着那具身体。圣骸没有死去，它扭曲着发出嘶嘶的声音，那颗金色的眼睛闪灭。但在石英捕获舱里它接触不到任何可寄生的宿主，它自己的力量又太过弱小。

王将用强光电筒照射，光照透过圣骸外层的肉质，里面隐约可见发育到一半的脏器。

"你看它，多美啊！何等完美的进化方式！在被黑王处决之前，它主动地进化出寄生形态的生命！它用这种方式延续着自己的存在！"王将双手按在捕获舱上，盛赞这丑陋的寄生虫。

"如……如果神是寄生虫……那它怎么帮助我们进化？"有人犹豫着问。

在猛鬼众的想象中，神本该是顶天立地的伟大生物，它身上的少量血液就可以帮助完成进化，可眼前这个丑陋细小的神，连体液的数量都少得可怜。

"光是找到寄生者还不够，还得为它找到宿主和食物。"王将微笑，"这个世界上只有极少数的适格者能被神寄生，譬如伊邪那岐和须佐之男，可惜古裔们不懂这种寄生的伟大意义，在神彻底进化为新的白王之前就杀死了它。能够赐予我们进化道路的不是这种形态的神，而是进化完成之后的白王！我们将看见新的王登上王座，开启世界的新篇章！"

光柱从天而降，把王将和风间琉璃笼罩在其中，直升机的旋翼切割雨幕，巨大的轰鸣声在井中回荡。那是一架黑色的直升机，机舱门敞开，源稚生坐在机舱中，黑色的长风衣猎猎飞舞。

最后一刻，蛇岐八家的最后武装赶到了现场。

始终沉默不语的风间琉璃像是从大梦中惊醒，他的眼睛亮了起来，眼底似乎有金色曼陀罗般的花纹转动。他缓缓地抬起头，仰望那从天而降的黑影，狂风吹开他的衣襟，露出肋骨分明的胸膛。

"哥哥！哥哥！你来看我啦？你是来参加我的毕业典礼么？"他在风中狂笑。

"又或者……你是来参加我的登基大典？"他的笑容敛去，只剩下刻骨的凶毒，"用你的血，为我的法衣染上祭礼的红？"

古奥森严的语言从天而降，便如神的语言在天际回荡。"王权"的领域笼罩了红井，数以万计的不锈钢护板脱落，将君王的愤怒压在每个人头顶。重力规则被强行改变，每个人都感觉到十倍的体重作用在自己的骨骼上。无人能够站立，除了王将和风间琉璃，所有人都艰难地用膝盖和双臂支撑着身体，仿佛朝觐天降的王者，即便被下坠的不锈钢板切下头颅也不能逃走。

源稚生俯瞰井底，面对那些残缺的肢体和横流的鲜血，他没有丝毫怜悯的神色，瞳孔中流动着熔铁般的金色。

"来吧！来用你的正义压垮我吧！这么多年你不是一直在这么做么？"风间琉璃呼喊道。从源稚生出现的那一刻开始，他一刻不停地仰望，对着天空张开双臂，野兽般嘶吼。

源稚生静静地坐着，目光仿佛穿透了一切，去向无限遥远的远方。

"大家长，剩下的时间不多了，在您的领域中，这架直升机支持不了很久。"驾驶直升机的是位年轻神官，他的神色很平静。

仪表台开始报警，仪表读数疯狂地闪变，铆钉摇晃着从外壳上飞离，如果没有源稚生的保护，这架直升机早就在"王权"的领域中坠毁了。

"稚女，你真的想要登上王座么？你记得我给你讲的那个故事么？那个从石头里蹦出来的猴王，他是天赋的战神，后来打翻了天界的宫殿，和诸神恶战。"源稚生轻声说，"我说那个猴王多么强大多么威武，你却说他该有多孤独啊。他是天生的英雄，可是这个世界上都没有跟他一样的人。王不就是那种孤独的东西么？我记得你小时候最怕孤独。"

在直升机掀起的狂风中对话只能靠吼，但源稚生的声音很低，他知道弟弟能读懂他的唇形。

小时候源稚女很瘦弱，在运动场上总是被人撞得浑身青紫，像只迷路的鹿，他谁也跟不上。所以源稚女上场打球的时候源稚生总是坐在对面，全场他都不发出一点声音，但嘴唇始终在动……左边，右边，回防，投篮，篮下……源稚女只是跟着哥哥的指示在场地上奔跑，居然也能及时地出现在合适的位置，这样班上的孩子才愿意跟他一起玩篮球。

"哥哥你在说什么啊？"源稚女狂笑狂呼，"什么猴王？我已经忘记了！我们已经长大了对不对？我们的刀上都沾过很多人的血！我们不纯洁了对不对？我们还有什么资格凑在一起说童话呢？"

"皇血是被诅咒的东西，不该留存在这个世界上。你和我是皇血最后的继承人，如果我们死了，宿命就会终结对不对？再也没有人能用圣骸完成最终的进化，所有的野心也都被终结。"

"哥哥我听不清，哥哥我听不清。"源稚女仍在狂笑，"我只听见风中有魔鬼在念着《圣经》！"

"稚女，我是来邀请你和我一起去远行的。"源稚生说，"远到……黄泉！"

他双手分开，按住座椅两侧的刀柄，"蜘蛛切"和"童子切安纲"在同一声震鸣中出鞘，他跃出机舱，风衣在风中猎猎作响。他带着两柄斩鬼刀和"王权"之领域从天而降，就像是巨鹰扑击。

全副武装的神官们跟随源稚生跃出机舱，他们用射绳枪对准井壁发射，悬挂在高处，源稚生却是笔直地落下。

风间琉璃将樱红色的长刀横在空中，源稚生的双刀划出十几米长的夺目刀光，三柄刀交击，暴跳的火花照亮了许久不见的兄弟的脸，源稚生的脸漠然得像石刻，风间琉璃却像磨牙吮血的恶鬼。

这是至高之皇和极恶之鬼的决战，超级混血种的优势被毫无保留地展现在世人面前。没人能用目光锁定他们，在高速的移动中他们都化成虚影，但他们抛出的每一道刀光都如同星月的光辉，照亮人们的眼睛。武器交击时火花四溅，像是火树银花，如果他们所持的不是炼金武器，早就在这巨大的力量绞杀中崩溃。

他们的身边，枪火和爆炸声连连。神官们靠射绳枪挂在空中，还未落地就扣动扳机，弹雨从天而降。源稚生跃出机舱的那一刻解除了"王权"，猛鬼众的工程组和枪手们还没来得及起身闪避就被火力压制。家族神官曾是暴徒中的暴徒，如今再度握住武器，手依然如当初那样稳定。幸存的猛鬼众爬行着拾起武器反击，瞄准的也都是神官们的要害部位，趁他们挂在空中的时候给予致命的打击。

他们之间并无所谓的仇恨，工程组的工作只是唤醒和捕获神，神官的工作只是在神社里洒扫上香，但一旦被放到了战场上，他们谁都没有退路。井底充斥着他们的吼叫和惨叫，他们来不及也不愿意去想这是为什么，无意识的杀戮和无意识的愤怒充斥着这口井。

"来啊！哥哥，就像在中学剑道馆里的时候，对不对？你总是最强的，你总是用两把竹刀，你打败所有人，你是希卡利奥特曼！"风间琉璃狂笑，"又有小时候的感觉了对不对？"

如果犬山贺还活着，会在这一幕前化为石像，源稚生和风间琉璃能轻易地压制他的神速言灵"刹那"，而这一切并不需要加持言灵，对于皇来说只需信手挥舞，放肆地倾泻他们的天赋暴力。

直升机在空中解体，驾驶直升机的年轻神官没有来得及脱身，他一直紧握操纵杆，坚持到最后一名同伴跃出机舱。旋翼和机身脱离，巨镰般旋舞在空中，机身撞击在井壁上，带着刺眼的火花下坠，巨大的阴影笼罩了这对兄弟。但没有人退后，刀光稠密得像是暴雨，如果任何一方停手，那瞬间就会有无数的刀斩穿透刀光组成的网，割裂他的身体。

"来啊哥哥！我们再来玩勇敢者的游戏！看谁先害怕了退缩！只有真正的男子汉能坚持到最后对不对？你不是要跟我一起去黄泉么？我很期待那场旅行！"风间琉璃狂呼着挥刀。

他真的不闪，即使那十几吨重的直升机残骸劈头砸下他也不退后。今夜他一直沉默，像是失去生前记忆的鬼魂，此刻他的瞳孔里却迸射着火星。

王将抹去的并非他的记忆，而是他"源稚女"的人格，剩下的只是妖鬼般的风间琉璃。风间琉璃的心底深处是恨源稚生的，在他最虚弱最需要源稚生的时候，源稚生放弃了他，把刀刺进了他的胸膛。

满地都是死者遗落的武器，风间琉璃俯身拾起一柄短刀掷向源稚生。没有任何技巧可言，只是用尽了全力。时间的流逝在他眼睛里似乎变慢了，让他能够清楚地追踪那柄刀的轨迹。那柄刀承受了超过其材料极限的力量，所以从脱手的瞬间就已经开始分裂，碎片笼罩了源稚生。金属碎片把源稚生割得鲜血淋漓，但他强行穿越那些碎片，如影随形地扑向风间琉璃，从零到极速的发力只是一瞬间的事，"蜘蛛切"和"童子切"的刀光在风间琉璃眼前交错闪动，美如空山樱落，皓月当空。

此刻距离他们上一次以死相搏只过去了几个小时，但源稚生的速度和力量竟然能够跟得上风间琉璃，几个小时的时间，即使皇血也没法帮他治愈失血过半的重伤。

翻滚着从天而降的直升机残骸忽然开裂，巨大的刀弧把机舱的金属蒙皮撕开，碎片飞溅。

那是镰刀般的旋翼！直径接近十米的旋翼竖立着旋转，如同顶天立地的霸刀，把前进道路上的一切都切开。

这场勇敢者的游戏终于玩不下去了，再坚持哪怕零点几秒钟，两个人都会死在这片战场上。风间琉璃带着尖厉的啸声拔地而起，竟然用长刀去切割直升机的残骸。

在普通人看来，这种举动绝对是疯狂且毫无意义的，一架重型直升机的重量超过十吨，人类在它面前就像是蚂蚁在大象的脚掌下，蚂蚁再怎么用力，也不能撑住大象的踩踏。

但风间琉璃已经不能算作人类了，他是能够徒手搏杀神的异种！长刀在直升机的残骸上擦出了一连串的火花，他竟然生生地将砸向他的部分残骸斩裂，同时借助反作用力弹开。

下一刻，"蜘蛛切"和"童子切"贯穿了他的胸膛，风间琉璃人在空中，根本无法闪避。他再怎么强壮，总要着力点才能变换姿势，身在空中的时候，他跟普通人没什么两样。所以看着那两道寒光从源稚生手中射出，他却无能为力。在传世的斩鬼刀面前，混血种强韧的肌肉和坚硬的骨骼也不是斩不开的。

他猛地扭头，看见源稚生正站在焚烧的残骸之下。源稚生没有闪避，在这场勇敢者的游戏里，竟然是正常的哥哥坚持到了最后，而不是疯狂的弟弟。

旋翼斩中了源稚生的肩膀，把这个渺小的人形暴虐地压在地上，其余的叶片轮次切割。紧接着黑色的残骸笼罩了他，旋翼继续切割着残骸，这些扭曲的金属融合在一起，在地面上滑动，最后撞在了高大的液氮钢罐上，巨量的液态氮倾泻在直升机的残骸上，冰霜沿着残骸表面蔓延，浓密的雾气腾起。

燃料罐破裂了，坠落中的残骸被电火花点燃，仿佛一千个太阳在井底燃烧，气浪把所有人强行分开，光柱带着尘柱席卷了储水井底部，炽热的气流和飞溅的碎片横扫而过。

神官组和工程组仍在肉搏，他们甚至没有意识到大家长已经阵亡，所有人都沉浸在巨大的使命感和愤怒中，无论这场搏杀的结果如何，已经没有人能停手了。

风间琉璃撞在井壁上，遭受重创的他仍旧没有死去，他伸手拔出了贯胸的两柄斩鬼刀，下意识的反应是走向那熊熊燃烧的残骸。他也不清楚自己是想去确认哥哥的死还是想要在他临终前跟他再说上几句话……可是事到如今，他们之间还有什么话可说呢？他远远地停下了脚步，呆呆地望着那片大火，似乎再度失去了记忆。他心底藏着对哥哥的依恋和对哥哥的怨恨，但那个依恋着哥哥的男孩已经被王将抹杀了，所以本应悲伤的时候他什么都感觉不到，只觉得心里空空如也。

"那么悲哀的末日啊，绵延数千年的家族，日本的守护者，就这样结束了自己的使命。"王将站在燃烧的残骸旁，以诗歌般的声音哀叹，"从此世界上，再没有名为'皇'的东西。"

"但也好，"他又淡淡地笑了，"原本就是不合时宜的东西。"

风间琉璃无视他的惺惺作态，默默地低下头用手去抠自己鲜血淋漓的胸膛，像是一个木偶人在询问自己并不存在的心。

王将掂了掂手中的提箱，石英捕获舱就装在那个箱子里，他已经得到了一生中梦寐以求的东西，是时候离开这口井了。

这时巨大的心跳声从他背后传来，便如忽然轰鸣的丧钟，像是有什么东西从地

Chapter 19
The Sword of Damoclēs

狱返回！遍布白鳞的手刺穿了直升机残骸的金属蒙皮，晶莹剔透的爪扣住了王将的头颅！

机舱中的火焰一吸一张，越来越炽烈，那是什么巨大的东西在机舱中呼吸，他每次呼吸都把大量的空气吸入机舱，他吐气的时候火光从机舱的每个缺口涌出。

手提箱落地，王将惊恐万状，不仅是那只利爪上的压力越来越大，机舱中的呼吸声也令他的心脏如受重压。但他无法挣扎，以他近乎不死的身体，在这只惨白的利爪下竟然无法挣扎！他只能用眼神示意风间琉璃救援，此刻唯有风间琉璃手中的长刀才有机会砍断这只钢铁般的利爪。但风间琉璃没有动，那双黯淡无神的眸子再度亮了起来，他充满兴趣地看着那只利爪缓缓地收紧，王将的面具在崩溃，鲜血从裂缝中滴落。

残骸分崩离析，它是被人生生地用双手撕开的！靠近残骸的几个人立刻被飞溅的火焰和碎片杀死。

火光中走出了白得耀眼的影子，他已经不能称之为人了，他是那么美丽又狰狞的生物，虬结的肌肉和暴突的筋节无不告诉人们这具不可思议的身体中蕴含着何等力量，而皮肤表面剔透的鳞片在火光中呈现出动人的金红色，好像披着金红色的锦缎。他背后的皮肤裂开，细长的骨骼张开，带着鲜血的翼第一次舒展开来，他因为这次展翅而鲜血淋漓，但背后的伤口以肉眼看得见的速度愈合，之后凶蛮的背肌隆起。

那张被外骨骼包围的脸上已经不能笑也不能悲伤了，新生的源稚生仰天呼吸，喉咙里发出风吼声。

他是天使和魔鬼之间的东西，是这世上本不该有的错误。

"龙血！你……你用了龙血？！"王将惊呼。

"是啊，作为皇，我是杀不死你的，但是作为鬼，我可以超越皇的极限。"源稚生轻声说，"我这一生都是斩鬼人，却直到这一刻才明白，为什么那些鬼渴望着力量。"

他仰望漆黑的夜空，雨水淅沥沥地打在那张坚硬的脸上："当你所处已经是无边的黑暗，你又怎能不飞蛾扑火？"

他的手上猛地用力，利爪贯入王将的颅骨，随着轻微的爆响，那颗头颅像是水罐般破裂了。他把王将的尸体扔在地上，垂下帝王般高贵的金色眼眸观察，直到他收回目光，那具尸体再也没有动过一丝一毫。

王将竟然就这样死了，这个从黑天鹅港幸存的恶灵，自始至终掌握一切、一度被怀疑是世界上最强混血种的男人，死前甚至没能做出一点点有力的反击。他完全被龙化的源稚生压制了，当皇化身为鬼的时候，众鬼都只有哀号！

"你的老师死了，不介意么？"源稚生凝视着风间琉璃。

"死了不是很好么？在我的感觉里他早就该死了。"风间琉璃竟然流露出一丝诡异的微笑,"现在终于没有人吵个不停了,只剩我们俩了,这个故事的结束,就该只剩我们俩,对不对?"

"是啊,我来这里就是要见你。"

"可是看看你现在的样子,你和我有什么区别? 当年你要杀我,因为我是鬼,现在你自己也变成鬼了,这就是橘政宗留给你的礼物么?"

"是啊,也许是我这辈子收到的……最好的礼物。"

源稚生抵达神社的时候,神官首领将金漆的木盒子交到了他的手中,钥匙据说早就给源稚生了。源稚生没费什么力气就想明白了,钥匙藏在橘政宗所铸的那柄"神切"的刀柄里,难怪这柄刀入手的时候他听见刀柄中有什么东西叮当作响。去见绘梨衣之前,在寂静的后殿中,他独自打开了那个木盒子,里面是由液氮冷却保存的石英玻璃管,管中是半凝固状态的黑红色液体。橘政宗没有留下任何信件或者说明,但源稚生已经明白了盒子里所藏的是什么。多年之前,当橘政宗还是邦达列夫的时候,他从"彼得大帝"号的底舱中收集到了这珍贵的胎血,比起王将的进化药,这才是最猛的猛药。但是饮下这猛药之后,他就再也无法回头,他生来血统就已经是极限,再向前进化一步就会失去控制,就会变成鬼。

源稚生关闭了冷却系统,静静地等着这管鲜血恢复活性,在那几分钟里他想到了樱井明,还有被他清洗的那些鬼,真是嘲讽,最强的斩鬼人和最强的鬼,最后是同一个人。

他又想起樱井明临终时说的话,他这个天照命的光,照不亮樱井明的黑夜,那么就化身为鬼好了,那样才能到达鬼的世界,斩断鬼众的宿命。

他把龙血倒进一瓶烈酒之中,一饮而尽。

第二十章 漆黑之日
Dark Night

东京都，成田机场，车流从高速公路出口一直堵到候机大厅。

港口在海啸来袭的第一时间就不堪使用了，出入城的高速公路也已经被车流堵死，逃离东京的唯一通道就是空港。人们一边赶往机场，一边给各种订票机构打电话，但无论航空公司的白金卡客户还是旅行社的VIP都买不到票，所有机票都在海啸袭来后的几分钟内售空。每一架飞机都是满载起飞，机舱里塞满了客人，行李舱里塞满了从各大政府部门运来的机要文件，保存在皇宫中的珍贵文物也被装箱运来。很多人都是只带着随身的小包飞离东京，大量的行李被弃置在候机大厅里。

人们用最后的理智来守护日本人奉行的"礼"，没有人喧哗，也没有人插队，人们手持登机卡在安检通道前排队，每张脸上都写满了丧乱。父母紧紧地把孩子搂在身前怕他们跑丢了，此刻如果有孩子在人满为患的候机大厅里跑丢，那肯定是再也找不回来的。

随处可见老人在送别子女，丈夫在送别妻子，送别的人随着队伍移动，依依不舍。不是每个家庭都能买到足够全家人逃离的机票，这种时候就得有所取舍，老人的生命所剩不多，花费机票让他们离开是不太值得的，于是在第一时间被舍弃；丈夫有力气，在灾难中逃生的机会比妻子大，所以妻子优先上飞机；一家有两个孩子的话往往是年纪大的孩子得到机票，因为他已经能够照顾自己，即使成为孤儿也能承担起繁衍家族的使命。送别的人都努力地笑着，说些鼓励的话，却在亲人消失在安检通道的尽头时忽然流下泪来。

无数紧握的手被保安强行扯开，恋人们隔着玻璃亲吻告别，泪水和口红一起印在玻璃上。

上杉越默默地看着这一幕幕的生离死别，只觉得被那沉重的绝望压得喘不过气来。登机的人还以为留下来的亲人有机会幸存，只有上杉越知道这场灾难的本质，这时候选择把机票让给亲人就等于选择死。

但他没法说出这个真相，否则最后的理智也会崩溃，多数人都会在死亡的恐惧下放弃克制，人们会为了登上飞机而暴力相向。

"上杉越先生么？我是成田机场的海关官员绫小路熏。虽然您是搭乘私人飞机，但是也必须走海关和安检程序，请跟我来，我带您从贵宾通道清关！"苗条干练的女孩接过他手中的旅行箱。

这种时候日本人也还是一板一眼，没有人想到要去冲贵宾通道。上杉越想，要是换了在巴黎，男男女女早就玩命地吻在一起，还会有疯子挥舞着手枪为他的爱人打劫一张机票了。

"谢谢。"上杉越看了绫小路熏一眼，这么漂亮的女孩子，这种时候还恪守职责送他上飞机，却不知道她自己已经没有登机的机会了。

"快点！"绫小路熏压低了声音，"局面随时都可能失控，到那个时候贵宾通道就没用了。"

其实绫小路熏何尝不知道，作为机场工作人员她自己却没有一张登机卡，但她强迫自己不去想，她没时间害怕，她得抓紧时间送尽可能多的人走，就像那时候黑道封锁了海关大厅，她想放昂热离开。

上杉越到达贵宾通道的时候还是引发了一些骚动，普通通道前人满为患，贵宾通道前空荡荡的，海关官员领着一个孤身老人办通关手续，不由得让人怀疑这个老人的身份，皇室成员？落荒而逃的首相？有人开始叫喊说这不公平，有人向上杉越投掷空的矿泉水瓶。上杉越低着头，任凭矿泉水瓶砸在自己身上，什么话都不说。他没什么可说，他不是皇室成员也不是首相，但他确实有某种义务去保护这个城市这个国家，但现在他已经放弃了，他这是落荒而逃。

"您……您的护照是昭和年间办的！这样的护照已经能进博物馆了啊！"给上杉越办手续的海关官员急得满头大汗，"我这里查不到您的护照号！"

上杉越用的是一张极老的护照，他办这张护照的时候海关还未使用电脑系统，所以系统中没有这张护照的记录，海关官员在放行和阻拦之间犹豫，他也搞不清楚用这样的护照登机是否合法。

上杉越扭头望向绫小路熏求助，却发现这个女孩正默默地扫视着人群，似乎在人群里找寻着某个人。

这个时候绫小路熏竟然还想在人群里找寻那位跟黑道渊源很深的外国老人，想知道他有没有赶来机场。因为那个老人的缘故，她的审美在最近这段时间出现了变化，朋友们都说她变成了一个老年控。

她并不知道眼前这位贵宾就是昂热安排离开东京的，命令是以东京都政府的名义下达的，她只是履行职责。她倒不是对昂热有什么样的感情，只不过在这个天崩地裂的时候，想把东京城里最美好的东西都打包装上飞机运走。

Chapter 20
Dark Night

上杉越这边的问题还没解决完,普通通道那边又出了新的麻烦,一个小女孩抱着她的猫哇哇大哭起来,因为安检人员告诉她不能带猫上飞机也不能托运。这种时候行李舱里塞的都是国宝和机密文件,别说是一个小女孩的猫,就算是天皇家的猫也未必能有登机的待遇。小女孩哭完了又跟妈妈再三保证自己会把噜噜抱得好好的,噜噜可以跟她坐一个座位,妈妈气得直骂她,他们家就这一张登机卡,妈妈自己也没有。可机场是不能允许这种事情发生的,一只猫不算什么,可是如果猫放行了,后面就会有人抱着拉布拉多犬上飞机。

后面排队的人也烦躁起来,为了一只猫的事情堵塞了安检通道,这时候时间就是人命。小女孩怯生生地看着那些讨厌她的大人,紧紧地抱着她的小猫。看起来她也是从小养尊处优的孩子,被所有大人宠着,从没有体会过被所有人责难的感觉,在聚得越来越密的大人群里,她像一块小小的礁石那样孤独。

那只猫也是个厌货,在人群中吓得尾巴都粗了,只知道蜷缩在小女孩的怀里,谄媚地舔着主人。如今这个世界上,只有这个人类想要它活下去。

小女孩忽然举着自己的小猫给安检人员,还有自己的登机卡:"那我把我的机票让给噜噜。"

人群沉默了几秒钟,骂声再起,在大人看来,这是小孩子用来耍赖的另一种方式,有人说那就让猫上飞机把她留下,有人说叫保安来把她和那只猫分开。这不是多愁善感的时候,更不是爱护动物保护动物的慈善晚宴,没有人愿意为一只猫多花哪怕一秒钟。

只有上杉越感觉到了针扎般的疼痛,在人群的缝隙里他看见了小女孩的眼睛,惊恐、泪水和祈求同时出现在孩子的眼睛里,上杉越知道她真的是很害怕,但没法放弃她的猫,也许她在耍赖,也许她真的要把登机的机会让给她的猫。大人是很难理解孩子的想法的,大人的世界里有各种各样的东西,有烟有酒有女人有盛宴有时装,孩子的世界里只有区区几件东西,陪她睡觉的玩偶,陪她度过那么多时间的猫,所以她不愿意放开那只猫,就像父母不愿意放弃孩子那样。

每个人的生命都很短暂,在你的一生里,有几个人能陪你那么多年?

上杉越的电话响了,他接了起来,这种时候居然还有人打电话给他,他的电话号码没几个人知道,通常只有送面条和猪骨的伙计才会给他打电话。

"到机场了么?"电话里传出昂热的声音,背景声是狂风巨浪。

"到了到了,我在海关办通关手续。"上杉越舔了舔嘴唇,"谢谢……谢谢你昂热,我知道我让你失望了。"

"失望个屁,我对你本来也没抱什么希望。"昂热冷冷地说,"我有件事,本想离开日本了再跟你说,不过想了想,还是现在告诉你吧。根据我们的情报,你可能有两个儿子！"

上杉越呆住了，一瞬间脑海彻底空白，女孩的哭声、人们的斥责声、小猫的喵喵声，什么声音他都听不见。怎么会？哪里来的儿子？自己孤独了那么多年，已经放弃了人生，这时候却冒出两个儿子来？

"你没听错，你有两个儿子，就在东京，但你们彼此都不知道对方。"昂热重复。

"是……由衣生的么？"静了好几秒钟，上杉越轻声问，声音剧烈地颤抖，全然不像是他自己说出来的话。

"由衣？"昂热倒是怔住了。他想过上杉越知道这个消息之后的各种反应，但是由衣是什么东西？由衣是从哪里冒出来的？

"不是由衣生的？那是……千代子？"上杉越犹豫着报出了另一个名字，昂热这才想明白由衣是个日本女人的名字。

"千代子又是什么东西？"昂热惊怒。

"那……多鹤？富枝？"上杉越绞尽脑汁回忆着，"总不会是芳子吧？"

"你这个老王八蛋！你这些年不是号称过着禁欲的孤独生活么？不是号称宁死不结婚就是不要生下带皇血的后代么？由衣是怎么回事？千代子是怎么回事？多鹤、富枝、芳子又是哪里冒出来的？是你跳老年交谊舞的舞伴么？是你厨师训练班的老同学么？还是你在歌舞伎町找的廉价老女人？"昂热在暴怒之下槽技全开，"你不是全身器官衰退么？肾功能怎么没衰退呢？"

"喂！不要侮辱我的朋友！都是有正经工作的女性！"

"什么正经工作？勾引拉面厨子的正经工作么？"

"居酒屋老板娘……喂喂！我可没有骗你，我是说我这些年过着孤独的生活，可孤独的男人不都该去居酒屋排解排解么？我都有用避孕措施……你刚才说我有儿子，我有儿子？"

"只是猜测，不过可能性很大……"昂热轻声说。

"他们……他们的名字……告诉我他们的名字！他们长得像我么？他们过得好么？还有……他们的妈妈到底是谁？"上杉越的手在抖，他几乎握不住那台小小的手机。

父亲和自己的教训在前，这些年上杉越一直在跟自己说皇血是带来诅咒的东西，留给后代只是把诅咒留给他们，所以他从未憧憬"儿子"这种东西，也没想到这东西真有降临的那一天，他会紧张到这种程度，就像是父亲在产房外等待第一声啼哭的心情，他迫切想知道生下来的是什么，想看到他们，却又怀着畏惧。

这些年他们怎么过来的？谁在照顾他们？他们吃没吃过穷困的苦？有没有被人欺负过？走没走过弯路？有没有爱上什么女孩？会不会不知好歹地去混了黑道，像街头那些无知的混混一样荒废人生？

Chapter 20
Dark Night

无数疑问从上杉越的心里冒出来，仿佛喷珠溅玉。

他不可能想到自己的儿子真是黑道，而且是黑道的君王们，他们岂止不会荒废人生，他们的人生简直在熊熊燃烧。

昂热不知道怎么回答，所以短暂地沉默了。

"喂喂！昂热！昂热！"上杉越失态地大吼。

手机里就此沉默了，通话中断了，同一刻地面再度震动，新一轮的震波袭击了东京，所有人都被掀倒在地。上杉越在地面上爬行，抓着手机想要回拨，却发现手机里根本就没有昂热的来电号码。

那个瞬间的犹豫，该说的话终究还是没能说完。

昂热默默地摘下耳机。他们乘坐的直升机抵达海萤人工岛的上空，正在疾风中巨震。海萤人工岛距离东京约十公里远，火山爆发又导致了磁场紊乱，虽然用的是直升机上的远程通信设备，但他也没能跟上杉越讲完那个电话。

海萤人工岛是一座人造浮岛，用于连接东京湾跨海高速公路，它的东面是跨海大桥，西面是十公里长的海底隧道。这是东京湾的最后据点，一旦尸守潮越过人工岛，前方再也没有能阻挡它们的东西。

探照灯在海面上照出了巨大的圆形光斑，被照亮的尸守潮正在越过那座人工岛。它们是比死侍更可怕的东西，死侍还能说是一种生命，尸守却是炼金术缔造的活动尸骸。

目睹尸守的狂潮，昂热才决定要给上杉越打那个电话，尸守潮远比他想象的更密集，他有点怀疑自己回不去了，但不想让这个秘密随着自己一起被尸守吃掉。可该死的磁场紊乱，上杉越最终也只是知道他有一对双胞胎儿子，却不知道儿子们姓甚名谁。不过这样也好吧，跟昂热比起来，源稚生和源稚女的存活率只怕更低，何苦把这么悲伤的消息告诉一个父亲呢？就让上杉越这么飞往法国也挺好，反正那么多年来他一直以为自己是个鳏寡孤独。

昂热并不太相信诅咒这种东西，他是那种要斩破命运的男人，可当他觉察到上杉越和源稚生可能是父子的时候，还是觉得被某种类似命运的东西击中了。就像上杉越那个棋圣父亲说的那样，皇血真的是被诅咒的血统，继承了这种血统你就继承了力量，但从此与幸福永别。从作为生育机器而死的棋圣，到鳏寡孤独的上杉越，再到源稚生源稚女这对生就的宿敌，每个继承了皇血的人都在痛苦中挣扎。所以昂热无论如何都不愿意让上杉越死在日本，他为这种悲剧的命运感到愤怒，决定帮上杉越完成最后的心愿，至少让他活着再看一眼母亲当年给他讲故事的那座教堂。

岸基作战平台缓缓地下降，落在海萤人工岛的边缘。所谓岸基作战平台是由三联装高速机枪、爆破榴弹炮、单兵导弹和装甲外壳组成的防御单元，投放在海岸线上,用来压制敌人的登陆作战。除此之外他们还有大捆的轻重枪支,加起来足够武装一个突击连的。这样的武装也许能打爆一艘两栖登陆舰,但跟他们面对的敌人相比,这些武器的攻击力跟两千年前热那亚弓箭手使用的弩弓一样,是可以忽略的。最麻烦的是尸守潮根本不受海萤人工岛的影响,它们在人工岛前一分为二,仿佛海潮被礁石破开。

他们到晚了,半数的尸守已经越过了人工岛,就算他们能在人工岛上构建无法突破的工事,也不过阻挡一半的尸守,而另一半的尸守已经可以把东京化作死城了。

昂热把七宗罪扔给楚子航,把火箭筒扔给恺撒:"我听说加图索家制成了焚烧之血,必要的时候别不舍得用。"

"我手里只有两发,要是有两百发还有点希望。"恺撒挑了挑眉,"这种情况下校长您还是决定试试?"

"开什么玩笑?源稚生说要变成钉子把神钉死在红井里,我没法钉死尸守潮,还算是卡塞尔学院的校长么?"昂热淡淡地说。

"倒不是质疑校长您作为亡命之徒的勇气,只是这种情况下我们阻击尸守潮的任务已经算是失败了吧?"

"把你的猎刀借给我。"

恺撒把"狄克推多"扔给昂热,昂热已经挽起了袖子。他猛地拉开舱门,用"狄克推多"的刀锋割过自己的静脉,下刀很重,血花在狂风中破碎。

几乎同时,正在跟潮水搏斗的尸守们抬起头仰望天空,瞳孔中燃烧起金色的火焰。几秒钟之前它们根本不关注悬停在空中的直升机,在神的信息素的诱导下,它们一往无前地奔向东京,即使是鲜活的血肉在旁也不会让它们分心。但现在它们全都被直升机吸引了,直升机在空中缓慢地巡弋,它们就整齐地转动头部,如同向日葵随着太阳转动那样。可那些向日葵是一张张苍白破碎的人脸,被它们注视就像是活人掉进了地狱里,被鬼魂们围观,恺撒下意识地按住枪柄,楚子航的骨节爆发出脆响。

已经越过人工岛的尸守们也游回来了,它们默默地望着天空,像是朝圣的信徒。

恺撒想起来了,这不是他们第一次看见这种景象,源稚生的鲜血对于死侍也有类似的吸引力。只不过源稚生的鲜血充其量只能够吸引周边死侍,而昂热的鲜血似乎有着压过神的信息素的诱惑力。

"校长,看起来它们觉得您很好吃……"恺撒不敢相信自己的眼睛。昂热的血统也是S级,不可谓不优秀,但皇是混血种的巅峰,超越规则的怪物,昂热的血统怎么可能超过源稚生?

"是的,这件事不要对任何人说。"昂热用绷带缠紧受伤的手腕,"我也不清楚这是为什么,但我的鲜血对于死侍有着致命的诱惑力。我试着研究过我自己的血液,

Chapter 20
Dark Night

但是没有什么结论。"

"这世界上怪物还真多啊。"恺撒说,"好吧,现在我们吸引住它们了,我们该怎么办?"

"在它们疯狂之前,进岸基作战平台里去!"昂热在腰间挂上速降绳索,跃出了机舱。

他的降临彻底引发了尸守群的饥渴,婴儿哭泣般的嘶叫声压过了海潮声,成千上万的尸守抓着彼此的身躯,摆动着能够打碎生铁的长尾,不顾一切地涌上海萤人工岛。

恺撒操纵着那架沉重的三联装速射机枪,面对那些越来越近的金色眼瞳,死亡的腥风令人作呕,心脏剧烈地跳动,似乎要撕裂胸膛。楚子航把单兵导弹扛在肩上,瞄准尸守群的中心,沉默不语。他的杀坯本色在这一刻暴露无遗,尸守群已经进入单兵导弹的有效射程了,但他仍然不急于发射,他希望那些凶猛的不死生物能把队伍排得更整齐一些。昂热操纵着爆破榴弹炮,准星在尸守群中游移,论杀坯程度校长并不亚于楚子航,他在考虑第一炮爆开哪一个头颅。

"当年斯巴达国王列奥尼达带领三百勇士在温泉关面对波斯国王薛西斯的五十万人时,就是这种感受吧?"恺撒喃喃地说。

"是啊是啊,我整个人都斯巴达了。"昂热也喃喃地说,"真没想到情况这么糟糕,早知道就不来了。"

短暂的几秒钟沉默后,恺撒和楚子航对视一眼,连楚子航这种面瘫都笑了,昂热的唇边也掠过一丝笑意。

是的,这就是温泉关,在人类几千年的历史中,秘党永远死守在这道温泉关前,把无数龙族君主的野心埋葬在这个关隘前。早在他们加入秘党的那一刻起,他们已经清楚自己将要承担的是什么样的使命。既然已经认可了自己的使命,也清楚了可能为之支付的代价,那么自然是期待场面越宏大越好,尤其是恺撒这种爱热闹的。

眼下的场面就很好,非常宏大,也壮烈至极,和加图索家的华丽家风很配,恺撒很满意。

昂热缓缓地扳下发射擎,第一发爆破弹离开炮膛的时候,速射机枪和单兵导弹也发出了耀眼的火光。烈火和金属瀑布瞬间覆盖了尸守群,无数蛇影在爆炸的气浪中升空。

气象局大楼。

"我……我我……我说东京都政府已经在组织救援了可以吗?就说请大家放心救援很快就会到来?"东京都知事小钱形平次紧张得满头大汗,"我还能说点什么别的么?救援很快就会来这种话听着很虚啊,民众能相信么?"

从海啸侵入东京直到现在，空袭警报已经拉响了很多次，但始终没有一位足够重磅的人物站出去对民众说话。跟首相官邸的联络彻底中断，首相生死未卜，天皇一家已经从避难所转移到飞机上，总不好在离开日本的飞机上发表鼓励民众坚守待援的通告，最终这个责任还是落在了小钱形平次身上。知事先生一直在为这个做练习，作为政坛的演技派，他也就能干这个了。他已经喝了两瓶烧酒和三罐啤酒，为的是壮胆，他很清楚这只是一场表演，除了鼓励他没法给民众任何东西。但合适的表演可以带给民众信心，演砸了就会引发全城骚乱，他小钱形平次就是日本的民族罪人。

政党大佬在几分钟前又补了一个电话，说要是成功地调动民众信心，就力保小钱形平次代表政党竞选下届首相；演砸了？虽然不至于死啦死啦的，但从此失去政党的支持还是确定无疑的。

对于森隆子那种级别的政治家来说，个人失去政党支持还可以忍受，毕竟家大业大，后辈中还会涌现出精英来。但对于小钱形平次这种三线政治家来说，没有政党的支持是爬不上东京都知事的宝座的。他甚至算得上贫穷，这么多年都没能还清房屋贷款，如果失去在政坛的地位，他的生活都会成问题。他也没法指望后辈，他只有一个女儿，女儿很难继承小钱形家的政治地位。

"确实还不够，得有些针对性。"樱井秀一帮他整理思路，"对抗灾害我们确实做不到什么，但城里现在有黑帮趁火打劫，斥责黑帮的行为，转移民众的注意力也许是个办法。"

"那个黑帮叫什么来着？"

"猛鬼众，他们的首领被称作王将。"

知事先生想了想，清了清嗓子："你看这样怎么样……在东京遭遇史无前例的大灾此刻，一切趁火打劫的暴力行为都被视为对国家的犯罪，我郑重地警告猛鬼众及其首领王将，你们的罪行将面临法律的制裁！正义也许会晚到，但是迟早会到！你们有胆量抢劫和杀害民众，你们有胆量来找我么？我是东京都知事小钱形平次！我现在的办公室在东京都气象局大楼！我在休息室等你们！"知事先生憋出这番豪言壮语之后，又萎了下来，"我再拍拍桌子、瞪瞪眼睛，民众也许会觉得比较有力度？"

"我们眼下的地址还是不要说了吧……他们没准真的会来，这可不是普通的黑帮，是地道的疯子。"樱井秀一无奈地说，小钱形平次故作威猛，但是在他听来外强中干。

"那……我说让他们等着小钱形平次亲自登门拜访？"

樱井秀一沉吟片刻："义愤填膺并没有错，威胁暴力分子也没错，就是还缺点震撼灵魂的东西。"

"什么才是震撼灵魂的东西呢？"知事先生急得直挠头。

Chapter 20
Dark Night

这时，放在桌上的手机响了，是小钱形平次的手机，他看了一眼号码，眼角忽然抽搐起来，那是他家中的号码。小钱形平次的住所距离新宿区不远，能够听见远处断断续续的枪声，换而言之，那是危险区域。从离开家直到现在，他都处在惶恐不安的状态中，既不知道怎么救东京，也不知道怎么挽救自己的政治生命，这时候才如梦初醒地想到家人。

"光子？光子么？光子别怕是爸爸，快点躲到高的地方去，千万别站在外面……"樱井秀一不便偷听知事的私事，自觉地站得远远的，但他毕竟是个混血种，听觉比常人强出几倍，隐约可以听见话筒中的抽泣声。

在公众面前小钱形平次是明星政治家，日本未来的希望，在女儿面前他才会表现出一个中年上班族的样子，没什么大能耐，但很宠爱女儿，又希望她有出息。樱井秀一也知道小钱形平次的情况，说是明星政治家，其实是政党捧出来的新人，为了获得各方的支持，在党内总是卑躬屈膝的，靠有限的政治献金生活，一直很想送女儿去国外读书，可资金捉襟见肘不得不私下里求助于一些大商社的老板。

如果小钱形平次是一位实权派的领袖，此刻大可以派出直升机或者汽艇去接女儿，但他不敢动用国家资源，生怕惹上麻烦，只能用些无意义的话安慰女儿。

放下电话的小钱形平次似乎酒醒了，脸上添了几分肃然："都当上知事了，却连女儿都保护不了。秀一你说得对，我不能只是作秀，我得说些能震撼灵魂的话，我想现在东京城里像我一样的父亲不止一个吧？我感觉到市民们的心了，开始直播吧，我没问题的。"

他又开始默默地喝闷酒，原本他喝酒是为了压惊，现在他越喝越像个要上战场的武士。

技术官把视频信号接入全东京的电视屏幕的时候，知事喝完了整整一瓶烧酒，稳稳地把酒瓶放在桌上，樱井秀一立刻收走了这东西，以免它出现在屏幕上。

"在这个灾难的夜晚，我，小钱形平次和大家一起，为了东京而努力。"知事的声音低沉，散发着罕见的男性魅力，不愧是五星政客四星演员，开场白就树立起了负责男人的形象，樱井秀一暗暗叫好。

"我非常理解在这个时刻市民们的无奈，我也很无奈，我有一个女儿光子，她今年十八岁了，很胆小，还留在家里等我。我的妻子过世很早，只有我们父女相依为命。"知事叹了口气。

樱井秀一心说虽然是很真诚，但未免有点太低落了，只怕会影响民众的信心，于是急忙写题板给知事看，是"强气"二字。

知事微微点头，意思是我明白了："但我还是决定在这里坐镇，为东京的安危一搏，和我一起作战的还有整栋楼的技术人员和东京都气象局的各位官员，他们都选择留下。"

樱井秀一心说某些人不是选择留下，而是直升机被校长废掉了他们无路可逃。

"说真的我很担心光子啊，她那么年轻，没见过很大的世面，还挺漂亮。"知事的声音有些哽咽，"我的家住在新宿区旁边，武装的黑道分子趁着灾难打劫，枪声连连，光子哪里见过那种事情呢？"

樱井秀一使劲把"强气"的题板举高，可知事已经不看他了，自顾自地说了下去："我简直无法理解那些趁火打劫的人，你们……你们能够理解东京城里千千万万父亲的心么？"

"某位号称王将的先生，恐怖分子王将！听好了！我是怎么称呼你的？恐怖分子王将！你做得过分了！不要指望我小钱形平次会屈服在你的淫威下！也别想逃避法律的制裁！更别想跟我提条件！我发誓要把你送上绞刑架！亲手绞断你的脖子！"知事忽然变了脸，浑身散发出慑人的杀气，狠狠地把酒瓶砸在会议桌上，拍案而起，红着眼睛，像头暴怒的公牛。

樱井秀一心说坏了，这是酒劲上来了！

知事站起身来，一脚踩在桌上："这个时候还有人关心一下民众么？那些平时道貌岸然的政党领袖，自己坐着私人飞机逃走，用政治生命来要挟我让我留下！事到如今我还会在乎政治生命么？别他妈的小看我！我告诉你们这些老东西！从政那么多年来，我一直在你们的威压下过活！各大财团的要求我得满足！党内干部要求我加工资！我像狗一样舔你们的脚丫！告诉你们！我已经厌倦政治了！但我还是要留下来，为什么？我的光子还在东京，我没有飞机送她走，那我也不走！还有王将，我已经为你们设计好结局了！"知事指着摄像机，唾沫飞溅，"我要把你和你的同伙全部都吊死在东京塔上！赤身裸体地吊死在东京塔上！"

"掐掉！掐掉！"樱井秀一紧急叫停。最终小钱形平次还是把负面的消息传递给了民众，要他传递正面情绪太困难了吧，在这个即将陷落的东京，哪里还有正面情绪呢？

"八嘎！八嘎！王将！来做男人的决斗！"完全被酒精点燃的小钱形平次在掐掉信号的最后还试图冲到摄像机前，好像那东西就是王将，他要掐住那恶徒的喉咙。

被樱井秀一强行拉开之后，小钱形平次无力地坐在沙发上，垂头丧气。被酒精烧昏的脑袋略略清醒了一些，他意识到自己说错了，但是覆水难收。现在全东京的人都知道知事先生已经黔驴技穷了，他没有能力救东京，没人能救东京，只有无能为力的人才会做出那样空洞的威胁。

海萤人工岛，昂热从一名尸守的心脏中拔出折刀，沉重的身躯轰然倒下，伤口中流出墨一样的黑血。

楚子航左手提着长刀，右手从刀匣中拔出汉八方古剑，这柄剑的名字是傲慢。

Chapter 20
Dark Night

他踩着水前进，双手长刀旋舞，把扑过来的尸守拦腰斩断。七宗罪是为了屠杀龙王而制造的武器，用来切割尸守的身体就像烧过的利刃切开奶油。七宗罪中的弧刀和亚特坎长刀则在恺撒手里，他大吼着踏步上前，每一步都斩断一名尸守。暗金色骨骸在他们的脚下堆积起来，如果不是海潮在不断地冲刷，骨骸早已堆积如山。

岸基作战平台在最初的几分钟里曾经爆发出惊人的威力，但它的问题很快就暴露出来了，它对前方的杀伤力是毋庸置疑的，但尸守从四面八方涌上了人工岛。

他们只能引爆岸基作战基地中的弹药，带着轻重武器撤往人工岛的中心位置，人工岛上随处可见被海水反复冲刷过的车辆和集装箱，他们在这些障碍物的空隙间奔跑，偶尔反击追上来的尸守。

他们并不是来跟尸守潮作战的，他们只是要争取时间，直到直升机把精炼硫黄炸弹送来。

狂潮铺天盖地地拍打过来，每次都把几辆汽车拖入大海，人工岛在摇晃，汽车们互相撞击，发出刺耳的声音。

尸守群从四面八方蜿蜒着游向人工岛的中央，有的爬上吊车，从高空中坠落，坠向他们的头顶。楚子航举起长刀格挡，震开从天而降的尸守，把这个湾鳄般的生物弹向空中。恺撒随之跃起，亚特坎长刀在空中划出巨大的弧光，尸守再次坠落的时候恰好坠在弧光上，刀锋从缝隙中斩断了它的脊骨。昂热反手把折刀插进尸守的心脏里，解决了这个危险的敌人。

完美配合的关键在于昂热的"时间零"，在昂热的领域中，尸守的行动看起来就像是慢动作，他们像是在刀锋中跳舞那样闪过尸守的攻击，有时俯仰有时跃起，很多时候利爪距离他们的心脏或者咽喉只剩几厘米，但最后倒下的总是尸守。经历了这样的战斗，恺撒和楚子航才真正理解昂热的可怕，"时间零"并非最危险的言灵，但在昂热纯熟的运用之下，连子弹的飞行看起来都慵懒了。昂热不是没有破绽，但他快到敌手根本看不到他的破绽。

楚子航再次释放了"君焰"，火焰龙卷横扫宽阔的高速路，把尸守群化为熔岩色的骷髅，一瞬间海潮化作的暴雨都被汽化，人工岛上空笼罩着浓郁的白色水雾。

如果只有昂热没有楚子航，他们也已经被尸守群淹没了。恺撒说得没错，楚子航虽然讨厌但不是没有用处，带着他你就带着免费炸弹。

楚子航剧烈地喘息着，单膝跪地。"君焰"对身体的负担极大，连续引爆之后他像是被抽空了似的。一只尸守凭借本能觉察到楚子航是这群猎物中最虚弱的，它贴着地面游动，距离楚子航极近了才像眼镜蛇那样猛地仰起头进攻。楚子航下意识地后仰，恺撒仓促间来不及反应，掷出弧刀把尸守的尾巴钉死在地上。可尸守在身长用尽的情况下又猛地挣出一截，整个牙床外翻，咬向楚子航的咽喉。恺撒和楚子航都忽略了一点，这东西生前就不是人类，它的骨骼结构跟人类完全不同，它能像某些爬行动物那样把整个下颚都吐出去！

最后的一瞬间，昂热把刀递进尸守的嘴裂中，凭借它自己咬过来的大力，刀锋沿着嘴裂切掉了整个下颌。昂热刀刃翻卷，切断了它上颚的獠牙，回手一刀扎进它的脑颅，结束了这个不死生物的表演。

他们击退了新一轮的围攻，但是不需要多久尸守群就会再度逼近。整座岛已经被海水淹没了，潮水的余波能波及中央广场。站在几寸厚的海水中，昂热用衬衣袖子擦了擦折刀的刀刃。

他们退到了岛中央的灯塔下方，这是最后的据点。潮水在车辆之间奔流，白色的浪花拍打着灯塔的基座，尸守们的骨骸顺着退潮的水去向黑色的大海。他们坚持不了多久了，也许没机会离开这座人工岛。恺撒从怀里摸出雪茄盒来，分给昂热一支，他知道楚子航不抽烟。

"还杀得动下一轮么？"恺撒咬着雪茄，把焚烧之血装入"沙漠之鹰"，是时候动用这件武器了，可这也是他们最后的强力武器了。

"我想起你的结婚申请我还没批准，作为有未婚妻的人，不觉得后悔来这里么？"昂热问。

"有点遗憾是真的，不过我妈妈对我说男人要做到每一天都过得不后悔。"恺撒说，"我觉得我还是做到了，不来才会后悔吧？这种大开杀戒的机会可不多。"

"说得挺好，早知道应该批准你的结婚申请，可那时候觉得你是个混小子来着。"昂热微笑。

"这么说的话，如果有机会回学院我的申请会被批准咯？"恺撒挑了挑眉。

"你在这种时候问这种问题让我有种被趁火打劫的感觉。"昂热遥望着逼近的尸守群，从口袋里摸出一个东西扔给恺撒。

"什么东西？"恺撒把玩着那个鳄鱼皮的小盒子。

"我的私章，回去之后自己在申请书上盖章吧，把申请书交给副校长，他会帮你把剩下的事办好。"昂热拍了拍楚子航，"转过身去。"

楚子航不知所以，但还是照办了。

折刀在昂热的手心里转了一圈，合拢起来。他把折刀扔给楚子航，双手从楚子航背后的"七宗罪"中拔出了"贪婪"和"暴怒"，暴怒是沉重的斩马刀，而贪婪则形似苏格兰人用的直刃阔剑。这是七宗罪中形制最大的两柄武器，青铜与火之王铸造它显然是要用来对付最大型的敌人。他们都听见了那个沉重的呼吸声，庞然大物在黑潮中露出了黑色的背脊，这一波的潮水格外的汹涌，是因为巨大的东西藏在潮水之下接近人工岛。

"不是吧？"恺撒喃喃。

"看起来是。"楚子航深吸了一口冷气。

Chapter 20
Dark Night

声呐扫描显示在尸守潮后方有个体积巨大的目标,可能足有一头蓝鲸大小,也随着尸守潮向着东京逼近,但尸守显然不可能有那么大的体积,装备部猜测那可能是一艘在海啸中被掀翻的渔船。但现在他们看清楚了,那是恺撒和楚子航在极渊深处见到的尸守之王,用龙的骨骸制造的尸守,高天原最大也最危险的守护者,它正在海水之下吐息,白色的水柱像是巨鲸喷出的。绘梨衣的"审判"重创了它,但没能彻底终结它。

楚子航看着手中的折刀,鹿角刀柄古老斑驳,刀背上有藤蔓雕花,刻着昂热的名字。他曾经用这柄折刀刺进耶梦加得的心脏,如今再度握住它,很难说清心里的感受。

"帮我保存一下,"昂热说,"在这里弄丢了可惜了。"

"校长你这是准备交代后事?"恺撒皱眉。

"我可不是爱煽情的年轻人。虽然我不能肯定自己有绝对的胜算,但我还想活下去。"昂热也皱眉,"我要做的只是挡住尸守群和那个大东西,你们要做的是设置炸弹,直升机来了!"

恺撒也已经听见了,他们乘坐的直升机还在天空中盘旋,又一架直升机正从远处高速逼近,这种时候没有什么飞行员会冒险在狂风中飞行,除非迫不得已。不会有错,装载精炼硫黄炸弹的直升机抵达了,问题是那东西必须手动设置,好在他们有楚子航,作为机电专家,设置延时起爆对楚子航来说不算难事,保护他的工作就只有落在恺撒的肩上。

唯一的问题是校长留下来对抗那个龙形尸守,幸存率低到可以忽略不计。

"别耽误我的时间!你们越快设置好炸弹,我的机会就越大。我活了那么多年,老朋友都死了,如果我死了都没人能记得他们了,他们就真的从这个世界上彻底消失了,"昂热双手分开,巨大的武器割裂空气发出刺耳的鸣叫,凝视着黑潮中越来越近的庞然大物,"所以我还不想死!"

恺撒和楚子航对视一眼:"明白!"

昂热看了一眼远处的恺撒和楚子航,直升机正把精炼硫黄炸弹的弹头从空中卸下,看起来恺撒和楚子航是想把它固定在一台塔吊上。

以楚子航的速度大约几分钟就足够设置好炸弹了,毕竟机电方面的课程是由装备部负责,楚子航的技术知识和装备部是一个系统的。

昂热深深地吸了口气。他知道自己没有缠斗的机会,必须迅速地击倒龙形尸守,然后去跟恺撒他们会合。如果陷入了缠斗,那他只有留下来充当牵制尸守群的靶子。他并没有说谎,他很想活下去,只是算不出自己生还的几率。不过好在他已经足够老了,对死亡这件事很有平常心。

海中的巨型黑影越来越近，昂热无法明确判断它的体格，也许十几米，也许几十米，在有史以来被记载的龙类中算是罕见的巨型种。对付这种级别的目标必须用到暴怒和贪婪，这是七宗罪中最暴力的两柄，制造它们时所用的炼金技术已经超越了人类目前所知的。

海潮扑到了灯塔下方，上千吨的海水涌向天空，巨大的黑影跃出水面，扭曲身体，夭矫地进击。古代的屠龙者面对龙的情形大概就是这样，你的敌人铺天盖地，你的朋友只有手中的刀剑。

"时间零"极致地释放，在缓慢流动的时间中昂热还来得及看一眼那古老的伟大生物，虽然只剩骨骼了，但它还是那么美，美得无比狰狞。它的后背还覆盖着坚硬的龙鳞，相对而言比较柔软的腹部已经腐烂到荡然无存，或者是白王血裔在猎杀它之后把它的腹部掏空了，只利用它的骨骼。肋骨组成的骨笼中几十几百双金色的眼睛同时睁开，那是藏在其中的尸守群，它们集体发出了嘶叫。

龙的肋骨一根根舒展，如同花之绽放，数以百计的尸守从天而降，仿佛天空中的龙巢洞开。

昂热旋转着挥舞"暴怒"和"贪婪"，暗金色的刀弧把所有空间封死，等着尸守们自己撞到刀刃上来。两柄武器在切割的时候产生了完全不同的效果，暴怒发出狂暴的吼叫，刀柄处浮雕的龙首睁开了双眼，昂热像是握着一条暴虐的活龙；而贪婪几乎是寂静的，唯有昂热才能感觉到剑柄上传来的脉动，这柄直刃阔剑似乎有了心跳，它锋利的刀毫不滞涩地破开尸守的肌肉和骨骼，令持剑者有种"滑爽"的快感，随着每一次斩切，它的剑身越来越红，血脉般的纹路从剑柄向着剑尖生长，这些血脉贪婪地吮吸着尸守身体里残存的黑血，因为被它切割过的生物都会过度失血。贪婪的剑柄末端，龙首喷吐血流。

昂热发出震耳的吼叫，每斩出一刀就踏上一步，二天一流·二天晒日！

他在日本的时候曾有一位好朋友，已故的剑道大师丹生岩不动斋，两个人一起研究史上有"剑圣"之称的宫本武藏创制"二天一流"。

这是个很奇怪的流派，它的创始人一生击败过无数敌手，从不败绩，可它在剑道流派中却非常不起眼，后人根本无法实现宫本武藏当年的双手双刀术。丹生岩和昂热研究的结果是，所谓二天一流，其实只有一个诀窍，那就是力气得足够大，双手各持一柄长刀乱抡。双手握刀的力量无疑比单手握刀力量大很多，但双手握刀的时候因为双腕会在某些角度锁死，所以总有砍不到的地方，乱抡就不一样，三百六十度全无死角，只要你力气够大。二天一流后来没落不是因为剑术失传，而是后代弟子中再也没有宫本武藏那种天生力大如牛的汉子。

之前跟犬山贺对战的时候昂热没有用到这种刀术，因为这种风车般的刀术根本就不是用来对决的，它是一种战场刀术，战场刀术要面对的不是一个著名的兵法家，

Chapter 20
Dark Night

而是汹涌的人潮,你必须一刻不停地挥刀,用你无与伦比的天赋力量把两柄武器化为一体,在腥风血雨中大踏步地上前。这是双日凌空一般的豪烈斩切,被打断就是死路一条,冲到主将身边就砍下他的头。

主将就是那具龙形尸守,它正对空发出无声的吼叫,它的声带已经在上万年的时间里腐烂成灰,但从那仰天嘶吼的姿态仍可以想象它活着的时候是何等伟大的存在。

它的双翼也只剩下黑铁般的翼骨了。它以巨翼扑击,嶙峋的翼骨割裂地面,如密集的刀锋,尸守也无法抵御这样狂暴的攻击,纷纷断裂在翼骨之下。昂热闪进翼骨的空隙中躲避,但另一侧的骨翼再次扑击下来,双翼交替着抽出辐射状的爪痕。尸守群仍在不停地往上涌,龙形尸守就像一位狂暴的将军,一面驱赶着士兵们上去送死,一面炮火覆盖阵地,每一批尸守涌到昂热身边,只是几轮斩杀之后就被骨翼扑杀。

昂热浑身上下伤痕累累,他从未如此狼狈过,玳瑁框的眼镜早在某一轮扑击时就脱落了……好在他其实并不近视也不老花,只是需要那么一副眼镜掩盖自己瞳孔中的锋利……西服撕裂了,露出里面雪白的衬衫;汗水和血水一起漫过他肌肉分明的后背,浸润那幅"诸界之暴恶"的文身,猛虎和夜叉随着他的肌肉起伏变得栩栩如生,好像要脱离皮肤扑出来和巨龙搏杀。

但那对致命的刀剑也把骨翼砍得分崩离析。

二天一流的二天,其实是指阴与阳,阴与阳合二为一就是混沌,那是纯粹的力量,前面是铁也斩破,前面是山也斩破,前面是龙也斩破。

"这纯粹是消耗体力来换时间!他这样下去撑不住的!"楚子航伸手抓住一只尸守的头颅,用"君焰"把它化为灰烬,随手把燃烧的骨骸碎片扔出去,在战场上挡开了一片空地。

炸弹已经固定在塔吊上,但设置还没有完成。海水已经淹没了人工岛,滚滚洪流把他们跟昂热分隔开了。

"别回头看!"恺撒将"沙漠之鹰"抵在一只尸守的额头发射,"做好你的工作就行了!脏活儿有我来干!"

这座填海而成的小岛摇摇欲坠,天空里飘落不知名的碎屑,被"君焰"点燃了熊熊燃烧,化为炭一样红的暴雪,而脚下的海水不断上升,恺撒所站的位置较低,水深已经没了他的腰。

楚子航把在"君焰"中烧得火红的刀浸在水中淬火,发出嘶嘶的声音,还是忍不住扭头去看着世界末日般的景象。

不知多少次他梦见过北京城里那座尼伯龙根的结局,差不多也是这样的景象吧?在接他们的地铁轰隆隆地驶离之后,那座孤独的洞穴开裂,熔化中的铁轨在地面上形成火蛇般的花纹，地裂沿着轨道肆意地延伸，不知去路的镰鼬群在盘旋哀叫……只剩下素白色的夏弥和黑色的芬里厄相对而卧，像是一对睡着的猫，火雨降临在他们身上。

他想着很多年前一个北京女孩买一张地铁票来到一号线尽头的苹果园，下车之后没有混入人流，而是独自消失在幽深的隧道里，经过很长很长的跋涉后她到达了尼伯龙根中心，登上月台轻轻抚摸巨龙的眉骨，龙用舌头，它身上最柔软的一块蹭着女孩的脸，他们无法拥抱，但在目光交接中仿佛已经拥抱了几个世纪。真是叫人难过啊，故事的开头就是那么一个远离一切人的小世界里，只有一对姐弟彼此拥抱，故事的结束仍只是他们两个，和属于他们的世界一起毁灭。

已经没时间想这些了，他转身继续设置炸弹的工作。

骨翼渐渐支离破碎，龙形尸守开始用长尾横扫。那根尾骨撕开空气的时候发出沉闷的嗡嗡声，那是超音速的乱流。昂热的体力果然出现了问题，二天晒日的斩切无法继续，这对曾经终结了大地与山之王的武器在他手中只能发挥很有限的威力。昂热开始退后，他想诱使龙形尸守发起扑击，扑击会使这庞然大物失去平衡，昂热就能借机攻击它最脆弱的部位，脑部和位于腰部的巨大神经节。毁掉神经中枢后，即便是龙骨制成的尸守也会失去活力。

但龙形尸守始终站在巨浪中用骨翼和尾椎攻击，昂热的武器和那根巨大的尾椎撞击，只不过溅起星星点点的火光。

是时候结束这种没有意义的攻防了，昂热忽然退回，把贪婪插进地面，只把暴怒提在手中。暴怒是一柄斩马刀，他竟然单手握住一柄斩马刀！

他将这柄巨刃缓缓地插入刀鞘，刀鞘并不真实存在，是他构想出来的，位于左边腰侧。在狂暴的风雨中他站稳了，低头看着刀柄，回归到绝对的静止。

龙形尸守感觉到了对手散发出来的杀机，收回长尾，同样保持了静止。

"阿贺，可惜没能让你看到这世上最快的居合！"昂热轻声说。

他缓缓地侧身，暴怒震动着发出长吟，无形的领域在扩张。那不是昂热的领域，而是这柄斩马刀的，它是炼金技术的产物，封入了活灵的屠龙圣器……它根本就是一件活着的东西！

它的外形也在变化，刀身部分如熔化般延长，从原本的一米多长延展到接近六七米的惊人长度，表面笼罩着灼眼的烈光，原本平滑的刃口变作锋利的齿刃，仿佛有无数龙牙从刀身里凸出。

它苏醒了！或者说这才是它原本的样子！它感应了昂热的血统，突破了封锁自己的禁制，以这样长的刀刃，它才能切开那条巨龙的身躯，刺穿它的神经中枢。

连路鸣泽也不曾把暴怒的这种形态激发出来。

Chapter 20
Dark Night

潮水拍击在高台下方，昂热背靠等它，龙居高临下地俯视他，白瓷般的眼瞳中发射出金色光芒。它缓缓地退后，低头吸入巨量的海水，全身枯朽的细胞都活化起来，干瘪的肌肉从骨缝中凸起，贲张的血脉在皮下浮现。它从木乃伊恢复为活着时的样子，却又背着只剩枯骨的双翼和光秃秃的尾骨，敞开的胸膛里可以看见那颗巨大的心脏在跳动。它的身上同时出现了生命和死亡的两种征兆，被炼金术封锁在骨骸中的生命终于挣脱出来，繁花般盛放，它再次以龙的姿态临世，激发出炽烈的斗志。

它张开双翼仰天怒吼，呈现出巨龙的愤怒相，而后猛地冲向昂热。

仅凭那巨鲸般的身躯它就能把高台撞毁，但昂热竟然同时发起了冲锋，这个老人带着那柄看似比他还重的巨刃，高高跃起！

目视！吐纳！鲤口之切！拔付！切下！

因为不可思议的高速，刀在挥斩的中途消失了，只剩下一片蒙蒙的金色光华。居合极意，曾经在犬山贺手中出现的斩切被昂热完美地重现了，但声势是犬山贺的百倍。犬山贺挥出这一刀的时候极尽寂寞，是在诗意地切割时光、白鸟或者女孩的眉宇；而昂热挥出这一刀的时候极尽庄严，他挥出的是山与海，他站在高台的边缘把山一样沉重的刀挥成海潮般的刀光。

虽然自己也被尸守包围，但恺撒和楚子航还是克制不住地回望昂热的方向，看着他在狂潮中向着百倍于自己的龙形尸守发起冲击。

所谓居合，就是在拔刀的瞬间释放全部攻势的神速斩，胜负只在一刀之间，龙形尸守撞击在高台边缘，潮水形成十几米高的白幕，昂热的一刀把白幕生生地切断，刀光撞击在龙形尸守的面骨上。巨龙被震得后仰，以两者的体重对比来看，这本该是完全不可能做到的事，但昂热做不到的事情"暴怒"却可以，那道刀光演化到最后，已经变成了没有形体的狂龙。这是两条龙之间的对决，暴怒形成的领域在和龙形尸守撞击的瞬间产生了原因不明的爆炸，透明的冲击波四散，造成的压迫力不亚于龙形尸守的冲击。

龙形尸守倒塌在高台上，身体依然站立在海水中。昂热踏着高台边缘起跳，落在龙形尸守的颈部，以这样的高度，世界跳高冠军跟他相比只是只努力蹦跳的狗熊。

昂热落在了龙颈上，这时的他已经不该称作人类了，而是头角峥嵘的凶兽，青灰色的鳞片覆盖了他的身体，骨刺突破肌肤，脸上如同罩着青铜的面具。

"三度……爆血！"楚子航惊呼。

昂热的爆血直接从第三度开启，他的龙血在一瞬间占据了绝对的优势，将他提升到可以和纯血龙类对抗的程度。楚子航早该想到这件事，他从狮心会的故纸堆里找到了爆血的秘密，而开发这项技术的人恰恰是狮心会的发起人们。那群开辟了秘党新时代的年轻人，昂热是他们中的最后一个。难怪昂热始终对他异常的血统变化保持沉默，因为昂热自己也是同类！

暴怒贯入尸守的颈部，准确地穿透脊髓。昂热双手紧握刀柄，踩着尸守的背脊奔跑，龙的椎骨一块接一块地在刀下崩裂，黑色的血浆在他背后冲天，仿佛一道黑色的帷幕。如果路明非目睹这一幕，会惊讶地发现昂热屠龙的手法跟路鸣泽极其相似，选取的目标都是龙类的神经系统，也都是用武器破坏龙类的脊骨，这一刻昂热的身影和那个跳上芬里厄后背的少年重合起来，连吼声都如出一辙。

神经系统受到重创，龙形尸守再也无法支撑庞大的身躯，眼看就要坠向海面，只能用强有力的前爪抓碎裂了的高台，把沉重的身躯悬挂在高台边缘。海水漫过它巨大的身躯，昂热在接近海面的地方找到了那个巨大的神经节，它是龙类的第二个脑部，如同潜伏在脊椎下方的巨大蜘蛛，粗大的神经纤维去向四面八方，指挥着龙躯的下半截。昂热拔出轰鸣的暴怒，插入龙形尸守的腰椎，跟着一脚踩在刀柄上，透明的脊髓液喷涌而出。

"老家伙真是个疯子啊！"恺撒看得目瞪口呆。

他原本以为昂热已经放弃了。电影里总是这么演的，老年人说着镇定自若的话让年轻人先走，保证说自己很快就会追上来，心里想的却是牺牲自己为他们赢得逃亡的时间，但电影定律在昂热这里完全不管用，他留下来面对那条龙，是真的想把那条龙杀了！这种遇佛杀佛遇祖杀祖的老疯子，并不是那种喜欢搞悲情的家伙，他说要赶来会合，大概也是真心的。

"还有多久？"恺撒大吼着问。

"启动程式已经输入，正在测试，再有三分钟！不！两分半钟！"楚子航也是吼叫着说话。

昂热的手已经化为尖锐的爪，他用这样的手刺入龙的身体，一步一步地往上爬，他最后的目标在龙的头顶，龙的大脑。

龙形尸守也在做最后的挣扎，它已经失去了对下半身的控制，像是腰部以下瘫痪的病人，唯有强壮的前肢还能行动，它奋力地抓着高台往上攀爬。这场决战最后演变为一场攀登比赛，如果龙先爬上高台，它就能反身扑杀昂热，如果昂热先爬上龙的头顶，龙就只有任凭屠戮。昂热的攀爬也不轻松，三度爆血极度强化了他的体魄，但斩断龙脊的一刀仍旧耗尽了他的体力。他不敢再从血统中榨取力量了，所谓四度爆血，是只存在于想象中的东西，它会让人向着死侍的深渊坠落。

龙形尸守奋力地摆动身体，想把昂热摔下去，下面是狂潮涌动的大海；昂热把暴怒插入龙的身体，抓紧刀柄紧紧地贴在它的背脊上。

这种情况下龙占据了上风，虽然它的身体已经伤痕累累，但靠着强壮的前肢，它的攀爬速度远胜于昂热。巨爪终于抓住了灯塔的基座，再有一把力量龙就能把整个身体拉上高台了。胜负即将分明，昂热的眼中这才掠过一抹阴影，但旋即他再度

Chapter 20
Dark Night

怒吼起来，拔出暴怒，踩踏龙鳞跃起，用暴怒投掷龙的头部。

明知已经没法改变结果了，但他还是不愿放弃，他就是这种固执到死的人，所以上杉越说他是个浑蛋，他也没有反驳。

他失去了立足点，坠向黑色的大海，最后一刻仍旧顽固地扭头看向那柄飞射的斩马刀。

暴怒命中了龙的头部，但脱离了掌控之后它只是锋利的金属兵器而已。它在龙首上砸出了灿烂的火花，但并不能贯入，而是向着黑色的夜空激飞。

终于可以认输了，昂热的心里掠过这个念头。

希尔伯特·让·昂热这一生都没有认过输，从很多年前和梅涅克·卡塞尔在剑桥大学的草坪上相遇开始，因为是第一代狮心会中唯一一个活下来的人，是唯一一个见证了秘党的旧时代和新时代的人，是卡塞尔学院的校长，所以不能认输，他认输了就是第一代狮心会认输了，就是卡塞尔学院认输了，就是秘党认输了。总有些男人会这样过一生，要把一切扛在肩上往前走，直到真的走不动了。不认输的人生真是太累了，现在终于可以认输了，因为他就要死了。

"Liberavi animam meam."他对着海风说。

这是句拉丁文谚语，意思是"我的灵魂已经被释放了"。身体轻如飞鸟，似乎灵魂正在溢出，居然如释重负。

"Mors ultima ratio！"黑暗中有这样的吼声回应他。

一只手抓住了从天而降的暴怒，一只斑驳的、青筋暴跳的手。黑影跃出高台，风衣招展如风中的战旗。暴怒被他握紧的瞬间，刀身上再度生出熔金色的纹路，沉雄的吼声震开了雨幕，这柄迄今为止只接纳过昂热和路鸣泽的危险武器被那个人轻松地掌握。他翻身坠落，暴怒刺入龙的颅骨，瞬间将整个头盖骨震碎。那人把左手的长剑刺入龙的脑干，龙脑以肉眼可见的速度干枯。他左手的剑是被昂热丢弃在高台上的贪婪，这柄"吸噬之剑"的天性就是榨取伤者的生命，大量的脊髓液被榨出后从剑柄喷出，形成暴溅的银泉。

昂热在最后一瞬间抓住了长尾上的鳞片，那个黑影则踩在龙形尸守的头颅上俯瞰昂热。

"但对你来说还不是时候。"他笑着说。

他用来回应昂热的也是一句拉丁文谚语，意为"死亡是终极的规律"。他们都在欧洲的大学获得学位，在他们上学的年代，拉丁文还是必修的科目。

上杉越，这位拉面师傅在最后一刻赶到，带着黑道至尊的威严。他脱掉了拉面师傅的制服，摘掉了可笑的包头布，换上了黑夜般的长风衣，背后的旅行袋里插满了日本刀。他并不算很魁梧，但此刻看起来就像是一位皇帝端坐在高处，俯视屈膝在地的臣子们，眼神平静如水，但是水中藏着赫赫风雷。一瞬间连昂热也被他的威严压制，毕竟昂热只是秘党的领袖，而上杉越曾经是日本的影子天皇，那种凭临众生的威严，一旦养成了就不会忘记，无论他是不是在拉面这门手艺上荒废了几十年。

"你不是离开东京了么？"昂热大吼着问。

上杉越这才醒悟过来他不是来表现王者之风的，他来这里是有重要的事情，于是也吼着回应："没死就快说！我儿子到底是谁？"

二十五分钟前，成田机场候机大厅。

原本还能遵守规则的人群彻底失控了。在大屏幕上欣赏了小钱形平次失控的表演，他们最后的希望也崩溃了。东京都政府根本没有救灾计划，级别最高的官员们已经提前撤离，这座城市和城市里的人们都被抛弃了，唯一的逃生机会就是上飞机。

有人试图强行冲过安检通道，高呼着"我们要上飞机"，保安们结成人墙阻拦；各种各样的旅行箱被扔在地上，无数双脚踩踏而过；后排的人努力地把孩子举高，试图从人们的头顶上递过去，递给前面的亲属；哭声喊声尖叫声混成一片，每张脸上都写着恐惧和对生命的渴望。上杉越站在贵宾通道前，默默地看着汹涌的人群，众生百态，像是一片混杂着愤怒、悲伤和恐惧的海洋。

"上杉先生！赶快从贵宾通道走！支持不了多久的！"绫小路熏帮着保安阻挡那些冲向贵宾通道的旅客，扭过头焦急地大喊。

她漂亮的头发那么凌乱，眼神那么忧伤，她跟这些人一样害怕，也想扭头逃走。可她还是下意识地履行着自己的责任，为什么呢？她自己也不知道，也许只是习惯。

抱着猫的小女孩在人群里被挤得东倒西歪，家人不在她身边，没有人能扶住她，她随时都可能摔倒在地被无数人践踏而过。她放声大哭，但还是紧紧地抱着噜噜，好像那个温暖柔软的小东西就是她的生命。

在短短的几分钟之前，上杉越对这一切还没有什么反应。他的心已经迟钝了几十年，就像寺庙里的木鱼久不被人敲响，渐渐地蒙上了灰尘。别人的悲欢跟他有什么关系呢？他是个不该被生下来的人，过了错误的人生，把生命里最重要的人都给耽误了，如今虽然苟延残喘地活着，还舍不得死，可这个世界终究跟他没什么关系了。他没能像正常人那样拥有爱情和家庭，他拥有"臣子"而不是"朋友"，友情和亲情对他来说都是陌生的东西，唯独对母亲的依恋延续了这么多年，可他的母亲已经被埋葬在南京郊外无主的坟墓中，再也听不到他的忏悔。

他是个遗弃了世界也被世界遗弃的人，所以他想逃。

但在昂热告诉他他还有两个儿子的时候，那颗尘封已久的、木鱼般的心仿佛被重槌击中了，灰尘簌簌落下，那颗心轰然鸣响。

这个世界的血脉仿佛重新和他贯通了，他再度感觉到世界上的悲欢离合，孩子的哭声割得他的心很痛，绫小路熏的美和坚强让他恍惚失神。悲欣交集，他呆呆地

Chapter 20
Dark Night

站在那里，想要落泪，想要欢笑。他曾以为这个世界已经遗弃了他，但他的血脉还在这个世界上流淌，他有儿子，还是两个。好像忽然间他在这个世界上就不是孤魂野鬼了，那充满心臆的、无可名状的温暖。

他忽然理解了知事先生为何做狮子吼状，那是一个父亲被逼到绝境时做出的应激反应，那种父母独有的巨大的保护欲也控制着候机大厅里的人们，所以他们要努力地举高自己的孩子往前送。

所以那个小女孩怎么都不肯放开她的小猫。

人确实是自私的动物，但为了极少数的人，人是能牺牲自己的。这种莫名其妙的感情就是爱，是人存在的证据。上杉越参加过无数次弥撒，每一次牧师都给他讲爱，直到这一刻，他忽然醍醐灌顶了。

他猛地搂过绫小路熏，大力拥抱她，亲吻她的面颊和嘴唇。在绫小路熏发呆的时候，忽然猥琐起来的拉面老爷爷冲入人群把小女孩和她的猫一起抱了出来。谁也不敢相信这个老人竟然如此孔武有力，人潮被他短暂地阻挡，竟然不能推进。

"三号跑道上有一架私人飞机，能坐十二个人，你可以带着你的噜噜上飞机。"上杉越拍拍小女孩的脸蛋，把她放在绫小路熏的怀里，"还有你！谢谢你们！我爱你们！"

绫小路熏呆呆地看着这个忽然容光焕发起来的老人拎着他的旅行箱，逆着人流冲出候机大厅，候机大厅外送他来这里的直升机还没有离开。

回想起来，拉面老爷爷其实有张英挺的面孔，要是在年轻的时候应该是罕见的美男子吧？绫小路熏摸摸自己刚被亲吻的嘴唇，回味了几秒钟……那个吻里有点叉烧的味道。

龙形尸守的生机彻底断绝了，膨胀的肌肉迅速地衰竭，它重新变作一具干枯的骨骸。昂热刚刚爬上高台，这庞大的尸骸就坠入了大海，溅起十几米高的水花。

"别只顾着喘气！快说！快跟我说说我儿子的情况！"上杉越用握刀的手不断地捅昂热。

"你不是早就下定决心要斩断皇的血脉了么？听说自己有儿子难道不该觉得很失望么？"昂热没好气地瞪着这个老家伙。

"废话什么？快说快说！"上杉越没心情跟昂热斗嘴，回头一刀把一只尸守的头颅劈开，一脚踹飞。

"就是你认为的冒牌货，蛇岐八家现任的大家长，他是个试管婴儿，你当初向德国人提供过基因样本。"昂热顿了顿，"还有他的弟弟。"

有很多话现在都没法说，比如弟弟其实是猛鬼众中的龙王，再比如这对兄弟中注定只能有一个活下来，在那口幽深的井里，他们的决战想必已经开始。

昂热没想到上杉越这个老神经病会不顾一切地跑回来，他给上杉越打那个电话只是觉得自己也未必能活着离开海萤人工岛，他不想这个秘密从此湮没，一个人有儿子是个大事，上杉越应该有知情权。至于一个老光棍忽然得知自己有儿子之后的反应，昂热确实没法预料，他也没儿子，搞不懂父子感情是怎么一回事。

"靠那点基因样本就能造出试管婴儿来？你确定你没搞错？"上杉越瞪着眼睛，一只尸守想从侧面偷袭他，他随手就用刀背打折了尸守的颈椎。

同是皇血的继承者，在上杉越身上表现出来的血统优势还远胜于源稚生和源稚女这对兄妹，试管婴儿毕竟还存在着某种局限性，人类的科学还未强到可以完全复制龙族血统的地步。

"我也没有绝对的把握，不过如果我们还能从这个岛上逃出去，你大可以拉着他们去做亲子鉴定。亲子鉴定你懂么？在如今亲子鉴定总不算什么高技术了，花点钱任何机构都会告诉你他们是不是你儿子。"

这个时候昂热没法告诉上杉越更多真相，一个兴冲冲跑来问询儿子姓名的父亲，你告诉他你的儿子们正在死去，那他会瞬间失去战斗下去的信念，而上杉越是这座人工岛上最强的战力，他曾是混血种的巅峰！

"见鬼！我跑那么远的路来找你，你能告诉我的就这么些东西？你甚至没有一张照片能给我看一眼？"上杉越依然瞪着眼睛。

昂热很理解他的心情，委实对于一个父亲来说，这点信息太单薄了。昂热也很想能有一张源稚生或者源稚女的照片给上杉越看看，可惜他没有，也从没有任何媒体刊登过他们俩的照片。无论蛇岐八家的大家长还是猛鬼众的龙王，都是阴影中的领袖，他们的形象决不能公布于众，所以就算昂热打开手机上网搜索都搜索不到。

想想东京真是一座太大太大的城市，一千三百万人在那座城市里生活，在过去的很多年里，父子三人在同一座城市的不同街道间穿梭，但人流将他们分隔开来，他们也许曾擦肩而过，但从未意识到彼此的存在。

昂热也只能瞪着上杉越，两个人长久地沉默着，各自挥舞刀剑把从后方和两侧逼近的尸守抽打回去。如果尸守有神智的话，一定会被这两个老家伙给气疯掉，好在它们没有，只是无休无止地涌上高台来。

"他们长得漂亮么？"最终还是上杉越打破了沉默。

"很漂亮，"昂热点了点头，"哥哥要英俊一些，弟弟阴柔得像个女孩，但是都很漂亮。"

"他们固执么？"上杉越追问。

"都很固执，"昂热顿了顿，"固执到有点愚蠢的地步。"

"不会是两个傻小子吧？"

"不，他们都很聪明，可惜太聪明了，所以吃过不少的苦。"昂热轻声说。

Chapter 20
Dark Night

"有女孩子喜欢他们么？"

"应该有很多吧，虽然是不同的风格，不过看起来都是女孩子会钟情的类型。"昂热心说你千万别再问我他们有没有心爱的女孩，他们心爱的女孩都在那场残酷的黑道战争里，被绞杀掉了。

上杉越没有再问问题。一瞬间他的目光蒙眬，仿佛神游物外，海风吹起他的白发，他看起来那么苍老，但眼神那么温暖。

"没准真是我的儿子呢，听起来很像我啊。"他轻声地说，听那语气却不像是在跟昂热说话，而是自言自语。

昂热心说脑补也要有个限度好么？难道这个世界上漂亮聪明固执招女孩子喜欢的男孩就是你的儿子？那你应该去东京的各大男明星事务所找儿子，那里多的就是漂亮聪明讨人喜欢的小男生，固执不固执不知道，不过能吃演艺这碗饭的家伙至少个性顽强。但这个槽他吐不出来，是啊，在世上这些老爸的心里，他们的儿子不就该是漂亮聪明讨女孩喜欢的么？还有点固执，或者说很犟。

在被上杉越厌弃的棋圣老爹心里，上杉越也是这样的一个男孩吧？

"喂喂！还没有结束呢！我们能否离开这个鬼地方再继续讨论？"昂热扫视逼近的尸守群。

海水和尸守群已经把他们的退路彻底截断了，楚子航正在远处招手，意思是硫黄炸弹已经设置完毕，他们必须在炸弹引爆之前登上直升机。此刻天空中有三架直升机盘旋，一架是送昂热他们来的，一架是运输硫黄炸弹的，还有一架则是昂热派给上杉越的，但狂风令其中的两架都远离人工岛，唯有运输硫黄炸弹的那架拥有全天候飞行的能力，还勉强在风中坚持。但是想让那架直升机移动过来接他们也是不可能的，一旦它腾空而起，那么飓风就会阻止它再度接近人工岛。恺撒和楚子航显然也是想明白了这一点，不断地招手让昂热和上杉越赶快过去会合。

三度爆血之后，昂热已经没有体力在尸守群中杀开血路了，好在他身边站着上杉越，那是最后一个正统的皇，堪称"人形巨龙"的异类。

上杉越已经将暴怒和贪婪交还给了昂热，自己则提着两柄日本刀，刀身上有古朴的花纹。这是日本人仿照唐朝武器外形铸造的"唐样大刀"，在任何博物馆中都是要供起来的古物，差不多级别的古刀上杉越的旅行袋里还有几十柄。

"你从哪儿弄来这么多古刀？这些东西加起来的价值快超过你那块地了吧？"昂热说。

"当年离家出走的时候洗劫了家族的刀剑博物馆，原本想着靠卖几把古刀就能过上凑合的生活了，谁知道买卖文物也是很麻烦的事，又怕被家族察觉，就一直藏到了今天。"上杉越转身面对汹涌而来的尸守群，双手挥刀画圆。

刀锋划出了完美的圆周，圆弧赤红发亮，看起来更像是日全食中的太阳，月亮暂时遮挡了日光，但明亮的冕仍旧从月影的周围散逸出来。这是一种超出教科书范畴的言灵——黑日。

昂热缓步退后，以免被这个禁忌言灵的威力波及，他曾经见识过黑日的结局，就像是死神在人世间行走！

上杉越站在这轮黑日的正中央，念诵着古老的证言，此刻的他仿佛站在流云火焰中的佛像，极端沉静，威仪具足。

所有人都下意识地屏住呼吸，目睹这神临般的一幕，与其说这是个言灵，不如说它是个祭典，一个以区区人类身躯到达龙王领域的祭典。

黑日缓缓地旋转起来，以惊人的速度吞噬空气，掀起猛烈的飓风。一瞬间人工岛附近的风向都被上杉越改变，建筑物的碎片和海水都被狂风卷起，去向黑色的日轮。尸守也被飓风影响，它们抠紧地面以免被飓风带走，但风仍旧把它们的长尾扯向空中，无数条蛇尾对着天空摇摆的景象诡异莫名。

"这……这是言灵能做到的么？"恺撒简直不敢相信自己的眼睛。

楚子航没有回答，事实就在眼前，无论他们相不相信。没有到达过巅峰的人总是无法想象山顶的风景，此刻楚子航无比清楚地意识到，秘党探索了几千年，仍旧只是摸到了龙族文明的边缘。

上杉越依然只是一个以人类之身逼近龙王的个体，那么那个文明的最深处，蕴藏着何等究极的力量？黑王该是怎样可怖的存在？这样可怖的东西，究竟为什么会被区区人类杀死？

黑日猛地收缩，骤然增强的狂风把大群的尸守拉了过去，还未到达上杉越面前，它们已经被高温点燃，但在空气稀薄的情况下它们并不会剧烈燃烧，而是身体红热发亮，像是烧着的炭。

上杉越信步前行，挥刀把燃烧的尸守打成碎片，碎片触及黑日的边缘就化为雪白的灰烬，在上杉越背后形成白茫茫的烟尘，飘向漆黑的大海。此刻的上杉越就是死神在人世间的投射，随心所欲地把一切焚毁。黑日将数以百计的尸守拉向他，那些蛇形的黑影把他整个人都遮蔽了，紧接着分崩离析。刀上的压力越来越大，上杉越斩着斩着咆哮起来，声如巨龙，唐样大刀被灼烧成赤红色，每次荡出都是一片耀眼的火光。

他就是战车是铁骑，把前进道路上的一切都碾碎。

昂热守护着他背后的弱点，狂舞的暴怒和贪婪把试图偷袭的尸守都斩退。他和上杉越一样放声咆哮，两个老得应该坐轮椅的老家伙卷起了炽烈的狂风，在尸守群中生生地撕裂出一条道路来。

如果这是一场战争的话，他们仅凭两个人就可以取胜，敌方士兵会在这压倒性的暴力下心理崩溃，哭号着抱头逃窜。但尸守对于死亡已经不再恐惧，它们眼看着

Chapter 20
Dark Night

同类在上杉越的刀锋上撞得粉碎，却仍旧如潮水般往上涌。

昂热和上杉越步步逼近恺撒和楚子航所在的塔吊，每一步都踏着骨和血。

虽千万人吾往矣，这种修辞太适合留给这些老亡命徒了，看着他们碾压着嘶吼着，苍苍的白发在风中飘舞，恺撒这种眼高于顶的人也只有自叹不如。

他把留到最后的燃烧之血压入弹匣，向着尸守群的中央发射。子弹脱离枪口，石英外壁崩溃，纯净的火元素暴露在空气中，焰流熊熊燃烧，把沿路的尸守全部点燃。

当务之急是清空战场，给昂热和上杉越打通道路。黑日的光辉已经熄灭，这种超级言灵原本就难以持久，但不加持黑日的上杉越依然保持碾压的态势，双刀轮次砍翻逼近的尸守。唐样大刀切割尸守的骨骼时溅出刺眼的火光，像是电焊条在切割钢铁。每当刀刃变钝，上杉越就弃掉双刀从旅行袋中拔出新的，和泉守兼定、数珠丸恒次、肥前国忠吉、三日月宗近……他拔出的每一柄刀都价值连城，但很快就磨损到没法再用，于是国宝随手乱丢。

昂热也不得不承认如果不是"时间零"的属性太过诡异，他根本不可能战胜上杉越。纯靠武力的话，上杉越完全可以秒杀他。

"让我稍微休息一下……"昂热喘息着，用双刀支撑身体。他的体温正在迅速下降，这是三度爆血的后遗症。

"要我扛着你走么老东西？只差最后一段距离了，看你的学生们，他们就在前面。这种时候就算力气已经耗尽了也要从骨头里榨出力气来啊！"上杉越挥刀荡去鲜血，刀刃残缺不全。

这时双方的血统差异暴露无遗，同是一路斩杀，上杉越不但没有流露出力竭的迹象反而亢奋起来，浑身赤红，干瘪的肌肉充盈起来，像是风华正盛的年轻人。而三度爆血的效果终止之后，昂热被重创的身体正不停地出血，力量也随之流失。上杉越撕去早已烂成布条的衬衫，露出文着巨龙和日出的背脊。上杉越把昂热的胳膊扛在肩上，拖着他前行，昂热把仅剩的力量都集中在左手的贪婪上，格挡来自左边的进攻，上杉越则砍杀来自右边的尸守。

缺血令昂热的视线渐渐地模糊，下半身浸泡在寒冷的海水里，已经没有感觉了。他开始怀疑自己能不能走到塔吊，恺撒和楚子航正借助塔吊高出周围地面的位置优势，把一波波涌上去的尸守群打退回去，但很显然他们没法坚持多久。现在就是引爆的最好时机，尸守群已经全部集中在海萤人工岛上，现在引爆的话，精炼的硫黄炸药能把它们从这个世界上彻底抹干净。

"你先走……让我稍微休息一下。"昂热试图甩开上杉越。

他不说什么我休息完了就追上你的话，上杉越可不是恺撒和楚子航那种年轻人，不会相信这种屁话，现在被抛弃在尸守群里的人只有死路一条。好在上杉越也不是那种会停下脚步唧唧歪歪的人，不会像电影里演的那样，抱住昂热热泪盈眶地大喊老友老友你不能放弃啊！我们可是发过誓要一同守护这个世界的！开玩笑，上杉越是什么人，那是昔日的黑道皇帝，高高在上杀伐决断的人，他看过太多的死亡，知道什么时候该放弃，什么人该被放弃。

这种情况下应该被放弃的人毫无疑问是昂热，上杉越可以独自杀出重围，可他带着昂热，双方的幸存率都急剧地下降。而且上杉越还要去见他的儿子们，他现在就好比一个新加冕的父亲，一个新加冕的父亲怎么能死呢？

"浑蛋！我是来救你的啊！"上杉越大吼，"请你脑筋清楚一点！我是来救你的啊！你如果死了，我不是白来了么？"

昂热的脑袋嗡嗡作响，一时间没听懂这句话的意思。上杉越是来救他的？上杉越不是为了忽然冒出来的儿子们而跑来追问自己的么？

"没错没错，我是来追问你我儿子的情况的，可我也是来救你的。"上杉越把昂热往肩膀上送了送，擦拭脸上的血迹，无声地笑了笑，"这个逻辑很复杂，你要听我慢慢地讲么？"

"什么时候了……你还有兴趣跟我讲逻辑？"昂热大口地喘息。

"没办法啊，不当大家长后我的志向是当一个牧师，牧师当然要喋喋不休，牧师就是要给你这种迷途的羔羊讲人生的道理。"上杉越一边挥刀一边絮叨，"原本我觉得啊，这个世界跟我已经没什么关系了，这个世界上没有我的亲人也没有我的朋友，跟我又有什么关系呢？我死以后哪怕洪水滔天。所以我当然不会留下来救东京，东京对我而言，是一座让我失望和痛苦的城市啊。但现在不一样了，东京城里有我的儿子们，所以这个世界跟我还是有关系的，所以我要来救你。"

"上杉牧师你的逻辑还是有点问题，我想再相信你是个法国人了。"昂热苦笑，"你那么在乎这个有你儿子的世界，就该去找你的儿子们，来这个岛上陪我一起送命，我又不是你儿子。"

"我当然知道你不是我儿子，我没你那么老的儿子。"上杉越叹了口气，"可是只有你才能拯救这个有我儿子的世界啊！"

"在你眼里我不是恶的化身么？为了复仇不择手段的浑蛋。拯救世界这种高尚的事，说起来我真没怎么考虑过。"

"老友，禁忌的门已经打开了，"上杉越忽然神情肃穆，"这个世界都没法回头了！"

"我听不懂，可能是失血太严重了，我得休息一下……我得休息一下……"昂热沿着上杉越的肩膀往下滑，他整个人都处在衰竭的边缘。

上杉越掷出手中的长刀，把扑向昂热的尸守钉死在旁边的矮墙上，狠狠地把昂热从积水中抓起来，再度扛在自己的肩上，大踏步地前行。

Chapter 20
Dark Night

昂热从没有想到，有一天自己会被人像个孩子那样扛在肩上，上杉越甚至还没有他高。

一路斩杀到这里，上杉越竟然分毫无损。不仅如此，他还像经历了时光逆流那样年轻起来，沾满汗水的肌肉线条分明，赤裸的上身热气蒸腾。他迎着尸守群横冲直撞，每一道刀光都带起暗红色的血花。这是纯粹以力量碾压对手的战斗，摧枯拉朽，所向无敌。

"失血严重也得听，集中精神听我说！"上杉越中气十足，"世界上所有的历史都是战争史，龙的历史、人的历史，都是战争史。我们可以打败各种敌人，但我们无法打败自己心里的贪婪。白王利用了人类的贪婪，才能活到今天。对于人类来说，龙族的遗产就像潘多拉的魔盒，人类以为里面装着超越这个时代的力量，但当他们打开魔盒，放出来的只会是魔鬼。"

"我真的听不懂，你到底想说什么？"

"龙王，"上杉越缓缓地说，"是被人唤醒的，就像王将想要唤醒神那样。青铜与火之王、大地与山之王，都是被人唤醒的，所以它们才会集中地苏醒。有人唤醒了龙王，再把你们引诱到屠龙的战场上去！"

"你说什么？"昂热一下子清醒了，冷汗从每个毛孔里涌出来。

"我没法解释得很清楚，但这就是我的预感。从青铜与火之王到大地与山之王再到白王，每位龙王的复苏都在某个人的时间表上，而最终的结果，必然是黑王尼德霍格的归来。多年以来，蛇岐八家一直死守着白王的秘密，就是担心有人会想要唤醒它，跟它交换力量。但终究这个秘密还是泄露出去了，王将的每一步都算得那么准确，因为他对白王的理解甚至超过蛇岐八家。单靠研究神话和古代记录是没法知道那么多的，必然有人告诉他这些事。那么到底是谁告诉他的？是某个人类？还是某个龙类？但无论是谁，白王的复苏都是被人操纵的，王将背后，还有别的人。"

昂热觉得自己正坠向某个漆黑的深渊。是啊，他怎么忽略了这一点呢？龙王的集体苏醒，未必是巧合，也未必是因为"末日"就要来了，也可能是因为有人在幕后操控着一切。

在王将之前，秘党从来不相信有人能够操控龙王的复苏，但从某种程度上来说，王将确实做到了。那么是不是真的如上杉越所说，所有龙王的复苏，都是由某个人或者某个秘密团体操纵的？

那么某些人的目的又是什么？

"人类已经摸到了龙族的大门，他们走进去的那天就是自我毁灭的那天。"上杉越低声说，"我就要死了，只能请你代我守住这个有我儿子的世界。"

"看起来是我要死了而不是你吧？"昂热剧烈地咳嗽，满嘴都是血沫，想来是肺泡开裂了。

"每个人都会死的，皇也一样。我终究是个没什么志向的人，做错了很多事，害死了很多人，连妈妈都憎恨我。可过去的六十年里我根本没想过要去赎罪，只是蝇营狗苟地生活，去教堂里做做义工就希望神能原谅我。可是神也不原谅懦夫的啊，这样的我，死了也是要下地狱的吧？"上杉越把一只尸守挑上天空，在它落地的时候用刀将它钉死在水中。他从旅行袋中拔出名刀"大般若长光"，原来那柄刀的刃口已经变成了锯齿，曲折的裂缝横贯刀身，显然已经耗尽了生命。

"回去之后再慢慢讲教义好么？"昂热苦笑，"如果讲得好的话我就皈依你们教派。"

"你这样的人哪个教派都不会要的。你已经堕落了，就像弥尔顿《失乐园》里的撒旦，虽然曾经是光辉荣耀的天使，但你太骄傲，对这个世界太愤怒，所以变成了复仇的魔鬼。这世界上不会有任何一位神父能说服你这样的魔鬼，你已经无所畏惧，即便死后要下地狱你也要掐着龙王们的脖子带着它们一起去地狱。"上杉越忽然停下脚步，"可你不会后悔，你不会被神接受，也享受不到他赐予的平安喜乐，但你不后悔，你只要站着一天就会继续挥舞刀剑，直到最后一滴血流干，你看不起任何人的怜悯也不需要神的关爱。"

"上杉牧师，看起来我们真的要死了，你能再用一次黑日么？如果你还能再用一次黑日，我们还有一线机会。"昂热说。

他们的前方是一条十几米宽的深沟，沟里填满了海水，水中沉浮着密密麻麻的尸守。在地面上他们还能反复打退尸守的进攻，但在水中他们就像是掉进亚马孙河的熊，而尸守群是食人鱼群，熊再怎么有力量也只能在陆地上施展，在水中只能被食人鱼群咬成骷髅。越过这道深沟就是塔吊，但这条深沟就是生与死的边境。恺撒和楚子航正试图冲到深沟旁接应，恺撒的枪里还有一发"焚烧之血"，必要的时候这发火元素弹能够在尸守群中烧出一片空白来。

"当然可以，最强的黑日你还没有见过！"上杉越猛地挥刀砸向地面，一人高的水圈向着四方扩散，冲击力之强竟然把附近的尸守都震退了。

尸守群以长尾支撑地面，再度直立起来，发出婴儿啼哭般的嘶叫，高墙般围绕着上杉越和昂热。它们看得出昂热已经筋疲力尽了，准备在同一刻发出致命的猛击。

"昂热，你是我的朋友，也是我的兄弟，但我们不是一路人，必将去往不同的地方。我是要去天堂的，而等待你的只有地狱，但我祈求那万能的恩主爱你护你原谅你，即使在地狱中。"上杉越伸手按在昂热的头顶，这一刻他真的像一个牧师，黑衣牧师。他的半身都浸泡在黑色的海水中，头顶是漆黑的天空，可好像有圣光从他的身边涌现。

"今后的世界只会更加喧嚣和动荡，请帮我守住这个有我儿子的世界，帮我跟他

Chapter 20
Dark Night

们说,说我很对不起他们没有照顾他们的童年,但我也很高兴在我人生的最后知道这个世界上有他们。"上杉越顿了顿,"说我爱他们。"

他猛地抓起昂热的衣领,以惊人的大力把昂热投掷出去!昂热的体重足足一百七十磅,比上杉越还重,但此刻他飞跃那条深沟,像是轻盈的飞鸟。

"混账!"昂热在空中怒吼。

"恺撒!"楚子航也大吼。

恺撒踏前一步,效仿上杉越,抓起楚子航扔向昂热落地的方向。同样的投掷,二度爆血后的恺撒也没法像上杉越那样举重若轻,楚子航飞了不到十米就开始下坠,而昂热勉强落在深沟的边沿,距离楚子航还有至少二十米。但那是三度爆血的楚子航,他踏破齐腰深的海水冲向昂热,以强化后的身躯撞开了前方的尸守群!恺撒把最后一枚"焚烧之血"填入弹仓,弹道从楚子航身边擦过,火元素弹爆发的空间内,海水都为之沸腾。

这为楚子航争取了关键的十几秒钟,在尸守群将要吞没昂热之前,楚子航终于赶到,一手扶住昂热,一手接过贪婪和暴怒。

昂热挣扎着直起身体,扭头去看深沟那边上杉越的方向。在上杉越震开海水的一瞬间,昂热看到了星星点点的荧光。银蓝色的小鱼跃出水面,像小蛇一样弯曲身体。

鬼齿龙蜂!不知道什么时候他们已经被鬼齿龙蜂包围了!昂热没能注意到这些藏在水中的细小敌人,但上杉越显然早就注意到了,所以他把昂热扛在了肩上。

上杉越从水中抓出一条鬼齿龙蜂,几秒钟之前这条银蓝色的小鱼还钻在他的肌肉里,疯狂地摆动着,想要咬断他的某一根肌腱。但处在龙骨状态下的上杉越坚韧得连鬼齿龙蜂也很难咬动。

龙骨状态下的皇,身躯已经非常接近纯血之龙。

不愧是被龙族用作"行刑者"的生物,即使被上杉越攥在掌心里,鬼齿龙蜂仍然狠狠地咬着上杉越的手,试图咬穿这只手逃脱。上杉越微微用力,把它的肋骨全部捏碎,然后扔回水里。黑色的海水里,星星点点的光围绕着他,很美,但是致命。它们是追逐着昂热的血来的,昂热的血对尸守和龙蜂来说,同样诱人。龙蜂群一直没有发动攻击,只是因为大群还没赶到。上杉越回首看向大海的方向,天空仍是漆黑一片,海中却像是流淌着一条银河,这一幕仿佛天地倒悬,美得令人窒息。

上杉越扯开旅行袋,将剩下的唐样大刀一一拔出,插在自己面前。青色的古刀组成钢铁的荆棘,海水迎着刀刃分裂,露出海面的只有各式各样的刀柄。他把大般若长光换到左手,右手从身前又拔起另外一柄,双刀垂在海水中,眺望着越来越近的银河,漂亮的银蓝色鱼群跃出水面,大群的尸守跟着那条银河跋涉而来。

"我没骗你,你都看了我的体检报告了,我早该是个死人了。"上杉越背对着昂热,"这样的死法,对我来说已经算有价值了,神才会接纳我的灵魂。"

"回来! 不想亲眼见见你的儿子们么?"昂热大吼。

"想,真高兴这个世界上还有他们。据说我父亲一直等着我到日本见他最后一面,可惜没能熬过那个冬天。现在有点懂他的心情了。"上杉越展开双刀,在空气中画出完美无缺的圆。

"昂热,记着我们约定的事啊,要守住这个,有我儿子的世界!"上杉越轻声说,"注意看,最强的黑日!"

他画出一轮黑色的太阳!

缓缓流淌的银河忽然加速了,尸守群在银河中载沉载浮,银色的大浪翻卷,浪花落回海面的时候溅出无数的光点,空气中充斥着震耳欲聋的磨牙声,那是成千上万的鬼齿龙蟑聚集在一起磨牙。上杉越像是一块坚硬的礁石,面对狂潮巍然不动。黑日正把数百吨的海水牵引过来,再化作暴雨洒向他的身后,他双目低垂,平静得像是圣徒或者带着圆光的佛陀。

虽千万人,吾往矣。

银河激浪和上杉越正面冲击,唐样大刀风车般轮转,二天一流·二天晒日。上杉越用了跟昂热一样的刀术,双刀在海水中打起的水花冲天而起,每一片水花中都是银蓝色的微光。鬼齿龙蟑的血液也是银蓝色的,染血的双刀化为蓝色的光轮。无与伦比的快刀和无与伦比的霸道,数以千计的鬼齿龙蟑在刀刃上分断,混在龙蟑中进攻的尸守就像是掉进了绞肉机。鬼齿龙蟑那足能咬碎钢铁的牙齿在上杉越这里全然无用,因为它们根本无法靠近上杉越身边,即使它们侥幸地闪过了上杉越的快刀,也会在触及黑日的瞬间忽然燃烧起来,通红的鱼骨在空气中闪动了几秒钟后,化为雪白的灰烬。

海水竟然被斩开了! 不愧为世上最强的混血种,上杉越仅靠着快速的挥刀就能把面前的所有海水都清空,新涌进来的海水又会被黑日抽走和蒸发,最后上杉越身边长刀所及的区域中竟然是没有水的,一切东西进入了这个圈子之后都被汽化或者粉化,鬼齿龙蟑们细小的鳞片化为银蓝色的烟雾包围了他。双刀砍烂之后上杉越就随手更换,他面前的刀越来越少,但是那条浩荡的银河终于快到头了。

"天呐! 他能做到! 他能杀出来!"恺撒惊呼。

他本以为上杉越必死无疑,可眼看着上杉越就要杀出那条致命的银河! 开始的时候上杉越仍然是暴力用刀,越到后来他的力量越圆融,挥刀的动作也越轻柔,像是心无挂碍的稚子在青空之下玩耍,随意地挥舞双臂,与和风融为一体。他的刀术也不再拘泥于二天一流,各种古流刀术自然而然地出现在他手中,镜心明智流的"逆卷刃流"、神道无念流的"心眼喝咄"、柳生新阴流的"无刀取"、古示现流的"狮子

Chapter 20
Dark Night

示现"……蛇岐八家将全日本的刀术名家邀请来当他的老师,想把他改造为一个彻头彻尾的日本人,所以他通晓几乎所有的日本刀精髓,但艺成以来这还是第一次,他随心所欲地驾驭所有武术,不用思考自然就有刀光剑影在脑海中浮现,他只需临摹就好。

上杉越放声大笑,笑声压过了滔天巨浪。日本刀中所谓的终末奥义,以刀通神的自我修养。

他拔起最后两柄唐样大刀,踏水上前!他已经不满足于充当一块阻挡龙蛰潮的礁石了,他开始了反攻。海水已经被鬼齿龙蛰的血染成了银蓝色,他像是一位冲锋陷阵的猛将那样踏水前行,身后留下狂风暴雨和破碎的银蓝色浪花。没有龙蛰能近他的身,他是狮子是猛虎,是金刚是修罗。他纵声狂笑意气风发,俨然回到了高踞宝座之上指挥日本黑道几十万凶徒的年代。

恺撒和楚子航已经架着昂热登上了直升机,精炼硫黄炸弹的倒计时已经开始,随时火焰都会混杂着致命的精炼硫黄粉末席卷这座岛。恺撒接过机载机枪,用火力压制试图跳上来的尸守,直升机在狂风中巨震,但还是不敢解开钩在塔吊上的稳定索,在这种风速下解开稳定索它就会被风带离海萤人工岛,再也回不来。

"等一等再起飞!等一等!"昂热嘶声吼叫,他还存着最后的一丝希望,希望上杉越能够杀出重围,在最后一刻跳上直升机。

可是猛地回首,他才发现上杉越的背影已经很小了,他杀得性起,踏着银河越走越远。

"上杉越!回来!"昂热惊呼。

可潮声吞没了他的吼叫,上杉越一往无前,还唱起了昂热他们都听不懂的和歌,歌声穿云裂石。

"人生の五十年、あたかも梦まぼろしのようです事に行って、天下以内、どうして长生きし者が消えないことがあります。"

昂热想起这首和歌了。"人生五十载,去事恍如梦幻,天下之内,岂有长生不灭者。"这是战国枭雄织田信长在桶狭间决战前唱诵的诗歌,本应是他的辞世诗。

上杉越忽然止步,将伤痕累累的唐样大刀浸入了海水中,仰望天空,龙蛰群和尸守群围着他游动,银蓝色的光辉照亮了他全身。昂热看清了,密密麻麻的龙蛰钉在上杉越的背上,文身早已不复存在,龙蛰们疯狂地摆动着尾巴,撕咬他的身体,要钻进他的身体里去吞噬内脏。"黑日"最大的缺陷就在后背,没有了昂热防守这个后背处的缺陷,上杉越终究不免腹背受敌。谁也不知道这个老人是怎样克服那剧烈的痛苦斩杀到现在,也许是靠他高贵的血统,也许是靠他黑道霸主的斗志,也许只是因为信主的虔诚。

"那美好的仗我已经打完了,应行的路我已行尽了,当守的道我守住了。"隔得远远的，上杉越扭头看着昂热。

《新约·提摩太后书》第四章第七节。

"从此以后，有公义的冠冕为你留存。"昂热轻声说。

《提摩太后书》第四章第八节。虽然不信神也不礼拜，但昂热却毕业于以神学闻名的剑桥大学圣三一学院，多年前课堂上教授念起这段《圣经》时，昂热忽然从睡梦中惊醒，被这句话中的淡定和坦然镇住了。

事到如今，已经不用多说离别的话了。自始至终这场战斗就被上杉越控制着，他来之前就预感到自己会死，于是真的就死在这里。他一辈子办事都办得邋里邋遢，唯独自己的葬礼办得如此干净利索。

唯一的错误就是，他曾经打定主意不邀请的客人还是来了他的葬礼，稳定索解脱，直升机带着昂热冲天而起。

第一次，恺撒在昂热的眼睛里看到了莹润的光泽，他这才意识到昂热真的是老了，这个老到无牵无挂的男人，终于又失去了所剩不多的朋友中的一个。

即使是天下之恶，复仇的魔鬼，也会被悲哀吞没。

"如果对生命还有困惑的话，欢迎信教啊。在你以为世界上只剩你一个人孤零零的时候，还有个叫作神的家伙，他是不会抛弃你的。"上杉越的最后一句话竟然是笑着说的，"别了昂热，你这个该死的魔鬼！"

他仿佛站在天海尽头，把两柄唐样大刀插进地面，双手扶着刀柄，身体一步步化为骷髅，蛇一样的小鱼从他身体里往外钻，他的形状快速地破损，但仍屹立不倒。除了源稚生和源稚女那对基因技术制造出来的兄弟，这就是世界上最后一个皇了。他的前半生坐在皇座上，但是个彻头彻尾的浑蛋，后半生庸庸碌碌，唯独他死的时候，像个真正的皇帝那样，顶天立地。

直升机带着呼啸的狂风冲向高处的云层，楚子航看着腕表倒计时，成群的尸守正聚集在塔吊上，缠绕着精炼硫黄炸弹的弹头。

这些高贵的神代混血种已经退化为没有智商可言的凶兽，不会想到这个雪茄形的东西会给它们辉煌的神代文明画上句号。它们再也没有回到人类世界的机会。

精炼硫黄炸弹准点爆炸，不像普通的炸弹会掀起冲天的火风，它的火焰中混杂着沉重的精炼硫黄粉末，爆炸产生的火焰只有几米高，却像是火红色的潮水那样贴着海萤人工岛的表面，迅速地蔓延开来。

几乎就在同一刻，最强的黑日坍塌了！

当上杉越的生命完结的那一刻，失控的黑色日轮坍塌成了一个强大的力场，把一切都牵引过去，无论是龙蜓、尸守还是海水，甚至精炼硫黄炸弹的火之潮。

以黑日为风眼的暴风卷起了十米高的狂潮，圆形的潮圈以黑日为圆心，猛地收缩。

Chapter 20
Dark Night

昂热看向黑日坍塌的方向,仿佛日出东方,大海上波光粼粼。他回想起很多年前毁灭了卡塞尔庄园的那场血战,清晨的硝烟中他爬出坍塌的地窖,四顾无人,走了好久才看见梅涅克·卡塞尔扶着亚特坎长刀站在雾气中,他向着梅涅克奔跑过去,近了才发现那只是一具破碎的人形罢了。在他触及梅涅克的瞬间,梅涅克变成了灰尘坍塌在地,亚特坎长刀叮当一声倒地,清越的鸣声回荡在汉堡的清晨中。

历史总是重演。他闭上眼睛,把上杉越的最后一幕牢牢地记在脑海里,古铜色的骷髅站在齐腰深的海水中,站在日出般的火光中。

"观察到东京湾海面上的高温反应!"马突尔研究员宣布,"是硫黄炸弹爆炸后的结果!他们成功地引爆了硫黄炸弹!"

东京都气象局,计算大厅,短暂的沉默后,蛇岐八家的技术干部和装备部的研究员们集体起身鼓掌。尽管很想装得若无其事,表现出"精炼硫黄炸弹对于装备部来说已经属于过时技术"和"我们才不会为歼灭区区的尸守群而感觉到兴奋呢",但装备部的神经病们还是不由自主地流露出沾沾自喜的神色。

靠着仅有的一枚精炼硫黄炸弹,他们就把东京从被尸守群血洗的危机中拯救出来,不得不说是精妙的作战。要知道另一群人可是调用了整个第七舰队的战斧导弹群才把冲向热海的尸守群给击溃的。

"爆炸引发的电离效应阻断了无线电波,暂时没法联系上校长他们!"

"声呐扫描正在继续,目前还不知道有多少尸守在爆炸中幸存,但预计爆炸产生的毒性将使它们集体失去战斗力。"

"犬山家已经派出人手在海萤人工岛和港区相连的公路出口,准备拦截幸存的尸守!"

大厅里,各种报告声还在此起彼伏,副校长已经失去了听下去的兴趣,转身上楼返回天台。那个虚拟出来的少女Eva仍旧坐在雨中等他。

"看起来校长还能活着回来,"副校长在小桌边坐下,挠了挠头,"我暂时还不能提升为校长,真是让人遗憾呐。"

空气中有着明显的硫黄味,高速的海风十分钟后就把炸弹爆炸所产生的硫黄粉末带回了陆地上,好在对于人类来说这东西还不算什么剧毒,而且风中的硫黄浓度和人工岛上的硫黄浓度相比起来可以忽略。

"天巡者还有十四分钟就会到达东京上空,我们有十二秒钟的间隙可以释放天谴,否则卫星就会和东京擦肩而过。"Eva说。

"别的问题都解决了,现在就看大家长的了。"副校长望向西边被火光染红的天空。

言灵·黑日

序列号：110
血系源流：白王·佚名
危险程度：高危
发现及命名者：瓦特阿尔海姆研究所

神术级别的言灵，释放者的背后会呈现出黑色太阳般的大圆，大圆本身漆黑无光并且吞噬一切的光，但周围则呈现出暗红色并有象征能量的光焰起落，看起来像是日冕。这轮诡异的黑日有着强大的吸力，周围的生命体和非生命体都因这轮黑日的吸力不由自主地射向释放者，生命体更会失去对身体的控制权，任由释放者斩杀。

这个言灵给人的观感很像是释放者制造了一个小型的黑洞，这个黑洞会把生命体的残骸也吞噬掉，变成极其细微的尘埃。目前还不清楚到底是黑日粉碎了还是燃烧了这些生命体把它们变成尘埃。

曾有人异想天开地觉得针对黑日的释放者只要在他面前密布箭矢，释放者就会自己吸引箭矢射死自己，但事实上那种无法解释的灰化在箭矢还没达到的时候就开始了，其他的物品诸如子弹、炮弹、投枪也都会在释放者的面前化为灰烬，然后再被他背后的黑日吸收之后再向着后方喷射，释放者相当于威力几乎无限的粉碎机，因此这个言灵也被认为无敌于正面。

它唯一的弱点在背后，因为黑日单向吸引单向粉碎，所以背后袭来的飞行物是能伤到释放者的。但仅看它的序列号就能知道，持有该言灵的混血种通常也拥有不亚于龙类的钢铁之躯，根本不需在意背后的冷枪。

"事实上我们更加倾向于'无差别空间粉碎机'这个名字，但校长认为他朋友的言灵应该听着更有内涵一些。"
——瓦特阿尔海姆研究所

第二十一章 小丑 The Fool

红井。

这是风暴的核心,却那么平静,巨大的雨点打在血泊中,像是红色的湖面上荡开涟漪。

源稚生和风间琉璃环绕着某个圆形缓慢地行走,好像这里就是舞台,演员们说着早已写好的对白。风间琉璃走动起来悄无声息,风拉开他的长袍,像是弱柳扶风的少女,浑身骨骼化的源稚生则发出披甲武士般的沉重声响。

"我还记得那年,你看报纸上说狮子座的流星雨要来了,日本是最好的流星观测点。"风间琉璃轻声说话,仿佛鬼魂幽幽地自述平生,"你那么兴高采烈,我也很被你感染,觉得流星雨一定是世界上最美的东西。我们花了很长的时间准备,从体育室里偷了毡毯,从天文教学室里偷了望远镜,用省下的钱去小店里买了指南针和登山鞋,剩下中午的梅子饭没吃,把它打包放在包袱里。我们爬了三个小时的山路,爬到附近最高的山顶,架好望远镜等待太阳落山,可是傍晚的时候山上忽然起雾了,最后晴天变成了阴天。我很难过,但你鼓励我说云很快就会散掉的,我们一定能看见流星雨。你说我们是狮子座的,所以我们一定能看到狮子座的流星雨,狮子座流星雨是世界上最盛大的流星雨,它是为所有狮子座的人出现的。那时我真的相信。你把一半的梅子饭分给我,说吃完梅子饭云就散了,山里的云不都是这样么,吃完了梅子饭我们就能看见流星雨了。"

他本来就是绝世的戏子,随口说的一句话都能感动身边的人,何况是自述人生?

但唯一的听众脸上全无表情,源稚生的脸上覆盖着一层白色的外骨骼,就像是象牙雕成的面具。这么一张坚硬的脸,无论哭还是笑的表情都不可能有。

其他人都死了,神官和工程组相拥着搏杀到最后一刻,甚至有人试图用牙齿去咬断对手的喉咙。

"但直到我们吃完所有的梅子饭……不,我说错了,我没能吃完所有的梅子饭,因为我吃得很慢很慢，梅子饭对那时的我来说就是计算时间的工具，我真怕数着数着时间到了尽头，可我期待的最美的东西却没有到来……天下雨了，暴雨倾盆。我也是这样站在雨里，仰头望天。我觉得好累啊，好辛苦啊，我和哥哥努力准备了那么久啊，可是下雨了，流星雨看不到了。我忽然就哭了起来，很难过。"雨水滑过风间琉璃的脸，他形若孤魂野鬼，可流泪的时候依然让人不由得心软。

"你小时候总是那么敏感，我有的时候很烦你。"源稚生说，他的声音仿佛轰隆隆的沉雷。

"因为那时哥哥在我心里是最重要的人，世界上只要有你，每一天都是幸福的。可我又想每个人的幸福都是有限的，我用完了幸福的额度就该跟哥哥分开了。可哥哥你安慰我说你会永远陪着我，有人欺负我你总会在我身后，我只要勇敢地挥拳打过去就好了，如果我打不过，你就会挡在我面前。"源稚女说。

"别再说了。"源稚生说，"我不想听。"

"这世界总是这么可笑对不对？总是一个人很想说话，另一个人不想听。你从来都不想听我说话，永远都是你对我说话，你是哥哥，永远是你教训我。"

"既然已经回不去了，那又为什么要说以前的事？"源稚生站在原地不动，目光却始终跟随着风间琉璃移动。

他已经亮出了最后的底牌，但他不知道风间琉璃的，风间琉璃没有在任何人面前展示过言灵，而在龙类和混血种的战斗中，言灵能够彻底颠覆结局。

"哥哥，我们为什么要彼此为敌呢？在很久很久以前，这个世界上只有我们两个相依为命，我们谁也离不开谁。"风间琉璃歪着头，不自觉地流露出一丝妩媚。

"这个世界上没有谁离不开谁，你总是沉浸在小孩子的回忆里，但是总有一天你会长大。"

"是啊，哥哥你说得对，你看你又教训我了，我们两个中你总是有道理的那个。如今我已经长大啦，离开了你之后，我看清了这个世界的真面目。"

"这个世界的真面目？"

"对啊，那是一条长长的食物链。强者吞吃弱者，弱者吞吃更弱者，每个人的牙缝里都是鲜血。"风间琉璃扭头看向王将的尸体，"就是这个男人教会了我世界的真实法则，虽然他那么猥琐卑鄙。但他说的是残酷的真理，而你们说的都是美好的谎言。没有人不作恶，所以这世上没有人得永生，不想被人吞噬就只有沿着食物链往上爬，直到成为最大的吞噬者。这个男人曾想把我作为他的食物，可最后他先死了，变成了我的食物。如果我想的话，我现在就可以变成圣骸的寄主，那样我就天下无敌了对不对？"

他缓缓地提起手中的箱子。源稚生杀死了王将，但那只箱子却被风间琉璃夺走了，箱子里装着神的本体，那个寄生虫一般的圣骸。

他打开箱子，把石英捕获舱捧在手里，圣骸还在蠕动，但它作为寄生体可能是这个世界上最强大的，却无法凭自身的力量打破坚硬的石英壁。风间琉璃手上加力，捏碎了石英捕获舱。

"没有人能通过圣骸进化成纯血的龙王！那是白王留给人类的陷阱！你只是要把自己的血肉献给那东西，被它寄生之后，活在这个世界上的就不再是你，而是新的白王了！"源稚生发出沉雄的吼叫。

"哦？是么？"风间琉璃一把将蠕动着的圣骸抓在手中，圣骸有着锋利的口器，能够轻易地咬开任何生物的肌体，钻进它的体内控制神经系统，但在风间琉璃的掌握下，它拼命地扭摆口器也触碰不到风间琉璃的身体。

风间琉璃伸出手，从它唯一的"眼睛"里刺了进去。透过半透明的身体，可以清楚地看见他的指尖触及了那截细细的脊骨。圣骸剧烈地抽搐扭曲，但无法发出一丝声音。任何人都能明白它所经受的痛苦，就像生生把脊骨从稚嫩的身体里抽出来。

风间琉璃真的抽出了那根脊骨，剩下的透明肉质物他看也不看就扔在脚边，跟着一脚把它踩成一摊汁液。那根脊骨被风间琉璃捏在手中，像垂死的竹节虫那样扭动了几下，最终僵硬了。

他竟然杀死了神！这被历代白王血裔视为神也视为魔鬼的白王遗产，猛鬼众等待了几千年的进化之路，竟被他随手毁灭了，就像是撕掉一个快餐纸袋那么轻松。

风间琉璃随手把那截脊骨扔在他和源稚生之间的地面上："一根可笑的枯骨，它也想奴役我么？"

"有的人是为了拥有这个世界而想变得强大，那种人才会被圣骸吸引，我不一样。"他微笑起来，"我是想毁掉这个世界，而且再也不重建。"

"你真的疯了。"

"我是疯了，但你也疯了，我们疯得不一样。我们生来就互为镜像，你是正义的疯子，我是邪恶的疯子。"风间琉璃弯下腰，拾起那柄樱红色的长刀，"来吧，哥哥，了结我们的恩怨吧？我很高兴，在这个世界毁灭的舞台上了结我们的恩怨，还没人打搅我们，真是让人高兴的事。"

他轻声地笑了起来，笑声越来越高亢越来越洪亮，最后整口井中都回荡着他酣畅淋漓的大笑。好像这真的是一件很好的事，让他喜不自胜。

源稚生缓缓地运动双臂，俯低身形，心形刀流，四番八相，"罗刹鬼骨"。在高天原里他用的也是这个刀架，但那时的他在风间琉璃厉鬼般的攻势下，连刀都递不出去。现在不同了，龙血在身体里翻滚沸腾，古龙胎血的活性让他的每个细胞都呼吸起来，力量像水那样沿着骨骼流动，视觉和听觉都百倍的敏锐，时间的流逝似乎都变慢了。他仿佛站在一部慢速放映的电影中，无论风间琉璃的进攻多快多复杂，源稚生都能把他的动作拆解开，然后在准确的时刻发出反击。

在他还是皇的时候他对风间琉璃无能为力，在他变成鬼之后他却胜券在握，真是莫大的讽刺。

唯一的不确定因素就是风间琉璃的言灵。

"哥哥，你是不是很想知道我的言灵呢？你拥有'王权'，那我拥有什么呢？"风间琉璃无声地笑了起来，"我当然可以告诉你，我们之间原本就没有秘密。"

他轻轻地吟唱起来，早已失传的古老语言，完全无法辨识的语法结构，却有着异乎寻常的音韵之美。通常龙文被吟唱的时候，都仿佛巨钟被敲响，声音在整个领域中反复回荡，当风间琉璃开启他的言灵时就像唱起一首催眠的短歌。透明的领域边界迅速地扩张，源稚生根本来不及闪避就被包裹在其中。他做好了一切准备，却无法从风间琉璃的言灵中感觉到一丝一毫的杀机，风间琉璃只是在对他唱一首空灵的歌。

他竟然听得入神了，他从那首歌中听出了绵绵的秋雨和神社的钟声，随着风间琉璃唱起歌，空气中的血腥味迅速地退去，取而代之的是草木的气息，潺潺的流水声由远及近。

他猛地惊醒，才发觉自己又一次回到了那座山间小镇，名为鹿取的神社矗立在漆黑的夜幕下，清澈的小溪穿越小镇，整座镇子沉睡在绵绵的雨中，脚下的长草在风中飘拂。

时间似乎倒流了，他回到了十七岁的时候，回到了那座小镇荒废之前。

十七岁的源稚生，背着长刀回到了自己长大的小镇。他是执行局中最年轻的成员，受命除掉藏在镇子中的恶鬼，同时他也是回来看望久别的弟弟。那时所有的悲剧都还没来得及发生，他坚信着正义，在这个世界上他最在意的人是自己的弟弟稚女，这两者完全不矛盾。他要好好地表现，出人头地，将来带着弟弟去东京过上等人的生活。

他站在进镇的道路上，左边的岔路通往鹿取神社，如果去向那里他会目睹弟弟作为恶鬼的一面；右边的岔路通往他和弟弟一起住的小屋，如果去往那里他会见到作恶之后返回小屋的弟弟，兄弟两人都会很高兴，也许会玩起源稚生带回来的游戏机，或者找些剩下的食材煮起一锅汤来，守着炉火讲东京城里有意思的事。

两个源稚女都是真实的，作为恶鬼的源稚女和信任他依赖他的弟弟源稚女，都是真实存在的。他可以做出选择。

言灵·梦貘，谁也不会猜到风间琉璃这种恶鬼的言灵竟然是完全不具备攻击力的"梦貘"，但又是最凶险的。

由于白王血裔的存在一直没有被证实，所以言灵周期表中白王一系的言灵是空缺的，或者仅有名字和猜测的效果，没有经过任何检验。梦貘就是这样一种言灵，

Chapter 21
The Fool

它的名字源于某个日本神话，一种食梦为生的名叫貘的野兽。通常貘被看作是友善胆怯的野兽，在夜幕中无声地靠近做噩梦的人，把他们的噩梦吃掉，给他们一夜好眠，然后自己带着这些噩梦返回丛林深处。但噩梦是最恶劣最恐惧的情绪，无法被消化，所以貘只是把这种恐惧的情绪储存在身体里，在它死的那天，它再也无法储存那些噩梦，于是一切的噩梦都在瞬间化为现实，距离貘最近的人被这些噩梦卷入，没有人能从无数叠加的噩梦里逃脱。

梦貘在历史上被记录下来通常都是作为幻术。江户时代的书《醍醐随笔》中曾经记载一位僧侣果心居士在自己的城主松永久秀身上使用幻术的故事，当松永久秀要求果心居士用幻术吓一吓自己的时候，果心居士走下台阶，庭院中忽然就刮起风来，乌云遮住了月亮，无边落木萧萧下，随即下起雨来。庭院中漆黑一片，隐约站着个美丽的女人，她对松永久秀说："夫君今夜想必很寂寞吧？"松永久秀忽然意识到那是他过世了几年的爱妾。松永久秀是个杀人无数、蔑视神明甚至敢于焚烧佛寺的人，但那一刻他竟然无法从果心居士的幻术中解脱出来，惊呼让果心居士停止。

梦貘就是这种传说中的精神控制言灵，领域中的人很难从噩梦中解脱出来，即使他意识到这只是梦境。

源稚生清楚地知道自己站在一场梦里，但他无法摆脱出来。因为这一切太逼真了，以他的心志坚定程度，如果是一般的梦境他还能强行挣脱，但这个噩梦例外。

这不仅是风间琉璃的噩梦，也是源稚生的噩梦，梦貘唤醒了他们共同的噩梦。

红井深处，两个人遥遥相对，风间琉璃的瞳孔里转动着金色曼陀罗般的花纹，同样的花纹也出现在源稚生的瞳孔里，他无法挪开视线，只能顺着那双万花筒一样的眼睛看进风间琉璃的噩梦里去。

他机械地向前走，感觉自己行走在多年前的那个雨夜里。

脚下的长草在风中发出哗哗的声音，像是大海的波涛起伏，他越往前走，鹿取神社那龙一般弯曲的屋顶就越清晰，湿润的道路两侧摆着精煤矿石雕刻的石地藏，三个石地藏一个捂着眼睛、一个捂着耳朵、一个捂着嘴，这是鹿取神社捐赠给镇上的，象征着佛教中的"不看"、"不听"和"不说"。鹿取神社的宫司说，住在这山中小镇的人其实是幸福的啊，因为可以不看不听世间的污秽，也不传世间的闲言碎语，所以心是安静的。

源稚生在石地藏前站住，雨水打在石地藏头顶的树叶上噼啪作响，这是镇子上的传统，下雨的时候神社里的孩子会在石地藏头上盖上蒲扇般的大树叶，说是为地藏菩萨遮雨。

时隔多年，一切还都照旧，虽然是梦貘引发的幻觉，但是他终究回到了这里。这里是他们恩怨开始的地方，也该是恩怨结束的地方。风间琉璃正藏在镇子中的某处等着要杀死他吧？在梦境中源稚生的优势不复存在，在这里他和风间琉璃都只是十七岁的少年，只看谁的意志更坚定。

他在石地藏前跪下，双手合十，默默地祷告，然后提起长刀，走向灯火依稀的小镇。

路边挂着纸糊的白灯笼。对的，那天夜里镇上恰好在举办巫女祭，慕名从山外赶来学习巫女礼仪的女孩们住在鹿取神社里。她们本该提着这样的灯笼环绕着镇子行走，为镇子祈福，但现在灯笼被留在了这里，人却不见了。除此之外也听不到其他的人声，甚至没有狗吠或者乌鸦的叫声，差不多十年过去了，这座已经被废弃的小镇完好地保存在风间琉璃的噩梦中，但镇子里没有任何生灵的存在。这里永远是黑夜，永远燃烧着灯笼，永远举办着那场染血的祭典。

源稚生穿越那座高高的鸟居，走向前方没有灯火的建筑。

他没有去鹿取神社，也不想回家，他直接去向了学校。那是刑杀之地，多年前他在那里杀死了弟弟，多年之后梦回这里，他还是做出了同样的选择。

他没有注意到在他身后很远很远的地方，纤瘦的人影站在灯笼下方，死死地盯着他的背影，眼中转动着金色曼陀罗般的光芒。源稚生前进，那个黑影也前进，就像是被源稚生落下很远很远的影子。

黑影的眼中流露出狰狞、怨毒的神色，那本是一张温顺可爱的脸，可现在看起来就像是制作失败的娃娃。

学校仍是当初的模样，教学楼、篮球场、礼堂、源稚生曾经练习挥刀的沙地，地上还有车辙印，好像白天学生们刚刚在这里上完课，回家了，夜来的大雨把校工整理好的草地弄得一塌糊涂。

不亲眼看到这一幕，源稚生很难相信弟弟把往事记得那么清楚，这才能在脑海中复刻出一个完全一样的鹿取小镇来。也许源稚生自己的记忆也在起作用，当风间琉璃把自己的噩梦投射在源稚生身上的时候，源稚生自己的意识也在补充着这个梦境。所以他才会觉得这么熟悉，多年来他也不断地重复类似的梦，梦中的鹿取小镇上永远都下着雨。

他从操场旁边经过，那口废水井还在原来的位置，上面扣着沉重的铸铁井盖。这是当年他埋葬弟弟的地方，除了橘政宗他没有告诉任何人，因为他不愿意承认自己的弟弟是恶鬼。

他绕过体育馆，沿着竹林中的小道到达体育馆的背后。体育馆曾经是小镇上最洋气的建筑，有着弧形的屋顶和闪闪发亮的玻璃外墙，但源稚生最熟悉的却是它幽深的地下室，虽然那里遍布着霉菌，堆满了乱七八糟的废弃设备，但没有人愿意接近那里，那里就变成了他和弟弟的秘密基地。在那里他们俩是自由的，想怎么玩就怎么玩，玩累了就从那一大堆体育课用的垫子里抽出一张最干净的来，躺在垫子上开始幻想将来的事。那时候源稚生还幻想着权力地位和时尚的生活，源稚女无所谓，他跟哥哥去任何地方，哥哥愿意去的地方一定是好的。

满是铁锈的门跟当年一样只是虚挂着锁，推开门后沿着台阶逐级而下，越转越深。开始墙壁上还刷着白垩，后来只剩下原色的水泥墙面。

源稚生忽然明白了为什么极乐馆下方会有那么森严可怖的地下室，那是赌客和赌场交易的地方，每间小屋里都埋藏着欲望和龌龊不堪的秘密，极乐馆地下室里水泥色的楼梯就跟这间体育馆里的一样。

这么多年过去了，风间琉璃并没有真的长大，他的记忆、他的怨恨、他的孤单，都停留在原来的地方。

推开咿咿呀呀的门，他回到了这间废弃的器械储藏室，欢迎他的女孩们默默地站在通道的两侧，穿着华美的戏服，眉目生春。

《鸣神》中的云中绝间姬、《源氏物语》中的藤壶和浮舟、《助六由缘江户樱》中的扬卷、《笼钓瓶花街醉醒》中的八桥……都是盛妆的美人，如此的青春靓丽。

源稚生和这些注塑的尸体擦肩而过，来到储藏室的中心。那里放置着一口沉重的铸铁浴缸，浴缸里盛满了注塑用的化学药剂，气味浓重刺鼻。源稚生挂着"蜘蛛切"在浴缸前坐下，默默地等待着弟弟的归来。

风间琉璃用"梦貘"把他带入这个梦境，就是要把梦境作为舞台，多年来他一直滞留在这个梦里，等着源稚生的归来。

风间琉璃布下了一个杀局，他自己可能埋伏在任何地方。他现身的那一刻，杀局就开始。

但源稚生并不紧张，他静静地坐在那里，面如止水，倒像是一段枯木。

橘政宗曾经带他观赏过一幅浮世绘，画面上是披着甲胄的武士，面前插着长刀，显然是将要奔赴战场，但武士却在弹奏一张琵琶，弹得非常投入。橘政宗说稚生你想明白了么？为什么一个将要奔赴战场的人能沉浸在音乐中呢？分明他连下一刻的生死都不清楚。源稚生没法回答这个问题。橘政宗说，这是因为他已经想明白了，连生死都已经放下了，这时他的心里海阔天空。一个心里海阔天空的人，当然能欣赏琵琶之美。

源稚生的心里海阔天空，所有的事情，在他跟昂热见完面之后都想明白了。

海阔天空的时候，很多事都能那么轻那么自然地涌起在心头。他想起那一年他花了整整一个暑假，用地瓜酿造的土酒讨好了守望森林火情的护林员，好让护林员教他怎么驾驶那架简易的直升机。在护林员去东京述职的几天里，他把机库的钥匙交给了源稚生。于是在一个月明星稀的夜晚，源稚生带着怯生生的源稚女摸进了机库，源稚生奋力地拉着绳子，打开了机库上方的活动帘门。夜幕下简易直升机像是巨大的蜻蜓那样拔地而起，源稚女惊呼说哥哥这样我们会摔死的！源稚生大笑着说你以为这是什么？这可是你哥哥驾驶的直升机！我们不会摔死的！我们会飞到最高的地方去！

今天回想起来，那还真是很危险的事情，分明在那之前他只是在有护林员在场的情况下，摸过不过二十分钟的操纵杆。一番手忙脚乱之后，他终于控制住了飞机，在固定的高度上巡航，头顶是澄澈如洗的天空，下方是绵密的森林，树冠密密地簇拥起来，就像是一个个深绿色的花球，在风中一波波地起伏。群山就像是巨人坐在天空之下，直升机像是神话中的飞车，带着他们翱翔云端。那时候的天地看上去那么童话，兄弟两个很久都没有说话，直到源稚生说："生日快乐！"

其实他并不知道自己的生日，只是一厢情愿地以为自己是强悍的狮子座，所以他的生日应该是在流火的夏天。他是狮子座，他的弟弟也是狮子座，他要为弟弟准备一份生日礼物，但是没有钱。所以他想方设法地学会了驾驶，搞到了机库的钥匙。他说生日快乐的时候觉得自己就像个英雄，盯着弟弟的眼睛希望他露出欢喜的神情来。

可源稚女无声地流下泪来，源稚生吃惊地问说你不喜欢么？源稚女说，不，我很喜欢，可是最好的日子过完就没有了啊！

当年他觉得弟弟真是蠢得不可理喻，如今想来那个蠢弟弟的话竟然应验了，每个人的福气都是有限的，最好的日子过完就没有了，今夜之后他们再无欢乐。

冥冥中似乎有掌握命运的神祇发出了嗤笑的声音。

轻盈的脚步声从头顶上方传来，听起来有人正轻快地奔向地下室的底层。源稚生扶着刀柄起身，转身看向那扇咿咿呀呀的门。听起来风间琉璃正带着那个流血的猎物赶来，赶赴这场无法改变无从挽回的结局。

源稚生轻轻地按动刀柄，"蜘蛛切"出鞘一寸。被古龙胎血强化的身躯在梦境中是没有用的，梦中的源稚生十七岁，是执行局最年轻的干部，梦中的源稚女也是十七岁，是刚刚堕落的恶鬼。

温暖的液体滴落在源稚生的虎口上，鲜明如红豆。源稚生仰头看向屋顶，日光灯明灭不定，屋顶红得就像是血，大颗大颗的红色水滴从水泥中渗出来，下雨一样滴落。

梦境开始扭曲了，超越常规的东西开始出现，这说明梦貘的控制者正在逼近，风间琉璃强烈的怨恨正在扭曲这个环境。他出现的时候，他身边的空间也变得像是地狱那样森严可怖。

"这么多年，你一直生活在这样的地狱里么？"源稚生轻轻地抚摸着刀柄。

他低下头，听着水声潺潺，鲜红的液体缓缓地漫过鞋底，就像站在血池中。

所以源稚生没有看见，背后的浴缸中，血红色的人影缓缓地上浮，那具在塑化药剂中炮制的尸体睁开了眼睛。那是赤裸的风间琉璃，手中提着锋利的长刀。

Chapter 21
The Fool

他无声地行走在血泊中，金色的眼睛里带着残酷的笑意。从一开始这就是一场杀局，无论源稚生选择哪条道路，最终结局都是一样的。那个依恋着哥哥的源稚女已经在梆子声中被埋葬，活下来的只是怨恨的鬼风间琉璃。他越接近源稚生，笑得越开心，脸上简直是如花绽放。他克制不住地奔跑起来，刀锋突前，撕裂了空气，无数的水滴在那柄刀的刃口上被破开。他的速度远远地超过了人类所能达到的极限，高速将整个空间里的水都卷起，在他背后形成了腥风血雨。

长刀完整地贯穿了源稚生的心脏。最后一刻，风间琉璃从背后狠狠地抱紧了哥哥，用胸口顶着刀柄，把刀身全部顶了进去。他感受到那颗心脏挂在刀上痛苦地跳跃，不由自主地发出狂笑。

多年之前，他也是这么拥抱源稚生，但心脏被刺穿的却是他。他狠狠地拧转刀柄，感受着那颗心脏中的血泉喷射出来，溅得他胸前一片温热。

源稚生跌跌撞撞地向前扑出，背后的血光仿佛瀑布。这是在梦貘引发的梦境中，在这里无论是皇血还是龙王胎血都没法治愈他，在这场梦里他只是十七岁的少年。

这么多年来，在心底的最深处，他始终停留在十七岁那年，皇的身份对他来说只是闪光的铠甲，铠甲里装着一颗普通人的心脏。

但风间琉璃不同，他是等待了十年之久的恶鬼，他的仇恨在此刻化作山洪般的力量。他狂暴地打击着源稚生的后背，张牙舞爪凶相毕露，源稚生的手臂和肋骨纷纷折断，曾经居高临下的皇倒在赤红色的积水里，被野兽般的风间琉璃骑着殴打。

有人推开了地下室的门，是一个盛妆的女孩，就是她的脚步声引开了源稚生的注意力，给了风间琉璃刺出致命一刀的机会。女孩有一张精致的脸孔，脸上敷满白粉。她穿着歌舞伎《杨贵妃》中杨贵妃的戏装，手中握着锋利的怀剑。那些雕塑般的女孩也都动了起来，云中绝间姬、藤壶、浮舟、扬卷和八桥……歌舞伎史上的绝世美人们从戏服的袖子中抽出了利刃，带着一张张没有表情的脸，女鬼般扑到源稚生的身上，一瞬间源稚生就被各种华丽的大袖遮蔽了。

风间琉璃一步步地后退，远离了这场杀局。已经用不到他自己动手了，他的傀儡们会把源稚生拖死在这场噩梦中。

这是风间琉璃的噩梦，这里的一切都随着风间琉璃的意志被扭曲。在他的意识里，这些穿着戏服的尸傀儡都是活的，都是可爱的女孩子，他们共同生活在虚幻的王国里，永无止境地载歌载舞。很多年前他就疯了，所以他才会是绝世的歌舞伎演员，对他来说表演并不只是表演，每场演出都是真实的生离死别。他在舞台上大笑和大哭，自己的心里也是伤痕累累。

源稚生渐渐停止了挣扎，就被那些女狼般的傀儡拖着前往地下室的中央，那些纤细美丽的手腕握着刀起落落，一道道的血泉扬起在空中。

在这血腥而惨烈的一幕前，风间琉璃激动地捂住了脸，发出像哭又像笑的奇怪声音。

　　为什么要哭他说不清楚，分明源稚女的人格已经死去了，他根本感觉不到那种被亲人背叛的痛苦。为什么要笑他也说不清楚，他这个鬼是从源稚女的性格里分出来的，为了复仇而顽固地活到今天，今天他复仇成功了，他存在的意义也就失去了。从今而后他只是这个世界上流离失所的孤魂野鬼，连引他入魔的导师王将都死了。

　　他神经质地叫喊着，跌跌撞撞地奔向出口。一切都已经结束了，他要离开这里。他要把这个梦境永远地埋葬在自己的心底最深处，而这个梦境的最深处，尸傀儡们永无止境地杀着他的哥哥。

　　"梦貘"是最凶险的言灵，因为如果有人相信自己死在了梦貘制造的噩梦中，那么他的意识真的会消亡，现世中的他也会渐渐冷却为一具冰冷的尸体。

　　风间琉璃在心里杀死了源稚生，因为在心底最深处，源稚生竟然是那么懦弱的一个人。他使用了橘政宗留给他的古龙胎血，带着暴徒神官们气势汹汹地驾临红井，却没有带着一颗杀人的心。

　　折回的楼梯一层又一层，风间琉璃疯狂地奔跑着，片刻之前他还是复仇的妖鬼，现在他像是个害怕的孩子。那些短刀起起落落带出鲜血的声音还在他的耳边萦绕，他捂着耳朵，要跑出这个自己营造出来的地狱。

　　跑着跑着他停下了脚步，前方是一扇咿咿呀呀的门。他惊恐地瞪大了眼睛，因为门里传来哗哗的水声和刀刃进出人的身体才会发出的可怕响声。

　　怎么会这样？他分明已经跑过了很多层，到达了另一扇门前，可这扇门里也在上演血腥的一幕，谁又在这里杀谁？难道这个世界上的每一扇门里，都在上演杀戮的戏剧？

　　他伸出颤抖的手推开门，生满霉斑的器械储藏室，中间的铸铁浴缸里，血红色的水起落，绝艳的女人们如恶鬼那样把垂死的男人按在浴缸里，狞亮的短刀起落。

　　那个年轻的男人穿着黑色的长风衣，清秀的手暴露在空气中，风间琉璃不可能认错那只手，那么多年里都是这双手拉着他从梯田的田埂上走过。他竟然又回到了地下室的最深处，看着他自己的尸傀儡们杀他的哥哥。

　　无法言喻的恐惧控制了他，他转过身想要再度逃走。但是他迈不开步子，他的眼前是分叉的楼梯，去向上下左右四方，每条楼梯都是水泥色的，每条楼梯都回字形曲折。

　　这个世界忽然变成了一个巨大的迷宫，他站在迷宫的最深处。

　　这是怎么了？他自己的梦怎么会变成这个模样？这些年来他无数次地做这个梦，对这个梦境中的一草一木已经了如指掌，这根本就是他记忆中的鹿取小镇。但现在这个小镇正扭曲为一个巨大的迷宫，他成了迷宫中的小白鼠，就像是那些初次走进极乐馆地下室的客人，心中都会生出一种踏进去就再也无法离开的恐惧感。

他向着某个方向的楼梯冲去,喘息着狂奔,但在转过不知多少个弯之后,他再度回到了那扇门前。

他转过身接着奔逃。他已经失魂落魄,丧家之犬般跑在这个迷宫里,避开每一扇门。但他总与这些咿咿呀呀的门劈面相逢,门里传来令人崩溃的杀戮之声。

是的,这个世界上的每一扇门背后,都在上演杀戮的戏剧,那个被杀的男人,是他的哥哥。

他捂着耳朵发出撕心裂肺的狂吼,但没有人应答他。他忽然想起很小的时候他和哥哥寄住在养父家里,源稚生喜欢在晚上偷偷地开灯读书,为了省电养父总是把他们屋里的电闸拉掉,他们所住的那间屋子又没有窗,于是每次源稚女从噩梦中惊醒,面对的都是一片无边的黑暗。他觉得黑暗中的每个角落里都藏着吃人的魑魅魍魉,吓得瑟瑟发抖,这时候唯有哥哥的呼吸声能让他意识到自己仍在人世间。他竖起耳朵倾听着源稚生的呼吸声,很久之后才能安下心来沉沉地睡去。

他从小就是那种多愁善感的男孩,随时觉得自己会被这个世界遗弃,不会遗弃他的只有哥哥。现在童年的担心应验了,世界抛弃他了,他被困在了自己的梦境中,而他的哥哥已经在尸傀儡的围杀中停止了呼吸。他忽然意识到自己做了多么可怕的事,现在这个世界上终于没有人陪他了,他是孤零零的一个人。

他像疯子一样冲破那扇门,号叫着把尸傀儡们从浴缸边扯开,扑进那缸血水中,把已经冰冷的哥哥死死地抱在怀里。

源稚生的身上都是血洞,但那些伤口里已经没有血渗出来,他看起来那么苍白那么干瘪,却又那么安详。风间琉璃凑近哥哥的胸口去听,胸膛中那么寂静,他忽然想起,原来是自己洞穿了那颗心。

这个世界上再也没有人能驱散他的恐惧,他疯狂地摇晃着源稚生,恐惧地尖叫着,尸傀儡们在他的身边徘徊,烟视媚行眉目生春,她们当然不会觉得恐惧,她们早就死了。

被囚禁在躯壳深处的小小男孩哭泣起来,稚子和恶鬼的双重表情在风间琉璃的脸上高速地切换。

他明白了,他并非被困在了自己的梦境里,而是被困在了源稚生的梦境里。那座仅仅存在于记忆中的鹿取小镇拘禁了他和哥哥的灵魂,这么多年他没能离开小镇,源稚生也没能离开。兄弟两个人的噩梦如此地相似,"梦貘"将他们的意识贯通,也把两个噩梦融合在了一起,源稚生走进了他的梦里,他也走进了源稚生的梦里。他在噩梦中一直徘徊在雨夜的鹿取小镇上,等着哥哥回来,又渴望着向哥哥复仇,极端扭曲的情绪令他的性格分裂,两个几乎完全独立的人格并存在一个身体里。

而源稚生的噩梦反复地发生在这个幽深的地下室里,在这里他杀死了自己的亲弟弟,从此再也没能走出去。无论逃亡多少次,他仍旧会回到那间杀死弟弟的地下室里，默默地躺进浴缸里，想象如果那天夜里死的是自己。所以他那么想离开日本，大家长的位置或者熏天的权势对他都不重要，他短短的一生都生活在杀死弟弟的痛苦中。

现在轮到风间琉璃被困在这个噩梦里了，他才意识到哥哥的噩梦有多可怕，远比自己的噩梦还要令人悲伤。

这就是正义的代价么？该是多么坚强的灵魂，才能为正义支付如此惨痛的代价？

这么多年来风间琉璃一直生活在两种人格之间，源稚女的人格渴望着和哥哥的重逢，风间琉璃的人格渴望着复仇，最后风间琉璃彻底地掌控了这具身体，将源稚女囚禁在心底最深处，完成了复仇。

可现在风间琉璃觉得自己压不住心底的男孩了，男孩哭得那么绝望，浓郁的血气带着彻骨的疼痛从心底升到喉头，他大口地吐血，同时克制不住地大哭起来。

终于赢了啊，赢到一无所有，这个世界上再也没有这个人的呼吸声能让他安心地睡去。这个恶鬼把脸贴在源稚生冰冷的脸上，哭得撕心裂肺。

"哥哥，不要离开我啊……我再也不会不听你的话……"他喃喃地说，"哥哥"两个字还是那么温顺和轻柔。

突破了层层桎梏，源稚女的意识在这一刻轰然复苏，极恶之鬼风间琉璃强到能对抗八岐大蛇，却在那个山中少年的痛哭声中烟消云散。

源稚女缓缓地睁开了眼睛。他仍旧坐在血泊中央，怀抱着冰凉的源稚生，大雨哗哗地下着，冲刷着鲜血去向红井的深处。

"梦貘"在源稚女苏醒的瞬间被解除，风间琉璃逃不出的梦境，对于源稚女来说轻而易举。

这是他简单的本我，那个十七岁的山中少年。他没有仇恨过什么，所以噩梦困不住他。

源稚生还活着，但心脏已经近乎停止，在梦中他被杀死了，龙化后的身体依然健壮，但全身的体征都在衰弱。他脸上覆盖的骨骼裂开了，血红色的泪水滑过坚硬苍白的脸。这张本该再也哭不出来也笑不出来的脸上残留着悲痛的表情，可以想见他心里的悲伤。巨大的悲伤让他的脸扭曲变形，连外骨骼都裂开了。

源稚女抱着哥哥哀哀地哭着，但他醒来得太晚了，源稚生的意识已经濒临崩溃，根本意识不到他在这里，当然也不可能睁开眼来看他一眼。

他渴望了那么多年和哥哥的见面，最终见上面的却是那个名叫风间琉璃的魔鬼。

灯光从天而降，仿佛舞台上的聚光灯照亮了彼此拥抱的演员，同时柴可夫斯基的舞曲《天鹅湖》回荡在红井里，大功率的扩音系统把这首舞曲播放得气势磅礴，似乎在为这场兄弟之间的残杀致哀。

升降平台轰隆隆地下降，平台周围的LED灯亮了起来，五彩的灯光把简陋的工程设备装饰得像是升降舞台。那个闪光的舞台上，隐约有人翩翩起舞，跳着《天鹅湖》中王子的舞步。

源稚女抬起头来，茫然地看着这光怪陆离的一幕。

起舞的人穿着修身的燕尾服，搭配笔挺的西裤和鲜艳的亮紫色衬衫，白色的丝绸领结，黑白双色的布洛克鞋。在LED灯光的簇拥之下，他是那么地英俊挺拔，简直就是风度翩翩的美男子。每个节拍他都踩准了，旋转起来轻快活泼，即使是芭蕾舞巨星也会被这个老人的舞姿折服。他的舞步堪称完美无缺，唯一的不足是，这支舞曲本该是哀伤的、绝望的，但他跳起来却那么得意洋洋，简直有种喜不自胜的感觉。

世上怎么会有这种舞者？在别人的鲜血面前显得那么欣喜若狂？

升降平台降到了红井的底部，老人翩翩地跳着舞，踩在血泊里，轻盈地围绕着源稚生和源稚女旋转。那张源稚女无比熟悉的白色面具上，笑容越发地亲切动人。

源稚女恐惧得几乎尖叫起来，却没法发出声音。王将，这个杀不死的幽灵，几分钟前刚刚被源稚生捏碎了头颅，此刻却衣冠楚楚地跳着舞回来了。

王将在源稚女的面前躬身行礼，就像是演员对着唯一的观众谢幕。

"真遗憾呐！这么精彩的表演，最后只有你一个人能够欣赏到结局。"王将轻笑着对源稚女说，"不过你应该很荣幸才对，因为你是唯一一个能够知晓这个秘密的人。"

他缓缓地摘下了面具，露出那张曾令整个日本黑道噤若寒蝉的脸。

"是你！是你！"源稚女惊叫，仿佛亲眼见鬼。

站在他面前的人是蛇岐八家的前任大家长，被源稚生看作父亲和老师的男人，橘政宗。他早该死在东京塔下的大火里了，可他现在看起来那么健康，简直春风拂面。

橘政宗戴上面具，又脱下面具，再戴上面具，再脱下面具，这一刻他是白面的恶鬼，下一刻他是位高权重的老人，两张迥然不同的脸上都带着笑，面具上的公卿笑得含蓄微妙，橘政宗笑得洋洋自得。

他本该笑得更委婉一些，但他实在是太开心了，笑起来掩不住那口白牙，就像是开口的石榴。

"是你！是你！"源稚女不停地嘶吼。

橘政宗和王将的形象在源稚女的心中合为一体，笼罩在这件事上的层层迷雾忽然散去，各种疑点都变得清晰起来。

橘政宗和王将都掌握着源自黑天鹅港的基因技术，他们都豢养死侍，他们是黑天鹅港的唯二幸存者，只有他们能互相证明对方的身份，二十年来他们都在孜孜不倦地寻找神，只不过王将号称是要复活神，而橘政宗号称是要杀死神。橘政宗是蛇岐八家的大家长，而王将是猛鬼众的领袖，表面上看起来他们是水火不容的，但他们的所作所为却高度地重合。

如果橘政宗和王将根本就是同一个人，那很多事情就都能解释得通了。但这个假设太过震悚了，橘政宗和王将的唯一区别，只是那张面具？

"很惊讶对不对？我喜欢你惊讶的表情！"橘政宗神采飞扬，"我聪明的孩子，我想你已经猜出了许多，但完整的真相还是只能由我来为你揭示，凭你们有限的智商永远只能猜出一小部分。当然，我非常乐意花上几分钟给你解释，因为没有人知道的成功实在太寂寞了。"他微笑着，摇头晃脑，"虽然我很快就得忍受寂寞了，每一个坐在王座上的生灵都是寂寞的，这是权力的副作用。"

源稚女抱着源稚生退向角落里，在他的眼里不戴面具的橘政宗比戴面具的王将还要可怕得多，他笑得再怎么灿烂，却总是透着一股随时会扑过来吃人的凶残。

"没错，橘政宗和王将是同一个人，只不过一个戴着面具，一个没戴面具而已。我是你的老师，也是你哥哥的老师，我指挥猛鬼众，我也指挥蛇岐八家。你们太缺乏野心了，如果没有我，你们再过一千年也别想找到神。是我教会你们彼此仇恨彼此战争，你们才会不计一切代价去寻找神，因为谁都不希望神落在对方手里。战争、仇恨和贪婪都是美好的东西，它们是世界发展的原动力。唯有在战争的面前，人类的聪明才智才能得到最大的发挥。所以说人类的历史就是一部战争史。这些道理对你来说也许太深奥了，我可怜的、爱演戏的年轻人。"

"你到底是谁？你到底是谁？"源稚女的声音嘶哑。

"赫尔佐格，荣格·冯·赫尔佐格博士，曾是第三帝国科学院里最年轻的科学家，也是黑天鹅港的唯一负责人。世界上最了解龙的人类，虽然血统上没法跟你们这些怪物相比，但我像巨龙那样思考。"橘政宗指了指自己的头。

他从西装内袋里摸出银色烟盒，从中抽出一根俄罗斯产的纸烟，在烟盒上慢悠悠地敲着，好让烟丝更加紧实。仅仅是这么几个动作，他就从日本人重新变回了俄国人，让人想起苏联时代的功勋科学家走出图书馆，站在莫斯科的青空之下，神色淡然地点上一支烟，登上在寒风中喷着滚滚热气的伏尔加轿车。他在苏联待了太多年，德国给他造成的印记已经淡了，而俄罗斯的风格却深深地烙印在他的灵魂里。他一举一动都像个俄国人，却那么精妙地伪装成一个日本人。也许他才是最好的戏子，比风间琉璃更出色的戏子。

现在称他为赫尔佐格博士更加恰当了。

赫尔佐格叼上烟，点燃了深吸一口："这个故事要从我跟那个名叫邦达列夫的男

Chapter 21
The Fool

人相遇开始讲起,那真是个谜一样的男人啊,是这个世界上唯一一个能欺骗我的男人,迄今我还会不时地想起他,真是怀念。"他解开几粒衬衣纽扣,露出左胸的伤痕,"虽然他向我的心脏开枪,差点要了我的命。幸运的是我的心脏位置偏右,他的子弹只是打穿了我的肺叶。"

"那是1991年,苏维埃社会主义共和国联盟解体的那年,他从莫斯科来到黑天鹅港,提出和我共享世界的王座。"赫尔佐格的声音里透着十足的缅怀,"他说服了我,因为他比我更了解龙族,他的野心也比我的更大。我只是想用基因技术制造携带龙族基因的超级士兵,而邦达列夫的目标是世界极东的海底,那里沉睡着万年的古城和白色龙王的遗骸。我不知道他从哪里搜集来那些情报的,但他是无与伦比的故事讲述者,我被他讲的故事给迷住了。我得纠正我刚才的话,我不是世界上最了解龙的人类,邦达列夫少校才是。但我不知道他的真实身份,也不知道他从何而来。"

"可你说过邦达列夫少校是你制造出来的混血种。"源稚女抱紧了正在死去的哥哥,尽管处在极度的惊恐中,他还是想知道这个阴谋背后到底藏着什么。

"那是个谎言,这么多年过去了,见证过那场大火的人都已经死了,我可以随便编造谎言。我有两个身份,橘政宗说的谎言会被王将侧面证实,反过来橘政宗也将证实王将所说的话,所以你们深信不疑。"赫尔佐格轻描淡写地说,"邦达列夫号称自己是罗曼诺夫王朝的后裔,但据我后来查证那是假的,他也不是克格勃的少校,你找到的那份克格勃档案也是假的,克格勃当时共有二十二个局,但这二十二个局里没人听说过邦达列夫少校。他没有过去,却忽然出现在1991年的黑天鹅港,告诉我关于龙族的一切。他向我展示了从世界各地古迹中搜集来的龙族情报,楔形文字、象形文字、黑魔法书、失传的炼金术经典,所有的资料都说明人类历史之前曾有过那么一个伟大的古代文明,龙是那个文明的主宰。"

"反复研究邦达列夫给我的资料,我越发地坚信那个文明的存在,我也同意他的计划,想要登上世界的王座,就得继承龙族的遗产。我们应该走通进化之路,成为新的龙族,但想要达成那个目标我们先得复活神。龙族并未给人类留下进化之路,在那些龙的眼里,人类只是奴隶而已,世界的主人凭什么要把奴隶提升为和自己一样强大的存在呢?但那个龙族的叛逆白王,给我们留下了唯一的一线机会,那就是圣骸。要唤醒圣骸需要付出巨大的代价,那就是另一条古龙的生命,好在黑天鹅港里恰好就有那么一条古龙,邦达列夫说它没有真正死去,它的茧位于遗骸内部。"

"那个冬天苏联解体了,从莫斯科到西伯利亚,每个人都过得很丧乱。我们决定结束黑天鹅港的使命,把研究所搬到黑海附近去。我们设计了那场毁灭黑天鹅港的大火,把一切证据都烧毁了,世界上最伟大的龙类研究基地在一夜之间化为废墟,无数珍贵的胚胎,从世界各地搜集来的混血种孩子死了。但我们带走了真正的精华，包括我制造出来的最优秀的混血种，譬如你和你哥哥，还有一些冷冻的胚胎，最核心的数据资料。"赫尔佐格幽幽地叹了口气，"但就在那天晚上，那个狐狸般的男人背叛了我，他在我的背后开枪，一个人带着我毕生研究的精华登上了'彼得大帝'号。"

"在真空炸弹爆炸的火焰中，我全身的皮肤都被烧毁，但西伯利亚的寒冷救了我，我被暴风雪掩埋，侥幸地活了下来。我一无所有，除了一套伪造的身份证件。那是我为逃离黑天鹅港所做的准备，原本我以为乘坐'彼得大帝'号逃离的话那些伪造出来的证件没用了，没想到关键时刻它们可起了大作用。我挖出埋在港口附近的一批白金坩埚，那也是我为逃亡所做的准备，我需要经费。卖掉那些白金坩埚之后，我有了钱，辗转前往日本。那时我已经听说'彼得大帝'号沉没在日本海域了，它根本没有前往黑海，于是我知道邦达列夫已经提前开始了复活神的计划。我不能让他抢先成功，世界的王座是我的。在日本我整了容，把那张烧伤的脸变成了一张日本人的脸，这也方便我寻找邦达列夫。"

"但是日本那么大，我该怎么找邦达列夫呢？这难不住我，他把'彼得大帝'号沉进了日本海，当然不会放任不管，他要始终对海沟中的高天原保持监控。以我的经验来说，他最可能乘坐一艘携带声呐系统的小船，在出事的海域周边游荡。所以我也弄了一艘可以单人驾驶的渔船，在出事海域周围游荡。终于机会来了，我锁定了一艘船，我想邦达列夫就藏在那条船上。但他的血统可能比我优秀得多，正面遭遇的话我未必能战胜他。所以我隔着船用冲锋枪扫射，把那条小船的船舱打成了蜂窝，然后才登船搜索。你猜怎么样？我在那艘船的船舱里找到了一个死人，那个死人也长着一张日本人的脸。"

"我没法肯定那是邦达列夫，但在场的一本黑皮本帮我确定了他的身份。在那个黑皮本里记载着复活神的全部程序，还有我的研究成果，邦达列夫想继承我的遗产，他想把我变成他的食物，吃掉我他就壮大了。但结局是我吃掉了他，站在食物链最末端的人还是我。我接着研究邦达列夫的尸体，惊讶地发现他的背上都是文身，我这才意识到他为什么要整容成一个日本人，他要混进日本的黑帮中去，黑道中最古老的家族掌握着神的秘密。我还找到了一盘录像带，邦达列夫用录像机记下了古龙胚胎在底舱中的孵化，还有它如何把一个又一个的人类变成怪物。"赫尔佐格微笑，"那家伙真是太了不起了，我跟他没法相比，他才是真正的疯子！"

"我找到了邦达列夫在东京的基地，那是一间很小很破旧的老式公寓房，一半被他改造成实验室，实验室里储存着他从'彼得大帝'号底舱中得来的古龙胎血，实验室里还有进化药的初步产品。我太高兴了，他把所有工作都做好了，为我登上世界的王座做好了铺垫。这样伟大的计划怎么能不进行到最后呢？我亲爱的战友邦达列夫，他未尽的工作就由我来完成！但我最重要的研究成果并不在那间公寓里，你知

Chapter 21
The Fool

道我最重要的研究成果是什么么？"赫尔佐格盯着源稚女失神的眼睛，笑得那么开心，"我最得意的产品就是你哥哥 π，代号 ω 的你，还有你们的妹妹，作为胚胎被冷冻保存的 ξ。"

"绘梨衣……"源稚女嘶哑地说。

虽然没有跟绘梨衣正面接触过，但他心里对绘梨衣极度厌恶。他觉得那就是哥哥找来代替自己的人，哥哥用那个女孩来填补自己的空缺，用宠爱那个女孩来缓解自己的负罪感。这让他越发觉得孤苦。

源稚生也没法解释自己对绘梨衣的感情，绘梨衣确实在某种程度上取代了源稚女，但源稚生又怎么会轻易地让另一个人取代跟自己相依为命那么多年的弟弟？

还有绘梨衣对源稚生的依赖，这种依赖根本就是血缘造成的，她对绝大多数人都疏离而冷漠，但对源稚生的信任却是毫无理由的。源稚生是她生活里第二重要的人，第一重要的却不是伪装成她父亲的橘政宗，而是某个错误地闯入她生活的厌货。

原来他们都是同源的东西，绘梨衣……是他的妹妹！接二连三的冲击让源稚女的脑海里一片空白。

"是啊是啊，绘梨衣，她是你们的亲妹妹。你们这些怪物当然是亲兄妹了，否则世界上怎么会忽然冒出那么多超级混血种？你们是怪物的一家。是不是很惊喜？不过用科学语言来说你们也不能算是三胞胎，基因上和你们同源的胚胎我制造了几万个，你们三个算是优等品，所以我带走了，其他的留在那场大火里当作柴火了。"赫尔佐格无所谓地笑着，几万个生命的消亡对他来说不算什么，"邦达列夫把你和 π 送到山中去抚养，绘梨衣那时候还冷冻着。你们是皇血的继承人，虽然是实验室里制造出来的，但对蛇岐八家来说你们的价值非同寻常。"

"邦达列夫去黑天鹅港，既是找古龙胚胎也是找你们，他把其他的产品都杀了，单单带走了你们，因为你们对他有用。借助你们就能踏入日本黑道的最高层，蛇岐八家会因为血统的缘故把你们捧上高位。想要复活神，单靠我或者邦达列夫的力量显然不够，我们需要宗派的力量支持我们。我完善了邦达列夫的计划，我手里有两个皇，那我就把他们中的一个送给蛇岐八家，另一个送给猛鬼众。这样我就能同时动用这两个组织的力量。而我自己当然也得有两个身份，分别是你们两个人的导师。"

"无论是得到了你哥哥的蛇岐八家还是得到了你的猛鬼众都欣喜若狂，觉得这是命运的恩赐，皇再度出现在这个世界上，这被认为是家族复兴的征兆。也是从那时开始，蛇岐八家和猛鬼众的战争开启了。人类就是这么愚蠢，你想要驱使他们去战争，就告诉他们这是个伟大的时代，带他们展望美好的未来，拿破仑是这么做的，俾斯麦是这么做的，希特勒也是这么做的。"赫尔佐格优雅地摊摊手，"接下来的事情都顺理成章了，就像军备竞赛那样，蛇岐八家和猛鬼众都把人力和钱投到寻找神的工程中去，而我只需要在关键时刻推动一下就好了。我是皇的老师，你们的地位高，我的地位自然也高。我就是这样同时把双方掌握在手里，很巧妙是不是？历史上卓越的谋略家都是这么做的，不需要用什么蛮力，如果你的手段足够巧妙，那么愚夫们都会来追随你，还为你唱赞歌。"

"是你！是你！"源稚女失控地尖叫，"因为你哥哥才不相信我！"

赫尔佐格耸耸肩："是啊，我要把你们送往不同的组织，当然得在你们中间制造隔阂，你们相亲相爱对我可不是什么好事。不过这件事你们也不能都怨我，邦达列夫把你们兄弟藏得太好了，我找到你们的时候，你们都有自我意志了。如果不是这样的话，我会从小就把你们分开，那样对我的计划更好，今天你们也不会这样难过。哦，说句题外话，我知道你们都不喜欢那个酗酒的养父，不过从某种意义上来说，他算是个过得去的好人了，在没有人邮寄抚养费的十年里，他还给了你们一口饱饭吃，给了你们一个地方睡。"

"如果这就让你愤怒得失去控制了，那还有更值得愤怒的事情要不要听？"赫尔佐格饶有兴趣地观察着彻底崩溃的源稚女。从黑天鹅港到东京，他一直都是这样玩弄人心的魔鬼，就像很多年前他对那个小小的雷娜塔表现出那么多的爱意和温情，最后却毫不犹豫地把她留在火场里，任她被烧死。因为他就要离开冰天雪地的北极圈了，以后身边会有很多花儿一样的女孩，再不需要那个北极罂粟一样的小姑娘来排遣寂寞。

赫尔佐格清了清嗓子："其实你们兄弟是一模一样的，你根本就不是什么极恶之鬼。"

"你说什么？你……你说什么？"源稚女猛地抬起头来。

"我说你根本就不是什么极恶之鬼，你的血统很稳定。你从来没觉得奇怪么？你跟其他的鬼完全不一样，从不出现外观上的变异，你杀人也不是出于嗜血的目的，而是像着了魔一样。"赫尔佐格说得很慢，好让源稚女一个字一个字地听清这个惨痛的真相，"几乎每个黑天鹅港的孩子都做过脑桥中断手术，这种用于治疗癫痫的手术经过我的改进，会制造出双重人格。手术切断了两侧半脑间的脑桥，做过那种手术的人会用两个半脑分别思考，换句话说，两个半脑中各藏着一个人格。通常来说，一边储存着高尚、正义和道德的人格，另一边储存着暴戾、自我和兽性的人格。切换人格的信号是一种特殊的梆子声，我从中美洲的印第安人部落学会了这种技术。我引出了你暴戾自我的人格，再对它进行催眠，于是在你哥哥看来，你就变成了疯子和恶鬼。"

"他是个太正义的年轻人啊，虽然他很爱你，却不得不杀你。"赫尔佐格打量着垂死的源稚生，笑容中带着一丝嘲讽。

源稚女哇地一口血吐在源稚生胸前，浑身痛得抽搐起来。

"其实你哥哥自始至终都在我的控制中，倒是你差点跳出了我的控制。我没想到

Chapter 21
The Fool

你身体里那个小男孩的人格会那么顽强，竟然是风间琉璃的人格压不下去的，甚至和风间琉璃的人格合作想要杀我。你给我制造了很大的麻烦，还有你那些来自卡塞尔学院的朋友们，他们几乎毁了我的计划。你炸毁了我设在源氏重工下面的养殖池，你的朋友们拿着枪在我的大厦里横冲直撞，像一队疯狂老鼠，他们竟然还拐走了我最珍贵的实验品。所以我不得不设计东京塔的那场戏，在那场戏里我杀死了自己的一个身份，打消了你哥哥对我的怀疑，也引爆了你们的决战。看你们一边泪流满面一边挥刀冲向对方，就像看一场好戏。"赫尔佐格大笑，"你们日本人真像传说中的那么蠢，直到今天还困在所谓的义理里，却不知道这个世界上只有权与力是永恒的法则。"

他看了一眼腕表："时间差不多了，到了见证奇迹的时刻，还能坚持几分钟？别急着死，你将有殊荣目睹世界上最伟大的进化，黄泉古道将在今日贯通，从人类到龙类的道路终究被我走通了。"

赫尔佐格猛地揭开升降平台上的防雨布，顺势舞动那块防雨布旋转，就像魔术师大变活人似的。防雨布下是枕着长发的女孩，她平躺在那里，无神的眼睛默默地望向夜空中，湿透的塔夫绸白裙黏在她青春的身体上，曲线毕露，隐隐可见肌肤的色泽。

"虽然你们是那么重要的棋子，可你们加起来都不如你们的妹妹有价值，跟 ξ 比起来，你和 π 都只不过是实验的副产品而已！"这个看起来优雅深邃极有贵族风度的老人当着源稚女的面做了令人极其错愕的事，他把绘梨衣抱了起来，狠狠地箍紧她纤细的腰肢，亲吻女孩娇嫩的嘴唇，用舌头贪婪地舔着那张木然但美丽的脸。

其实细想就会明白这并不奇怪，在赫尔佐格的身上，所谓的贵族风度永远都压不住埋藏在心底最深处的贪婪，他虽然已经很老了，却对这个繁华的世界充满了贪念。一个贪恋权势的人往往也会贪恋美色，只不过为了更大的目标他能忍。如今他已经不用伪装了，再也无人能阻止他，那些被深深压抑的贪婪都暴露出来。这个永远穿着巫女服的女孩是他亲手制造的，在他的眼皮底下慢慢长大，发育成熟，像是诱人的水果一样，却不能采摘。如今他即将登上王座，而这个女孩将被献祭给这场伟大的进化，他决定不放过最后一个享受她青春美貌的机会。

贪婪的人对于一切都是贪婪的，尤其是贪婪的小人。

赫尔佐格把绘梨衣横抱起来，走向装着石英捕获舱的箱子。他忽然呆住了，箱盖被打开了，箱子里空空如也。他这才看见地下的石英捕获舱碎片，珍贵的圣骸只剩下一截枯骨。

"你……你杀死了神？"赫尔佐格瞪大眼睛看着源稚女，满脸的不可思议。他无法理解怎么会有人杀死神，怎么会有人平白地放弃白王的遗产和世界的王座。

言灵·梦貘

序列号：91
血系源流：白王·佚名
危险程度：高危
发现及命名者：安倍晴明

  白王血裔的代表性言灵，把梦境当作精神牢笼，使对方长时间沉浸在梦境中无法脱困。

  貘在日本神话中是一种食梦为生的野兽，该言灵的持有者就是类似"貘"的东西，他们能够储存和复制别人的噩梦，并且通过凝视强制对方入梦。

  释放这个言灵的时候释放者必须在目标的附近，最好始终凝视着目标的眼睛，这时候释放者的瞳孔会出现繁复且旋转的花纹，对方的瞳孔会出现完全相同的花纹，以同样的速度旋转。

  对于精神力弱小的目标来说，释放者甚至没有必要了解他的梦，并能把他带入任何噩梦中去，但对上精神强大的目标，就只能进入目标自己的噩梦里去，用东方逻辑来说，这个噩梦就是目标的"心魔"。

  精神力强大的个体能够从噩梦中解脱，但释放者越是了解目标，构造的精神牢笼也就越强大，越难以逃脱。

  该言灵的持有者往往极其敏感脆弱，是天生的心理医师和艺术家。

  精神类的言灵更容易失控，该言灵使用不当，会对释放者也造成严重的精神创伤。

  "身若修罗，魂如飞鸟，开眼见世间，阖目即地狱。"
  ——安倍晴明

第二十二章 樱怒之日
Sakura's Anger

巨大的恐惧在心底深处爆炸，路明非克制不住地哆嗦起来。

从Line的定位上看，绘梨衣根本不在去往机场的路上，她在多摩川附近的山中……她在那口井里！她没能逃离这个被诅咒的城市，那辆车把她带去了最后的舞台。

舞台？为什么会觉得那是个舞台？好像这是早已写在剧本上的故事，正按部就班地发生。

路明非觉得自己的头痛得像是要裂开，各种奇怪的思维碎片像是爆炸那样填满了他的脑海。他不断地想到"剧本"，似乎这个世界的某处有一个剧本，上面写着所有人的命运。

他在什么时候、什么情况下读过那命运的剧本？他不知道，但他记得那个剧本被修改过了，绘梨衣的结局被改动了！这幕戏的结尾中不该有她！她应该平平安安地登上飞机去泡菜国！

路明非也说不清自己在害怕什么，绘梨衣去了红井又怎么样？这里面存在着种种可能，也许是源稚生需要她的言灵助阵，所以她被临时调过去了；也许是红井那边已经搞定了，她去红井跟源稚生碰头，两个人开香槟庆祝搞死了神；也许根本就是Line的卫星定位错误，她已经平安登机了。但他就是害怕，怕得上下牙打架，咯咯作响。

错了！什么东西错了！这是个无法挽回的错误！

他扶着酒柜站了起来，跌跌撞撞地想往外跑。整个酒柜都被他拉翻了，那些名贵的红酒和清酒在墙上撞得粉碎，酒香四溢。每个人都惊讶地看着路明非，不知这人发什么神经。

路明非呆呆地站住了，看着自己鲜血淋漓的手，锋利的酒瓶碎片把他的手和胳膊割得伤痕累累。几秒钟之后火烧般的疼痛传到了大脑，酒精渗入伤口，痛感越发剧烈。

原来这就是自己，普普通通的家伙，酒瓶的碎片都能把他削得鲜血淋漓，痛得他面孔抽搐。他不是恺撒不是楚子航也不是源稚生，换了其他人，这种程度的伤不过是在手上缠一圈绷带的小事，甚至用不着换一只手握刀。他冲出去能管什么事儿？红井距离新宿区少说也有二十多公里，楼顶上可没有直升机在等他。就算让他赶到红井又怎么样？用游戏术语来说，红井就是高级玩家的竞技场，各种皇、鬼、半进化体在那里死磕，以他刚出新手村的级别，靠近点就被轰杀了。

除非他跟路鸣泽做交易。可他只剩下半条命了，两个交易机会，两次交易之后，他会把命输给路鸣泽。

第一次跟路鸣泽交易是为了诺诺，没什么可后悔的，虽然英雄救美的好都记在恺撒名下了，可路明非就是不能看着诺诺死，就算她是别人的女朋友甚至别人的新娘。

有些人对你而言就是这样，只要她在就好，她是不是你的都没关系，只要她在，就比什么都好。

第二次交易是为了楚子航。师兄人又帅武功又好，还那么八婆，还那么仗义，是那种能豁出命陪你去抢新娘的杀坯。人家能为你豁出命去，你不为人家豁出四分之一条命，自己都觉得在江湖上没脸立足。

所以楚子航那次也没什么可后悔的。

除了诺诺和楚子航，这个世界上还有谁值得他花四分之一条命去救呢？芬格尔？算了吧，那家伙属于"我不需要跑得比熊快只需要跑得比同伴快就好"的主儿，大难临头的时候你的问题不是要不要救他，而是你找不找得到他。恺撒？也算了吧，加图索家的少爷这辈子享过多少福啊，游艇帆船私人飞机名酒名车典藏雪茄，别人奋斗一辈子都享受不上的东西，恺撒二十岁以前就玩腻了，按照他爹庞贝的人生轨迹，他将来就只能玩玩灵修，路明非觉得与其拯救这位少爷已经过度圆满的人生，不如自己多活几年好歹为老路家留个后什么的。

那还有谁呢？陈雯雯？早都是过去时了！Pass！校长？这老家伙看起来早已了无生趣，不如早死早安生！Pass！老爹老娘？长到十八岁才知道爹妈都是S级的高手，这些年都没见他们尽什么抚养义务，关键时刻怎么说也是他们来救自己比较合适吧？叔叔婶婶？哦……这个……恕侄儿不孝，不过以侄儿的浅见，也没有哪个龙王会神经到找上你们，龙王的时间也是很宝贵的。

那小怪兽呢？小怪兽呢……路明非呆呆地望着屋顶出神。

路明非知道绘梨衣喜欢他，但那种喜欢在他看来只不过是镜花水月。绘梨衣凭什么喜欢他？绘梨衣连他的真名都不知道，更不用说他的过去，和他心里那些不能告人的小秘密。

又不是武侠小说发生的年代，孤男寡女相处了一个星期，就得情愫萌动？绘梨衣只是"以为"自己喜欢他，那是因为她年轻幼稚没有见过男人，而恺撒提供了资金路鸣泽提供了服务，把路明非包装成闪闪发光的白马王子。等绘梨衣长大了，见识这样那样的男孩之后她就不会喜欢路明非了，她会醒悟过来，原来当初的白马王子只是个骑着毛驴的衰仔。

女孩不都是这样么？小时候她会跟你分享糖果，可有一天她会长大会认识高帅富，再也不来吃你为她买的糖果。所以某一天她忽然打扮得漂漂亮亮的出门离去，别守着糖果等她回来。

每个看穿他本质的女孩都离开了他，就像那时候的陈雯雯，尽管在Aspasia的夜晚，他在烛光和红酒的芬芳中也曾光芒耀眼，但最终在那场圣诞节的弥撒里，陈雯雯和赵孟华的目光还是隔得远远地黏在一起。

他没为绘梨衣做过什么，在那场河畔婚礼的梦里他也没有选择绘梨衣，所以他拒绝了绘梨衣来接他。基于同样的理由，绘梨衣也没有资格要求自己为她舍出四分之一条命去。

他呆呆地坐回积水里，不断地对自己说这样很好，这样很公平，没必要觉得歉疚，最好就是谁也不欠谁的……可是那个该死的梦，那个该死的梦……如果自己没有放开绘梨衣的手，她就不会变成丑陋的傀儡，不会被烧成灰烬……那一刻整个世界都在熊熊燃烧，自己在干什么？自己在看什么？

在那场充满了暗示的梦中，在那场婚礼的最后，一切都在飞腾的烈焰中变得虚无缥缈，他呆呆地看着那具燃烧的傀儡，那双墨线绘制的眼睛里竟然流下漆黑的泪来。

座头鲸霍然起身，向着客人们深鞠一躬说："看样子海啸已经停止，警视厅的救灾也该出动了，我出去寻找救援。我不在的时候藤原勘助会负责照顾大家，请大家尽可能地不要发出声音，无论外面有什么动静。请大家放心，以前你们是高天原的贵客，今晚你们也是高天原的贵客，高天原会不惜一切代价保护各位的安全。"

他还是那么彬彬有礼，但路明非能听出来他的语速快了很多，似乎赶时间要把话说完。

座头鲸抓过一件带帽的雨衣披在身上，转身走出酒窖，把门在背后带上，路明非注意到门把手的转动，座头鲸竟然把酒窖的门给锁上了。

难道店长觉得情况不乐观，想丢下客人和牛郎自己悄悄溜出去？路明非心里正猜疑，忽然听见了细细的婴儿哭声……还有什么东西用腹部贴着地面爬行的嘶嘶声！

死侍！一名死侍正逼近酒窖！路明非忽然意识到自己犯了错误，尽管死侍主要依靠嗅觉，但它们不是聋子也不是瞎子，声音同样能把它们引来！而他刚刚打翻了酒柜！

座头鲸那个疯子，他带着他的伯莱塔去杀死侍了！见鬼！他以为他是谁？他只是个普通人类啊！

"我……我去给店长送武器！"路明非推开一名牛郎，顺手从他怀里抽出柯尔特左轮枪，出门之后跟座头鲸一样锁上了门。

眼前的一幕把他惊呆了，走廊的尽头，座头鲸和一名死侍对峙，就像一头马熊挡住了巨蟒的去路。座头鲸的背影看起来如此魁梧，大有一夫当关万夫莫开之势。

不愧是高天原的店长！不愧是新宿牛郎界神一样的男人！不愧是海上自卫队的退役军官！座头鲸面对死侍不仅不后退，反而蛮横地逼上一步！

但就在路明非心中生出一种"能赢"的希望时，金色古蛇般的身躯忽然从水中腾起，座头鲸被死侍死死地缠绕。路明非被座头鲸的勇气震惊，忽略了基本的实力对比。座头鲸再怎么魁梧，毕竟是个人类，而死侍能以空手撕裂牛犊！但座头鲸毕竟是经过多年训练的军人，牛郎店的工作也没有耽误他锻炼体能，他比常人多出了一点点反应能力，在全部肋骨骨折之前，他反过去抱紧了死侍，双方纠缠在一起滚下楼梯。

座头鲸这是想把死侍带离酒窖，越远越好。但楼梯下方的黑暗中好像有成群的萤火虫飞来，成群的死侍正在逼近，刚才那名死侍已经用尖叫发出了信号。

没有人能救酒窖里的人，成群的凶兽正逼近一群手无寸铁的男女，他们还穿着可笑的高跟鞋、露背礼服裙和紧身西装。

"快带客人们……离开！"滚下楼梯前，座头鲸吐着血沫对路明非喊。

死侍把座头鲸拉向水底，它想用这种办法让座头鲸窒息，但座头鲸的大脑袋始终固执地浮出水面，死死地盯着路明非。他把最后的希望寄托在路明非身上，直至此时他还是相信路明非是不同寻常的人，他在求这个不同寻常的年轻人救救他的客人们。

路明非又想起源稚女对他说的话："这一次……我还赌你赢！"这些人真是滑稽，分明他是个废柴来的，居然还有这么多人相信他会赢。

他奔向楼梯口，跳了下去，落入水中，奋力地游向座头鲸。死侍意识到有新的活物向自己逼近，仰起头向路明非示威，露出满嘴荆棘般的牙齿。

路明非猛扑上去，毫不犹豫地把子弹送进它的嘴里。射击是他仅有的强项，只要他的手不抖，就能打出准确的弹道来。也多亏了这是一支老式的柯尔特左轮枪，不像某些新型枪支那样有导气轨的设计，在水中也是有可能发射的。唯一的问题是子弹湿水之后可能失效，炸膛就不好玩了。不过路明非已经管不得这么多了，座头鲸随时都会因为窒息而死。在这里只有他受过屠龙的教育，除了他没人

Chapter 22
Sakura's Anger

能救座头鲸。

连续六发都是幸运弹,第一发直接打进了死侍的嘴里,其他几发也都命中了它的面部。遭受袭击之后,死侍发狂地咬住了座头鲸的胳膊,猛地摆动头部,把他的整条胳膊撕扯下来!

它给了座头鲸致命创伤之后,立刻转身扑向路明非。它缠住路明非了,路明非的全身骨骼发出濒临断裂的响声,锋利的鳞片沿着他的身体滑动,把他割得遍体鳞伤,锋利的长牙在他的喉咙前晃动。

路明非被死侍拖着向水底沉去,恍惚记起在三峡的水底,诺诺的长发海藻般浮在水中,她游向自己,抱住自己,给自己套上潜水衣,又仿佛是在日本海的深处,绘梨衣缓缓地张开双臂,把奋力游动的自己抱住,两个画面是那么地相似,两个女孩的形象渐渐地重叠起来。他似乎想起了什么,但水灌进肺里,胸口好像都要炸开,神志一片模糊。

他闻到了死亡的味道,这一次没有奇迹发生,他喜欢的女孩、喜欢他的女孩、号称要跟他不离不弃到天涯海角的魔鬼,都没有出现。

真没想到李嘉图·M.路的人生是这么结束的,为救男派花道的创始人而牺牲了年轻的生命,分明几分钟前他还觉得要跟世人两不相欠,连如花似玉的妹子都没有去救。

值得么?想起来真是蛮不值的,可跳进水里的那一刻没来得及想,就是看着座头鲸和死侍缠斗在一起……哦,基本没有斗,只是缠在一起,像一头笨熊……就跳进去了。

黑暗忽然被割裂。

那是一柄漆黑的直刃忍刀,带着整个人的重量下斩,把空气和水一并割断。忍刀从后颈刺入,洞穿了死侍的喉咙,跟着刀身偏转,切断了它的颈椎。

纤细但有力的手抓住路明非的领子,把他从水底拎了起来,跟着温软的嘴唇贴在他的嘴唇上,一个凶猛的热吻,吻得路明非直哆嗦。

初吻被绝世妖姬夺走固然是让人激动的事,不过路明非哆嗦不是因为激动,而是那一吻太过强力,巨大的气压差彻底压瘪了他的肺部,把灌进肺里的水全都抽了出来。

好一个长鲸吸水式的深吻,什么法式深吻,跟这个吻比起来简直弱爆了!紧跟着是一个响亮的耳光用于回魂,生生地把路明非那一团混沌的大脑抽醒过来。

酒德麻衣随手把他丢在积水里,扭头吐出满嘴的水:"还算有勇气啊,新郎官。"居高临下的语气,便如女王驾临。

虽然她穿着漆黑的忍服,跟拍卖会上的那身金色纱丽有着天壤之别,但是那双人间罕见的长腿还是泄露了她的身份,路明非呆呆地说:"你你你你你……"

477

酒德麻衣懒得搭理这家伙。她一直用"冥照"隐藏在酒窖中，观察着路明非的一举一动，他的恐惧、厌和犹豫都看在眼里。没必要再说什么了。

　　她拎起重伤的座头鲸扔给路明非，摇了摇头。座头鲸太过冲动了，以血肉之躯抵挡近乎钢铁的死侍，手臂撕裂造成的伤口会不断地出血，在缺乏止血剂和血浆的情况下凶多吉少。

　　她不是不想救这个临时手下，但对路明非的保护是最高级的任务。为了确保完成这个目标，任何人都可以被牺牲掉，连她自己也不例外。

　　她拔出另一柄忍刀，静静地站在楼梯前，死侍群感觉到她带来的巨大压力，逡巡着不敢靠近。尽管古龙血清造成的创伤远没有完全恢复，但以酒德麻衣的血统，压制死侍群还是可以做到的。

　　路明非拖着座头鲸来到角落里，匆忙地揭开雨衣检查那个巨大的伤口，血像泉水那样从断口处流了出来，无论他用衣服去捂用皮带去扎都没法止血。

　　"Sakura……我没有看错人。"座头鲸艰难地睁开眼睛，这种时候他的眼睛竟然是闪闪发亮的，"你是我……一眼看中的男人。"

　　失血过半后还有如此清晰的神志，大概只能用回光返照来形容了，路明非抱紧座头鲸，以免他的体温过快地下降："店长，别骗我了，我知道你跟藤原勘助说我是朵罂粟花来着，以前那个罂粟花不是和客人抱在一起烧炭自杀了么？你旗下的罂粟花总是废柴啊，连帮你赚钱都做不到。"

　　"虽然死了，但他还是很美啊……"座头鲸喘息着说，"他死了，但他的花道没有死……我死了，我的花道也不会死。"

　　"值得么？为了客人那么拼命。客人想找我们的时候就来了，喝醉了就走了，最后不总是剩下空荡荡的场子让我们打扫么？"路明非心里大恸，但是哭不出来，心说店长啊店长，我很为你难过，但你自己能严肃一点么，你说这么蠢的话，我的难过都会打折啊。这个世界上谁重要谁不重要你真的分不清楚么？客人来你这里花钱买到了她们想要的东西，这就是一场交易罢了，凌晨的时候曲终人散，你带着大家打扫满地狼藉的舞池，偶尔自己坐在台阶上吹口琴，不也很落寞么？世界就是这么残酷的啊，爱你的人没你想的那么多，最终每个人都是孤零零的，何苦那么拼呢？

　　"值得，"座头鲸说得轻声而坚定，"那些都是来捧我场的女人啊，她们都是高天原的贵客，靠了她们高天原才能坚持到今天……她们那么爱我，我当然可以为她们赴汤蹈火。"

　　路明非呆呆地看着这个男人，不知从何说起，却又不忍心骗他。他心说店长啊店长，你真的高估了自己，那些女人不是爱你啊，是为了老大和师兄来消费的，你也许曾经是绝代的美男，可如今也就是个男版老妈子而已。你到底为什么而坚持呢？

Chapter 22
Sakura's Anger

男派花道？男派花道是什么东西？狗屁而已。

"你有没有觉得奇怪 …… 我这种人怎么能在东京最值钱的地段里有这么一栋楼？"座头鲸的脸上露出孩子般稚气的表情。这熊一般的汉子流露出这种表情，吓得路明非以为他进入了弥留状态。

"这栋楼原来是个客人的产业，她去世的时候留下遗嘱说，无论如何这栋楼都得租给我，还得是廉价的租金 …… 只要我活着一天。我看到遗嘱的时候完全不记得那个客人是谁了，遗嘱里还有一封信，说当年我说要建立自己在新宿牛郎界的霸业，要把爱分给每个需要的女人 …… 她说阿鲸，现在你有你的第一座城池了，在那栋楼里开新宿最好的牛郎店吧，让每个彷徨的女人在夜里有个去处。"座头鲸的声音渐渐低落下去，瞳孔渐渐地涣散，"可我还是没想起她是谁，当年我跟很多女人都说过类似的话，我出道的时候很穷 …… 总是在客人们面前说些好听的志气话，好让她们消费来支持我 …… 可我没想到她们中有个人当真了 …… 这样夸下了海口的我，连她是谁都没记住，怎么能不做一间最好的牛郎店来报答她呢？她的在天之灵在看着我啊，当年我遇到她的时候，她一定很孤独吧 …… 要在午夜的东京找个去处，最后找到了我。"

路明非呆呆地抱着这头熊，听他最后的喋喋不休。这些话大概在座头鲸的心里憋了很久很久吧？拼死也要讲出来，这是他的道，他的一生，他唯一能留在这个世界上的东西。

"Sakura 我很看好你啊，罂粟花也是有爱的啊，只是太绝对。"座头鲸含含糊糊地唠叨。

"Sakura 我告诉你一条真理啊，女人爱一个男人，往往要比男人爱一个女人的代价高很多 ……"

"有时候这个代价是一生 ……"他的呼吸开始出现偶尔的中断。

他的话在路明非脑海里回荡，轰隆隆的，仿佛雷鸣。女人原来是这样的东西么？你觉得她很神秘，但她其实很简单，她如果喜欢你，你说谎她都会信。

难怪他说什么扯淡话绘梨衣都相信，因为绘梨衣喜欢他，她的智商原本就不高，进一步降低之后就降成了笨蛋。可绘梨衣怎么会喜欢他呢？到底是什么时候，他说了什么错话，表错了情，让绘梨衣喜欢上了他？

他想起来了！他终于想起来了！死侍想把他拖往水底的那个瞬间他其实已经隐约地想到了！那一刻诺诺的身影和绘梨衣的身影在他眼里渐渐地重合起来，在漆黑的深海中，他不顾一切地向前游去，狠狠地抱住了女孩温暖的身体，他以为自己抱住了诺诺，其实被抱住的是绘梨衣。

原来是从那个时候开始的，难怪绘梨衣对于所有人都很疏离，对他却没有丝毫敌意，毫不犹豫地跟他离家出走 …… 因为初次见面的时候，他先紧紧地抱住了绘梨衣。

她喜欢自己并不是因为自己有钱有高级跑车带她去高级餐馆，这些绘梨衣都不缺，她只是弄错了一件事……她误以为路明非的爱和拥抱是给她的。

在海底七百米深处，与世隔绝的地方，那个傻瓜一样的年轻人带着像是要哭出来的表情奋力地游向她，毫不畏惧地迎着她的刀锋。

她的手垂了下去，幸福地又茫然地被人用力抱紧，那一刻，名为"爱情"的东西如狂潮般洗刷她的脑海，她觉得自己被人喜欢了，自己是世界上最大的宝贝。

"女人啊……说到底都是很笨的家伙啊……所以要爱她们。"最后的话出奇地清晰，座头鲸缓缓地从路明非的臂弯中滑下去，从不摘下的墨镜掉进水里，露出一张海军上尉般英挺的脸来。

原来年轻的时候这个男人真的很英俊。

"店长……店长！店长！"路明非奋力地摇晃着这个渐渐冷却的男人。

座头鲸再也没法回答他了。他也说完了，他这一生的男派花道，各种高深晦涩的修辞，其实不过是他觉得当初喜欢他的那个女人很傻，他后悔没有早早地知道她那么爱他，知道的时候已经来不及给她任何报答。

所以要做世界上最好的牛郎店，要做牛郎店的天下第一。

"行了，别在这里大呼小叫了，表情过于丰富的男人可是不会讨女人喜欢的。"酒德麻衣回过头，冷冷地说，"如果有什么还没来得及做的事就去做，如果害怕就闪在一边！"

死侍群开始试探着往这层楼推进了，对血肉和杀戮的渴望压倒了畏惧之心，毕竟楼梯上的人虽然杀气凌厉但是纤细窈窕，动物性的思维让死侍觉得比自己体型小的目标并没有那么危险。

酒德麻衣巍然不动，她也不能动，格杀必须在楼梯口完成，否则她也不能确保死侍不冲进酒窖里去。

路明非用尽全力把座头鲸扶了起来，放在旁边的沙发上。这是一张华贵大气的蓝色真皮沙发，金线刺绣，透着巴洛克的奢华，正适合高天原的店长。牛郎之王即使死了也该坐在这样的沙发上，虽然死了，可随时都像是要站起来，发出他的必杀技，那是让天下女人都震撼的笑颜。路明非把墨镜捞起来给座头鲸戴上，一步步地倒退出去。

他转身跑向走廊的那一头，跑得跌跌撞撞，动作笨拙又凶猛，像是一只发怒的箭猪。

"喂！"酒德麻衣断喝。

路明非站住了，扭头看着这个曾有一面之缘的女人，真受不了这个女人了，首先是每次见面都要亲他，其次这种要命的时候他还有几十公里的路要赶，没时间跟

Chapter 22
Sakura's Anger

她废话。

酒德麻衣远远地把车钥匙扔给他:"车停在两条街外的停车场,那间拉面店后面,希望还没被水淹掉。全世界限量九十九辆的限量版,小心点开,你已经毁了我一辆车了。"

路明非看向自己的手中,车钥匙上嵌着金色的蛮牛标志,这是一辆兰博基尼。在 Chateau Joel Robuchon,他和绘梨衣走投无路的那次,也是一把兰博基尼的钥匙递到他手中。

原来是这种级别的超级美女在救他,原来在这个世界上站在他身后的人还不止老大和师兄,相信他的也不止源稚女和座头鲸。他确实是个废柴,但在这个世界上他是有队友的!

他岂止有队友,他简直拥有千军万马。

"混账!混账!混账!竟敢杀死世间唯一的神!你知不知道你毁灭了人类进化的道路?你这狗娘养的杂种!你这蝼蚁般的东西!你这卑贱的……人类!"赫尔佐格疯狂地殴打着源稚女,抽打他的面颊,用尖利的鞋尖踢他的小腹,甚至用指甲去撕那张艺术品般的脸。

几分钟前他还是渊博的科学家,优雅的贵族,此刻却变成了歇斯底里的泼妇,尖声地嘶叫着,恨不得把源稚女撕成碎片。

他在荒芜的北极圈中度过了接近一生的时间,只为研究"龙"这种伟大的生物,他又花费二十多年的时间来执行邦达列夫留下的计划,辛苦地隐藏自己的欲望,只为继承白王的遗产,现在他已经无比接近成功,就要成为世界上绝无仅有的伟大存在,却因为源稚女的任性,全盘计划毁于一旦。

他没有想到,他不愿意相信,他愤怒得像只被夺走了血食的鬣狗,如果他长着毛,此刻浑身的毛必然都是直竖的。

赫尔佐格打得累了,双手扶着膝盖大口喘气。他毕竟老了,身体的各项机能都在衰退,他看起来容光焕发,只是计划成功给他打了强心针。

他确实是个混血种,但血统并没有多么特殊,他也没把古龙的血用在自己身上,他种种死而复生的奇迹都是用影武者或者诡秘的手段伪装出来的。他当然不会在自己身上做龙血实验,那种实验的成功率极低,他是惜命的人,他的命当然宝贵,他是食物链的末端,他要活得足够长,这样才能吃掉所有人,把每个人的价值都变成他的养料。

精通诡谋的人往往都很爱惜自己的生命,因为在他们看来别人都是棋子,而他是下棋的人,下棋的人就该比棋子贵重。棋子之间血流成河,下棋的人云淡风轻。

可这一次,一颗发疯的棋子背叛了棋手,把原本大胜的盘面翻转过来。

源稚女抱着源稚生，痛得在地上打滚，可忽然笑了起来。心中的剧痛和身体上的疼痛合在一起简直要把他整个人都摧毁，可他还是忍不住要笑，嘶声狂笑，让人觉得风间琉璃再度控制了他的身体。

赫尔佐格被他笑得愣住了，警觉地往后退了两步。

源稚女还在笑，每笑一声他都会吐血，满嘴都是血沫。这么痛苦的笑，听起来却是那么地畅快淋漓。

"是的！是我杀了神！因为神对我来说什么都不是！"源稚女抬起脸来，他的脸被赫尔佐格撕得血肉模糊，却带着令人惊艳的冷傲和高贵，"王将，原来我一直高估了你，我以为你是这个世界上最残酷的人类，你像龙一样思考问题，所以我才那么畏惧你，怕你怕得要死。可现在我明白了，你是个小人啊！哈哈哈哈！你是个彻头彻尾的小人啊！你鄙视人类，但你自己才是完完全全的人类，贪婪！胆怯！卑微！你这种东西进化成龙又有什么用呢？龙也会鄙视你这种同类吧？哈哈哈哈！事到如今你还能做什么？你杀了我和哥哥，可你自己也活不下去！你逃不掉的！我的朋友会追杀你到世界尽头！"

他艰难地爬向源稚生："我们大家都会死，可是最后的最后我和哥哥死在一起，可你呢？你活着的时候是个孤独的小人，死的时候也会是个孤独的小人！"

赫尔佐格呆呆地看着这个浑身是血的疯子，终于明白了自己所犯的错误，他那近乎完美的计划中存在小小的瑕疵。

他从十年前开始催眠和诱导源稚女，从他的人格中生生地分裂出"风间琉璃"这个恶鬼，从那以后便觉得自己牢牢地掌握了源稚女。风间琉璃是他制造出来的傀儡，遵循他的命令行事，对源稚生怀着刻骨的仇恨，虽然偶尔叛逆，但那也不是什么大问题，只要握着那对梆子，赫尔佐格随时都能剥夺他的能力。

唤醒八岐大蛇的时候，赫尔佐格自己并不在场，而是让被催眠的"影武者"戴着面具扮演他。他觉得即使自己不在场，事情也会如他想象的那样发展，因为还有他的傀儡风间琉璃坐镇。但他没想到风间琉璃本质上仍是源稚女性格的一个侧面，是那个被哥哥放弃的男孩在极度的孤独和痛苦中，灵魂深处生出的魔鬼。所以风间琉璃不但没有阻止源稚生杀死赫尔佐格的"影武者"，还亲手毁掉了圣骸，圣骸对他而言不过是只丑陋的虫子而已，他渴望的只有一件事，在这个最终的舞台上和哥哥重逢，终结所有的痛苦和仇恨。

所以在这最后的舞台上，愤怒不甘的人既不是源稚生也不是源稚女，反而是赫尔佐格自己。因为无论源稚生和源稚女都是来这里求死的，只有赫尔佐格是来求伟大的权力和未来。

求生的人永远无法战胜求死的人，因为后者早已无所畏惧。

所以赫尔佐格根本无法伤害源稚女。源稚女的痛苦已经到达了顶点，他失去了

Chapter 22
Sakura's Anger

生命中最重要的人，也失去了人生，他根本不在乎自己的生命，何况那张漂亮的面孔？他痛得随时会昏厥，但他还是为报复了赫尔佐格而狂笑，真心地快乐。赫尔佐格暴躁地喘息着，发出野兽般的呼呼声。失去了圣骸他也走到了绝路，他很清楚源稚女说得没错，即使蛇岐八家和猛鬼众已经被他摧毁了，可还有卡塞尔学院。这个为屠龙而存在的究极组织是不会允许他活下去的，源稚女也确实还有朋友，他的朋友是那个由贵公子、杀坯和废柴组成的小组，这个小组绝对会追杀赫尔佐格到世界尽头。

源稚女终于爬到了源稚生旁边，把渐渐冰冷的哥哥抱在怀中，龙化后的源稚生远比他魁梧，如同披甲的将军，而他纤细得就像女孩，可他还是紧紧地抱住了哥哥，似乎要用自己的身体温暖他，稍稍延长他的生命。很多年前，在黑天鹅港地下的胚胎培养室里，他们也是这样躺着，无意识地拥抱在一起。

赫尔佐格暴跳起来。他逃不掉了，但他还有最后的办法来惩罚背叛他的源稚女，即使作为求死之人，源稚女也还是有弱点的。他要源稚女痛苦，让源稚女为自己的笑声支付代价。

他狠狠地把源稚生从源稚女的怀抱中扯了出来，拖着他去往那台用于解剖八岐大蛇的设备，那些锋利的圆锯可以切开八岐大蛇的身体，当然也能切开保护源稚生的鳞片。

"笑吧！笑吧！让我给你的笑声增加一点余兴节目！想不想看你哥哥被切开的样子？我解剖过龙和死侍，还没有解剖过龙化的皇！"赫尔佐格喘息着，神色狰狞，"切口的花纹应该很美吧？让我一片片地把你哥哥切开给你看，看看所谓的皇到底是什么东西！"

"不！不！不！"源稚女发出撕心裂肺的尖叫，他连站也站不起身，只能在血水中爬行，但他追不上赫尔佐格。

赫尔佐格故意拖得很慢，这样他才能看清源稚女那绝望的神情，这样源稚女就可以爬得更近，好好地看清哥哥在圆锯下被肢解的景象。事到如今，每个人都是疯子了，大家都要死，都只能靠对方的绝望温暖自己。

把源稚生送上解剖台耗尽了赫尔佐格的力量，他跌跌撞撞地奔向操作台。

"不！不！不！"此刻源稚女只能发出这一种声音了。

狂怒令风间琉璃的人格再度复苏，但赫尔佐格敲击着梛子，压制着风间琉璃的人格。无法唤醒风间琉璃，源稚女就不可能具备杀死赫尔佐格的力量，这是在无数实验体身上测试后的科学结论。

轮到赫尔佐格笑了，他操纵着鸣鸣作响的圆锯，由上而下，逼近解剖台上的源稚生。

这时巨大的风声从背后袭来，竟然压过了圆锯的噪音。那可怕的风声中，似乎有某个东西在呼吸！什么东西的呼吸竟然可以造成风啸般的声音？分明这口井里的其他人都死了，他背后只有满地的尸体。

赫尔佐格缓缓地转过身来，他不敢转得太快，怕惊动了什么。

黑暗中，绘梨衣已经无声地坐了起来，像是上了发条的人偶。随着她缓缓地睁开眼睛，井底的黑暗被她的瞳光照亮，她的眼底仿佛流淌着熔岩。她仰望天空又俯瞰脚下，再扫视这个地狱般的地方。

面如冰封，而又君临天下。

这是王的苏醒，第一件事就是看这万年后的世界是否还依旧。

赫尔佐格和源稚女在她的威压下都不由得战栗，圆锯停止了转动，井底只剩风雨声，风雨中绘梨衣悠长地呼吸着，全世界似乎都在她的呼吸声中舒张。

此刻岩浆再次照亮了日本的黑夜，从熊本的阿苏山到千岛的硫黄山，已经平息的火山再度喷发，从天空中看下去日本各地的火山带是明亮的，像是大地深处涌出了金色的血液。

"近地轨道卫星'天巡者'，识别代号SW001，变轨成功，正接近东京上空，预计一分四十五秒后到达指定坐标。"

"姿态调整完毕，达摩克利斯之剑自检完毕，进入释放预备状态。"

"美国国防部所属卫星CWA002、CWA005，俄罗斯航天局所属卫星DGC034，欧洲航天局所属卫星ESA254，中国航天局所属卫星CNS027正提供导航。"

"大气流动剧烈，能见度接近于零，螺旋仪受限，主导航方式改为空间坐标扫描。"

"倒计时一分钟，各部门准备！"

东京都气象局楼顶，副校长通过无线耳机监控着天谴的释放，难得装备部严肃了一次，各部门衔接精准像是钟表。这帮神经病也不是不能正经，只不过对天才来说值得他们正经的事情不多。

天谴是例外，除掉核弹这类可能导致世界毁灭的武器，天谴是迄今为止人类制造出的最强力的屠龙武器，精准的定位打击能把目前所知的各种级别的龙类化为灰烬。

这件武器的发射对装备部来说也是个值得见证的时刻。

但事实上天谴的释放既不需要副校长的监控也不需要装备部的协力，真正的控制者是Eva，这个安安静静的虚拟女孩才是掌握最终权限的人，以她的计算能力，随时都能修正装备部的错误，确保天谴被正确地释放。她坐在副校长身边，和副校长一起望向东边的天空，如果没有乌云且天气晴好的话，他们应该可以看到那颗晨星般的天巡者正从地平线上升起，带着致命的"剑槽"。

Chapter 22
Sakura's Anger

"红井那边似乎没什么变化吧?"副校长喝着酒随口说,"可别神已经从井中逃走了,我们还把天谴扔下去。这么贵重的东西,砸到花草树木多不好。"

"这么短的时间里,应该不至于发生什么大的变化吧?"Eva淡淡地说,"很快这件事就能结束了,还剩下三十秒钟。"

"现代科技真是太棒了,以前屠个龙可不容易,得扛着刀片子或者装炼金子弹的来福枪,骑着马跑上几天几夜,还说不定能不能摸准龙穴的位置。"副校长舒服地伸了个懒腰,"现在可好,坐在东京城里喝个小酒,等着远处的爆炸声。"

"但这样井里的人都会死。"

"只怕井里的人都该死吧? 他们都已经是怪物了,人类的世界里没有他们的位置。"副校长幽幽地说。

"10、9、8、7……"Eva开始倒数,副校长转而看向多摩川的方向,一直蒙蒙眬眬的眼瞳中,忽然透出一股隐约的锐气。

"6、5、4……"副校长似乎能听见太空中那根致命的金属棒解除安全锁的声音。

Eva忽然站了起来:"取消! 天谴发射取消!"

楼下大厅里的研究员都傻了,原本已经走到尽头的进度条高速地回退,达摩克利斯之剑退回剑槽中,安全锁重新锁定了它。在最适合释放的几秒钟里,系统强行中断了进程,在几十公里的高空中,天巡者和东京擦肩而过,放弃了最完美的一次机会。下一次完美机会要到九十分钟之后才会到来,谁也不清楚九十分钟里红井会发生什么样的变数。

"怎么回事? 庞贝取消了发射?"副校长喝问。他知道不是Eva自行打断了发射,再怎么有自我意识,Eva也还是一个人工智能,她不会也无法违背指令。

Eva看着副校长,瞳孔中闪过无法解读的字符,用一种很陌生的语气说:"对不起,这个问题我无权回答。我收到了来自更高级的命令,另一套屠龙系统已经开启,正在前往红井的路上,天谴的释放可能会影响另一套系统的安全,因此天谴必须被中断。"

"另一套系统?"副校长震惊了,难道世界上还有另一套可以比拟天谴的屠龙系统? 难道这个世界上还有什么武器能够杀死复活的白王?

此时此刻,雪亮的大灯撕开雨幕,敞篷的兰博基尼轿车在山路上横冲直撞,路明非狠狠地踩着油门踏板,用尽全身力气控制着沉重的方向盘。

偶尔雷电撕裂云层,照亮他紧绷的、神色有些狰狞的脸。

车内音响里放着玉置浩二的老歌《Friend》,路明非把音量开到最大,原本那么细腻那么悲伤的情歌在雨中轰然作响,像是天使们在天国的尽头齐唱着圣咏。

路明非真不想听这悲伤的歌,他是去救人的,带着他的千军万马。他必须听些雄壮的歌,好让自己不要怕,也不要想。

人生在世很多事都不必想，很多账都算不过来，想屁！冲上去就好了！怎么不是过一生？像烟花也是过一生，像樱花也是过一生，只要亮过和盛开过不就好了么？

还有就是不要做会让自己后悔的事，不要让那些爱你的人难过，因为这个世界上，你爱的人固然很少，爱你的人也绝不会多。

他多希望车里有张CD，上面载满雄壮或者咬牙切齿的情歌，它的歌词应该像郑钧的《天下没有不散的筵席》那样，歌声也那么地撕裂：

> 天下没有不散的筵席
> 一切全都，全都会失去
> 天下没有不散的筵席
> 你的眼泪欢笑，全都会失去
> 如果你爱上哪位姑娘，一定要好好保护她，
> 如果有人想伤害她，你要用弓箭去射他！

可惜他没有，他只有一张玉置浩二的专辑。真没想到那个长着超级长腿的姑娘看着跟个女杀手似的，却听这么伤情的歌：

> 只有再见，再无言，
> 在你的影子里，我的眼泪掉了下去
> 手指、头发和声音，都变得冰冷
> 两人相伴的生活远去了，连气息也失去
> 已经是朋友
> 从心里是朋友
> 凝视也是朋友
> 变得悲哀，因为已无法回忆
> 但梦境仍然清醒，梦中一见，还是不能忘记
> 已经是朋友
> 漂亮的朋友
> 就像这样的朋友
> 温柔的……
> 已经是朋友
> 从心里就是朋友
> 永远是朋友

Chapter 22
Sakura's Anger

　　从今往后……

　　朋友……只能说再见，其他都说不出口

　　莫非她也爱着谁么？爱着某个在视野里却永远无法抵达的人？

　　说真的他快要累爆了，大口地喘息，只觉得车头随时会失控，带着自己栽下山崖。所以他必须听歌，还得跟着大声地唱，才能不失神。

　　该死！还得再坚持那么一会儿……穿越今夜惊恐不安的东京城，穿越寂静的群山，顶着海雨天风往前跑，千万要赶上啊！

　　时至今日他终于明白了，明白了为什么只有他一个人觉得绘梨衣像诺诺。因为她虽然美丽但是太空白了啊，她看着绝大多数人的时候，眼睛空得就像镜子，而诺诺的眼神那么深邃和灵动啊。

　　唯有在和路明非对视的时候，那对空白的眼睛仿佛被妙手点睛那样活了过来。只有那些双目交错的片刻，她灵魂深处作为"女孩"的那部分才是活着的。

　　后胎带着刺耳的尖叫声在坡道上滑动，车灯光柱仿佛高速旋转的时钟一样扫过一圈又一圈，最后兰博基尼狠狠地撞在一棵树上，水箱盖开裂，白色的蒸汽四下喷射。

　　最终还是把大美女的兰博基尼给弄坏了，看起来屌丝就是跟好车没缘分啊，从那辆布加迪威龙到如今这辆兰博基尼，所有超级跑车到他手里也就是开一把的事儿。

　　安全气囊全弹出来了，他的脑袋也在方向盘上撞得鲜血淋漓。他推开车门，跌跌撞撞地往山上跑，他也不知道自己去了能干什么，这次他连七宗罪都没在身边。他只是觉得自己得快，你只有跑得比时间还快，才能改变这个故事的结局。

　　山是银白色的，石头也是银白色的，放眼所见都是枯萎的树木，树上缠满银白色的丝，好像有一条巨大的蚕在山中吐丝作茧，又像是佛经中所说远离尘世的琉璃世界。

　　但这些银白色的丝显然不是什么好东西，没跑多远路明非就看见树上挂着红色蚕茧一样的东西，茧衣是半透明的，隐约可见里面那个枯萎的人形。

　　茧里的人穿着黑色的忍服，是风魔家的下属。路明非对风魔家的历史并不了解，也没心思去想这个时代怎么还有忍者在外面活动，但他能看出那个忍者是怎么死的。他的身体和脑颅被这种白丝包裹和贯穿，身体里所有的液体都从丝中细细的管道流走，所以茧衣被染成了红色，那是有红血球残存在丝里。他被这些白丝吸干了。树木也不例外，所以满山的树都枯萎了，树木里的营养物质也被抽空。

　　所有白丝都来自红井的方向，好像那里坐着白发的妖魔，它披散着几千丈的白发。

难道这就是龙类的孵化方式？把周围区域的生机都吸干，在很短的时间里达到成熟，何等暴虐的掠食方式，不愧是食物链最末端的猎食者。

　　路明非沿着山路奔跑，尽量躲开白丝密集的地方，但还是有几次不小心碰到，立刻就觉得那些白丝像是有生命的东西那样，要往他的身体里钻。那些白丝带有强烈的腐蚀性，半秒钟的皮肤接触就会造成烫伤般的疼痛。沿路上他又看到了那种血红色的茧，有时候被吊在树上，有时候猎物被包裹起来之后黏在岩石上，里面有人也有动物，都已经被吸干了。

　　他越前进越惊恐，这哪里是一片山地，这根本就是血腥的孵化场，他闯进这里，纯粹就是白兔钻进了蛇穴。

　　这里到底发生了什么事？绘梨衣又怎么样了？他试着用 Line 导航，却在这片银白色的山里迷了路。他急得想要跳脚，同时筋疲力尽。他扶着一棵枯萎的樱树，大口地喘息，剧烈地咳嗽，吐出的唾液黏稠得像是胶水，心脏发疯似的狂跳，似乎要撞破胸口。这让他想起当年在仕兰中学跑一千五，每次总是跑成这个尿样，体育老师骑着自行车掐着秒表跟在后面，恨铁不成钢地说你啊，平时不烧香临时抱佛脚，可佛的脚是你想抱就抱的么？你想抱的时候，总是晚了。

　　见鬼，你真的是体育老师不是语文老师么？怎么修辞那么好呢？好像预言了路明非的人生似的，平时不烧香，临时抱佛脚，一辈子追着人家的背影，却总是追不上。关键时刻只能靠燃烧生命。

　　召唤小魔鬼么？召唤了就不用跑了，只要牺牲四分之一的生命，小魔鬼就能把这一切都搞定，他只需要放轻松在这里等着，自然会有一辆豪华轿车接他回东京，在东京半岛酒店的套房里睡到早晨看日出。

　　在北京地下铁里的那次，自己也是豁出命跑了一路，最后还是把小魔鬼召了出来。小魔鬼满脸都是鄙夷，说你早点召唤我我早就把事情摆平了，用得着你跑成这个熊样？

　　可路明非还是没能下定决心，首先召唤了也未必来，刚才他快被死侍虐死了路鸣泽也没出现；其次他真的害怕，他心里还存着一丝侥幸，也许到达红井的时候会发现一切都好，自己的担心只是杞人忧天。

　　他拉紧身上的衣服，试图抵御劈头盖脸的暴雨，扶着枯树转过弯道，抬起头来的瞬间，惊呆了。

　　彩虹般的高架公路横在面前，路灯在雨中发出温暖的黄色光晕，前方依稀是灯火通明的城市。高架路下，瀑布般的水流后，停着一辆黑色的奔驰车。

　　路明非不敢相信自己的眼睛，他竟然到了新宿区的路口，那条高架路就通往不夜的歌舞伎町，他太熟悉这个路口了，他跑着跑着，竟然跑回了东京。

　　路鸣泽站在奔驰车边，穿着黑色的西装，打着一柄黑色的大伞。他显然是在等

Chapter 22
Sakura's Anger

候路明非，已经等了很久很久。

今夜的路鸣泽出奇的安静，路明非从未在他脸上看到过今夜这样的表情。

漠然而惋惜，像是要去参加一位远房亲戚的葬礼。

很罕见的，他们的相遇没有以路明非的大惊小怪或者路鸣泽涎皮赖脸的问候开始，两个人隔得远远的对视，雨水打在路鸣泽的伞上噼啪作响。

"哥哥你来晚了，最后的演出已经开始了。"路鸣泽淡淡地说，他的眼里仿佛转动着金色的曼陀罗花。

路明非的意识忽然间错乱了，他隐约觉得路鸣泽说得对，他来这里是要去看一场演出。他再低头看着自己身上，没错，他也穿着黑色的西装和礼服衬衫，打着白色的领结，这是要去看一场盛大演出的装束。

可去看演出的话他为什么要跑得那么惊惶？他想不起自己为什么而来了，只记得在一分钟之前自己还发疯似的跑着。

路鸣泽为他拉开后排贵宾座的车门，路明非配合地钻进车里，车门嘭的一声合上。

奔驰车行驶在东京的雨夜中，非常平稳，路鸣泽亲自开车，雨水打在车窗上，碎成细小的水珠，路明非透过车窗，呆呆地望着外面的城市。

车里播放着似曾相识的歌，空气中浮动着氤氲的香气，似乎不久之前有一个年轻的女孩坐在这个座位上，她的香味不是来自香水而是某种沐浴露……对的，啤酒花沐浴露，也叫"樱花之露"的那种东西。

为什么自己会这么熟悉这种香味？路明非说不出来，但他就是知道那是樱花之露，不久前坐在贵宾座上的女孩似曾相识，路明非简直能想象出她的模样，高挑修长，白色裙脚，安安静静。

甚至她的手提箱还搁在旁边的座位上，不知为何她下车的时候很匆忙，连随身的手提箱都忘记了。

"南美好玩么？"路明非试图打破车里的沉默，他依稀记得开车的人是他的弟弟，刚刚去南美旅行。

"很好，有天空、山和河流，没有雾和高楼阻挡你的视线，你可以看到目光穷尽的地方。"路鸣泽淡淡地说，"哥哥你也应该去那里旅行。"

"好的，我会去的。"路明非下意识地说，完全没有考虑南美有多远和多贵。好像他是一位豪门的贵公子，这个世界上并不存在他去不了的地方，只取决于他想不想去。

白色的日式楼宇出现在道路的尽头，桃山时代的风格，门楣上张挂着紫色的家纹旗帜，两侧悬挂着红色的条幅，条幅在风中龙一样飞舞，一边写着"五月花形大歌舞伎"，一边写着"终剧樱落"的字样。

他们到达了银座的歌舞伎座，东京最有名的歌舞伎剧场，风间琉璃曾在这里上演他的《新编古事记》，恺撒和楚子航曾经观摩过那场盛大的演出，但对路明非来说这是个陌生的地方，精致而玄妙。

车在歌舞伎座前停下，门前空无一人，但是所有的灯都亮着。路鸣泽下车为他拉开车门，顺手提起那个遗落在后排座位上的手提箱，他们并肩穿过长长的走道，走道上也没有任何人影。

他们乘坐电梯下行，剧场竟然位于这座建筑的下方，但路明非也没有觉得很奇怪，路鸣泽看起来很认识路的样子，他跟着路鸣泽走就可以了。

电梯门打开，是三层观众席的中型剧场，座椅都是纯正的红色，透着皇家般的雍容和典雅。舞台上也是灯火通明的，布景是一口白色的井，井底却是血红色的，井壁上爬行着各种妖魔鬼怪，似乎是象征着地狱。

但观众席上竟然空无一人，路鸣泽应该是包场了，后台倒是传出乐器试音的声音，似乎是演员们正在做最后的准备。剧场外响起铜铃的声音，这个路明非倒是懂的，他去过芝加哥的歌剧院，在那里，演出开始之前服务生也会敲着铜铃催促大家赶快就座，演出随时都会开始。

"演出还没开始嘛。"路明非松了口气，对路鸣泽说。

路鸣泽没有说话，引着他在观众席正中央的座位坐下，四面八方望出去都是红色的椅背，他们仿佛坐在红色大海的中央。

灯光暗了下去，黑暗中舞台越发明亮起来，随着小鼓响起，演出正式开始了。首先登场的是穿着燕尾服和亮紫色衬衫的老人，他跳着芭蕾亮相，脸上却戴着公卿的面具，舞蹈结束的时候他摘下了面具，露出橘政宗的脸来。路明非恍然大悟，原来王将和赫尔佐格是同一个人的两个身份。他好奇地看向身旁的路鸣泽，不知道他为什么要用这么麻烦的手段向他揭开这个秘密。路鸣泽没有回应，聚精会神地看着这幕混搭的歌舞伎剧。

好在座位旁边就放着演出的介绍，路明非就着舞台上的灯光阅读那份介绍，演员们的身份都在那上面写明了，包括了赫尔佐格博士的前半生。

接着登场的是身穿黑色风衣的源稚生和女装的源稚女，演员和现实中的人物完全看不出区别来，不过路明非也没觉得奇怪，他下意识地觉得在路鸣泽包场的演出里，这些都不足为奇。源稚生和源稚女带着各自的人马上演打戏，布景后面小鼓敲得密集如雨，格斗场面也非常逼真，堪称血肉横飞，这么逼真的特效能够搬到舞台上来实在让人大开眼界。路明非觉得有点不适应，但还能接受，只是表演而已，再血腥再暴力也只是假的。

倒是绘梨衣的出场让他很惊讶，演员身上那件限量版的塔夫绸白裙分明就是他陪着在南青山的购物商场里买的，他还记得买的时候店员说那是限量版的货品，仅

Chapter 22
Sakura's Anger

此一件了。

而且绘梨衣出场的时候他再度闻到了"樱花之露"的香味,难道刚才乘坐那辆奔驰车的人就是这个女演员么? 路明非觉得自己混乱起来。

不过剧情很快就把他的注意力吸引过去了,这真是一幕扣人心弦的好戏,每个转折都出乎路明非的预料,随着一个个悬念被揭开,那个庞大的阴谋展现在舞台上,他再也无暇去想别的,和路鸣泽一样全神贯注于剧情的发展。当赫尔佐格操纵着圆锯要将源稚生肢解的时候,剧情终于进入了大高潮,绘梨衣从沉睡中轰然惊醒,威严的目光扫视整个舞台,宏大的背景音乐昭示着一位王的苏醒,赫尔佐格和源稚女都在她的目光下战栗。路明非也不由得战栗起来,他惊疑地看向周围,意识到这一切有什么不对。舞台上的光照亮了路鸣泽的脸,那张带着稚气的脸半明半暗,漠无表情。

"伟大的……伟大的神啊!原来您还没有死去!"赫尔佐格丢下解剖台上的源稚生,跌跌撞撞地奔向绘梨衣,手中紧握着黑色的木棒。

绘梨衣震怒了,向着赫尔佐格发出震耳欲聋的咆哮,狂风席卷整个舞台。可赫尔佐格在狂风中狠狠地敲着梆子,令路明非也颤抖的梆子声里,绘梨衣脸上的表情高速地切换,时而是路明非熟悉的那个女孩,时而是狂怒的王者,这一刻她的表情是害怕得要哭出来,下一刻又流露出君王之怒。赫尔佐格鼓起勇气接近绘梨衣,眼中满满的都是贪婪,他逼近到三米以内的时候绘梨衣仍旧没有攻击他,而是像小孩子那样惊恐地抱住了头。这个动作最终给了赫尔佐格天大的胆子,他猛扑上去,把绘梨衣扑倒在地,把她的裙子撕开,露出雪白的背脊。

在赫尔佐格的撕扯之下,绘梨衣变得赤身裸体,青春曼妙的曲线看上去美得让人心惊胆战。但此刻赫尔佐格在意的已经不是她的美,而是那个在她皮肤之下爬行的、蝎子一样的东西。

"何等伟大的生命啊!何等伟大的生命啊!"赫尔佐格把赤裸的绘梨衣抱紧在怀里,"你怎么是人类能够杀死的呢?"

在所有人都没有注意到的时候,那个原本已经死去的神或者圣骸重新动了起来,它只是一截蝎子一样的枯骨,却能在血水中爬行,并且在绘梨衣的背脊上咬开一个口子钻了进去。

它意识到最完美的寄主就在前方,绘梨衣原本就是为它准备的容器,它借助绘梨衣的躯壳重新睁开了眼睛,刚刚发出王之怒吼,却被梆子声打断了。

跟源稚女一样,绘梨衣也做过脑桥中断的手术,她的人格随着梆子声而切换,圣骸跟梆子声争夺这具身体的控制权,却被梆子声压制了。

赫尔佐格激动得泪流满面,他亲吻绘梨衣的嘴唇,把她向着天空托举,像是把祭品献给某个至高无上的神明。

"这是黄泉之路贯通的一日！"他站起身来，一步步地远离绘梨衣，退回到源稚女的身边，"我的学生，坚持着别死，用你凡俗的眼睛看看这伟大的一幕，否则你会死不瞑目！"

源稚女完全被眼前的景象惊呆了，从绘梨衣的身上生出了细细的白丝，和八岐大蛇苏醒时从井底涌出的白丝一模一样，那些白丝从她精巧的鼻尖、下颌、发梢、指尖延伸出去，和周围的白丝贯通。

她如同一个被遗弃千年的人偶，身上挂满了蛛丝，但事实情况恰恰相反，一场生机盎然的进化正在白丝结成的茧中发生，源自白王的基因正在改造她的身体。

赫尔佐格却丝毫不想去阻止，他费尽千辛万苦得到了圣骸，却把进化的机会让给了绘梨衣。

"没想到对不对？你现在看到的才是这个计划的核心，那个名叫邦达列夫的男人已经想到了打通进化之路的方法，只是还没有机会实践。"赫尔佐格轻声地赞叹，"圣骸就是白王留下的寄生虫，被它寄生的东西虽然能够进化为龙类，但意识也被剥夺，只不过出让自己的身体帮助白王复活而已。白王怎么会帮助人类呢？它是至高的龙王，人类在它眼中卑贱如尘土。想要保留自己的意识进化为龙，就不能让它寄生在自己身上，要用另一个容器让圣骸寄生，然后和孕育中的白王换血。王的胎血具备最强的活性和最弱的毒性，那是万能的药。"

"她生来……就是容器？"源稚女呆呆地看着这惨绝人寰的一幕，茧中时而传出巨龙咆哮的声音，时而传出女孩的哀哭，她的灵魂被死死地囚禁于意识的底层，孤独地哭泣着。

路明非暴跳起来，歇斯底里地冲向舞台。他忽然间清醒了，然后完全疯掉了，他明白路鸣泽见他所说的第一句话了，他来得太晚了，最后的演出已经开始了……不，其实是已经结束了。路鸣泽给他看的根本就不是什么表演，而是那场悲剧的复刻。载他来这里的那辆奔驰车就是接送绘梨衣的车，难怪空气中弥漫着樱花之露的香气，路明非不懂什么高级沐浴用品，他知道那香味，因为绘梨衣只用那一种沐浴液，那个手提箱也是绘梨衣留下的。她是能够毁灭一座小城的怪物，谁能掳走她？其实有个人是能做到的，为她开车的人是……赫尔佐格！

一切的一切都贯通了，悲剧已经发生，路明非想要阻止，但他来晚了。

他想要跳上舞台，打断这个该死的悲剧，可他撞在了坚硬透明的墙上。舞台边有一道看不见的墙壁，他用头撞都撞不破，只能趴在那面墙上，眼睁睁地看着这幕悲剧走向结尾。

"不！不！不！不要！混账！赫尔佐格我杀了你！"他拍打着嘶吼着，像个疯

Chapter 22
Sakura's Anger

子似的。

但没有用,赫尔佐格根本听不到他说话,赫尔佐格慢悠悠地说着他那吃人的理论:"觉得很残酷是么? 人类的历史一直都是这样残酷的啊。知道牛痘么? 曾经天花是最可怕的病毒,每四个感染者中就有一人死亡,活下来的人也会终生带着丑陋的疤痕,伟大的古罗马就是因为天花暴发而衰败的。可如今你很少听到'天花'这个词了,因为人类发明了牛痘。所谓牛痘就是让牛先感染天花病毒,再把病牛的脓液处理之后用在人身上,病毒经过牛的过滤之后活性减弱,用在人身上不会导致发病,却会给人带来免疫力。这跟邦达列夫的办法不是异曲同工么? 我漂亮的小姑娘就是那可爱的小牛犊,她的价值,就是要为我过滤龙血的毒性。"

"来吧,让我们为新生的白王增加一些营养,珍贵的皇血一定是白王喜欢的吧,你们的基因有助于白王的补完。"他把奄奄一息的源稚生和源稚女放在小拖车上,推向孵化中的绘梨衣,"必须说你和你哥哥对我的帮助还是很大的,没有你们的话我一个人实在很难同时控制猛鬼众和蛇岐八家,尤其是你那个正义的哥哥,他可是真相信我啊。你们还帮我找到了藏骸之井。最后你们还成了神的营养。我很满意,这样细细地吃掉一个人的价值才是优雅地进食,否则就太浪费了!"

他用尽全力把小车推向绘梨衣,弥漫的白丝像是触手那样扑过去,把源稚生和源稚女包围了,血色立刻从他们两人的身上向着茧中的绘梨衣流动。

"可惜没有人能跟我分享这最后也最伟大的时刻,"赫尔佐格装模作样地向着四面鞠躬,"女士们先生们,接下来你们就将目睹新时代的到来! 一个你们被奴役的……时代!"

他太得意也太欢喜了,于是小人的嘴脸完全地暴露出来,猴子一样抓耳挠腮手舞足蹈。

绘梨衣颈部的主动脉上早已插好了输血管,赫尔佐格把这两个输血管插入自己的颈部,在血液交换机的作用下,双方的血液开始互换,初生之龙的鲜血进入赫尔佐格的身体,反过来赫尔佐格衰老的血液流入绘梨衣的身体。这是古往今来都不曾有过的伟大手术,以血液为媒介,白王的权能进入了赫尔佐格的身体。他的瞳孔越来越亮,眼底仿佛流淌着熔岩,他的身上也生出了那种白色的细丝,皮肤渐渐地光滑滋润,透着婴儿般的红色。他舒爽地张开双臂任自己被细丝包裹,体会着强绝的力量在身体里流动的感觉。

再也没人说话,舞台上只有一个声音在回荡,那个被困在茧中的女孩轻声抽泣,她念着某个人的名字,她说……Sakura……Sakura……Sakura!

路明非跪倒在那面看不见的墙壁上,觉得自己像是一条被抽走了脊梁的狗。最后的最后她还在喊他的名字,一个可笑的假名,他是她生命中最大的英雄,但他来晚了。

当哭声最终消失的时候，赫尔佐格结的茧被一只纯白的利爪从内向外撕破，那完美的生物从裂口中猛地腾起，在空中张开了白色的膜翼。他悬浮在井中，像是巨大的十字，鳞片上的反光照亮了黑暗。

他头角峥嵘，曼妙优雅，介乎天使和魔鬼之间，即使夏弥化身为龙的时候也没有他那么完美。他是新的白王，白王赫尔佐格，一人之下万人之上的伟大生物，在没有黑王的时代，他就是世界的王座！

狂风席卷了舞台，赫尔佐格冲天而起，撞破歌舞伎座的屋顶，消失在落雨的天空中。

"所以我说，哥哥你来晚了。"路鸣泽幽幽地说。难怪他穿成这样面无笑容，今夜他确实是来参加一场葬礼的。

路明非站在红井的最深处，身边都是雪白的丝，仿佛巨大的蜘蛛巢。天上地下都是雨，雨水洗刷着地上的血。距离他不远的地方是紧紧地搂在一起的两个人形，直到最后一刻源稚女还是紧紧地搂着源稚生，也不知道是自己害怕所以要寻求哥哥的温暖，还是不让被困在噩梦中的哥哥害怕。

更远些的地方，近乎透明的茧中，女孩的形体依稀可见。

他拖着沉重的步子走上前去，用手生生地把那些白丝扯开，全然感觉不到自己手被腐蚀。他从茧中挖出了干枯的绘梨衣，脱下自己那件闪亮的小西装，裹住她赤裸的身体。

他紧紧地抱着她，很久很久之后，无声地痛哭起来。

路鸣泽根本没有带他去歌舞伎座，那只是一个幻觉，他最终到达了红井，在虚幻的歌舞伎座中，看到了这个悲剧的结局。他来晚了，那场真正的悲剧在他抵达之前就演完了，他什么都改变不了。

"虽然还是很想要哥哥你的灵魂啦，可我没办法改变已经发生的事，我的所有交易只对将来有效。所以后悔吧，你来晚了。"路鸣泽靠在井壁上，双手抱怀，仰望着落雨的天空，"这个春季就要结束了，原本在这个季节结束的时候你会遇到人生中最美好的事，但你没有抓住机会。"

"现在你明白了么？没有权与力，你什么都办不到。你本该是个咆哮世间的怪物，可你偏偏要收敛爪牙当个废物。"

"作为怪物而生作为好人而死，或者活得像个好人死得像个怪物？哪一个是更悲哀的结局？"路鸣泽似乎是漫不经心地跟他讨论人生。

路明非把绘梨衣翻转过来，在她的第六和第七节脊椎骨之间找到了那个蝎子一

Chapter 22
Sakura's Anger

样的寄生虫，隔着皮肤摸上去，它像个坚硬的肿块。它最终选择这里寄生，把自己的神经纤维束和绘梨衣的脊椎联通起来，获得了这个身躯的控制权，然后把白王的核心基因完全注入了绘梨衣的身体。路明非拾起一柄被丢弃的短刀，小心地从那个位置割开，想把那截已经干枯的龙骨挖出来，他不想这个肮脏的东西留在绘梨衣的身体里。

还好绘梨衣的身体里已经没有多少血了，割开皮肤和苍白的肌肉纤维，并不见出血，这让路明非略略好受一些。可圣骸和绘梨衣的脊椎连得那么紧，简直融为一体，他不敢用大力，像是担心这个女孩仍会觉得疼痛，只能用刀一点点地切断圣骸上那些触手般的细骨。他终于把圣骸挖了下来，狠狠地摔在地上，扑上去用刀猛戳，但普通的刀对龙骨没什么作用，刀尖上溅出点点火光。他像个疯子那样跑去拿了金属工具来砸，用瓦斯喷枪烧，用液氮喷射，把浑身的力气都用在这截枯骨上。

路鸣泽很有眼色，锤子钳子瓦斯喷枪，路明非想要什么工具他就帮着搬过来，路明非挥锤猛砸的时候他就帮着用钳子夹紧圣骸，路明非这边上瓦斯喷枪的时候他那边就准备液氮喷枪，高低温交替要它小命。

这个时候看上去他们真像兄弟，一个够疯一个够狠，配合默契，他俩搭伴想搞死什么人真是太容易了。

十八般兵器齐上，圣骸终于化成了一堆白色的粉末，里面掺杂着被烧焦的小块。伟大的圣骸再没有动弹分毫，生生地被这对兄弟玩死了。其实它早已死了，很多寄生虫都是这样，没有找到合适的宿主时龙精虎猛地活动，找到宿主之后就进入繁殖阶段，失去了活动的能力，自己也渐渐死去。如今它的基因已经以某种形式植入了赫尔佐格的身体，它的使命已经终结。

路明非很希望它多少能反抗一下，就像个身体里满是汁液的小虫子，能被他啪的一声踩爆，这样多少有点复仇的快感。可圣骸真的毫无反应，死猪当然不怕开水烫了。

他扔下手中的锤子，走回去把绘梨衣抱起来，沉默着，思考着，又像是脑海一片空白。

"现在发狠晚啦，如果提前半个小时你就能改变这个故事的结果，但那时候你在干什么？你在喝酒，在犹豫，在安慰自己。等到你下定决心了，已经来不及了。"

"跟你说过多少次了，不能放过到手的机会，这个世界上你喜欢的人固然不多，喜欢你的人也不会多啊。"

"好啦，现在留着你的四分之一条命吧，我得不到它，可你也没法用它交换那个女孩回来。"路鸣泽还在那里喋喋不休。

虽然是没有任何主题的唠叨和抱怨，可他的声音那么遥远，听起来就像吟游诗人在炉边吟唱的歌谣。

"闭嘴。"路明非轻声说。

"你是哥哥你最大，你叫我闭嘴我就闭嘴咯。"路鸣泽耸耸肩，把那只手提箱放在路明非脚边，"别只顾着裸体的姑娘啦，她已经丑啦，不是当初那个漂漂亮亮的女孩子，当初她那么性感那么乖地睡在你隔壁，你不想着跟人家发生点什么，现在紧紧地搂着又有什么用？看看她留下的东西吧，我想，其中有些东西本来是要跟你分享的吧？"

路明非把绘梨衣放在膝盖上，打开那个红色的小皮箱。出那么远的门，难道就带这么点行李？她原本可是要去韩国的啊，要在那里开始全新的生活，拿着冰淇淋在巨大的海棠花树下等人的，这么点东西够用么？

箱子里塞得满满的，路明非给她买的那几件裙子折得整整齐齐，以前常穿的巫女服倒是不在里面，除了穿着出门的罗马鞋，还有白色的细带鞋，头绳、发卡、丝袜和缎带单独打包在一个塑料袋里。再就是她最宝贝的那些小玩具了，还有一件很占地方的东西，居然是一本相集，如今这年头相片都是数码化的，居然还有人攒相集这种东西。

路明非打开那本厚厚的相集，才发现里面不是相片，而是明信片。都是东京的旅行明信片，上面是东京天空树、浅草寺、迪士尼、明治神宫……每一个路明非带她去过的地方都有，不知道她怎么收集来的。

因为不想暴露身份，所以路明非总是不愿意跟她合照，所以她就搜集了这些明信片来记住他们一起去过的地方。

明信片背后写着时间和简单的话，"04.24，和Sakura去东京天空树，世界上暖和的地方在天空树的顶上。"

"04.26，和Sakura去明治神宫，有人在那里举办婚礼。"

"04.25，和Sakura去迪士尼，鬼屋很可怕，但是有Sakura在，所以不可怕。"

都是这样蠢萌蠢萌的注释，意思很简单，修辞也很差，就是一个一张白纸的女孩在喜欢上了某个人之后的自我表达，每一句都试图表达出"我喜欢某个人"、"我喜欢某个人"和"我喜欢某个人"。

手机也在箱子里，赫尔佐格大概没想到这种白痴一样也会用手机，但正是这台手机泄露了绘梨衣的位置，连带着暴露了他的计划。手机屏幕上是爱媛县的山，路明非的背影坐在夕阳下的神社旁，不知道什么时候被她偷拍的。路明非无声地笑了，他真没体会过这种感觉，原来自己的一举一动在另外一个人的世界里都是那么重要，原来不只是他会看着另一个人的背影悄悄地出神。

Chapter 22
Sakura's Anger

　　他从箱子里拿出裙子和鞋子来给绘梨衣穿上。她的身体那么干枯，套上裙子很容易，可穿鞋子袜子的时候就很糟糕了，她的腿和脚干枯得像树枝那样，路明非只好换了一件裙摆长一些的，这样才能遮住她干瘪的身体，更像活着的时候。他把绘梨衣横抱起来，让她靠着井壁坐下，为她整理好头发，再把那些小玩具一件件地放在她旁边，有轻松熊、小黄鸡、Hello Kitty 和橡皮鸭陪着她，她大概就不会害怕了。

　　摆轻松熊的时候他无意中把这件小玩具翻了过来，看见底部的标签，"Sakura & 绘梨衣の Rilakkuma"，Sakura 和绘梨衣的轻松熊。

　　他努力保持的镇静瞬间被打破了，用颤抖的手把每个小玩具翻过来看它们的底部，"Sakura & 绘梨衣の Hello Kitty"、"Sakura & 绘梨衣の Duck"、"Sakura & 绘梨衣の Kiiroitori"、"Sakura & 绘梨衣の Keroro"……所有玩具的标签都被换过了，所有玩具都被表明是 Sakura 和绘梨衣共有的，整个世界都是他们共有的……这个女孩拥有的世界就这么大这么多，她第一次把这个世界跟人分享。

　　你以为她是公主她拥有全世界，可她以为她只拥有你和她的玩具们。

　　路明非发出野兽般的吼叫，跌跌撞撞地退后，很久很久才恢复平静。路鸣泽抄着手站在背后看着，丝毫没有上去安慰两句的意思。

　　"交易达成，下一个四分之一你拿去。"路明非低声说。

　　"是要交换这个女孩的复活么？已经说了这件事我做不到啦，我只能改变未来，过去的事情我无能为力。"路鸣泽挠着头。

　　"那就改变未来，去帮我把赫尔佐格杀了。Something for nothing，就用那个作弊密码，我要百分之百的融合。"路明非转过身来，看着路鸣泽的眼睛。他那么平静，可眼里似乎真有狮子要跳出来。

　　"百分之百的融合可杀不了赫尔佐格，杀死芬里厄那次已经用了百分之六十的融合，可赫尔佐格已经篡夺了白王的王位，白王之力岂止是芬里厄那种弱智儿童的两倍。"路鸣泽耸了耸肩。

　　"没事，你尽你的全力，剩下的交给我，"路明非看向干枯的源稚女，"那个人说他赌我赢，所以他把他的命换给我，那我……也赌我自己赢。"

　　"真棒！这才是我的哥哥啊！赫尔佐格算什么，你才是有资格咆哮世间的怪物，当你怒吼的时候，诸王都只有跪拜！"路鸣泽张开双臂，狠狠地拥抱他，"Something for nothing，百分之百融合……十二倍增益！"

　　路明非静静地站在井底，头发如瀑布般生长，指间鼻尖下颌，身体的每个末端都生出白色的细丝，这些丝把他和整口井连为一体。

　　根本没有人拥抱他，路鸣泽仿佛根本就是一个幻象，路明非孤独地形成了一个茧，茧中传来战鼓般的心跳。他生出的细丝把附近的尸体也包裹起来，这些早已没有呼吸和心跳的人再度睁开了眼睛，赤金色的眼睛！

他们以肉眼可见的速度龙化，全身被鳞片覆盖，双翼刺破后背血淋淋地展开，一个接一个地悬浮在空中，围绕着路明非形成的茧，仿佛忠诚的武士，守护着皇帝的苏醒。

"带上你的千军万马！虽然最终不免孤身奋战！"高空中似乎传来魔鬼的呼声。

第二十三章 天谴
The Wrath of Heaven

"白头翁，白头翁，前方一百二十公里，出现没有识别信号的飞行物，无线电警告，命令它在指定机场降落接受检查。如果拒不服从，随时可以开火。"

"大鸠大鸠，白头翁收到，无线电联络中。"

两架F-2战斗机组成的编队飞行在四国上空。在全境遭遇自然灾害的时候，航空自卫队派出了战斗机编队沿着国境线巡逻，以防别国的飞机趁机进入日本领空。

果然在四国边境巡逻的编队发现了未知飞行物，长机"大鸠"命令僚机"白头翁"发出无线电警告，自己则联络基地，让地对空导弹做好准备。

"前方飞行物注意了，前方飞行物注意了，我们是日本航空自卫队的战斗机群。你已经进入日本领空，必须在我方监督下降落接受检查，如果拒绝将遭受攻击，重复一遍，如果拒绝将遭受攻击。"白头翁一边警告一边在雷达上观察那个飞行物。虽然驾驶的是僚机，可他也是资深机师，但以他的经验还是无法判定对方的身份。速度极快，很可能是超音速战斗机，看起来目标极小，可能是隐形做得很好。隐形和高速性能都那么好的战斗机，世界上应该只有美国的F-22，但驻日美军和航空自卫队共享了通讯频道，美军的F-22怎么会没有识别信号？

大鸠解除了空对空导弹的安全锁。按说他们是两机编队，对方只有一架飞机，这里又是日本领空，有地基导弹在支援他们，他们占据绝对的优势。可对方飞行物给他一种幽灵般的感觉，大鸠隐隐地有些不安。

对方没有回答，而是笔直地冲向他们。

"警告！警告！前方飞行物，停止你的挑衅行为！否则将发射导弹！"大鸠发出最后的警告，同时雷达锁定了对方。

依然没有收到答复，对方不仅没有做出回避动作，反而加速跨越了音障。这边F-2的飞行速度也接近音速，双方以音速对冲，预计三十秒后就会相撞。

再不容大鸠和白头翁犹豫，四枚麻雀导弹从机翼下的挂架脱离，在夜空中拉出四道明亮的火线，围攻那个身份不明的飞行物，同时大鸠拉起而白头翁俯冲，回避的同时也准备夹击对方。

麻雀导弹虽然算不上最先进的空对空导弹，但价格也并不低廉，通常情况下没有必要花费四枚导弹去攻击同一个目标，但不知为什么，大鸠觉得骨头里发寒，在现在的距离上他根本看不到对方，但那个沉默的飞行物好像不是飞机，而是飞行的恶鬼之类的东西。

空对空导弹的速度远高于飞机，十二秒钟之后就命中了目标，火光照亮了天空的一角。大鸠刚刚松了口气，驾驶舱中就响起了警报。

"回避！回避！距离过近！距离……"机械女声被打断了。

根本没有回避时间，火光中射出了火红的影子，正面撞击在大鸠上。麻雀导弹不仅没有摧毁它，甚至不能阻挡它，它基本上是沿着原先的飞行轨迹，笔直地撞上了大鸠，如同火红的利刃切开了大鸠的金属蒙皮。

在大鸠爆炸之前，那个火红的影子已经掠过，白头翁不敢相信自己的眼睛，物理攻击！对方飞行器竟然用物理攻击摧毁了大鸠，他根本没有听说过这种航空武器。

唯有在动画片中才会出现高达手持光束军刀砍开敌人的护甲这种扯淡的设定，现代空战基本上都是超视距攻击，我还没有看见你，我的导弹已经打了出去。

但违背常识的事情就发生在他的眼前，那个火红色的影子摧毁了大鸠之后，做出匪夷所思的机动动作，隐没在漆黑的雨云中。

"熊谷基地！熊谷基地！大鸠被摧毁！重复一遍，大鸠被摧毁！目标从我的雷达上消失了！无法攻击！无法攻击！正在撤离战场！请求地面支持！"白头翁一边呼叫一边快速拉升。

跟大鸠一样，僚机飞行员也被某种不祥的感觉包围了，他想那东西也许根本不是战斗机，而是某种无法用常识来理解的东西，UFO一类的东西，鬼神一类的东西！白头翁上还有导弹和机炮，但他对击落那东西根本就没把握。他选择了立刻撤出作战空域，F-2的原型机是美军的F-16，高空高速性能很不错，拉升到一定高度之后它能以两倍音速飞行，比起更新一代的战斗机也差不了多少，只要不被导弹锁定，那么它是有机会脱离战场的。

"回避！回避！距离过近！距离过近！"警报声再度响起，机械女声不断重复。

白头翁简直疯了，系统显示某个飞行物距他很近，但他透过座舱玻璃往外看去，根本看不到对方。难道真是幽灵么？人类怎么能战胜那种东西？

他的呼吸急促，肾上腺素快速分泌，心跳得像是擂鼓。他把发动机的推力开到最大，想着赶紧穿透云层去往平流层，在那里他能达到两倍音速，把追逐他的东西甩开。

但那东西出现在了他的眼前，那白色的、似龙似蛇的东西从机头下方爬了上来，

Chapter 23
The Wrath of Heaven

一边用锋利的爪子撕裂金属蒙皮，一边接近驾驶舱。那怪物竟然有着人一样的面孔，它大笑着，瞳孔中闪动着金色的火。

白头翁终于明白为何他看不到对方了，敌人依附在他的机腹下，无论他飞得多快都无法甩掉这东西。它不是幽灵，但它比幽灵更可怕！

白色的利爪突破座舱玻璃，洞穿了飞行员的心脏，它把飞行员的尸体拉出机舱，随手抛向大地。

失去控制的白头翁旋转着坠向地面，最终它也没能突破云层。

熊谷基地收到的最后信息是飞行员的惊叫："龙！龙！龙！"恰似当年日本人进攻珍珠港时的暗号："虎！虎！虎！"

那白色的生物悬浮在云层底部，以云层为掩护，偶尔白紫色的电光照亮它那身白色的鳞片，背后的双翼缓缓地扇动狂风。就像龙形死侍那样，它的双腿已经被蟒蛇般的长尾取代，那根修长有力的长尾舒缓地扭动着，带着妖冶性感的气息，让人联想起脱衣舞娘那款款扭动的腰肢。它的形象那么扭曲却又那么美艳，混合了圣洁和邪恶的元素，即使魔鬼学的导师也很难想象出这种东西来。

龙王，龙王赫尔佐格！

它欣喜若狂地感觉着体内涨潮般的力量，自己的一呼一吸之间，似乎天和地也被迫一吸一张，仅凭意识它就能在地底掀动岩浆的大潮。日本四岛的地理结构自然而然地在它脑海中成形，每一处地壳缺陷、每一条岩浆通道都那么清晰，这是随着血液传输的先代记忆，它继承了八岐大蛇的一切，力量、血统，甚至于记忆，却保留了自己的意识。

不，它继承的不是八岐大蛇，而是那古老的王！它继承的是白王的权与力。这不是白王的借尸还魂，而是它取代白王登上了世界的王座！从今天起，它就是新的白王！

它俯瞰这个即将属于它的世界，能看见元素的流动了，红色的火、蓝色的水、黑色的地和白色的天空，在天空和大地上剧烈地流动着，紊乱的元素风暴导致了风雨和海啸，改变着整个环境。

原来这就是龙族的力量，它们能直接看到世界的本质，也就能通过控制元素来控制世界。这也是炼金术的极致，用意志控制元素的无上秘法，那秘法不可学习，只随血统传递。

不登上世界的巅峰怎么会知道力量的美？不杀戮众生怎能把新王的旗帜染红？

它像指挥家那样强有力地挥舞双臂，火山群自东而西喷出炽热的烟柱，烟柱中裹着赤红色的火山灰，就像是黑龙身上赤色的鳞片。

这就对了！这是全新的时代！接下来将是万龙升空的时代！群龙都将苏醒，

但是匍匐在它的王座之下。在这个没有黑龙的时代，白龙就是龙族之首。从亚细亚到欧罗巴，世界的版图上将竖起龙王赫尔佐格的白色旗帜，它会像波斯王那样乘坐黄金的大辇，被奴隶们扛在肩上穿越整个大陆，它经过的土地都属于它所有，身后被反抗者的鲜血染红。

它俯仰它狂笑，笑那些曾经试图阻挠它、反抗它的人，邦达列夫、源稚生、源稚女……这些人最终都变成了它的食物，吃着他们的价值它才能茁壮如此，最终君临天下！

它在云中狂舞，纵情地挥洒着力量，它遥遥地向着大海画出空虚的线条，黑色的潮峰就在那里形成，新一轮的海啸向着东京推进，雨云裹着它旋转，一座巍峨的云山出现在东京的上空，底部低得像是压在摩天大楼的顶上，顶部却直通平流层。

狂风、暴雨、狂潮、烈焰……全都来吧！它想要更多更多，就当这些是新王即位的礼炮声！

它停止了狂暴热烈的虚空之舞，鼓动着双翼翱翔于云层之上，体内澎湃的力量之潮略略退去，作为新生的王，它还没有完全适应这个身体和输出力量的技巧，觉得有些疲倦。

不过这不算什么，它还有时间，它的生命不可计算，这个世界之后的时间都是它的。它只需要再猎杀几个目标，在休闲娱乐中等待力量回复就可以了。正好赶来救援的战斗机群接近了，那些人类制造的可笑作战机器放出了麻雀导弹。真是太可笑了，麻雀怎么能与龙为敌？

它猛地收拢双翼，垂直地切割云层，向着攀升的F-2战斗机群冲去，麻雀导弹跟不上它的速度，在后面爆出一连串的火球，它却如大鹰那样旋转着，再度撕裂了战斗机的外壳。

"熊谷基地呼叫木更津基地！我们已经损失了四架F-2战斗机！但我们甚至没有捕捉到对方飞行物的形态！"熊谷基地的值班军官也疯了，不得不向附近的木更津基地求援。

"木更津基地所属的中队损失两架F-2战斗机，我们同样没有捕捉到对方飞行物的形态，从卡美拉雷达上看，那东西比人类大不了多少！"木更津基地的值班军官还算镇静，但语气里隐隐透出不祥的意味。

那东西超越了他们的认知范围，对付那东西他们根本就没有预案。他们的地基导弹、战斗机群和高射炮系统都是为了打击战斗机或者轰炸机而设计的，他们根本没有合适的武器去攻击那东西。

是UFO么？或者是幽灵？或者是其他超自然的东西？那东西会反过来发动攻击么？每个人心里都生出这样的疑问。

Chapter 23
The Wrath of Heaven

放任不管是不可能的,但派出更多的F-2战斗机,也不过是把更多的飞行员送上死路而已。从那些战斗机坠毁的经过分析,它们的机动性跟未知飞行物没法比。现代空战中,首先是要尾随对方,这样才能锁定对方和攻击对方,要么就只能在视距外用导弹进攻,但F-2战斗机的超视距武器无法摧毁对方,近战机动性又比不过对方,只能沦为被逐个猎杀的目标。

"它太快,而且机动性太强,F-2跟它至少有一代的差距。"木更津基地的值班军官说,他还是尽力把那东西当作飞机来看待,所以会说出"差一代"这种话来。

"能否请求冲绳基地派出F-22？美国人不是在冲绳驻扎了F-22的中队么？F-22比F-2领先一代,F-22的话也许能跟它作战！"熊谷基地说。

"很遗憾,首先我们无权调用美军的F-22,其次F-22中队的驻扎是临时性行为,从飞行记录看现在它们已经离开了冲绳基地。"木更津基地说。

"难道整个日本就没有武器能够对付那东西？"

"倒是有一架……心神也许可以,但那东西只有一架原型机！"木更津基地说,"而且唯一会操作它的试飞员在半小时前失去联络了！"

东京都西郊,防卫厅技术研究本部,关东基地。

日本境内最大的风洞实验室就位于这里,风洞实验室的主要用途是测试新式飞机的流体动力学稳定性,因此日本的新式战斗机研发也在这里进行。

此外这里还有一个秘密,就是它的机库里藏着心神战机的唯一一架原型机,这架由三菱重工负责研发、想要赶超F-22的日本国产战斗机宣称2014年才会首次试飞,但它的原型机其实早已造了出来,甚至已经到了能够负载武器的地步。夜深人静的时候,它会开着超音速从东京到冲绳进行试飞。能够操纵它的试飞员目前只有空佐东城步,因为电脑操作系统尚未成熟,只有靠资深机师自己去适应飞机。

"滚开滚开！现在是抢劫飞机的时间！都把头放在脑袋上谁也不准给我按警铃！大爷我抢到飞机就走,不伤人命！"

一辆阿斯顿·马丁跑车撞破停机坪附近的铁丝网,笔直地冲向保存原型机的机库。副驾驶座上的外国男子嚷嚷着半通不通的日语,同时挥舞着战术霰弹枪连射,丝毫感觉不出他"不伤人命"的慈悲心来。

不过看起来他枪法着实有够烂的,连发那么多枪愣是没能打中人,白瞎了那猛将冲关的声势。

跟他相比,那个驾驶座上的金发少女才是真正的杀手范儿,阿斯顿·马丁在她手中简直是一条高速扑击的毒蛇,负责警戒的吉普车扫射着靠近她,却被她以精湛的车技逼翻在壕沟里。

关东基地的防卫措施不可谓不严格,全部都是自动控制,一旦有不明身份的人冲进基地，红外线感应器被激发，高速机枪和反坦克炮的弹雨就会自动覆盖目标，别说阿斯顿·马丁，坦克群也没用。

可坏就坏在这自动化防卫系统上了，因为它坏掉了。分明这两个武装暴徒已经冲到基地最核心的区域了，可架设在高处的机枪和反坦克炮丝毫不为所动，无论他们激发了多少红外线感应器，系统都认为那是有身份认证的内部人员。换句话说，无论他们掀翻了多少辆吉普车怎么用霰弹枪开道，系统都觉得他们是自己人。

阿斯顿·马丁在机库前甩尾停下，魁梧的男人一个旋转，这一枪倒是打得分毫不差，把最后一辆吉普车的两只前轮都给打爆了。

"快快快！女王殿下！开门！"男人大吼。

女孩已经在机库的密码锁上忙碌了，但无论她怎么键入密码，门始终没有反应。

"密码失效了，他们把机库设置为全封闭了，在全封闭的状态下任何密码都打不开它。"零微微皱眉，"也许我们只有用炸弹。"

"不不，我们是智慧型的劫匪，把机库炸开什么的太粗鲁了，我来试试。"芬格尔把手中的霰弹枪扔给零，开始着手破解密码锁。

驻防的士兵被这两个疯子的行径吓到了，不敢立刻逼近，而是原地待命，等着装甲车过来。他们并不担心机库的密码锁被攻破，也不担心机库被爆破，心神原型机的机库能够抵御轻型坦克炮的正面射击。

最不可思议的是这两个疯子居然想要劫持这架仅有一个人能驾驶的原型机，他们根本不可能知道座舱里数以百计的按钮是干什么用的，设计师自己来都开不走这架飞机。

这给了芬格尔足够的时间，他取出自带的外接键盘接入密码锁，看似粗大的手指在键盘上跳跃，灵敏精密，各种零无法阅读的机器语言在屏幕上翻滚，半分钟之后门发出嘟的一声，上方的灯由红变绿。

虽然不知道芬格尔做了些什么，但是感觉开这扇门对他来说并不太难。

零冷冷地看着芬格尔，芬格尔得意洋洋，比着"女士优先"的手势。

"仅凭这一点你也不会是F级吧？"零说，"你这么多年来不断地自我降级，因为只有这样你才能一直留在学院里。你到底是谁，为什么这么做？"

"这种时候不去气象局报到，而是直接跑到这里来劫持飞机，然后恰恰好只有这架飞机能试着和天上飞的那东西作战，你知道的很多啊。你又是谁？"芬格尔嬉皮笑脸地。

零没有回答，打开阿斯顿·马丁的后备厢，从里面拎出一个神色惊恐的中年男人来，一瘸一拐地走进机库之后重新封闭机库门。现在这座坚固的机库又会反过来阻挡驻防士兵了。

"长得真丑！像只乌鸦！"芬格尔评价。

Chapter 23
The Wrath of Heaven

照明灯全开之后，那架黑色的原型机显出了颇具进攻性的外形。跟外界流传的照片不同，修长的机头确实让它看起来很像一只乌鸦，一只黑鸦。

"它跟 F-22 不同，追求的是超机动，所以气动外形才会变成这个怪样子。"零看起来早已了解了这件事，走到控制台边熟练地解锁这架原型机，同时检查它的各项参数，"从综合性能来说，在目前研发的第五代战斗机中算不得一流，本机也不完整，火控雷达没有安装……油箱太小……IFPC 还没法用……好在武器全部挂载上了，折流板矢量喷口也跟情报中所述的吻合。基本没问题，它能满足超机动的要求，跟具备飞行能力的龙类作战，超机动就足够了。"

"不是说这架原型机全世界只有一个人能开动么？"芬格尔耸耸肩。

"就是这个人，空佐东城步，日本防卫厅中最优秀的试飞员。"零看了一眼底下的男人，"所以我带他来这里，我需要他头脑里的知识。"

"准备太充分了吧？看起来白王的复活在你们的预料之中啊，所以你们准备好了所有的应对手段。"芬格尔说。

"错。那东西的复活在我们的预料之外，只要是神志正常的人都不会允许那东西复活，它自己就是地狱之门，但即便是我们认为不可能发生的事，也要为它做好预案。"零忽然转身，手中的枪指着芬格尔的眉心，"这里面填充的是贤者之石磨制的子弹，无论你的血统是什么级别，被它命中的结果都是一样的。你知道的太多了，但我并不想杀你，我需要你给我一个许诺。我们永远不会说出对方的秘密，大家保守自己的秘密就好了。"

"这样还不够安全啊，不如大家各自说出自己最大的秘密，这样你捏着我的把柄我也捏着你的把柄，谁也不敢轻举妄动。"面对黑洞洞的枪口，芬格尔挑了挑眉，这个邋遢货在枪口前倒有几分帅气。

"你的秘密不会比我小，想交换秘密的话，就先说你的来听。"零不为所动。

"那好吧！男人总得做出表率，我说实话，虽然你长得很漂亮可不是我喜欢的那个类型，我对你的萝莉脸是很喜欢的，但我更喜欢肉感些的。"芬格尔很严肃地说。

零愣住了。

"喂！我已经告诉你我最大的秘密了，这可是涉及我性心理和择偶喜好的大事，我连这都开诚布公地说了出来，还不算坦诚么？"芬格尔大惊小怪地说。

"那好吧，这样的秘密我也可以说，我也不喜欢你那一身肌肉，我喜欢清秀的男人，有智慧的。"零面无表情地说。

"我知道你喜欢谁。"芬格尔挤了挤眼睛，"但是放心吧，我永远都不会说出去。"

他伸手摸了摸零那头光润的头发："就这么说定了，这是男人对女人的许诺，说起来我家祖上可是个大家族，在我们那种家族里，男人对女人的许诺是比爱国和阵营更大的事。"

零沉默了很久，点了点头："据说我的祖上也是一个很大的家族，在我们那个家族里，朋友是很稀罕的东西。从现在起你算是我的朋友了。但很遗憾，我没法带你离开这里了，这架原型机只有一个座位。几分钟后你就会被驻防军逮捕。"

"只有一个座位的飞机，世界上只有一个人能驾驶，你的计划到底是怎样的？你是控制了这位东城步空佐的家人，威胁他如果不上天和那东西作战就撕票么？"芬格尔挠头。

"他做不到的，跟那东西作战，光有驾驶技术不够，还得敢于直视那东西的眼睛。"零拎起东城步空佐的衣领，居高临下地看进他的眼睛里去。

东城步的脑海里一片空白，那个女孩赤金色的双瞳像是太阳那样灿烂，随即他仿佛置身于心神原型机的机舱里，以极高的速度反复地操作。

而在零的脑海里，东城步所理解的原型机变成了数以万计的剖面图，这些信息以惊人的高速涌进她的大脑，就像多年之前她带着求生的渴望扑向那架"德什卡1938"，在摸到枪柄的瞬间，那支枪的所有零件都化为信息进入她的脑海，她在短短的几秒钟内"洞察"了它。德什卡1938只有几百个零件，而心神原型机有几百万个，但这并不妨碍她，她已经熟练地掌握了那个名为"镜瞳"的言灵，她洞察的只是驾驶方面的信息，配合她刚才在操作台上了解到的情报，原型机已经解析完毕。

她理解了这架飞机，就像理解自己的手指那样，她戴上飞行头盔，沿着扶梯艰难地爬向驾驶舱。

"你的腿没问题么？"芬格尔双手抱怀，仰头问她。

"以我的血统，就算膝盖全毁了也能复原，只是疼一点而已。"零淡淡地说，"帮我打开机库好么？"

"要活着回来啊小女王。"芬格尔握住开启机库门的扳手。

"放心吧，我签订过契约，在那个契约完成之前我是不会死的。"玻璃座舱缓缓地合拢，辅助驾驶用的各种信息出现在座舱玻璃上，零熟练地阅读着这些信息，好像她已经在这个座舱里耗费了几百个小时。

芬格尔猛地扳下闸门，机库敞开，风雨灌入，那一刻心神喷吐出几米长的炽热火焰，笔直地弹射出去，驻防军甚至没有来得及反应，这只黑鸦就利用矢量喷管达到了起飞的初速度，翩然地消失在暴风雨中。

"真是过瘾的妞儿啊，可惜不喜欢我这种肌肉型的，肌肉男有什么不好？"芬格尔嘟嘟囔囔地跪下，双手高举过顶，"驻防军的老爷们，饶！命！啊！"

赫尔佐格再度撕裂了一架F-2战斗机的尾翼，看着这东西旋转着坠向地面，在飞行员弹射出舱的瞬间，它流星般掠过，利爪把飞行员和飞行座椅一起凌空切断。

血的味道真好，它舔着自己的爪，像是饮用陈年伏特加那样畅快。

Chapter 23
The Wrath of Heaven

这时它感觉到了从后方逼近的危险，纯属本能的感觉，在它成为新的白王之后，获得了类似预感的能力。它鼓动双翼，以最快的速度攀升，几秒钟后那只黑鸦突破云层，翻滚着向它原来所在的地方倾泻炮弹。

赫尔佐格凛然。这是它进化为龙以来第一次感觉到危险，那架黑鸦般的战斗机跟那些笨拙的F-2完全不同，这是一个杀手般的敌人，而且极其地冷静大胆，用超音速逼近，现身的一刻就开启了全弹攻击。不光是"天狼座"机炮，还有"烈火"级超高速机枪，"旗鱼三型"战术格斗导弹和"巴尔干"联合攻击弹药。防卫厅对心神的期待是它既能负担防空任务又能对地攻击，所以在原型机阶段各种弹药都被挂载在它身上进行试验，此刻心神是全挂载的。

赫尔佐格还是避开了那些危险的闪光，它的优势不仅是速度快，而且自身体积小，命中它远比命中一架战斗机困难。

它暴怒了，这个世界上，竟然还有人类敢反抗它？这个世界上能在它面前站着说话的生物，也只有那区区几个而已！

它强行转折，借云层掩护，以极其诡异的弧线从机腹的位置逼近心神。这是它轻松猎杀多架F-2的手法，战斗机的雷达主要是观察前方和后方，因为战斗机的攻击方式总是从后向前，上方和下方是雷达最不容易观察到的区域。所以赫尔佐格选择机腹突防，它依然保持着人类的记忆，对人类制造的机器足够了解。但这一次它没能得手，心神的矢量喷管偏转，在赫尔佐格接近的前一刻，它以眼镜蛇一般的动作改变了飞行轨迹，赫尔佐格反而差点被它的尾焰喷射到。

又一次全弹发射，烟火般灿烂，这一次赫尔佐格没能闪过，新生的鳞片下渗出了些微血迹。

这是它进化以来第一次受伤，如果是纯粹的白王，这种程度的攻击也许不至于造成伤害，但它并不完整，而且在龙类中处于幼年时期，之前它只是用高速机动摆脱了导弹，并没有被正面击中。

它终于认真起来了，作为初生龙类的目空一切开始消退，它意识到自己还是有局限的。在它还是人类的时候，诡秘和阴谋就是它最强的武器，冷静下来的赫尔佐格比目空一切的赫尔佐格可怕得多。

黑鸦以极高的速度在云层中飞行，既不靠近也不远离，很显然心神的驾驶者明白，凭借一架原型机想要战胜龙王赫尔佐格是没有可能的，但她能够拖住它，只要心神还在附近的空域中活动，赫尔佐格就必须腾出精力来对付。赫尔佐格尾随着它飞行，在云层里钻出大型的通道。赫尔佐格没有准备使用言灵，言灵需要准备时间，而在高速的飞行中，双方都可以在几秒钟内释放出致命的攻击。它想靠近心神，以强韧的躯体强行摧毁那架可恶的原型机，它竟然被区区一个人类纠缠了那么久。心神似乎也了解这一点，始终没有再使用那华丽的全弹攻击模式。

心神不攻击，就始终保留着攻击的手段，赫尔佐格也不敢过于逼近。在超视距攻击的年代，一个龙类和一架第五代战斗机重现了最古老的空战，它们像武士那样缠斗，寻找对方的弱点。

赫尔佐格骤然加速，心神立刻做出鸭式俯冲，赫尔佐格差了一点没能撕裂心神的机翼。释放全弹攻击已经来不及，心神高速地翻转着躲避赫尔佐格，赫尔佐格紧紧地尾随在尾翼后方，它们留下的轨迹像是两条几公里长的龙纠缠在一起，俯冲、拉升、偏转、高速折回……赫尔佐格竭尽全力想要捕捉心神，但心神的超机动确实达到了设计要求，有几次它们极度接近，但始终没有一次相撞，就像彼此相知的舞者在跳一曲华丽而惊险的探戈舞。

赫尔佐格没有先兆地忽然停止，鼓动双翼悬浮在空中。它意识到某个严重的问题，心神的驾机师能够完全地闪避它的攻击，不仅是靠着先进战斗机的性能和近乎完美的驾驶技术，而是那个机师了解龙类飞行的特征。看起来赫尔佐格的飞行动作无比诡异，好像脱离了重力的束缚，但事实上它仍有做不出的动作。心神的机师就是利用了龙类飞行的弱点，一而再再而三地闪过了赫尔佐格的扑击。世界上竟然还有人类如此地了解龙类，即使秘党也只捕获过一只孵化中的低阶幼龙，而世界上竟然有人知道龙类飞行中的弱点。

唯有亲眼看过龙类飞行的人才可能了解这一点，甚至她得自己像龙那样飞行过才能明白。

这样的人类绝对不能留下！

肌肉群如波涛那样在鳞片下翻滚，无形的领域在赫尔佐格的身边张开，周围的所有空气都被吸纳进这个领域之中，高度压缩的空气在球形领域中形成肉眼可见的涡流。

赫尔佐格缓缓地扭头，金色的瞳孔像是镜子那样，映着那只在云层中忽隐忽现的黑鸦。人类还是低估了它，它可不是只能飞行的凶兽而已，它能纯粹用意识影响岩浆的潮汐，整个空域都在它的控制中。

领域爆破，压缩之后的空气发出雷暴般的巨声，仿佛一门巨炮发射。地球上绝对不会出现这样的狂风，唯有日冕中的气体流动才能达到这样的高速。赫尔佐格如同一枚炮弹那样被发射出去，在这种剧烈的空气流动中，连它也不敢张开双翼，以免翼骨被折断。它用膜翼包裹着身体，旋转着射向心神，速度几倍于音速。

从理论上说赫尔佐格的进攻是无法躲避的，它锁定了心神的尾部，心神的速度和它相差太远，无论是俯冲拉起或者翻转都来不及。心神也许是只迅捷的乌鸦，但赫尔佐格把自己变成了出膛的枪弹。

世界上怎么会有飞鸟能躲避枪弹？但心神不是真正的飞鸟，它是一架战斗机！

普加乔夫眼镜蛇机动！在那一瞬间心神的机头仰起，如同眼镜蛇进攻的前奏，

Chapter 23
The Wrath of Heaven

下垂的尾部在零点几秒钟内甚至领先于机头，整架飞机处在接近垂直的状态。在几秒钟里，它的时速从接近每小时九百公里降低到每小时大约一百公里，这意味着它虽然飞行在云中，但从飞机的时速强行降低到汽车的时速。这种动作上飞行员需要承受巨大的加速度和巨大的心理压力，在做这个动作的时候，飞机会在几秒钟内失去控制，跟高空坠物没有什么区别。

第一个做出这个超机动的是苏联的功勋试飞员维克多·普加乔夫，震惊了全世界。在战斗机还做近距离缠斗的时代，这个动作被认为是王牌飞行员的专利，它能通过瞬间减速把尾随在后面攻击的飞机让到前面去，然后立刻发起攻击，是"五秒钟逆转胜负"的超级操作。但在超视距作战的今天，战斗机飞行员的个人技术已经让位于优秀的雷达和电控系统，除了特技飞行员，很少有人再去尝试这个神级操作。还有一件事让这个机动动作渐渐成为历史，那就是只有在追求超级气动性能的苏式飞机上才能实现这个动作。

但在这一刻，这个传说般的超机动出现在一架日本造战斗机的身上，而且是一架没有安装电控系统的原型机！

赫尔佐格擦着心神的尾翼掠过，心神在笔直下坠的过程中……全弹发射！

最后的全弹发射，最灿烂的礼花。事实上战斗机所能携带的弹药数极其有限，如今的空战中，一次升空能够击落三架敌机的已经是超级王牌了，根本用不着那么多弹药，所以满载的心神也只能做三次全弹射击。天狼座、烈火、旗鱼三型、巴尔干，所有的武器都在赫尔佐格的身上开炸。它在剧痛中发出震耳欲聋的咆哮，这次它狠狠地受伤了，被一个人类打得遍体鳞伤！该死！该死！该死！世界上怎么会有这样的人类？而且是个看起来未成年的女孩！

擦着心神掠过的瞬间，它和机师隔着驾驶舱玻璃对视了一眼，那头淡金色的头发，那张冰封般的脸，还有零度的眼神，看起来似曾相识。

那女孩竟敢跟它对视！它已经是龙族之主！它暴怒地嘶吼着，同时隐约觉得不安，怎么会看起来那么眼熟？那么小的女孩，它曾在什么地方见过？

它悬浮在云层之上，竭力让自己平静下来。再不能轻敌了，它已经被这个区区人类纠缠了十几分钟，还连续几次踏入了对方的陷阱。它是龙而心神只是乌鸦，龙竟然被乌鸦戏弄。

它高速地思考，在脑海中搜寻那些刚刚获得的言灵，想找到以绝对暴力一次制胜的办法。

但出乎它的意料，做完普加乔夫眼镜蛇机动后的心神再也没有飞起来，尾部喷管几次试图再度点火，都没能成功。心神失去了动力，摇晃着下坠。

它的燃料耗尽了，原型机的缺陷之一就是油箱太小，在这个阶段它根本不需要做长途飞行。赫尔佐格惊讶之后笑了起来，这条龙在云端之上，俯视它的敌人如被长箭穿胸的鸟儿那样跌落。

它等待着那个女孩启动弹射装置,然后扑下去把她的心脏掏出来!让她没有心的尸体带着降落伞返回地面!

零徒劳地按着弹射装置的启动按钮,没有任何反应。弹射装置失效,她被封死在机舱里了。原型机的问题原本就很多,设计缺陷不说,加工上出现小小的失误就足够要人命,所以试飞员才会领那么高的薪水,因为他们做的是玩命的工作。而她刚刚驾驶一架原型机进行了空战。她不是不知道燃料即将耗尽,但此时此刻能够拖住赫尔佐格的只有她,她赌在最后一次全弹发射上。她成功了,但也失败了,全弹发射没能终结赫尔佐格,反倒是她要死了。

所有的仪表都闪着红光,满耳都是蜂鸣声,整个世界在她眼前旋转。她放弃了自救,从仪表板上把那只毛有些秃的玩具熊拿了下来,抱在怀里。

她登上飞机的第一件事就是把这只小熊放在仪表板上。从年龄上算这是只老熊了,二十多岁,陪她去过很多地方,时至今日她晚上还要抱着这只熊睡觉,会给她无法解释的安全感。

这只熊的名字是佐罗。

她把佐罗紧紧地抱在怀里,握紧操纵杆尝试让飞机恢复平衡,虽然没有燃料了,但是滑翔的话能多支撑一两分钟。

一两分钟里会有什么奇迹发生么?她不确定,她待在失去动力的铁壳子里,孤悬于一万米的高空。

她想知道这次自己做得够不够好,是否争取到了足够的时间,她低头看向地面……这一眼,她看到了奇迹,逆火升天的奇迹!

仿佛火流星从地面射向天空,又像是燃烧的凤凰从烈火中复生,那个带着光焰的影子在夜空中划出明亮的轨迹,掠过心神的时候,零听见了沉雄的龙吟。

利爪像是撕裂一张纸那样抓开了座舱玻璃,零被那个燃烧的影子紧紧地抱在怀里,世间再无如此热烈的拥抱!

心神和地面碰撞化为巨大的火球时,零在一万五千米的高空中,乌云之上,星辰之下,被浑身鳞甲的怪物抱在怀里。从身形上看他已经很难被认出来了,好在还有那张少年的脸。

多年前就是这个人和她二度签订了契约,在她的名字还是蕾娜塔的时候:"这一路上我们将不彼此抛弃,不彼此出卖,直到死亡的尽头!"

"从今往后我将始终带着你在我身边,不放弃,不远离,而你要好好地活着,始终对我有用。"

少年不是不会背弃盟友的人,他是恶魔,信义对恶魔来说毫无价值。但零相信

Chapter 23
The Wrath of Heaven

他的许诺，没有条件地相信。

所以这么多年来她从不畏惧，无论任务多难伤痛多大，她都能忍。她只需努力变成有用的人，只要她还有用，契约者就不会放弃她，即使她孤悬在一万米的高空中，他也会背着火焰来救她。

"晚上好，很久不见，"少年摘下她的飞行头盔，轻轻地抚摸她的长发，亲吻她的面颊，"做得很好，这才是我的小女孩。"

他松开手，把零从一万五千米的高空扔了下去。片刻之后，一朵白色的伞花在他下方盛开。他没忘记帮零把伞包系好。

"你好啊，赫尔佐格博士，多年不见，别来无恙。"少年遥望着同样悬浮在云层之上的赫尔佐格，清秀稚气的脸上浮现出穿越时空的刻骨怨毒。

圆月把水银般的光洒在平铺的云层上方，也照亮了少年狰狞的身躯和巨大的膜翼，几百米长的影子被投射在云间，就像从所罗门法典中逃脱的恶魔。

赫尔佐格已经没有任何心思去管脱离战场的零了，它在那个少年的凝视中战栗，心底深处生出巨大的恐惧。它自己就是恶魔，却被另一个恶魔惊吓到了。

它认得那张脸！那个男孩！那个孩子曾经被它锁在走廊尽头长达十年之久！就是在这个男孩身上，它采集了大量的数据，它以几乎摧毁那个男孩的方式做研究，最后又决定抛弃这个已经被用废了的实验体。多年来它坚信自己是黑天鹅港的唯一幸存者，它已经吃掉了那座港口里所有人的价值。可这个男孩竟然活了下来，那是另一个黑天鹅港的恶灵！

"是你！是你！是你！"赫尔佐格指着男孩，发出尖厉的嘶叫，"你是……路明非？"

"不不，那是我哥哥，是个只会吐槽的废物啦。"男孩微笑，背后巨大的膜翼鼓动着狂风，"我是零号，就像以前那样叫我零号好啦。"

东京城西，在高地上避难的市民们都注意到了天空中的异常，乌云像是涡旋那样旋转，但炽烈的光几乎照透了乌云，云上似乎有火在燃烧。

"UFO！UFO！"人群里圆鼓鼓的小胖子指着天空高呼。那显然是中国游客，操着一口地道的中文。

"鸣泽你给我回来！照顾着点佳佳！瞎嚷嚷什么！什么UFO？都是封建迷信！你哥要是不信这些神神鬼鬼的东西也不会给招到那个卡塞尔学院去，"家庭妇女怒斥儿子，旋即露出担心的表情，"也不知道你哥逃出来没有？他会游泳么？"

"当然会！我们老路家个个都是游泳健将！"一家之主很笃定地回答。

"见鬼……这是什么状况？"副校长冲到天台边，死死地盯着那片发光的云层，

"元素分布彻底紊乱了！什么东西能这样干扰自然元素分布？"

"数据库中没有记载相关信息，很抱歉我无法解答您的问题。"Eva机械地回答。

整个装备部都冲到窗口眺望，密集的闪电撕裂云层，那显然是巨大的能量反应。剧烈的电磁干扰让所有的监控设备都失去了效果，就像是太阳耀斑爆发时的情形，这时没有任何人能够监测云层中发生的事。太空中的卫星也做不到，因为绚丽的极光出现在东京的上空，干扰了卫星上的照相机。这是高能粒子流和大气碰撞导致的，云层背后的东西向着天空和地面辐射释放惊人的未知能量。

"真像是世界末日啊！"马突尔研究员喃喃，"不知道是基督教的世界末日还是我们印度教的。"

"是基督教的怎么样？是印度教的又怎么样？"卡尔副所长不解地看着这个神经病。

"印度教的就没事，要是基督教的末日我就考虑换个宗教信仰。"马突尔研究员说，"我是从小就立志要上天堂的人啊。"

紫色的闪电不断垂落在海面上，黑色的轻型轰炸机在如林的闪电中飞行。能量风暴对所有电子仪器都产生了严重的影响，在这种恶劣的环境下只能靠机师手动操作，还得是乐意玩命的机师。

好在酒德麻衣恰好就是这种机师，对于忍者而言，玩命就是工作。

"皇女平安着陆，不过膝盖彻底毁了，我已经接到她了。"耳机里传出苏恩曦的声音，"千钧一发，好在老板及时赶到。"

"他当然会及时赶到，那不是他最钟爱的助理么？贴身小棉袄什么的，别说皇女已经争取了足够的时间，就算时间未到，他也会强行破茧。"酒德麻衣冷冷地说，"他不让死的人，从来都不会死。"

耳机里沉默了片刻："你说……他的计划中包括了让那个小哑巴死么？"

"不知道，但那天在梅津寺町火车站旁边，我本来是有足够的机会杀死那个小哑巴。如果那时候扣动扳机，也就折断了白王复生的钥匙，也就不必付出那么大的代价。但老板没有下达射击命令。"酒德麻衣想了很久，低声说，"我想，至少在那一刻，他是不舍得杀那个小哑巴的。没什么别的原因，就是不舍得。"

"能赶上么？"苏恩曦换了话题。

"我使点劲飞，勉勉强强吧！"酒德麻衣上调发动力出力到最大，轰炸机骤然加速，雨燕般掠过一道又一道潮峰。

"今晚月色真好，"路鸣泽仰望着天空中的圆月，"让我想到大海。"

真的很像大海，云潮在他的脚下翻涌，因为反射月光而呈现出明媚的银色。他

Chapter 23
The Wrath of Heaven

根本不必鼓翼飞翔,只需把双翼张开,就有狂风将他托起在这云海之上。

他呈现出神圣的十字形,身形却狰狞可怖。他全身都笼罩在坚硬的鳞片中,那些鳞片上流动着美丽的光泽,像是用青铜甚至赤金打造的,锋利的骨骼突出身体表面,像是弯曲的利刃,钢铁般的肌肉在鳞片下缓慢地起伏,全身骨骼发出轻微的爆响。唯有那张脸浸在月光中,神情恬静,最初的怨毒已经消失了,他看上去就像漫步在湖边的孩子,忽然仰头看见了月光。

跟长着龙尾的赫尔佐格相比,路鸣泽才是究极的怪物,他身上混合着人和龙、天使和恶魔、少年和恶鬼,种种不同的元素。

他的身边悬浮着龙形的死侍,那些新死的神官和猛鬼众在他的命令之下重获生命,虽然只是行尸走肉般的东西,但悍然是一支能够飞行的军队。

他果真带着千军万马而来。

"这个世界上有那么多美好的地方她还没见过,那么多美好的事她还没机会做,比如亲吻,比如相爱……只是去山里看了一眼落日,就以为看见了世界上最美的一幕,就爱上了陪她去看日落的男人。"他轻轻地叹了口气,"人类真是愚蠢啊,是不是? 赫尔佐格博士,成功进化为龙的你,应该感触很深吧? 关于这个世界的本质,关于权力的宝贵,关于人类的愚蠢。"

赫尔佐格不敢回答。他是新生的龙,白王的继承者,却在这个怪物面前不敢说话。

"我哥哥很难过,这让我也有点难过,"路鸣泽摸着自己的胸口,"虽然我觉得他那么愚蠢,可他的情绪总是或多或少地影响我,而且他毕竟是我哥哥嘛。"

"我难过的时候,就会想杀人。"他又说,"杀条龙也无所谓。"

"你是谁? 你是谁? 你是什么东西? 你是什么东西?"赫尔佐格终于突破了恐惧,嘶声怒吼。

"我是零号啊,不是都告诉你了么?"路鸣泽微笑,"至于我是什么东西,我想你心里大概已经猜出来了。"

"是你! 是你! 是你!"短暂的沉默后,赫尔佐格再次狂啸起来,神色癫狂,"你就是他!"

"行了行了,别嚷嚷行么? 我就是他,这样你满意了么?"路鸣泽摸着额头,似乎忍受不了这种歇斯底里的狂叫。可他自己说话的声音也绝不悦耳动听,他吐出的每个音节,都像是青铜巨钟在轰响。

"你这样伟大的存在! 你这样伟大的存在! 我竟然错过了! 我竟然错过了!"赫尔佐格处在极度的震惊和崩溃中,"原来我曾距离世界的终极那么近! 可我错过了!"

"我真受不了你这种每句话都说两遍的语言风格。"路鸣泽淡淡地说,"葬礼上的语言，最重要的就是简洁凝练。"

赫尔佐格呆呆地看着他。

"怎么？今夜不是你的葬礼么？"路鸣泽做出意外的样子，"这个月色明媚的夜晚，多么适合埋葬一位王。新王即位的仪式和葬礼同时举办，这在龙族中也是从未有过的盛事。"

"我不信！我不信！我花了那么多年！我花了那么多年才走到今天这步！却在这个时候碰到你！"赫尔佐格歇斯底里地怒吼，"你早就死了！你早就死了！"

"人要相信现实，你还是太固执。"路鸣泽叹了口气，"虽然很不容易才得以重逢，但是很遗憾我没有时间陪你多聊。某位VIP客户向我下单，花了四分之一的生命买你死，差不多你得准备去死了。"

"你说什么？你说什么我听不懂！"赫尔佐格迷惑了。

"你犯了错误，你得罪了不该得罪的人。"

赫尔佐格忽然张嘴，这次却不是发泄式的吼叫而是震耳欲聋的吟唱声。空间中的元素乱流被它引导，火元素浓缩之后猛地爆开，看上去就像是一颗凝固汽油弹在路鸣泽面前不远的地方爆炸。

言灵·君焰！继承了白王的遗产后，赫尔佐格自然而然地获得了高阶言灵的能力，而且能模仿出青铜与火之王的高危言灵。

它曾是心机诡秘的人类，现在是心机诡秘的龙类，在最初的震惊之后已经迅速地恢复了镇静，后面的吼叫只是为了分散路鸣泽的注意力，同时做好了释放言灵的准备。

"取消。"路鸣泽打了个响指，元素乱流在他面前分散，原本威猛的火焰忽然间消失，像是被另一个空间吸走了。

随之而来的是"风暴角"，化名夏弥的耶梦加得也曾模仿这种天空与风一系的高阶言灵。

"取消。"又一个清脆的响指，高速流动的空气忽然归于绝对静止。

苍雷支配……取消！

黑炎牢狱……取消！

血脉牵引……取消！

赫尔佐格在短短的时间里释放了五个高阶言灵，它很清楚低阶的言灵对路鸣泽是不会起作用的，甚至高阶言灵也无法重创这种级别的对手，它只希望言灵能对路鸣泽造成暂时的削弱，给它争取一个完美的进攻机会。但是五次响指和五声"取消"把它的努力化为空虚，它终于明白面前这个敌人的可怕了，对方跟它一样，是完全的元素掌控者，能够纯粹用意识控制元素。

"我就不试了，我知道我释放言灵的话，你也能用类似的办法取消我的言灵。"

路鸣泽手腕下垂。他的手里原本就提着两块从心神机身上撕扯下来的金属碎片，此刻火光沿着碎片流淌，金属迅速地熔化，再度凝结。对人类来说要反复锻打的铸剑工艺，在他手中不过是十几秒钟的事情。当它们冷却下来之后，呈现出朴拙但是锋利的巨剑形状。

布都御魂，天羽羽斩。日本历史上的神剑在十几秒钟内出现了完美的仿制品。

"看来你还不太懂龙族的事，在我们的世界里，王与王的战斗，最终只能靠刀刀见血！"路鸣泽发出震耳欲聋的咆哮，鼓动双翼，在刹那间突破了音障。

他的死侍们也嘶声吼叫着，追随着他冲向赫尔佐格。

从人类开始记录历史以来，可能再没有过这样灿烂的决战。

对地面上的人来说，这场决战只是天空中的阵阵雷霆，闪电一而再再而三地照亮了乌云间的空隙，像是有闪光的龙在乌云之间穿梭，喷吐着雷电。

对于路鸣泽和赫尔佐格来说，每一次撞击都是元素的乱流，超高温和超低温的高速空气流交替着割裂云层，也割伤决战的双方，他们在云层中钻出巨大的空洞，很快又被周围涌来的云填满，每一次碰撞都有高能的粒子流产生，这种细微粒子对他们而言也不好承受，神经回路被干扰，各种可怕的幻象出现在脑海里，又立刻破灭。

这就是王与王之间的死战，无所不用其极。

有几次他们接近地面，在被水淹没的街道上以超音速掠过，沿途的玻璃全部崩裂，滔天的狂浪在他们离去之后几秒钟才到达最高处。原本有些街区还亮着灯，但他们经过的地方，高能粒子流扫荡过去，过载让所有的电闸跳闸。

他们的战场从代田区去往新宿区，然后是港区，最后离开了陆地去往海面上空。赶来增援的F-2战斗机群根本不敢靠近这个空域，无线电系统在这个高能粒子流密布的空域里完全没作用，之前进入这个空域的战斗机全都失去联络，莫名其妙地坠毁。东京上空变成了百慕大三角洲那样的神秘空间。

浓密的乌云忽然破碎，双方如流星般碰撞在一起，然后弹开，各自落向海面。

他们还没有触及海面，一个强大的言灵已经被释放，领域极速扩张，把几公里之内的海域都笼罩在其中，那是极寒的领域，领域中的海水，连带着水下游动的鱼类都迅速地凝结。

海浪被凝结，空气中的水分都凝结，一瞬间就有风雪横扫过这片大海。

他们落在了冰面上，灼热的龙血也滴落在冰面上，他们都跌跌撞撞地退后，吸入大量空气，压迫伤口愈合。朴拙的巨剑碎成不到指甲盖大小的金属碎片，零落在冰面上，赫尔佐格将手中的那名死侍狠狠地撕成两半。路鸣泽缓缓地跪下，破碎的鳞甲中，数不清的孔洞在出血。

竟然是赫尔佐格占据了优势，分明在猜出路鸣泽身份的时候它曾恐惧地疯叫。

赫尔佐格亮出了它决胜的武器，那柄白色的利刃，八岐大蛇的尾骨，在日本神话中这截尾骨被称为"天丛云"。它是生来的剑，离开红井的时候赫尔佐格把它带走了。

在这柄剑面前，路鸣泽仓促仿制出来的布都御魂和天羽羽斩就太脆弱了，他自己的鳞甲和骨骼也没能防御天丛云。无数次的碰撞中，经常是以他被贯穿结束。只不过靠着血统优势，他不断地治愈伤口，然后再度冲上去。他的千军万马都被赫尔佐格抹杀了，在王与王的死战中，死侍就太弱小了，果然像他自己预言的那样，最终只有孤身奋战。

他强行站直了，但也只是站直了而已，赫尔佐格远远地打量着这个曾经让他畏惧的、不可一世的伟大生物，忽然爆出狂笑。

"哈哈哈哈！原来你不是完整的！如果你是完整的，我早就死了！"赫尔佐格指着路鸣泽，"你徒有王之形状，却是伪造的！你根本不是那个伟大的生物！"

"你说得对，被你看穿了。你和我都不是完整的，区别只是我有龙的心，却没有完整的龙王血统，而你有完整的王之血统，却塞了一颗怯懦的人类之心在里面。"路鸣泽看着自己身上的伤痕。

他的半数鳞片已经被天丛云剥去了，血肉模糊的身体像是被刮过鳞的鱼那样，完整的龙类有上千根骨骼，此刻这些骨骼里足有两百根以上已经折断，跟这些相比脏器的伤才是最严重的，赫尔佐格凭借锋利的天丛云，以极快的速度反复攻击同一处，洞穿了鳞片之后在脏器上造成巨大的伤口，对于龙类来说，外在的伤口都是随时可以愈合的，但想要治愈身体里的伤口就没那么容易了。

某种类似纳米机器的超级细胞还在修补他的身体，但类似的细胞也在修补赫尔佐格的身体，赫尔佐格所受的伤远没有他严重，赫尔佐格降落在海面上之前还来得及释放那个极寒的言灵。

在他恢复到可以再度作战的时候，赫尔佐格已经彻底恢复了，在那之前赫尔佐格可以杀他无数次。赫尔佐格是新生的王，而他是旧时代的王，历史总是这样的，健壮的新王砍下旧王的头颅。

"我也是有极限的啊。拖着这样半龙半人的身体，为哥哥鞍前马后地跑，哥哥还不领情，总以为我给他的那些好处是白来的似的。"路鸣泽苦笑，"有朝一日我要是死了，他一定会混得很惨吧？"

赫尔佐格警觉地看着这个少年模样的生物，利爪中握着世界上最锋利的剑天丛云，却不敢逼近。

它不敢断定路鸣泽的真实身份，但路鸣泽身上具备某种龙王的属性是毫无疑问的。刚才的死战中，路鸣泽的狂暴给它留下了深刻的印象，如果没有天丛云在手，那么最终的结果可能是两败俱伤。

它已经取得了胜利，不应该疏忽大意给路鸣泽以反击的机会，它只需寻找一个完美的机会，给路鸣泽致命的一击就好了。

龙类最大的弱点在哪里？这个它倒不是很有把握，毕竟自己这具龙类的身体也是刚刚获得的，白王的记忆关于这方面也很模糊，是大脑？还是心脏？或者某处特殊的脏器？

它审视着路鸣泽的身体，遗憾于自己没能好好地吃掉这个怪物。如果能研究路鸣泽的活体，它能得到更多的龙族情报，但以现在的情况来说，研究死的路鸣泽才更安全。

"你是这样伟大的生物，我也是同样伟大的生物，在这个人类占据多数的世界上，我们为什么要彼此为敌呢？"它以龙尾做蛇行，缓慢地围绕着路鸣泽转动，"这个世界很广大，我们可以分享它，我也需要盟友去对抗那些复生的王，如果我的情报没错的话，迄今为止天空与风之王、海洋与水之王还没有苏醒，对么？"

"这个建议很慷慨，把世界的王座与我分享么？在我的记忆里博士你可不是这么慷慨的人啊。"路鸣泽微笑，"你的慷慨仅限于分给男人们烈酒和香烟，分给女人们丝袜和裙子，然后在他们最高兴的时候，一把火烧死他们。"

"他们是人类而已，蝼蚁一样的人类，可是你不一样，你是伟大的王，你和我同样高贵。你有活下去的价值。"赫尔佐格嘴里说着甜言蜜语，却始终在寻找路鸣泽丧失警觉的刹那。

新王永远不会允许旧王活在这个世界上，这是铁则。

"博士，我刚才的话你没有听懂。"路鸣泽吐出满口的鲜血，"我说，你有完整的王之血统，却塞了一颗怯懦的人类之心在里面。"

"你这样卑微的物种！怎敢跟我同样高贵？"路鸣泽发出狂怒的吼叫，迎着锋利的天丛云冲向赫尔佐格！

天丛云狠狠地洞穿了他的心脏，但他鼓动双翼带着赫尔佐格笔直地升上天空，赫尔佐格既惊且怒，用左手利爪反复刺戳他的腹部，想像撕裂死侍那样把这发疯的怪物撕成两段。

但它做不到，路鸣泽的身体远不是死侍所能比的。

"博士，你根本不了解龙族，龙的战斗，从来都是不死不休！"路鸣泽狠狠地咬在赫尔佐格的颈部动脉上。

赫尔佐格痛苦地尖叫起来，拧动天丛云，要彻底毁掉路鸣泽的心脏。

寒冷的空气在他们身旁极速流过，地平线渐渐呈现出弧形，岛屿和陆地在赫尔佐格的眼睛里迅速变小。路鸣泽竟然把最后的力量都用在了飞行上，他带着赫尔佐格到达了三万米的高空，这是战斗机都无法到达的高度。在这里"真空"的概念已经开始出现，空气变得极其稀薄，元素密度也低到了极致。龙类的飞行极限也不过如此，无论路鸣泽怎么鼓动膜翼，没有空气的存在，没有风元素的辅助，他也无能为力。

路鸣泽金色的瞳孔渐渐黯淡，这是龙血效果退去的征兆，赫尔佐格剑上挑着的怪物，正在从狂暴的魔鬼变回那个怯懦的、爱吐槽的年轻人。

"可惜啊！你这样罕见的生物，原本有成王的潜质，却为了和一个人类的交易来杀我。"赫尔佐格冷笑。

它并不畏惧高空的极度低温。虽然在这个空气稀薄的半真空中它的飞行能力也受到限制，但只要它坠向大地，高度到达两万米左右，随时可以恢复接近战斗机的飞行能力。

而路鸣泽已经绝不可能有力量降落在地面上了，赫尔佐格抓着路鸣泽的脖子，从他的心脏中拔出天丛云，左右砍去那对膜翼。

"这是你为人类支付的代价！"赫尔佐格觉得自己仿佛龙的仲裁者。

"也不光是为了哥哥拜托我的事。"这种时候路鸣泽竟然还能微笑，他仰望着漆黑的天空，笑得那么寒冷，"原本在我的剧本中那个女孩是要死的，她死了，圣骸就失去了完美的寄主，你也不会诞生。但我修改了那个剧本，赐予她活下去的特权，这是我第一次为一个人修改剧本，因为她太愚蠢了，愚蠢得让人不愿她受伤害……但你竟然违抗我的旨意！剥夺了我赐予她的生命！你这卑贱的逆命之人！"

"所有逆命者，都将被灼热的矛，贯穿在地狱的最深处！"他用最后的力量发出咆哮，双拳猛地击打在赫尔佐格的胸口，无力地坠向遥远的大地。

赫尔佐格悬浮在高空中，不解地看着这个疯狂的少年，未能理解这最后一搏的用意。

它忽然觉得有什么东西要降临了，虽然听不到声音，但能感受到那刺眼的光亮。它下意识地仰头眺望，六道并行的火流星划破了夜空，笔直地向着它的头顶坠落。

全弹发射！近地轨道上的天巡者全弹发射！剑槽中的六支达摩克利斯之剑全部坠向地面，笼罩了它所在的空域。近地轨道上的天巡者每九十分钟绕地球一圈，此刻它再度到达东京上空，路鸣泽等待的就是这个时刻。

灼热的高密度金属棒在飞行中分解，半熔化状态的金属碎片组成了密集的打击网。

天谴降临！无从逃避！

流星群笼罩了赫尔佐格，通红的矛贯穿了赫尔佐格的身躯，造成了爆炸撕裂的伤害，它费尽心机获得的龙类身躯在这样的打击之下还是碎裂了，颈椎一节节炸开，钢铁般坚韧的肌肉撕裂，磅礴的大力带着它坠向地面。赫尔佐格发出了绝望的惨叫，但它的惨叫在十几秒钟内就结束了，达摩克利斯之剑带着它笔直地坠入日本海，洞穿了刚刚冻结的那块巨冰，狂浪滔天而起，再化为暴雨落下。六支达摩克利斯之剑，六枚小型核弹的强度，掀起了巨大的海潮，几分钟后，这一轮海潮会到达东京。

同时围困东京的海啸却开始消退。

路鸣泽还在坠落的过程中，他失去了膜翼，筋疲力尽，只能任地心引力牵引着他去向地面。

但敞开货舱口的黑色轰炸机以差不多相同的速度笔直地下落，路鸣泽奋起最后的力量，抓住了货舱中抛出来的救生索。在他爬进货舱的同时，轰炸机猛地拉了起来。

"那一千年完了，撒旦必从监牢里被释放，出来要迷惑地上四方的列国，就是歌革和玛各，叫他们聚集争战。他们的人数多如海沙。"他站在货舱口，眺望着仿佛燃烧的大海。

一万年前，前一代的白王被处死在封冻的海洋上，今天新的白王也被处死在封冻的海洋上。历史总是这样重演。

几分钟后，这个浑身鲜血的人出现在驾驶舱，在酒德麻衣旁边的座位上坐下，沉默地眺望着远处的东京。

"精彩，不愧是万军之战。"酒德麻衣面无表情地称赞，她很清楚老板并不喜欢过于谄媚的表达，但这个称赞是她发自内心的。

在老板的剧本中，赫尔佐格是必须死的，于是它就真的死了，无论它获得了什么样的进化，继承了多么强大的血统。与其说那是一份剧本，不如说那是一份诅咒书。

男孩没有回答她，仍旧默默地眺望着远方，神色中透着隐隐的悲意。处决了新生的白王，但这丝毫都没有让他开心起来，看起来这对他来说并不重要。

一度断电的东京天空树忽然亮了起来，仿佛灯塔一样指引他们方向，虽然半座城市都浸泡在海水里，但它仍像点满蜡烛的佛龛那么灿烂，映在男孩眼里像是昏黄的星海。

酒德麻衣心中一时恍惚，忽然分不清这个坐在旁边的男孩到底是老板还是路明非了，或者根本就是介乎两者之间。可那是根本完全不同的两个人，怎么会有一种状态介乎他们两个人之间呢？

她忽然不知道该怎么跟这个人说话了，如果是老板的话，她会毕恭毕敬地询问他的训示，如果是路明非的话，也许再玩一次亲吻调戏的把戏？

最终她什么都没说，什么都没做。

"请带我在东京城上飞一圈,我想好好看看……这座城市。"男孩低声说。

他的声音像路明非那样温和,有些低落,带着请求的意味,但他脸上的神色却是那样地静穆,不必言语而威仪具足。

"是。"酒德麻衣轻声回答,轰炸机在天空里转过巨大的弯,以东京天空树为圆心,围绕着这座城市飞行。

尾声 さようなら, Friends

"快点快点！热场演出已经结束了，客人们都在等着！"恺撒三步并两步跳上舞台，在钢琴边坐下，把雪茄在鞋底上捻灭。

楚子航和路明非拖后两步，一边走一边系着领结。这对楚子航倒不是什么难事，可路明非无论怎么系都像红领巾。原本以为跟系领带差不多，却没想到这条小绸布那么难缠，路明非急得手忙脚乱，直到登上舞台还没弄好。

"喂。"楚子航向他招手。

路明非老老实实地走过去，楚子航把他系的领结完全解开，重新给他打出饱满的银蓝色蝴蝶结来："别紧张，唱完这首歌你的牛郎生涯就结束了，留个纪念。"

"知道知道。"路明非使劲点头。

"歌词还记得么？"楚子航拿起萨克斯。

"练过那么多遍，这点脑子我还是有的。"路明非拿起话筒，站在那张黑金色的大幕前。

大幕缓缓拉开，恺撒点下琴键，楚子航吹出漫漫的长音，掌声和哭声叠在一起，就像迎面涌来的海潮。无数的荧光棒在他们面前晃动，横幅上写着"爱してるよ"、"Basara King for ever"和"右京命"。

路明非好不容易攒出了点自信，在这个阵仗前瞬间就崩掉了，腿在裤管里像弹琵琶似的打抖，好在今天他没有穿那种紧身的窄脚裤，而是穿着颇为正式的黑色礼服西装，裤管比较粗，轻易看不出腿抖。

今夜是他的处子秀，也是他们三个的告别秀，对外宣布的主题是"さようなら，花样男子一番队"，高天原女性减压俱乐部在电视上遗憾公告，之前从国外请来在店里站场的新生代红星Basara King、右京·橘和Sakura因为合约到期，即将返回美国，今夜是他们的最后一场演出。不仅如此，他们还会暂时或者永久地退出这个圈子，所以这是一场真正的告别。

所有的票都提前售罄，VIP们都买不着票，所有的座位都被撤掉以便容纳更多的客人，舞池里站满了青春少女和风情欧巴桑，所有人都穿着盛装，从闪闪发亮的性感短裙到端庄大气的黑留袖。据说还有更多的客人因为买不到票被阻挡在门外，为了确保安全，警视厅临时启动了交通管制措施，今夜所有人都必须步行进入歌舞伎町。时事评论员在电视上大惊小怪地说如今牛郎的退役演出跟影视红星的退役演出有的一比了，是否这个半地下的行业正在渐渐步入正轨呢？

其实单靠恺撒和楚子航的拥趸还不至于搞得这么人满为患，但天后级别的女歌手青木千夏小姐在电视上谈及不久之前的那次海啸侵袭时，绘声绘色地谈及了在灾难袭来之时牛郎们和武装分子勇敢作战的故事，东京都知事小钱形平次先生也感慨地说在灾难面前东京市民是何等地坚强，连歌舞伎町的服务人员都勇敢地站出来保护民众，正是这样的精神让东京转危为安。随后他们就作为偶像而彻底红了起来，店里把他们的头像印在大幅小幅的广告上，各种高端大气，各种玉树临风。

事实上这是经过诺玛诱导产生的扭曲记忆，当天晚上在高天原里目睹过死侍的人都被送进精神病院做康复，在那几个星期里卡塞尔学院心理系和诺玛合作对她们进行了记忆诱导，加上药物的作用，抹掉了她们对死侍的记忆，取而代之的是恺撒、楚子航和路明非勇敢地跟持械黑帮搏斗的故事。这类善后工作卡塞尔学院做过几百例，心理系驾轻就熟。以青木千夏对恺撒的着迷程度，她很容易相信这样的故事，通过她向民众解释，好把民众的注意力从种种离奇事件上引开。

在今天这个特殊的夜晚，客人们很容易想到三个月前那场惊心动魄的灾难，当时她们都以为东京要沉入大海了，所以情绪都很激动。加上负责热场演出的青木千夏在高歌之后热泪盈眶，进一步感染了大家。大幕拉开的瞬间，蓄积了很久的情绪终于爆发出来，呜咽声潮水般回荡在大厅的每个角落，倒像是给他们送葬来了。

楚子航吹着萨克斯，看似在试音，从路明非背后走过的时候在他背心戳了一下，低声说："别想太多，今天晚上我们就是演员。"

路明非愣了一下。是啊，今晚他们就是演员而已，作为东京危机时的英雄登场，他们的告别演出会通过网络视频传到日本各地，佐证那场几乎毁灭东京的危机不过是海啸地震加黑帮作乱而已，并非什么超自然事件。这场演出跟他们自己其实没有什么关系，这座建筑、这座城市乃至于这个国家很快就跟他们没有关系了，客人们激动的哭声也不是只为了他们，也为了那场灾难中她们自己失去了的朋友或家人。

那场潮水，那场潮水退去的时候把很多东西都冲走啦，那些人那些事，如退潮那样离开了这个世界，东京看起来还是东京，可跟他熟悉的东京已经不一样了。

经过了这些事你还紧张什么呢？经过那么多人那么多事，还没有长大一点么？

他自嘲地笑了笑，把话筒高举过顶，恺撒炫技般地弹出华丽的前奏，但在楚子航的萨克斯介入的瞬间，乐声变得清冷寂寥。全场静穆，灯光从天而降，打在路明非的身上。

"さようなら"，路明非轻声地唱出了开场词，有些生涩，但自己还算满意。

"さようなら"，日语中"再见"的意思，有人说这个词不能多说，因为它的意思是很长很长时间的再也不见，让人联想起永别，最好说"また明日"或者"また後でね"，预先把下次见面的时候也说好。

往往就是这样，因为告别的时候忘了约定再见的时间，从此就天各一方。所以如果是最好的朋友，怎么能不预约明日呢？

他端起放在钢琴盖上的香槟一饮而尽，好像忽然间回到了那个狂风暴雨的夜晚，他驾驶着那辆兰博基尼，奔驰在多摩川的山中，要赴迟到的约会，去救那个盲目爱他的女孩。

车内音响的音量开到最大，风雨中，玉置浩二唱着这首离别的歌，那么哀婉那么孤独的一首歌，在功率强大的音响催动下，变得像雷鸣，像龙吟，像是对着整个世界的呼啸。

> 只有再见，再无言
> 在你的影子里，我的眼泪掉了下去
> 手指、头发和声音，都变得冰冷
> 两人相伴的生活远去了，连气息也失去
> 已经是朋友
> 从心里是朋友
> 凝视也是朋友
> 变得悲哀，因为已无法回忆
> 但梦境仍然清醒，梦中一见，还是不能忘记

今晚也是这样，全东京最好的剧院音响被调到高天原来使用，低音炮送出的声音轰然如万炮齐鸣，恺撒那手传自世界顶尖大师的钢琴技法在这套音响系统的帮助下被美化到了极致，每一次击键都像是直击心房中央，楚子航的萨克斯吹得也很好，以前路明非都没想到杀坏师兄还有这一手。音乐越攀越高，这座大厅好像再也容纳不下这么澎湃的乐音时，顶部轰然打开，放入月色和星光。被海水浸泡之后，这座老建筑的楼板受损严重，改造的时候干脆把层层楼板都拆除了，把楼顶改造为可以电动开启的，这样在晴朗的夏夜，在歌舞到达最高潮的时候，就能打开屋顶，放入新鲜空气，也让天空之美驾临高天原。

满场掌声雷动，这个精妙的设计果然打动了客人们，她们尖叫欢呼，泪如雨下。

今夜整个歌舞伎町的人都能听到高天原中传来的歌声，在夜凉如水的夏天，遥

远的歌声让人思绪清明。对面的住宅区，人们纷纷推开了窗。

唯一的遗憾是路明非追不上恺撒那绚丽的琴声，作为演唱者，他本该是最出风头的，但他的歌艺原本就平平，当年唱那种能打分的卡拉OK也就是路人水准，即便恺撒想降低自己的音乐造诣来配合他，他也显不出来。他只能竭尽所能地提高音量，唱得大汗淋漓，嗓子都要裂开似的。

> 已经是朋友
> 漂亮的朋友
> 就像这样的朋友
> 温柔的……
> 已经是朋友
> 从心里就是朋友
> 永远是朋友
> 从今往后……
> 朋友……只能说再见，其他都说不出口

乐声和曲声弥散在夜空中，很久很久的沉寂，大厅里静得能听见彼此的心跳声，没有掌声，也无人喝彩。

恺撒从钢琴边起身，楚子航放下萨克斯，他们走到路明非的左手，三个人彼此握手，深深地鞠躬。

哭声和掌声如暴风雨那样席卷了舞台，今晚这里的秩序由蛇岐八家负责维持，但执行局的精锐们已经阻挡不住这些女人的热情。她们试图拥上舞台拥抱那些即将离去的年轻人，但舞台太高很难如愿，于是就向他们投掷玫瑰花，成千上万的玫瑰花，舞台上下起了鲜红、粉红、深红的大雪。他们再三地谢幕，但没有用，在各种因素的催动下，客人们的情绪达到了满值，怎么也无法平复。

"右京！右京！右京！"

"Basara King！Basara King！Basara King！"

满场都是这两个名字，再就是"我爱你"和"不要离开我"。路明非默默地看着这些流泪的女人，看着楚子航跟站在远远角落里的中岛早苗摆手，中岛早苗也轻轻地摆着手，身旁站着英伟的北条议员。

"看你这个样子，怎么跟我儿子结婚啊？"VIP包厢里，森隆子轻轻地叹了口气，对喊哑了嗓子的青木千夏说。

"婚礼会如期举行，"青木千夏轻声说，"那只是我人生里的过客啊，每个人的人生中都有那么一两个过客的对吧？母亲大人，你也不例外。"

"是啊，每个人的人生里都有那么一两个过客。"森隆子又叹了口气。

"今天是好日子啊，大家都很圆满啊！要不要再喝一杯啊干妈？"芬格尔站在森隆子身边，一脸殷勤一脸肉麻。

另一边的VIP包厢里，牧师装束的男人坐立不安，作为侍奉神的男人，出入这种灯红酒绿的场合让他心里不安，虽说这些年轻人是东京灾难中的偶像。

但出于某种原因，他不得不出现在这个场合，这涉及一笔价值十二亿美元的馈赠。

"这块地位于你的教区，是一条没有改造的老街，在东京大学后门附近。之前的拥有人你认识，他经常去你的教堂做礼拜，虽然你未必知道他的名字，"昂热把装有地契的信封递给牧师，"他叫上杉越。"

牧师战战兢兢地拿着信封，怎么也想不起来那个名叫上杉越的逝者是谁，每个周末到他教堂里做礼拜和义工的老人太多了，大家都以兄弟姐妹相称呼，有好些他都不知道名字。

难道在那些无名老人里竟然隐藏着这样的超级富豪，把一块十二亿美元的地皮捐赠给了地区教堂设立的基金会？

"虽然那家伙只是想把这块地送给你们教会，没有提出什么要求，但作为他指定的监管人，我还是有些要求的。这块土地所产生的收入都会进入你们那个基金会，它也可以做商业改造，但必须基本保持现在的风格。你们用它赚到的钱中，百分之七十五的比例应当用于救济没有子女的孤寡老人，我指定的会计师事务所将对你们的财务进行监管。"昂热淡淡地说，"如果让我发现你们有挪用的行为，比如拿了钱去修什么豪华的新教堂，或者养情妇什么的，那你的神也救不了你。"

牧师上上下下地打量这个优雅挺拔的老人，完全想象不出他能说出这么凶狠的话。"那你的神也救不了你"，他刚刚把一块价值十二亿美元的地块转手给教会，却说出这么不敬神的话来。

"别看了，我不信你们教。"昂热明白他在想什么，耸了耸肩，"那家伙都说了我是魔鬼来着。"

"请有兴趣买花票支持Sakura留下的客人在箱子中投下你们珍贵的一票！谢谢大家的支持！"主持人藤原勘助大声说。

今晚是告别秀，但也是路明非第一次登台，按照高天原的惯例当然得有投花票和燃放樱花爆竹这两个环节，但激动的客人们只顾挥舞着双手高喊恺撒和楚子航的花名，根本顾不上听藤原勘助说话。那个捧着金箱子在舞池中游走的侍者也被撞得东倒西歪，客人们从他左边右边拥向舞台，把发给她们的花票随手乱扔，满地都是樱红色的信封。

路明非自觉无趣地笑笑，这时候他才觉出座头鲸的牛逼来，只有他那么夸张的表演才能镇住这些发疯的女人，不愧是高天原的控场天王。跟他相比藤原勘助也就是个雏儿。

其实藤原勘助也没必要煞费苦心。这只是一场表演而已，本想用"投花票留下他"再煽煽情，可现在已经没必要了，客人们已经很入戏了，这就足够。

原本也不会有很多人投票留下他吧？尤其是恺撒和楚子航在的时候，他根本就显不出来。果然座头鲸还是哄他的，什么一眼看中，什么白罂粟，归根到底还是无人问津的冷门牛郎。

他想起后台还有几件小东西没拿，想趁着恺撒楚子航和客人们对丢玫瑰的时候去取一下。

这时聚光灯忽然亮起，光束中背着羽翼吊着钢丝的男人从天而降！他抓住高脚话筒，以吕布挥舞方天画戟的气魄嘶吼："女孩们！今夜我们的花……为你们盛开！"

他的吼声震惊了全场，混乱的秩序略略恢复了。

不愧是牛郎之王，不愧是有鲸之称号的男人，只剩下了一条胳膊还那么屌！

座头鲸大难不死，救护队发现他的时候，他已经失血过半，但是断臂处的伤口却包扎得很好，加上他天生体魄强壮，输血之后竟然挺了过来。路明非去医院看他的时候气得鼻子都歪了，在这厮身上浪费了这么多感情，结果他在医院里给每个女性病人发名片，给她们普及男派花道，说他的花道不同于那些藏污纳垢的牛郎店，是体面的、有品位的女性减压会所。除了丢了条胳膊，跟之前没什么两样。

座头鲸还没有痊愈，今夜医生原本不批准他出院，可他还是来了。

"主治医生是个女人，店长感动了她。"藤原勘助压低声音跟路明非说。

"女孩们！在这个繁花盛开的美好夜晚，在这个既是离别又是相聚的夜晚，我要向你们隆重介绍……小樱花！"座头鲸伸出独臂一指，灯光打在路明非身上。

路明非耸着肩耷拉着脑袋，本想悄悄撤走，这下子不得不站直了，勉强摆出风情万种的笑容来，却没能吸引什么掌声。

"根据高天原的惯例，小樱花能不能留在我们这个温暖的大家庭里，只取决于一样东西……爱！那就是你们的爱！"座头鲸高呼，"你们爱的花票才能留下他！现在让我们揭晓，在实习的这段日子里，小樱花收获了多少爱呢？"

服务生捧着信封登台，座头鲸拿着信封以牙齿撕开，魄力十足。他扫视全场，以揭晓奥斯卡奖的语气大吼："小樱花收到了……三百二十张花票！"

路明非窘得恨不得找地缝钻进去，还有些不懂高天原规矩的客人茫然地四顾，不知道三百二十张花票是什么意思，倒是温柔的中岛早苗赶紧掏钱包找钱想补票。

三百二十张花票就是不及格，按照高天原的规矩，在实习期必须攒够八百张花票，一张花票一千日元，也就是用花票给店里赚到八十万日元，对于一般牛郎来说这并不算难，前期攒上三四百张，处子秀那天把客人们的情绪煽起来，再弄几百张就够了。对于恺撒和楚子航这种天赋绝顶的家伙来说，没等实习期过完座头鲸就搞了处子秀，轻松捞上九百多张花票，恺撒还觉得自己未出全力。

可路明非只有三百二十张，这还是今夜人多，有些客人本着行善积德的心给他投了一票。

路明非心说店长你你你你……你少搞幺蛾子会死么？这是你自己的店啊！我是你旗下的人啊！丢我的人对你有好处么？

"这样加上之前在我这里买的花票，总数是十万零三百二十张花票，恭喜小樱花，你通过了实习期，成为这个家庭的一员。"座头鲸忽然不闹腾了，从西装口袋里抽出一张支票，举过头顶给所有人看，投影机立刻把放大之后的支票投在舞台背景上，没错那是一张一亿日元的支票，以今日的汇率来说，大约是九十五万美元。一张罕见的大额支票，座头鲸把那张支票投进服务生手中的金箱子，看着路明非说："是的，有人希望你留下，几天前她来找过我。"

《Friend》再次响起，这次是玉置浩二的原唱版，歌声像是风从山顶吹过。

> 只有再见，再无言
> 在你的影子里，我的眼泪掉了下去
> 手指、头发和声音，都变得冰冷
> 两人相伴的生活远去了，连气息也失去

可路明非再也听不见任何声音，没有掌声没有哭声，也没有雨打风吹去的歌声，在他的耳朵里整个世界一片寂静。在他的眼睛里只有那张支票的签名，角落里用他熟悉的笔迹写着：

上杉绘梨衣。

真讨厌……这种悲剧啊，在一个人都消失了的时候，再度发现她留在这个世界上的痕迹。可那又有什么用呢？为什么还要提起？就让所有无法挽回的事都随着潮水离去不好么？

可泪水还是不受控制地流了下来，路明非低下头来，做了个奇怪的动作。他轻轻地扣自己的胸口，想知道那里面的心是不是疼痛。

在他的世界之外，欢呼声震耳欲聋，上方落下几十串樱花爆竹，足足十万零三百二十响，座头鲸把它们一一点燃，樱花的香气中，爆竹碎片像是飞雪那样席卷整个大厅，模糊了所有人的视线。

"趁这个时候走吧，"座头鲸拍了拍恺撒的肩膀，"否则你们就走不了了。"

"真是那个女孩留下的支票么？"恺撒从箱子里拿出那张大额支票，轻轻地弹着。

"蛇岐八家的支票怎么会有假呢？这个世界上有几个人敢伪造黑道宗家的支票？"座头鲸淡淡地说，"几天前的一个下午，有个穿洛丽塔裙子的女孩来店里找Sakura，但是小樱花不在，店员就带她来找我。那是个很漂亮的女孩，但不会说话。她说她要找Sakura，我说店里的规矩，只有在营业时间牛郎才能跟客人见面，私下约会是不允许的。她显得很高兴，她说Sakura在这里就好，下次营业时间她再来。我说你那么喜欢Sakura就记得买花票支持他留下来，她问我说多少花票能让Sakura留下来，我说八百张，她说她没有那么多现金，但她可以给我一张支票，让我悄悄地去银行兑，不要让她哥哥知道。真没想到那种呆呆的少女会有支票本，她一口气签下了一亿日元给我，没想到是蛇岐八家的支票。她真的很想把Sakura留下来吧。"

"店长你有眼不识泰山啊，那可是黑道的公主啊，她当然有支票本了。"恺撒说，"不过还是第一次使用吧。"

"现在知道了，老板娘说今晚黑道公主不能来，所以我一定要带着这张支票来。"座头鲸说，"所以我还是得来，少了一条胳膊也得来。"

"她居然能找到这里来。"楚子航说。

"好像是用Line的导航找来的。可别以为女人是好甩掉的东西，她喜欢你，是会追着你到天涯海角的。"座头鲸说，"女人爱一个男人，要付出的代价大很多，但她们愿意。"

"路明非。"恺撒冲着路明非的背影喊。

在他们说话的时候，路明非已经走得很远了，在震耳欲聋的鞭炮声中，在飞雪般的樱红色爆竹花中，他走得摇摇晃晃，像个发条将要用尽的人偶。

直升机停在两条街外的停车场上，蛇岐八家执行局列队欢送，这次事件之后日本分部再度成立，但新的盟约也得以签订，昂热放弃了对日本分部的人事管辖权，但仍握有最高的决定权。

上杉越说得对，在屠龙这件事上，昂热是暴君般的人物，在黑王的葬礼之前，他不会放弃权力的。

作为唯一一位幸存的家主，樱井七海升职任日本分部长，带着新任的执行局代局长乌鸦，等候在直升机的旋翼下。

"大家长留下的一些小礼物，不成敬意。"乌鸦把玻璃瓶装的防晒油分赠给恺撒、昂热、路明非、零和芬格尔，"都是他的收藏品，他真有认真考虑过要去卖防晒油。"

恺撒收下了这件礼物："我会代替他抹在漂亮姑娘的背上。"

"那样最好，那是他最期待的。"乌鸦说着转向楚子航，"有单独的礼物给您。"

他打开白木的长盒，里面是朴实无华但线条优美的古刀，源稚生所用的"蜘蛛切"和"童子切"。

"说实话，这样珍贵的古物要赠给家族以外的人，我心里也有点不舍得。"乌鸦说，"不过这是大家长的意思。大家长离开神社前留下的录音说，如果最后这对刀没有毁掉，就把它重新装好送给楚先生，很抱歉您拜托的那件事他没能查出结果，他确实派人去查过那柄刀的碎片，但没有查出结果，唯一能确定的是那柄刀并不是真正的日本刀，它很可能是在日本之外铸造的。"

楚子航轻轻抚摸那对刀的刀鞘，回想自己跟它们的前主人为敌的时候，这对危险的武器压迫得他几乎无法喘息。

现在他是它们的主人了，却觉得刀鞘摸上去有股暖意，因为带着故人的祝福。没想到经过那么多事源稚生还记得他拜托的事情，真的去查过那柄刀的事情，源稚生就是这样，对什么都太认真，最后自己活得很累很累。

直升机带着他们腾空而起，这座城市已经恢复了灯火辉煌，大屏幕播放着商业广告，明亮的东京天空树矗立在城市中央，车像是水那样在高架路上流动。

恺撒的手机响了，竟然是 Eva 发来了短信。东京危机之后 Eva 再度进入沉睡，取而代之的是学院秘书诺玛，但她竟然还能发来短信。

短信里是一张照片，恺撒和那个檀香味头发的女孩的合照，他们把头偏向对方，女孩的发梢落在恺撒的肩上，真像情侣大头照。

恺撒："师姐饶命，我又做错什么了么？"

Eva："按照之前你的要求，这张照片即将删除，我可以把它在互联网每个角落的备份都删除干净。你确认之后这个操作就会执行。"

恺撒沉默了很久："师姐帮我把照片发一封邮件到诺诺的邮箱吧，就说是这个女孩在东京的枪林弹雨里救了我。"

"孤独的乔治死了。"正在阅读杂志的楚子航把杂志放下了，"居然在这个时候。"

"孤独的乔治？"恺撒没听懂。

"世界上最后一只平塔岛象龟，它的名字是乔治，源稚生曾经说他就像那只象龟。"楚子航把那本杂志递给恺撒，"不久之前它被发现死在那个保护区里了，它似乎想从保护区里逃出去，但没能跑到保护区的边界就死掉了，它爬得很慢。死的时候人们发现它的头冲着圣克鲁斯岛，它是在那座岛上被捕获的，有人猜测那座岛上有它的水坑。"

"他也没能爬到自己的水坑啊。"恺撒幽幽地说。

"只差一步。"

他们用很低的声音聊着天，昂热戴着防噪耳机睡着了。芬格尔正给零上药，三个月过去，零的膝盖骨基本恢复了，但医生还是推荐了一种药膏日常涂抹，芬格尔在零的膝盖上摸来摸去，但毫无淫荡的表情，反倒满脸谄媚，看上去就像女王脚下的哈巴狗，以这厮的禽兽程度，居然还有美色在前不为所动的一面，也不知道零用什么办法收服了这家伙。

路明非默默地看着下方，铁龙般的新干线列车在夜幕下奔驰，是谁搭乘着这样的夜班列车，去向什么样的远方？

耳边似乎有人在说话，是啊，在那个大雨滂沱的晚上，在那间红色的情人酒店里，那个被认为是哑巴的女孩凑在他耳边轻声说："我们都是小怪兽，有一天会被正义的奥特曼杀死。"

是啊你是小怪兽，可小怪兽也有小怪兽的好朋友，孤独的小怪兽们害怕得靠在一起，但如果正义的奥特曼要来杀你，我就帮你把正义的奥特曼杀死。

可是我答应了，却没有做到。

"04.24，和Sakura去东京天空树，世界上最暖和的地方在天空树的顶上。"

"04.26，和Sakura去明治神宫，有人在那里举办婚礼。"

"04.25，和Sakura去迪士尼，鬼屋很可怕，但是有Sakura在，所以不可怕。"

"Sakura最好了。"